吴新财

著

上册

情

情在何处

团结出版社

UNITY PRESS

图书在版编目（CIP）数据

情在何处/吴新财著. --北京：团结出版社，2017.6

ISBN 978-7-5126-5240-8

Ⅰ．①情… Ⅱ．①吴… Ⅲ．①长篇小说－中国－当代

Ⅳ．①I247.5

中国版本图书馆CIP数据核字（2017）第128196号

出　　版	团结出版社
	（北京市东城区东皇城根南街84号　邮编：100006）
电　　话	（010）65228880　65244790
网　　址	http://www.tjpress.com
E－mail	65244790@163.com
经　　销	全国新华书店
印　　刷	三河市京兰印务有限公司
装帧设计	成都天恒仁文化传播有限责任公司
开　　本	170mm×240mm　　1/16
印　　张	38
字　　数	588千字
版　　次	2017年6月第1版
印　　次	2020年1月第2次印刷
书　　号	ISBN 978-7-5126-5240-8
定　　价	98.00元（全两册）

此书献给我的父亲及那些被亲情、友情伤害过的人们。希望人们能够在生命的旅程中珍视亲情、友情及现有的美好生活。

——作者题记

往　事

◎ 张雅文

　　在博客留言里，我看到新财写给我的留言，说他最近要出版长篇小说《情在何处》，想请我为这部新作写几句，并发来了小说的简介及章节。我欣然接受了他的邀请。

　　我与新财的相识，那是多年前了，1990 年 8 月，当时《佳木斯日报》副刊编辑部举办文学创作座谈会，我在会上谈了创作体会。那时，新财是非常年轻作者，彼此就这样相识了。他一直称我为大姐，我称他为小老弟。

　　转眼，二十七年过去了。我们都离开了那座孕育了我们文学梦的北方城市，彼此也断了联系。但是，我们都没有离开文学，我们对文学的酷爱并没有随着岁月的流逝而淡化，恰恰相反，随着年龄的增长，随着对人生的感悟更多，我们对文学的那份酷爱却更加深沉，更加融入生命里了。几年前，因为文学我们又联系上了。我们在博客上又相遇了，彼此都感到很欣喜、很亲切，也得知新财早在二十多年前就去海滨城市青岛工作了。他谈起当年往事，如数家珍。他告诉我笔耕不辍，用业余时间从事着文学创作。他在 2003 年正式出版了《爱的旅程》长篇小说，发表了多部中、短篇小说及大量的散文。他从当初的文学小青年成长为名副其实的作家了。他在用文学描述着热爱的生活。这次他要出版的长篇小说《情在何处》，50 多万字。小说已经在全国各地 20 多家杂志发表过了。前部分《波动的生活》(《情在何处》前部) 还参加了山东省委宣传部与山东省作家协会联合举办的"中国梦"长篇作品征文，并且获了奖。

长篇小说《情在何处》是以北大荒黑土地生活为起点的作品，拓展出国情、家情、亲情、友情及爱情的画面，可畏是宏篇巨著。

人所共知，北大荒是作家的摇篮。著名作家丁玲在这里生活过，张抗抗、肖复兴、梁晓声、郑万隆、陆兴儿等作家都在北大荒生活过。黑土地的土壤肥沃，生活丰富，为作家提供了丰富的创作营养，唤起了无数位作家的创作灵感，从这里走出了很多知名作家。

新财从前生活的地方正是著名作家丁玲在北大荒工作的地方。新财在北大荒生活的那段经历，为他提供了宝贵的创作资源，成为他挖掘素材、描写生活、探寻人生的宝库。

好的作品来自生活。

相信新财这部倾注多年心血的数十万字的长篇巨著，能给广大读者带来新的感受、新的启迪，祝新财在文学路上越走越好，越走越宽。

2017 年 3 月 30 日于北京

（张雅文，中国作家协会会员、原黑龙江省作家协会副主席、鲁迅文学奖获奖作家、著名编剧。）

永恒的青春记忆

——吴新财和他的长篇小说《情在何处》

◎ 许 晨

人间最美四月天。

在这个春暖花开、风和日丽的季节里，人们的心胸如同开了河的春水，欢快地歌唱般流淌着、跳跃着亮晶晶的浪花。如果能够于周日闲暇之际，坐在明亮的书房里，沏上一杯香茶，打开一部引人入胜的书稿，那真是令人心旷神怡的生活享受。不用说，我现在的身心就是融入到这样的情景了。

青岛市青年作家吴新财创作的长篇小说《情在何处》，宛如一束盛开怒放的报春花，在我的电脑荧屏上探出头来，讲述着那遥远而难忘的青春岁月、那艰辛却温馨的逝去时光……

说来话长，虽然由于种种原因，新财去年刚喜得贵子当上了爸爸，可喜可贺，但作为一名具有深厚文化素养的年轻作家，他可是在文学道路上耕耘日久、辛勤写作多年，且收获颇丰了。记得我在山东文学杂志社任执行主编和社长时，就经常收到他的来稿，感觉文笔十分老道，充满了浓厚的生活气息，遂交给责任编辑注意这位作者，并陆续选发了他的几篇小说、散文等稿件。其中，有的作品还获得了山东省旅游文化征文、全国小小说评选等活动中的奖励。

后来日渐熟悉了，我得知吴新财并不是一位"小荷才露尖尖角"的初学写作者，早年在东北黑龙江省的北大荒生活时，就是当地十分活跃的文坛青年新秀了，用一贯智慧的笔描绘着青葱岁月中的红尘往事。二十多年前他调回山东青岛老家生活，先后在几家公司工作、甚而做过企业主管、杂志主编，可无论怎样繁杂忙乱，心中那痴情于文学的火炬之光从来没有减弱、更没有熄灭。即使在工作不顺、身体欠佳的情况下，始终对文学抱有巨大的热情和成功的信念。加之，身边有一位志同道合、相得益彰的爱人鼓励和支持。他一直笔耕不辍，刻苦努力，一步一个脚印地在文学路上前行。

冬去春来，新财犹如他的名字一样，接连不断地挖掘着生活资源，收获着新的"财宝"。当然，我所指的是他所钟爱的文学事业上的新"财宝"。长篇小说《爱的旅程》《梦想与现实》《茫茫前程》等先后发表、出版了，小说《浪漫并不浪漫的生活》获湖北省文联《中华文学》"我是作家"首届全国原创文学大赛"新锐作家"奖，小说《命案风波》获《当代小说》全国征文优秀奖，散文《天地之间有片美丽的海》获中国散文学会全国海洋征文优秀奖等。当下，他呕心沥血磨砺多年的长篇小说《情在何处》，洋洋洒洒又以50余万字的长篇巨制在文坛上问世了，实在是令人刮目相看、欣喜异常。

承蒙他的信任和盛情邀请，这部作品在完成之初，新财就发来请我审阅并评析一下。繁忙之际，我抽暇审读，同时推荐参加了山东省委宣传部、山东省作家协会主办的"中国梦"长篇作品征文大赛，并且获得了奖励。当时书名叫《波动的生活》(《情在何处》前部)，现全文定名为《情在何处》，更能体现其中的主题思想与艺术高度。

作品主要是以黑龙江省北大荒的黑土地为背景，描写城乡生活，通过主人公李亲实、李亲亮和一帮年轻的伙伴……从年少青春期的满怀梦想，到历经青年、中年时代的生活波折，反应出个人的成功历程和心愿的实现，与大时代的潮流起伏、社会万花筒般地千变万化分不开。作品以小见大，从一个家庭的繁杂琐事和几个年轻人的生平遭际，看待人间情与理的交融，从而体现出国家的发展与振兴，表达了对人生对理想的正确态度。

小说从语言风格到情节推进，都洋溢着浓得化不开的东北风情、黑土地生活气息，给读者带来一种捧卷在手、不忍释怀的阅读快感。虽然我们很多人没有亲临北大荒白山黑水的生活经历，可读了新财的《情在何处》长篇小说，就如同前往那遥远的神奇土地体验了一样，感到十分的亲切。特别是作品中那渐行渐远的年代，那充满了艰辛以及希望的青春时光，将会使过来人重新回味难忘的青年生活，也会使后来者了解曾经的不堪，从中得到人性和良知的启迪。

　　长篇小说《情在何处》是一段关于亲情、爱情、友情、家情、国情的深刻诠释，也是一代青年的人生备忘录和永恒的青春记忆！

2017 年 4 月于济南

　　（许晨，中国作家协会会员、中国散文学会理事、山东省作家协会副主席、文学期刊委员会主任，原"山东文学"社长、主编，第五届冰心散文奖获得者。）

目 录

第一章
破灭的希望

PO MIE DE XI WANG

1

李亲实刚从体检室里出来，随手关上门，转过身看见马连长和松江县武装部刘部长迎面走过来，他如同汇报似的低声说，马连长，刘部长，我体检完了。马连长年近三十，一米七左右的个子，略瘦，皮肤白净，穿着草绿色军装，军帽上的红色五角星很是醒目，给人文质彬彬的印象。他笑着说没有问题吧？李亲实说应该没有问题。

马连长说你回去等通知吧。李亲实说我有希望去部队吗？马连长看了一眼站在旁边的刘部长，思索着说现在还定不下来，要等你们七个人的体检结果全部出来后，做综合考核，看谁最符合入伍条件，才能做决定。

李亲实看着马连长，恳切地说，你带我去部队吧，我到部队里肯定好好干，不会给你丢脸的。马连长说，我这次只能接收六名新兵，现在你们是七个人参加最后体检，会有一个去不成。李亲实说，部队让你来接收新兵，还不是你说带谁去就带谁去吗？

马连长听李亲实这么说笑了，心想哪能这么简单，婉转地说这可不是我一个人能做决定的事，这不还有刘部长吗，我们还得向县领导汇报呢。李亲实说县领导不直接管，只听汇报，还是你和刘部长说了算。马连长看李亲实坚持这种观点，有点为难地看了一眼刘部长。

刘部长个子不高，五十多岁，略胖，穿着黑色中山装，表情平静，显得有点苍老。他对李亲实说如果今年去不成部队，明年还可以去吗？李亲实说今年还没结束呢，明年远着呢，我想今年参军。刘部长说你们每个人的想法都很好，毕竟名额有限，想法不能全部实现。

李亲实听刘部长这么说，感觉这次参军没了希望。

刘部长说你的心情我们理解，尽量让你去，如果去不成也别灰心，你不才十八岁吗？参军机会肯定还有。

马连长说今年能参军更好，如果今年去不成部队了，明年去一样。

李亲实执着地说我想今年参军入伍。刘部长不想和李亲实继续说下去了，便说马连长和我还有事情，你先回去等通知吧，有消息了，我们会通知你的。李亲实看着刘部长和马连长的背影心中没了底，有种飘飘悠悠被悬起来的感觉。

李亲实想参军，可在松江县想参军的年轻人有数十名，经过多次严格体检、政审及目测后，现在只剩下他们七个人了。他们七个人再最后角逐，如果体质都没有问题，就要看综合条件和实力了。李亲实感觉在七个人中筛选，有可能就是他与邵三庆的竞争了，要么他参军入伍，要么就是邵三庆，他们两个人中肯定会有一个去不成的。

2

部队派马连长到松江县接收新兵。他到松江县立刻召开了征兵动员大会，动员广大适龄青年踊跃报名参军入伍，保家卫国。让他没想到的是松江县会有那么青年想参军入伍。

松江县在两年前就不给初中毕业生安排正式工作了，这些初中毕业生暂时成为了待业青年，待业青年都想参军入伍。松江县规定凡是从部队退伍回来的人员，无论在部队里是否立过功，受过奖，县里全部给安排正式工作。如果有社会关系的，学有一技之长的，还会被安排在县委机关相关部门工作呢。所以报名参军的年轻人多，态度非常积极。

当然这些年轻人报名参军不完全是为了从部队复员回来能得到正式工作，待业只是暂时的，县里迟早会给他们分配正式工作的，还因为这是仰慕军人的地方。

1979年中国对越南自卫反击战打响时，在东北边境地区，上级国防部门为了防止苏联从东北入侵，做了紧急动员令，要求各级政府提高国防意识。松江作为与苏联只是一江之隔的边境地区，建成了精练的基干民兵队伍。每个镇组成一个连，全县为一个营，发放枪械，真枪实弹进行严格军事训练，做好迎击苏联入侵战斗准备。虽然对越南的自卫反击战已经过去，苏联也没有入侵，但作为原隶属沈阳军区北大荒生产建设兵团军垦县，这里每年农闲时，都组织民兵进行军事训练，生活中带有浓厚军人色彩。人们对军人保家卫国不怕牺牲的英雄精神怀有高度崇敬，英雄精神影响着年轻人的情操。他们想为保卫祖国安宁献出自己的力量。

马连长是在征兵动员会上认识李亲实的。李亲实会看眼色行事，主动上前与马连长搭话，尽可能找机会接近马连长，加深印象。马连长看李亲实相貌英俊，又会说，挺喜欢他的。

李亲实条件不算是最好的，不过在几次筛选后总算进入到了最后一关。可他在最后七个人中就有点悬了。

经过这些天来的接触，马连长对这七个想参军入伍的年轻人都熟悉了，也了解了他们的家庭生活，不带哪个去部队都会有遗憾。他和刘部长走进医院的体检办公室，武装部干事小林把七个人的体检表交给刘部长。刘部长接过体检表扫视了一眼，看了看手表上的时间，然后对小林说下午你早点去政府会议室，把会议室布置一下，县领导要参加会。

小林说吃完午饭我就去。

刘部长和马连长朝医院外走去。在医院办公楼外面大院里停着一辆草绿色军用 212 越野吉普车，这是松江县政府专门为征兵办公室临时配的车。武装部只有刘部长和小林两名工作人员，平时没有办公专用车。刘部长和马连长上了军用 212 越野吉普车，车朝武装部开去了。

松江县武装部在县城东边一处小平房里办公，距离县政府办公区有两里远路程。屋中炉火不怎么旺，温度有点低，刘部长两只手在一起搓了搓，拿起炉钩，钩开炉盖，在炉膛里掏了掏，往里面加了点煤，然后去倒茶。他把一杯热茶水放在马连长桌前。

马连长坐在办公桌前翻看着七个人的体检表。他认为在最后筛选中就是在李亲实与邵三庆中选择一名。

刘部长坐在椅子上喝了口茶，伸手拿起材料看了看，做出为难的表情说，不让哪个去都有歉意。马连长说李亲实这小伙子确实不错，如果去部队应该是个好苗子。刘部长说邵三庆年龄有点大了，如果今年去不成部队以后就没有机会了。

马连长这几天感觉到刘部长在观点上是偏向邵三庆的。他猜测邵三庆私下里去找过刘部长，做通了刘部长的思想工作，所以他在邵三庆与李亲实之间没有表明态度。

刘部长看到吃午饭时间了，站起身说我请你去吃红烧鲤鱼吧？马连长说部队食堂也做红烧鲤鱼。刘部长说部队里做的和我们这儿做的味道肯定不同，这里的鱼都是从松花江中捕捞上来的，松花江里的鱼要比人工养的鱼好吃。

马连长说下午还要向县领导汇报工作呢，中午简单吃点就行，吃过饭得休息一会儿，中午不休息，下午开会没精神，晚上去吃吧。刘部长说晚上咱们好好喝。马连长说我的酒量可不如你。刘部长陪着马连长去了县政府机关食堂。

征兵办公室给马连长安排的是单间小餐厅。虽然是四菜一汤标准工作餐，但饭菜很不错，也合马连长口味。

刘部长陪马连长吃过饭，马连长回招待所休息了。刘部长骑自行车回家了。他回到家看邵三庆在屋中等他呢。这些天邵三庆是刘部长家中的常客。刘部长虽然已经答应帮忙了，但话说得模棱两可，不够肯定。邵三庆放心不下，经常来打听进展情况。刘部长说你和李亲实比，你的条件不占优势，可是你们两个人只能选择一个。

邵三庆说，那就让我去吧，亲实年龄小，以后还有机会。

刘部长说，我说的不全算，还得马连长同意才行。

邵三庆说，我哥找过马连长了，他没有拒绝。

刘部长说，虽然马连长没有拒绝，可也没答应帮忙吧？他在我面前从来没说过让你去部队的话。他是军人，又是军官，原则性强。他心里怎么想的咱不知道。

邵三庆说，那怎么办？

刘部长说，晚上我准备请马连长吃饭，可下午就开会研究人员名单了，县领导还参加会议，如果名单确定下来，就没法改变了。如果马连长在会上对你提出反对看法就不好办了。

邵三庆说，晚上让我大哥请马连长吃饭，过一会让我大哥去找马连长。

刘部长说，这样也好，只要马连长在会上不提反对意见，我就好说话了，这件事会好办得多。

邵三庆从刘部长家出来，骑着凤凰牌自行车去找大哥邵三风了。邵三风兄妹五人，他是老大，邵三庆是老五。他是松江县公安局治安科长。说他是科长，按照国家标准是股级干部。局长才是科级。他虽然级别不高，可在小县城也算是有点影响的人物。他已经请马连长吃过几次饭了，觉得马连长还是比较好说话的。他说晚上在单位值班，没时间。邵三庆听邵三风这么说就急了，发火地质问说，是你值班重要，还是我参军重要？你让别人代替你值班不行吗？今天下午就开会确定人员名单了，等到晚上还能来得及吗？

邵三风说你现在告诉我有什么用，都吃过中午饭了，让我怎么办？邵三庆说我也是刚听刘部长说的，并且上午刚体检完。邵三风想了想说，我这就去找马连长。邵三庆问你怎么跟马连长说呢？

邵三风说这你就别管了。邵三风去县政府招待所找马连长了。

马连长躺在床上正琢磨这件事怎么办呢？听到有人敲门，起身开了门，看是邵三风，笑着说你怎么来了？邵三风问晚上有时间吗？请你吃顿饭。马连长说晚上刘部长要请我去吃红烧鲤鱼。

邵三风说晚上的饭我来安排，把刘部长一起叫上，你还想叫谁？马连长说我没约人，不知道刘部长会不会还约了别人？邵三风说刘部长那儿我去说，只要你不答应别人就行了。

马连长说总麻烦你不好吧？邵三风说朋友吗，应该的。马连长说有机会你去部队玩，我招待你。

邵三风说这没问题，如果我弟弟入伍了，我肯定会去的。马连长听邵三风这么一说没接话。他明白邵三风的意思。邵三风问你什么时间回部队？

马连长说如果工作顺利，定在后天走。邵三风说我给你弄点松江县特产带上。马连长推脱地说这可不行，你别麻烦了。

邵三风说只是一点心意，不值钱，你别见外就行了。马连长说松江县人太热情了。邵三风说北大荒人豪爽。马连长说我喜欢和豪爽人交朋友。邵三风说你休息吧，我去跟刘部长说。

　　邵三凤离开招待所，在路上遇见了刘部长，开门见山地问，你们下午就定人员名单吗？刘部长说下午定，明天就下发通知。邵三凤不解地问，怎么会这么急呢？刘部长说县长准备去省里开会，县长想在走之间把征兵工作办完。邵三凤说三庆能不能参军就靠你老兄了。

　　刘部长说只要马连长不提出反对意见，就应该没问题。邵三凤说我刚才找过马连长了，他是开明人，你放心，他不会反对的，我说晚上请他吃饭。他说晚上你准备请他吃红烧鲤鱼？刘部长说我请马连长还不是为了三庆的事吗。

　　邵三凤说晚上我请客，找机会再重谢你。刘部长说咱们之间就别客气了。邵三凤说就这么定了，晚上见。

　　刘部长来到武装部时马连长已经来了。两个人商量后，确定了人员名单。刘部长把李亲实的名字删掉了，马连长装作没看见，然后他们一起去县政府会议室了。

　　松江县是由退伍军人开垦建设起来的边陲小县，具有兵团性质，对征兵工作格外重视。县主要领导直接负责征兵工作。在会上县领导听刘部长汇报完，又征求了马连长的意见。

3

　　晚上马连长酒喝得有点多了，回到招待所已经是午夜了，一觉醒来天光大亮。他匆忙洗漱过后到食堂吃了早饭，然后去武装部了。今天事情很多，他还想去洼谷镇看李亲实，如果不当面安慰李亲实，就如同做了亏心事，心绪不安。

　　刘部长脸上带着倦意，和小林在整理入伍人员的材料。他看马连长来了说，你多睡一会呗，过会儿我去找你。马连长说这么多事情等着呢，哪能待得住。他把去洼谷镇看李亲实的想法对刘部长说了。刘部长认为没这个必要，不想去洼谷镇，可马连长已经说出来了，又不能不给马连长面子，让司机发动车，坐上212军用越野吉普车陪同马连长去洼谷镇了。

　　李亲实和李亲亮还有几个小青年在屋中，李天震去养猪场上班去了。李亲实看马连长和刘部长来了，知道参军没希望了。如果能参军入伍，武装部会通知他，而不是来看他。他尽可能放松和马连长、刘部长说话的表情。刘部长和马连长对李亲实说了些安抚的客套话后离开了。李亲实还得继续当待业青年，继续在县劳动服务公司干临时工。

第二章

情仇

QING CHOU

1

李天震从猪舍里走出来的时候，天已经完全黑了。外面空气比猪舍里的空气清新不说，更比猪舍里凉爽，这是两种截然不同的感受。他呼吸到新鲜空气后，刚才憋闷的感觉消失了，情绪放松了，有种舒服感。他关好猪舍院落的木门，又上了锁，准备回家。虽然他想回家，但还是有点不放心。他围绕猪舍走了一圈，前前后后仔细检查了一遍，确认没有安全隐患了，才朝回家的方向缓缓走去。

养猪场在洼谷镇正南方向一片空旷荒野上，距离居民住宅区有三里左右的路程。那几座房子矗立在荒野上显得孤单而特别。当初把养猪场建这么远主要是怕影响人们的生活环境。

居民住宅区与养猪场之间隔着一大片庄稼地。在庄稼地西边有一条大路，大路连接着松江县城与松花江防洪大堤。汛期到来时为了防洪，抗灾，从松江县城运送物资的机动车辆及大批人员都走这条大路。这条大路经过洼谷镇居民住宅区西侧，南端终点是养猪场。养猪场处在松花江防洪大堤下面。这条沙土路宽阔不说，还平坦，笔直。大路虽然好走，可行人为了节约时间，却很少走大路，愿意在庄稼地里直着走。人们在庄稼地里走的次数多了，就踩出了一条羊肠小道。庄稼地里的小路是直线距离，要比大路近很多。

养猪场的人都是走小路。

养猪场有三个承包人，也就是有三家养猪户。他们是李天震、唐为政，还有秦虎。从前他们三个人是公家养猪场的饲养员。那时他们在一起工作。每天一起上班一起下班，谁家有个大事小情的会主动帮忙，关系处的融洽，比较团结。李天震腿脚不好，还有点瘸，不会骑自行车。唐为政和秦虎两个人经常用自行车驮着李天震上下班。自从镇上把养猪场一分为三分别承包给了他们三个人后，三个人就各忙各的了，谁都没有心情管别人的事了，关系疏远了许多不说，还产生了妒忌心，矛盾开始出现了。

李天震每天到养猪场的时间最早，走的却最晚。他一个人干活有点忙不过来。唐为政和秦虎都有自己的女人来做帮手，两个人干活比一个人干活效率高。李天震的女人离开他的生活已经有十多年了。十多年来家庭生活的担子全部由他一个人扛。他忙碌完外面的工作，回到家里还得操持家务，又当爹又当妈，如同旋转中的陀螺，不停地转，有点晕头转向了。虽然他曾经有过再娶女人的想法，可这个想法在现实生活中消失了。他还有比娶女人更大的心愿与责任。他要把两个孩子抚养成人，看着孩子成家立业。这是他的心愿，也是义务与责任。为了实现这个心愿，他放弃了再婚的念头，领着两个孩子含辛茹苦的生活着。

田间小路上静静的，四处没有杂音，只有丝丝晚风掠过。他边走边想着心事。他一个人饲养那么多猪不只是劳累，也有点忙不过来，想找个帮手。他认为雇人干活不划算，也不放心。养猪是责任心非常大的工作，如果稍不留意让猪吃了农药之类的东西，可是不得了的事。他想来想去认为还是应该再跟李亲实商量商量，争取让李亲实从松江县城回来帮他养猪。

他走一路想一路，不觉中回到家了。

他推开家门，迎面扑来一股热气，屋里暖暖的。虽然北大荒已经是初春了，但北大荒初春仍然寒气逼人。昼夜温差很大。他模模糊糊的看见锅灶上还冒着热气，知道晚饭已经做好了。他看见李亲亮正趴在炕上写作业，断定晚饭是李亲亮做的。

李亲亮把作业做完了，停下手中的笔，收拾起在炕上的课本。李天震问亲实还没回来吗？李亲亮说没有。

李天震干的是体力活，饿得快，肚子里叫个不停，如同翻江倒海般的难受。可今天他还想等李亲实回来一起吃饭。他坐到沙发上，拿起旱烟叶和卷烟纸缓缓卷起烟来。他想天都黑了，李亲实也该回来了。他手中的烟抽到一半时，屋门被拉开了。

李亲实从外面走进屋，一股寒气也跟着涌进来。他脱下外衣，把衣服往炕上一扔，坐在了炕边上。

李亲亮去厨房端饭了。

李天震语气温和地说："劳动服务公司的活你就别干了。那活不挣钱，瞎混日子，你还是回来帮我养猪吧！"

"不养。"李亲实说。

李天震说："养猪有什么不好？这又不是偷鸡摸狗见不得人的事。只要是靠劳动挣钱就行呗。"

"你认为承包养猪能挣到钱吗？"李亲实不相信养猪能挣到钱，就算能挣钱他也不会养猪的。

李天震说："肯定能挣钱。我给公家养了这么多年猪，对这事还不了解吗。"

"能挣多少钱？是能挣一百，还是二百？"李亲实漫不经心地说。他的语气似乎夹带着疑惑与嘲笑，根本就看不起养猪。

李天震说："能挣多少我说不准，反正是挣钱，应该比你在服务公司干临时工挣钱多。如果赔钱，镇里还能把养猪场保留到现在吗？"

"这可不一定。说不上是镇里当官的为了吃肉方便，才把养猪场保留下来呢。如果我跟你养猪，忙活一年只挣个三百二百的，还弄得全身是臭味，那还有什么意思。"李亲实说着自己的理由。

李天震认为养猪能挣钱，当然这只是他的判断，到底能不能挣钱，如果能挣钱，又能挣到多少钱，还真就说不准。他坚持地说："你还是回来干一年看一看，如果不挣钱，你再去干临时工，我也不拦你。"

"那还不如你先干一年了，如果今年挣到钱了，明年我再回来帮你干也不迟吗。"李亲实提出了相反的意见。

李天震生气地说："我不是干不过来吗。如果我能干过来还会让你回来吗。"

"你干脆雇个人算了。"李亲实脱口而出。

李天震火了说："我还不知道雇人吗。雇人不得花钱吗。承包才开始，第一年还不知道挣不挣钱，就雇人能行吗？"

"你还不知道能不能挣钱呢，就让我从县城回来帮你养猪，你负责任吗？这是当爹应该做的事情吗？"李亲实理直气壮地质问。

李亲亮插话说："你们两个人不能小点声吗，让外人听见好听呀？"

"没你的事。"李亲实冲着李亲亮发火。

李亲亮说："你疯了，对谁都发火。"

"我真就快被你们给气疯了。"李亲实说。

李天震说："谁气你了？"

"你！你见到我就让我回来帮你养猪。这件事你反反复复说，谁受得了？你负责任吗？"李亲实不愿意提起养猪这件事。

李天震恼怒了，似乎要吼起来地说："我不负责任你能长这么大吗？"

"哪个父母不养孩子。你养我是你的职责，也是你的义务，这是你应该做的。"李亲实毫不让步。

李天震一时语言堵塞。

李亲实冷漠地说："你养我觉得委屈了？你不养难道说让别人养吗？我怎么不朝别人喊爹呢？谁让你生我了，你生我，就得养，就不要抱怨。如果你抱怨，只能抱怨你自己。"

"混蛋。你这是说人话吗？"李天震斥责着。

李亲实说："有本事你别生我。"

"畜生。你还是人吗。我怎么养了你这么个不懂人情的东西。"李天震把筷子往桌上一扔，筷子砸在盘子上，又落到了地上。

李亲实猛然站起身，不服劲地说："我是畜生，你是什么？"

"我是你爹！"李天震脖子上的筋暴起来了。

李亲实双眼瞪得很大，斜视着李天震，愤怒地说："我看不像。我怎么会有你这么个爹呢？"

"你还有点人味吗？"李天震说。

李亲实说："你都骂我是畜生了，我哪还会有人味。"

"你就不能少说两句吗。"李亲亮对李亲实说。

李亲实扭过头，瞪着李亲亮警告地说："你闭嘴！没有你说话的权利。"

"你还像话吗?"李亲亮说。

李亲实说:"我不像话,他像话。有他这么当爹的吗?"

"这是你应该说的话吗?"李亲亮对李亲实的态度相当不满意。

李亲实认为李亲亮在帮着李天震说话,更为恼火地说:"你没听到他在说什么吗,你没有听见?还是聋了?"

"我怎么养了你这么个狼心狗肺的东西。"李天震无可奈何的骂着。

李亲实不服气地说:"行,我狼心狗肺。你看谁不狼心狗肺,就让谁帮你养猪吧。以后你少跟我提这件事。我耳朵都快听出茧子了。"

"你不回来养猪就别在家里待,想去哪就去哪吧。"李天震痛心地说。

李亲实突然离开饭桌,走到炕边,弯腰,伸手拎起放在炕上的外衣,把外衣披在肩膀上,摔门扬长而去。

李天震接受不了李亲实对他的这种态度。他是李亲实的爹,儿子怎么能用这种口气跟爹说话呢。他无法相信这是真的,可这是刚发生过的事情。并且已经不是第一次了,而是屡见不鲜,成为家常便饭了。可他又能有什么办法呢?谁让他摊上了这么个不讲道理,没有人性的儿子呢。他心情很不好,没了食欲,饭是吃不下去了。

2

李亲亮清理着饭桌子上的餐具。他把餐具拿到厨房洗刷完后,背起书包去学校上晚自习了。他刚走出院落便看见站在夜色中的林玉玲了。

林玉玲是来找李亲亮一起去上晚自习的。她走到李亲亮家院落外,听到了屋里的吵架声,停住了,没走进院落。吵架声停止时,李亲实气冲冲的从屋里出来,朝林玉玲站着相反方向急速而去。李亲实没看见林玉玲。林玉玲看着李亲实远去的背影,感觉到李亲实十分生气。她站在夜色中迟疑着,不知是等下去,还是离开。正在这时她看见房门又开了,借着暗淡的光亮,看见走出来的是李亲亮。

李亲亮本想跟林玉玲打招呼,可没心情,一句话也没有说。他们在夜色中默默地朝洼谷镇小学校走去。

小学校在镇西头，去学校路上经过许多人家门前。从窗户透出的灯光散乱地映衬着夜色，使夜色变得柔和起来。

林玉玲虽然年龄不大，但心思细腻，理解李亲亮的感受。这似乎和她的年龄有点不符。走了一段路后，她关心地问，你又跟你哥吵架了？李亲亮说不是我，是我爸和他。这几天他们俩一见面就吵，烦死人了。林玉玲问你爸和你哥为什么事吵架？

李亲亮淡然地说还不是为了养猪的事吗？林玉玲说你们有事好好商量呗，吵架是不解决问题的。李亲亮无奈地说我哥不允许别人说他不对，谁如果说他不对他就跟谁发火。林玉玲不解地说你哥的脾气怎么会这么不好呢？李亲亮叹息了一声说，他像是我们家的皇帝，我和我爸如同是他的臣民，臣民能跟皇帝谈什么呢？

林玉玲说你最好别让家庭矛盾影响了心情，咱们还有半年就考初中了，初中是分优班与差班的，能分到优班非常重要。

李亲亮说我知道。他转过脸感谢地看了一眼林玉玲。虽然没有月光，黑夜遮挡住了视线，但这是心灵之约，这种感觉能穿透黑夜，相互都能体会得到。

林玉玲自言自语地说，今晚是我在这里上的最后一个晚自习，明天就不会在这里学习了。李亲亮问明天你家就搬走了吗？林玉玲带着一丝眷恋地说，我家明天就搬到县城去了。这里的生活只能成为往事，留在记忆中了。

李亲亮说这么快。他有点失落，如同失去了什么似的。他并不知道自己为什么会产生这种心情。可能是他不想让这位好同学离开吧？他的这种感受同样也存在林玉玲心里。

林玉玲说咱们很快会见面的，再过半年就上初中了，到时候咱们在同一所中学读书，不又见面了吗。李亲亮说还有半年呢。他感觉半年时间很漫长，有些遥远。林玉玲幻想地说读中学一定会很开心。

李亲亮说读中学咱们还会在同一个班级吗？

林玉玲说肯定会的。

他们来到学校时其他同学已经来了。前一天数学测验的成绩出来了，老师把分数用毛笔写在白纸上。白纸粘贴在教室的墙壁上。这次李亲亮得了第一名，但他不像往次那么高兴，好像麻木了。林玉玲为他高兴。他们俩是全班学习成绩最好的，每次考试不是林玉玲第一名，就是李亲亮第一名。第一名的位置总是在他们两个人之间轮回。他们的学习成绩不相上下。老师看好他们的未来，也注重对他们的培养。今天的晚自习有点特别，他们两个人手捧着书发呆，都没有学进去。下了晚自习，他们在夜色中待了很久才缓缓地各自回家了。

李亲亮回到家时，房门锁着。李亲实不在家住，李天震晚上经常到别人家去玩，家里只有他一个人。他走进屋里突然觉得有些凄凉与孤独。他放下书包，躺到炕上，在不知不觉中睡着了。

李天震回来时李亲亮朦朦胧胧的感觉到了，因为困倦正浓，没有起来。李天震没惊动李亲亮，拿过一条被子给他盖上。然后自己躺下睡觉了。

3

李亲实回到集体宿舍时孔夫子正蹲坐在炉子前煮面条。孔夫子问你吃饭了吗？李亲实说没有，你多煮点。孔夫子往锅里添加了些水。李亲实脱掉外衣，坐在孔夫子对面。

孔夫子看了一眼李亲实说，你脸色不对呀？李亲实诉苦似的说老爷子还想让我帮他养猪，你说我能去养猪吗？孔夫子说这就是没有文化的悲哀，如果你爸有文化就不会这么想了。

李亲实感叹地说，学好数理化不如有个好爸爸，如果我爸当官，我不就参军入伍了吗？孔夫子说你这次没能参军真是可惜了，部队里才能锻炼人呢。李亲实说我是想参军，可没这个命，看来是舍不得与你分开。

水开了，孔夫子往锅里放挂面。他一边放挂面一边用筷子搅动，还在说你爸是死脑筋，你搬出来住搬对了。李亲实说我真不愿意回家了。孔夫子说也不能这么想，家总归还是家，该回还得回。

当初李天震反对李亲实从家里搬出来到集体宿舍住的。李天震虽然没文化，说不出理由来，但认为这不是好事情，哪有不在家里住，而搬到集体宿舍去住的？这不符合常规。他不愿意做违背常规的事情，比较喜欢按部就班的生活。可李亲实别出心裁，非要做违背常规的事情。父子两人的处事方式迥然不同，分歧很大。

其实，李亲实是因为孔夫子才搬到集体宿舍住的。

孔夫子一米七二的个头，皮肤有点黑，身材有点胖，显得结实，说话不紧不慢，走起路来不慌不忙。在他床头上放着几本古诗词和文言文的书。他本名不叫孔夫子，因为他平时爱说一些让普通人听不懂的古文，讲一些普通人听不懂的大道理，做出很有学问的样子，才得到了这么个称呼、雅号。时间一长，人们就把他的本名给忘了。

孔夫子是哈尔滨知青，下乡插队来到洼谷镇后没有返城。他自以为是知青，又来自省城，觉得要比别人高一等。他很得意，也很骄傲。在大多数知青返城回家后，他却永久的留在了北大荒，留在了洼谷镇。他不回城的理由很简单，如果回城没好工作，为了生活去扫大街，还不如在北大荒当种地工人了。他家没有社会关系，自己又没能力，如果回城说不定连扫大街的活还干不上呢。

在洼谷镇只有孔夫子一个知青了。他一个人住在过去数十名知青住的集体宿舍里显得空荡荡的。可他并不寂寞，就算是寂寞了，也不会流露出来，怕外人知道了笑话他。他最大特点就是城府深，外人猜测不透他心中是怎么想的。如果说他一个人独守集体宿舍不寂寞，这肯定是假的，但从他的表情中，言语里，却找不到一丝寂寞的痕迹。

孔夫子希望有人来陪伴他，调节单调的生活。他在暗地里一直鼓动李亲实搬到集体宿舍来住。李亲实年轻，处事考虑简单，容易冲动。他经常和孔夫子在一起玩，觉得住在集体宿舍没有约束，要比在家放松，随意，就想从家里搬出来住。

李亲实对李天震说要跟孔夫子学习文化知识。在李天震的思想意识里李亲实根本不是学习的料，认为李亲实是在找借口。李亲实看说服不了李天震，就让孔夫子做李天震的思想工作。

孔夫子刚下乡时和李天震同在镇里饲养场一起喂过马，后来镇上不养马了，饲养场解散了，李天震去养猪了，孔夫子去场院农工班干活了。李天震对孔夫子的印象不好也不坏，觉得孔夫子懒散，只是用话哄人，不干实事。两个人关系不远不近处在一般化。

孔夫子给李天震讲解李亲实搬到集体宿舍住后，有利于教育李亲实。他可以引导李亲实多读书，懂更多处事道理。

李天震说："亲实在学校都没学好，现在还能学成个什么呢？不是那块料，让他跟着诸葛亮学也没用。"

"李天震，这你就不懂了，你知道吗，许多大学问家都是在离开学校后才事业有成的。就拿诸葛亮来说吧，那时没有大学吧？可诸葛亮的学问比现在的大学教授差吗？不差吧。咱不指望让亲实再去考大学，但让他多读点书，还是没有坏处吧？"孔夫子夸夸其谈向李天震传送着让李亲实搬到集体宿舍住的好处。

李天震知道三国中有个诸葛亮，才智过人，但不了解教授这个职业，不知道教授是干什么的，更不明白教授与诸葛亮之间的关系。他看孔夫子这种执意态度，有些为难，不好驳了孔夫子的面子，没有再坚持自己的意见。他说："那你就好好教亲实吧，教好了，有出息了，我请你喝酒。"

李亲实从家里搬出来并不是要学什么知识，只是想得到一种解脱。他住进集体宿舍后，就好像关在笼子里的鸟儿重新获得自由，在天空中飞翔一样没有了约束，那么放纵。他除了回家吃饭几乎整天不着家，来无影去无踪，家好像只是他生活中的驿站。有时李天震好几天都见不到他的影子。

4

这天下午放学后，李亲亮背着书包回家，看院落门开着，房门没有锁，断定李亲实没去上班。不知道为什么他一想到李亲实在家，不自主的从心头涌起一丝隐隐不快，心情沉重下来。院落门与房门之间只隔着五米远的距离，他还没来得及思索什么，就已经穿过院落拉开房门了。

李亲实和冯志辉、薛庆松三个人正围在炕上下象棋呢。他们看见李亲亮放学回来就不玩了，站起身准备往屋外走。李亲实一边往屋外走一边用命令的口气对李亲亮说："面发了，你蒸馒头！"

"我不蒸！"李亲亮拒绝地说。他一听李亲实说这句话，气就不打一处来。他心想李亲实没去上班，在家玩了一天，还让他做饭，这不是在欺负他吗。他要反抗。

李亲实觉得丢失了脸面，顿时恼羞成怒。他已经走到门口了，却猛然来了个一百八十度的大转弯，面对李亲亮，紧接着如同饿虎扑食似的冲了上去。

薛庆松和冯志辉见兄弟俩又要打架，急忙尽力阻拦。他们知道这兄弟二人如果撕打在一起，出手重，不留情，会往要害处打。他们站到了李亲实和李亲亮中间，想阻挡李亲实，不让李亲实靠近李亲亮。

李亲亮比李亲实小四岁，体格不如李亲实健壮，每次打架都是以他受到伤害而结束。正是因为有这种遭遇他才会产生对李亲实的仇恨和敌视。他目不斜视地瞪着李亲实，坚决地重复了一句："我就不蒸！"

"狗娘养的，你不蒸……"李亲实暴跳如雷，再次朝李亲亮扑过去。薛庆松和冯志辉像堵墙挡住了他。他没能得逞。可他没有停止攻击，而是发动了更为猛烈的进攻。他决定要跨过这道防线，摧毁这道障碍，大有不达目的决不罢休的架势。他挥舞起拳头对准冯志辉前胸就是狠狠几拳，如同射出去的炮弹直击目标。冯志辉没想到李亲实会攻击自己，又是这么凶狠，不留情面，面带难色，怯生生的不敢再阻拦了，退到了旁边。李亲实虽然摧毁了冯志辉这道防线，可还有薛庆松这道防线呢，仍然无法靠近李亲亮。薛庆松还站在面前，不让他接近李亲亮。薛庆松不怕他的拳头。薛庆松敢跟他撕扯，甚至可能会还击。薛庆松是他姑母家的孩子。是他的表弟。虽然岁数比他小三岁，可个子比他高，身体比他健壮，有足够力量阻止他。李亲实见李亲亮毫不示弱，一脸不服气的样子，就更想征服李亲亮了。他冲不过去，无法接近李亲亮。他如同一头暴怒的狮子面对可口的食物，而又得不到，急得在那里打转。正当他无处发泄时，一侧身，忽然发现在窗台上放着一块刚打开还没用过的香皂。他灵机一动，说时迟那时快，在其他人还没反应过来时，他已经抓起香皂朝李亲亮奋力掷去。香皂像只离弦的箭飞向李亲亮。

李亲亮被香皂击中了眼睛，感觉疼痛难忍，随之一声惨叫，扑倒在炕上。

李亲实看见李亲亮被打中了，败下阵去，顿时得到了一丝快感，脸上露出胜利者的表情。他转身朝门外大步流星走去，以凯旋的姿态匆匆离开了战场。

虽然这不是战场，但这是兄弟之战，亲情之战，家庭之战。这种战争更加可悲和不幸。

薛庆松和冯志辉看了一眼倒在炕上的李亲亮觉得痛心，但又无可奈何，轻轻的摇了摇头，跟在李亲实身后走出了屋。

这是发生在1983年三月北大荒一座叫洼谷镇上的事情。

此时正是初春的傍晚，夕阳已经徐徐落下，在西方的天际里留下一片迷人的彩霞。万物被晚霞照得是那么迷人，让人产生无限遐想和眷恋。

北大荒初春的季节冰雪正在消融，万物开始复苏，天气有些寒冷。人们身上的棉衣没有脱去，走起路来显得笨拙。

李亲实走到房西头贯穿全镇南北的主街上四处看了看，看见不远处邱忆林开着机动四轮车朝这边驶来，站在那里等邱忆林。

邱忆林把车开到李亲实身前停住。邱忆林知道李亲实玩性大，也有摆弄车的爱好，可他是往地里拉东西，而不是去县城，便说："我去地里，你去哪？"

"我跟你去玩。"李亲实向前走了几步，跨入了车的驾驶座位上。

邱忆林站起来，把驾驶员的座位让给了李亲实，他坐到了旁边的位置上。机动四轮车只有一个座位，旁边一左一右，还可以各坐一个人，坐在两侧是不符合机动车行驶安全要求的，如果让管理部门看见会受到处理的。李亲实坐到驾驶员的座位上，手握着方向盘，转过头对薛庆松和冯志辉说："你们去不去？"

"我是不能去。我爸快要下班了，我得回家做饭了。"冯志辉说。

李亲实说："你妈没在家吗？"

"我妈腰疼。这些天饭全是我做。"冯志辉说。

薛庆松没说话，也没有上车的意思。

李亲实转过头，目视前方，挂上档，加大了油门，机动四轮车排气筒里"嗵嗵"的冒出几股浓浓黑烟，加速向洼谷镇外奔去。

薛庆松一边往家走一边回想着李亲实用香皂打李亲亮的场景，总觉得李亲实太凶，下手太狠了，感觉到这次李亲亮被打中要害部位了，有着隐约担心。他回到家看饭已经做好了，坐在饭桌前有意无意地说："亲实又把亲亮打了。"

"为什么事情？"李天兰问。

薛庆松说："亲实让亲亮蒸馒头，亲亮不蒸，就打起来了。"

"你没把他们拉开吗？"李天兰说。

薛庆松说："我把他们拉开了，亲实是用香皂打的。他们俩打架，下手太重，好像不是亲兄弟似的。"

"不是亲兄弟也不能这么打呀。"薛庆香说。

薛庆松说："真没见过他们这样的亲兄弟。"

"都怪亲实。"薛庆香说。

薛庆松生气地说："亲实太不像话了，我已经把他拉开了，还不肯罢休，竟然拿东西打。志辉上前拉架，他还打了志辉几拳。哪有这样人。"

"亲实脾气不好，性子刚烈，还不听劝。他这样下去准会吃大亏的。"李天兰说。

薛庆松说："我三舅也不管他。"

"你三舅能管得了他吗，他不管你三舅已经不错了。"李天兰说。

薛庆松吃了一口饭，又说："这回恐怕我三舅得管他了，再不管就打出人命了，等出了人命再想管，可真就晚了。"

"亲亮被打伤了吗？"李天兰担心起来。

薛庆松没看见李亲亮的伤处，预感会很重，推测地说："应该伤得不轻。"

"伤在什么地方了？"李天兰问。

薛庆松说："好像是打在眼睛上了。"

"眼睛是随便打的地方吗？亲实太不像话了，怎么能往眼睛上打呢。"李天兰没有心情吃饭了，放下筷子出了屋，朝李天震家走去。

6

李天震下班回到家看李亲亮趴在炕上低声哭个不停，知道李亲亮跟李亲实又打架了。他的心不自主地抽动了一下，沉重起来。他不希望李亲实跟李亲亮打架，可这种事情总在不断发生。在他们居住过的地方，几乎所有人都知道李亲亮和李亲实打架的事。有好心的邻居曾经多次对李天震说：你家老大心真狠，他打你家老二往死里打，如果哪次不注意，打失手了，打死了可怎么办？李天震生怕发生这种悲剧事情。可他又有什么办法呢？他批评李亲实不起作用。几年前有一次他气急了，狠狠打了李亲实。李亲实犟劲上来了，学不上了，跑到外地一待就是四五天。李天震停下工作四处寻找，怕李亲实失踪。他没找到李亲实，在几天后李亲实自己回来了。从那以后他就不再打李亲实了。现在他已经打不动李亲实了。他把希望寄托在时光上，希望在岁月的前行中兄弟二人能尽快长大，能懂得手足之情，亲人之爱。他们毕竟是同一个娘生的孩子，血浓于水吗。随着岁月流逝，年轮辗转，李亲实和李亲亮在渐渐长大。可他的担心不但没有减轻，反倒加重了。小的时候没有力气，一般情况下是打不坏的。长大了，有了力气，如果打到要害处，很可能会被打残，打死。这可是不得了的事情。他没问李亲亮打在哪儿了，为什么打架。他面对这种事情，已习惯了，熟视无睹，懒得再去问了。他看盆里的面已经溢出到盆外，散发着发酵的酸味，洗过手，开始蒸馒头，做晚饭了。

李亲亮感觉眼睛非常疼痛，不敢睁开，也睁不开了。他趴在炕上用手捂着。他的眼泪已经哭干了，只是在微弱抽泣，如同哀乐，影响着屋中气氛。李天震做好了饭，叫李亲亮起来吃饭。李亲亮没有任何反应。

李天震干了那么多体力活，能量消耗大，早就饿了，坐在饭桌前有着强烈的食欲。他拿起馒头咬了一大口，咀嚼着。这时房门被拉开了，他转过头一看是妹妹李天兰来了。

李天兰进屋问："亲亮没事吧？"

"你怎么知道的？"李天震看了一眼李天兰，不清楚她怎么会知道这么快。

李天兰说："庆松说是打在眼睛上了，眼睛是能打的地方吗，如果打坏了，那可是一辈子的大事。"

李天震听到这句话，头"嗡"的一下子，好像要炸开了似的。他心想如果眼睛被打坏了，这辈子不就完了吗。他刚咬了一口馒头，馒头在嘴里还没有嚼碎呢，却失去了咀嚼感。他感觉堵得慌，喝了口水，才把嘴里的食物嚼碎咽下去。他走到炕边伸手去拉趴在炕上的李亲亮，用命令的口气说："坐起来，让我看一看！"

"你不用看，看了也不管用，让你大儿子打死我算了。"李亲亮非常生李天震的气，他认为李天震没尽到做父亲的义务，也没起到家长的责任。他还趴着。

李天震把李亲亮强行拉起来。

李天兰走上前一看，被吓了一大跳，这哪里是眼睛呀，这完全是一块血球。她惊慌地说："快去县医院吧。这么硬挺着可不行。"

"你们俩真是想存心气死我呀！"李天震又生气又心痛。

李亲亮说："这根本不怪我。"

"谁家亲兄弟像你们两个，跟仇人似的，见面就打架，打起架来不要命。"李天震责备着。

李亲亮认为自己没有错，李天震这么说没有道理，反驳地说："你说你大儿子去，别说我。我敢打他吗？我能打过他吗？他总在欺负我。"

"你好好的他就打你了？"李天震说。

李亲亮说："他在家玩了一天，不做饭，让我做，我不做就打我，他不是在欺负我是在干什么？有他这么当哥的吗？"

"眼睛都肿成这样了，就别说这些了，说这些没有用，得先去医院看病，看病不能耽误了，如果没钱到我那去拿。"李天兰看父子俩争吵起来急忙劝说着。

李亲亮又趴在了炕上。

李天震没有马上送李亲亮去县医院治疗眼睛。他一是没钱，二是不会骑自行车。虽然李天兰借钱给他，但要等李亲实回来，让李亲实送李亲亮去县医院。

李天兰看了一眼李天震埋怨地说："你说亲实这孩子的心咋这么狠？亲亮是他亲弟弟，怎么能往死里打呢。"

李天震不说话，手在不停地卷着烟，心中的苦处好像在这默默地卷烟中被卷起来了。

李天兰看了一眼趴在炕上的李亲亮，仍然止不住心中的气愤，不解地说："你说亲实这孩子像谁？怎么会是这么个坏脾气？"

"像他妈。"李天震缓慢地说。这句话似乎勾起了李天震不愿想起的往事。他的表情是那么伤感，心情是那么沉重。

李天兰是理解哥哥的，也为哥哥磨难的生活经历感到难过。她知道哥哥这个没有女人的家已经是支离破碎了，尽可能来帮助哥哥度过生活中的难关。正是因为有了她的帮助，李天震才能在几年前从外地落户到洼谷镇。

李天震虽然刚落户到洼谷镇不久，但对这里并不陌生。最初他从山东老家来北大荒寻找生活出路时，就是在洼谷镇落的脚。他成为北大荒农垦早期正式职工。后来他的女人嫌东北的冬季太冷，夏季太短暂，不愿意在北大荒生活，非让他回山东老家不可，他便离开洼谷镇回山东老家去了。山东老家人多地少，产量低，收入有限，连温饱都难解决，日子并不好过。他在老家生活了一阵子后，又重新回到了北大荒。当他再次来到洼谷镇时，洼谷镇落户口的政策有了巨大改变，不像从前那么宽松了，要求的非常严格，不容易落上。他又不想回山东去，就暂住在李天兰家等待机会。

这期间公家不供应他粮票、布票，孩子不能读书，在家属队里和妇女一起干活，工资低，吃高价粮，生活中全部依靠李天兰家帮助。

李天震在李天兰家住了一年多才把户口落上，才吃上国家的供应粮，分到了房子，李亲亮也能上学读书了。别人享受的生活待遇他都享受到了，镇里安排他到养猪场去养猪。但他没批上正式职工，而是临时工。他工资收入比正式职工少。

北大荒农垦系统多数工人和大城市里的工人是有区别的。这里的工人没有脱离土地，以农业生产为主。但跟城市里工厂的制度完全相同，挣工资，吃供应粮，住公房。现在也面临改革，落实土地承包责任制。

李天震工作的养猪场在进行改制。这些天正是李天震工作不开心，心情烦躁的时候。他家里发生了这件事，真是火上浇油，心烦意乱。他沉默了一会，感慨万端地说："真是一点也不让我省心。"

"没钱到我那拿吧。这事可不能耽误了。"李天兰临走时说。

过了吃晚饭时间李亲实才从外面余兴未消回来。李天震阴沉着脸，李亲实装作没看见。李亲实不怕李天震。他每次打完李亲亮只是受到李天震言语上的批评，这种不痛不痒的批评对他不起任何作用。他饿了，去厨房找饭吃了。他揭开锅盖，端出饭，狼吞虎咽的吃起来。

李天震感觉李亲实越来越不让他省心了。他认为李亲实性格不像自己，而是继承了他女人的性格。他想到这儿，心里涌出一股酸酸的滋味。他的女人在十多年前悄然离开了他。现在音信皆无，生死不知。

李亲实放下碗筷，站起身，打着饱嗝，还想出去玩。但被李天震喊住了。李天震责备地说，你把亲亮的眼睛都打成什么样了？李亲实总是把李天震的话当成耳边风，不往心里进。不过，他今天比往次多了几分担心。他清楚眼睛不同其它部位，担心打瞎了。他止住步，回过头看了一眼趴在炕上的李亲亮，心想李亲亮如果像现在这样对他百依百顺多好。这样他们还会打架吗？他认为征服李亲亮是对的，不然李亲亮总不服气，总跟他据理力争，想分高低。想到这儿，他不但没有一丝同情和怜悯的意思，反倒从心底涌起一丝幸灾乐祸的感觉。

李天震说："你去你姑家拿点钱，明天送亲亮去县医院。"

"还用去医院呀？"李亲实认为不用去县医院。事情没那么严重，去县医院有点小题大做了。

李天震生气地说："你好好看一看亲亮的眼睛，都肿成什么样了！眼珠都看不见了，现在不去医院，还等瞎了再去吗？"

"借多少？"李亲实问。

李天震没回答。他不知道去医院需要花多少钱，也不知道妹妹家有多少钱可借给他。虽然妹妹家比自己家富裕，但都是挣工资，收入有限，家中还有好几口人的花销呢，也没有多少余钱。

李亲实迟疑了一下，去李天兰家去借钱了。

李天兰家在洼谷镇东头，李天震家在镇西头，洼谷镇不算大，路不算长，李亲实走得快，一会就到了。

李天兰家每天吃过晚饭都会有几个人来玩扑克。李天兰不会玩扑克，坐在旁边观看着。她看李亲实来了，就把话题转到了李亲实身上。她说："亲实呀，你今年都十八岁了，也不小了，应该为你爸分担点心事了。你爸忙里忙外的拉扯你们兄弟两个多不容易。你们兄弟两个有啥事说不开的呢，还非得动手打，你们打架不怕外人笑话吗？如果你把亲亮的眼睛打瞎了那可咋办？"

李亲实越来越烦李天兰了，李天兰不管人多人少想说他就说他，说起他来一点情面都不留。他认为李天兰在批评他时应该考虑他的自尊心。李天兰没这么考虑过。她认为自己是李亲实的姑，李亲实又没有母亲，应该批评李亲实，也有义务教育李亲实。李亲实虽然不想听，但又不能顶撞李天兰，只能耐着性子听着。他一个耳朵听，一个耳朵冒，等李天兰唠叨完了，也就解脱了。

李天兰知道李亲实是来借钱的，说话之间已经拿出了钱。

李亲实接过钱，把钱往兜里一塞，什么也没说转身走了。他没有直接回家，而是去了邱忆林家。邱忆林家有百事通，孔夫子，还有小神童等人。他们在议论着一张裸体女人油画。屋里人你一嘴，他一舌，谈得热火朝天，非常热闹。李亲实加入到这个行列中了。

8

一男一女两名穿白衣大褂的医生坐在门珍室里窃窃私语地聊着什么，李亲实领着李亲亮走了进来。医生看有病人来了，停止了闲聊的话题，把目光投向李亲亮。李亲亮用左手捂着左眼走到医生面前。男医生问："眼睛怎么了？"

"被打的。"李亲亮放下了捂左眼睛的手回答。

男医生问："谁打的？"

"我哥。"李亲亮回答。

男医生让李亲亮坐下，仔细查看李亲亮眼睛上的伤。男医生看着伤，认为哥哥把弟弟打成这样有些残忍，生气地说："你哥还是人吗，把你打成这样。"

李亲实听男医生说这句话很生气，真想给男医生一巴掌。可他不能打医生，这是在医院。他是来给李亲亮看病的，不是来闹事的。

男医生检查过李亲亮眼睛上的伤后说："住院吧。"

"还用住院呀？"李亲实没想到会让李亲亮住院治疗。他知道住院花钱多。

男医生毫不客气地反驳说："你看眼睛都肿成什么样了，还不住院。住院治疗都不一定能完全恢复视力。不想住院也行，后果自负。"

"病人应该听从医生的。那就住院吧。"李亲实急忙顺着医生说。

李亲亮住进了县医院。这是他第一次住院治病。

松江县人民医院是几座平房，如同北京四合院那样结构，面积比四合院大多了。每个房间放着四张病床。李亲亮这个病房里住有三个病人，一个快要出院了，另一个是刚住进来的。病人和病人之间相互不熟悉，很少交谈。

李亲亮左眼不敢睁，蒙着白纱布，只能用右眼看东西。护士每天按时来给他吃药，打针，换药。他想回家，可又回不去。他怕耽误了课程，课程肯定是耽误了，这是没法改变的事实。

李天震有那么多猪要喂，有那么多活要干，没时间来医院看李亲亮。

李亲实基本上每天来医院看一次。他在县城劳动服务公司干临时工，来医院方便。他有的时候是中午来，有的时候是晚上回家之前来。他有时候还会在医院里跟李亲亮一起吃饭，这让李亲亮感受到了少有的兄弟之情。

这种感受是温情的。

有时候李亲亮会产生一种奇怪念头，希望能长时间住在医院里，这样才能保留住兄弟之间纯真的感情。他知道只要病好了，出了医院，这种兄弟之情就如同街上的水珠遇到了太阳被蒸发掉，悄然消失。他不想失去这份亲情。可医院毕竟是病人疗伤的地方，而不是家，病好了是要离开的。他是不可能久留在医院里的。

第三章
浮躁的青春
FU ZAO DE QING CHUN

1

李亲实只要有时间就去百事通家玩。李天震让李亲亮去找李亲实时回家吃饭。李亲亮遇见好几次百事通家饭桌上摆着鸡、鸭、鹅肉，这些肉食散发的香气极为诱人。饭桌前坐着孔夫子、宋小江他们几个人。他们经常在一起喝酒，吃肉。李天震听李亲亮这么一说，心里犯嘀咕，百事通家哪来那么多鸡、鸭、鹅肉吃呢？

他想这些普通人家饭桌上很少见到的肉食，在百事通家却经常能吃到，这事有点怪？不正常，莫非百事通是把自己家的鸡、鸭、鹅全杀了给这些人做下酒菜了？但这是不可能的。百事通家也没有这么多鸡、鸭、鹅可杀呀。

李亲实在百事通家吃习惯了，嘴就馋了，养成了挑饭的习惯，不愿意吃自己家的饭，总是嫌家中的饭不好吃。

这天李亲亮刚把馒头热好，没炒菜，只有咸菜和萝卜汤。李亲实从外面回来看没有菜，没了食欲，带着情绪说："就这饭，能吃下去吗？"

"家中就这些东西，让我怎么做。"李亲亮说。

李亲实拿着筷子在萝卜汤饭碗里翻动了几下，用筷子挟起一个馒头片，放到嘴里慢慢嚼着，做出难下咽的表情。

李天震说："要么你回来帮我养猪，如果挣到钱了，咱们的生活就会好起来。你还可以买摩托车，录音机。"

"你就知道让我帮你养猪，除了让我帮你养猪还会干什么？你怎么不说给我弄个办公室的活干呢？"李亲实不想听李天震说养猪的事情。他肯定不会回洼谷镇帮李天震养猪的。

李天震说:"你是坐办公室的料吗?"

"不坐办公室,干别的也行吗。宋小江小学还没毕业呢,就在镇政府开车了。我总比宋小江文化高吧。"李亲实说。

李天震说:"你能跟宋小江比吗,宋小江他爹是镇长,你爹只是个养猪的。"

"所以吗,咱家的饭就跟猪食似的。"李亲实说。

李天震说:"那你就别吃。"

"不吃就不吃。"李亲实把筷子往桌上一扔,站起身,出了屋,朝百事通家走去。

2

百事通一米六八的个子,圆脸,偏瘦,穿着喇叭裤,能说会道,显得不安分。他不是知青,但把自己当成知青。他这种心态和孔夫子差不多,两个人经历也相似,只是秉性不同,一个好静,一个好动,来北大荒的方式也不同。孔夫子是地地道道的城市下乡知识青年,而百事通当年是投奔亲戚来到洼谷镇的。他到洼谷镇时知青已经开始返城了。他成为知青的替代者。

洼谷镇的人没有高看百事通,只是觉得这人有点特别,与众不同。百事通跟他女人谈恋爱时,遭到了女方父亲强烈反对。老人看不惯百事通流里流气,吊儿郎当,三吹六哨、不务正业的样子,发誓说宁肯把女儿嫁给瞎子,瘸子,哑巴,也决不让女儿嫁给百事通。

百事通毕竟是百事通。自然有他的应对策略。不然他也就不叫百事通了。他看做不通老人的思想工作,就来个生米煮成熟饭的办法,迫使老人让步。

老人看女儿没结婚肚子就大了,如同被百事通抓住了把柄,脸面挂不住,态度大转变,不再发表反对意见了,默认了婚事。

据说百事通是在玉米地里把他女人搞大肚子的。有人在玉米地里遇见百事通和他女人干这种事,还听到了呻吟声,不过没有走近。如果把百事通女人怀孕地点定在玉米地里,这并不准确。可能这只是他们婚前发生性行为多次中的一次,是否就是这次怀的孕，无法断定。

不过百事通的女人确实不是一般女人。她跟百事通一样在镇里很出名。她最大的举动是敢跟百事通住进吊死鬼的房子里。她跟百事通结婚时，镇里没有其他空房子，只有一个吊死过人的房子没人敢住，长年闲着。百事通找镇领导要房子，结婚。领导说就那一间吊死过人的房子是空着，如果你敢住你就住。百事通不信邪，当然敢住了，关键看他女人敢不敢住了。他跟他的女人一说，出乎意料的是他女人说：有什么不敢住的？不就是吊死过人吗，人早晚都会死的。这话说得比百事通说的还干脆，果断。

这个房子吊死的是个年轻女知青。女知青来自哈尔滨，也嫁给了哈尔滨男知青。两个哈尔滨知青在知青返城政策没下发时就结婚了，并且生了两个男孩。女知青与邻居发生了矛盾，多次经组织部门调解也不起作用。邻居是当地人，非常强势，似乎不讲理，有欺负人的举动，女知青气量小，窝火，生闷气，想不开，在家中无人时上吊自缢了。

男知青在举目无亲的北大荒洼谷镇，一个人领着两个孩子生活比较艰难，不久就领着孩子返城回哈尔滨了。因为屋里吊死过人，又是一个年轻女人，没人敢住，一直空闲着。

百事通跟他女人住进了吊死鬼的房子里去了。

百事通的女人胆子大，连吊死鬼都不怕，一传十，十传百，无人不知，无人不晓了。

百事通第一个孩子是在他住进吊死鬼房子里后第三个月出生的。生的是个男孩。当时把百事通高兴的不得了。但男孩只活了五天就死了。人们都说孩子的死跟住的房子有关。可百事通并不这么认为。后来百事通的女人生了个女孩，女孩命大，活了下来。

百事通性格活跃，好交朋友，业余生活比较丰富。他家经常聚集着一些人，高谈阔论，从珍宝岛中苏战争，到中国对越南自卫反击战，还有大清王朝时发生在黑龙江北面的江东六十四屯大惨案，全在话题之中。他家如同军事指挥中心。他如同军事参谋。

百事通正往餐桌上端菜呢，李亲实拉开门进来了。李亲实似乎摸清了百事通家吃饭的规律，经常能赶上吃饭。百事通笑着看了一眼李亲实，到厨房多拿了一双筷子和一只酒杯。

李亲实看孔夫子和宋小江他们坐在饭桌前，习惯性的加入其中，看着丰盛的菜问："今天是谁的功劳？"

"还会有谁，宋小江呗。"百事通一笑说。

宋小江是宋镇长的大儿子，聪明，长相不错，就是不好好读书，只读了小学就不读了。因为文化底子太浅，弄得他当镇长的老爸都没办法给他安排个像模像样的工作。当镇长的老爸只能给他安排个开车的活，连办公室都坐不上。他跟百事通关系不错，经常在一起吃饭，喝酒，谈女人。吃饭时只要他在饭桌前准会有鸡、鸭、鹅肉等尚好的菜。随后，镇里就会有人家吵吵嚷嚷地说丢了鸡，丢了鸭，丢了鹅。但奇怪的是丢鸡丢鸭丢鹅的人家在深夜里一点也觉察不到。

李亲实跟宋小江的关系不远不近，不好不坏，处在一般情况。两个人在一起吃喝过后再没别的联系。李亲实说："你的技术越来越高超了。"

"你这人就是有口福，关键时刻总能让你赶上。"宋小江对李亲实只当食客，而不拿东西的做法有些不满意。

李亲实说："借你光了。我敬你一杯。"

"别客气，大家在一起吃点喝点是正常事。哪天不好你也动一动手？"宋小江想逼李亲实动手。

李亲实说："我不行。我不能跟你比。你老爸是镇长，是镇里最大的长官，你想怎么样就怎么样。我没有老子做靠山，有个风吹草动就受不了。"

"让我怎么说你好呢？"宋小江显然对李亲实有想法，又不好直接说出来。如果他说出来恐怕会伤了两个人的和气。

3

冯志辉家一只正在抱窝的母鸡一夜间不翼而飞，没了踪影，这可气坏了他们全家人。如果说只是母鸡丢了，也不会让这家人那么动怒，可除了母鸡另外还有几十只快要出小鸡的鸡蛋呢。鸡蛋马上要孵化出小鸡了，被这么一晾，小鸡不但孵化不出来，连鸡蛋也没法吃了，这不是祸害人吗。冯志辉的母亲一边破口大骂，一边把鸡蛋从鸡窝里挪到炕上，用厚棉被盖上，做着补救措施，还希望能孵出小鸡来。

是谁偷了他家的母鸡呢？镇里先后已经有好几家丢过鸡、鸭、鹅的住户了。几天前他们还不相信丢鸡丢鸭丢鹅时不会没有动静呢，因为鸡、鸭、鹅都是爱叫的家禽，怎么会老老实实让陌生人抓走呢？现在他们相信了，并且对偷盗者佩服得五体投地，偷盗者能做到人不知鬼不觉，这可不是一般偷技，绝对不是新手。

冯志辉把丢鸡的事跟李亲实说了。李亲实推测是宋小江干的。他有点生气，因为冯志辉家跟他家关系很好。宋小江也知道。这不是在变相跟他过不去吗。虽然他心里生气，又不能质问宋小江，更没法对冯志辉说出实情。他如果说出来，万一冯志辉压不住火，去找宋小江可怎么办？那不是把事情闹大了吗，如果把事情搅起来，掀起风波，准会让整个洼谷镇不得安宁。不过，李亲实还是想让冯志辉知道是谁偷了他家的鸡。于是他在吃饭的时候就领着冯志辉到百事通家去了。

百事通对冯志辉表情不冷也不热，平平淡淡的。在他看来冯志辉这人没个性，没有可用之处，不想往深层次交往。虽然鸡鸭鹅不是他家的，也不是他弄来的，多一个人吃也没什么，可是保密性强，不能走漏风声，这是非常重要的。虽然他知道这些鸡鸭鹅来处不明，但从来不问是从哪里弄的，只要有人拿来他就做。然后往饭桌上一端，供大家享用。

宋小江看冯志辉来了表情有些紧张。他时不时就看一眼冯志辉，再看一眼李亲实，有点恨李亲实把冯志辉领来。李亲实做出若无其事的样子，津津有味地啃着鸡腿，吃的比往次专注。冯志辉不常跟这些人在一起玩，平时来往的少，找不到交流的话题。他吃人家的鸡肉有些不好意思，觉得欠了人家的情，放不开，坐在那儿有点拘谨，吃得很少。他宋小江没兴致，吃了几口便匆忙离开了。显然他没吃好，也不满意，离开时带着情绪。

百事通感觉到了宋小江不高兴，神情反常，可不知道是什么原因。他猜测可能是因为冯志辉来吃鸡肉引起的。今天吃饭的场景跟往次没什么两样，人员也是往日这些人，只是多了个冯志辉。可他又一想，宋小江没有这么小气吧？冯志辉又能吃多少鸡肉呢。

孔夫子吃的专心致志，心满意足。他边吃还边讲解着有关鸡的故事与传说，好像他是研究鸡方面的大学问家似的。大家时不时还会奉承几句，调节着饭桌上的气氛。

李亲实跟冯志辉是最后离开百事通家的。李亲实走出院落问冯志辉说："鸡肉做的味道怎么样？"

"我没好意思吃。不过口味还行。"冯志辉一副腼腆的样子。

李亲实说："你过于本分了，不吃白不吃，不吃也没人领你的情。你今天应该多吃。"

"人家的鸡肉，我与人家没有深交，来往少，怎么好意思多吃呢。"冯志辉说。

李亲实调侃地说："你是不是在等你家的鸡死而复活呢？"

"如果只是丢了母鸡倒也没什么，可白瞎那几十个鸡蛋了，都快到孵化出小鸡的日子了，现在只能扔了，真是可惜了。"冯志辉说。

李亲实抬头看了一眼天空，做出没有办法的表情说："可惜就可惜了吧，还能怎么办，丢的是鸡，又不是别的东西，也不值得报案。"

"把我妈心疼的不得了。我妈鸡蛋移到炕头用被子捂上，可能也捂不出小鸡。因为鸡是夜里被偷走的，鸡蛋晾着了。偷鸡的也不看一看母鸡在干什么呢，等孵化出小鸡再偷也不迟。你说偷鸡的缺不缺德？"冯志辉说。

李亲实感觉冯志辉的想法有点幼稚，天真，觉得好笑，心想如果偷鸡的想这么多还能偷吗。他说："这鸡你家也算是没白丢，最少你还吃到了肉。如果你连鸡肉也没吃到，那不是更惨了。"

"我吃到我家的鸡肉了？你这话是什么意思？我咋就不明白呢？"冯志辉把眼睛睁得很大，满脸疑惑。

李亲实话到为止，不想沿着这个话题说下去了。他说："不提了，反正鸡已经到肚子里了，提也找不回来了，还影响情绪。"

"你说的话我怎么不明白呢？"冯志辉看着李亲实如同坠落在云里雾里似的。

李亲实说："你不明白就对了。"

"你这是什么逻辑？"冯志辉琢磨着。

他们走到十字路口处李亲实问："你去哪儿？"

"我该回家了。我爸管我管得严，到点必须回家。"冯志辉说。

李亲实说："我回宿舍了。"

4

冯志辉回到家里反反复复琢磨着李亲实刚才说的话。他越来越感觉李亲实话中有话，在故意隐含什么。他渐渐悟出了百事通家今天吃的鸡是自己家被偷走的了。百事通平白无故是不会把自己家鸡拿出来给这么多人吃的。当然这只是他的猜测，判断，没有证据。他把自己的判断说出来后，他母亲顿时火冒三丈，大骂起来。

冯志辉的母亲这些天一直在生气，怎么也想不通鸡会被人偷走了，更心疼那几十个快要出小鸡的鸡蛋，认为偷鸡者不道德。现在有了偷鸡人的线索，便说："我去找他！"

"你去找谁？"冯志辉的父亲反对地说。

冯志辉的母亲说："还能找谁，去找百事通呗！"

"你凭啥找百事通？你怎么就知道是他偷的呢？你家鸡写上名字了？人家让志辉去吃鸡肉还吃错了？你说你家丢鸡了，你家丢没丢谁知道。你到公安局报案了吗？"冯志辉的父亲一连串说出了许多不让去找百事通的理由。

冯志辉的母亲哑口无言了。

冯志辉认为父亲说的在理，也反对母亲去找百事通。他说："鸡丢就丢了吧，就当被黄鼠狼叼走了。镇里不只是咱们一家丢了鸡，还有丢鸭、丢鹅的呢，别人家没张扬，咱们张扬也不好，还是息事宁人吧。"

"咱们家丢的不只是一只母鸡，还有那几十个要乳化出小鸡的鸡蛋呢。如果只是丢了一只母鸡，我也不会这么生气。"冯志辉的母亲说。

冯志辉说："生气也丢了，还是别生气了。"

"咱们丢的如果不是鸡就好了，如果丢的是别的东西，就可以到公安局报案了。"冯志辉的母亲还是难平心中愤怒。

冯志辉的父亲批评地说："你真是糊涂了，丢鸡还不行，还想丢其它贵重东西，如果丢了值钱的东西，警察破不了案怎么办？那不是白丢了吗。"

"丢鸡警察都管不了，更不用说丢别的了。现在警察只是个摆设，不起作用。镇里丢了这么多鸡、鸭、鹅也没见警察来破案。"冯志辉的母亲轻轻摇了一下头，表示对警察不满意。

冯志辉的父亲说："警察管你这屁大点的事。"

"这事还小呀，让我看一点也不小，就算是小事也会影响生活的。生活中经常丢这丢那的，能有安全感吗。小事都管不了，大事就更管不好了。再说生活中哪有那么多杀人、抢劫大案呢。警察是维护社会稳定的，是保障人安心过日子的职业，如果想让人安心过日子，就应该先把生活中的小偷小摸案子破了。不然警察就是失职。"冯志辉的母亲说。

冯志辉的父亲说："警察干什么咱管不着，咱把自己日子过好就行了。"

"连鸡、鸭、鹅都丢，日子怎么能过安稳呢。"冯志辉的母亲说。

冯志辉说："丢就丢了吧，别去想了，想也想不回来。"

"你也没问一问亲实到底是谁偷了咱家的鸡。"冯志辉的母亲说。

冯志辉说："亲实肯定不会说。如果说出来了，他还怎么跟这些人相处。"

"亲实这孩子最好别跟他们在一起，孔夫子，百事通，宋小江都是些什么人？跟他们在一起还能学出好来吗？"冯志辉的母亲担心李亲实走下坡路。

冯志辉的父亲说："你可别这么说，那也是个档次，你想跟人家交往人家还不理你呢。"

"让我看镇里丢的鸡、鸭、鹅全是他们偷的。百事通家是个贼窝，说不上哪天就弄出事来了，肯定长久不了。"冯志辉的母亲说。

冯志辉感觉话说的越来越离题了，想制止，提醒地说："妈，你可别出去乱说，瞎张扬，这话说出去会惹来麻烦的。你有什么证据说是人家偷了咱家的鸡？你没有证据就说人家偷鸡，人家是不会让你的。一旦打起官司来咱也得败诉。"

"就当被黄鼠狼叼走了。从现在起家里人谁也不许再说丢鸡这件事了。"冯志辉的父亲用命令的口气说。

5

宋小江离开百事通家心里觉得不通快，有点堵得慌，失去了安全感。他对李亲实到百事通家吃鸡肉没什么意见，但对冯志辉来吃鸡肉意见可就大了。当然这不是吃鸡肉的问题，而是涉及保密性。像这种事知道的人越少越好，不能出了这个交际圈，人多嘴杂，知道的人多了，难免会传出去。他开车到县城玩了一圈，回到洼谷镇后又去了百事通家。

百事通一个人在屋中看小说《水浒传》呢。他崇拜《水浒传》中的宋江，宋江不会武功却能把鲁智深、林冲、武松、花荣这些武艺高超的英雄好汉管得心服口服，还能让谋略过人的军师吴用、朱武、卢俊义、公孙胜等人服从于他。他在生活中想做宋江这样的人。

他看宋小江进来了，合上书，察言观色地说，今天你好像心情不好？宋小江坐在沙发上，叹息地说心情是不太好。百事通问怎么了？

宋小江说如果有一天这些事被人发现了，有人问你是谁偷的，你能说不知道，就说不知道，假如实在躲不过去了，就说是李亲实偷的。

百事通没想到宋小江能有这种想法，不解地问你怎么会这么想呢？宋小江说现在人杂，眼多，万一被人发现了呢。百事通说不会的。

宋小江说如果发现了咱们就说是李亲实干，他爸不就是个养猪的吗？百事通笑着说你爸是镇长，你怕什么？宋小江说我不是怕，就是影响不好。

第四章
纠结
JIU JIE

1

李天震刚回到家，门还没关上呢，唐为政就来了。近来唐为政是他家常客。唐为政在养猪这件事上是有野心的，不想小打小闹，想大干一场，多挣钱，快速富裕起来。他认为想多挣钱就必须扩大养猪规模才行。可是养猪场地方有限，三家养猪规模受限，养不开那么多猪。他想拉拢李天震合伙把秦虎挤出养猪场，不让秦虎养猪了，占用秦虎的地方。李天震是跟秦虎的叔叔一起从山东来北大荒讨生活的，关系非常好，照情理秦虎应该叫李天震为叔叔。李天震在这件事上一直没表态。

唐为政之所以要跟李天震合伙，一是李天震性格老实，为人实在，没坏心眼，他说怎么就会怎么。二是李亲实有一帮哥们，具有威慑力，如果真与秦虎闹起事来，秦虎不敢轻举妄动。唐为政对李亲实要比对李天震客气得多。

李亲实回到家看唐为政在屋里，随手从衣兜里掏出一盒烟，取出一支递给唐为政说前门牌的。唐为政接过烟问你买的？李亲实说我哪能买得起，朋友给的。

唐为政说你今天没去上班吗？李亲实说这几天没活。唐为政说回来跟你爸养猪算了，在服务公司也挣不到钱。

李亲实说这是件大事，得让我好好想一想。唐为政吸了几口烟，品味地说这烟还真不错。李亲实说这是物资局长儿子给的能不好吗。

唐为政说这年头要么有钱，要么有权，权能生钱，钱能让生活过得滋润，随心。李亲实对唐为政说，你要多帮助我爸，我爸老脑筋，处事死板，不转弯。唐为政说可不是吗，我刚才还跟你爸商量把秦虎挤走的事呢，可你爸听不进去。你说咱们如果把秦虎挤走了，只咱们两家养猪多好。

李亲实不赞成唐为政这么做，随口说这么做好吗？唐为政振振有词地说，有什么不好，人为财死，鸟为食亡。人不为己，天珠地灭。李亲实说话虽然是这么说，但要真这么做就不一定合适。再说，秦虎也是咱们山东老乡呀！

唐为政说老乡那么多，谁能照顾过来。李亲实点了点头说，也是这么个理。唐为政向李亲实求援地说，你再开导开导你爸，咱们尽快把秦虎挤走，扩大养猪规模。李亲实笑了说，再找十个人来开导我爸也没用，他老本本，在整人这方面脑子不开窍，也不会。

唐为政着急地说，你爸真是死心眼。李亲实看唐为政大失所望，把话拉回来说，你别着急，我慢慢开导我爸，说不上哪天他就想开了。唐为政说把这件事交给你了。

李亲实点了下头，调侃地说，你交给我是一项重大任务，真难完成。唐为政高兴地说你肯定能完成，走，到我家喝酒去。李亲实正好不愿意在家吃饭呢，跟着唐为政出了屋。他们刚走出院落就遇到了秦虎。秦虎脸上的表情不自然，神情有些紧张。李亲实对秦虎说我爸在屋里呢。

秦虎走进屋坐在炕边上对李天震说，李叔，你说咱们三家干得好好的，为啥唐为政总跟我过不去呢？他为什么总想挤走我呢？我什么地方得罪他了？你说唐为政这人咋这么贪，这么坏呢？李天震说钱还怕多吗。秦虎一脸苦相地说，那也不能只顾自己挣钱呢。

李天震说人与人想法不一样。秦虎说唐为政是个小人。李天震说唐为政又怎么你了？

秦虎说这些天他就鼻子不是鼻子脸不是脸的，大家都是乡里乡亲的，低头不见抬头见的，他有必要这么做吗？李天震安慰秦虎说，你别跟他一样的。秦虎好像要做出回击似地说，我不跟他一样道是可以。可他也不能没完没了呀！如果这样下去，准会出事。

李天震为难地说这件事挺难办的。秦虎说这件事一点也不难办，都是唐为政引起的，他不找麻烦保准什么事都不会发生。李天震沉默了。

秦虎说唐为政就是依仗宋镇长和他有亲戚，不然他也不敢这么嚣张。李天震也认为是这样，笑着没说话。秦虎说宋镇长还能总当镇长吗？如果宋镇长不当这个官了，或者调走了呢？

李天震说官哪有在一个地方当一辈子的，就算当一辈子，也会退休的。秦虎说别说是镇长了，县长都换多少个了。李天震说多数人只是看眼前利益，不会去考虑后果。

秦虎说，李叔，我现在还不想跟唐为政弄得太僵，我不是怕他，而是从大方向考虑，如果针锋相对，肯定会两败俱伤，对谁都没好处。更何况咱们还都是老乡呢，俗话说：人不亲土还亲呢。如果咱们三家闹出了大矛盾，不让外人笑话吗。

秦虎惹不起唐为政，如果惹得起唐为政，唐为政还敢这样对他吗？他嘴硬，心虚，胆战。他来找李天震是想让李天震做调解工作，想跟唐为政缓和关系。

李天震心软，善良，被秦虎说动了，便说明天我再跟唐为政说一说，大家在一起干活，也没有什么过不去的，把隔阂说开也许就没事了。秦虎说，李叔，就靠你了。李天震说我肯定会去说，但结果不能保证。

2

宋镇长看秦虎走进来，把手中的半截烟摁在烟灰缸里，看了一眼秦虎，带有批评的语气说，秦虎，再开会来早点，李天震不会骑自行车，家里没有女人做饭都比你来得早。秦虎坐下看了看手表，发现确实比约定时间晚来了十分钟，解释说，表慢了，下次我注意。宋镇长侧脸看了一眼身旁的书记客套地说，你先讲？

书记说你讲吧。

宋镇长转过脸说今天给你们三家开个半年总结会，了解一下你们承包养猪的情况，你们有什么想法尽管说出来。

唐为政看了一眼李天震，希望李天震能说点什么，可李天震没有说话的意思。他说养猪场地方小了，三家养猪规模上有点受到了限制。

宋镇长说地方就那么大，房子就那么多，如果嫌弃小了，除非你们当中有不想养猪的，把三家合并成两家，或一家，不然是没办法解决的。

秦虎知道唐为政这话是对他来的，但他没有接话。

宋镇长问你们谁不想养猪了？三个人都没有放弃养猪的意思。宋镇长说你们都想养猪就没办法解决了。

秦虎问我们这半年的收支账目出来了吗？

会计接过话说现在你们基本上是处于亏损情况，你们购买饲料、粉碎机、消毒药品等都是账务支出，还没有收入，等你们卖了第一批肥猪，有了进账收入，才能得出准确结果。

洼谷镇把养猪场承包给李天震、唐为政和秦虎。因为成本大，谁都拿不出资金进行一次性买断，便进行代管。缓慢进行账目转移交接。

宋镇长说你们想养猪的愿望是好的，但责任心比较重，还得在成本和管理方面多下功夫，不然到年终挣不到钱，反而还会欠镇上的，那样就不好了。

唐为政说如果现在不想养猪了，可以吧？

宋镇长说当然可以。宋镇长知道唐为政是在引别人说话，唐为政是不可能放弃养猪的。宋镇长问你们谁不想养猪了？

三个人都没说话。

宋镇长对书记说，我说完了，你说点吧。

书记说我只有一个想法，就是希望你们三家到年终都能挣到钱，而不是赔钱，到时候镇上把养猪场一次性顺利移交给你们。

第五章
犯罪
FAN ZUI

1

一时间松江县公安局忙了起来，在县城的大街上时不时就会出现公安局挂着高音喇叭，打着红色横幅的宣传卡车。公安局在传达上级严厉打击刑事犯罪的指示精神。松江县公安局按照上级统一部署，发动群众，寻找线索，加大打击刑事犯罪的力度，却保社会一方平安。上级主管领导明确指示要打击到位，决不手软，从快从严处理刑事案件，对工作出色人员将会进行奖励，还可以得到升职机会。因为政策明确，领导高度重视，宣传到位，奖励诱惑大，公安干警鼓足了干劲，用明察秋毫的工作态度去寻找案件线索，对待每一个可疑人员。

郭永明被松江县公安局拘捕后，在洼谷镇产生了不小震动，给人们在闲聊中增添了新鲜话题。从前郭永明随同父母住在洼谷镇，后来搬迁到别的镇了。因为他哥哥郭永亮家还住在洼谷镇，所以他经常来洼谷镇。

郭永亮家与李天震家住的是前后房，相隔只有几十多米远的距离。李亲实经常到郭永亮家去玩。郭永亮家虽然不像百事通家那么吸引人，聚众，但在闲暇时间也有些常客。

郭永亮去拘留所探望郭永明时拘留所看管人员不让见。看管人员说案件还没审理完，处在调查与侦破阶段，等案件审完了才能让探视。郭永明的案件比较复杂。公安局先拘捕了大眼睛后，才拘捕了郭永明。

大眼睛一米七的个头，身材单薄，眼睛大，说话嗓门大。他家住在县城，在劳动服务公司干临时工。他经常来洼谷镇找李亲实。他总是大吵百嚷的，大有招摇过市的气势，好像恐怕别人不知道他似的。

受害人报案被大眼睛抢了钱，公安局迅速拘捕了他。他心理素质差，被公安局拘捕后精神几乎崩溃了，供出了同伙郭永明。郭永明是跟大眼睛一起作的案。他们对一个卖鱼的生意人进行抢劫后，拿着抢到的九元钱骑着自行车跑掉了。被害人及时向松江县公安局报了案。

郭永明被公安局拘捕后，李亲实如同热锅上的蚂蚁急得乱转，做事总是心不在焉的，有着极度恐慌。他有一种不祥预感。这种预感只有他本人知道。

那天夜里，李天震正在睡梦中，突然被一阵汽车的马达声惊醒。还没等他起来，已经传来一阵急促的敲门声。他匆忙穿上衣服起来开门。两名穿制服的警察站在门口严肃地问："李亲实在家吗？"

"不在。"李天震回答。

警察追问："他在哪儿？"

"他不在家住。"李天震说。

两名警察相互看了一眼，交换了眼色又问："你能找到他吗？"

"你们找他干什么？"李天震问。

警察说："有个案件与他有关。我们找他了解点情况。你应该配合我们工作。"

"我领你们去。"李天震领着警察去找李亲实。

李亲亮被说话声吵醒了。当他穿上衣服从屋里走出来的时候，看见李天震已经跟着警察上了解放牌卡车。卡车开走了，只有车尾部那两盏红灯还远远的亮着。李亲亮抬头看了看灰色的夜空，见云丝悠悠，繁星点点，心情像天空一样迷惑起来。他不知道李亲实做了什么违法事情，警察会在深夜里来追捕。

李天震领着警察来到李亲实住的集体宿舍。

李亲实在熟睡中。警察敲门时他已经醒了。他从床上下来，警察拿出了逮捕证说："李亲实，你被逮捕了。"

李亲实虽然有心理准备，但看到逮捕证还是显得紧张。他从警察手中接过笔，在逮捕证上签字时，手抖动个不停。警察给李亲实戴上手铐，押着他进了卡车的驾驶室里。

汽车消失在茫茫夜色中。

夜又恢复了原有的宁静。

李天震跟孔夫子静静地坐在那里。李天震问孔夫子知不知道警察为什么逮捕李亲实。

孔夫子说不清楚。孔夫子感觉李亲实犯的不是小事，小事不会戴手铐，也不会这么晚来拘捕他。可就算犯的是小事，在这严厉打击刑事犯罪大形势下也是不利的。

李天震在孔夫子的屋里坐了一会，吸了一支烟，踏着夜色带着不安的心情回家了。

李亲亮正坐在家门口的大杨树下等着李天震回来呢。李天震走到李亲亮身前坐下了。北大荒夏季深夜的风是那么轻柔，树叶在轻风中发出沙沙响声，如同音乐的旋律。他们两个人回忆起这些天来李亲实的变化，在记忆中寻找着答案，但并没找到可靠的理由。

洼谷镇里的人都知道李亲实被拘捕的事情了，可为什么事情被公安局拘捕的就没人知道了。众人纷纷猜测，传言四起，看法不同。

李亲实被公安局拘捕后，人们除了在闲聊中多了几分议论外，就是李天震和李亲亮多了些牵挂与焦虑。李亲实无论多么不好，可还是他们的亲人，有着浓浓血脉相连。日月在转换，生活还在继续，日子还得一天天过下去。

2

李亲亮考上了松江县初中。中考之后就放暑假了。他去拘留所探望李亲实，看管人员不让见。他哀求着，有意说服看管人员。看管人员一脸凶相地说：现在不能探视，你回去吧！到了探视的时候，我们会下发通知的。

李亲实为什么事情被公安局拘捕的没人知道。

李天震心里虽然焦急，有着巨大精神压力，但还能承受得了。他经历过的事情远远要比这件事更痛心，更苦闷。可这件事对他打击也不算小，时常干着干着活就会停在那儿发呆。不过他会尽量控制情绪，努力调整心态，让自己振作起精神。他还有着做家长的责任，没完成的义务，要供李亲亮读书呢。他期盼着将来李亲亮能学业有成，出人头地。一想到这，他心中的失落就减半了。

　　暑假过后李亲亮开始到松江县中学读书了。

　　新学期刚开学不久的一天，学校组织全校师生集体上法律课。这次法律教育课是由学校与公安局联合组织的。为了达到更好的教育效果，公安人员还押来了在拘留所里的十多名犯人，对学生进行现场教育。

　　上课地点不是在教室，而是在操场上。

　　犯人站在台上，低着头，面对台下的学生。

　　李亲实站在台上，在犯人中间。他想到李亲亮会在学生中间，轻微抬起头往台下看。台下有近千名学生，他看不到李亲亮。

　　李亲亮看见站在台上的李亲实心里非常难受，好像学校里的学生都在看他。虽然他并不在意，但心潮起伏，不能平静。他看见李亲实被警察押上车离开时就想哭。他强忍悲伤，没有让眼泪流出来。

　　李亲亮没有因为李亲实被公安局拘捕而感到低人一等。他不相信李亲实是真正的罪犯。李亲实被拘捕的原因已经知道了。这件事根本不能让李家人信服，承认这是犯罪。

　　公安局逮捕李亲实是因为他在跟郭永明去县城时，走到野鸭河桥南端二十米远处，向一个姓张的中年男人要了五元钱。如果姓张的中年男人跟李家不认识，可以算做抢劫，定性为犯罪。但姓张的中年男人跟李天震相识多年，还到过李天震家，只是平时来往不多。事情发生后姓张的中年男人没有告诉任何人，更没有到公安局报案，而是跟什么事情都没发生似的离开了松江县回家了。如果不是大眼睛跟郭永明抢了卖鱼那人九元钱，李亲实和郭永明做的这件事也不会被牵扯出来。公安局就不会顺手牵羊把李亲实拘捕起来。

　　这时举国上下正处在严厉打击刑事犯罪的浪潮中。声势浩大，一浪高过一浪，处在巅峰期，松江县公安局广大干警的气势得到了大大提升。警察走在大街上都威风凛凛带着煞气。

　　那天李亲实和郭永明是骑着自行车去的县城。他们骑的自行车被警察认定为作案工具。警察把自行车扣压在了公安局。

　　李亲亮在县城读中学，每天要往返十多里路。洼谷镇在县城读中学的其他学生都是骑自行车，只有他步行。每天他要比别的同学早走半个多小时，才能同其他学生在同一时间到达学校。

3

李天震到公安局索要自行车，公安局的人不给。李天震生气地说："自行车是我买的，又不是李亲实买的，你们凭什么扣押？"

"这是作案工具，只有在犯罪人被判刑后，才能考虑归属问题。"警察振振有词地说。

李天震认为警察说的没有道理，质问地说："自行车也会抢劫吗？"

"李亲实不是骑着自行车作的案吗？"警察理直气壮地回应着。

李天震听警察说这种话，"腾"的一下子火了，吼着说："他做的是什么案？他犯的是什么罪？我认识老张，老张还到过我家，这也叫抢劫？如果说是抢劫，老张应该主动向公安局报案吧？老张主动报案了吗？"

警察没料到李天震能这么说，火气又这么大，一时间被李天震给问住了，支支吾吾的没有答上来。警察不再跟李天震理论了，关上办公室的门。

李天震虽然没有文化，不会讲大道理，但他感觉李亲实做的事不像警察说的性质那么恶劣。他不相信警察会故意抓好人，可警察抓错人，办错案的事情肯定是有的。别说是在松江县了，就算是在全国各地都会发生警察抓错人，办错案的事情。他想哪朝哪代没有冤假错案呢？如果没有冤假错案，就不会有包公了，就不会有窦娥冤的故事了。虽然他这么想，但他认为警察会秉公办案，认真对待的。

4

这天傍晚李天震心跳得特别厉害，身体不舒服，提前喂过猪后回家了。他刚回到家里洼谷镇的统计就拉开门进来了，统计送来一份峰源市法院的判决书。统计说是县里送到镇里的，还通知家属去峰源市看守所探视李亲实。李天震心想李亲实的案件终于有了结果。他不认识字，碍于脸面又不想找外人给读判决书，只好等李亲亮放学回来。

李亲亮放学回来拿着判决看着。

峰源市人民法院

刑事判决书（1983）×刑初字第××号

峰源市人民检察院公诉。

被告人李亲实，性别：男，出生于1964年。民族：汉。学历：初中。祖籍：山东省崂山县，案发前在黑龙江省松江县劳动服务公司工作。现羁押在峰源市看守所。

峰源市人民检察院以刑检〔1983〕××号文件起诉书指控被告人李亲实犯抢劫罪，于1983年8月12日向本院提起公诉。本院依法组成合议庭，公开审理了本案。峰源市人民检察院指派检察员×××出庭支持公诉，被告人到庭参加诉讼。现已审理终结。

峰源市人民检察院指控李亲实伙同郭永明在洼谷镇通往松江县公路上，对临江县公民张××进行抢劫，在受害人给了五元钱后，两被告骑自行车离去。被告李亲实和郭永明构成了抢劫罪。（郭永明已经另案处理。）

被告人李亲实对指控的犯罪事实予以供认，没有疑义。

本院认为查证属实，证据确凿。依照中华人民共和国刑法规定，判决如下：

被告人李亲实犯抢劫罪，判处有期徒刑五年。

（刑期从判决执行之日起计算。判决执行以前先行羁押的，羁押一日折抵刑期一日，即自1983年××月××日起至1988年××月××日止）。

如不服本判决，可在接到判决书的第二日起在十日内，通过本院或者直接向佳木斯北大荒农垦中级人民法院提出上诉。书面上诉的，应当提交上诉状正本一份，副本×份。

审判长　刘××

审判员　陆××

审判员　张××

1983年10月××日

（院印）

本件与原本核对无异

书记员　阎××

这个判决结果是出乎李天震意料的，如同晴天霹雳把他震懵了，他不知所措。他不相信地对李亲亮说你再念一遍。

李亲亮说不用念了，白纸黑字写得很明白，就是被判了五年刑。他把判决书放在炕上，打开书包，开始写作业了。

李天震伸手拿起判决书，觉得判决书很重，压得心往下坠。他怎么也想不通李亲实会被判了五年刑期。他认识老张，李亲实也认识老张，平平常一件事，五元钱判了五年，这是说不过去的。虽然是在严厉打击刑事犯罪运动期间，但也应该秉公执法，依法办案吧？不能想判多少就判多少吧？他想为李亲实鸣冤。他想去找老张，让老张证明李亲实做的这件事不是犯罪，就算有罪，也没这么严重。老张家在临江县，离得远，交通还极为不便，无法及时联系上。此刻，就算他去找老张在时间上也来不及了。公安局把案件定性了，法院也判决完了，看守所已经通知他去探望李亲实了。如果他想改变案件性质，判决结果，绝对不是简单的事情，可以说非常难办，需要有充足时间去上访，还不一定能改变得了。现在他没有时间和精力去上访，而应该去探视李亲实，如果不及时去探视李亲实，一旦李亲实被送往监狱接受劳动改造，可能在很长时间内无法看到了。

李亲实已经由松江县拘留所转送到峰源市看守所关押了。从洼谷镇到峰源市要比到松江县城远得多。李天震心想这次见完李亲实后下次还不知道在什么时候能见到呢。外面有传言说政府要把这批犯人送到大西北监狱进行劳动改造。大西北李天震没去过，可听说过。他知道那地方很远，风沙大，荒凉，全是沙漠戈壁，生活环境艰苦。如果真是那样，他可能一直要等到李亲实刑满释放回来才能见面。反正他是不可能去大西北监狱探视李亲实的。

李亲亮想跟着去峰源市看李亲实。李天震心想全家只有三口人，就当是一次团聚吧，同意李亲亮跟着一起去。

5

这天松江县中学组织义务劳动，师生下乡帮助一个村庄收割大豆。李亲亮请假时老师误认为他想逃避劳动，没批准。但李亲亮还是去峰源市看李亲实了。他想李亲实已经被关押好几个月了，要被送到监狱接受劳动改造了，这一走就会是好多年，在这期间会发生什么意想不到的事情还说不准呢，无论如何也得去见一面。

李天震和李亲亮是顶着晨星走出家门的。启明星高高悬挂在他们头顶的天空上，晨风带着凉意徐徐吹来，感觉有些冷。他们从洼谷镇步行到松江县城。再从松江县城乘坐最早一趟去峰源市的大客车。

他们到达峰源市看守所时已经是中午了。

峰源市看守所与松江县拘留所不同，松江县拘留所只关押松江本县的犯罪人员，关押期限比较短，人员少，社会关系简单，而峰源市看守所是关押全市辖区9个县转来的犯人，人员多，社会关系比较复杂。

上午探视时间过去了，看守人员说要等到下午上班时间才能探视。这可把李天震急坏了，如果等到下午就赶不上回家的客车了。他着急，心如火燎，向看守人员讲明原因，说着好话，恳求着，希望看守人员能网开一面，特殊对待。无论他怎么央求，说明情况，看守人员都是冷面孔，不理会他。看守人员像是铁人，没有一丝同情的意思。他们只能等到下午上班时间探视了。

李天震和李亲亮离开看守所后，没有走太远，在附近一家小食品店买了些饼干，坐在小食品店外面墙角处，背依着墙，嚼着饼干。饼干渣不时的从嘴角掉下来，没有水喝，口干得很。墙角处没有阳光，只有被秋风卷动的树叶在他们眼前飘动而过。他们没心情吃，吃得很少。他们不想走开，因为从这地方能看见看守所大墙里的犯人。他们迫不及待的想见到李亲实。

他们终于熬到了探视时间。看守所接待室面积不大，只有十几平方米，采光不是很好，屋里光线有点暗。两名工作人员在负责办理探视犯人的事情。屋外面有手持冲锋枪全副武装的武警在站岗执勤，工作人员把李亲实喊了出来。

李亲实面带微笑从看守所里走出来。看上去他已经习惯了被关押的生活。这也难怪，他毕竟已经被关押好几个月了。

时间能把陌生环境变得熟悉起来，也能把熟悉的环境变得陌生了。人就是在时间中寻找生存的感知。

李亲实适应能力强，心理素质好，什么环境都能适应。他能平淡面对眼前的生活了。他看到李亲亮和李天震坦然一笑，如同没被关押似的，心情不错。

李亲亮心里难受，想落泪。

李天震看着李亲实没说话，只是那么静静看着。好像他的感情全部侵沉在无声的观望中。他看到李亲亮跟李亲实交谈就是一种幸福，就是一种慰藉。

李亲实比在家白了，也比在家胖了。这可能和他长期被关押在看守所里有关。屋里不见太阳，光线阴暗，不经风吹，皮肤就捂白嫩了。他好像没感到这是件不幸的事情，也没感觉自己处境可悲。他关心的不是家里的事情，而是在关心他的那群狐朋狗友。他问百事通现在怎么样了？李亲亮说来之前没见到百事通。他接着又问孔夫子还好吗？

李亲亮说他们跟原来不一样了，你不用操人家的心，人家生活得都很好，你把自己照顾好就行了。李亲亮不想沿着这个话题说下去，更不愿意提起百事通和孔夫子他们。他对他们不感兴趣。不知是怎么的了，他哭了。他泪如雨下，哭的很伤心。可能他是在为李亲实悲苦命运而难过吧。

李亲实很平静，没有一丝悲伤，如同准备好了迎接为来生活似的。

探视时间短暂，好像瞬间就过去了。

李亲实被押回看守所。

李天震和李亲亮没停留，必须抓紧时间去找回松江县的车。他们离开看守所时晚霞已经退去，天渐渐黑下来了，在这个时间是没有回松江县的客车了。他们只有找松江县来峰源市拉货的卡车，搭便车回去。如果找不到拉货车，他们只能找一家便宜旅馆住下来，等到第二天回去。只要有一丝希望，他们就不会等到第二天回去。李天震那些猪还需要喂呢。当然在他来之前已经让李天兰帮助去喂猪了。可他还是不放心，因为猪是他的命根子，生怕出现意外。再说李亲亮还要上学呢。李亲亮不能耽误了学习，学习是希望。他不能没有希望。在黑夜里，他们在峰源市四处找回松江县的车。

李天震在峰源市粮油加工厂找到了一辆卡车，这辆卡车刚卸完粮食，正在等人。搭乘这辆卡车回松江县的有好几个人。那几个人是来峰源市上货的小商贩。李天震认识小商贩，也认识卡车司机。司机姓鲁，从前在洼谷镇工作，在机械队开车，跟李天震家是邻居，后来调到县汽车队开车了，家也搬迁到了松江县城。

卡车司机说："驾驶室里是坐不下了，想回去只能坐在外面了。"

"坐外面也行。"李天震心想只要能回松江就行。

卡车司机抬头看了看夜空说："今晚风挺大的，坐在外面恐怕很冷。"

"没事。这种气温冻不坏人。"李天震嘴上虽然这么说心里却不这么想，担心李亲亮受不了。

他们早晨出来时，按照计算时间是可以赶上回松江县的客车，所以李亲亮穿的衣服单薄了些。北大荒白天与夜晚温差大。晚上气温迅速下降，又起了风，冷飕飕的。李天震和李亲亮摸黑爬上了卡车的后车厢。车厢高，冷风吹来，他们不禁打起了寒战。他们把罩粮食的苫布裹在身上用来防寒。卡车快速行驶时带起的风吹起了苫布，穿透了衣服，他们被冻得直打哆嗦。

卡车在黑夜里狂奔，风呼呼作响，他们的心在收缩着。他们回到松江县城时已经是午夜了。他们下车后腿麻木了，不听使用，站在那儿停留了好长时间才朝洼谷镇走去。

在北大荒的原野上夜行人稀少。夜空上没有月亮，只有点点繁星在眨着顽皮的眼睛追随他们。路上只有他们两个人，脚步越走越快，不一会就走出了城区，来到空旷的野外。

洼谷镇在松江县城东南面。

县城与洼谷镇之间隔着8里多的庄稼地。在庄稼地靠近县城一侧是一条延绵无际的荒草地。荒草地如丝带状从东至西侧卧在黑土地上。荒草地西端与小兴安岭相接，东端是松花江、黑龙江、乌苏里江的汇合处。在荒草地中间有一条十几米宽的河，这条河被人们称为野鸭河。在松江县成立之前，这里有成群的野鸭栖息，如同是野鸭的王国和乐园。野鸭河是松花江的一条支流，弯弯曲曲，四季不干涸。虽然野鸭河不是贯穿整个荒草地，但从西到东贯穿整个松江县境内。因为河水的滋养，黑土地的肥沃，夏季河两边野草茂盛，郁郁葱葱。在这个深秋的季节里野草已经枯黄，水位低落，呈现着北大荒地域特有的荒凉景象。

这里时常有野兽出没。

他们翻过一道小山坡时，来到了野鸭河桥边，突然在前方出现了两只绿眼睛，李天震放缓了步子，提醒地说："狼。"

李亲亮没见过活狼，死狼倒是见过一次。他的心缩成一团，不敢继续往前走了。

李天震停住脚步，在黑暗中四处寻找着防身用的东西。可他什么也没找到。绿眼睛还在他们前方晃动。李天震发现只有一只狼，心想只要不遇到狼群就没事。如果遇到狼群麻烦就大了。他在想着对付狼的办法。

李亲亮走到路边一棵大树下，用力去掰树杈。他没有掰下来那个大树杈，只掰下来一个小的。他拿到树杈后多了几分胆量，晃动着树杈想往前走。李天震拉住他。

狼没敢往前来。可能狼是看到有两个人吧，也可能狼还在观察袭击的目标，或许狼是在寻找最佳袭击方案呢。

李天震在路边摸到了一捆干草。他抽出一把干草握在手中，从衣兜里掏出打火机，"啪"的一声，点燃了干草，接着又点燃了一把，火光把夜空照亮。狼见到了火光，看到人手中有东西，感觉受到了威胁，惊恐起来，跳跃式的拖着长长尾巴向荒草地深处跑去。

李天震和李亲亮回到家时，李天兰已经睡下了。李天兰是来给李天震看家的。她没想到李天震这么晚了还能回来，从炕上下来，穿上鞋，边系穿衣服扣边开门。李天震走进屋坐在沙发上，显出很疲惫的样子。

李天兰关切地问见到亲实了吗？李天震说见到了。李天兰问什么时间把亲实送往监狱服刑？

李天震说还不清楚，可能是快了吧。李天兰问送往哪个监狱知道吗？李天震说不知道。

李天兰说我还以为你们今天回不来了呢。李天震说差点就回不来了。李天兰问坐什么车回来的？

李天震说送粮食的汽车。

李亲亮说可把我冻坏了。

李天兰问坐在外面车厢里了？李亲亮说驾驶室里坐满人了，只能坐外面了。李天兰说这种天气坐在外面还不冷吗。

李天震问猪没事吧？李天兰说没事，都喂了。李天震关心他养的这群猪，这群猪是他的希望，千万不能出差错。

李天兰说不早了，我回家了。李亲亮说我送你吧？李天兰说不用。你出去一天了，也累了，早点休息吧，明天还得去上学呢。

李天震又累又饿，匆忙做了点饭，吃过睡觉了。

这一夜，李天震睡得不踏实，在想着心事，嘴上起了水泡。他不知道李亲实会被送到哪里接受劳动改造。他在为这件事担心。

第六章
负面影响
FU MIAN YING XIANG

1

班主任老师在上课铃响后拿着教案走进了教室。老师是位中年男人，中等个子，不胖也不瘦，穿着蓝色中山装，表情严肃。李亲亮猜测到老师会批评他，心里有点慌乱，表情不自然，但很快镇静下来。他认为自己没有做错，就算老师不理解，同学也会理解的。班主任老师走到讲台上，平视着学生。

班长喊："起立。"

全班学生齐刷刷站起来，异口同声地说："老师好。"

"同学们好。请坐。"班主任老师平视着学生。

学生坐下后等老师讲课。

班主任老师一反常态，没有马上讲课，而是把目光投向了李亲亮，然后问："李亲亮，昨天你为什么没来参加劳动呢？"

"我去峰源市看守所看望我哥了。他要被送到监狱接受劳动改造了，如果这时不去看他，还不知道要等到什么时候才能见到他呢。"李亲亮站起来，看着老师，毫不犹豫的做了回答。

全班学生在静静听着，谁也没想到李亲亮会这么直截了当的回答，被他的勇气给震慑住了。李亲亮非常坦然，只是表情有点激动，语速有点快。

班主任老师根本没想到李亲亮能这么回答，回答的太彻底，反倒让老师有点无话可说了。老师知道李亲实被判刑的事情，也了解李亲亮家中生活境况，沉默了片刻，让李亲亮坐下，翻开教案开始讲课。

昨天李亲亮奔波了一天，没休息好，显得疲倦，听课时没精神，心不在焉的。虽然他想强迫自己集中精力听老师讲课，可是不起作用。他眼睛瞅着黑板，心却不知跑到哪里去了。

老师发现李亲亮听课精力不集中，溜号了，看了他一眼，给他传送去一个警告的眼神。李亲亮没发觉老师传送的暗示信息，思绪还在自游中游走。老师讲完了一段课文后停下来，提问似的说："李亲亮，请你回答一个问题。"

李亲亮没有听到老师在叫他。

老师提高了声音说："李亲亮，你在想什么呢？"

"我在听课。"李亲亮立刻站起身。

同学们知道李亲亮没认真听课，听他这么回答觉得好笑，有几个女生禁不住笑出声来。

老师说："我刚才讲到什么地方了？"

李亲亮不知道老师讲到哪了，无法回答，在等待老师批评。

老师说："请你把我刚才读过的课文朗读一遍。"

李亲亮低下头，看着课本不知老师是让他读哪一段。他把目光移向同桌的林玉玲。林玉玲在李亲亮的课本上轻轻点了一下。李亲亮得到了提示读了起来。

老师没有批评林玉玲，如同没看到似的。林玉玲给李亲亮的提示结束了这种尴尬场面。老师没有批评李亲亮的意思，主要是想提醒李亲亮认真听课，纠正这种不良习惯。老师在李亲亮把课文朗读完后关心地问："你知道我为什么让你朗读吗？"

李亲亮当然明白老师的良苦用意了。他看了一眼老师，表示知道，然后低下头。

老师说："学生的职责是学习，别的跟你没关系。你还没有长大成人，还没有走上社会，社会上的事，成年人的事，你是管不了的。如果你现在不好好学习，荒废了时光，将来会后悔的。"

李亲亮相信老师说的话是千真万确的。他也想这么做，可是做不到。因为他心事很重。

老师说："坐下吧。如果有不懂的问题，可以到办公室来找我。"

上午的四节课很快结束了。第四节课的下课铃声一响，学生们纷纷收拾好课本，背起书包，迅速离开教室。家住在县城的学生回家吃午饭。住在学校宿舍的学生回宿舍了，然后到食堂去吃饭。只有三四个家住在县城郊区的学生留在教室里。他们回家吃饭时间来不及，中午饭要么是在学校食堂吃，要么是自带午饭。

2

李亲亮在学校食堂吃中午饭。李天震每月给他五元午饭钱。五元钱仅够每天中午买一个馒头的。李天震知道给五元钱少了点，可家中收入有限，经济条件不好，只能这样了。李亲亮理解李天震的难处，没嫌弃钱少，尽可能节约花销。

他总是在多数学生吃过饭后才去食堂。他把饭票递给卖饭的老师，从卖饭老师手中接过一个温热的馒头，转身离开了餐厅。他边走边吃，情绪慌恐，生怕遇见同学。他不想让同学看到自己穷酸的表情，那样会伤害自尊心。他自尊心强，也敏感，如同尖针刺向皮肤，只要轻轻一碰就会疼痛。

穷人总比富人敏感，因为穷人处在危及的生存环境中，为温饱发愁。而富人不会为生存恐慌，至少是不会饿肚子。

李亲亮家当然不会为温饱发愁，可他家在洼谷镇上是最贫穷家庭之一。这种贫穷是处在温饱线上，不是到了吃不上饭的程度。穷人的孩子早当家。李亲亮在想着生活出路，怎么度过眼前的日子。

中午的时光是那么难熬。无事可做时，消磨时光也是折磨人的事情。天气虽然不是很冷，但也不热。教室里阴凉，一个人待在教室里心情压抑。他从教室里出来，站在太阳下寂寞，还有些犯傻气，索性去逛商店了。中午的大街是空荡的，一眼望去看不见行人，只有阳光陪伴着他，阳光照在身上是那么温暖。他却是那么孤单。

松江县城只有一家国营大商店。商店处在县城十字街口处，是小县城中心地带。商店门对着开拓者雕塑像。县城小，中午商店里人很少，稀稀落落几个人也不全是买东西的，其中有从各镇、村来县城办事的。他们下午还有事要办，中午回不去家，无处休息，就在这里打发时光。

李亲亮成为这些打发时光人群中的一员了。

他沿着柜台随意走着。当他看到在玻璃柜台里面摆放着一部照相机时停住了，脑海中突然产生了想要买下来的念头。他想自己要是会照相就好了。他喜欢好看的照片，也珍藏了许多好看的照片。当他看到那些照片时，飘动的心灵就会得到安慰，就有了归属感。不过他那些不是真照片，而是从书上，报纸上裁剪下来的。他认为真照片肯定要比这些更美丽，更吸引人。他顿时产生一种非常强烈想买照相机的念头，好像得到了照相机就得到了一种新生活似的。他一看价钱就失望了。照相机标价120元，这不是个小数目。李天震每个月工资才30元，如果一分钱不花，也要辛苦工作四个月才行。李天震肯定不会同意他买照相机的。他怎么才能有一部属于自己的照相机呢？他想如果不吃中午饭，把中午饭钱攒下来，也许能实现这个心愿。于是他就不吃午饭了，把钱省下来。可他细心一算，如果用这种方式攒钱，得攒两年才能攒够这笔钱。两年太漫长了，也有些等不及了。他认为用这种方式买照相机太不现实了。他改变了想法，不用这种方式买照相机了。虽然他取消了这种攒钱的方式，但却把不吃中午饭的习惯保留了下来。从此他每月就有五元钱的自由支配资金了。他感觉五元钱是很大的数目。

俗话说人是铁饭是钢，一顿不吃饿得慌。这话千真万确，身体是由食物来维持的，如果没食物提供营养，身体就会枯竭，生命就会终止。

李亲亮经常是在饥饿陪伴下度过大半天时光，回到家里时已经是饥肠辘辘了。他正处在长身体的年龄，活动量又大，需要营养补充。每当他从学校回到家里时，便风卷残云般的吃起凉饭来。

李天震发现家里的剩饭没了，开始还以为是给李亲亮五元钱不够吃午饭呢，所以没当回事。直到大愣妈把李亲亮不吃中午饭的事告诉他，他才知道真相。

大愣妈是个快言快语的女人。她听大愣说李亲亮在学校不吃中午饭，就想找李天震说一说这事了。她在街上遇到李天震时，责备地说："李天震，你咋不给亲亮午饭钱呢？不让孩子吃午饭怎么行呢。"

"我给他钱了。"李天震说。

大愣妈不相信地问："你给亲亮买午饭的钱了？"

"给了。"李天震认真地说。

大愣妈问："你给多少？"

"五元。"李天震说的没有底气。他知道五元钱买一个月的中午饭实在是太少了。

大愣妈说："你就不能多给亲亮点钱吗？"

"五元钱差不多够了吧？"李天震思量着。

大愣妈说："李天震，你家日子过的是紧巴，大家都知道，可再紧也不能饿着孩子，如果把孩子饿坏了，可就成为大事了。钱没了可以再挣，身体如果饿坏了花多少钱都难治好。钱买不来健康，更买不来孩子。"

"亲亮不吃饭，那他把钱弄到哪里去了？"李天震琢磨着。

大愣妈说："五元钱好干什么，你就不能多给点吗？"

李天震知道李亲亮比李亲实听话，比李亲实会过日子，从不乱花钱。他没想到李亲亮不吃午饭，也反对李亲亮这么做。自从大愣妈跟他说完，就成了他的心事。这也确实不是小事。现在李亲亮是他全部希望，如果把李亲亮身体饿坏了，希望不就成为泡影了吗。他想知道李亲亮的想法。这天吃晚饭的时候，李天震问你在学校吃饭吗？

李亲亮漫不经心地说学校的饭不好吃。

李天震说会过日子是好事，知道节约也不是坏事。如果把身体弄坏了，就不行了。

李亲亮叹息地说吃饭得有钱呀。李天震说我不是给你钱了吗。虽然钱少了点，可吃馒头还是够的。李亲亮有些委屈，眼睛湿润了，这种生活他过够了。李天震看李亲亮这种表情自责地说我没本事，如果能多挣点钱，日子也不会过成这样。李亲亮说我不想上学了，想参加工作挣钱。

李天震被李亲亮的话说懵了。他没想到李亲亮会有这种想法。他一直认为李亲亮将来能考上大学，能份配到好的工作，出人头地。李亲亮突然说出这种话就如果同一盆凉水浇在他身上。他打了个冷战，很是难受。

李亲亮接着说现在大学那么难考，我也考不上，还不如早点参加工作挣钱了。李天震说你的学习成绩不是挺好的吗，怎么会考不上大学呢？在李天震的记忆里李亲亮的学习成绩一直是在班里排前一二名的。他认为这么好的成绩应该能考上大学。

李亲亮说今年全校四十多人参加高考才考上两个人，少的可怜。李天震不相信地说大学这么难考吗？李亲亮说相当难考了，我肯定考不上。

李天震拿不定主意地说，考不上大学就不上学了吗？李亲亮说考不上大学还上个什么劲。上学不就是为了将来能分配到的好工作吗，不能分配好的工作就不用继续上了。李天震反对地说学你还得继续上，没文化是不行的，我这辈子就吃了没文化的苦头。你不能再吃这个苦头了。

李亲亮说我哥到监狱服刑后，家里是不是还得给他邮钱呢？

李天震说他还有功了！他都把这个家折腾成什么样了。李天震一提起李亲实就生气。他并不是觉得李亲实给家里丢了多大的面子，而是让他失望了。李亲实被判刑后打乱了李天震的生活计划。这些年李天震盼星星盼月亮，终于盼到李亲实参加工作了，能挣钱贴补家用了，感觉日子开始好转了，却发生了这么大的事情。他看到了希望的曙光，而这个曙光却突然被乌云笼罩住了，能不失望吗。

李亲亮说五年时间太长了，出来就该找对象成家了，他被判过刑，在监狱里劳动改造过，名声不好听，咱家又没钱没地位，能有人跟他吗？

李天震说他找不到对象是自己瞎折腾弄的，又不是别人给他造成的，他还能怨得着别人吗。李亲亮说不能这么想，咱们还得帮他，咱们不帮助他，他这辈子就完了。李天震显出无能为力的样子说咋帮？我就挣这么点钱。

李亲亮虽然不赞成李天震的想法，可也想不出解决办法。李天震沉默一会，自言自语地说也该他倒霉，这种事还能落到他头上。李亲亮说刑判的是不是太重了？李天震说根本就不应该判，这根本不算个事。

李亲亮说咱们去向上面反映反映不行吗？

李天震皱了皱眉头说我一个字不认识，让我去找谁？李亲亮说我去找。李天震反对地说你不行，你是学生，能懂什么？上访不是简单的事，你去了人家也不相信。

李亲亮说那怎么办？李天震说你现在主要是好好读书，你把书读好了比什么都强。这些大人的事你就别跟着操心了。李亲亮说我觉得憋气。

李天震说人活在世上憋气的事多了。如果你现在不好好读书，将来没有好工作，生活中处处求人，说不上会遇到什么更憋气的事呢。你现在只有把书读好了，将来有个好工作，能让人瞧得起，才不会受气。

李亲亮说如果我考上大学了，你能供得起呀？李天震说只要你能考上，就算砸锅卖铁也供你读。李亲亮转移了话题说，你们明年还这样干吗？

李天震说国家政策不是提倡承包吗，可能还会这么干。李亲亮说你觉得今年收入怎么样？李天震说现在看不出来，得到年终才能知道。

李亲亮说如果干不过来，就雇个人帮你吧。李天震说一个人是忙些，可雇人是要花钱的。李亲亮说花就花吧。李天震哪肯花钱雇人呢，只要不把他累倒了，决不会雇人帮他干活。

李亲亮问唐为政跟秦虎两个人还不说话吗？

李天震没回答。但他的表情告诉李亲亮不是这么回事。他不想让李亲亮掺和这种大人之间的事情。李亲亮毕竟还是学生。

李亲亮说唐为政有好长时间没来咱们家了，你和他是不是发生矛盾了？

李天震愤慨地说："不来是咱们没本事，人家用不着咱们了。如果你把学上好了，将来当官了，有了社会地位，人家用得着你，家里会天天有人来。"

3

李天震觉得李亲实刑期判的过重了，这些天就在想上访的事情。可他没能力去上访，如果上访也得让李天树去。他让李天兰帮着看一上午猪舍，自己去河东镇找李天树了。

李天树是李天震的二哥。虽然他年龄比李天震大几岁，可看上去却比李天震年轻，利落。他一米七八的个头，大脸庞，精瘦的身材，一双大眼睛在眉间显得非常精神。他年轻时可谓是美男子。他读过中学，生活中要强，工作中要求上进，遇到什么事总想弄个水落石出。他是李天震兄弟几人中最有思想，文化最高，口才最好的。他正在院落整理麻袋呢，李天震来了。他停下手中的活说你怎么有时间来了？

李天震说我想跟你商量一下亲实的事情。李天树说我听说了，判的有点重了。

李天震说你看能不能到上面找一找？

李天树说你不是认识老张吗？李天震说当然认识了，老张来松江县办事，在经过洼谷镇时还在我家歇过脚呢。李天树说你认识老张就好办了，只要老张承认咱们熟悉，不是抢劫，就有上访理由了。

李天震说老张家远，还隔着松花江，我又走不开，还不识字，我去上访肯定不行，我想让你去，你看行不行？李天树说你不来找我，我也准备去找老张。不过现在不行，现在一是农活忙，走不开，二是亲实刚被判了刑，不可能马上纠正错误，改变判决期限，等冬天不忙了，有充足时间了，形势也不紧了，再去上访要比现在好的多。李天震认为李天树说的有道理，赞同地说那也行。

李天树说亲实算是把咱们李天震家的人丢尽了。李天震说亲实真是不争气。李天树说亲实被公安局抓起来后你见过他吗？

李天震说在他被送往监狱老改农场服刑前，我去峰源看守所看他了。李天树问他被送到什么地方服刑知道吗？李天震说还不知道。

李天树说听说要被送往大西北监狱接受服刑。李天震说这事就不用想了，想也没用。李天树说大西北离家太远了。

李天震说这就要看他的运气了。

李天树问你养的猪怎么样？李天震说还行。李天树说唐为政和秦虎都是咱们山东老乡，你有什么事他们也会帮忙的。

李天震叹息了一声说有的时候老乡还不如不是老乡呢。

第七章
凶手在逃
XIONG SHOU ZAI TAO

1

近来李天震最不愿意去的地方就是养猪场。他去养猪场有心理负担。这种精神负担是唐为政强加给他的。从前唐为政跟秦虎是死对头，大有剑拔弩张，一触即发的姿态。自从李亲实被判刑入狱后，局面发生了根本性改变，完全调换过来了。唐为政跟秦虎缓和了关系，来往密切，已经成为一条战线上的战友了。他们看上去亲密无间，有共同对付李天震的意思。

李天震的心情要比过去秦虎的心情还要糟糕，处境也更危险。秦虎受到唐为政排挤打击时，李天震还跟秦虎说话呢。现在秦虎见到李天震很远就躲开了，好像李天震身上有瘟疫似的，生怕被传染上。李天震知道秦虎不跟他说话是怕得罪唐为政。唐为政过去让李天震这么对待秦虎，李天震没听。可秦虎就不同了，他巴不得跟唐为政改善关系呢，对唐为政言听计从。李天震觉得秦虎像日本鬼子进中国时的汉奸，不讲恩情，见利忘义。李天震找不到改变这种局面的办法，只能忍让，尽量回避来自唐为政的挑衅，不想引火烧身。

这天李天震从荒草地里放猪回来，刚把猪群赶进猪舍，门还没关上呢，秦虎就来找他了。秦虎笑着说："李天震，你一个人能忙过来吗？"

"还行。没什么大活，也不急呗。只是来的早点走的晚点呗。"李天震停下手中的活和秦虎聊着。

秦虎在和唐为政改善关系后就不喊李天震叔了。他直呼李天震的名字。

李天震心想愿意喊什么就喊什么吧。秦虎势利眼，随风倒，用着你一个样，用不着会是另外一个样。秦虎好久都不跟李天震说话了，突然主动来跟李天震说话，李天震知道有事。李天震在心里揣测会是什么事情。

秦虎东扯一句，西扯一句，说了些不着主题的话后才转入正题。他说："李天震，猪你还准备继续养下去吗？"

"当然养了，不养猪我干什么去？"李天震知道秦虎下面还有话。

秦虎看了一眼李天震，然后把目光转向一边，好像有话难张口说似的。李天震猜测秦虎要说什么事情。秦虎说："李天震，你一个人忙不过来，别养算啦。"

"忙不过来我可以雇人帮着干吗，雇个人帮着干活还不简单吗。"李天震说。

秦虎说："那就挣不到钱了。"

"秦虎，是不是唐为政让你来传话了？"李天震问。

秦虎一笑，没有否认，也没有承认。可他的表情证明李天震说对了。

李天震生气地说："唐为政心术不正。"

"李天震，让我看你还是别养为好。你说要是出个什么事来咋办？有些人是什么事都能做出来的。"秦虎做出关心李天震的样子。

李天震说："我知道唐为政那小子坏道道多。可我不怕他。他能把我怎么样？"

"李天震，这不是怕不怕的事情，咱养猪是为了赚钱，又不是为了赌气。"秦虎跟李天震的立场不同，不赞成李天震的观点。他已经忘掉了当初唐为政排挤他时的感受了。

李天震说："当然了，如果不是为了能多挣点钱，谁会天天围着猪转，累不累先不说，就说这臭味吧，就够受的了。"

"李天震，你说这个对。可你能惹得起唐为政吗？"秦虎的话越说越直接了。

李天震说："我惹不起他，不惹他还不行吗，躲着他还不行吗。"

"你要是躲不了呢？"秦虎问。

李天震被秦虎这句话给问住了。他不明白秦虎说的是真还是假。如果是真的，唐为政就是正式向他宣战了。如果是假的，唐为政就是在吓唬他。他从没想过躲不了怎么办。他一直认为只要躲着，回避着，不正面发生冲突，就不会有事。秦虎的话给他提了个醒，向他敲响了警钟，让他把问题想的更深了，看得更透了。他看着秦虎问："秦虎，唐为政让你来对我说什么，你直说好了，不用转弯。我这人性格直，没文化，心眼来得也慢，不会猜测。"

"他就是不想让你干了。"秦虎说。

李天震说："他又不是领导，他说的不算。"

"李天震，你可要想好了。"秦虎提醒着。

李天震说："没什么可想的，唐为政不就是想把我挤走吗，想占用这块地方多养猪吗。我就不走，看他能把我怎么样。"

"李天震，这事跟我没关系，我只是中间传话人。你们俩的事与我无关。我也不想搅和在里面。"秦虎做出声明。

李天震说："唐为政这人太毒性了，只考虑自己，不考虑别人。"

秦虎抬头看了看西方的天空，有点心不在焉。

李天震说："过去唐为政也对我说过你……算了，过去是过去，现在是现在，不说了。"李天震把话说到半截停下来。他认为说这些没用，好像他是在揭秦虎短处似的。

秦虎的伤疤被掀了一下，感觉到丝丝疼痛。他明白是怎么回事，也体验过李天震这种心情，但他熬过来了。他把话题一转说："亲实被送到哪去了？"

"我也不清楚。"李天震心里很难受。

秦虎说："亲实真够冤的，五元钱被判了五年。"

"现在就是这么个世道，没处说理去。"李天震说。

秦虎说："你应该去上级主管部门找一找。"

李天震叹了口气。

秦虎说："天黑了，回家吧。"

"你先回去吧，我还有点活，得过会走。"李天震看了一眼手表。秦虎朝自己的猪舍走去。李天震顺着秦虎背影望去，看见唐为政站在远处朝这边张望。

2

唐为政最初是想挤走秦虎。但在李亲实被判刑入狱后，他风向一变，把排挤对象转移到了李天震身上。他认为李天震要比秦虎更容易排挤出去。当他向秦虎发出友好的信号后，秦虎立刻做了回应，向他靠拢过来。

秦虎把李天震的态度转告唐为政时，唐为政什么也没说，但准备实施行动了。秦虎回到自己的猪舍里，骑上自行车和老婆一起回家了。

秦虎的老婆问你去找李天震干什么了？秦虎若无其事地说没什么。他老婆说唐为政和李天震两个人矛盾这么大，你少和李天震接触，免得让唐为政起疑心。

秦虎说是唐为政让我去传个话。他老婆问传什么话？秦虎说不想让李天震养猪了呗。他老婆提醒地说你少参合他们俩的事。秦虎说我才不会掺合呢。

唐为政骑着自行车从后面追上来，打招呼地说，快点骑吗？秦虎说今天有点累了，骑不动了。唐为政骑得快，把秦虎两口子落在了后面。

秦虎的老婆说唐为政今天是怎么了，怎么骑得这么快？

唐为政吃过晚饭，躺在炕上休息了一会，骑上自行车来到养猪场。他对李天震的猪舍已经细心观察好几天了，知道每天晚上八点钟李天震来一次，过了这个时间就不来了。李天震离开养猪场后，唐为政看整个养猪场没有第二个人了，拿起药瓶和注射器，踏着月光朝李天震的猪舍走去。

李天震的猪舍在养猪场最东面，唐为政必须从秦虎的猪舍前经过。他走到秦虎的猪舍时停了一会，扶着木栅栏往里面看了看才离开。

唐为政走到李天震的猪舍时，看门锁着，走到窗户前，窗户虽然封着，但可以打开。他踩着一根木头，爬上窗台，然后转过身，先把腿伸下去，腿着地了，身子才离开窗户。猪舍里的上百头猪被分隔开几部分，每部分有二十多头，猪趴在里面睡觉呢。他借着月光对着一头大猪上去就是一针，猪叫了一声，往猪堆里钻去。接着他又朝另外几头猪注射几针。然后，他匆忙的从猪舍里跳出来。

一轮圆月高高悬在夜空上，把这片荒野地照的分外明亮。远处洁白的雪地在月夜下显得是那么迷人与苍茫。

他喘着粗气，心有些慌，神色不安。他努力让心绪稳定下来，向四处看了看，见没异常动静，才朝自己的猪舍走去。

那条大黑狗摇着尾巴跑过来迎接他。他伸手摸了一下狗的头顶，然后进了自己的猪舍。他看了一下手表上的时间，准备回家。可给猪打针的画面在他眼前浮现。他有些后怕，没有马上走，躺在土炕上吸着烟，陷入深思和调整心态中。他不知不觉睡着了。

趴在炕前的大黑狗忽然跳了起来，撞开木门，跑了出去，狂叫着。狗叫声打破了宁静的夜色。他被狗叫声惊醒，急忙下地，朝外面跑去。

他看见一个人骑着自行车飞快地离开了养猪场，朝镇里奔去。月夜下他看不清那人是谁。但他判断肯定是秦虎。秦虎的意外出现让唐为政思维格外紧张。他在猜测秦虎来干什么？秦虎是在什么时间来的？秦虎看到他去李天震的猪舍了吗？

3

秦虎回到家匆忙吃过饭就返回养猪场了。因为有两头母猪要生猪崽了，他放心不下。他没想到能看见唐为政去李天震的猪舍。他不想让唐为政看见他，在猪舍里等了很长时间，见周围没有任何动静时才离开。可他没料到唐为政还没有离开猪舍。当他听到唐为政家的大黑狗狂叫，一边骑自行车一边回头看了一眼，发现唐为政站在月光下。他双脚用力蹬着自行车，加快速度，车轮在坚硬的土地上快速转动，车体不时发出叮当的响声。这声音在夜里是那么清脆，刺耳。他生怕被唐为政追上，想逃离，好像自己做了见不得人的事。

大黑狗朝秦虎追去，追了一会，看追不上，就不继续追了，转过头，摇晃着尾巴，小跑着回到了唐为政身边。

秦虎几乎是一口气骑到家的。

秦虎的老婆已经睡着了，但被开门声惊醒了。她迷迷糊糊地看着秦虎上气不接下气走进屋里，感觉有点异常，不解地问："你怎么才回来？都几点了？"

"这还回来早了呢，再晚点就好了。"秦虎心想再晚点，等唐为政先离开，再回来就好了。

秦虎的老婆问："发生什么事了吗？"

"应该发生了，可还不清楚。"秦虎脱下外衣，坐在沙发上，喘着粗气，没头没尾地说了这么一句话。

秦虎的老婆一听这话睡意皆无了，又问："怎么了？"

"没怎么。"秦虎突然不想说了。

秦虎的老婆生气地说："你这人有毛病怎么着，有事就说呗，吞吞吐吐的，想急死谁吗？"

"我看见唐为政了。"秦虎说。

秦虎的老婆说："看见他有什么奇怪的，不是每天都能看见他吗。"

"刚才唐为政去李天震的猪舍里了。"秦虎说。

秦虎的老婆说："他们两个人连话都不说，这么晚了，他去李天震的猪舍干什么？你不会是看错人了吧？"

"扒了唐为政的皮，我认识他的骨头，肯定没看错。"秦虎坚信没有看错。

秦虎的老婆说："你看到唐为政拿什么东西了吗？"

"他什么也没拿。"秦虎回想着。

秦虎的老婆说："他什么也没拿，能去干什么呢？"

"唐为政肯定不会去干好事。"秦虎说。

秦虎的老婆说："他还能干什么坏事吗？"

"别瞎猜了，天亮就知道了。"秦虎脱掉衣服钻进被窝里了。

秦虎的老婆感觉到秦虎身上冰凉，忙往旁边挪了挪身子说："你身上这么凉，别挨我。"

"你给我暖一暖不就热了吗。"秦虎讨好的一笑，又朝老婆身前移了过去。

秦虎的老婆还在琢磨着唐为政去李天震猪舍的事呢。她问："唐为政看见你了吗？"

"开始没看见，后来可能是看见了。"秦虎说。

秦虎的老婆问："你跟他说话了？"

"说什么话？我们离得很远呢。在这种情况下，我能跟他说话吗。"秦虎说。

秦虎的老婆问："唐为政没有到咱家的猪舍去吧？"

"他在咱们家猪舍外面站了一会，就走开了。"秦虎这句话像是给他老婆注射了一针兴奋剂。

秦虎的老婆转过身看着秦虎问："唐为政到底想干什么呢？"

"别瞎猜了，快睡吧，天亮就知道了。"秦虎说。

秦虎的老婆说:"唐为政这人心黑着呢,咱们可要提防着点,别让他给算计了。"

"别去想了,如果他想害你,防也防不过来。"秦虎伸手去搂老婆,把老婆压在身下面,融入一体。

4

唐为政失眠了,一整夜都在想着秦虎骑自行车远去的场景。他吃过早饭去找秦虎了。

秦虎是刻意晚起来的。他正穿着衣服呢,唐为政就来了。他感到意外,猜测唐为政来找他的用意,笑着说:"你起的可真早,我就不行,每天都要到这个时候才起来。"

"能睡对身体有好处。"唐为政说。

秦虎说:"耽误活。"

"你昨晚是什么时间离开养猪场的?"唐为政问。

秦虎说:"咱们在路上不还打招呼了吗。"

唐为政知道秦虎是在打马虎眼。这正符合他的心思,希望秦虎这么做。

秦虎问:"怎么了?发生什么事了吗?"

"也不知道是谁,把我的猪舍门打开了,猪全跑出去了。"唐为政说。

秦虎问:"你走时关上门了吗?"

"关上了,只是忘记上锁了。门是被人故意打开的。"唐为政回想着说。

秦虎说:"还会发生这种事?这事可得好好查一查。我走的早,我走时没发现有猪跑出来。"

"你说是不是李天震干的?李天震对我的意见大,他会不会在暗地里害我?"唐为政推测。

秦虎说:"这种事不好猜测,也不能猜测,要有真凭实据才行。"

"你说的有道理,这种事真就不能瞎猜。"唐为政说。

秦虎的老婆端着饭从厨房出来,走进客厅,笑着对唐为政说:"你吃了吗?"

"我吃过了。"唐为政说。

秦虎的老婆笑着说："还是你们家饭早。"

"你们吃吧。我回去了。"唐为政走了。

秦虎的老婆出去送唐为政。秦虎对唐为政向来是不软也不硬，只是他老婆总做出一副讨好的样子。秦虎的老婆回到屋里说："你说唐为政一大早来咱们家是什么意思？"

"做贼心虚呗。"秦虎说。

秦虎的老婆说："我不相信李天震敢放唐为政家的猪。"

"别听唐为政胡说八道了。他是血口喷人。今天你说话要想好了再说，千万别信口开河。"秦虎说。

秦虎的老婆有点不满意地说："我什么时候多过嘴？"

"我是在叮嘱你。"秦虎说。

秦虎的老婆生气地说："用不着。我又不是三岁孩子。"

5

早晨李天震走进猪舍看见两头大肥猪死在过道里了，再往里走又是几头。他头"嗡"的一下子如同炸开了。他头晕，眼睛也花了，险些栽倒。他用右手扶着墙，仔细看着，发现确实有几头猪死了。他断定不是猪多挤压死的。这几头死猪在空地方，离猪群有点距离。他走近死猪，蹲下来，低头仔细查看，猪嘴角吐着白沫，白沫已经冻上了。他意识到是被人毒死的。他马上想到了唐为政。唐为政是兽医，如果想用药毒死几头猪还不容易吗。李天震想到这，血往头上涌，恼怒起来。他站起身，从猪舍里走出来，朝着秦虎和唐为政家的猪舍那边张望。

秦虎和唐为政家的猪舍里没有人，按照平时他们两家人早就来喂猪了，为什么今天没有来人呢？这种反常情况加重了李天震的判断与猜测。

李天震直奔正西方向。他从东走到西，又从西走到东，来回走了好几趟也没遇见人，就回自己的猪舍了。他看着几头死猪，生气，心痛。他从衣服兜里掏出旱烟卷起烟来，吸着闷烟。他感觉今天养猪场的气氛反常，好像是一种预谋。当他听到外面传来狗叫声时，朝西面方向望去，看见唐为政老婆来了，过一会秦虎两口子也来了。他把烟头扔在雪地上，沿着唐为政和秦虎家猪舍门前的路来回走着。他边走边破口大骂：谁害死了我的猪，他就不得好死。他一家老少都得让煤烟呛死……

秦虎这时才知道唐为政昨天晚上到李天震的猪舍里干什么了。他知道唐为政早晨找他是恶人先告状，也是在提醒他别乱发言，更不要声张。虽然他还不知道李天震的猪被毒死了几头，但他认为唐为政下手真够狠的。

唐为政还没来，只有他老婆来了。唐为政老婆不知道唐为政昨晚干的坏事，李天震这么一骂，骂的她心烦，便接过话说："李天震，你家猪死了？"

"也不知道是哪个死爹死娘死孩子的人干的。"李天震用谩骂来解心头之恨。

唐为政的老婆不相信地说："你能断定是被人毒死的吗？"

"当然了。都是大猪，昨晚我回家时还好好的呢，如果不是被人毒死的，嘴角怎么会吐白沫呢？"李天震愤愤地说。

唐为政的老婆说："这可真够缺德的。猪又不会说话，有啥事跟人说呗，拿畜生发什么火呀！"

"这不是死爹死妈死孩子了吗。"李天震骂着。

秦虎本来不想插言，可唐为政老婆插了话，还说了这么多，如果他一句话也不说，好像这件事是他干的呢。他说："李天震，你别骂，骂不解决问题，要想办法解决问题才行。"

"我不骂心里憋得慌。"李天震说。

秦虎说："你骂了有用吗？能把死猪骂活吗？如果骂不活，你不是白浪费吐沫星子吗。"

"我就是要用吐沫星子淹死这死爹死妈死孩子的孬种。这不是缺德吗，我李天震得罪过谁？这不是害人吗？"李天震认为秦虎说的对，骂不能解决问题，得想办法解决问题。

唐为政的老婆给李天震出主意说："你去找镇领导，看领导怎么说。"

"我是得去找领导说一说这件事。"李天震说。

秦虎用异样眼神看了一眼唐为政的老婆，心里说：你就少说两句吧，是你男人干的缺德事。你还装什么好人呢。

李天震不再骂了，气呼呼的去找镇领导了。

洼谷镇虽然是镇，但也就像中原省份大村庄那么大。镇里的大事小事全由镇长做决定。于是李天震直接去找宋镇长了。

近来宋镇长见到李天震就烦。他强耐着性子听李天震把话说完，反驳地说："李天震，你先别乱下结论，你怎么能断定猪是被人毒死的呢？你有证据吗？"

"猪死了不是证据吗？还要什么证据？"李天震顶撞宋镇长。

宋镇长摆出一副断案的姿态说："当然要证据了，你没有证据就说猪是被人毒死的，这是不行的。你说是毒死的，如果人家说是饿死的呢？"

"放屁，我能把自己的猪饿死吗！"李天震听宋镇长这么说更火了。

宋镇长解释说："这只是比喻。当然你不会把猪饿死了。"

"猪嘴都吐白沫了，如果是饿死的能吐白沫吗？只有毒死的才会吐白沫。"李天震认定猪嘴角吐白沫就是中毒死的。

宋镇长否定性地说："吐白沫也不算证据。只是猜测，不是结论。"

"宋镇长，那你说什么才算是证据吧？"李天震质问。

宋镇长说："要有县兽医站出示死因证明才行。"

"这不跟死人一样了吗？"李天震知道死人是要医院开死亡证明的，要么火葬场不给火化。他还是第一次听说猪死了也得开证明。

宋镇长得意地说："李天震，真让你说对了。如果想断案，查明猪的死因，死猪跟死人是大同小异，手续是相同的。"

"宋镇长，就照你说的做，我去县兽医站给猪开死亡证明！"李天震感觉宋镇长是在故意刁难他，被气得两手颤抖。

宋镇长不想跟李天震多说什么，推脱地说："你去开证明吧，等你开回证明再说。"

"真他娘的见鬼了。我活了半辈子，还是头一回遇见死猪要开证明的事情。"李天震说完转身走了。他对宋镇长有意见已经不是一天两天了。李亲实被公安局拘捕后，宋镇长在背后没说过李亲实的好话。公安局办案人员来镇里调查，了解李亲实平时的表现时，宋镇长说镇里丢鸡丢鸭丢鹅的事全是李亲实干的。公安局办案人员又走访了几户丢鸡丢鸭丢鹅的人家，结果没有一家说这事跟李亲实有关系，都推测说是宋镇长大儿子宋小江干的。这些话传到李天震的耳朵里，他对宋镇长产生了敌意。他本想去找宋镇长理论，又一想宋镇长没当他面说，去找宋镇长讲理，理由不充分，再说理论了又能怎么样呢。公安局只是来调查，并不是依照宋镇长反映的事情拘捕的李亲实。何况反映问题，发表意见，是言论自由，谁都没有权力干涉呢。他还在镇里生活，尽可能不去得罪宋镇长，胳膊拧不过大腿，还是忍了吧。但他在心里已经跟宋镇长结下了冤仇。

李天震从镇办公室出来，看见冯明远开着机动四轮车过来，迎上前问冯明远去哪里。冯明远从驾驶室里探出头来说去县城。李天震问："你还拉什么东西吗？"

"不拉什么，去给镇里办点事。"冯明远说。

李天震说："你给我拉点东西呗？"

"行啊！拉什么？"冯明远爽快地说。

李天震说："拉猪。"

"你卖猪呀？"冯明远从车上下来了。

李天震叹息地说："也不知道是哪个缺了八辈子德的龟孙子，昨晚把我的猪毒死了六头。我想把死猪送到县兽医站检查一下死因。"

"是不是唐为政干的？"冯明远听李天震说过唐为政排挤他的事。冯明远对李天震的人品很了解，在洼谷镇除了唐为政，恐怕没有谁会对李天震下这么狠的毒手。

李天震说："就是他，除了他还会有谁。"

"你抓住证据了吗？"冯明远关心地问。

李天震说："这不准备到县兽医站做死亡鉴定吗？"

"镇领导知道吗？"冯明远问。

李天震说："我刚跟宋镇长说完。"

"宋镇长怎么说？"冯明远问。

李天震说："宋镇长有点不想管。他让我拿证据。"

"你先回养猪场等我。我到办公室有点事，还有几个人坐车去县城办事。过一会我开车去养猪场找你。"冯明远说。

李天震回到养猪场时太阳已经升到天空的半腰了，整个世界呈现出白色美丽的景象。他走进猪舍时猪围了过来。猪围着他"哼哼"叫个不停。已经过了早晨给猪喂食的时间，猪饿了。他怕死猪把病毒传染给活猪，就把死猪往猪舍外拖。每头死猪在一百多斤左右，他一个人拖一头死猪很费力气，有点拖不动。这些猪年前年后就可以卖了，突然死了，他能不心痛吗。他一边拖着死猪，一边难过，真想哭。可他没有悲伤的时间，必须尽快把死猪从猪舍里拖出去，给猪喂一遍食。过一会他要去县城，从县城什么时间能回来还不知道呢。他在去县城之前必须把这些活干完。

他不好意思让人等他，也怕耽误了其他人到县城办事的时间，马不停蹄地干活，想在冯明远开车来之前把活干完。他出了一身汗，汗珠从脑门往下掉。

冯明远开着机动四轮车来到李天震的猪舍时，车上还有几个去县城办事的人。他们看在洁白的雪地上堆放着一些死猪，显出惊讶，纷纷跳下车，走到死猪前。

李天震看见冯明远他们开车来了，停下正喂猪的活，从猪舍里走出来。

有人问李天震猪是吃什么东西中的毒，李天震说什么也没吃，是被人下毒弄死的。李天震说真是太欺负人了。他们为李天震鸣不平，有些气愤。他们认为做这种事太不道德了，太没人性了。他们问李天震找领导了吗。李天震叹息了一声，没回答。他们以为李天震没有勇气去找领导呢，为李天震着急，有伸张正义之举，催促地说："这事你得找领导，不能忍气吞声，得惩罚凶手。如果这次你不弄个水落石出，惩罚凶手，下次会比这次更严重。"

"从县城回来再说吧。"李天震说。

冯明远问："都拉去吗？"

"都是一个死法，拉三头就行了。"李天震说。

有人说："如果亲实在家，就没人敢这么做了。"

"亲实是一点也不听话。如果他能听我半句话，也不会走到今天这个地步。"李天震无奈地说。

大家看李天震悲伤起来，急忙说："那还算个事吗，就是赶的时候不好。"

他们几个人帮李天震把三头死猪抬上车。李天震从兜里掏出一盒烟，每人发了一只。大家点燃了烟，爬上了车。

冯明远把车开得很快，没过多大一会就到县城了。

松江县城人口少，又加上是冬天，人们很少在户外活动，街上很静，冷冷清清的。车在开拓者雕塑像旁边停住。那几个人跳下车，约好了回去时在这地方汇合，就各自办自己的事去了。冯明远开车送李天震去县兽医站。

县兽医站在县城北面。坐落在一片荒野地带。只有一座小平房。工作人员没有几个。冯明远把车停在兽医站门前的空地上。李天震打开车厢门，把死猪往下一推，三头死猪"扑通扑通"掉在地上。他从车上跳下来，走进兽医站。

冯明远没有离开，要看李天震用不用他帮忙呢。他跟李天震交往多，关系好，李天震遇到了这么大的难事，能帮就要帮，不能袖手旁观。他跟着李天震走进了兽医站。

兽医站办公室里只有一个小伙子。这个人李天震认识，是名年轻兽医。李天震说你调到这儿来了？年轻兽医迎了过来，笑着说刚调过来不久。年轻兽医是李天树家的邻居。他经常去李天树家玩，在李天树家遇见过李天震很多次，熟悉。李天震说调到县城工作比在镇上好。

年轻兽医说镇上比县里是差了点。李天震拿出烟递给年轻兽医和冯明远，自己也抽出来一支。冯明远拿出打火机先给年轻兽医点燃了烟，然后给李天震和自己点燃。年轻兽医吸了口烟说李叔，你来有事吗？

李天震说我来麻烦你来了。年轻兽医说客气什么，是什么事？李天震说我有几头猪死了，你给检查检查，看是怎么死的？

年轻兽医问死猪拉来了吗？李天震说拉来了，在外面呢。年轻兽医朝屋外走去。李天震和冯明远跟在年轻兽医身后。年轻兽医走到死猪前，蹲下身，看了看说是中毒死的。

李天震说我猜也是中毒死的。年轻兽医问多少头猪关在同一个圈里？李天震说有一百多头吧。年轻兽医问别的猪没事吗？李天震说死了六头。年轻兽医问这六头你是单独喂的吗？李天震说不是，是在一起喂的。

年轻兽医思量着说那怎么会中毒呢？如果是喂猪时中的毒，就不应该是六头了。李天震说我也这么想，麻烦你给化验一下吧。年轻兽医肯定地说不用化验，一看这样就是中毒死的，准没错，嘴角还有白沫呢。

李天震说还是化验一下吧。我猜测也是中毒死的。我去找领导处理这件事，领导让拿化验证明。

年轻兽医听李天震这么说，把手中的烟头扔在地上，用脚踩了一下，转身回屋找出工具给死猪做化验。化验的结果很快出来了。他说是液体注射中的毒。

李天震吃了一惊说就是有人给猪打了毒针呗？年轻兽医说应该是这样。别的可能性也有，但这种可能性最大。李天震说肯定是唐为政干的。

年轻兽医一愣，不解地问唐为政干的？他为什么这么做？李天震知道年轻兽医认识唐为政，忙改口否认说，我只是猜测，谢谢你，我们回去了。李天震跟冯明远上了车，准备离开，但被年轻兽医喊住了。年轻兽医说李叔，麻烦你把死猪拉走，放在这儿影响卫生，让领导看见了不好。

李天震说我拉走。他和冯明远从车上下来，把死猪往车上抬。

从车上往车下推不用费力气，可从车下往车上抬就费力气了。幸亏有冯明远帮忙，不然李天震一个人还真就搬不动。

冯明远把车开出兽医站问李天震还去哪里。李天震说找个没人地方把死猪扔了吧，拉回去也没用。冯明远说先别扔，拉回去好让凶手包赔损失，如果扔了，人家说没有死怎么办？

李天震觉得冯明远说的有道理，接受了这个建议。

冯明远在县城办完事，那几个人已经在开拓者雕塑像前等他了。他们上车回洼谷镇了。

宋镇长在办公室门口正跟几个人说着什么，远远看见冯明远开车朝这边过来，车上还站着李天震，想回办公室。他不想看见李天震，更不想和李天震说话。李天震的事让他头疼。但他走不开，话正说到关键处，不能没头没尾结束。

李天震下车后有人关心地问："李天震，听说你的猪死了好几头？"

"可不吗，也不知是哪个死爹死娘死孩子的毒死了我的猪。"李天震一生气就想骂。他很少骂人，这是把他逼急了，如果不逼急了，他是不会骂人的。他反反复复只会骂这么几句。

宋镇长不愿意听李天震骂人。好像李天震是在骂他似的。他说："李天震，有事说事，别张嘴就骂人。现在不是正在提倡五讲四美三热爱吗，你是老同志，应该注意点影响。"

"你是镇长，你文化高，有觉悟，你思想好，你去热爱吧。我热爱不起来。我再热爱，我的猪就全死光了。"李天震说的话刺痛了宋镇长的心，让宋镇长很没面子。

宋镇长虽然跟李天震和唐为政都是山东老乡，但他跟唐为政除了老乡外，还有点亲戚关系。从辈分上讲，他应该叫唐为政舅。但他从没叫过。可能是亲戚关系太远了吧？也可能因为他是镇长，唐为政是养猪的，两个人地位有差距，或许这么叫不利于工作吧，不管什么原因，反正他是不叫。也很少主动去唐为政家。唐为政不计较这个礼节。过年时他还杀一头大肥猪在夜晚悄悄给宋镇长家送去。宋镇长知道唐为政早就萌生了挤走秦虎的想法，后来又感觉唐为政把矛头对准了李天震。他感觉到了李天震的猪死会跟唐为政有着某种关联。他想把这件事挡过去，尽可能不让向外界张扬，不想把事情闹大。他虽然是镇长，可不识字，只是凭着经验在工作。不过他挺有本事的，运气不错，命好，到哪个镇工作哪个镇的经济都会增长，所以他这位不识字的镇长在松江县非常出名，在上级领导面前也得宠。他是全松江县唯一的一位文盲镇长。李天震说他文化高，是随口说的，并没有其它用意。可他认为李天震是在故意讽刺他，嘲笑他，污蔑他。李天震这句话深深刺伤了他的自尊心。他火了说："李天震，你家猪死了，你也不能把火发到别人身上呀。你以为你是谁呀？你是谁都不行！"

"我还能是谁，我就是李天震。我就是一个被人欺负抬不起头，直不起腰的李天震！我这人太老实了。这年头老实人没活路了。"李天震感慨万千。

宋镇长生气地说："你还老实呀？让我看你一点也不老实。你用公家的车拉着几头死猪满县城跑，你还有点集体主义观念吗？你这是在挖社会主义墙脚，占公家便宜。"

"你可以给我戴高帽子。你给我戴多高的帽子我都不怕，我就问你，这件事你管不管？"李天震看出宋镇长根本不想管这件事。如果宋镇长想管李天震就不会发这么大火了。

宋镇长说："该我管的我管，不该我管的我就不管。"

"那你说，什么事你应该管？什么事你不应该管？"李天震质问。

宋镇长用警告性的语气说："李天震，我管什么还用得着向你汇报吗？你算什么呀？"

"我什么也不算，只是洼谷镇一名百姓，工作中有问题了，来找你解决。"李天震说。

宋镇长说："你别胡搅蛮缠行不行？"

"我这是胡搅蛮缠吗？这就是你当领导说的话吗？我的大肥猪被毒死了六头，这是小事吗？你作为一镇之长不应该管吗？"李天震喊起来了。

宋镇长理直气壮地说："别说是你家猪死了，就是你家人死了，我也不管！死东西你找公安局去！"

"找就找，你以为我不敢找公安局吗！如果你早点说不管，我都不找你，也不会和你浪费这么多口舌。我这就给公安局打电话。"李天震往办公室走，准备给公安局打报警电话。

这时镇党委书记迎了出来。书记拦住李天震，把李天震往旁边拉了拉，走到离宋镇长他们有几米远的地方，温和地说："李天震，你的猪死了，心情不好，大家理解，也同情你。可你别冲动，冲动不解决问题，你消一消气，镇里会解决的。"

"宋镇长不是说不管吗，他不是让我找公安局吗？"李天震执意着说。

书记和颜悦色地解释说："宋镇长是说气话，他能不管吗，如果他不管还能让你去县兽医站开证明吗，你想一想，是不是这个理。"

"你们当领导的嘴大，想怎么说就怎么说，想管就管，不想管就不管，还有原则吗？"李天震想不通。

书记说："宋镇长在这件事情上是有点观念错误，可谁没有犯错的时候呢？你李天震就没有做错事的时候吗？肯定也会有吧。李天震，咱们要往长远看才行。"

"我错在哪儿了？"李天震不服气地说。

书记说："李天震，你不能说找公安局就找公安局。如果什么事都找公安局，还要镇领导干什么？你找公安局也不一定能解决问题。毕竟是发生在镇里的生产中事件，镇里应该处理。如果你把事情张扬出去，对你、对镇里影响都不好。"

"我不找公安局可以，你们镇领导得给处理才行。"李天震看着镇党委书记。

书记表态说："我们尽力解决。"

"这话比宋镇长说的入耳。宋镇长说的哪里是人话呀。"李天震气消了些。

书记说："李天震，有事说事，别骂人。"

"宋镇长说的真不是人话。"李天震认为自己没说错，强调性的重说了遍。

书记转移了话锋说："你到县里找哪个部门了？"

"宋镇长要证明，我就去兽医站了。"李天震说。

书记点着头问："兽医站怎么说？"

"兽医说可能是注射毒药中毒死的。"李天震回答。

书记说："兽医只是说可能，这是在猜测，不是没有下结论吗？所以不能完全认定是被毒死的。"

"书记，你是什么意思？"李天震不愿意听书记说这种话。

书记看了一眼不远处的宋镇长。宋镇长还在和那几个人聊着什么。书记皱了一下眉头，有点同情李天震了，也想稳定李天震的情绪，立场有点偏移，若有所思地说："是谁这么狠心，干出这种缺德事呢？"

"谁毒死了我的猪，他就不得好死。他家人就会得麻风病。"李天震又生气了，一生气就信口开河的骂。他只是听说过麻风病，不知道这是种什么病。

书记见话题又要朝着不良方向发展了，急忙回到自己的立场上来，转过话题说："李天震，兽医没说是谁毒死你的猪吧？"

"那道是没说。"李天震回答。

书记说："这不还得调查吗。"

"调查什么？"李天震听书记说官腔话就反感。

书记解释说："李天震，你别急，你听我把话说完，咱们不调查清楚了，怎么解决问题呢？咱们不放过坏人，也不能冤枉好人。李天震，你说是不是？"

"是这么个理。那你准备怎么调查呢？"李天震虽然心里不满，也不好说别的。

宋镇长看书记跟李天震说了好一会还没说完，转身回办公室了。其他人朝书记走来。他们听见书记说要调查的话了，也听见李天震问怎么调查了。大家认为书记说的在理，把注意力集中在书记身上，在等书记说出解决的办法。可宋镇长有点迷糊了，他知道书记是在帮他解围，可他不明白书记葫芦中卖的是什么药。

宋镇长进办公室转了一圈，又出来了，站在门口看着书记他们。

书记停了一下，然后说："李天震，你先回去，我们开会研究一下，再给你答复好不好？"

"猪已经死了，调查这种事还用开会吗？"李天震疑惑地看着书记。

书记认真地说："这不是小事情，当然得开会了。我们领导班子得统一思想，提高认识，认真对待，拿出方案才行。"

"你们研究吧。最好快点。"李天震不情愿地说。

在场的人没想到书记能这么说，大失所望。他们知道书记话中的变数太大，根本不是想解决问题。可谁都没有插言，因为谁都不想得罪镇长和书记。

宋镇长不想这么说下去了，改变了话题，借题发挥，没好气的批评起冯明远来。他严肃地说："冯明远，你还不快把车开走，想让我罚你钱是不是？"

"先别开。"李天震说完爬上了车。他打开车厢，把三头死猪"扑通扑通"推到了地上。

大家不知道李天震要干什么。

李天震从车上下来，冲着书记和镇长说："书记、镇长，你们研究吧。看能不能把死猪研究活了。"

书记表情尴尬，无话可说了。他知道宋镇长和唐为政的私人关系，也知道唐为政有把李天震排挤出养猪场的想法。他和宋镇长是同一级别干部，宋镇长资历比他深，威望比他高，他能怎么办呢？

李天震朝养猪场走去。他还得去喂猪呢。

宋镇长对旁边几个人说："你们把死猪拉到镇外的荒野地里埋了吧。"

"镇长，在这冰天雪地的怎么埋呀？"那几个人为难地说。

宋镇长心想土冻得结结实实是没法挖坑埋。可也不能把死猪放在镇政府门口呀。他说："那就扔得远一点，别让狗、猫什么吃了，吃了这些死猪可是不得了的事。"

"把这么好的大肥猪给毒死了，也真够让李天震难过的。"几个人一边往车上抬一边说。

6

宋镇长回到办公室对书记说:"李天震这家火可真够气人的,好像他家猪是被我毒死似的,一点理都不讲。还是你有办法,几句话就把他打发走了。"

"你们是老乡,你应该更好做他的思想工作。"书记说。

宋镇长说:"我要是多几个像李天震这样的老乡,还不要了我的命。"

"有的时候老乡在一起更不好沟通。"书记说。

宋镇长说:"可让你说对了。李天震真让我头疼。"

"这件事还得想个解决办法才行,万一李天震到县公安局报了案,咱们镇的安全生产先进标兵就会被取消了。"书记看出来宋镇长有把大事化小小事化了的意思才这么说的。

宋镇长知道书记是在顺着自己说。他做出满不在乎的表情,蔑视地说:"听李天震胡说吧。他连儿子五元钱被判了五年都弄不明白呢,还找什么公安局呀。他还觉得不够丢人吗。"

"可不能这么想,这是两回事。"书记不赞成宋镇长的观点。

宋镇长坚持地说:"怎么能是两回事呢,同是一个道理吗。"

书记没有和宋镇长争论,伸手拿起办公桌上的《北大荒》报看着。

宋镇长过了一会,眨了眨眼睛说:"你说谁会给李天震的猪下毒呢?"

"这种事要有证据才行,没有证据是不能下结论的。"书记知道宋镇长是在试探他的态度。他不能说出自己的真实看法,如果说出来会有麻烦。

宋镇长说:"要么你分别找李天震、秦虎、唐为政谈一谈,了解了解情况,看能不能找到线索。"

"是我和他们谈,还是你和他们谈好呢?"书记知道这是棘手的事情,不想接管。

宋镇长说:"你是书记,专门做政治思想工作的,你去会比我办法多。"

"这是生产安全事件,属于你主管的工作,也可以报警,让公安局来处理,毕竟是死了好几头大肥猪,估算价值也是不少钱。"书记看宋镇长不领情,就不软不硬的说明了事件的性质。

宋镇长虽然没文化，但头脑灵活，转变快，意识到刚才自己说的话有点不妥当，便笑着说："如果让公安局来处理，对咱们镇上的工作会有负面影响。如果我去，李天震又对我有意见。还是你辛苦一下吧，就算是帮我个忙。我实在是拿李天震没办法。"

"我去找他们谈一谈吧。"书记是给台阶就下的人。他看宋镇长态度软下来，也就没有多说什么。

宋镇长发着牢骚说："别人都没事，就李天震的事多。早知道他会这样，就不应该把猪承包给他。他猪养的不怎么样，却搅得大家不得安宁，影响团结。"

书记索性地摇了摇头没发表看法。

第二天吃过早饭，书记从家里出来没去办公室，直接去养猪场了。李天震正在猪舍里喂猪呢，书记走了过来。猪舍里太脏，书记不想进里面去，双手扶着木樟，看了看猪说："李天震，你的猪长得不错吗？"

"还行，如果不死了那几头就更好了。"李天震说。

书记说："李天震，猪死就死了，死了也不能活过来，不能总想着这件事，总想着会影响心情的。"

"书记，太气人了。我李天震在洼谷镇得罪过谁？凭什么这么对我？这不是欺负人吗？"李天震说起来就生气。

书记说："生气是生气，别人做得不对，咱们还能做得不对吗。你人老实，大家都知道，可你也不能以为这为资格呀！你昨天在办公室门前跟宋镇长说话的态度很不好，过分了，好像你家猪是被宋镇长毒死的。宋镇长是领导，你是工人，工人要服从领导才对，不能乱来，不能无理取闹呀。"

"书记，你别冤枉我。不是我无理取闹，是宋镇长不想管这件事。他想推脱。出了这么大的事，他当领导的无动于衷，能说过去吗？如果人被毒死了咋办？他能负得起责任吗？"李天震说。

书记一笑，不以为然地说："没你说的那么严重，你越说越不着边了。"

"这可没准。我做梦都没梦到会有人毒死我的猪。"李天震坚持自己的观点。

书记看说服不了李天震，就不再按照这个话题说下去了，四处看了看问："你那几头死猪呢？"

"在那边。"李天震抬起手向前一指。

书记不想在猪舍前待下去，想离开，朝死猪走去。一阵冷风卷着雪沫抽在书记脸上，书记哆嗦了一下，把大衣领掀起来挡风。

李天震跟在书记身后边走边说："这么大的猪，眼看就要卖了，却被人给无缘无故毒死了，你说不可惜吗？能不气人吗？"

"李天震，事情已经发生了，能有什么办法呢。"书记说。

李天震说："我要找到凶手，让凶手赔偿损失，更要惩罚凶手。"

"谁是凶手呢？"书记说。

他们走到死猪跟前，李天震用脚踢了一下死猪，显出愤怒的样子。

书记看了一眼死猪，没心思看下去，随意地问："李天震，你最近有没有跟谁吵过架，闹过矛盾？"

"书记，我谁也没得罪过。如果我得罪人了，猪被毒死了，我也认了。可无冤无仇的就这么暗下毒手，我接受不了。"李天震说。

书记问："事发前有什么反常情况吗？"

"我怀疑是唐为政干的。"李天震小声说。

书记一怔，然后问："为什么怀疑他呢？"

"因为在洼谷镇只有他一个人是兽医。县兽医站的兽医说猪有可能是被注射了毒药死的。唐为政不想让我养猪了，我不同意，他就往绝路上逼我。"李天震推测着。

书记问："那你有证据吗？"

"证据倒是没有，但我认为就是唐为政干的。不信你找公安局把他关起来，他肯定会老实交代的。"李天震想报警，让公安局来处理。他想李亲实五元钱被判了五年徒刑，唐为政毒死了他六头大肥猪，这是五元钱的多少倍数啊！抓起来还不判个十年八年的。

书记用纠正性的口气说："李天震，没有证据你可不能乱说，话说出来是要负法律责任的，这可不是闹着玩的。"

"我真怀疑是唐为政干的。"李天震对自己的观点丝毫不动摇。

书记说："怀疑归怀疑，但不是事实。事实与怀疑有着本质性区别。"

"那当然了，如果是真的，我就去公安局报案了。"李天震说。

书记说："李天震，别再乱说了。"

"你不是书记吗，你不是来调查吗，你不是来破案吗，我向你反映情况，说明问题，没有错啊！"李天震说。

书记说："你是没错，没错也不能乱说。"

李天震有点不明白书记的来意了。书记是来了解情况，处理问题的，可他反映看法都不行，还能解决问题吗？他对书记有些失望了。

书记站在那儿沉默着不说话，如同在思考事情。过了一会，他看了一眼天空，把目光收回来，落在李天震身上。

李天震问："书记，你是不是很为难？"

"我为难什么？"书记看着李天震。

李天震说："是不是宋镇长不让你管这件事？"

"为什么？"书记问。

李天震说："因为唐为政是宋镇长的舅呗！"

"李天震，这是两回事。这是工作，那是家事，工作是工作，家事是家事。你别混在一起看。"书记解释着。

李天震说："现在哪还有像包公那样的清官。谁干工作不是公私兼顾。我不相信宋镇长能公私分明。他没有正义感，自私着呢。"

"李天震，你想多了。宋镇长不是你想的那种人。他挺关心这件事的。我是代表整个洼谷镇领导班子来了解问题的，不是我个人行为。"书记说。

李天震不相信。

书记笑着说："你不信？"

"我不信。"李天震回答。

书记说："你真不信？"

"我真不信。"李天震回答的非常肯定。

书记想找个轻松话题离开，带有开玩笑的意思说："你不信我也没办法。李天震，你忙吧，我再了解了解其他人。"

"书记，你还准备了解谁？"李天震有点紧张，他知道秦虎和唐为政都不会说实情，如果书记了解他们对自己不利。

书记说："总不能只了解你一个人吧，听你一面之词别人会有意见的，多了解几个人对你好，利于解决问题。"

李天震虽然不想让书记去了解秦虎和唐为政，但是没有理由阻拦。他感觉书记来的目的不是为了解决问题，而是在做样子。

书记安慰李天震说："你放心，我会认真调查的，真的假不了，假的真不了。"

"书记，你可要认真调查啊！我在等你解决问题呢。"李天震一脸恳求的表情。

书记边走边回头说："你放心吧。"

李天震一点也不放心，这跟书记说的正相反。可他不相信书记还能相信谁呢？他看着书记远去的背影，留下一片迷茫。

书记在经过秦虎的猪舍前停下来。秦虎从猪舍里走出来和书记搭话。书记问："你养了多少头猪？"

"有一百多头吧。"秦虎说。

书记笑着说："今年发财了吧？"

"发什么呀！养的少了，要是再多点还行。"秦虎说。

书记说："承包第一年，肯定有不足之处，吸取经验，来年加把劲。"

"借书记吉言，来年发财。"秦虎的老婆接过话说。

秦虎说："书记怎么一个人来视察工作呢？"

"你最近看见有陌生人来养猪场了吗？"书记本来是不想问的，又一想不问不好。自己不是来调查取证的吗，如果连问都不问传出去会产生负面影响。假也罢，真也罢，反正他在表面上做到认真负责就行了。

秦虎回答："没看见。"

"你忙吧。"书记说着朝西走去。他还没走到唐为政的猪舍前呢，唐为政已经站在那儿等他了。书记在琢磨怎么跟唐为政说这件事。唐为政在过春节时给他送去那么多猪肉呢。秦虎和李天震没送猪肉给他，只有唐为政送了。他吃了人家的东西，觉得欠了人家的情，不想得罪唐为政。

唐为政见到领导先笑后说话。虽然他笑时表情并不好看，可给领导留下的印象却极深。不然，他也不会刚从山东老家跑到北大荒没几年就混出个模样来。他迎着书记向前紧走了几步讨好地说："书记，这么冷的天你还来检查工作呀！真够辛苦的。"

"工作需要就得来呀。"书记说。

唐为政从兜里掏出一盒《中华》牌香烟，抽出一只递给书记，又抽出一只叼在嘴上，然后拿出打火机"啪"的一声打着火，先给书记点着烟。

书记看了一眼唐为政手中的打火机，用羡慕的语气说："你用的打火机都是最时髦的，可比我这个当书记的强多了。"

"书记，看你说的，打火机送给你好了。"唐为政把手中的打火机往书记手中一塞。

书记只是顺口说了一句，没想到唐为政会把打火机送给他。他看了一眼手中的打火机，假惺惺地推脱说："这不好吧？"

"有什么不好的，不就是一个打火机吗。这种打火机我家有好几个呢。"唐为政做出无所谓的样子。

书记心想唐为政就是唐为政，有眼力，也会办事。他把打火机攥在手中夸赞地说："你们三家养猪的，看来数你养的好。"

"也不能这么说。他们养的也不错。"唐为政虽然做出谦虚的样子，但表情缺少真诚。书记有点反感唐为政这种表情。

书记吸了口烟，习惯性的眨了眨眼睛，有意无意地说："你是兽医，懂养猪技术，应该比他们养的好。"

"自己懂点这方面知识给猪看病方便，不用去求人。"唐为政听到书记称呼他为兽医心一惊，感觉刺耳，有点不舒服。

书记问："李天震家的猪死了，你知道吧？"

"听说了。"唐为政谨慎地回答。

书记又问："怎么死的你知道吗？"

"听说是中毒死的。"唐为政说。

书记问："你认为是怎么死的呢？"

"这可不好说。天气这么冷，在咱们这里冬天死猪是常有的事，没什么可大惊小怪的。"唐为政做出很正常的表情。

书记观察着唐为政的表情，发现唐为政心虚，表情不自然。

唐为政说："我看不一定是中毒死的，李天震是我们山东老乡，他的为人我了解，人老实，厚道，就是性格倔强。按照他的为人，不会有人刻意毒死他的猪。再说，今年他家又贪上了大儿子被判刑入狱的事，谁还会这么做。如果毒死他的猪，这不是落井下石吗。"

"李天震今年真挺倒霉的。"书记感叹着。

唐为政说："李天震的猪不可能是被毒死的，说不上是闹猪瘟呢。或者是别的什么病。畜生一旦得了病比人还严重呢。人会说话，哪不舒服可以告诉医生。畜生不会说话，有病了只能靠人去观察。如果人粗心大意了，就会耽误给猪治疗了。"

"你说的有道理，你要提防着点，别把你家猪传染上了。猪瘟是了不得的大事。你是兽医，应该采取预防措施，杜绝病情蔓延。"书记一语双关地说。

唐为政说："那当然了，这点意识我还是有的。"

"你忙吧，我回办公室还有事。"书记准备离开。

唐为政紧走几步来到书记身前，把还剩下大半盒《中华》牌香烟塞进书记的衣服兜里。书记没有推辞，心安理得地接受了。

书记朝镇里走去。书记也怀疑李天震的猪是被唐为政毒死的。无风不起浪，怀疑就有怀疑的理由。李天震死了六头大肥猪，又被县兽医站认定为中毒死的，这是洼谷镇开天辟地的大事。这件事情在镇里传得沸沸扬扬，议论纷纷。他多少听到了一些传闻，对李天震产生了同情。可他又能怎么办呢，他不能跟宋镇长对着干，为了维护领导班子团结，只有睁一只眼闭一只眼了。

宋镇长坐在办公桌前喝着茶水，看书记走进屋，缓慢地站起身，殷勤地说："今天冷吧？"

"还行，不算太冷。"书记摘下帽子，坐在椅子上。

宋镇长往茶壶里倒了些开水，拿着茶壶走到书记面前，往书记的水杯里倒茶水，介绍性地说："这茶是县长去青岛开会时带回来的。我去汇报工作，县长送了我一盒。我是第一次喝崂山茶，从前喝的是福建茶，崂山茶跟福建茶的味道还真就有点区别呢。"

"你不是崂山县人吗？在老家时没喝过崂山茶吗？"书记说。

宋镇长说："那年头饭都吃不包，哪还会有喝茶的生活条件，如果有喝茶的生活条件就不闯关东来北大荒了。"

书记喝了口茶，慢慢品尝着滋味。他没有品尝出什么来，这跟他喝茶少有关系。他没有喝茶的习惯，喝与不喝是同一种感觉。而镇长喝茶就如同吸大烟似的，离开茶就难受。书记点点头没说话，意思是赞成宋镇长的观点。

宋镇长一转话题说："怎么样，有线索吗？"

"这事还真挺难办的。"书记没有直接回答，故意表现棘手的样子。

宋镇长说："主要是没证据吧？没有证据找谁来都没法处理。"

"李天震的火气还真不小呢。"书记略微一笑说。

宋镇长用嘲笑的口气说："那有什么用，发火能解决问题吗？发火不能解决问题。李天震除了会发火，还会干什么？他儿子五元钱被判了五年，这不是冤案是什么？他有本事把儿子的事翻过来，那才服人呢。俗语说前三十年看父敬子，后三十年看子敬父吗。李天震这个父亲当的不合格，不称职。你看他家日子过的吧，在咱们洼谷镇里还有比他家生活条件差的吗？"

书记感觉越说越离题了，又不愿意表明态度，就不想说下去了。

宋镇长看书记不说话，转移了话题说："回头，我去找唐为政了解一下情况，别让人说咱当领导的干工作不负责任。"

"你去可能比我去要好的多，你们是山东老乡，好沟通。"书记奉承了一句。也表示他的无能为力。当然这话跟他两天前说的正相反。

宋镇长说："可得了吧，如果我再多几个像李天震这样的老乡，我这个镇长就别想干了。"

书记笑了。

7

晚上下班后宋镇长刚回到家，唐为政的老婆来找他去喝酒。每次唐为政找他喝酒，都是由唐为政的老婆来叫他。这次他不想去。可唐为政的老婆非让他去。

面对唐为政老婆实心实意的邀请，他的老婆看不过去了，也劝他去，要么太不给面子了。他没办法拒绝。他本想问唐为政的老婆李天震家死猪的事跟唐为政有关系没有，可又一想，还是算了吧，这种事情问女人不好。女人肯定不会干这种事情的，如果干也是唐为政。他问唐为政比较好。他跟着唐为政的老婆去喝酒了。

唐为政正在家里忙着炒菜。他家招待客人，请人喝酒，是他炒菜。他炒菜的手艺比老婆好。他看秦虎来了打招呼说："你先到客厅里坐一会儿，我这边一会就好了。"

"我来帮你。"秦虎走到灶台前。

唐为政说："不用。厨房地方小，人多了转不开身。"

"我做菜的手艺不如你。"秦虎说。

宋镇长进来时说："真香。"

"镇长大驾光临了。"秦虎笑着说。

宋镇长走进厨房，伸着脖子看了一眼锅里的鱼说："好，我好长时间没吃红烧鲤鱼了。"

秦虎说："为政知道镇长口馋了，才请客的。"

"你们到屋里坐。鱼好了，菜就齐了。"唐为政往锅里放了些调料，盖上锅盖，然后端起炒好的两盘菜往客厅里走。

宋镇长到唐为政家从不客气，进客厅往沙发上一坐，如同开会时给下属讲话似的准备喝酒。唐为政先给宋镇长斟满酒杯，然后给秦虎斟上，也给自己斟了一杯。他看了一眼秦虎，秦虎就明白他的用意了。秦虎说应该从镇长这儿开始喝。宋镇长挟了一筷子菜，扔到嘴里，端起酒杯说："祝你们今年发财。"

"承包第一年，杂事多，底子薄，还得请宋镇长多支持才行。"秦虎举起酒杯。

宋镇长说："主要还得靠你们自己。"

"等我卖了猪，抽个时间，我请镇长到县城最好的饭店喝酒。"秦虎讨好地说。

宋镇长说："好。"

"把酒干了。"唐为政与秦虎、宋镇长碰了杯，三个人一饮而尽。

宋镇长说："这酒还真不错。"

"那当然了，这酒是出口苏联转内销的。苏联老大哥喝的酒还会差吗。"唐为政有些得意，称赞着自己的酒。

秦虎说："为政，你这不是在关公面前舞大刀吗，镇长经常喝酒，什么酒没喝过。"

"常喝说不上，但也不缺。"宋镇长说。

唐为政说："一镇之长吗，为人民服务，应该享受这种待遇。"

"这里没外人，你们两个跟我说实话，李天震死猪的事情和你们有没有关系？"宋镇长说。

秦虎看了一眼唐为政没回答。他不明白今天唐为政请客的用意，也不明白宋镇长问这话的目的。

唐为政喝了一口酒，"吧嗒吧嗒"嘴，挤了挤眼睛，不情愿地说："镇长，看你说的，李天震家的猪死了，怎么会跟我和秦虎有关系呢。我和秦虎也不想让李天震家的猪死，不管怎么说咱和李天震都是老乡吧。书记已经问过我们了，你又问，好像李天震家的猪是被我和秦虎弄死了似的。我们没那么坏。李天震家不就是死了几头猪吗，有什么大惊小怪的，不至于闹得满城风雨吧。"

"话不能这么说，那可是好几头大肥猪呀，如果卖了是很值钱的。这事没落在你身上，如果放在你身上，你不心痛吗？"宋镇长说。

秦虎没想到宋镇长会说出这种话。这话对唐为政不利。他觉得宋镇长是故意说这话的。他在观察唐为政的表情。

唐为政说："也是这么个理。"

"你们跟我说实话，李天震死猪的事跟你们有没有关系吧？"宋镇长好像有点喝多了，重复了刚才问过的话。

唐为政了解宋镇长的酒量，知道没喝多。他不明白为什么宋镇长会反复这么问，莫非宋镇长发现什么了？就算发现了，他也不能承认，必须做出跟自己无关的样子。他说："镇长，你看我和秦虎是做那种事情的人吗。李天震跟我们没有夺妻之恨，更没有杀父之仇，我们有必要那样做吗。"

"不是就好。我就希望不是。来！喝酒。"宋镇长举起了酒杯。

唐为政试探着问："听说李天震要找公安局来破案？"

"公安局是给他家开的呀，他说找就找！公安局也得征求镇里的意见。"宋镇长表明大权在握的样子。

秦虎说："如果李天震直接找公安局来破案，就是目中没有镇领导，就越级了。这不符合工作程序。"

"李天震是在做梦吧。如果公安局听他的，他有这个本事，他儿子还能被判那么重的刑期吗。"宋镇长说。

唐为政煽风点火地说："听说李天震跟你吵起来了，这事传开了，影响非常不好。李天震太过分了，目中无领导。"

"李天震这件事我说不管就不管，说一千道一万不还是我说的算吗，找别人没用。"宋镇长一仰脖把杯中酒喝了下去。

第八章
回归的自行车
HUI GUI DE ZI XING CHE

1

李天震回到家时李亲亮刚放学回来。李亲亮放下书包，躺在炕上不想动了。这几天他就无精打采的。李天震以为李亲亮是累了呢，没理会，去做饭了。他把饭做好后，叫李亲亮起来吃饭时，李亲亮没有起来。这才知道李亲亮生病了。夜里李亲亮发高烧，说梦话。李天震被李亲亮的梦话惊醒后无法入睡，吸着烟，想着心事。他感觉对不起李亲亮。每天李亲亮走着去县城上学确实太辛苦了。这样下去不是办法，他必须去县公安局把自行车要回来。

李天震虽然有时去县城办事，但很少去公安局。李亲实被拘捕后他也没去过几次。他前几次去也是为了要自行车，但公安局没给他。这回他下了决心，就算是找到县长也一定把自行车要回来。

第二天李天震起了个大早，到养猪场喂完猪，从养猪场直接去县公安局了。县公安局是座二层小楼，虽然楼不大，却很雅观。松江县政府还在平房里办公呢，所以这座二层小楼是很起眼的建筑。他推开一间办公室的门，冲着屋里的几个警察问："请问，你们谁是领导？"

"干什么？"屋里的警察对李天震说的话有点反感。

李天震问："你们谁管事？"

"你是什么事？"屋里几个警察不约而同地把目光集中在李天震身上。警察把李天震当成来报案的人了。

这时从外面走进来一名警察，这个警察打量着李天震，不屑一顾地说："你是李亲实的父亲吧？"

"嗯。"李天震点下头。

警察说："李亲实早就被转送走了，你还有什么事吗？"

"我是来要自行车的。"李天震说。

这个警察不了解自行车的事情，看了看其他警察，疑问地说："自行车？什么自行车？"

"在那儿。"有个警察抬起手朝屋外不远处的墙角一指。

李天震转过头顺着警察所指的方向望去，然后问："我可以推走了吧？"

"快拿走吧，放在那儿还占地方。"警察说。

李天震没想到这次警察会这么通快的让他把自行车拿走，有点兴奋。他刚走出屋，背后的门"砰"的一声被狠狠关上了。他心想这是什么态度，觉得不是滋味。可他考虑不了那么多了，只要警察能允许他把自行车推走就行。他加快了脚步走向自行车，生怕警察改变主意，不给他了。他走到自行车跟前时呆住了。自行车前后轮胎都没气了，瘪瘪的，车把上落了一层灰尘，还生了锈，车辐条断了好几根，车链子从齿轮上掉下来了。自行车跟从前是天壤之别。自行车根本不能骑了。他认为自行车损坏了公安局应该负责任的。他咽不下这口气，想找公安局局长讲理去。他转身朝小楼的二层走去。

他猜测局长官大，肯定是在二楼办公。他直接上了二楼。虽然每间办公室门上有牌子，写着科室名称，但他不识字，不知道哪间是局长办公室。他走到一间开着门的办公室门口，朝里面看。办公室里的人问他找谁，他说找局长。那人上下打量了他一眼，然后不情愿地说最里边那间是局长办公室。他走过去敲门，门锁着。他停了一会，才无奈的下了楼。

他又来到自行车前，生了一会儿气，心想找局长有用吗？警察现在是同意让拿回去了，如果不让拿回去呢？不让拿回去不也没办法吗。他心想自认倒霉吧。谁让自己贪上了不听话的儿子呢。

李天震推着自行车走了几步，好像想起了什么，转身回来了。他把自行车推到那几个警察待的办公室门口。自行车的支架坏了，支不住。他把自行车放倒在地上，推开门说："我把自行车拿走了？"

"快拿走吧。"警察不耐烦地说。

李天震怕警察说自行车是被他偷走的，才转身再次问警察。警察认为李天震这么做是多此一举，可李天震认为是有必要的。自从李亲实判刑入狱后，李天震就知道警察的厉害性了，对警察有点恐惧。他心想惹不起警察还躲不起吗，尽可能不和警察接触。

他推着自行车走出公安局大院后，琢磨着是不是应该把猪被毒死的事跟警察说一说呢？他在经过激烈思想斗争后，认为还是不说好。他觉得自己家在警察面前丢的脸面太多了，不想和警察打交道了。他心想猪被毒死的事还是等着镇上处理吧。现在他应该赶快回家把自行车修好，让李亲亮骑自行车上学才是正经事。

他在经过自行车修理店铺时停下来，买了些自行车零部件，准备回家修理自行车。

自行车骑起来轻松，如果推着走就是件不轻松的事了。他推着自行车回到家时，身上出了一身的汗，真是累了。

已经是中午了，他匆忙吃完饭，碗筷也顾不上洗就去养猪场喂猪了。

2

李亲亮放学回家看见自行车损坏的这么严重，生气地说自行车都被造坏了，还拿回来干什么？

李天震说不拿回来咋办？还能扔在那儿吗？

李亲亮说找公安局领导让他们赔。

李天震说如果人家给赔就不会弄坏了。

李亲亮仔细看着自行车说也不能骑了，这不成废铁了吗。

李天震说零件买回来了，过会我找人来修。

李亲亮说都造成这样了，修也不行。

李天震说总比没有强吧。

李亲亮重复地说这么破还能骑吗？

李天震一肚子的火没处可发，终于爆发出来了，他说怎么不能骑了？你想骑就骑，不想骑就算了，我哪辈子欠你们的了。你们一个个这样对我！我又为了什么呢。

李亲亮沉默了。

李天震说你们哪一个能让我省心。

李亲亮不服气地说我怎么不让你省心了？

李天震说不出来李亲亮有什么不对的地方，没有接话。

李亲亮说你要怪就怪你大儿子吧，家里现在这种局面完全是他造成的。如果他不被判刑进监狱，哪会发生这么多乱七八糟的事情。

李天震说亲实已经那样了，还能怎么办呢？

李亲亮心想事情发生过了，无法挽回，说什么都没有用，眼前应该把自行车修好，骑着去上学，走着确实累，还耽误时间。他摆弄起自行车来。

3

李天震吃过晚饭去找冯明远了。他最近忙，琐事多，有好一段日子没去冯明远家了。冯明远家在吃饭呢，看李天震来了，冯明远热情的打招呼问李天震吃过饭了吗。李天震说刚吃过。李天震习惯性地坐在靠窗户的沙发上。

冯明远的老婆问李天震猪死的事情怎么办了？李天震说书记去看过了，还没结果呢。冯明远的老婆同情地说这事可真够气人的。

李天震叹息了一声说谁让咱没本事了，如果有本事人家就不敢欺负了。

冯志辉接过话说就是唐为政干的。咱们镇上就他懂兽医，除了他谁也不会给猪打针。

李天震说我也怀疑是他。

冯明远问镇领导是什么态度？李天震说唐为政是宋镇长的舅，是亲向三分，宋镇长不想解决。冯明远说如果这样还真挺难办的。

李天震说难就难在唐为政是宋镇长的舅了。冯明远说从那天宋镇长的态度上看，就能感觉出来是在向着唐为政。李天震抱歉地说那天还让你跟着受气了。

冯明远说没什么。李天震问宋镇长后来再没有批评你吧？冯明远说没有，宋镇长那人你又不是不知道，他还能把我怎么样呢。

李天震知道冯明远开车技术好，又是老职工，在镇上有一定威望，宋镇长不会过多批评冯明远的。那天宋镇长批评冯明远只是做个样子，转移视线。李天震问明年你们机械队也开始承包了吧？冯明远说可能要承包。李天震说承包了好，没了约束，自由。

冯明远问今年你觉得收入怎么样？

李天震说如果不死这几头大肥猪还真行，死了这几头猪就不行了。

冯明远的老婆说可不是吗，六头大肥猪可是值不少钱。

冯志辉说如果亲实在家，唐为政就不敢这么做了。唐为政是在欺负人。李天震说亲实不听话，如果听话也不会落入这么个下场。冯志辉说亲实虽然有错，但判刑过重了。

冯明远吃饱了，放下筷子，用手抹了一下嘴角，对李天震说你来有事吧？李天震说你帮我把自行车修一修吧，总让亲亮走着去上学也不是办法。冯明远说来回要走十多里路呢，没自行车肯定会耽误学习的。

冯明远的老婆问自行车是什么时间要回来的？李天震说今天刚要回来。冯明远的老婆说让公安局拿走有大半年了吧？

李天震说半年多了，自行车造的不成样子，不修没法骑了。

冯明远跟着李天震去修自行车了。

李天震家的灯光比较暗，看东西费力不说还看不清。李天震到小商店买个200度的大灯泡。大灯泡把小屋照的通明。

冯明远是司机，懂机械修理技术，修自行车比较内行。可他修这辆自行车还是比较费工夫。他把自行车修好时已经是晚上十一点多钟了。他有些困了，喝了杯水就回家了。

李天震送走冯明远后让李亲亮睡觉，他准备去养猪场看一看，怕发生什么事情。李亲亮说这么晚了，不用去了吧。李天震说不去看一看不放心，睡不踏实。李亲亮看时间太晚了，陪着李天震去养猪场了。

他们锁好房门，朝镇外走去。月亮已经爬上夜空，暗淡的月光朦朦胧胧地笼罩着万物，夜晚景色是那么悠然。他们刚走出生活住宅区就听到迎面有自行车声音，不一会看见唐为政骑自行车从他们身边过去了。

李亲亮看见唐为政想冲上前去打架，但知道李天震不会同意他这么做。李亲亮说："唐为政还会干别的事吗？"

"他太坏了，这可说不准。"李天震拿唐为政没有办法。

第九章
遥遥上访路

YAO YAO SHANG FANG LU

1

星期六早晨吃过饭李亲亮和李天震去养猪场喂猪了。他们干过一阵活后刚停下来休息，李天树骑着自行车来了。

李天树从自行车上下来，把自行车放在木栅栏旁边，走到李天震身前，看了看猪圈里的猪问，今年收入怎么样？李天震说如果不死那几头大肥猪还行。李天树知道李天震猪死的事情了。他问怎么处理了？

李天震泄气地说唐为政是宋镇长的舅，宋镇长不想处理。李天树说如果镇上不处理，就不好办，现官不如现管。李天震说太欺负人了。李天树说惹不起就躲着吧。李天震说躲都躲不开了。

李天树对这件事无能为力，帮不上忙，只能由李天震自己解决了。他说往开了想，困难总会过去的，天不能总是阴的。李天震问你这是从哪儿来？李天树说从家来。

李天震问你们镇上的兽医调到县兽医站了？李天树问你怎么知道？李天震说我去给死猪化验时是他给检查的。李天树说县兽医站领导对他挺好的，就把他调过去了。李天震说没关系是调不到县里工作的。李天树问他见到你怎么样？李天震说还行。

李天树说现在有时间了，我想去找老张看能不能把亲实的案子翻过来。李天震说法院已经判过了，翻过来恐怕是不可能了。李天树说如果能得到减刑也行吗。

李天震说五元钱判了五年，我还认识老张，让谁说都太重了。

李天树说我去找老张了解了解情况，看到底是怎么回事，如果有可能就让他在上访材料上面签字，做个证人。我再拿着材料到佳木斯、峰源市上级法院、检察院上访。老张是关键，如果他不签字，不当证人，我去上访也不会起作用。

李天震虽然没去过老张家，但知道路远，不好走。在通往老张家这段路上没通客车，只能骑自行车去。他说这一圈有好几百里路呢，冰天雪地的，你骑自行车去能行吗？李天树说反正现在家里没什么活，不急着回来呗，慢慢走，有个十天半月的怎么也回来了。李天震喂过猪，陪着李天树离开养猪场往家走。

李天树问亲实在西江县监狱里表现的怎么样？李天震说我还没去过，谁知道呢。李天树问亲实没有给家里写信吗？

李天震说他只写了一封信。别看西江县跟松江县离得这么近，信在路上走的日子可不短，信是通过峰源市转过来的。

李天树说按照行政区划分，信应该是经过峰源市。亲实能在西江县监狱接受劳动改造已经是很不错了。如果当时真把他送到大西北去了，看望他就不方便了。

李天震说那倒是。

李天树说听说和亲实一起被抓起来的重刑犯全被送往大西北接受劳动改造了，只留下刑期短的在西江县监狱服刑。李天震我也听说了。李天树说这次严打没少抓，咱们县公安局长还立了功，已经提拔为主管政法工作的县委副书记了。

李天震说那个人原来是中学校长，调到公安局没几年，官升得挺快。

李天树说如果不赶上这个风头，亲实也许不会被判刑，也该他倒霉。

李天震说这怨亲实自己，如果听我的，他不去县城干临时工，在家跟我养猪，哪能发生这种事。李天树说亲实是不听话，可事情已经出了，埋怨没有用，还是尽量想办法解决吧。李天震说出了这么大的事，我能不生气吗。

李天树说让我看就是时间太长了，如果时间短就好了。亲实任性，不听话，还傲气，让他在监狱里接受劳动改造，体验一下受人管的生活，不一定是坏事。

李天震说我是担心他在监狱也改不掉那种坏脾气。

李天树认为刑期判的过重不仅是对李亲实的不公平，也是对整个李家名声的伤害。李家从来没出现过这种事。出现了这种事情，丢失脸面，他能不上火吗？他知道上访的担子只能他来挑了，也只有他能挑的起来。前一段时间是农忙时节，实在是抽不出身，没时间和精力来办这件事。现在是北大荒千里冰封的季节，农活忙过去了，人们闲在家里，他决定全力来办这件事。再说，当时政治形势紧张，不能顶风上。现在风头过去了，形势得到了平稳，适合这么做。

李天震陪着李天树回到家里。

李天树问李亲亮的学习情况，李亲亮说不算好也不算坏。李天树叮嘱说你要好好学习，现在没有文化真不行了，我们镇上买了一台美国大马力收割机，说明书全是英文，没有一个人能读懂，只好请县里的人来翻译。李亲亮虽然答应好好学习，但他做不到。他跟李天树的感情好，聊起来自然，融洽。李天树每次见到李亲亮都问学习情况。他关心李亲亮的学习。这种关心是长辈对晚辈的希望与寄托。

李天树在李天震家住了一夜，第二天起个大早，在晨星陪伴下起程去邻江县找老张了。

2

邻江县在松花江南岸，跟松江县仅一江之隔。虽然是一江之隔，但经济发展却是天地之差，两种不同的管理制度。邻江县所管辖的区域多数为农村，开发时间早，土地老化严重，不肥沃，人均土地面积较少，家庭年收入偏低。人们住的几乎全是土房。而坐落在松花江北岸的松江县却迥然不同了。松江县管辖区域多数为北大荒国营农场。北大荒国营农场是军队屯垦戍边时期建成的。在此之前，这里是一片无垠茫茫荒草地，土地肥沃，数十里不见人烟。国营农场具有城市与农村相结合的特点。这种特定管理与生活模式在世界上是独一无二的。北大荒国营农场里的工人每月发工资，吃供应粮、住公房，但却干农活，从事农业生产劳动。这里是机械化作业，离开了机械人们只能望田兴叹，农田就会荒芜，这里有点像美国的西部，只是没有美国西部机械化那么先进。邻江县人经常来松江县办事，购物，而松江县人很少去邻江县，这是经济差距造成的。

两县行政管理分别划归两座不同城市管辖，政府职能部门之间没有行政事务往来与交流。

两县人们往来大都是在冬季里。因为在两县之间的松花江上没有桥梁相通，也没有客船直航，夏季江南江北人们来往非常不方便。如果来往江南江北之间，只能乘坐小木船摆渡过江。冬季千里冰封，北大荒的严寒使江面上结成厚厚的冰层，冰上可以行驶重型卡车，人们可以在江面上自由穿行。

冬季由于往来的人和车辆多，江面上被踩出一条蜿蜒冰路。

这是条很长的江路，路斜躺在江面上宛如一条睡死的长龙那么壮观。虽然江路上覆盖着积雪，不那么光滑，可李天树还是不敢快骑，生怕滑倒了。他毕竟是五十多岁的人了。上了年纪，腿脚不像年轻人那样灵活，如果摔倒在冰面上，也是不得了的事。他万分小心的在江道上慢慢骑着自行车。

他一个人骑自行车走在宽阔苍茫的江面上有着许多感触。此时他只有一个目的，这就是改变李亲实的刑期。只要能做到这一点，他再劳累也无怨言。

太阳越过天空中心向西慢慢滑落时，温度开始显著下降。当天色将要黑下去的时候，李天树已经穿过了长长的江路，上了岸，来到一个村庄前。他想找可以过夜的住处。他知道在北大荒这种村庄里是没有旅馆的，只能找农户家借宿。他是外县人，是陌生人，谁又会收留陌生人在家中过夜呢。他站在村庄外向村庄里张望了好一会，才走进村庄里，寻找借宿的农家。

村庄里响起了一片狗叫声。狗叫声在荒原上回荡，打破了小村庄的宁静。

李天树刚走到一家农户院落前，瞬间从院子里窜出两条大黄狗，两条大狗狂吠着挡住了他的去路。他不敢继续往院子里走，又不能慌忙跑开。如果他跑，狗会追着咬。他慢慢移动步子，一点一点远离院落。他接连去了好几家，都有狗挡路，没能靠近院子。他想如果这样走下去，就算走遍全村庄恐怕也找不到住处。可他不找住处是不行的，如果在外面过上一夜，不被冻死才怪呢。他心想不能见到狗就走开，应该站在那里等主人从屋中出来。可房屋的主人总是站在门口或窗前向外张望，见来人不认识，不肯出屋，不往院落外走，任凭狗叫。他好不容易遇到一家农户的主人从屋里走出来了，搭上了话，可听他是想借宿，便转身回屋了。他继续找住处。有家农户主人出言不逊，更是不客气地说：这地方离苏联这么近，留你住宿，如果你是苏联特务怎么办？李天树说我有身份证。那人说：谁相信你的身份证，特务什么证件弄不到。李天树觉得这人不讲理，不想多说下去，也理解对方心情。这毕竟是在荒原上的村庄，社会人员复杂，哪能随便收留陌生人在家中过夜呢。他没有泄气，继续找着。他相信会有好心人为他提供帮助的。当他快要走遍全村庄时，终于有一家农户同意留他过夜了，悬着的心算是落下来。他走进屋，顿时感觉到了温暖。他在外面走了一天，浑身发冷，肚子也饿了。他不好意思让人家给做饭，让主人家的男孩领他去小商店购买食物。他买了很多糕点，还有炒花生和几盒罐头什么的。男主人看李天树这么大方，就让女主人炒菜，自己温上北大荒散装白酒。李天树没有酒量，但跟男主人坐在火炕上喝起酒来了。他想用酒的热量去除身上的寒气，想在喝酒过程中拉近彼此间的感情。酒一喝，话就多了，交谈起来随意，感情近了。男主人说他去过松江县，白酒还是两年前在洼谷镇酿酒厂买的呢。不过，他没去过李天树住的河东镇。李天树说自己的三弟家在洼谷镇，酿酒厂在改革中倒闭了。他邀请道，下次去松江县一定到河东镇做客。男主人高兴，又健谈，吃过饭同李天树聊到很晚才睡。

一天的旅途奔波使李天树又困又累，火炕热乎乎的，睡的舒服，一觉睡到天亮。他起来时这家的主人还没起来呢。冬季是农闲季节，人们起来得晚。主人看他起来了，急忙跟着起来。李天树说这些糕点不拿了。这家主人挺感动，匆忙给李天树热了饭，让他吃过饭再走。李天树有胃病，吃糕点不舒服，心想还是吃点饭为好。他吃过早饭继续赶路了。

李天树知道离老张家还有四十多里的路程。他不知道去老张家的路线，边走边打听。天近中午他来到了老张家的门前。

这是个破旧的院落，院门没关，从院落外能看清里面。他推着自行车一边往院里走一边警惕性的四处看有没有狗，防止被狗咬着。北大荒太荒凉，农村养狗看家护院是普遍现象。院落里没狗。他走进院落里，把自行车放好，朝屋里走去。

一个中年女人开门迎了出来问："你找谁？"

"这是老张家吧？"李天树问。

中年女人没见过李天树，上下打量着李天树说："是。"

"老张在家吗？"李天树问。

中年女人说："他不在家。"

"他去哪了？"李天树怕老张出远门，那样会耽误事的。

中年女人看李天树帽子前挂了许多白霜，猜测到李天树不会是附近人，是从远路而来，便问："你这是从哪来？"

"我是他的外地朋友，经过这里，顺路来看他。"李天树自我介绍。

中年女人热情地说："快进屋吧。"

李天树走进屋。

中年女人说："你先坐一会，我去叫他。"

"他在哪儿？"李天树问。

中年女人说："他去邻居家玩了。你贵姓？"

"我姓李。"李天树说。

中年女人说着就要往外走，这时从外面蹦蹦跳跳跑进屋里两个小孩。中年女人对着小孩问："你爸回来了吗？"

"没有。他还在打扑克呢。"小孩回答。小孩见屋里有陌生人，胆怯的看着李天树。

中年女人对小孩说："快去叫你爸回家，说家里来客人了。"

两个小孩停了片刻，一前一后转身朝屋外跑去。显然小孩知道老张在谁家。

李天树想跟中年女主人拉一下近乎，加深了解，过一会也好说事情。他问："今年收成怎么样？"

"也就年吃年用的，饿不着就算好事了。"中年女人对现实生活不满意，显得有些失落。

李天树环视屋中的摆设，感觉到老张家经济条件不怎么好，日子过的挺拮据。

中年女人问："你这是从哪里来？"

"松江。"李天树回答。

中年女主人得知李天树是从松江县来，羡慕地说："松江是个好地方。你们那比我们这地方生活条件好。"

"你去过松江吗？"李天树问。

中年女人说："我虽然没去过，但常听人说起。松江县那地方全是国营农场。国营农场里的人是国家工人，吃供应粮，住公房，挣工资，老了还有退休金，真好。"

李天树在和中年女人说话之间，两个小孩又风风火火跑回来了。

中年女人问小孩："你爸呢？"

"在后面呢。"小孩回答。

李天树问："几个孩子？"

"三个。"中年女人回答。

李天树问："几岁了？"

"快告诉大伯几岁了。"中年女人对孩子说。

小孩说："六岁。"

"上学了吧？"李天树问。

中年女人说："我们这儿学校条件不好，八岁学校才收。"

"比我们那儿晚两年。"李天树说。

中年女人说："还是国营农场好，孩子能提前上学。"

"八岁上学有点晚了。"李天树说。

中年女人突然想起了什么，问了一句："你是从松江来吗？"

"我是从松江来的。"李天树说。

中年女人刚才问过了，想确认一下说："你贵姓？"

"我姓李。"李天树不明白中年女人为什么会重新问了一遍。

中年女人好像是想起了什么事情，表情不自然了，有点紧张起来。她好像知道李天树为什么事情来的，也好像找不到跟李天树交谈的话题了。她有点坐不住了，欠了欠身子，但没站起来。可能她认为站起来不礼貌吧，才没站起身。她的表情变化被李天树看在眼里。李天树正在琢磨是什么原因呢，从外面传来男人的脚步声。他和中年女人不约而同地从窗户向外望去。

老张的身影出现在院落门口，正朝屋里走来。李天树站起身，走出屋，快步向外迎去。老张看见李天树一惊。他不认识李天树。他说："你找我？"

"我是李亲实的二大爷，来麻烦你了。"李天树笑着自我介绍。

老张对李天树到来感到突然，非常意外，立刻追忆起过去的往事来。他在脑子里思考着李天树来的目的。他礼貌地问："来多久了？"

"刚到一会。"李天树说。

老张平静而直接地问："你来找我是不是为你侄子的事？"

"我想向你了解一下当实的情况。你如实告诉我就可以了，别为难。"李天树怕老张有思想顾虑，急忙表明来意。

老张看了一眼李天树回忆着说："那件事情吗……"

"我一直想来找你了解一下情况。前些日子实在是太忙了，没能抽出时间。你是当事人，别人不在现场，不清楚当时的情况，只能推测，我想知道事情的真相。"李天树语气非常柔和，尽可能不刺痛老张，让老张放下思想负担。

老张叹息了一声说："都是意料之外的事。我也没想到会发生这种事情，更没想到你侄子会被判刑入狱。"

"我侄子应该认识你吧？"李天树说。

老张说："他肯定认识我。"

"那怎么还会发生这种事情呢。"李天树说。

老张说："那次我去松江县办事，在回来的路上，经过野鸭河桥时，遇见你侄子和另外一个男青年。那个男青年个子比你侄子高些。你侄子骑着自行车停在十多米远外，没走近我。那个男青年骑着自行车来到我身前问我有没有钱，如果有借几元钱花一花。我从衣兜里掏出五元钱给他了，他们两个骑着自行车朝松江县城方向去了。我虽然不高兴，但也没多想什么。事隔好多天后，从松江县来了两名警察，警察问我有没有人在路上找我要钱。我如实说了。警察做了笔录，让我在上面签了字，又摁了手印。当时我没想那么多，后来听说你侄子因为这件事被公安局拘捕了，还判了刑。如果知道是这样，我对警察说没要钱不就得了，五元钱又不是多，有能怎么样，没有又能怎么样。"

"你说五元钱判五年是不是太重了？"李天树说。

老张说："可不吗。"

"我准备去上访，想让你在证言上签个字，你看行不行？"李天树试探性地问。

老张干脆地说："这没问题。"

"我代表我们李家谢谢你了。"李天树拿出提前写好的上访材料，让老张在上面摁了手印，签了字。

老张看已经到中午吃饭时间了，让他的女人去做饭。李天树觉得老张这人挺实在的，说话投缘，事情办的利落，心情很好。他从屋里出来，去了一趟厕所，然后走出老张家的小院，到村里的小商店买了几斤糖果和几瓶酒，还有罐头什么的，表示对老张的感谢。老张看李天树买了这么多东西，有点过意不去地说："你不必客气，这都是我真心想法，也是事实。"

"我第一次来你家做客怎么好空手呢，来时路远，带着不方便。这是我的一点心意。"李天树说。

老张没想到李天树这么讲究情理，心里有点愧疚。

李天树说："我买了，你就收下，反正不能退回去。我又不能带走，你不收下怎么办？"

"那好。我收下。"老张说。

老张的女人见两个男人话说得投机，事情得到很好的解决，心里挺高兴，急忙去厨房做菜。

李天树说："你别忙了，随便做点就行。"

"我们这儿收入不多，家里条件有限，也没有什么好菜可以招待你的。你别介意。"老张的女人说。

老张拿出酒同李天树坐在饭桌前喝起来。

孩子在桌边玩了一会，被老张的女人给叫出去了。

李天树看天不早了，还要赶路呢，喝了几口酒，匆匆吃了饭，离开老张家，朝着下个目的地出发了。

3

这是通向佳木斯的路。李天树没走过，对这条路不熟悉。他是从地里方位上确定行程路线的。他不但要到峰源市上访，还要到佳木斯市上访。虽然峰源在鹤岗市地界内，但北大荒国营农场归设在佳木斯市的黑龙江省农垦总局管辖。北大荒国营农场与地方政府是分开管理的。从邻江县到佳木斯市要比松江县到佳木斯距离近。他决定先去佳木斯市，然后再去峰源市。他要继续朝西走。

他这么走能节省时间，少走弯路。更重要的是他想趁热打铁，一鼓作气把这件事办利落。他现在有上访的信心和勇气，如果失去了信心和勇气，可能不会去上访了。

虽然他明确了行程路线，可实际路线并不像想象那么直接，顺畅。

他总结了先前借宿受阻的经验，天还没黑就在有旅馆的小镇停下来，找好住处，吃过饭，早点休息。第二天在黎明将要到来的时候继续赶路。这样既能休息好，还不误行程。

他为了节省花销，住最便宜的廉价旅馆。他在离开家数日后一个傍晚，带着疲劳与困倦抵达了佳木斯市。他简单吃过饭就休息了。他必须恢复体力，调整好心态，然后打起精神去相关部门反映问题。

这如同在战争时期做着总攻前的准备。

早晨他起来的晚了些。这是他离开家后睡的第一个懒觉，也是睡的最踏实一个夜晚。他起来时同屋的客人已经走了。他来到附近一家小饭店吃早饭。东北的冬季室外寒冷，到小饭店吃早饭的人不多。他坐在靠火炉的餐桌前，破例点了两道炒菜，边吃边跟店主唠家常。他向店主打听市法院和检察院的情况。

店主是个五十多岁的中年男人，性格开朗，外向，特别健谈。他看李天树打听法院和检察院的事情，便说你是来上访的吗？李天树说是为我侄子的事情。店主毫无顾忌地把知道的情况都告诉李天树了。

李天树吃过早饭后，看了看时间，收拾好随身物品，离开旅馆去法院和检察院了。工作人员接过李天树递交的上访材料说会认真复查核实的，让他最好去峰源市反映问题。因为案件是由峰源市直接处理的。李天树认为工作人员说的符合情理，离开佳木斯后马不停蹄的去峰源市了。

峰源市检察院的工作人员听李天树把上访理由讲完后，表示会认真核实的，让他回家等通知。他问什么时间能有回音，工作人员回答：这就难说了。工作人员说当时是处在严厉打击刑事犯罪的大形势时期，案件多，时间短，办案匆忙，确实存在不少这样或那样的问题，只要发现错误，肯定会纠正的。

李天树知道像这种事情让人家马上做出决定是不现实的，需要有个过程。他从检察院出来后，又去了法院。他把同样的材料又交给了法院一份，同样把上访理由向法院工作人员讲述了一遍。法院工作人员也让他回家等消息。他没有直接回松江县，而是决定去西江县监狱探视李亲实了。

西江县地处峰源市东南，与松江县西端接壤。李天树回松江县如果走大路，不经过西江县境内。如果他斜插过去，穿村庄，走小路，可以经过西江县监狱劳改农场回到家。

李天树选择了走小路。他准备先去西江县监狱劳改农场探视李亲实，然后再回家。

他骑自行车刚出了峰源市区，天气突然骤变，刮起了强劲的西北风，天空迅速阴暗下来。看样子要下大雪了。他收听广播中的天气预报，了解到近日有一场大雪。他没想到雪会来的这么快。他只有两种选择，一种是退回峰源市等风停雪止了再走，另一种是顶风冒雪继续前行。

他抬头看了看天空有点发愁了。北大荒冬季里的气候琢磨不定，一旦出现这种现象肯定是漫天大雪。他想停下来等大雪过后再走，可雪什么时间能停下来呢？北大荒的阴雪天一下就持续好几天，有时一场大雪会下半米多深。道路会被积雪封堵。走路时什么不拿，空着两只手轻装前行都走不动，更别说骑自行车了。他思考了一会，决定继续前行，想在大雪封路之前到达关押李亲实的监狱。他迎着扑面而来的风雪，使劲蹬着自行车，朝前方赶路。

天色阴的更暗了，风刮的更急更猛烈了。他骑不动了，从自行车上下来，推着往前走。大片大片的雪花在风的挟裹下漫天飞舞。雪片从脖领往衣服里灌。雪接触到体温后马上融化了。雪花打过来，不敢睁眼睛，不敢张嘴，一张嘴雪就往嘴里面飘。雪水冰凉，风很冷。他看不清前方的路，迎着寒风，喘着粗气，艰难在雪中跋涉着。他知道只要向前迈出一步，离目的地会更近一步。他实在是走不动了，停下来休息。

他身上出了许多汗，停下来感觉发冷。他不敢继续停留，停下怕会被冻坏了。他推着自行车继续朝前走。地上的雪已经很厚了，如同白色地毯软绵绵的。脚踩在雪上会留下一个坑，前行更加吃力了。

他又一次停下来，低着头，喘着粗气。他已经没有休息时间了。他必须在天黑之前抵达目的地或某个村庄，找个住宿之处，不然会被冻死在大雪纷飞的荒野中。他心情很乱，不知道天黑之前能不能抵达目的地或走到有人家的村庄。此时他正处在前不着村后不着店的位置，天黑了是很危险的。他着急，心发慌，产生了恐惧。他强迫自己努力向前走着，体力消耗更大了。在狂风暴雪面前人的力量是那么微弱。他走走停停，实在是走不动了，连扶自行车站立的力气都没有了。他一松手，把自行车扔在雪地上，一屁股坐在雪中。

纷飞的雪花从天空飘然而降，缓缓落在他头上，那么井然有序的覆盖着这个世界。他看着眼前茫茫白雪有些绝望了。他有求生的愿望，却没有与风雪搏抖的力量。他好像是从拳击场上败下阵来的拳击手，对眼前事情很无奈。

天空更暗了，他看了看表，知道离天黑时间越来越近了。他不能这样待下去，这样待下去就是在等待死亡。他不想被冻死，想好好活着，想见到李亲实，想安全回到家里，把路上所见所闻讲给亲人听。

他希望能有车路过这里，可路过车又在哪儿呢？他站起来，自行车是推不动了，如果前行只有扛着自行车走了。他扛着自行车向前走了三五米远就走不动了，停下来喘吸着。他站在风雪中两条腿发软，眼冒金星，别说是让他扛着自行车走路了，就是让他空着两只手轻装前行，也是极为困难的事情。他看着自行车发愁，想扔掉自行车，可又舍不得。这时一辆汽车从远处缓缓驶来，他朝汽车招手，渴望汽车停下来。汽车没有停，从他眼前驶过，消失在白茫茫的大雪中。这给他带来了希望和信心。他相信还会有车经过这里，还有希望离开茫茫雪原。他把自行车横放在路中间，如果再有过路车，一定要劫住。这是他唯一的希望和办法。他清楚这种希望是非常渺茫的。因为这是一条很偏僻的路，又遇到这么个恶劣坏天气，几乎没有行人，经过的车辆也极少，数十里路不见人家。他走了这么久一个人也没遇到。但他还是报着一丝希望在风雪中等待着。

在绝望中等待是恐惧的。求生愿望是人的本能。

世界上总会出现许多奇迹。正当李天树面对即将到来的黑夜显得无奈时，从远处射来两束灯光。这是希望之光，更是救命之光。他用双手罩在双眼上面，不让纷飞的雪花打在眼睛上，朝着车灯射来的方向看去。他发现是一辆机动车由远而近缓慢开过来。虽然雪花遮挡了视线，看不清是什么车，可他听到了发动机的运转声。他站起来，摇晃着走到路中间，挥动着双臂，阻止车前行，迫使车停下来。

风雪天视线不好，司机开的特别小心，汽车行驶速度慢。汽车上的人先看到了李天树，后看到放在路中间的自行车。汽车开到李天树身前停下来。

李天树趟着雪走到汽车驾驶室前问，你们去哪里？司机打开了驾驶室的门说，去西江县监狱劳改农场。李天树得知跟自己同路，高兴地说我也是去西江县监狱劳改农场，你们捎我一段路吧，雪太大了，我实在是走不动了。

坐在司机身旁的人看了看李天树说上车吧。

李天树说等一下，我把自行车放上。

司机关上车门，透过车窗看着李天树。

李天树转身去搬自行车。他手被冻的不听使用了，也没有力气了。他很费力的搬起自行车，可不够高度，放不到汽车后车厢上。

司机从驾驶室里跳出来，迅速帮李天树把自行车放到半截货车的后车厢里。

李天树坐到驾驶室里后，驾驶室里显得非常拥挤了。几个人都欠了欠身子，把有限的空间全部利用上了。李天树说真不好意思，给你们添麻烦了。

司机是名小伙子，直来直去地说，下这么大雪你还出门，如果不遇上我们，天黑了你怎么办？

汽车在风雪中缓缓前行。

李天树说我出来时还没有下雪呢，没想到雪会下的这么大。旁边那个领导模样的人问，你去劳改农场干什么？李天树说去看人。那位领导模样的人问，你什么人在那里？李天树说我侄子在里面。

那位领导问你侄子叫什么名字？李天树说叫李亲实。那位领导模样的人增添了些精神说，李亲实是你侄子呀？

李天树说你认识他吗？那人个说李亲实就在我们中队。李天树揉搓着双手，手缓过来了，有些疼痛。他没想到事情会这么巧合，高兴地说，太好了。

司机对李天树说，这是我们中队长。

李天树说如果不是遇到领导，今天我可能会被冻死在大雪中了。中队长说遇到谁都会帮助你的。李天树说那可不一定，刚才开过去那辆车就没停。

中队长笑着说，所以你就把自行车放在路中间了。李天树说没有办法了，总不能被冻死在这冰天雪地里吧。中队长说李亲实是你亲侄子吗？

李天树说当然是亲的了，不然，我能费这么大力气来看他吗。他是犯人，又不是当官的。如果他是当官的，我冒充他的亲人是想借点光。可他是犯人，别人想躲还来不及呢，谁还会往前凑呢。

中队长说你来的路线不对呀，李亲实家在松江县，松江在东面，而你是从西北面来的。

李天树说我是从峰源市来的。不瞒你说，我是去峰源市上访了。我觉得给李亲实判的刑期过重了，不合理。你说哪有五元钱判五年的事情。当然这跟你们没关系。这是法院和检察院做的事。

中队长说我们看过李亲实的档案了，他除了这件事外，没有犯别的事情，不然，我们也不会安排他在食堂做饭。

李天树知道在监狱接受劳动改造生活比较艰苦，更知道在食堂里做饭是份好活，急忙说谢谢领导对我侄子的关照。

中队长说李亲实遇事想的过于简单，哥们义气太重了。前些日子他把食堂里的食品私下拿出来给犯人吃被我们发现了。他这么做是违反规定的，影响不好。这是在监狱劳改农场接受改造，生活是受约束的，不能想怎么样就怎么样。

李天树没想到李亲实在监狱里服刑还会做违反规定的事情，急忙说亲实这孩子怎么会做出这种傻事呢，有点脑子的人也不能这么做呀。他做的不对，你们当领导的该批评就批评，该帮助的还得帮助。我见到他时会批评他的。

说话之间就到地方了。中队长问李天树去哪里，李天树说先找个地方住下。中队长告诉李天树小旅馆的位置。李天树对中队长说了些感谢的话，然后推着自行车朝小旅馆走去。

这是一家农户开的旅馆。旅馆不大，服务对象主要是外地来老改农场探视犯人的家属。李天树看雪下的这么大，心想第二天是走不了了，没急着去见李亲实。他实在是太累了，也饿了，得恢复一下体力。他来到餐厅，要了两碗热面条，一口气把热面条吃下去，填饱了肚子后回房间休息了。

房间里只有他一个客人。他躺在床上听到餐厅里热闹起来。餐厅里来了几名穿制服的管教。管教在那边喝酒。说话声从隔壁传来，李天树却睡着了。

第十章
波动的情绪
BO DONG DE QING XU

1

晨光初放，雪停了，风也止了，一轮太阳缓慢从地平线升起，朝天空吃力地爬去。天光渐渐更加明亮了，白云与蓝天呈现出显明对比。雪后的空气格外清新。气温比下雪前降了好几度，显得寒冷。

李天树没吃早饭就去探视李亲实了。监狱接待室的门关着，门前覆盖着的白雪上面没有一丝痕迹，好像屋里的人还没起来。他有点着急，在房前徘徊着。他知道在天黑之前必须穿过那片无人居住的荒草地，只有这样才能顺利回到家里。他抬头看了看天，走到门前去敲门。

门开了，一位工作人员一边穿着衣服一边问李天树是什么事情。李天树说我是来探监的。工作人员生气地说，太早了，还没到探视时间呢。

李天树请求地说，同志，你看能不能把时间提前一下，我还急着往回走呢，如果晚了，就走不了了。

工作人员说这里有规定，到时间才能探视。如果急着走，你就别探视了。工作人员转身进了屋，随手把门关上了。

李天树转身往旅馆走，快要到旅馆时，中队长迎面走过来了。李天树打招呼地说中队长，你这是去哪儿？中队长说我到监区里看一看。李天树说你们当领导的也真够操心的。

中队长对李天树说你起这么早干什么？

李天树说我想去探视我侄子，见过他后想早点往家走。中队长问看到了吗？

李天树说工作人员说不到探视时间不能见，我回旅馆过一会再来。

中队长说昨天下那么大雪，路上积雪有半尺深，自行车可能没法骑，你能回去吗？李天树说我离开家好多天了，再不回去家里人该着急了，慢慢走呗。中队长说现在快到探视时间了，我们一起过去，我再帮你说一说，探视完了你可以早点往家走。

李天树高兴而又担心地说这不违反规定吧？中队长说不会的。李天树跟在中队长的身后朝接待室走去。

中队长说如果你回家就早点走，争取在天黑之前回到家里。人身安全是最重要的。李天树说我也是这么想的。中队长说路虽然不算远，可雪大，不好走。

李天树说你去说情，工作人员不会产生其他想法吧？李天树担心工作人员会误认为是他去找的中队长，发生误解，事后对李亲实进行打击报复。

中队长笑着说你想到哪里去了，不会的。我们在教育服刑人员的同时，还要关注他们思想变化。他们见到亲人后思想会安稳许多，家属来探监也是对我们工作的支持。

李天树对中队长说，你先跟工作人员说一下，我回旅馆把自行车推过来，探视完了我直接走。中队长说也好。

李天树朝旅馆走去。他到餐厅匆忙吃了碗热面条，退了房间，结了账，推着自行车再次来到监狱接待室。工作人员看了李天树一眼没说话，通知李亲实来接待室了。李天树看出工作人员不高兴，道歉地说打扰你了。

工作人员说刚才你来的确实早了点，犯人还没起来呢。李天树说我只想着早点往家走了，没往这方面考虑。工作人员拿着扫帚清理着屋中的卫生。

李天树问现在李亲实能起来吧？

工作人员说这可说不准。如果放在前些日子他肯定是起来了。当时他在食堂做饭，每天要比其他犯人起的早。他离开了食堂，就不一定了。

李天树说让他离开食堂是不是因为他把食堂里的东西给其他犯人吃了？工作人员说你还没见到李亲实呢，怎么会知道这件事呢？李天树说昨天我是坐你们中队长车来的，中队长在车上跟我说的。

工作人员得知中队长来不是李天树去找的，对李天树态度转变了，不像刚才那么生硬了。他说是因为这件事。

李天树担心不让李亲实回到食堂干活了，拉近乎地说你们多帮助李亲实，他做的不对就批评，你们的批评是对他的关心。

李亲实从外面走进来看见李天树愣住了。他怎么也想不到李天树会在大雪过后就来了。他说二大爷，你怎么来了？

李天树没告诉李亲实是从峰源市来的，更没说去上访的事。他担心告诉李亲实后会影响李亲实的情绪，不安心服刑。他说冬季有时间了，我来看你。李亲实自责地说我对不起你们。李天树语气中带着责备说，你既然知道错了，就得改呀，知错不改怎么行呢？

李亲实感觉李天树的话不顺耳，有点生气。他说自己不对可以，别人说他不对就认为是看不起他。他看李天树的眼神由温和变的冷漠。

李天树问生活上你需要什么东西吗？李亲实说不需要什么了。李天树叮嘱地说你要听领导的话，好好改造，认真接受教育，争取早日回家。

李亲实说管教对我不错。李天树说那你做的怎么样呢？李亲实听出来李天树话中有话，猜到了什么，表情不自然了。

李天树说亲实，你不小了，遇事要多加考虑，别心血来潮什么都不顾。如果当初你不结交那些狐朋狗友，也不会落到今天这种地步。你要接受教训呀！你应该珍惜机会，别让管教对你失望才行。

李亲实虽然反感李天树说的话，但没有反驳。他想李天树批评就批评吧，反正也不是总见面。他静静地听着。

李天树说你要记住你现在的身份，你不是自由人，你是犯人。你是在监狱接受劳动改造，不是来享受的。你不能按照自己的意愿随心所欲做事，得遵守监狱里的规章制度。

李亲实快要被李天树给气疯了。他还不知道自己是犯人吗；他还不知道自己是失去自由的人吗；他能不遵守监狱里面的规章制度吗？他敢不遵守吗？他是犯人又怎么样？还用得着李天树来指责吗。

工作人员提醒说探视时间到了，有话你们快点说，不能超时了。

李天树问你有啥话要对你爸和你弟弟说的吗？李亲实绷着脸说没有。李天树说我回去了。

李亲实看李天树要走了，情感忽然发生了变化，想说什么又没说出口。

李天树知道李亲实要面子，看出来李亲实是生他气了。他说这次我来的匆忙，没给你买东西，身上的钱也剩不多了，给你留下二十元钱吧。李亲实说不用给我钱，你留着用吧。李天树说多了也没有，只有二十元钱了。

工作人员说把钱交给我吧，监狱有规定，不让服刑人员接触现金，我们替服刑人员保管着。李天树把钱交给工作人员。工作人员打开一个登记本做了登记。

李天树往接待室外走，到了门口，回过头叮嘱地说，你要好好接受改造，家里人盼着你早点回去呢。李亲实说昨天下了那么大的雪，路上能好走吗？李天树说不好走也得走呀。

李天树从接待室出来感觉冷，把头上的帽子往下拉了拉，推着自行车朝监狱大门外走去。他知道还有六十多里路就到家了。厚厚的积雪像海绵一样盖在路面上。自行车不能骑，只能推着。

没有风。北大荒空旷的雪原上静悄悄的。太阳悬挂在天空中，释放着光芒。李天树走在洁白的世界上，虽然一路辛苦，可心情是那么舒畅。

因为他完成了一个使命，一个做长辈的义务与责任。

2

李亲实虽然对李天树说的话不满意，但被这份亲情感动了。他被押送到西江县监狱服刑后，李天树是第一个来看望他的人。除了李天树没给他带来好吃的食品让他有点失望外，感受到了亲情的温暖与关爱。他想吃肉，想喝酒，但这是不可能的。他是在监狱里接受劳动改造，是失去自由的犯人，生活是受约束的，不能随心所欲。他在食堂干活虽然吃的不算好，可能吃饱。有的犯人根本吃不饱。监狱劳改农场对犯人伙食是施行定量制。饭量小的犯人能吃饱，饭量大的犯人吃不饱。他馋好吃的食品。其他犯人更是这样。犯人把解馋的希望寄托在来探视的亲友身上。所有犯人几乎都是这种心情。如果哪个犯人亲友来探视了，就会叫上几个关系不错的犯人，聚集在一起吃亲友送来的美食，共享短暂幸福好时光。可这种事情在李亲实身上没有发生。他清楚自己家里的情况。他不能跟其他犯人相比。当然在同牢房犯人中还有比他家生活条件更差的呢。人不能往坏处想，得往好处看。他心情是复杂的。

李天树虽然没带来好吃的食品，却给他留下了二十元钱，钱是少了点，可还是解了燃眉之急。他写给李亲亮的信刚寄走，估算着还没到呢。他让李亲亮给他邮几件内裤内衣来。他从家里出来时穿的内衣全坏了，急着换下来。他原本是不想朝家里要的，可没有别的办法。现在他有了李天树给的二十元钱，就不用朝家里要了。信已经寄出去了，是收不回来的。

他从接待室走出来，站在铁丝网前，看着远去的李天树，心中涌起一股说不出来的滋味。

有几个犯人站在牢房门口，冲着李亲实喊："李亲实，大冷的天，你站在那发什么愣呀？"

李亲实回过头看了一眼站在牢房门口的犯人，那几个犯人和他关系不好，他目光中带着愤怒与不满。他把目光转过来时，追踪李天树离去的方向，远处是苍茫茫的皑皑白雪，在天际之处已经没有人了。他转身朝牢房走去。

这几个犯人一直在等着李亲实走过来，他们想从李亲实这儿得到什么。李亲实走到他们面前时，领头的那个犯人问："谁来看你了？"

"我二大爷。"李亲实说。

其中一个犯人又问："二大爷给你带什么好吃的了？"

"什么也没带。"李亲实说。

那个犯人不相信地说："这不可能吧？二大爷来看你能不带好吃的吗？你是不是怕我们吃呀？"

李亲实看眼前这几个犯人不相信他说的话，不想过多解释，抬头看着天空，有些无奈。然后想离开，但被一个犯人挡住了去路。

挡在李亲实面前的犯人笑嘻嘻地问："你把东西放在哪了？是怕兄弟们吃吗？"

"没有东西。"李亲实冷冰冰地说。

领头的那个犯人说："那就是给你送钱来了？送钱比送东西更好。"

"钱也没有。"李亲实说。

这几个犯人失去了耐性，生气了，说出的话越来越难听了。其中一个说："你二大爷不会是白痴吧？这么冷的天，走这么远的路，什么也不给送，只是为了见一面，看一眼，太不实际了吧，如果这样还不如不来呢。"

"你说话干净点。"李亲实想发火。

这几个犯人满不在乎地说："看你小样，我们还没找你的事呢，你还火了，你火什么？看你这姿势还了不得了。"

李亲实又一想还是算了吧，跟这些人肯定扯不清。他知道自己惹不起这几个犯人。这是个狱霸，同牢房犯人都顺着他。李亲实之所以不顺着他，因为他们干的活不同。李亲实在食堂干活，平时劳动跟大多数犯人不在一起，打饭时可给犯人适量多点，也可少点，这要看他跟犯人个人感情深浅了。因为他干的活特别，所以其他犯人会用另一种眼光来看他。正常情况下不但不惹他，还会带着讨好成分。李亲实被调离食堂后，其他犯人对他的态度在发生转变，由热变冷，由近变的疏远了。当然其他犯人也明白，照李亲实的表现，说不上什么时候又回食堂去干活了。当狱霸要欺负李亲实时，其他犯人保持中立。如果李亲实真的不在食堂干活了，他们会完全倒向狱霸这边。李亲实知道自己如果真离开食堂了，日子要比现在难过的多。但他不相信自己会永远离开食堂。他犯的不是大错误，只不过是把食堂里的花生米私下拿给和自己关系好的狱友吃了。他犯的这种小错误管教批评过后，给他一个警告，也许会原谅他。他也在努力表现，力争挽回影响，争取得到管教的信任，想重新回食堂干活。

狱霸挡在李亲实面前，不让李亲实回牢房里。李亲实锁了一下眉头，心里生气。他在监狱中学会了忍耐。他站在那里看狱霸下一步要干什么。狱霸狞笑着问："想进去吗？"

李亲实看狱霸没有让他进去的意思，没有表态。

狱霸说："你如果想进去，就把二大爷给你的钱拿出来，买些东西，请一请兄弟们。"

"我为什么要买东西给你吃呢？"李亲实有点沉不住气了。自从他被公安局拘捕后，就开始跟各种各样的犯人关押在一起，已经适应了这种生活环境。他还从没有把自己的东西给过狱霸呢。

狱霸叉开两条腿说："不给也行，那你得从我胯下钻过去。你钻过去算是在弟兄们面前给了我面子，我就不要你的东西了。"

李亲实侧过头看了一眼狱霸没说话。他的沉默预示着一场不可避免的打架将要发生。他在心中酝酿着爆发能量。

狱霸问："你钻不钻？"

"不钻。"李亲实斩钉截铁的回答。

狱霸问："你怕丢人吗？"

李亲实心里在琢磨怎样才能躲过纠缠。

狱霸用鄙视的目光看着李亲实说："像你这种人是不应该到这地方来的。你不愿意改变自己，这怎么行。你要面对现实，更要接受现实。你放着食堂轻快活不干，非要受苦，谁都没办法。今天你要听我的就钻过去，给我个面子。不然，我这一关你是过不去的。别说是你李亲实了，就算是韩信还有过胯下之辱呢。"

"大哥，食堂开饭了，咱们去吃饭吧。"小四川走过来，笑嘻嘻的讨好狱霸。他跟李亲实关系不错。李亲实偷着给他花生米吃才被调离食堂的。但他不敢得罪狱霸。

狱霸凶恶地瞪了小四川一眼，恶狠狠地说："你给我滚到一边去。你身上痒痒了是不是？要么你替他钻？"

"大哥，管教过来了。"孙雨来走过来说。孙雨来家在哈尔滨，在佳木斯盗窃时被抓获的。他跟李亲实关系还可以，也比小四川有威望，上前有意帮助李亲实解围。

狱霸抬头朝前方望去，看见两名管教往这边走，也想给孙雨来个面子，转身进了牢房里。

其他犯人也跟着回到牢房里。

孙雨来拍了拍李亲实的肩膀和小四川一起回牢房了。

管教走进牢房说快去食堂吃饭，吃过饭去扫雪。

犯人们排好队去食堂吃早饭了。

李亲实在打饭时打饭的犯人稍微多给了他点。他用感谢的眼神看了一眼那个打饭的狱友，没说话离开了。他吃这种饭没有胃口，那也得吃，不然过了开饭时间就没饭了。小四川端着饭凑到李亲实身边。李亲实看了小四川一眼说你就不怕老大"收拾"你吗？

小四川说当然怕了，可你为了我把在食堂的活都丢了，我还怕个啥。李亲实说花生米没白给你吃。小四川说你得想办法回到食堂去，不然，他们还会找你的麻烦。

李亲实说他们不会把我怎么样，最少现在不能把我怎么样。小四川说你还是提防着点好，关在这里的哪有好人。李亲实说好人怎么会关在监狱里面呢。

小四川说也有被冤枉错判刑入狱的，但在咱们这个监狱里没有。

李亲实开玩笑地说，如果我回食堂干活了，还拿东西给你吃。小四川说你给我吃我都不吃，我不能为了多吃好的连累你。李亲实说你胆子太小了。

小四川问管教能让你回食堂干活吗？

李亲实认为把想法说出来不妥当，改口说我自己瞎猜测，没影的事。

犯人吃过饭回到牢房里等着管教安排活。

北大荒冬季一下雪，室外就没活可干了。其实不下雪在北大荒室外也没活干，天气过于寒冷，冬季只能待在屋里。老百姓冬季在家"猫冬"，可在监狱接受劳动改造的犯人不行，总得找些活让他们干。让他们产生对自由生活的渴望与怀念。

管教安排犯人打扫雪。地上的积雪厚，犯人一干就是一上午。下午没安排活，让犯人自由活动，想学习的犯人去学习室，不想学习的犯人在牢房内休息。平时劳动强度大，累人，难得有这么一天。大多数犯人是躺在床上休息。李亲实担心狱霸找麻烦，去学习室看书了。

李亲实过去思想单纯，遇事考虑的少，可自从到监狱服刑后，在接受劳动改造中转变了许多。他对过去生活进行了反思，一遍遍问自己，今后的人生应该怎么度过？他在监狱里要生活五年，五年啊！这是个多么不敢想象的年轮。五年后会发生多大的变化谁会知道？难道说他的青春年华就这样被白白浪费掉吗？不！他不能这样。如果这样下去五年后当他重新获得自由生活的时候，还能做什么呢？他要为重新获得自由生活做准备。他明白只有做好充分准备，在刑满出狱后，才能追上同龄人在生活之路上的脚步。不然，他重新获得自由生活后会被远远落下，人生之路上也会困难重重，艰险无比。他在经过深思熟虑后，决定先从补习文化课开始。生活中没有文化是不行的，文化是基础。监狱里有文化补习班，在冬季农闲或夏季的阴雨天不能到田间劳动时，会有管教给想学习的犯人讲课，补习文化知识。李亲实参加了监狱里的文化补习班。

学习室里只有李亲实一个人，屋里没有取暖设备，很冷。他把手插在袖筒里看着书，每翻一页书，拿出来一次。两只脚不停跺着地，增加血液循环速度。他没读过高中，对高中课程陌生，学习起来吃力。他必须取得高中毕业证，这样才算没有荒废光阴。

天快黑的时候中队长和管教来察看牢房，发现李亲实在学习，站在窗外停了一会才走进屋说："李亲实。"

"到。"李亲实机械般的站起身。

中队长说："这么冷，你能学进去吗？"

"能。"李亲实回答。

中队长问："你怎么不在牢房里学习呢？"

"牢房人多，太闹。"李亲实回答。

管教问："你对在食堂犯的错误反思的怎么样了？"

"我错了。"李亲实回答。

管教问："今后能改正吗？"

"能。这是我犯下的大错误，一定牢记，改过自新。"李亲实回答。

中队长点着头说："你还年轻，能改就好。"

"队长，让他回食堂干活吧？"管教对中队长说。

中队长说："我看他跟其他犯人有点不合群，让他回食堂吧。"

"谢谢中队长！谢谢管教！谢谢政府！"李亲实高兴地说。

中队长说："只要你好好接受改造就行了。"

"我一定改正错误！"李亲实说。中队长和管教走了。李亲实把书一合，回牢房去了。

那次李亲实把食堂里的花生米拿出来给小四川吃，小四川没吃完，把剩下的花生米藏在了床铺下面，被管教发现了。管教让李亲实写了检查，把他调出了食堂。李亲实虽然知道这是违反监狱规定的，可他不用这种方式结交几个狱友，在牢房里的生活也不好过。犯人来自全省各地，老乡情节浓厚，哥们义气重，拉帮结派，见软弱的欺负。李亲实不想欺负人，也不想受人欺。他选择了几个值得交往的犯人做朋友。小四川是其中一个。

李亲实走进牢房，狱霸晃着身子朝他走来。他心想狱霸又来找茬了。他心一沉，告诫自己忍让，不能再犯错误了，再犯错误就回不了食堂干活了。

狱霸走到李亲实身旁，双手抱在胸前说："如果你回食堂了，可要多照顾一下兄弟。你也算是咱们牢房里出去的大人物。让兄弟们借点光，吃个饱饭。"

李亲实心想狱霸怎么会知道他回食堂的事呢？莫非刚才他跟管教说的话让狱霸听见了？他眼睛的余光看到了站在不远处的小四川。小四川朝他默认的点了一下头。他马上明白是怎么回事了。

晚上李亲实躺在床上想家了。他本来对家有些淡忘了。李天树的到来重新唤起了他对家的渴望与思念。

他时而会觉得回家的路是那么遥远，远的好像是在天边，无法抵达；时而又会感觉回家的路是那么近，近的仿佛在眼前。

虽然松江县与西江县相邻这么近，可他却不能回家。

家是人劳累时休憩的归宿吗？家是生活中的避风港吗？家是什么？他不清楚，但他的确是想家了。

他在回忆家中的生活。那种生活虽然单调，有些乏味，但要比在监狱里服刑日子好过得多，幸福得多。最起码那是无拘无束自由的生活。他在把过去的生活与眼前的生活做比较。面对监狱艰苦的生活，他想什么时候才能熬出头来呢？他想到需要那么久才能获得自由生活，难受得要命。他在经历过这一系列的事情变故后，思想逐渐成熟起来，强迫自己尽可能适应监狱服刑的生活，认真改造，早点回家。

第十一章

放弃

FANG QI

1

李天震回到家时身上落满了雪花，走进屋，在门口跺了跺双脚，想让鞋面上的雪滑落下去，有的雪滑落在了地上，有的还粘在鞋上。他用扫地笤帚把鞋面上的雪扫下去，用手拍打掉身上的雪。他看了一眼表，估计李亲亮快放学回来了，开始做饭。

白天家里没人，没有生炉子，屋里冷，锅里的水结了冰碴。他心想做什么饭呢？北大荒是四季分明地区，在冬季里主要食用储藏蔬菜，而能够长期储藏的蔬菜品种很少。人们家里除了白菜，就是土豆，还有萝卜及酸菜。每天上顿白菜，下顿土豆，再就是萝卜和酸菜，有吃够的感觉。做饭时想变个样子，巧妇难为无米之炊，没东西怎么做呢？他有点发愁了。他想还是做面条吧。他比较愿意吃面条，可李亲亮不愿意吃。

李天震是山东人，对面条情有独钟，经常做面条。他做的面条比李天兰做的好。李天树每次来洼谷镇都让他做面条吃。他揉起面来很用力，不把面揉出面筋来决不会停止。他刚把面揉好，李亲亮放学回来了。

李亲亮放下书包，摘下帽子和脖套，随口说了一句：又吃面条了。李天震看李亲亮对吃面条有点抵触情绪，解释说这么冷的天，吃热面条暖和。李亲亮说不吃面条也没什么可吃的了。

李天震把面条擀好后，把刀和擀面杖放在面板角处，坐在沙发上卷起烟来。李亲亮到厨房点火烧水去了。锅灶下的火旺，水很快就沸腾了。

屋子面积不大，温度低，热气充满了整个屋子。他们被热气包围着。李天震边吃面条边对李亲亮说，你二大爷去上访不知道回来没有，如果没回来，下这么大雪，真够他受的了。

李亲亮说周日我去我二大爷家看一看。李天震说你去看一看吧，这些天我总觉得是个心事。你二大爷是为亲实上访的，如果在路上出点什么事情就不好了。李亲亮说雪下得太大了。

这时李天兰推开门走了进来。李天兰带进来一股凉气。李天震问李天兰吃过饭没有。李天兰说刚吃过。李天兰往炕边一坐，看着李天震问，二哥上访回来了吗？

李天震说还不知道呢，周日让亲亮去看一看。李天兰说亲亮不用去了，明天我去二哥家吧，我给二哥做了一条棉裤送过去。李天震说雪下这么大能通车吗。

李天兰说只要通车我就去。

李天震担心地说雪下这么大，如果二哥回来了还好，如果没回来就麻烦了。李天兰说二哥去好多天了，应该回来了。李天震说他走这一圈可是不近。

这些天李天震一直惦记着李天树上访的事。这件事本来应该他去做的，可他没这个能力。虽然李天树不是外人，但他还是觉得过意不去。

李天兰问李天震死猪的事怎么处理了。李天震自认倒霉地说，镇里不解决，还能怎么办呢。李天兰问你今年收入怎么样？

李天震说还不知道呢。李天兰说镇里已经把账目公布出来了，你没去看吗？李天震说我还不知道呢。明天我找人看一看。

李亲亮接过话说我一会就去看。李天震不赞成地说，你一个学生，还没参加工作呢，会看什么。李亲亮不服气地说，不就是几个数字吗，我怎么不会看了。

李天兰赞成李亲亮去看账，插言说亲亮上中学了，这点小账目能看明白。李亲亮说过一会我去看，不就是在宣传栏里吗？李天兰说天黑了，你看不见。明天看吧。

李亲亮说拿手电筒不就行了。

李天兰说还是小孩子脑子灵活，看来我们真是老了。李天兰聊了一会儿回家了。

李天震收拾完饭桌子，拿起手电筒和李亲亮去看账目了。他们在雪中朝镇政府办公室走去。他们走到镇政府门前的公告栏前停住了。李天震用手电筒照着亮，李亲亮仔细看着。虽然李亲亮能看懂数字，但对账目的结算方式不太了解。他看了好长时间也不说话。天冷，李天震拿着手电筒的手发凉，不停打哆嗦。他着急地说，你能不能看明白呀？

李亲亮说你账上只有三百元钱。李天震不相信地说，就三百吗？李亲亮又看了看，确认地说就三百。

李天震对这个数字产生了怀疑，怀疑李亲亮是不是看错了。他认为自己辛辛苦苦干了一年，不应该只挣这么点钱。他语气中带着责备说，你还是中学生呢，看个账都这么费力。

李亲亮说我不是怕看错了吗。李天震放下手电筒，生气地说，走，回家。李亲亮说先别走，我看一看唐为政和秦虎账上有多少钱。这正好符合李天震的心意。

李天震虽然跟唐为政有仇，但想知道唐为政挣了多少钱。他再次举起手电筒向公开栏照去。

李亲亮找到了唐为政的名字。他说唐为政挣了一千二。李天震说你没看错吧？李亲亮说肯定没看错，是一千二。

李天震说你再看一看秦虎的账。李亲亮说秦虎挣了八百。李天震说如果我不死那六头大肥猪，差不多也能挣这个数。

李天震虽然无法准确估算出死六头猪的价钱，但知道那六头大猪是值钱的。三个人同样是养猪秦虎和唐为政都挣到钱了，而他忙忙碌碌一年却没有挣到钱，心里不好受。

他们看过账目快步往家走。回到屋里，李天震叹息了一声，不甘心地说，都挣到钱了，就我没挣到钱。

李亲亮安慰李天震说，你别生气，三百就三百吧。

李天震怨声载道地说，我不生气到行，可不能不吃饭吧，你不能不上学吧，吃饭不花钱吗？上学不花钱吗？还有在监狱里服刑的那个畜生，时不时还要东西……家里花钱从哪里来？不都指望我一个人挣吗。我一个大老粗，能有多大本事。

李亲亮说我不想读书了。李天震说你不上学能干什么？李亲亮说帮你养猪呗。

李天震无法理解地说，你们兄弟两个真是邪门了，亲实在家时我劝他帮我养猪，嘴都快磨出血了，他都不同意。你呢，我不让你养，你却想来养。你们俩的想法怎么会反差这么大呢？

李亲亮说不养猪干别的活也行，只要能挣钱就行。

李天震说钱不用你挣，你什么都别想了，还是安心读书吧，只要你把书读好了就行。你的文化程度还不行，连这点小账都看得这么费力，如果是大账就看不明白了。

李亲亮说我又不想当会计，懂账干什么。

李天震说如果你真能当上会计还好了呢。往办公室一坐，风吹不着，雨淋不着，扒拉扒拉算盘珠子就能挣工资，多好的工作。

李亲亮对学习已经产生了厌倦，不想继续读书了。他这个想法越来越强烈。现在他不上学是不可能的。镇上有规定，只有在初中毕业后才给安排工作。

李天震怀疑李亲亮看的账目不准确，不相信只挣那么点钱。第二天他找人重新看了账目，并且把数字抄了下来。果然他账上记载着只有三百元钱。一年收入三百元钱，平均每月才挣二十多元钱，这比承包前的收入还少呢。他起早贪黑忙了一年，却得到这么点收益，心里不平衡。

2

公路边上只有李天兰一个人在等客车。已经过了客车开来的时间，她没看见客车，以为刚下过大雪县城开往河东镇的客车停运了呢，不准备等下去了，转身往家走。她走了十多米远时，回过头朝松江县城方向望去，看见远远一辆客车开出了县城，朝这边开过来。她转身又回到了公路边上。

客车里的乘客还不到三分之一，显得空荡荡的。刚下过大雪，路滑，客车行驶速度慢。到达河东镇时已经是中午了。

李天树家已经做好了午饭，没料到李天兰会来，临时又多炒了菜。李天兰看李天树还没回来，着急地说，走这么多天了，也应该回来了？李天树的家人说，可不是应该回来了吗。

他们吃着饭，聊着家常事。李天兰很少来李天树家，聊起来话题多。他们刚吃过饭，饭桌上的餐具还没撤下呢，李天树回来了。李天树的女人开玩笑地说，还是你们兄妹两个有感情，一前一后进家门了。

李天树又饿又累，脱去外大衣，坐到炕上就不想动了。李天兰问李天树是从哪回来的。李天树说从西江县监狱。

李天兰说路上这么厚的雪，你是怎么回来的？李天树说有村庄和树木的地方风刮不着，积雪厚，不好走。没有村庄和树木的路段，被风一吹，路上没有积雪，好走。李天兰问你看见亲实了吗？

李天树说我看见他了。李天兰问亲实怎么样？李天树说亲实这孩子太不听话了，在监狱里做饭是多好的活，他却把食堂里的东西偷着拿出来给别的犯人吃。李天兰说亲实这不是在做傻事吗。李天树说现在已经不让亲实在食堂做饭了。

李天兰问你上访的事怎么样了？

李天树说我找到老张了，那人还真不错，他说亲实认识他。他在材料上签了字，摁上了手印。我把材料交给法院和检察院的人了，他们让我回来等消息。

李天兰说能给亲实减刑吗？李天树说这可说不准。李天兰说只要咱尽心尽力就行了。

家人给李天树做的饭好了，端上饭桌，李天树拿起筷子吃起来。

李天兰说今天如果我不来亲亮周日就来了，雪下这么大，路又远，都担心你在路上的安全。

李天树说走这一圈有好几百里路呢，可真是不近。我出了峰源市就下雪了，如果不遇见亲实他们监狱的中队长，我可能就被冻死在路上了。李天兰说你跟亲实说去上访的事情了？李天树说这能跟他说吗，如果说了，他活心了，不好好接受改造怎么办。

李天兰说亲实现在变没变？李天树说那小子没变，跟在家差不多，还是不愿意让人说不好，我说他做的不对，他还想顶嘴呢。李天兰说亲实的脾气看来是改不了了。

李天树说他改不改那是他的事情，我尽到当长辈的义务就行了。

李天兰看客车快来了，离开李天树家，乘车回洼谷镇了。

她回到洼谷镇时天已经黑了。她没回家，而是直接去了李天震家。她想把李天树回来的事告诉李天震，省得李天震牵挂。

李天震坐在沙发上，李亲亮拿着信在看。李亲亮看着信不说话。李天震问李亲实在信中说什么了？李亲亮说让给寄内衣内裤去。李天震说监狱里不是给发衣服吗。李亲亮说可能是不够穿吧。

李天震问信里还说什么了？李亲亮说没有说别的事情。李天震不想给李亲实寄衣服。他说你给亲实回信说家里今年收入不好，没有钱给他买衣服，让他自己想办法解决。

李亲亮说这不好吧？李天震说怎么不好？他都把家折腾成什么样了，还有脸要东西，他怎么不为家里人想一想呢。李亲亮说他在监狱里能有什么办法。

李天兰进屋时正好听见李天震说这句话。她接过话说亲实怎么还要东西呢，二哥去看他时给了他二十元钱，不会这么快就花完了吧。李天震说二哥回来了？李天兰把李天树上访的事向李天震讲了一遍。

李天震没想到李亲实在监狱里还犯错误，这不是屡教不改吗，被气得直咬牙。

第十二章
焦虑
JIAO LV

新年在李天震的愁容和焦虑中渐渐走近了。家家户户都在操办年货。杀猪的杀猪，做新衣服的做新衣服，花钱成为极为快乐事情。生活中过年显得特别有意义。人们辛苦忙碌了一年，好像只是为了这一天。过新年是幸福的体验。

有钱才能体验到过新年的幸福和快乐，没钱就是痛苦与折磨。

李天震扣除每月公家预支的生活费不但没剩钱，反而还欠公家的。他在镇里倒挂了一百多元账务，像有座山压在心上，感觉日子过得很沉重，高兴不起来。他第一年承包养猪没挣到钱，下一年日子怎么过呢？但愁容在他脸上只存留片刻就消失了。

他是不怕困难的人。他心想无论怎样日子还得一天天过下去，先把这个年过好了再说，下一年再说下一年的。他杀了一头猪，把猪肉分给了亲朋好友。平日大家没少帮助他，算是做个回报。

他还想给李亲亮做一套新衣服，因为李亲亮反对才没做。这也让他打破常规了。多少年来无论日子过的多么艰难，每逢过新年他都要给李亲实和李亲亮做新衣服。李亲实不在家，李天震也少了几份心情。

新年在人们热热闹闹祈盼中来到了。

年三十晚上，李天震家来了七八个年轻人，有李亲亮在洼谷镇的同学，也有李亲实在家时的玩伴。他们相约来到李天震家。他们怕李天震在新年时寂寞、伤心，才在这喜庆的夜晚来陪李天震的。

李天震心里确实难受，但从表情上丝毫看不出来。他把苦闷装在心里，不想让自己的情绪影响别人的心情。他认为愁也是过，不愁也是过，还不如开开心心过了。

新年要有新打算。春天的脚步正由远而近，渐渐走向人们的生活。天气由寒冷变得温暖起来。摆在李天震面前的问题是还养不养猪了。如果继续养猪，他必须筹措一部分资金保证猪饲料和日常开销。如果不养猪，他要把猪舍交回给镇里，由镇里转包给别人。李天震认为筹措资金不是难事，并且镇里还可以挂账，借资，关键是会不会再发生猪被毒死的恶劣事件。上次他被毒死了六头大肥猪都不了了之了，如果再发生猪被毒死的事件呢？或者毒死的不是六头，而是十六头呢？那样他又怎么办呢？就算找到凶手了，把凶手抓起来了，可损失谁来赔偿呢？他拿不定主意。在他举棋不定，犹豫不决时，又发生了一件事，这件事让他彻底心凉了，做出了放弃养猪的决定。

他这个决定是那么果断与坚决。

那天早晨李天震来到养猪场，看见猪舍门敞开着，头"嗡"的一下子，顿感事情不妙。他走进猪舍时，猪舍里一头猪也没有。他判断猪舍门是被人故意打开的。猪跑到荒草地里了。他急忙走上高高的防洪大坝，朝东面走去，目光在荒草地中搜索。

这是一群猪，不是一头两头，目标大，容易被看到。他在看到猪群的同时，还发现有几只狼正在吃着一头猪。他止住脚步，抄起一根木棒，朝猪群走去。狼见来人了，伸着脖子，嗥嗥地叫着朝荒草地更深处跑去。李天震把猪群赶回猪圈，数了一遍，只少了两头。虽然少两头不算多，但事情严重，把他吓住了。他知道还有人在暗地里害他。他看着猪，流着伤感的泪水。他是很少流泪的男人。他再也坚持不下去了，不得不向人家低头，改变自己的意愿。他缓过神来时，点燃一支烟，向镇办公室走去。

宋镇长过年过的脸放红光，在办公室里神色悠然的喝着茶。他看李天震来了问："李天震，你来有事吗？"

"猪我不养了！"李天震话语中带着气愤。

宋镇长问："咋不养了呢？"

"坏人太多，小人太多，黑良心的人太多。"李天震连珠炮似的说着。

宋镇长说："你这是什么意思？"

"我的意思就是不养猪了。"李天震肯定地说。

宋镇长巴不得李天震不养猪呢。这么一来他不用费心思就能满足唐为政的心愿，也有了向唐为政讨要人情的理由。唐为政想占用李天震的猪舍，扩大养猪规模。如果唐为政达到了目的，肯定会给他送更多猪肉，还有好烟好酒。他问："真不养了？"

"这种事还能说着玩吗。"李天震显得反感。

宋镇长做出同情的样子说："不养也好，你一个人根本忙不过来。家里连个女人都没有，你忙里忙外的，又当男人又当女人的真不容易。不养就不养吧，我和书记碰个头，商量一下，做个交接，让会计把账给你结了。"

"明天你就找人去接管吧。"李天震想尽快弄利索，做个了结。他担心夜长梦多，猪舍再次发生意外。

宋镇长说："这么急吗？"

"越快越好。"李天震说。

宋镇长想了想说："那就明天早晨做交接吧。"

"我等你们。"李天震说完刚想离开，会计从里间屋慢悠悠走出来了。

会计伸个懒腰，看着李天震不解地说："李天震，人家养猪挣钱，你养猪却赔钱，你说这是怎么回事？"

"这我说不明白，应该问镇长。"李天震话锋直接指向了宋镇长。他对宋镇长充满了敌对态度。

宋镇长轻松笑着说："你养猪，又不是我养猪，我怎么会知道你为什么赔钱呢。"

"如果你让公安局来破案，把毒死猪的凶手抓起来，赔偿了我的经济损失，我能不挣钱吗。你不抓凶手，让凶手逍遥法外，任意让凶手毒害我的猪，破坏我的猪舍，我不赔钱那不成为怪事了么？"李天震对宋镇长意见大，有一肚子火想发。

宋镇长脸色一沉，生气了，警告地说："李天震，你要对你说的话负责。你别指桑骂槐，胡说八道。你敢断定凶手是谁吗？"

"你心里清楚。"李天震知道是唐为政干的，但不能直接说出来。他没有确凿证据，而事情又过去这么久了，没法重新调查取证。

宋镇长说："我不清楚。"

"你别装糊涂了。你比谁都清楚。"李天震说。

宋镇长说:"我看你是疯了,在说疯话吧。"

"我如果疯了,先弄死你和唐为政。唐为政不是好人,你也不是好官。你们狼狈为奸,都不是好东西。"李天震咬着牙,绷紧着脸。

会计没想到自己一句随意话能引出这么多矛盾,帮助宋镇长解围地说:"李天震,你别一说话就发火,平静一点,有事说事,不要说不着边际的话。你来不就是说不准备养猪了吗,宋镇长已经同意你的要求了,你还发什么火呀。"

"我的猪被狼吃了,我还怎么养?"李天震满怀悲愤地说。

宋镇长不知道今天早晨李天震家猪被狼吃的事情。他以为李天震是在骂人呢,质问地说:"李天震,谁是狼?"

"唐为政就是狼。他是一条吃人不眨眼的毒狼!"李天震什么都不怕了,反正猪他是不养了。他要解脱了,他要发泄心中的愤怒。

宋镇长生气地说:"李天震,你性格变态!在你眼里全镇上就没有好人,只有你一个是好人。你好,你家老大被公安局抓走了,还被判了五年徒刑。"

"宋镇长,你别总拿我大儿子被判刑说事,他是杀人了,还是放火了?"李天震不服气地说。

宋镇长说:"他抢劫了。"

"我认识老张,那件事也叫抢劫?"李天震一直认为李亲实被判刑有点冤屈。

宋镇长说"他不犯罪公安局怎么会抓他呢?法院又怎么会判刑?法院怎么不判别人呢?公安局怎么不抓别人呢?"

"宋镇长,窦娥冤你知道吧?哪朝哪代没有冤假错案呢。"李天震虽然不识字,但他听过有关窦娥冤的故事。

宋镇长也听过窦娥冤的故事。但他不承认李亲实是被冤枉的。他说:"李天震,你要相信公安局,你要相信法院,你要相信人民政府。你是守法公民,怎么能怀疑人民政府的公正性呢?人民政府是爱人民的。"

"宋镇长,你别给我戴高帽子,现在不是'文化大革命'。你别用'文化大革命'时造反派那一套来对待我。我不吃这一套。"李天震说。

宋镇长指挥生产工作还行,如果讲大道理,做思想工作就差远了。他字不认识几个，不读书不读报的，只凭着听来的那点知识是不够的。他说："你儿子犯罪了，被判刑，跟'文化大革命'有什么关系呢？"

"我家老大是被公安局抓走了，那是因为公安局瞎眼睛了。你敢保证公安局没有抓错人的时候吗？你敢保证法院没有判错过案子吗？'文化大革命'时，这种事情发生的还少吗？后来不都平反了吗！"李天震说。

宋镇长说："李天震，你的意思是你儿子是被公安局误抓了呗？法院判错了呗？将来也会被平反呗？"

"我儿子是进监狱了，可他不像某些人那么坏。某些人如果被公安局抓走了，会比我儿子判得刑期还长呢。"李天震说。

宋镇长说："李天震，你别含沙射影的，你说某些人是谁？"

"你心里不清楚吗？"李天震说。

宋镇长说："你是说唐为政吧？"

"宋镇长真会猜测。"李天震说。

宋镇长说："你对唐为政的意见最大吗？"

"我说唐为政，又没说你宋镇长，唐为政是你儿子呀？还是你祖宗呀？我一说他，你就护着他。他给了你多少好处？你吃了他多少猪肉？"李天震天不怕地不怕的发了火。他一口气说了这么多话还是少有的事。他嘴角出吐沫了。

宋镇长没想到李天震会直接对他发起进攻，一时间有点晕头了。虽然他没什么文化，但反应快，能有效应对。他满不在乎地说："唐为政给我好处了，你能怎么样？有本事你去县纪委告我！你告到中央我都不怕。"

"就你这么个小官，值得告到中央吗？"李天震蔑视地看着宋镇长。

宋镇长说："你没有证据，只是信口开河，胡说八道。你到哪告我都不怕。"

"证据当然有了。"李天震说。

宋镇长一怔，话软了半截问："你说？"

"因为唐为政是你舅。像你这种小肚鸡肠的人，能不袒护你舅吗。"李天震说出了真实看法。

宋镇长没想到李天震会把这层关系说出来。并且当成了证据。他一时无法辩解。

会计看宋镇长难堪了，急忙打圆场，继续帮着解围，又对李天震说："李天震，行了，别说那么多用不着的了，说来说去不就那么点事，已经过去了，说了没用。反正你不打算养猪了，还是说点高兴话吧。"

"我高兴什么？高兴我不养猪了吗？"李天震是被迫放弃养猪的，不是自愿的。他感觉窝囊，委屈得想哭。

宋镇长和会计看李天震情绪过于激动，怕加深对李天震的刺激，把事情闹大，没再接话。刚才吵得那么凶，突然平静下来，屋里空气显得凝固不流通了。

李天震有些哽咽地说："世上咋有这么狠心的人呢，畜生又不会说话，对畜生下这么狠的黑手干什么呢。"

"李天震，你先回去，明天我们就让人去给你办转接手续。"镇书记从屋外走进来，安慰李天震。他做出友好的样子，把李天震缓缓拉出办公室。

李天震虽然不打算养猪了，但肚子里憋了一肚子火，有着说不出来的委屈与怨气。他认为养猪是能挣到钱的，但他没挣到钱，还得把猪舍转让给仇人。他心情特别不好，情绪反常。

第二天早晨镇书记带领会计、统计等一帮工作人员来到养猪场时，李天震还没来呢。他们在上午办完接管手续后，还要办转接手续呢，猪得有人喂，不能饿着猪，猪舍得有人管理，所以才来这么早。

李天震起来的晚。这是他承包养猪以来没有的事情。他刚走出家门没多远，就遇到了镇书记派来找他的人。那人骑着两轮摩托车，见到李天震停住，摘下头盔，着急地说：书记在养猪场等你呢。李天震说：让他多等一会吧。李天震上了那个人的摩托车。

李天震看宋镇长没来，只有书记和会计、统计几个人，没多说什么。他猜测宋镇长不会来的，如果来了，他还会对宋镇长发火。

会计不停地计算着账目，统计做着物品的记录，书记和其他人在旁边看着。

李天震把养猪场交回镇里，关于镇里怎么处理与他无关了。他认为自己吃亏了，可吃亏就吃亏吧，反正就这么一次，不会有第二次了。

物品清点完，会计当场给李天震开了接管账目收据。李天震接过收据没有看，随手揣进衣服兜里了，转身愤然地回家了。众人发现李天震在转身离开的瞬间哭了。

李天震回到家里喝了很多酒，醉得不省人事。

第十三章
爱在行动
AI ZAI XING DONG

1

李亲亮的自行车三天两头出故障，不是这儿有问题，就是那儿不好使，有时骑一骑会突然骑不动了。那天他在去学校路上自行车又出了故障。他停下来修理，可怎么也修不好，只能推着走。他走到学校时第一节课已经快结束了。老师了解他家里的情况，没有问迟到原因。他觉得非常不好。为了保证准时到达学校，从此他不得不提前从家里走，把自行车坏的时间留出来。如果自行车坏了，他也不会迟到。如果自行车没坏，他是班级里最早到学校的。

他心事重重，上课走神，不专注听讲现象时有发生。他想改正这种不好的听课习惯，可是改不掉。这种不良习惯严重影响了他的学习成绩。他的学习成绩在迅速下滑。

林玉玲在为李亲亮的学习成绩焦虑，想找李亲亮谈一谈。在最近一次测验考试中李亲亮的成绩又下降了，在全班排名的位置往后又倒退了好几位。她在为李亲亮着急，有些纠结。她必须提醒李亲亮这样下去的严重性及后果。她想尽全力帮助李亲亮，不能眼看着李亲亮的学习成绩往下滑。她希望将来能跟李亲亮一起读大学，工作，步入社会，像她父母那样生活。她为什么会产生这种想法呢？她说不清，也无法说清。她一直有这个心愿，这是发自内心的，好比男人和女人两种性别在世界上存在一样，那么自然，与生俱来。

这天中午放学后，其他同学纷纷离开教室了。林玉玲没有走，留了下来。她虽然跟李亲亮是同桌，可两个人单独说话时间却很少。特别是那种坦荡沟通几乎没有。她是经过认真考虑后才决定这么做的。她说："你这样学习是不行的，这种成绩别说是考大学了，恐怕连专科都考不上。"

"我什么都不想考了。"李亲亮轻轻晃了一下头，好像考学是不可思量的事情。

林玉玲没想到李亲亮会是这种态度，这种消极想法让她失望。她说："你不想考大学了吗？"

"我能考上吗？"李亲亮认为考学是和他挨不着边的事。

林玉玲说："只要你努力，别分心，应该能行。咱们离高考还早着呢，有那么多时间可以来做准备。"

"我已经努力了，可只能取得这种成绩了。我也没有办法。"李亲亮确实是努力了。他弄不明白自己的学习成绩为什么会如此糟糕。

林玉玲说："过去你的成绩不是这样的。那时咱们俩成绩差不多。你应该能考出好成绩的。"

"过去是过去，现在是现在。过去不能代替现在，现在也不能代替过去。过去在我生活中根本没发生那么多乱七八糟的事情。过去咱们成绩是差不多，现在相差的是太大了。"李亲亮显得失落。

林玉玲说："你不能这么消极，应该振奋起来。"

"我振奋不起来。"李亲亮说。

林玉玲说："你不想跟我一起读大学吗？一起享受大学里的生活吗？"

"想，可实现不了。"李亲亮当然想考大学了，只要上了大学，将来就能分配到好的工作，人生路上的风景将会是美丽的。可他清楚自己是考不上大学的。他已经放弃了考大学的想法。

林玉玲的学习成绩一直是在全班前几名，很有希望考上大学。她在为实现这个理想努力。她想像父母那样读大学，将来有美好的生活。她说："读大学是改变生活处境最佳方式。"

"我知道。"李亲亮说。

林玉玲说："如果我爸妈不是读了大学，他们是不可能在县政府工作的。"

"他们为你的生活创造了良好环境。你应该感谢他们。"李亲亮羡慕林玉玲能有那么好的家庭环境。

林玉玲说："每一位父母都想给孩子提供优越的生活环境，可家与家是不同的，人的能力有大小，无法相提并论。"

"家境对人的生活是太重要了。"李亲亮感触地说。

林玉玲说："你哥的事你不用去想，想也没用，冤也好，不冤也罢，你左右不了，也没法改变，就当没发生这件事。不能让杂七杂八的事影响了你的学习，只要你把书读好了，就对得起你父亲，对得起你哥哥。你还是学生，还没步入社会呢，学生的本职就是学习。"

"那是我哥，不想行吗。他的遭遇严重影响了我家的生活。我也不想让生活中的琐事影响心情，可这些事总在我脑子里忽闪忽闪出现，缠绕着我，想忘也忘不掉。我也想静心看书，可往往是看着看着就不自主的分神了。"李亲亮讲述着心中的感受。

林玉玲问："听说你现在不吃午饭了？"

李亲亮没回答，把目光移向一边，有点伤情。

林玉玲接着问："是家里没钱，还是你爸不给你钱？"

"都不是。"李亲亮回答。

林玉玲不解地问："那是为什么？总得有个原因吧？"

"一开始，我想买一部照相机，后来我认为这个办法不行……"李亲亮没有把他的想法完全说出来。

林玉玲不解地问："你想学摄影吗？"

"将来不上学了，能学会照相也很好吗，总比什么都不会要好，或许还是一条生活出路呢。"李亲亮已经在做辍学的准备了。

林玉玲问："我能帮你什么忙吗？"

"有你这份情意足够了，谢谢你。"李亲亮说。

林玉玲看无法改变李亲亮的想法，叮嘱地说："就算你不打算考大学了，也要珍惜现在拥有的学习机会。只要来一天学校，就应该努力学习一天，不要荒废光阴。学到的知识将来能用得着。"

李亲亮也是这么认为的，轻轻地点了一下头。

林玉玲说："今天中午我请你吃饭吧？"

"这不好吧，你还是回家吧，时间还来得及。"李亲亮说。

林玉玲说："今天中午我不回家了，咱们到学校门口的小饭店吃饭吧。"

"你妈会等你的。"李亲亮说。

林玉玲说："早晨我告诉我妈今天中午不回家吃饭了。"

"让其他同学看到咱们俩在一起吃饭不好吧？"李亲亮还在犹豫。

林玉玲说："别的同学也在那吃。"

"他们是他们。"李亲亮不想去。

林玉玲不以为然地说："我都不怕，你怕什么？咱们是同学，同学在一起吃饭的事多了，又不是咱们开的头。"

"这……"李亲亮还是拿不定主意。

林玉玲催促道："别这那的了，你先走，在学校门口等我。已经错过吃午饭高峰时间了，小饭店里不会有太多人。"

李亲亮不好继续推脱，接受了林玉玲的建议。林玉玲说你先走，我马上过去。李亲亮朝校园外走去。林玉玲在李亲亮走出一段距离后跟着走了过去。

在松江县中学校园外有一条主街道，大街是南北向，在街西边经营着好几家小饭店。这里是松江县城小饭店比较集中地段之一。

坐落在北大荒原野上的松江县城交通闭塞，人口稀少，工业不发达，经济不景气，餐饮业相对落后。县城里开设的饭店几乎都是这种小饭店。学校门前小饭店是以中学生为服务对象的。同学过生日时邀请同学，食堂饭不对口味时来饭店改善一顿伙食。中学生是这几家饭店主要顾客。

李亲亮感觉刚才跟林玉玲的交谈如同是在和过去告别。他忽然觉得他们都长大了，思想成熟了。林玉玲走出校园后快步追上了李亲亮。李亲亮说我心情有点不好。林玉玲说我也是。林玉玲马上转移了话题。她不想破坏此时的心情，看着路边小饭店问李亲亮到哪家吃饭。李亲亮第一次来这里吃饭，对饭店不了解，就说你选吧。

林玉玲说去峰源风饭店吧，我们上次是在他家吃的，饭菜口味还不错。李亲亮说那就去他家吧。他们走进了峰源风饭店。

峰源风饭店的老板是位中年妇女。从前她是峰源市一家国有企业工人，企业实施股份制后，辞职离开了单位，自寻生活出路了。她一年前从峰源市搬迁到松江县开了饭店。她看林玉玲和李亲亮走进来，迎上前问吃点什么。

林玉玲问李亲亮想吃什么。李亲亮说吃什么都可以。林玉玲知道李亲亮不会主动点菜的，又不想耽误时间，熟练的点起菜来。她点了两碗米饭，一盘煎鱼，还有一盘肉炒菜。

女老板在林玉玲点过饭菜后转身去了厨房。

李亲亮和林玉玲面对面坐在靠窗户的餐桌前。阳光透过玻璃射进来暖洋洋的。林玉玲想调节一下气氛说："时间过的真快，转眼中学已经读这么长时间了。"

"时间不等人，生活像翻日历似的一天天过去。"李亲亮说。

林玉玲说："所以我们不能让岁月蹉跎，不能虚度年华，要珍视每一天。"

"谢谢你对我的关心。"李亲亮的表情有点严肃。

林玉玲笑了，不客气地说："你早应该说这句话了。"

"我原来准备考上大学后再表达。现在看来在我人生旅程中已经没有那一天了。读大学是你的事，跟我挨不着边了。"李亲亮有点难过。

林玉玲不想看到李亲亮难过的样子，安慰地说："你现在努力还来得及，就算初中读完了，还有高中呢。我可以帮你，咱们可以一起努力，相互支持，肯定能考上大学的。"

"这不现实，也太晚了。"李亲亮知道按照自己现在的学习成绩，考大学根本是不可能的。他不想让林玉玲失望，委婉的把话题停下来。

林玉玲意识到这个话题不能继续说下去了，继续说下去没有意义。她同情地说："你爸真够辛苦。你帮他承担生活压力没有错。"

李亲亮心里挺难受，都是男同学请女同学吃饭，他却把事情倒过来了。女同学请他吃饭，如果传出去他多没面子。这么一想，就严重刺伤了他的自尊心。他坐不住了，饭也没心情吃了。

林玉玲关心地问："你爸猪死的事怎么办了？"

"你是怎么知道的？"李亲亮没想到林玉玲会知道这件事。

林玉玲说："听郝云说的。"

"不了了之了，我爸已经不养猪了。"李亲亮说。

林玉玲问："当时你爸没有去找有关领导吗？"

"找了，没人管。"李亲亮心不在焉地说。他认为自己不能吃这顿饭，想离开，不自主地站起身。

林玉玲抬头看着李亲亮不解地问："怎么了？"

"玉玲，对不起，我得走。"李亲亮说。

林玉玲满脸疑惑地问："你去哪？"

"我还有事。"李亲亮想找个借口。但他的语气不坚决，也想不起适合的理由。

林玉玲说："饭已经快上来了，吃过了再走吧。"

"玉玲，对不起，我必须走。"李亲亮要抢在饭端上桌之前离开。他没有给林玉玲更多说话机会，转身匆忙离开了。

林玉玲不明白李亲亮为什么要离开。她对李亲亮越来越陌生了，陌生的让她理解不了，如同一本读不懂的新书。

李亲亮从峰源风饭店走出来后，穿过一条小路，跨过路边的排水沟，走到大街上。他的脚步是那么急，如同做错了事想快速逃离似的。他不知道要去哪里。哪里才是他要去的地方。他沿着大街朝前方走着。大街上没有行人，静静的，只有他的心在狂跳。他是那么孤独与无助。他自尊心非常强，情思敏感，别人的同情让他受不了。他想自己解决困难，可又无能为力。

下午他没去上课。他无法接受林玉玲的关心和同情。但他终究还是要上课的，要回到教室里去的。他是在放学后回到教室拿书包回家的。走在回家的路上，他感觉特别饿，出了一身虚汗。他想可能是中午在大街上走的时间过长，体力消耗过大造成的。他知道中午不应该走那么远的路，过度消耗体力。他回到家吃了些凉饭，在炕上躺了一会儿，体力才恢复了。

2

林玉玲放学回到家，家人还没回来。她放下书包，弯腰爬到床下面，捞出那只陈旧的破皮箱。她打开箱子拿出了照相机。她把照相机拿在手中看了看，心突突的跳，有做贼心虚的感觉。这部照相机是她父亲几年前买的。她父亲喜欢摄影。

全家人都喜欢照相。她无法预料自己把照相机拿走了，家人会怎么想？能发生什么样的反应，自己又应该怎么面对，她想象不出来，也没有应对办法，心情十分矛盾。她犹豫片刻把照相机放回箱子里了。

过了一会，她又把箱子重新打开，把照相机再次拿出来。她把箱子盖好，推到床下面原来的位置。

她拿着照相机茫然了，不知道怎么办为好。她现在给李亲亮送去肯定是来不及了，只能在第二天给李亲亮。她在琢磨着把照相机藏在什么地方才不会被家里人发现。

她在屋中四处巡视着，想找一个藏照相机最佳地方。她想来想去认为把照相机藏在书包里会比较安全，但她必须把书包放在不起眼的地方，或藏起来。她感觉藏到哪儿都不安全，都会被家人发现。平时她认为把书包放在哪儿都行，随处乱放，此刻觉得放在哪儿都不行。她把书包放在床底下了。这是她一个人睡的房间，一般情况下父母也不到房间里来。但她还是不放心，心狂跳不停，写作业时静不下心来，有些分神。她把作业做完了，仍不肯走出房间。

她母亲喊她时，她才不情愿地从房间里走出来。往日她一听到开门声，便会跑过来迎接母亲或父亲。她神色紧张地走到母亲面前，低声说："妈，你下班了。"

"你怎么了？"她母亲看着她问。

林玉玲说："没怎么，我好好的呀。"

"你脸怎么红了？"她母亲问。

林玉玲说："是吗，我还没注意呢。"

"你对着镜子看一看，肯定和平时不同。"她母亲在观察她的表情。

林玉玲转过身，走到镜子前，对着镜子照着。她不敢正视母亲，母亲的目光过于锐利，能穿透身体，看到她心里的想法。她想借这个机会躲开母亲的视线，寻找应对策略。她在思索着，心狂跳着，脸热热的。

她母亲一边脱外衣一边说："你是不是感冒了？这几天感冒的人可多了。你要注意点，如果感冒了，赶紧去医院。"

"我好好的。我刚才是跑步回来的，血液循环快，过会儿，平静一下就好了。"林玉玲面对着镜子说。

　　她母亲相信她说的话。她从没在母亲面前说过谎。她母亲转移了话题问："你的作业做完了吗？"

　　"还没有。"林玉玲是第一次对母亲说谎话。她想借这个理由回自己的房间去，想躲开母亲的眼睛。此刻她非常害怕母亲的目光。尽管母亲的目光很慈祥，很温暖，那她也害怕。因为她心里有鬼。

　　她母亲说："你快去做作业吧，做完了作业再玩。"

　　"嗯。"林玉玲朝自己的房间走去。

　　她母亲看她回房间的背影不理解的摇了一下头，感觉林玉玲今天表情反常，又说不出为什么。她母亲去厨房做饭了。

　　林玉玲回到房间把门关上松了口气。她责怪自己真笨，怎么会这么慌张呢。她必须让自己平静下来。过会她还要面对全家人呢，不能让家人看出破绽。她需要度过一个不安心的夜晚。她感觉这个夜晚太漫长了，真希望能眨眼之间过去。但这是不可能的。她必须调整好心态，应对家人，躲过家人的视线，安然无事的等到天亮，把照相机拿出家门。

　　她父亲回来时，她走出房间跟父亲打招呼。虽然她心里不安，但经过调整心态，表情好多了，看不出有什么变化。她哥哥回来时，她也从自己的房间走出来打招呼。她知道如果不走出房间，哥哥会跑到她的房间里来。她姐姐回来时更是会到房间里找她。不过她姐姐回来时，她正坐在客厅的沙发上看电视。她尽可能避免家人去自己的房间里。

　　她母亲做好了饭，全家人坐在饭桌前吃饭。在吃到一半时，她姐姐突然想起了什么事情，放下筷子，急速走向她的房间，好像去找什么东西。她心一惊，撒娇地说："妈，姐又到我房间里乱翻了。"

　　"我去拿我的书，你就告我的状。你是怎么回事？"她姐姐又坐在了饭桌前吃饭。

　　林玉玲强调性地说："谁让你去我房间了。如果你不去，就算我想告状也没有理由呀。"

　　"那你没到过我的房间吗，我是不是应该在房间门上写'林玉玲免进'啊！"她姐姐说。

林玉玲说："我去你的房间没有你到我的房间次数多。"

"你应该把话反过来说。"她姐姐认为她说的不对。

她母亲说："好了，你们姐妹俩别打嘴仗了，快吃饭吧。"

林玉玲吃过饭，在客厅里坐了一会，回自己的房间去了。她一进房间，随手把门轻轻关上了。平时她只是在睡觉前才关房间门，从来没关这么早过。

她父亲看着她母亲不解地问："玉玲今天怎么了，表情好像有点反常。"

"我也不知道。"她母亲回答。

她父亲说："你过去看一看，她哪儿不舒，不会是生病了吧？"

"我问过她了，她说没生病。"她母亲说。

她父亲说："那她的表情怎么跟平时不一样呢？"

"我也觉得反常。"她母亲思量着说。

林玉玲在房间里听到父母说的话了。她今天做"贼"了，跟平时能一样吗。她长这么大还是第一次背着家里人往外拿东西呢。她是第一次跟家里人说谎话。她只能这么做了，想不出其它更好的办法了。

林玉玲正仰面躺在床上胡思乱想时，她母亲轻轻推开门走了进来。她母亲是怕打扰她才悄悄走进来的。但这一举动把林玉玲吓了一跳。林玉玲急忙坐起身，佯装生气的样子说："妈，你这是干什么？进来一点声音也没有，像特务似的，吓死我了。"

"特务就像你妈我这样吗？"她母亲笑着说。

林玉玲被母亲这句话逗乐了。

"你心烦是吗？"她母亲坐在床边，压低了声音。

她点了一下头，忙又摇头。

她母亲对她反常的态度琢磨不透，关心地问："你是不是来例假了？"

"妈，看你想到哪去了。"林玉玲脸红了。

她母亲以为没有问错，进一步地说："来例假没什么，这是女人生理发育的一个阶段，很正常的事情。妈也是女人，女人到了一定年龄都会出现这种生理变化的。不来例假才不正常呢。例假来了，说明你已经长大了，成为大姑娘了。"

"妈，不是呀！"林玉玲撒娇的否认。

她母亲说："不好意思说就不说，妈也不问了。不过，妈告诉你，那是女人生理发育过程中的正常现象。也是你长大的象征，不要惊慌。"

"妈，我是中学生了，又不是小学生。这些生理知识我懂。"林玉玲说。

她母亲说："你懂妈就不多说了。你最近学习成绩怎么样？"

"跟过去一样。"林玉玲回答。

她母亲说："初中比较关键，初中打好了基础，学的扎实，读高中时会轻松。"

"我知道。"林玉玲说。

她母亲畅想着说："等你大学毕业了，让你姨在北京帮你联系个工作单位。你就能去北京工作了。"

"在哪工作不一样。"林玉玲说。

她母亲反对地说："那可不一样。北京是首都。是全国政治、文化、经济中心。全国任何一座大城市都没法跟北京相比。北京不是谁想去就能去的，你只有上了大学后才能有机会，不然也去不成。"

"就按照你说的，我读大学，大学毕业后去北京工作。了却你的心愿，不然我就不是你的女儿。"林玉玲说。

她母亲说："你这是什么态度？"

"这种话你都说过不下一百遍了，烦不烦啊！"林玉玲不想听母亲说这件事。她想如果去了北京，离李亲亮就更远了，远的如同在两个世界。

她母亲说："还不是关心你吗，希望你将来能生活在好环境里。"

"我一定去北京生活。如果我考不上大学，将来就嫁到北京去。"林玉玲说完这句话，自己"嘿嘿"笑了起来。

她母亲批评地说："你这孩子，越来越不像话了。这么小的年龄，怎么能说出这种话呢。你离嫁人还早着呢。别说是嫁人了，现在恋爱都不能谈。中学生早恋的事情绝对不能在咱们家出现。你现在只有好好学习，将来才会有好工作，生活得才能幸福。"

林玉玲没想到自己能突然说出这种话来。她知道什么是嫁人吗？嫁人是种什么滋味呢？她一无所知。不过，她知道将来肯定会嫁人的，就像她母亲嫁给父亲一样。一男一女两个人组成家庭，在一起生活。她心想自己对李亲亮是不是存在这种感情呢？不可能吧？如果说是，也太早了吧？她早就对李亲亮有好感了。如果说不是，她为什么会对李亲亮这么好呢？为什么总想着李亲亮的事呢？学校里不是还有那么多男同学吗，她怎么不去关心，不去帮助呢？她想到这儿心情更乱了，迷茫了。她认为感情是很奇妙的，根本不能用逻辑思维去推理，感情就是感情，是超常规思想表达。

她母亲问："作业做完了吗？"

"做完了。"林玉玲回答。

她母亲说："去客厅看电视吧？"

"没好看节目，不想看了。"林玉玲回答。

她母亲不解地问："你不是挺喜欢看《血疑》的吗？怎么突然又不喜欢了呢？"

"今天这一集中幸子死了。我看到好人死去心里会难受的。"林玉玲给自己找了个理。她说的是实情。她心太软，同情心重，发生过不少为电视剧中人哭泣的事情。

她母亲笑着说："我女儿心善良，有同情心。可那是电视，是演员在演戏，又不是真的。过去你年龄小，克制力差，可以发生那种流鼻涕的事情。现在你长大了，得学会控制情绪，不然会让人笑话的。"

"看到好人遇难我受不了。"林玉玲说。

她母亲说："不看电视就早点睡吧。你今天情绪不好，睡一觉，休息过来就好了。"

林玉玲看着母亲笑了。她母亲站起身，准备离开她的房间。她突然想把自己拿照相机的事告诉母亲。她喊："妈！"

"啊，你想说什么？"她母亲才走了几步，听到她的声音，转过身看着她。

林玉玲看着母亲又不想说了。

她母亲说："你想说什么尽管说好了，不要吞吞吐吐的。"

"没事了。"林玉玲摇头一笑。

她母亲不解地说："你这孩子，今天这是怎么了？"

林玉玲见母亲把房间门关上，转过脸，仰面躺在床上，微微闭上眼睛，回到自己的情感世界中了。

这一夜林玉玲睡的不踏实。她总怕谁来翻自己的书包，担心拿照相机的事被家人发现。她认为应该帮助李亲亮。李亲亮能有这个想法与愿望是好事情。她不能眼看着李亲亮放弃这个愿望，应该尽力帮助李亲亮点亮希望之火，让微弱之光伴随李亲亮走过人生中黑夜的行程。她有能力帮助李亲亮实现这个心愿。她安慰自己说：旧的不去新的不来吗。她脑子里一会这么想，一会那么想，搅得心神不宁。

吃过早饭，她背着书包匆匆走出家门，逃离了母亲的视线，如同鸟儿出了笼子，获得了自由。她呼吸着清晨新鲜空气，伸展开双臂，快步朝学校走去。她来到学校时，教室里只来了几个学生。她是很少来这么早的。可李亲亮已经来了。她不能当着其他同学面把照相机送给李亲亮，那样会伤害李亲亮的自尊心，并且会引起其他同学猜疑，产生不必要麻烦。她准备在中午没人时间把相机送给李亲亮。

李亲亮发现林玉玲时不时就会看他一眼，并且看他的眼神跟往日不同，不明白为什么会是这样。他不敢跟林玉玲的目光相遇，两人目光相遇能碰撞出心动的火花。他在回避林玉玲的目光。

中午放学后同学们像放羊似的冲出教室，直奔食堂、宿舍、校园外的家。而林玉玲故意没有走。李亲亮以为林玉玲留下来要找他说昨天的事呢。他不想再提昨天的事了，想把话题岔开，先开口说："你怎么不回家呢？"

"我马上就走。"林玉玲回答。

李亲亮面对林玉玲有点心慌，拘谨。林玉玲的眼神已经告诉李亲亮有事情要说，不然林玉玲不会留下来，李亲亮猜测着。

林玉玲向四周看了看，见没有其他人了，平静地说："你很想学照相是吗？"

"有这种想法。暂时还不太可能实现。"李亲亮想学照相，可没有照相机，学照相没相机怎么行呢。

林玉玲从书包里拿出照相机说："这部照相机送给你吧。"

"这怎么行呢？"李亲亮绝对没想到林玉玲会送照相机给自己，太出乎他意料之外了，显得惊慌。

林玉玲说："我送给你，你就拿着，不用客气。"

"这不行，我不能要你的照相机。"李亲亮拒绝着。

林玉玲做出无所谓的表情，劝李亲亮接受说："这有什么，不就是一部照相机吗。咱们同学这么多年了，你喜欢，我家有，并且我们家用不着，你收下吧。"

"照相机是你家的，又不是你自己的。如果让你爸妈知道了会说你的。"李亲亮经历的事情多，遇事考虑的周全。

林玉玲说："我爸嫌这部照相机过时了，想买部更好的。"

"你的心意我领了，相机我不能要。"李亲亮说。

林玉玲看劝说不了李亲亮，恼火地说："你这人怎么这样呢？我说送给你，就送给你了。既然我从家里拿出来了，就不能拿回去。你说要还是不要吧？"

李亲亮看林玉玲生气了，没有马上做出回答。他知道林玉玲是真心送给他的。他怕伤害了林玉玲这份真情。在他的生活中像这种真情太少了。

林玉玲追问："你要，还是不要？"

"我收下。我会永远记着你的这份情意。"李亲亮看林玉玲发火了，不能再推脱，不能拒绝这份真情。如果他拒绝了，就伤了林玉玲的情感，会刺痛林玉玲的心。此时他认为接受要比拒绝更好。

林玉玲说："我没有帮助过你什么，不就是部照相机吗。"

"这已经足够了。"李亲亮非常感激。

林玉玲话锋一转，安慰地说："你能有这个愿望，我就非常开心。虽然你的学习成绩在下滑，不能读大学了，但你追求人生的希望还存在，有追求就会有希望的。虽然读大学是获得成功最好的选择，也是通往成功的捷径，但读大学不是改变命运的唯一路径。通往成功的路还有许多条，只要我们努力，走哪条路都有可能取得成功。"

"谢谢你。"李亲亮眼眶中溢满了晶莹的泪水，声音有点低落。

林玉玲也难受，这种情感是心灵之约，那么的纯真，是无法用言语来表达的。她沉默了片刻说："学摄影是要花钱的，有了照相机还不行，还得买胶卷，冲洗照片。这部照相机性能也不是很好，如果想拍摄出好照片，需要更好的照相机。不过对初学者来说，目前这部照相机还是可以的。等你经济条件允许了，再换部好照相机。"

"我会永远保留这部照相机的。"李亲亮说。

林玉玲说："既然你想学摄影，就好好学，争取学出个样子来。"

"我会努力的。"李亲亮说。

林玉玲知道李亲亮做事踏实，有恒心，不是那种只说不做的人。她离开教室回家了。她边走边想李亲亮可能又不去吃午饭了，只能饿着肚子度过难熬的时光了。她本想叮嘱李亲亮去吃饭，又怕刺伤了李亲亮的自尊心。她只能帮李亲亮这些了。她认为单靠她的帮助是改变不了李亲亮的生活。李亲亮的生活只能靠自己改变。林玉玲想到这儿心里顿生寒意，非常失落。

李亲亮看着照相机心潮起伏，不知道怎么回报林玉玲对他的关心和支持。他站在那里深思良久，看有同学来了，急忙把照相机小心翼翼地装进书包里。

3

李亲亮觉得这天中午比往天过的快。时间在他思索时已经悄悄溜走了。照相机扰乱了他的思绪，分散了注意力，没有感觉肚子饿。他回到家里把照相机放在炕上仔细看着，爱不释手，心情那么复杂。他一直想拥有一部照相机，渴望了那么久终于实现了。他还不会使用照相机呢，发现自己离摄影很遥远。

李天震回到家看见李亲亮手中拿着照相机问是拿谁的照相机。李亲亮说是我自己的。李天震不解地问你从哪弄来的？

李亲亮不想说是林玉玲给的。林玉玲是女同学，说出来怕让李天震误会。他说反正不是偷的。李天震说偷的就违法了，不就跟亲实一样进监狱了吗。李亲亮说我不会像他那么笨，五元钱坐了五年牢。

李天震说这和笨没关系，谁违法都不行。李亲亮说你放心，我不会做违法的事情。李天震说你告诉我照相机是从哪弄来的。

李亲亮说不说不行吗？

李天震认真而严肃地说不行。你必须说。你不说我心里不踏实。你们年轻人一旦心血来潮，头脑一热，什么事都敢做。从不考虑后果。你不能再像亲实那样了。如果你像他那样我连死的心都有了。

李亲亮说你能不能不提亲实，他是他，我是我，我能和他一样吗。我做事绝对不会像他那样没有原则。

李天震说那你说照相机是哪来的？

李亲亮知道如果不说出来父亲是不会放心的，不想引起父亲的怀疑。他说是林玉玲给的。

李天震想了想试探性地问，就是从前在咱们镇上林技术员家的姑娘吗？李亲亮点了下头。李天震问她为什么把照相机送给你呢？

李亲亮没有回答。他想也许林玉玲是同情他吧，或许林玉玲家真用不上这部照相机了。他猜测着，但不知道哪个答案正确。他知道林玉玲对自己的感情有点特别，不同于别的女同学，有点超越了男女同学之间关系。

李天震说她无缘无故送你照相机不太好吧？你不应该要，最好把照相机送回去。李亲亮说送回去是不可能的。当时我不要她生气了。李天震不相信地问，她是实心实意把照相机送给你吗？

李亲亮说当然了。如果她不是真心的，我肯定不会要。你放心，在这方面我能看出来。李亲亮相信林玉玲是真心的，没有一丝假意。他相信自己的判断。

李天震心想也许真是人家用不上了呢。他知道林玉玲父母都当官，家中生活条件好，不缺钱。他对林玉玲的印象也不错。林玉玲在洼谷镇上小学时，经常来找李亲亮一起去上课。他问你现在还跟她在一个班读书吗？

李亲亮点下头。

李天震生怕李亲亮不小心做错了事，同李亲实走相同的路。那么一来他就彻底绝望了。

李亲亮买来一卷胶卷练习拍照。他不觉中把胶卷拍摄完了。他把胶卷送到照相馆冲洗时，照相馆老板看着底片说，曝光了，一张也洗不出来。他傻了眼。这可是他没想到的事情。他这不是在浪费吗，心疼的要命。他以为摄影是简单的事情，举起照相机照就行了，实际上并不是这样。有了这次失败遭遇，他意识到学习摄影知识的重要性了。他为了能够尽快掌握摄影知识，报名参加了学校组织的课余摄影小组。

学校为了丰富学生课余生活，培养学生爱好，促进学生全面发展，组织成立了各种课外活动小组，利用课余时间组织学生学习相关知识。

摄影小组由来自全校初、高中不同年级二十多名学生组成的。李亲亮是摄影组中技术最差的学生。他参加摄影小组后才知道照相不叫照相，而叫摄影；才知道不但可以给人摄影，还可以给动物植物及风景摄影。往往拍摄花草树木，河流，鸟儿的照片要比拍摄人更具有艺术意义。摄影小组中有几名摄影技术不错的高年级同学，还信心十足的把拍摄出来的照片寄往佳木斯、鹤岗、哈尔滨等地的报纸和杂志社去了，想发表，想当摄影家。

虽然李亲亮进摄影小组时间相对晚一些，基础比较差，但他有天赋，灵感来得快，思维敏锐，艺术感觉好，摄影技术迅速得到了提高。

摄影是一种消费行业。买胶卷，冲照片，都是一次性消费，需要花钱的。李亲亮没有来钱之道，只能省下中午买饭钱，把这点钱积攒起来用于买胶卷，冲洗照片。

他如果想随意拍照这点钱是不够用的。他为了节省胶卷，省钱，在拍摄之前会从不同角度思量，在构思成熟了，有一定把握后才拍摄，力争做到万无一失。其他同学拍摄好多张他才拍摄一张。虽然他拍摄的照片少，但效果好，成品率高。

李亲亮给李天震拍了一张照片，把李天震高兴得不得了。李天震很少拍照片，家里一张照片没有。他拿着李亲亮给他拍的照片乐的嘴都合不上了。在他眼里拍摄照片是非常遥远的事情。他怎么也没想到李亲亮会把遥远的事情拉的这么近。他发现李亲亮真是长大了，从心里发出无比的高兴。他想要是李亲实在家多好啊！他每次遇到高兴的事情都会想起李亲实。李亲实虽然不听话，失足了，走上了错误道路，但毕竟是他儿子。世界上有哪位父亲不牵挂儿女呢？虽然他很少表达，心里还是十分牵挂李亲实的。他叹息地说如果亲实在家就好了，咱们就可以照张全家相了。

李亲亮说放暑假时我带照相机去监狱给他照一张。

李天震说监狱里让照相吗？

李亲亮说应该让照吧，照相又不是违反纪律的事情。在他的思想意识里监狱里应该能让照相的，但具体能不能让照相他也说不准。他还没去过监狱呢，不了解监狱里的管理制度。

李天震说你整天摆弄照相机不耽误学习吗？

李亲亮没有回答。

李天震叮嘱说你不能因为摆弄照相机把学习耽误了，照相是次要的，学习是主要的。别一时兴起，主次不分。学上好了可以考大学，大学毕业了，能分配到好工作，照相能照出什么名堂来。你还是收一收心思，好好读书吧。

李亲亮畅想地说我将来可以开个照相馆吗，也可以把拍摄的照片发表在报纸和杂志上，这也许是条生活出路呢。

李天震认为李亲亮这种想法不切实际，好高骛远，如同在做梦。他说不像你说的那么简单。你还是好好上学吧，将来考上了大学，才能找到好工作。如果你考不上大学，就要出一辈子力，受一辈子苦，受别人一辈子白眼，让人看不起。你把照相机给我，我先给你保管着，等你考上大学了，想怎么玩都行。

李亲亮拒绝地说这可不行，照相机是送给我用的，如果不用，我要照相机有什么意义呢。李天震说那你可不能耽误学习了。李亲亮说知道了。

李亲亮学习成绩不好，不愿意学习了。他把心思用在了学习摄影上，想通过摄影寻找到希望之路。

学校里组织了一次学生摄影有奖比赛。李亲亮拍摄的《荒原》获得了第一名。奖品是一个闹钟，学校想用闹钟来提醒学生珍惜美好的校园生活，不要虚度时光，应该努力学习。他这次获奖增强了自信心。获奖作品在宣传栏里展出后引来不少学生观看。

1

林玉玲知道在学习方面无法帮助李亲亮挽回局面了，只能顺其自然发展下去。李亲亮见到她有点难为情，显得拘谨，还有些自卑。如果她继续跟李亲亮在同一个班级里坐同桌，不但帮助不了李亲亮，反而还会影响李亲亮。她把照相机送给李亲亮后，找老师要求调到别的班级去了。虽然她不跟李亲亮在同一个班级了，仍然关注李亲亮的变化。她知道李亲亮参加摄影小组的事。当她听其他同学说李亲亮拍摄的照片艺术效果好时，从内心深处萌生一种安慰。她还没看过李亲亮拍摄的照片呢。

下午放学后，她专门到宣传栏前看《荒原》这张照片了，想知道李亲亮拍摄的照片是不是像别的同学说的那么有艺术视觉。她看着《荒原》沉思了，被这张照片的艺术魅力深深感染着。她没想到李亲亮在摄影方面会有这么大的进步，这是飞越性的。她看到李亲亮摄影技术超越了其他同学，心里高兴，似乎看到了一条希望之路。她感觉这条希望之路正朝前向方铺设着，好像看见李亲亮正向这条路悄然走去。当她转身准备离开时，看见李亲亮朝这边走来。想象有时与现实是那么近，有时却又那么远。她站在那没有动，看着李亲亮走过来。

李亲亮走到林玉玲面前，放松地说："我拍的怎么样？提点意见吧。"

"拍的不错，是货真价实的第一名。"林玉玲说。

李亲亮说："还差得很远呢。"

"慢慢来，为你取得好成绩高兴。"林玉玲把目光投向了照片。

李亲亮说："没有你的帮助，就不会有这张照片，更不会有这份成绩。"

"我没为你做什么，主要是你努力的结果。"林玉玲说。

李亲亮知道林玉玲心地善良，更有一片真情。他不能辜负林玉玲的期望，没有不努力的理由。这或许是他用来改变生活的一种方式。

林玉玲鼓励地说："没想到你能在这么短时间里，拍摄出这么好的照片。只要努力了，一定会有收获的。"

"你家人知道你把照相机给我的事情吗？"李亲亮问。

林玉玲说："想听真话吗？"

"当然了。"李亲亮说。

林玉玲笑着说："还不知道呢。"

"你应该告诉他们。你隐瞒下去会有精神压力的。"李亲亮说。

林玉玲说："我会告诉他们的。但不是现在。"

"要等到什么时候？"李亲亮问。

林玉玲朝旁边看了一眼，收回目光看着李亲亮做出随意的表情说："将来。"

"将来？"李亲亮不解地看着林玉玲。

林玉玲调侃地说："将来你获了更大的奖项，成为摄影家的时候。那时我告诉他们，他们会认为我做了一件伟大的事情。"

"那是不可能的，我没想过当摄影家。"李亲亮只是希望在辍学后有个寄托，充实一下生活，不荒废光阴而已。

林玉玲想给李亲亮一种希望，鼓励李亲亮坚持下去。她说："你是去参加活动吗？"

"今天县文化馆的刘海龙老师来讲课。我准备去听课。"李亲亮说。

林玉玲听父亲说起过刘海龙，知道刘海龙是松江县摄影协会主席，便说："刘海龙是咱们县摄影最好的人。你快去吧。"

"你这是回家吗？"李亲亮说。

林玉玲说："我回家。"

李亲亮朝林玉玲做个微笑后，转身快步朝活动室走去。

林玉玲第一次看到李亲亮这么开心。她看着李亲亮远去的背影心中涌出甜甜的滋味。

5

林玉玲回到家时她父亲已经回来了。她父亲正在翻找着什么。她感觉有点不妙，没有先说话。她父亲问她看没看见照相机，她说没看见。她回答时心跳的特别厉害。她知道这件事可能隐瞒不下去了，要暴露出来。她父亲找了一会有点累了，坐在椅子上休息，回想着，嘴里念叨着说怎么找不到了呢？林玉玲回自己的房间了。

她母亲回来时，她父亲问她母亲有没有把照相机借出去。她母亲说没有。她母亲说可能是记错地方了，两个人一起找，仍然没找到。家人全回来时又开始说照相机的事。全家人都说没看见。她母亲说这就怪事了，你没见，她没见，照相机还能长翅膀飞了吗？

林玉玲看躲不过去了，说把照相机借出去了，没说是送给李亲亮。她怕说出实情家人无法接受。

她母亲责备地说你把照相机借出去了，应该说一声，瞒着干什么？你这一隐瞒家里如同来贼了，乱成一团。

林玉玲沉默着。

她父亲问你把照相机借给谁了？林玉玲低着头没回答。她父亲不解地问你把照相机借给谁了还不能说出来吗？

她抬头看着父亲低声说借给李亲亮了。

她哥哥林玉岩接过话说你把照相机借出去也不说一声，好像是我干的。这种事情今后你少做，我可不想当替罪羊。

林玉玲反驳地说谁说是你干的了。

林玉岩说还用谁说吗，你没看见老爸老妈刚才看我的眼神吗，那是警察看小偷的眼神。如果照相机没有下落，老爸老妈不怀疑我才怪呢。老爸老妈认为你最听话，当然不怀疑你了，可什么事情都会有例外，坏人不一定全做坏事，好人不一定全做好事。爸、妈，你们说是不是？

她姐姐林玉琴说你把照相机快点要回来，过几天我去江边玩还用呢。

林玉玲看了哥哥和姐姐一眼，委屈得想哭。她父亲一时没想起来李亲亮是谁，自言自语地说李亲亮这个名字听起来怎么耳熟呢？她说是洼谷镇的。

她母亲说是不是洼谷镇李天震的小儿子？林玉玲轻轻点了下头。她父亲说我说听起来咋这么熟悉呢。林玉玲在等待父母的责备。她母亲说他还跟你在一个班吗？

林玉玲说现在不了，原来是。她母亲在洼谷镇时知道李亲亮学习成绩好，对李亲亮有所了解，印象比较深，又说他的学习成绩还那么好吗？林玉玲说不如从前了。

她父亲对这些事没有她母亲记得清楚。虽然他家在洼谷镇生活过，两家离得远，没有交往。她父亲说李天震家被公安局抓起来的是大儿子吧？

林玉玲听到这句话不是滋味，没有回答。

她母亲说李天震就两个孩子，不是老大还能是老几。她父亲说被判了好几年吧？她母亲同情的叹息了一声说，五元钱判了五年。

她父亲说判得有点重了。林玉玲说法院判的不公正。她父亲说不公正的事情多了。哪有那么多公正的事情。

她母亲问你怎么把照相机借给李亲亮了呢？林玉玲解释说他喜欢摄影，家里没钱买照相机，我看咱家有就借给他了。她母亲说你爸要用照相机，你把照相机拿回来吧。再说了，如果他把照相机用坏了怎么办？

林玉玲说，妈、爸，你们不是说咱们家准备买新照相机吗，如果你们不说买新照相机，我也不会把照相机借出去。

她母亲说这不还没有买吗。再说买新的旧的还可以用吗。

林玉玲抬起头恳切地看着父亲和母亲说，爸，妈，你看能不能把照相机送给李亲亮，咱家再买一部新的？

她母亲没想到女儿会有这种想法，不解地问为什么呢？

林玉玲说李亲亮喜欢摄影，他没钱买照相机。我是他同学，我想帮助他。她母亲说你不用把照相机给李亲亮，如果他想拍照把照相机借给他用就行了。怎么还得给他呢？林玉玲说李亲亮想学摄影，学摄影自己没有照相机怎么行呢？

她母亲说李亲亮连照相机都没有怎么学摄影？他知道什么是摄影艺术吗？

林玉玲争辩着说当然知道了。这回学校组织摄影比赛，李亲亮还得了第一名呢。她母亲说在学生中得第一名不算什么。林玉玲说李亲亮在摄影方面艺术感觉好，进步非常快。

她母亲说学生不好好学习去学什么摄影呀，这是不务正业。你还是把照相机要回来吧，让他把精力用在学习上。不然，你不是在帮助他，而是在害他。

林玉玲说学摄影不耽误学习。

她母亲说你还是把相机要回来吧，就算你爸不用，你们自己用也方便吗。林玉玲说我已经给人家了，怎么能要回来呢？她母亲看她为难的样子，没再说下去。

林玉琴从房间走出来，反对地说你谁也没告诉，擅做主张，把照相机送给李亲亮了？你是什么意思？这是照相机，不是一本书，有这个必要吗？林玉玲说当然有了。林玉琴问你们是什么关系？你送这么值钱的东西给李亲亮。

林玉玲说我们是同学。林玉琴说同学多了，别说是男同学了，女同学还有不少呢，你能全送照相机吗？林玉玲说别人不需要。

林玉琴说我需要，怎么没有男同学送给我呢？

林玉岩说我也需要，怎么没有女同学送我呢？

林玉琴质问地说你是不是和李亲亮谈恋爱了？

林玉玲脸红了，带着羞涩否认地说，你胡说什么呀！

林玉琴不依不饶地说就算你没跟李亲亮谈恋爱，你们关系也不正常，你送照相机给李亲亮完全超出了普通男女同学关系。

林玉岩说如果能有女同学送照相机给我，那么她肯定是喜欢上我了，在暗恋着我。

林玉玲面对哥哥和姐姐的质问和猜忌，无法回答，向母亲求助地说，妈，你听他们两个在胡说什么呢？

她母亲是向着林玉玲的，祖护地说，你们都别说了，照相机是咱们家的，是你爸买的，由你爸做决定。

她父亲说既然玉玲给人家了，就别要了。咱们再买一部新的。再说那部照相机功能已经过时了。林玉玲高兴地跑到父亲身边说，谢谢爸！

她父亲说你也算没白帮助李亲亮，他还得了全校摄影比赛第一名。如果将来他成为摄影家了，可不能忘了你。

她母亲反驳地说，算了吧，学生不好好学习就是不务正业。将来考不上大学能找到好工作吗？没有好工作生活能幸福吗？

林玉玲有点生母亲的气。她想母亲怎么会变得这么俗气呢。她说非得上大学吗，不上大学就不能生活了，毕竟能读大学的人占少数，不能读大学的人占多数。

她母亲说不读大学也能生活，但生活的不会太好。

她父亲说尽可能去读大学，知识能提高生活质量。

林玉玲知道父母特别看重学习，没再多说什么。

她母亲对她父亲说，你这次去峰源别忘了问一问老杨，看能不能把咱们调到峰源市去。他现在是实权在握的人物，办这件事不费力气。

她父亲说上学时他老实巴交的，不多言不多语的，没想到他会熬到这么个位置上。

她母亲责备说，谁像你，焉不出火不进的，总熬不上去，处处要找老同学帮忙。

她父亲大学一毕业，正好赶上"文化大革命"。他出身成分不好，被下放到了北大荒乡下。他说这要感谢老祖宗呀，谁让我是地主成分呢，我算是幸运的了，你没看有多少成分不好的人，在"文化大革命"中被折腾死了吗。我能活下来就不错了。也感谢你没跟我划清界限，分道扬镳。

她母亲邀功地说，也就我嫁给你吧，换第二个人都不可能。

她父亲说没有你我就打光棍了？李天震那样都没打光棍呢，还生了两个儿子，又何况我相貌堂堂，一表人才，还是大学毕业生呢。

林玉玲不愿听家里人说李亲亮家的坏话，插言说，你们说你们的事，为什么还要扯上人家呢。

她母亲笑着说你爸又犯错误了。

她父亲说不和你们说了，我去看发言稿了，明天会上还有我的发言呢。他回自己房间了

林玉玲对母亲说咱家真要搬到峰源市吗？她母亲说可能要搬。林玉玲不解地问，你和我爸在县政府工作不是挺好的吗，怎么还要去峰源呢？

她母亲说峰源市比松江县好。人往高处走，水往低处流吗。

林玉玲说："人家要你们吗？"

"当然要了。峰源市的杨副书记是我和你爸大学时的同学，读大学时我们关系就很好。他会帮忙的。我和你爸到峰源市工作是正常调动。当年和我们一起大学毕业的同学，只有我和你爸还在小县城工作了，其他人都在市以上的城市里工作。所以我一而再，再而三叮嘱你要好好读书，一定要考上大学，最好能考入重点大学。如果想有好工作，上大学是基础条件。只有把基础打好了，将来在社会上才能有立足之地，在工作中才能如鱼得水。"林玉玲的母亲总结着生活经验，告诫着女儿。

林玉玲很少打听父母工作上的事。她听母亲说全家要搬迁到峰源市，对松江县有些恋恋不舍。毕竟她在这里生活了这么多年，这里有她熟悉的同学，童年的伙伴，还有那么多记忆深刻的生活往事。但她必须随同父母去峰源市生活。

第十四章
误解

1

冬天过去春天就悄悄来了。北大荒的春天阳光灿烂，天空晴朗，万物处在复苏之时，整个大自然格外迷人。这是拍照取景的好季节。

李亲亮面对昂然的春色，心如火燎，一筹莫展。他没有钱买胶卷了。摄影小组组织的几次到野外拍照活动他没有参加。他在拍《荒原》那组照片时花了不少钱。而在后来的几个月中，他又把钱积攒起来，准备买些生活用品去西江县监狱老改农场探视李亲实。

虽然李亲实所在的西江县监狱老改农场与松江县相临，只有数十公里的路程，可是没有直达客车。如果坐客车必须先去峰源市，再从峰源市去西江县，这么走绕了很大弯不说，还不方便。乘坐客车耽误时间，当天回不来。如果骑自行车去，起早从家里出发，穿村庄，走小路，当天能赶回来。坐客车和骑自行车走的是两条完全不同路线。

当然骑自行车去不但要起早贪黑，还得付出非常大的体力与精力。

李天震一是走不开，二是不会骑自行车。他没时间去监狱老改农场探视李亲实，只能李亲亮去了。家里没有钱，去了又不能空着手，总要买些东西才行。李亲亮把饭钱攒起来，给李亲实买了内衣内裤及一些食品，东西装了整整两大提包。他还买了胶卷，准备给李亲实照相。

时间过的快，不觉中已经是夏季了。

北大荒夏季天亮的早，黑的晚。他选了个好天气，利用星期天，约上同学侯建飞一起去看李亲实了。他们出发时天刚放亮，晨露还没有退去，有着丝丝凉意。

李亲亮没去过西江县，更没去过监狱老改农场，只是对这个名字熟悉。他听李天树说路挺远的。

宽阔的大路上没有行人，空气特别新鲜。李亲亮骑着自行车驮着东西，侯建飞骑着单车，他们像两只欢快的鸟儿一样，朝着西江县监狱老改农场而去。他们时不时还哼唱起台湾校园歌曲《外婆的澎湖湾》《走在乡间的小路上》来排解寂寞。

太阳从地平线上升起，慢慢朝空中爬去。气温由凉爽变的渐渐炎热起来。他们离家的距离越来越远了，而离西江县监狱老改农场越来越近了。他们的体力在消耗，两条腿蹬车的速度越来越慢。大约在七点多钟的时候，他们跨越了松江县和西江县的分界线，进入了西江县行政管辖区域。他们脸上热热的，肚子饿了，产生强烈食欲。他们还没吃早饭呢。进入西江县城时，他们在路边一家小饭店简单吃了早饭。

当他们骑着自行车继续赶路时，时而会看见在路边农田里有犯人劳动的场面。西江县监狱老改农场划分几个中队，每个中队处在一个村庄旁边。李亲实所在的老改中队在西江县地域最西边。他们要从东到西穿过县城，才能到达李亲实所在的老改中队。

他们终于来到了李亲实所在的老改中队。在这个老改中队附近的农田里，有犯人在烈日下劳动。李亲亮猜想也许李亲实在犯人中呢。他停下来，把自行车放好，朝犯人这边走来。农田与路之间有一条不深不浅的排水沟。李亲亮站在沟这边的路上，犯人在沟那边的农田里。他与犯人隔着排水沟相望。这是干旱季节，排水沟里没有水，生长着茂密浓绿色的杂草。他四处瞅了瞅，感觉说话距离远了些，担心说话听不清楚，想走近一些。正当他想跨过排水沟时，被一名背枪的武警喊住了。武警不让他接近犯人，不让他跨过警戒线。武警问他是干什么的。他回答说是来看李亲实的。武警平时不跟犯人接触，不知道李亲实是谁。犯人当中有人搭话说那个小白脸在食堂呢。李亲亮得知李亲实在食堂劳动，心中惊喜，转身回到大路上，骑着自行车进了监狱生活区。

李亲亮和侯建飞来到监狱接待室时，屋里只有一个人。那人穿的是便装，看不出来是干什么的。不过他是监狱里的工作人员，这是毫无疑问的。他听完李亲亮说明来意后，转过身，冲着铁丝网大院里喊："李亲实，李亲实！你家来人看你了。"

李亲实从铁丝网大院里走出来。他不认识侯建飞，笑着问李亲亮说："这是谁？"

"我的同学—侯建飞。"李亲亮介绍着。

李亲实一时找不到交谈的话题，有些无从谈起。李亲亮不了解监狱劳改农场的规定，没敢多问，场面有点尴尬。他从提包里拿出带来的东西，交给李亲实。李亲实眼睛一亮，心想说别的没用，这才是最实惠的。他对食品的欲望绝对是贪得无厌。

监狱劳改农场里的生活再好也是受限制的，不会超过外面的自由生活。

李亲亮高兴的拿出照相机说："哥，我给你拍一张照吧。"

"你还嫌我不够丢人吗，别拍！"李亲实看见李亲亮拿出照相机立刻火了。他不愿意照相。他认为现在给他照相是在羞辱他；是让他丢人的事情；是对他的不尊重；是对他的嘲笑。现在他是什么？他现在是个失去自由的囚犯；他现在是在监狱里接受劳动改造。他感觉可耻。

李亲亮万万没料到李亲实会发火，不知道李亲实为什么发火，也不理解李亲实的感受与想法，生气地质问："我怎么了？我来看你还看出毛病了？"

"你来看我没毛病。但你做的事情毛病太大了。"李亲实指责着。

李亲亮不明白自己做错了什么，会引起李亲实不满和愤怒。这段时间他一直在为来看李亲实做准备。他买这么多东西容易吗？如果按照父亲的意思什么都不买，来看一眼就算对得起李亲实了，也算尽到了亲人的责任。他没有那么做。他省吃俭用节约着每一分钱，然后来看李亲实，而李亲实却是这么个态度，他委屈，也生气，质问地说："我做错什么了？"

"我要内衣内裤你没钱买，你买照相机倒是有钱了！你是什么意思？"李亲实说出了发火的原因。他是在对上次给家里写信要衣服，家里没给他而不满意。

李亲亮委屈地说："照相机是别人送给我的，不是我买的。"

"别人送给你的，谁送你的？这么贵重的东西谁会送你，你就说谎吧。"李亲实不相信谁会把照相机送给李亲亮。在他看来一般情况下不会有人把照相机送给李亲亮。普通家庭根本没有照相机。他的哥们、朋友，那么多，也没看见谁给谁送过照相机。更别说李亲亮了，谁能把照相机送给李亲亮呢？这需要多大的情意？这可能吗？

李亲亮想说是林玉玲送的，因为侯建飞在场才没有说出实情。他怕这件事被侯建飞传出去。那样在学校里会引起议论与各种猜测。学校里有几名同学在谈恋爱，有一名女同学还怀孕了，事情正传得沸沸扬扬。他不想被卷入其中。当然他和林玉玲的交往并不是谈恋爱，而是一种真情，更是友谊。这种真情，这种友谊可能会在未来的人生之路上演变成为爱情。但现在肯定不是。人是会捕风捉影的，没有的事也能说成跟真的一样。他到不怕，反正初中毕业后不准备继续读书了。可他不能连累林玉玲，不能给林玉玲制造不必要的麻烦。如果这件事传出去对林玉玲肯定会有负面影响的。因为照相机是贵重物品，能把照相机送给他人，关系非同一般，更何况他们是处在青春期时的少男少女呢。这件事会给人留下无限的想象空间。更有可能会被误认为爱情，所以话到嘴边，他又咽了回去。

李亲实在等李亲亮回答，可李亲亮没有回答。他看李亲亮没有回答，就认定自己猜测是正确无误的了，指责李亲亮更加自信，更加有底气了。他冷冷一笑说："说不出来吧？"

"这部照相机真是别人送我的。"李亲亮努力证实着。

李亲实仍然不相信地问："那你说，是谁送给你的？"

"你让我怎么说？"李亲亮难为情地看了一眼侯建飞，实在是不想说。

李亲实是一百二十个不相信照相机是别人送给李亲亮的，认为李亲亮是在骗他，是在说谎，是在找借口与理由。他理直气壮地说："不是别人送的，你当然说不出来了。"

"你的疑心也太重了吧？你还怀疑什么？"李亲亮看李亲实那副得意的样子，压不住火了，恼怒起来。

李亲实不在意李亲亮的态度，李亲亮在他心里没有位置。他从来没有瞧得起李亲亮。他是一个非常自负的人，还是按照自己的想法，沿着话题继续往下说。他说："你别骗我了。你骗我没用。我不糊涂，清醒着呢。我现在是阶下囚，不但外人看不起，就连自己的家人也看不上。外人不帮，家里也没人帮。"

"行了！你别说了。你不就是想知道是谁送我的照相机吗，我告诉你不就完事了吗。这部照相机是我同学林玉玲送给我的，这回你死心了吧。你该满意了吧！"李亲亮被气得脸都红了。

李亲实绝对没有想到李亲亮手中的照相机会是林玉玲送的。他和林玉玲的哥哥林玉岩是小学时的同学。在读中学时才分开。他当然知道林玉玲是李亲亮的同学，也知道李亲亮和林玉玲关系比较近，更知道林家生活条件好。他无话可说了。

李亲亮不想把这件事说出来，说出来就是说出了一个秘密。他火了，痛心地指责着说："就算照相机是我买的，又能怎么样呢？又没花你的钱。看你这副样子，像是当哥说的话吗？你被关在监狱里还有功了？"

"我在监狱里怎么了？"李亲实想争辩，但底气不足。

李亲亮说："你在监狱里服刑有功了，家里还得给你买东西，还得来看你。不给你买东西，你还发脾气。你多有理，多有本事。"

"我没有让你来，是你自己来的。"李亲实不想丢面子，语气生硬。

李亲亮责备地说："我是自作多情呗。我没事干了，跑这么远，累成这个死样来这里。你以为这是什么好地方吗？"

李亲实沉默着。

李亲亮毫不回避的反击着说："你走到这步是自己找的，不是家里人给你弄的，怨不着别人。如果你抱怨也只能怨自己。"

"如果你不想来就算了。"李亲实发脾气说。

李亲亮更火了。他说："你以为我愿意来呀！你以为这是多么光荣的地方吗？你以为我是来借你光的吗？告诉你，要不是看在你与我是亲兄弟的份上，开轿车接我，我也不会来，更别说是骑自行车了。"

"你走吧！"李亲实吼着。

李亲亮站起身说："你以为我愿意待在这里吗？告诉你，我一刻都不想多待。"

"亲亮……"侯建飞看李亲亮跟李亲实吵起来了，想劝说，但插不上言。

管教看兄弟两人吵起来了，缓缓的插话说："你们兄弟俩吵什么呀，好不容易见一次面，谁少说一句，多说一句，还能怎么着呢。谁说的对了，谁说的错了，又能怎么样呢。"

李亲实知道错在自己，但又不肯承认。他小时候就养成了不承认错误的习惯。

李亲亮的感情被李亲实给深深伤害了。他拎起空提包，头也不回大步流星走出了监狱接待室。

侯建飞迟缓了片刻，对李亲实说了一声：哥，我们走了。就跟在李亲亮身后离开了。

管教对李亲亮说："已经中午了，吃过午饭再走吧。"

"谢谢，不用了。"李亲亮说完，利落的骑上自行车朝着回家的方而去。

李亲实看李亲亮离自己越来越远，有点后悔了，认为不应该这样对待李亲亮。他伤害了李亲亮的感情，如果李亲亮从此不来看他了怎么办？现在他需要别人的帮助，而不是他帮助别人。

中午的太阳火一样炽烤着大地。李亲亮使劲蹬着自行车，远离了李亲实所在的监狱劳改中队。这时他才注意到侯建飞没跟上来。他回头看着，只见侯建飞被远远的落在后面。他放慢了蹬车的速度。

侯建飞虽然个子比李亲亮高，但没有李亲亮有力气。他知道李亲亮刚才生气了，不然不会骑的这么快。他们累了，也渴了，在经过一家小饭店时停下来。他们吃过午饭就不想走了。可是回家的路才开头，还有很长的路呢。侯建飞说我真想住在这里。李亲亮说这是不可能的。侯建飞笑着。

李亲亮鼓劲地说咱们还得走啊！就算是一刻不停，咱们到家也天黑了。侯建飞说累死我了，长这么大还是第一次骑自行车走这么远的路。你哥不应该这么对你。李亲亮说别提他了。

侯建飞猛地站起来，骑上自行车，强迫自己振作精神继续赶路。李亲亮调侃地说就当这是红军二万五千里长征吧。当年红军爬雪山，过草地都挺过去了，何况咱们才遇到这么点困难呢。侯建飞说如果让我去长征，我肯定会当逃兵。我宁可死在路上，也不会去受那么多苦。

李亲亮用衣袖擦拭着脸上的汗水。侯建飞问你的照相机怎么会是林玉玲送的呢？李亲亮说我是在骗我哥呢，没影的事。你可别当真。

侯建飞说让我看不像是假的，应该是真的。

李亲亮解释说我真是在骗我哥。你没看到我哥当时那副样子吗，我不骗他能行吗。

侯建飞说你这个人最大的缺点就是不会说谎话，你一说谎话就能让人看出来。你以为我是小孩子看不出来真假呀？你快坦白从宽吧。不然，我回到学校就去问林玉玲。

李亲亮说你让我说什么呢？侯建飞说你别跟我装糊涂了，你说实话照相机是不是林玉玲送给你的？李亲亮看不承认不行了，就说是她送的又怎么样？她送我照相机犯错误吗？

侯建飞说错误是没有犯，意思却不一般。林玉玲怎么不送给其他人照相机呢？你比别人是多个鼻子，还是多只眼睛？她为什么偏偏把照相机送给你呢？我看你们之间是有"小秘密"了。

李亲亮说你想到哪去了，我是那种人吗。

侯建飞说老实人就没有七情六欲了？七情六欲谁都有，别说是你了，我还想跟女同学来点那个浪漫呢。可是没有女生看上我。你小子真行，能把林玉玲的照相机弄来，真不简单。

李亲亮说你回学校可别乱说，我和林玉玲之间真的没有那种事。林玉玲是什么条件，我是什么条件。她父母是国家干部，我家是什么，一个在天上，一个在地上，天地之间是不可能交织在一起的。

侯建飞说天仙配你知道吧？七仙女都可以下凡嫁到人间了，又何况林玉玲呢。林玉玲与七仙女差距大着呢。爱情力量是无穷的，能创造出许多奇迹。

李亲亮说我和林玉玲真没有谈恋爱。侯建飞说你和林玉玲谈没谈恋爱你自己知道，反正我不知道。李亲亮说你比我强多了，你都没有女朋友呢，我能有吗。

侯建飞说你别转移话题。现在不是说我，而是说你。你们是从什么时候开始的？

李亲亮说我跟林玉玲没那种关系。她是不错的女孩，心好，善良，聪明，学习好。她比较同情我，看我买不起照相机，就把她家照相机送给我了。侯建飞完全是一副打破砂锅问到底的样子，仍然不相信地说，就这么简单？李亲亮说当然了。

侯建飞说我也没有照相机，林玉玲怎么不同情同情我，送我一部照相机呢？李亲亮说你跟我能一样吗，我们从小学起就是同学，都同学多少年了，还同在一个镇上生活过，这能一样吗。侯建飞说你们是发小呗。

李亲亮承认地说，可以这么说吧。侯建飞笑着补充说你们是发小夫妻呗。李亲亮说你别没正经的了，这种话不能乱说。他怕侯建飞把这件事说出去，在同学中产生风言风语。

侯建飞说你绕来绕去的意思不还是在证明你和林玉玲关系非同一般吗？李亲亮说你还是怀疑我和林玉玲在谈恋爱？侯建飞说那当然了。你的解释是矛盾的，无法让我相信没有这回事。

李亲亮提醒地说，我说没有就没有。你回到学校不能乱说，同学猜测心和好奇感都非常强，说出去可不得了。我没什么可在意的，关键是怕影响林玉玲。

侯建飞说我知道。李亲亮警告地说如果你把这件事传出去，我就和你没完。侯建飞答应说，我给你保密。

2

李天震不养猪后镇里分给他地种。从前镇上的农田是集体制，机械归镇上统一管理，一年前才把机械和农田分到了各家各户，实行了承包制。工人每人 30 亩地，家属及孩子每人是 20 亩，有机车的人家分到的地会更多一些。地多收入就多。李天震和李亲亮总共 40 亩地。他家的地虽然少了点，如果经营好了维持生活还是够用的。

北大荒农田辽阔，全部是机械化作业，没有机械是没法种地的。李天震种地是租用别人的机车，不过李天兰家和冯明远家都有机车，只要有时间他们会帮助李天震的。

这一年李天震种了些玉米和大豆。

他在玉米地里锄杂草，天黑时才往家走。玉米地离家远，他为了节省时间，能多干点活，中午带的饭，没有回家。饭盒装在一个布袋中，布袋挂在锄头的把上。他扛着锄头每走一步，饭盒中的筷子就会响一下，如同伴奏似的。他边走边想着心事，不知道李亲亮回来没有。

　　李亲亮回来时李天震还没做饭呢。他又饿又渴，拿起水杯喝了一杯水，然后去找吃的。老让李亲亮稍微等一会，饭一会就做好了。李天震急忙去做饭。李亲亮太累了，躺在炕上不想动。

　　李天震为了节省时间，快点吃饭，炒了盘鸡蛋，把馒头热了一下，做得比较简单。他把饭做好后李亲亮突然不想吃了，可能饿过劲了吧。

　　李亲亮坐在饭桌前，没吃几口就不吃了。

　　李天震关心的询问起李亲实在监狱里服刑的情况。李亲亮生气得把见到李亲实的整个过程重复了一遍。李天震生气地说，亲实这辈子是改不了了，不用管他了。

第十五章
天有不测风云
TIAN YOU BU CE FENG YUN

1

李亲实回到牢房里忐忑不安，一遍遍责怪自己。他怎么能用这种态度对待李亲亮呢，这是不应该的，这种方式不可取。就算他对家人有不满意的想法，也不应该流露出来，装在心里要比表现出来好。他说出来会让李亲亮对他失去信心。他知道自己的话深深伤害了李亲亮的感情。他了解李亲亮的脾气，如果他不做出妥协和让步，这件事情就朝着不利于他的方向发展了。他是被动的。他必须做出让步和妥协，尽量缓和关系。他想写信解释。他肯定是要写信的，但不是现在。现在一是没有心情，二是两个人都在气头上，写了信，收效不一定好。过些日子消气了，再写信，收效会比现在好得多。

他把东西拿到牢房里，放在床下，回食堂干活去了。他在结束一天劳动后，回到牢房时，同牢房的犯人正在吃那些东西。他不明白这些犯人怎么会知道李亲亮来探监的。不过马上有犯人把在地里干活时遇见李亲亮的事说出来了。李亲实看着吃得正香的犯人，没有说责备和不满的话。虽然这几名犯人吃了他的东西，但这几名犯人家属来探监时，也会把亲人送来的食品给他吃。他算是还了人情。

他考虑来思量去改变了想法，认为应该马上给李亲亮写信，不能拖延太久，久了对他不利。于是他开始写信。可信件无法立刻寄出去。犯人的信件不是每天都能寄出去的。按照监狱管理规定每个星期只集中寄一次。他写完信，还没装到信封里，管教来找他了。管教让他通知在食堂干活的所有犯人去开会。每次给在食堂干活犯人开这种会，就预示着第二天要提前开早饭。犯人要早起，到很远的地方去劳动。

每个牢房只有一名犯人在食堂干活。李亲实得去好几个牢房通知。

李亲实还没走出牢房，就有跟他关系不错的犯人叮嘱他弄明白明天起早干什么，以往他都把知道的事告诉和他关系不错的犯人。他和最后通知到的犯人一起来到食堂时，先通知到的犯人已经来到食堂了。他们站成了一排，在等管教训话。李亲实急忙紧走了几步，站到犯人中间。

管教说："明天开饭时间要提前，今晚要把明天早晨做饭用的东西全部准备好，绝对不能耽误早晨开饭时间。"

在食堂干活的犯人你看我，我看你，不知道第二天是干什么活，为什么做早饭会这么急。有犯人小声说："早点来不就行了。"

"不行，必须在今天晚上准备好，为明天早晨节省时间，不准备好就别想回去睡觉。"管教脸上表情很严肃。

有一名爱开玩笑的犯人说："总不会是吃过饭就送咱们去刑场吧？"

另一名犯人说："去刑场也不能全去呀！人民政府不能把咱们全枪毙了吧？如果把咱们全枪毙了，那不成为小日本在南京的大徒杀了吗。"

还有一名犯人说："如果把咱们全枪毙了，谁还给国家创造财富呢！咱们可是只干活，没有报酬的人。"

"闭嘴！快干活。"管教制止着，不让犯人乱猜测。

犯人们看管教的表情比平时严肃，不敢多说话，只是一个劲的干活。犯人们干着干着活情绪就不好起来了。犯人们对管教向来是察言观色的。犯人们发现屋里几名管教的神情跟往日不同，没有一个脸带笑容的。犯人猜测可能发生什么大事情了。犯人们不知道发生了什么事情，越是不知道，就更想知道了。犯人们情绪不稳定，波动大，带着急躁与不安，话语中带着：操！妈的！很脏的词句。

李亲实跟这几名管教关系都不错，正常情况下管教会跟他聊上几句的。可今天没有一位管教跟他说话。管教远离着他们，来回踱着步。他在猜测发生了什么事情？这让他回忆起1983年夏天，那场举国上下声势浩大的严厉打击刑事犯罪的活动了。当时逮捕他的警察和他非常熟悉。平时他和警察在一起谈笑风生，称兄道弟，可到逮捕他的时候，没有一个警察私下通知他。警察在工作中绝对是立场分明的。他从管教的表情中判断出这不是好预兆。

李亲实他们干完活时已经是午夜了。他回到牢房里时多数犯人睡着了，只有个别几个还没有睡，躺在床上想着心事。李亲实缓缓走到自己的铺位前躺下了。

邻床的犯人还没有睡，小声问李亲实明天早晨吃什么饭。李亲实说吃过节饭。那名犯人不相信地说，不对吧，明天不是节日呀，怎么会吃过节饭呢？你别开玩笑了。

李亲实说我没开玩笑，是过节饭。如果你不信就算了。他非常困倦，不想多说话，也没有开玩笑。如果不是做好饭，也不会这么麻烦，更不会干到这么晚。

那名饭人皱了一下眉头，侧过脸说，如果吃好饭，肯定是干累活，体力强度大，不然平白无故是不会给好饭吃的。李亲实没说话。那名饭人又问，你知道明天是干什么活吗？李亲实说我又不是管教，我怎么会知道呢。那名犯人扫兴的叹息了一声不再问了。

李亲实躺在床上强迫自己睡觉。明天他还要起早呢，尽量保证足够睡眠，不然就没精神了。他睡得正香时却被叫醒了，不情愿地起了床，揉着惺忪的眼睛，朝食堂走去。他刚走出牢房，牢房里面的灯全亮了，霎时间灯火通明，这可是少有的现象，就连过春节也没这样过。他感到太反常了，心里直犯嘀咕。

饭还没有做好，犯人就开始来食堂吃饭了。

吃过早饭，天刚开始放亮。管教没有马上让犯人回牢房，而是让犯人在屋外的空地处站成一排开大会。管教脸上的表情极为严肃。管教让犯人收拾好自己的生活必需品，按照各分队名次排好，听从统一调动。

犯人开始交头接耳，询问发生什么事情了。

管教沉默片刻，声明说：凡是违反规定，不听警告者，引起武警开枪的，后果自己负责。

监狱大门外面增加了许多全副武装荷枪实弹的武警。在路边还停靠着一排绿色的军用卡车。

犯人们背着行李、拎着生活必需品，按照各分队，站成一排，报着编号，井然有序，依次上了卡车。每装满一卡车犯人，有两名武警跑过来把车厢门关上，手端着冲锋枪，目不斜视的押着车，卡车朝峰源市开去。

卡车排着长队风驰电掣般的驶向峰源市火车站。

峰源市火车站由全副武装的武警封锁着。

犯人从卡车上下来，报着编号，再次井然有序地登上了火车。

火车门口两边站着四名手执冲锋枪全副武装的武警。武警注视着每一位犯人。犯人全部上火车后，由武警把门锁好。

这是一趟运送犯人的专列。火车徐徐开动了。

这时犯人中有人知道他们将要被移送到大西北监狱去了。车厢里的犯人有点骚乱，但很快被武警制止住了。犯人们面对着的车窗已经被加上了钢筋，防止犯人破窗而逃。他们只能往外看，却出不去。车轮在轨道上转动的声音传来让他们心烦。

李亲实坐在车厢的一角心都要碎了。他知道这次真的要远离家人了。

2

大西北监狱劳改农场已经接到上级有关部门的通知了，将有一批东北犯人移送到这里继续服刑，接受劳动改造。监狱里做好了各项接收准备工作。上级相关部门之所以决定把这批东北犯人调配到大西北监狱继续服刑，主要是让犯人到这里参加绿化大西北劳动，为改造大西北生态环境做贡献。

李亲实他们在车厢里度过白天，迎来黑夜，日夜轮回，几天几夜过后才到达目的地。

大西北监狱劳改农场只是在地理位置上与东北的劳改农场不同，性质完全是相同的。这里自然环境比东北恶劣，监狱规模比东北大，成立时间更早，生活更艰苦。这里的犯人来自全国各地，罪行有轻有重，刑期有长有短。

从东北调配来的这批犯人，被分散到大西北监狱劳改农场的各个中队里，化整为零，防止集中闹事。

李亲实来到大西北监狱劳改农场后，从前在食堂干活的优越待遇一去不复返了，开始到田间劳动了。他有些吃不消，更让他接受不了的是西北犯人欺负从东北来的犯人。他所在的中队里有十二名从东北来的犯人，在这十二人中，已经有十名犯人被西北监狱的狱霸欺负了，只有他和另外一名犯人还没有被欺负，可是狱霸已经把矛头指向他了。他在思考对策。

西北人和东北人说话有着相似之处，声音粗而浑厚。

犯人每天除了植树就是种地，要么就是修水利工程，造人工河。施工现场与住地之间路程远，午饭在工地吃，风大，饭里时常会带着沙子。

李亲实长这么大第一次干这么累的活。他受不了。他想拒绝劳动，只有拒绝劳动才能得到轻松，不过这是冒风险的，弄不好会遭到加刑惩罚。他心里十分矛盾。

那天收工后他刚回到牢房里，狱霸走过来冷冷地说："从东北来这里的人都带礼物了，怎么不见你带礼物呢？多少你也得意思一下吧？要么你眼中就是没有我这位大哥。"

李亲实知道狱霸是在找茬，想挑起事端，他想回避，没理睬狱霸。

狱霸说："我给你几天准备时间，如果没反映，可别说我不讲究。"

李亲实沉默着，把头转向一边。他不会给狱霸送礼的。他没东西可送。他知道不给狱霸送礼的后果。狱霸走开时，他侧过脸看着狱霸的背影。狱霸比他高，比他壮实，如果打架，不用说狱霸还有一群手下和帮凶了，单狱霸自己，他也打不过。他不能轻举妄动，也不能坐以待毙。

狱霸坐在那边吃着刚从一名犯人手里抢来的食物，朝李亲实这边看。他做出威胁的样子，在有意给李亲实增加思想压力。

李亲实心里翻江倒海般的难受。他来到大西北监狱劳改农场后，怀念在东北接受劳动改造的生活。他心想离家这么遥远，家中经济条件不好，家人肯定不会来看他了。他只有等到出狱那天才能见到家人了。他已经度过刑期一大半了，前一大半好过，后面一小半就不好过了。他来到大西北监狱后有着度日如年的感觉。余下的刑期让他恐慌，焦虑。他人瘦了许多，有点熬不下去了，心情特别不好。

这天他们刚走到工地就下起了小雨加雪。在空旷的野外没有可避雨遮风的地方。犯人排着队，小跑步返回驻地。管教和武警穿着雨衣，犯人没有穿雨衣，犯人的衣服被淋湿了。

狱霸让李亲实给他洗衣服。

　　李亲实知道狱霸在找茬，想挑起事端，沉默着，没说话。他在用沉默的方式来维护自己的尊严。如果他说话就会给狱霸提供挑起事端的机会。他连话都不跟狱霸说，狱霸还能把他怎么样呢。这回狱霸没有向往日那样马上走开，而是想征服李亲实这匹烈马。他把衣服往李亲实的床位上一扔，命令地说：你给我洗了。李亲实二话没说拎起衣服摔在了地上。

　　这时有许多犯人把目光投向李亲实这边。他们在关注李亲实这个来自东北的犯人。他们认为李亲实太冷漠了，冷漠中带着不可征服的气质。

　　狱霸没想到李亲实会做出反抗。他之所以迟迟没触动李亲实，因为对李亲实的想法不了解，想让李亲实看一看别的犯人是怎么臣服他的。他想先消一消李亲实的锐气，在心理上战胜李亲实。他有时故意抠打其他犯人给李亲实看，当李亲实做出这种反应时，他知道自己心机白费了。他挥起拳头狠狠朝李亲实的脸部砸去。

　　李亲实有心理准备，一闪身，头一歪，狱霸的拳头落空了。狱霸用力过猛，差点闪倒。当狱霸站稳后，看李亲实还站在那里时，更加恼羞成怒了。他感觉自己在众犯人面前丢了面子，决定挽回面子。他向李亲实扑来。李亲实知道还手肯定会吃亏，还不如让着狱霸了。他躲闪着往牢房外飞速奔跑，尽可能引起岗楼上执勤狱警的注意。

　　站岗的狱警看到牢房里一阵骚乱，不知道发生了什么，立刻鸣枪警告。

　　突然两声枪响划破了静静的天空。

　　正在屋里休息的管教听到枪声后，急忙朝牢房这边跑来。

　　狱霸看武警开枪了，止住步，不追李亲实了。他转身回到牢房里，站在门口向外面看着。

　　李亲实已经跑到了一片空地上，雨雪交织着从天而降，飘落在他身上。他逃避了一次人生劫难。他站在那里不朝狱霸这边走，也不朝管教那边去，进退两难。雨雪淋湿了他刚换上的干衣服。他无奈地抬起头，眯缝着眼，看了一眼阴沉沉的天空，觉得这个世界是那么寒冷、凄凉。

　　管教和武警穿着雨衣，打开大院的大铁门，走过来询问李亲实是怎么回事。李亲实沉默着，闭口不答。武警和管教朝牢房里走去。

李亲实跟在管教和武警身后返回牢房。

狱霸看管教和武警朝牢房走过来，急忙回到自己的床位上。管教走到狱霸面前问为什么打架？狱霸立刻站起身，用手指着李亲实说："报告政府，他想越狱。"

"你胡说！"李亲实听狱霸给他戴上越狱的罪名着急了。他知道越狱性质非同一般。他不能继续沉默了，沉默下去就没退路了。他已经被狱霸逼到悬崖边上了。他目前只有两种选择，要么纵身跳入悬崖，如同其他犯人似的在狱霸欺压下生活；要么奋力反击，在反击中寻找生活方式。

狱霸冷笑着说："你也不是哑巴呀，这不会说话吗。你跟我装聋作哑干什么？"

"你们两个到训问室来一趟。"管教说着转身走了。

训问室在铁丝网大墙外的平房里。这是专门审问犯人的办公室。狱霸和李亲实跟在管教身后走着。李亲实不看狱霸，而狱霸却不肯罢休地瞪着李亲实。他们来到训问室时，有四五个管教走过来训问他们。

管教知道是狱霸在闹事，对狱霸进行批评教育。狱霸解释说这跟他个人没关系，他是在制止李亲实越狱。管教不相信狱霸说的话，让狱霸背诵了监狱的规章制度。狱霸背诵监狱规章制度如同寺庙里和尚背诵经文一样熟悉。管教对狱霸进行一番教育后让他们回牢房了。

李亲实没有马上离开，管教问他为什么不回牢房，他说怕狱霸报复。管教安慰李亲实说你不用担心，还无法无天了呢，这不有政府吗，政府会秉公办事的。管教说的底气十足，可李亲实听的却没有信心。他心想如果等管教来管这种事情，那不是黄花菜都凉了吗。虽然他不愿意回牢房，可不得不回牢房里去。他是犯人，犯人不回牢房还能去哪里呢。除了牢房，他别无选择。

李亲实往牢房里走时走的缓慢，心情沉重。牢房是让他恐惧的地方。他不知道狱霸还会不会找他的麻烦。可他知道躲过了初一，躲不过十五，就算今天息事宁人了，过些日子狱霸仍然会找他的麻烦。他在监狱里待久了，对里面的情况一清二楚。他得罪了狱霸，就是捅了马蜂窝，就会不得安宁。

他回到牢房里气氛显得紧张起来。狱霸盘着腿坐在床上朝他这边瞅，目光带着煞气和挑衅。李亲实找出干净衣服穿在身上。他刚穿上干净衣服，就有一名犯人走过来，朝他衣服上踹了一脚。衣服上印了一只脚印，如同白布上绣了个黑花似的难看。李亲实想发火，又打消了这个念头。他知道根源不在这名犯人身上，而是在狱霸。如果他跟这名犯人打起来，就中计了，就给狱霸提供了下手的机会。他想还是忍了吧。他本来是准备去洗脏衣服的，见这种势态，改变了想法。他躺在床上，但没睡着。他不敢睡，担心在睡着的时候会遭到狱霸袭击。

他想狱霸能袭击他，他为什么不能袭击狱霸呢？他脑海里突然产生了这种先发制人的念头。他想如果在担惊受怕中生活，就不如破釜沉舟拼个你死我活了。这种想法在他脑海里一遍遍重复闪现着。他不能失手，失手会把人打死，那样他这一生就完了。但他还不能打得过轻，过轻不但达不到目的，反而会引火烧身，毁掉自己。他必须掌握好分寸，不能重又不能轻。他琢磨着行动方案。他必须寻找到动手的最佳时机，并且要抢在狱霸袭击他之前行动。他清楚先下手为强的重要性。只有这样他才能维护自己的尊严，保证自身安全。

人活在世上保证自身安全是最重要的。如果自身安全受到威胁了，必须不择手段去排除隐患。并且是不惜一切代价。

狱霸在威胁着李亲实的人身安全。李亲实用平静的心态来回避，在回避中寻找反击的最佳时机。他不能把想法表露出来，只能在心里暗暗做着准备。

狱霸不知道他的行为正在带来杀身之祸。他没料到李亲实会对他进行猛烈攻击。并且是毁灭性的打击。他没看出来李亲实有异常反应。

李亲实每天除了照常劳动外就是学习。他没有放弃学习。他再坚持半年就能拿到高中毕业证了。他一定坚持学下去。眼看要过元旦了，来监狱探监的犯人家属逐渐多了起来。犯人家属来探监时会带好吃的食品。犯人能解解馋，享享口福了，更能感受到亲情的温暖。

狱霸这时是最风光的，每位犯人拿到家里人送来的食品后，都会给他一部分。一个牢房六七十名犯人，每人一点，积少成多，狱霸日子过得比较舒服。

狱霸从厕所回来经过李亲实的床前，漫不经心地走了几步，又转身回来了，拍拍躺在床上看书的李亲实说，你小子可要记好了，你还没给我上贡呢，不上贡这个年你是过不去的。

李亲实立刻提高了警惕性，做好反抗的准备。狱霸只是说一说就走开了。但李亲实平静的心态却被狱霸这句话给搅乱了，如同海水涨潮似的卷起浪花，一波又一波袭来，拍打着理智的岸边。他想我为什么要给你东西呢？你有什么资格朝我要东西？就算他想给也没东西可给呀。他心想既然狱霸已经向他做出最后通牒了，他想躲恐怕也躲不过去了。他和狱霸的战斗肯定会发生，并且是激烈的。他心情特别糟糕。他从床上下来，站在床边活动了活动腿，用眼睛的余光朝狱霸他们看去。狱霸正跟五六名关系比较近的犯人围坐在火炉前烤着火。他想应该动手了，于是走出了牢房。

夜是那么的黑，星光是那么的亮。他在牢房外站了很长时间才回到牢房里。他经过自己的床位前没有停下来，而是直接走到火炉前，直接来到狱霸身边。他在狱霸还没反应过来是怎么回事的时候已经弯下腰，用右手捡起放在地上的一块砖，用左手紧紧抓住狱霸的衣服领子，抡起右手中的砖，朝狱霸的头部连续猛击数次。

狱霸绝对没有想到李亲实这个看起来不起眼而有个性的犯人会对他进行突然袭击。当他明白过来时已经是太晚了，没有反抗的机会了。李亲实手中的砖如同天空中落下的陨石似的迅速砸在狱霸头上，把狱霸打得晕头转向。李亲实一松左手，狱霸一头扑倒在地上，完全失去了还手能力。

跟狱霸坐在一起的那几名犯人在李亲实用砖砸狱霸时已经纷纷站起身闪开了。他们惊住了，不明白李亲实为什么会突然袭击狱霸，难道说李亲实不要命了吗？难道说李亲实不怕狱霸报复吗？李亲实是这个牢房里第一个袭击狱霸的人。他们眼睁睁看着李亲实抡起手中的砖一次次砸向狱霸，速度飞快。他们又眼看着狱霸一头栽在地上。他们看傻眼了。他们还愣在那里时，李亲实已经把打击的目标转向了他们。

李亲实见狱霸不可能对他产生任何威胁时，把手中的砖掷向跟狱霸关系比较近的那几名犯人。他知道这几名犯人是狱霸的铁哥们，也是他袭击的对象。他想乘胜追击，做到连窝端，不然会后患无穷。他捞起装煤的铁铲，疯了一般朝这几名犯人追去。

这几名跟狱霸关系比较近的犯人知道大祸临头了，转身朝牢房外跑去。他们一边跑一边喊："不好了，杀人了！"

李亲实一直追到牢房外面。

整个牢房骚动起来。犯人们没有去看狱霸是死还是活，都跑到牢房外看李亲实追这几名犯人了。

李亲实在院子里追着那几名犯人。那几名犯人吓得魂飞魄散，在院子里绕着圈奔跑。李亲实看整个大院的犯人都出来了，达到了目的，不再追了。他把手中的铁铲一扔，朝院门口走去。

岗楼上执勤的武警看到牢房里发生了骚乱，立刻鸣枪制止。

管教和武警一起来到牢房里，见狱霸躺在地上口吐白沫，马上找来狱医进行抢救。并且在牢房外加强了警戒。

犯人们议论纷纷说：没想到这个小东北下手真够狠的。

有的犯人说：真是愣的怕横的，横的怕不要命的。看来李亲实是不要命了。

这一夜，整个牢房里的犯人都没睡踏实。他们怎么也想不到李亲实会做出这种极端事情来。在他们眼里李亲实是个本分犯人。他们猜测李亲实将会受到什么样的惩罚。他们猜测狱霸是死了，还是活着。

李亲实没等武警来抓他就自己去投案了，这样在处理的时候能得到减轻。他没有把事情如实说出来。他说是狱霸朝他要东西，他没有，两个人打了起来。

管教不相信李亲实说的话。李亲实如果跟狱霸针锋相对打架，李亲实肯定不是狱霸对手。狱霸会把李亲实像老鹰叼小鸡一样轻松打败，可现在事情正好相反，狱霸这只老鹰却被李亲实这只小鸡打败了，难让人相信。这是名老狱霸，他从十五年的刑期，被加到二十年。他认为加刑也值得，就是想当狱中的老大。他栽倒在李亲实这个小犯人手里了。这绝对不是偶然。李亲实肯定是经过细心准备，精心策划的，并且是先动的手。管教找来了目击犯人。

那些犯人说的跟管教猜测的有相同之处，也有不同之处。

李亲实一口咬定他说的是事实。管教没有多问，等着狱霸伤好了再处理。监狱对李亲实的处罚要根据狱霸伤的轻重而定。李亲实不知道狱霸伤的轻还是重，心里没个底。他心想重也好，轻也罢，反正是发生了，既然发生了，就没了退路，只有往前看，不必太伤脑筋。

李亲实被戴上手铐脚镣单独关在小牢房里。监狱中的小牢房是专门关押不服从管理，违反管理制度，惹是生非犯人的。李亲实在小牢房里面对着铁门铁窗铁的锁链惆怅起来。在这个将要过年的冬天，他面对的是冰冷世界。

3

狱霸被紧急送往当地医院进行抢救治疗。经过一个多月住院治疗，病情虽然得到有效控制，大有好转，但没能完全恢复健康。虽然他出了医院，却留下了脑震荡的后遗症。

监狱向上级主管部门做了汇报，得到批准后，释放了狱霸，把他送回家了。

李亲实因为犯了故意伤害罪被追加刑期一年。他在收到加刑判决书后，才被从监狱的小牢房里放出来。但没有让他回到原来的劳改中队，而是把他调到另外一个劳改中队继续服刑了。他付出了这么大代价，就一定要达到目的。他拒绝劳动，想当狱霸。管教让他干活，他就是不干。管教做思想工作他不听，把办法用尽了，也没把李亲实拒绝劳动的行为改变过来。管教怕这样下去影响其他犯人劳动情绪，耽误工期，萌生了让他当领工的想法。管教又担心他压不住茬，遭到其他犯人反对。李亲实在了解到管教的想法后，表态说："请政府放心，我保证提前完成政府交给的劳动任务。"

"你先试一试，如果不行……"管教说。

李亲实当上领工后，把从东北来的几名能力比较强的犯人安排当上了小队长。他是看跟自己关系远近，能力大小来安排的。

这是东北犯人在大西北监狱里第一次当领工。东北犯人服从李亲实管理，配合工作，精神振奋。当上小队长能少干活，有一定自由度。他们常年劳动，一提起干活就怕。当上小队长后活干不完会有其他犯人帮着干。虽然东北的犯人服从李亲实管理，维护他的权威，可大西北本地犯人却不听他的。他袭击狱霸时没有涉及其他犯人个人利益，没有犯人报复他。当他把中队里的小队长撤换了，便激起了原来小队长的不满情绪。

西北犯人决定跟李亲实他们进行一次利益保卫战。

这天李亲实刚把活分配下去，一个西北犯人从他背后悄悄走过来，挥起手中锹把朝他打来。他没有防备，被打倒在地。他倒下去什么都不知道了。

东北犯人和西北犯人分成两派，如同决战似的混战在工地上。

李亲实缓过神来时头上还在流血，他指挥着东北犯人再次对那些参加闹事的西北犯人进行追打，如同东北虎下山一般凶猛。西北犯人中只有几名参加闹事的，看李亲实不要命的气势，胆怯了，退缩了。那个偷袭李亲实的犯人跪在李亲实面前向他求饶，认错。

武警鸣枪警告制止。

管教生怕引起更多犯人骚乱，急忙收工返回监狱驻地。

李亲实和十多名参加打架的犯人被带到审讯室里，被隔离开，分别谈话。李亲实要求管教严惩闹事犯人，如果管教不处理，就让他处理。如果不让他处理，以后活干不出来，完不成任务，就没人管了。

管教认为这件事不处理以后活就没法干了，如果干不出活来，完不成上级下达的生产任务，肯定是要受到批评的。管教把闹事的西北犯人处理了，同时对李亲实进行了教育，从此李亲实在领工位置上稳住了。

第十六章
希望何处

XI WANG HE CHU

1

李亲亮得知林玉玲转学去峰源市读书的消息，如同将要失去珍贵东西一样空空落落。他不清楚为什么会产生这种感觉。他想对林玉玲说点什么，这种想法不想让其他人知道。虽然他们是在两个班级，但离的不远，有见面机会，可单独说话机会几乎是没有。林玉玲常来他的班级找女同学玩，他却很少去林玉玲所在的班级。他特别留意林玉玲跟其他女生说的话。林玉玲跟其他女同学说话像块磁铁吸引着他。他想送礼物留给林玉玲做纪念。他知道这次分开是长久的，何时才能再次相见是遥远的事。他想了又想决定把新拍摄的一组名为《荒原晨曦》照片送给林玉玲。

这天下午李亲亮没有上最后一节课，提前离开学校来到林玉玲回家时经过的路上，在这里等待林玉玲。

这条路不是很宽，行人不多，路两边是整齐的白杨树。白杨树生长速度快，笔直，枝繁叶茂，有防风护土的作用。在北大荒国营农场公路两侧普遍栽种白杨树。松江县是在国营农场基础上建成的，环境建设与国营农场基本相同。他站在那里无聊，心情有点焦虑，索性沿着路边徘徊着。路这头是学校，那头是松江县政府机关家属楼。

李亲亮不由自主的来到了县政府机关家属楼前，猜测哪一家是林玉玲家。他只看见林玉玲从这里去学校，又从这里回家，可林玉玲家具体住在哪座楼里不知道。这是松江县城里仅有的几座楼房，楼里住的是县政府干部，还有科技人员。

普通老百姓还住在平房里。楼房有着鹤立鸡群的感觉。这是百姓们羡慕的楼房。他面对楼房望了好一会，又沿着路边走了回来。

　　四十五分钟一节课，放在平时转眼就过去了，可今天李亲亮感觉是那么漫长。他不时的向校园里张望。校园里鸦雀无声，是那么静，学生在教室里上课。他心是不平静的。虽然他对林玉玲有好感，有依恋情结，但从来没主动找过林玉玲。这次如果不是林玉玲家搬迁到峰源市了，他还不会主动找林玉玲。峰源市虽然离松江县不算远，但也不近。他去峰源市的机会少。林玉玲也不可能经常回松江县。他们不可能常见面。

　　李亲亮看见校园里有学生陆续走出来，知道放学了。他不想被其他同学看见，快步走进树林里。树林里是住家户的菜园子，他背对路，面对菜园子，侧脸看着路过的人。当林玉玲走过来时他从树林里钻出来。

　　林玉玲把精力全用在了学习上，想考大学，养成了放学就回家的习惯。她看见李亲亮心跳速度猛地加快了，脸红了，好像要表达什么似的。她很快控制住了情绪，平静面对眼前的事情。李亲亮看着她没有说话，在用目光传送着情感。他们心中那份情感是用语言无法表达出来的。她对李亲亮有好感，她也深深地吸引着李亲亮。他们心照不宣，彼此心心相印。从前她希望能跟李亲亮一起考大学，实现人生理想。现在只能是梦想了。她只能一个人读大学了，而无法实现两个人一起读大学的想法了。李亲亮对她说过不想继续读书的打算。她一想到这，心就凉了，散发着寒意。在读书的年龄不继续读书是一种悲哀。虽然她对李亲亮的热情锐减，能平静面对现实生活。可她想了解李亲亮的生活情况，想了解李亲亮的情感世界。她止住脚步问李亲亮在这儿干什么？

　　李亲亮直言地说在等你。林玉玲说你怎么出来的这么早呢？李亲亮说最后一节课我没上。他的表情有点紧张。

　　林玉玲已经想到是这样了。她下课就从校园里出来了，不会有谁比她提前走出来。她反对地说你不能旷课，这样我会不高兴的。李亲亮说只有这么一次，不会有第二次了。我是怕遇不见你才提前出来等你的。林玉玲说去我家吧。

　　李亲亮没想到林玉玲能这么说，犹豫地说这不好吧？

　　林玉玲说没什么不好的，咱们不是同学吗。

李亲亮听出来林玉玲跟他保持着距离，一针见血的摆平了两人的关系。虽然他也是这样想的，但说出来感觉就不是滋味了。他说不会影响你复习功课吧？林玉玲干脆地说不会。李亲亮还在犹豫。

林玉玲催促地说走啊！李亲亮和林玉玲并肩朝前方走去。林玉玲说我家要搬到峰源市去了，你知道吗？

李亲亮说我听说了。林玉玲说我真不想走，可不走又不行。我爸我妈都调到峰源市工作了，我没法留在这里了。李亲亮说你应该去峰源市，峰源市比松江县好。

林玉玲说好是好，可在那里我一个熟人都没有。李亲亮说时间长了就熟悉了。林玉玲问你又拍什么好照片了？

李亲亮说我给你带来一组，不知道你喜欢不？林玉玲高兴地说当然喜欢了。李亲亮说你还没看到照片呢，怎么会知道喜欢呢。

林玉玲说我相信你的艺术感觉，也喜欢你拍摄的照片风格。

说话之间他们已经来到林玉玲家楼前了。李亲亮是第一次来到这座楼里，感觉新奇，目光向四周看着。林玉玲走在前面。

李亲亮走进林玉玲家觉得整洁、干净、宽敞，与自己家完全是天地之差。林玉玲说你坐吧。李亲亮不自主地说这房子可真大。

林玉玲说峰源市的房子比这还大呢。李亲亮说你爸妈快下班了吧？林玉玲看了一眼墙上的挂钟说，我妈还得一个小时下班。

李亲亮问这几天怎么没看见你哥和你姐呢？林玉玲说他们已经去峰源市读书了。李亲亮那你怎么没去呢？

林玉玲说我妈还有点工作上的事情没交接完，我陪她。李亲亮问你爸妈去峰源从事什么工作？林玉玲说我爸在农业局，我妈在审计局，都是干老本行。

李亲亮说你要去峰源市了，我没有什么礼物送给你留做纪念的，就把新拍摄的一组照片送给你吧。林玉玲兴奋地说快拿出来看一看。李亲亮打开书包，从里面拿出贴在日记本上那组《荒原晨曦》的照片。这组照片充满希望的光芒。

林玉玲接过照片说真好，我很喜欢。她又说上次你获奖那张照片我就想要了，可没好意思说出来。这些照片比那张更好，我会好好保存的。

李亲亮说今后咱们见面机会少了，也许会没有了，给你留个纪念吧。他知道和林玉玲的人生轨迹发生了巨大变化，如同两趟列车正朝着相反方向，不同的目的地快速行驶，距离越来越远。

林玉玲感觉到了李亲亮的伤感与惆怅，鼓励地说你只要努力，在人生路上，我们肯定会在某时，某个地方相遇的。

李亲亮问你家什么时候搬家？林玉玲说基本上搬完了，下周三我和我妈去峰源。李亲亮看着屋中的物品，物品拿走了，空出许多地方，有些零乱。他说还有五天时间了。

林玉玲问你真不想继续上学了吗？李亲亮说我学习成绩不好，家里生活又差，所以我不准备继续读书了，想早点参加工作。林玉玲说如果你能考上艺术系，将来在摄影方面会取得好成绩的。

李亲亮说将来只是一种希望，而我面对的是现实生活，这三年我都不知道是怎么熬过来的。再熬下去是不可能了。我也接受不了这种生活。

林玉玲问你哥快回来了吧？李亲亮说还有两年。林玉玲说你哥回来就好了。

李亲亮感慨地说等他回来一切都晚了。林玉玲认为李亲亮说的有道理。两年时间会发生很大变化。她想打破这种不愉快的气氛，关心地问你哥还在西江县老改农场服刑吗？李亲亮说应该是吧，最近我和他没有联系。

林玉玲说你上次是跟侯建飞一起去的吧？李亲亮没想到林玉玲会知道这件事，立刻意识到了什么，问你是怎么知道的？林玉玲说你把我送你照相机的事跟侯建飞说了吧？

李亲亮说我没有对他说。林玉玲笑着问你没说侯建飞怎么会知道呢？李亲亮没法解释。

林玉玲说知道也没什么。李亲亮马上明白是怎么回事了，抱歉地说侯建飞把这件事说出去了吗？林玉玲说反正是在我们女生中传开了。

李亲亮生气地说怎么会这样呢？我不让侯建飞说，他答应了，怎么还说出去了呢。他这人太不讲信用了。真对不起，我去找他。

林玉玲说对不起的应该是我，送给你照相机，给你和你哥之间造成了那么大的误会。你和你哥之间的误会解开了吗？

李亲亮说我哥疑心太重，他谁也不相信。我跟他从前矛盾就非常大，这和你送照相机没有关系。林玉玲说虽然你和你哥关系一直不好，可现在他落难了，你还是应该多关心他，多帮助他，别让他自暴自弃。李亲亮说我已经尽力帮助他了。

林玉玲问你参加工作后准备干什么？李亲亮说干活呗。林玉玲说你在摄影方面有天赋，要坚持下去，坚持下去也许会是另一种希望。

李亲亮感觉到了温暖。在同学中林玉玲是唯一为他前途着想的人。他说我只是喜欢摄影，没有想那么多。

林玉玲说谢谢你送礼物给我。李亲亮说你考上大学时告诉我一声，我会为你祝福的。林玉玲说到时候会告诉你的。

2

李亲亮回到学校时校园里已经没有多少学生了，只是偶尔有几名学生在经过，热闹一天的校园安静下来。他到车棚下面骑上自行车出了校园。他没有直接回家，而是去找侯建飞了。他要问侯建飞为什么把林玉玲送他照相机的事传出去。

侯建飞在街边台球店前打台球。他看李亲亮站在街边叫他，拎着球杆，晃晃悠悠朝李亲亮走过去。

李亲亮坐在自行车上，脚支着地，做出无奈的表情质问说："你为什么把林玉玲送我照相机的事说出去？你不是答应我不往外说吗？"

"亲亮，不是我故意说的。那天我回家累得不行了。我妈看我累成那样，就一个劲追问我干什么去了，我说和你一起去西江县监狱看你哥了。"侯建飞说。

李亲亮说："这和林玉玲送我照相机没有关系呀？"

"我觉得你哥不应该那么对你，就把你哥追问你照相机从哪来的事说出来了。我妈说是你哥做的不对。我和我妈说的话被我妹妹听到了。是我妹妹把这件事说出去的。"侯建飞解释说。

李亲亮认识侯建飞的妹妹。侯建飞的妹妹学习成绩好，连跳两级，同侯建飞在同一年级读书，只是不在同一个班。她现在跟林玉玲在一个班级。李亲亮相信侯建飞不会故意把事情传出去的。侯建飞是他在同学中关系最好的一个。他得知是侯建飞妹妹把事情传出去的，没有生气的理由了，看了一眼侯建飞说："你知道这会给林玉玲带来多大精神压力吗？"

"对不起。你别生气。"侯建飞道歉地说。

李亲亮说："我没有什么，只是觉得影响林玉玲了。"

"要么，我去找林玉玲解释一下？"侯建飞说。

李亲亮说："不用了。像这种事情越想解释就越解释不清楚。反正她已经快去峰源市读书了，还是不提为好。"

"你不想她吗？"侯建飞开起了玩笑。

李亲亮瞪了一眼侯建飞说："我想你！"

"你这句话可是假的。"侯建飞笑着。

李亲亮说："我已经快不上学了。我是一事无成的人，还敢去想谁？"

"你真决定不继续读书了？"侯建飞虽然听李亲亮说起过不想读书了，可没想到这是真的。他认为李亲亮不读书有点可惜了。

李亲亮点了一下头。

侯建飞说："你准备干什么？"

"还没想好呢。到时候再说吧。"李亲亮说。

侯建飞说："你还是再考虑考虑吧，慎重点。"

"你玩吧。我该回家了。"李亲亮说着骑上自行车往洼谷镇而去。

夕阳徐徐西落，晚霞绽放着五彩的光芒。他刚走出松江县城，还没到野鸭河桥上呢，自行车链子断了。他从自行车上下来，把链子挂在齿轮上，推着往家走。

走在路上，他眼前浮现出林玉玲家的房子。他对林玉玲家宽敞房子过目不忘，记忆深刻。那种感觉刺痛了他的心，有着觉醒。他想如果林玉玲的父母不是大学毕业，就不一定能在县政府机关工作。如果不在县政府机关工作，就不一定能住上那么好的房子。他突然觉得上大学真好。大学在瞬间对他产生了从没有过的吸引力。他也有过考大学的想法，但那是过去的理想。他知道考大学对他来说是不可能的事情了，只是个梦幻。他这个金色梦幻破灭了，必须从梦里走出来，回到现实生活中。

3

毕业考试成绩出来了，李亲亮虽然超越了高中录取分数线，还是决定不继续读书了。虽然他今后的人生之路还很漫长，但这是重要转折点，也是最关键一步。他做出这种决定不知道是对还是错，有些茫然。

他从学校回到家里，吃过晚饭，坐在那思量很久才把想法告诉李天震。李天震没想到李亲亮会这么做。他感觉李亲亮参加工作早了点，在这个年龄应该多读点书。他坐在那卷着烟，慢慢吸着。烟雾从口中冒出来在屋中飘散，如同他纷乱的心绪。李亲亮说："我继续上也考不上大学。大学太难考了，今年才考上那么几个。如果考不上大学，还不如早点参加工作了。"

"你不上学能干什么呢？"李天震深深吸了口烟。

李亲亮虽然决定不读书了，将来干什么却没想过。这件事对他，对李天震都是大事情。这是李亲亮人生中的转折点，也是这个家庭兴盛所在。他生了一场大病，好多天足不出屋，精神颓废。

李天震看李亲亮无精打采的样子急在心头，想让李亲亮去河东镇李天树家玩，散散心情。李亲亮没有去李天树家的想法，想去西江县监狱劳改农场探视李亲实。

自从那次他跟李亲实吵过架后，就没有和李亲实联系。

这天清晨，李亲亮一个人骑着自行车去西江县监狱看李亲实了。他前几次去探视李亲实的时候，进入西江县地界时就能看见有服刑犯人在田间干活的场景，而这次没看见服刑人干活。这并没有引起他的注意，依旧直奔李亲实服刑的中队。当他一路风尘，汗流浃背的来到李亲实服刑的中队时，看见铁丝网大院内没有犯人了，里面成为村庄的晒场了。

他把自行车放在一棵大槐树下，朝一名干活的大娘走过去，问这里的犯人去哪里了。大娘打量一眼他知道是来探监的，缓慢地说西江县监狱老改农场被撤销了，犯人被转送到别的地方去了。李亲亮问转移到什么地方去了。大娘想了想说好像是被转送到大西北监狱去了。李亲亮问转送到大西北什么地方了？大娘摇了摇头说具体转送到哪就不清楚了。

李亲亮看了看四周，有些失望，推着自行车往回走。他担心那位大娘说的不准确，走了没多远又打听了其他人，其他人与那位大娘说的情况差不多。他这才往家走。

李天震看李亲亮回来了，关心地问李亲实的情况。李亲亮把西江县监狱被撤销的事情如实说出来。李天震忧虑地说大西北离家太远了，生活条件会更不好。

李亲亮找出地图看大西北的位置。大西北地域辽阔。他不知道李亲实在哪里，在为李亲实的处境担心。

4

李亲实往家里寄第一封信的时候，已经是到大西北监狱服刑将近一年时光了。他从一名普通犯人成为狱中的领工了。当然他受到了追加刑期一年的处罚。他没有把加刑的事告诉家人。他调整好了心态，能平静面对大西北监狱劳动生活了。

他又开始给家里写信了。他给家里写信跟过去有所不同，认为跟家里人也要说好话，说违背自己意愿的话。他知道李天震不识字，信是李亲亮看，家中事情决定权一半是取决于李亲亮。他写信时尽量动之以情，力争打动李亲亮。他写信时字斟句酌，如同向管教汇报思想似的严谨。

李亲亮在读李亲实的来信时，推测李亲实可能是真转变了。李亲实的转变是对他最大安慰。他时常会拿着李亲实的来信看。有几封信他能倒背如流。其中有一封信是这样写的：

想念的爸爸、弟弟：

你们现在好吗？

时间飞逝，转眼我离开家已经多年了。这些年我不但不能帮助家里，还要让你们为我操心，为我付出经济与精力。我很难过。我在劳动中改造自己。我现在是一个完全失去自由的人。我的人生观在发生着改变。我与过去完全不同了。我时刻都在反思，对做过的事，说过的话，在反省。我知道我不是一个好儿子，也不是一个好兄长。我没做到当儿子的义务，也没起到当兄长的责任。我对过去做的事感到惭愧，也在自责。家里因为我的失足而遭到外人嘲笑、冷眼。当我重新获得自由后，一定努力回报你们，回报社会。

弟弟，我离开家后家中的事情就靠你了。父亲身体不好，你在学习之余多做些家务。父亲忙里忙外的把咱们拉扯大非常不容易，本来这份责任应该由我承担。可我身在囹圄，无法承担，只有拜托你了，你替我代劳吧。我回家后一定努力偿还你。

你现在学习还好吗？相信你的学习成绩会依然很好。你是个学习很努力的人，只要你的学习成绩跟我在家时一样好，相信你能考上大学。你一定要好好学习，只有上了大学，才能有出头之日。我希望你能考上大学，那是我最高兴的事。

弟弟，请你相信我，我回家后一定尽哥哥的义务和职责。我会对你的付出做出回报。你对我的付出和帮助，我会深深记得，永生不忘。

也许你不相信。我可以保证，也可以承诺，请你相信我。

我向天发誓！苍天有眼，良知在心。

现在我已经拿到了高中毕业证，这几年我一直在努力学习，在不断提高自己，改变自己，相信出去能用得着。如果你有时间就把家里的房子修一修，原来的房子实在是不像样了。你再给我寄几件内衣、短裤、袜子来好吗？

夜已深，我心情非常沉重，也思念你们，不多写了，祝你们生活快乐。

亲实

×年×月×日

李亲亮每次收到李亲实的来信后，会把李亲实要的东西准时寄去。他尽可能满足李亲实的要求，用这种方式安慰李亲实，鼓励李亲实在监狱里安心服刑。

李亲亮每天跟李天震到地里干活。他在接受从学生到劳动者角色的转变。

那天他去松江县城给李亲实寄东西时，在邮局遇见了县文化馆的辅导员刘海龙了。

刘海龙四十多岁，上海知青，个子不高，皮肤白嫩，语音柔和，举止文静。他十六岁到北大荒插队，在黑土地上已经生活了二十几个春秋。他来到北大荒这么多年，北大荒的狂风烈日居然没有改变他大上海都市白嫩的皮肤。他见到李亲亮笑着问，听说你参加工作了？

李亲亮说家中事情比较多，没心情读书了。刘海龙问你还摄影吗？李亲亮没有回答。这段时间他连摸一摸照相机的兴致都没有了。如果他如实回答会让刘海龙失望的。

刘海龙看出李亲亮的心思。他对李亲亮的家境了解，理解李亲亮的选择。他不希望李亲亮放弃摄影，鼓励地说，别放弃，你在摄影方面是有天赋的。

李亲亮笑着说学好了照相技术有什么用呢？刘海龙说怎么会没用呢，摄影摄好了可以给杂志做封面，作品可以在报纸上发表，这是一门艺术。李亲亮被刘海龙的热情感染了，显得有点激动地说，我可以跟你学习摄影吗？

刘海龙说你随时可以找我交流。李亲亮说有时间我去找你。刘海龙还想说什么话，跟他一起来的人在旁边喊他，他匆忙走了。

李亲亮没想到刘海龙会对他讲这番话。他是在学校参加摄影活动小组时认识刘海龙的。当时学校请刘海龙给学生做辅导。刘海龙在看过他拍摄的照片后，对他的摄影感觉给了很高评价。他与刘海龙只是几面之交，沟通少，没过多联系。现在他不是学生了，想请教只有自己去找刘海龙了。

李亲亮从松江县城回到家里，找出照相机。他看到照相机又想起了林玉玲。林玉玲在努力读书，在为考大学做准备。他不上学了是不是就应该放弃努力，失去理想呢？如果他真能当上摄影师不也挺好吗。他在这段时间里体验到了当工人的无奈，如果让他当一辈子种地的北大荒工人，脸朝黑土背朝天的生活，会把他郁闷死。他有意跟命运抗争，在生活中拼搏出一条路来。

李亲亮买来胶卷，继续练习摄影。这回李天震没阻拦他。李天震不想看到李亲亮闷闷不乐的样子，心想李亲亮参加工作了，开始挣钱了，想照相就去照吧。李亲亮重新开始摄影后性格变得开朗了。

这天李亲亮带着精心选出来的一组照片，骑上自行车去县文化馆找刘海龙，想让刘海龙给做指点，应该怎么提高摄影技术。

文化馆在县政府一楼左面。他感觉在政府机关工作的人高贵，有低人一等的感觉。他很少来县政府机关。他走到刘海龙的办公室门口，犹豫了好一会才敲响门。从屋里传出"请进"的声音，他拉开门走进去。刘海龙坐在对门的椅子上。

刘海龙看是李亲亮，站起身，热情地说："来了。"

"刘老师，你帮着指导一下吧。"李亲亮从衣兜里掏出照片。

刘海龙捞过旁边一把椅子让李亲亮坐下，然后去看照片。

办公室里有三个人。李亲亮只认识刘海龙，另外两个人是第一次见到。那两个人跟刘海龙不一样，有着拒人千里之外的气质。他们没有跟李亲亮打招呼，李亲亮也没有主动跟他们说话。他收回眼神看着刘海龙，等刘海龙对照片做平价。

刘海龙把照片摆成一排，一张一张仔细看着。他问李亲亮这些照片是刚拍摄的吗？李亲亮说是上次遇到你后照的。刘海龙问你还是用原来的照相机吗？

李亲亮说还是那部照相机。刘海龙说你不能再用那部照相机了，那是最普通的照相机，如果想拍摄出效果更好的艺术照片，得用带焦距的专用摄影照相机。李亲亮对那种专用摄影照相机有点印象，但不太了解。他问专用摄影照相机是不是很贵？一部需要多少钱？

刘海龙说相机性能不同，价格也不一样，便宜的几千，贵的要在几万吧。李亲亮听这个价钱心就凉了半截。他说怎么会那么贵呢？刘海龙说你别急，慢慢来，有钱了再买。

李亲亮说再不急我就老了。刘海龙笑着说你老了，我往哪放。李亲亮只是随口说了句放松点的话，没想到却活跃了气氛。

刘海龙把照片看过一遍说，比原来强多了，大有长进。李亲亮说我怎么看不出来呢？刘海龙说你自己拍摄的，当然看不出来了。这些照片先放在我这里吧。市里正在准备一次摄影比赛，帮你送上去试一试。

李亲亮听要把这些照片送到市里参加比赛，心里没了底，胆怯地说，能行吗？刘海龙说送去试一试，贵在参与吗。这次不行还有下次吗。反正一次比一次经验多。失败是成功之母吗。李亲亮笑着说拜托您了。

刘海龙说我只能帮助你把作品报送上去，关于能不能获奖，要看评委对作品的看法了。李亲亮开玩笑地说上天保佑我吧。刘海龙说上天保佑不了你，只有自己去努力。

李亲亮说上天保佑不了我，你能保佑我。刘海龙笑了，然后问你有摄影方面的资料吗？李亲亮说没有，我只是凭感觉拍摄。

刘海龙说摄影是有技巧的，感觉只是一方面，只凭感觉还不行。如果想提高摄影技术，要不断吸收别人成功经验充实自己。

李亲亮认为刘海龙说的有道理，自己应该学习别人的长处，不能继续闭门造车了。

刘海龙走到档案柜前，打开档案柜，从里面取出几本书，翻了翻，递给李亲亮说这些书你拿回去看吧，或许对你有帮助。李亲亮接过书说，我看完了还你。刘海龙说不用还了，送给你了。

李亲亮想表示感谢，便说我请你吃饭吧？刘海龙说饭先不用吃，等你取得成绩了再吃吧。李亲亮说能有那一天吗？

刘海龙笑着说为了请我吃饭，你也得努力呀。李亲亮说我肯定会努力的，但结果我不知道。刘海龙说应该相信你自己。

李亲亮拿回资料，看过后知道自己懂的太少了。为了能够全面提高自己，他又订了十多种有关摄影方面的报刊。他还在考虑换新照相机的事。

6

李天震看李亲亮买书花了那么多钱，还冲洗照片，这样下去怎么行呢？更让他想不通的是李亲亮拍摄照片对象不是人，而是照些河流、树木、花草、阳光等跟人无关的风景。他不知道这些风景照片能干什么用，难道说花这么多钱只是为了观看？那也太不值得了吧？这不是浪费吗？他看李亲亮痴迷的样子反对地说，别人照相是为了挣钱，你照相却在赔钱，你想干什么？

李亲亮解释说这不叫照相，这是摄影艺术。李天震看李亲亮摆弄的照片和普通照片没什么两样，生气地问艺术就是只花钱不挣钱吗？李亲亮说把钱花到一定份上就开始挣钱了。

李天震以为李亲亮是在搪塞他，责备地说你在照相方面花的钱还少吗？李亲亮说到时候还你。李天震问到什么时候？

李亲亮不知道什么时候才能靠拍摄照片开始赚钱，没答上来。

李天震说要么你去县城开一家照相馆吧，开照相馆能挣钱，还可以做自己想做的事情。李亲亮没想到李天震能这么想。实际上他也这么想过，只是没有说出来。他认为开照相馆租房子，买设备得花很多钱，家里根本拿不出那么多钱。李天震说家里的钱不够，我去借。

李亲亮说借了钱，什么时间能还上呢？李天震说如果挣钱，还债也快，用不上两年就还上了。李亲亮说亲实回来看我把家里的钱用在开照相馆上了，他还不跟我打架吗？

李天震说钱又不是亲实挣的，他管不着。李亲亮认为自己把钱用在开照相馆上，李亲实肯定会发火的，这件事不能做。李天震说如果你不开照相馆，就别摆弄照相机了，把心思用在别的事情上吧，总不能种一辈子地吧。

李亲亮面对李天震的指责迷茫了，又停下摄影了。

这天他正在院落里和人聊天，门前西南方三十米处电线杆上头的大喇叭响了，镇统计的声音从喇叭里传出来，喊他的名字，让他去县文化馆一趟。他抬头看了一眼大喇叭，镇统计在通知两遍后把大喇叭关了，没了声音。与他聊天的人说县文化馆找你，你快去吧。

李亲亮锁上房门，把院落门关上，骑上自行车来到镇办公室，问镇统计县文化馆找他是什么事。镇统计说刘海龙在电话中没说什么事，只说让你去一趟。他猜测到电话是刘海龙打来的了，但不知道为什么事找他。镇统计说要么你往文化馆打个电话问一问。他看了一眼挂在墙上的电话机说，不用了，我去一趟吧。

他有些日子没去松江县城了，心里有点闷得慌，想去县城玩一玩。他骑着自行车往县城走。他看快到下班时间了，使劲蹬着自行车，加快行进速度。

刘海龙下班后正要回家，看李亲亮匆匆来了，笑着问你怎么这时候来了？李亲亮说你不是找我吗？刘海龙说我以为你明天来呢。

李亲亮说我现在正好有时间。刘海龙说你的摄影作品在峰源市摄影比赛中获得了第三名，你准备一下，后天咱们一起去峰源市领奖。李亲亮说这可是大好事。

刘海龙说高兴吧？李亲亮说当然了。刘海龙说还得继续努力呀。

李亲亮问咱们县还有谁获奖了？刘海龙说报上去好几个人的作品，只有咱们两个获奖了。李亲亮问你获几等奖？

刘海龙说一等奖。李亲亮说还是刘老师厉害。刘海龙说我在这个行业里弄多少年了，你到我这个年龄肯定比我强。

李亲亮说我可没感觉到。刘海龙说我感觉到了。李亲亮说你是在鼓励我吧。

刘海龙说这次去峰源领奖的费用全部报销。李亲亮说我自己拿行了。刘海龙说文化馆有这方面财务预算。

李亲亮和刘海龙一起从政府办公楼走出来，刘海龙回家了。李亲亮骑着自行车在街上转悠，欣赏着小城的风景。

小城傍晚的景色让人心旷神怡。

侯建飞骑着摩托车从后面追上他说，我看像是你吗。李亲亮问你这是去哪？侯建飞说刚才送我爸回北京了。

李亲亮知道侯建飞的父母是北京知青，当年没有返城，扎根边疆了。他问现在还有车吗？侯建飞说我爸单位车去哈尔滨拉货，我爸坐车直接去哈尔滨了。李亲亮问你现在学习怎么样？

侯建飞说高中比初中难。李亲亮问考大学有把握吗？侯建飞说没有。

李亲亮说努力吗。侯建飞说头脑跟不上，努力也不行。李亲亮笑了。

侯建飞说如果今天遇不上你，明天就去找你了。李亲亮说找我有事吗？侯建飞说我后天就回北京了。李亲亮问你们全家搬回北京了？侯建飞说北京现在有政策，当年下乡知青可以全家调回北京工作。我临走前得与你告个别。李亲亮说祝贺你回北京生活，我请你到饭店吃饭。侯建飞说今天不行，我妈让我跟她去看朋友。

李亲亮说后天我去峰源开会，不能送你了。侯建飞说不用送了。我爸把东西拉走了，我妹妹已经先走了，我和我妈什么也不用拿。李亲亮说你应该早点说。

侯建飞说咱们之间用不着客气。李亲亮说不是客气，是情谊。侯建飞问你去峰源开什么会？

李亲亮说我摄影作品获了三等奖，去领奖。侯建飞说真好，为你高兴。李亲亮说也为你回北京生活高兴。

侯建飞说如果林玉玲知道了会更高兴。你去峰源应该找她。李亲亮说你可别往这方面想。侯建飞说我没别的意思，你可以考虑一下，如果没有林玉玲送的照相机，你拿什么摄影？更不用说获奖了。

李亲亮笑着没表态。侯建飞说我有事先走了。李亲亮说你忙吧。他看着侯建飞骑着摩托车远去了。

7

天刚蒙蒙亮刘海龙就在公共汽车站等李亲亮了。李亲亮骑自行车来到车站，把自行车放在车棚里，上了锁，和刘海龙一起上了客车。

峰源市虽然距离松江县不算太远，可李亲亮去的次数不多。这是他第一次去峰源市开会，也是第一次领奖，心情非常好。

颁奖大会是在峰源市政府会议室举行的，宣传部长、文化局长先后讲了话，鼓励获奖人员再接再厉，今后拍摄出更多好作品。来自全市各单位获奖者和活动组织的工作人员兴致都很高，颁奖会场气氛高昂。

午餐是在政府餐厅，饭菜丰盛。李亲亮第一次在这么好的餐厅用餐。参加会议人员不管认识的，还是不认识的，相互说着祝贺的话。

李亲亮在这次领奖中产生了许多感触，心想如果能经常参加活动就好了。他有意去峰源市重点中学看望林玉玲，可没有时间。吃过午饭他和刘海龙匆匆去乘坐回松江县的客车了。

他从峰源市领奖回来后，无论李天震说什么反对摄影的话他都不听了。他下决心一定买一部功能好的照相机。

他开始留意照相机方面的信息。他知道如果想买一部中等性能的照相机需要三千多元钱。而他家全年收入还不到一千元钱，就算家里有这笔钱，李天震也不会同意买照相机。他确实渴望有一部功能好的照相机，心里是矛盾的。

他想来想去决定利用照相这门技术出去挣钱。他开始出去给人拍照，然后送到照相馆冲洗，从中挣取手续费。因为他拍摄的照片要送到照相馆里去洗，所以利润小。

当他骑着自行车把全县各村镇跑了一遍后，挣到了一千多元钱，这笔钱不算少，差不多是一年种地的收入，可不够买新照相机的。

他被累病了。

李天震不知道李亲亮是着了哪门子魔，为什么非要买那么贵重的照相机。他又爱又恨，为了不让李亲亮这么辛苦去挣钱，答应到年终拿钱给李亲亮买新照相机。

第十七章
突然的改变
TU RAN DE GAI BIAN

1

一年时光在人们辛苦与忙碌中不知不觉过去了。这年李天震家收入还是不错的，卖了粮食，把几年来积攒的四千元钱拿出来，让李亲亮买照相机。

李亲亮不了解高端照相机性能，没有挑选经验，找刘海龙陪他去峰源市选照相机。刘海龙说这种高端照相机峰源市卖的很少，挑选空间小，不能保证质量，应该去哈尔滨买。李亲亮说那就去哈尔滨。在他准备去买照相机前一天晚上，却意外收到了峰源市法院寄来的改判通知书。

（×××）最刑类字第 ×× 号

被告人李亲实，出生于 1964 年 × 月 × 日，汉族人，祖籍山东省崂山县，现在狱中服刑。

峰源市中级人民法院于 1983 年 10 月 ×× 日以（×××）× 刑初字第 ×× 号刑事判决，认定被告人李亲实犯抢劫罪，判处 5 年有期徒刑。被告家人提起上诉。峰源市中级人民法院依法组成合议庭进行了复核。经合议庭评议后，审判委员会第 ×× 次会议进行了讨论并做出决定。本案现已复核终结。

本院在原审判决时，认定犯罪事实存在、证据确凿，量刑理由清晰，以及合议庭的主要意见。

经复核查明，原判认定情节没有错误，证据确实、充分。

本院复核认为有量刑过重，有不当之处，以此改判。依照×××刑事法律条款×××项规定，判决如下：

一、撤销峰源市人民法院×××刑初字第×××号刑事判决。

二、被告人改判刑期三年零六个月。

本判决送达后即发生法律效力。

审判长　朱××

审判员　袁××

审判员　高××

1986年×月××日

（院印）

本件与原本核对无异

书记员　张××

这封迟到的减刑判决书对李家来说是天大的喜事，李天震和李亲亮高兴得不得了。他们不明白对李亲实减刑的判决书为什么会在三年后下达，这肯定与李天树上访有关。如果照减刑时间计算，李亲实在春节前后就应该刑期结束了，或许还能回家过春节呢。

李亲亮突然改变了想法，决定不买照相机了。如果他把钱全部用在买照相机上，李亲实回来就没钱用了。李亲实已经到了结婚年龄，找对象没钱不行，结婚没钱更不行。如果因为没有钱影响了李亲实找对象，就把李亲实的婚事耽误了。他不能用这笔钱。虽然这笔钱大部分是他参加工作后挣的，那也不能花。他认为帮助李亲实结婚比买照相机重要。

李天震不赞成把钱留给李亲实，想让李亲实自己挣钱改变生活。他看出来李亲亮对照相机的喜爱已经到了着魔程度。他说你尽管买照相机好了。

李亲亮说我哥回来怎么办？李天震说不管他了。李亲亮说咱们不帮他谁帮他呢？

李天震说咱们帮他帮的还少吗，让他自己去挣钱。他这些年少挣多少钱，家里为他花了多少钱，他应该心里有数。咱们为他着想，他也应该为咱们想一想吧。

李亲亮说从亲实来信中看是改变了，可钱不是马上能挣到的。他年龄不小了，谁家姑娘会等着他呢？婚事不能耽误了。

李天震也怕耽误了李亲实的婚事，被李亲亮说动摇了。可他不想让李亲亮失望，无奈地说你不买照相机了？你不还想参加全国摄影比赛吗？

李亲亮说参加全国比赛也没有给亲实找对象重要。等亲实结了婚，让他帮我买照相机。

李天震认为李亲亮说的有道理。他生气归生气，嘴上说不帮李亲实心里却放不下。李亲实是他儿子，血脉相连，割舍不断。李亲实从大西北监狱服刑回来一无所有，名声还不好，不帮能行吗。如果李亲实找不着对象，打一辈子光棍，外人不笑话他当爹的吗。他想等李亲实结了婚，家里人一起挣钱，买一部照相机还不容易吗。

李亲亮虽然对买不成照相机有些失望，还是高兴的。李亲实是他唯一的兄长，一母同胞，能尽兄弟之情是种安慰。李亲实离开家多年了，在监狱接受劳动改造中会变成什么样呢？是长高了？还是发胖了？或者很瘦？李亲亮幻想着。

李天震说你去一趟你二大爷家，把亲实减刑的事告诉他。如果你二大爷不去上访，亲实也不会得到减刑。

李亲亮也是这么想的。

2

李天树原以为自己上访的事没有得到相关部门重视，才一直没有消息，不了了之了。当他听李亲亮说李亲实被减了一年半刑期，开心地说，好，能减刑就好，看来佳木斯和峰源市法院和检察院工作人员还是认真看了我写的上访材料。

李亲亮说等亲实回来让他好好报答你。

李天树笑呵呵地说，你这孩子说什么话呢，我不用他报答，只要他好好生活，别再惹是生非就行了。李天树想了一下说，亲实这不快回来了吗？

李亲亮说应该在春节前后吧。

李天树说亲实这次回来你们俩可别打架了，你们长大了，打架会让外人笑话的。

3

为迎接李亲实回家，李亲亮把家里大清扫了一遍，像过年一样。其实也快要过年了，家家户户都在打扫卫生，更何况这是他们一家人分开几年后，第一个团圆春节呢。

盼望团圆的日子总是那么欣喜、漫长。李亲亮希望太阳能快点转，日子过得快点，想早点见到李亲实。日子在期待中一天天过去，他没有等来李亲实的消息。他感觉事情出了意外，只好去信询问。

李亲实没想到会得到减刑，拿着减刑判决书愣了很久。事情过去这么久才通知他，让他吃惊不小。现在通知他是正常法律程序，没有让他多服刑。按照减刑判决书上的日期，他还有一个多月时间就可以回家了。可他回不去了，要在监狱里继续服刑。他对自己被加刑的事情不后悔。他被加刑后日子要比加刑前好过得多。如果他不打伤狱霸，成为领工，会度日如年的。他得写信向家人解释不能回家的原因了。

他清楚这封信比过去任何一封信都重要。他需要家人原谅，理解。最少现在是需要。他在意的是现在。他写这封信用了一个多星期时间，前后修改过多次，绞尽脑汁，字斟句酌，直到满意为止。

李亲亮接到李亲实的信后，心想减刑的判决书寄到家里来了，而加刑的判决书为什么没寄到家里来呢？他想可能加刑是在大西北监狱法院判决的，而减刑是在峰源市判决的。这是两种性质，也是不同地区法院判决的。

李亲实虽然信写的深情，用尽了惭愧、自责、感激的词句，可无法掩盖犯下的错误。

李亲亮把这封信念给李天震听时，李天震被气得脸色发青，大发雷霆。李天震对李亲实的希望彻底破灭了。他没想到李亲实会在监狱服刑期间打伤了人，还被加了一年刑期。

李亲亮也没想到会发生这种事情。尽管李亲实在信中做了详细解释，还是粉碎了他盼望团圆的心愿。他好像从炎热的夏天直接掉到了寒冷的冬天里，心情落差大，适应不过来。他虽然生气，但没有补救办法，这是无法改变的事实，只能真实面对。他心想回不来就回不来吧，日子还得一天天过。

李天震说亲实回不来了，你去买照相机吧。

李亲亮说照相机我不买了，把钱留给亲实回来找对象用吧。虽然他知道自己是多么需要一部专用摄影照相机，可他不能买。他真要付出沉痛代价了。

第十八章
期待

1

时间飞逝，转眼一年过去了。李亲实在离刑满还有一个月时给李亲亮写了信，让李亲亮来监狱接他。他觉得自己回家没有面子，容易被外人轻视。他在监狱里服刑这么多年，家里来人接他，证明家人关心他，心里有他。他是爱面子人，总想满足虚荣心。他期待李亲亮回信，也期待被释放的日子。

他离被释放的日子越来越近了，可家中一点消息都没有，开始胡思乱想起来。他毕竟是被关了五年的服刑犯人，不知道在这五年时间里监狱外面发生了多大变化。他上火了，着急了，急火攻心，牙疼要命，半边脸肿了起来，像个烧饼。他去找狱医治疗。

狱医与李亲实熟悉，给李亲实打了消炎针，开了几天的口服药。他对狱医说自己快要出狱了。狱医说我从外地买回来一件新呢子大衣，穿在身上有点小了，路远，没法退换，你穿上应该能合体，你买不买？

李亲实说等我家来人接我了，如果穿上合体就买。

狱医希望李亲实能买下呢子大衣，期待李亲实家来人。狱医没看见有人来接李亲实出狱，关心地问你家不会不来人接你吧？

李亲实说不会。狱医问你家谁会来接你？李亲实说我弟弟。这次他说的底气不足。他前几次对狱医说得很肯定。

狱医问那你弟弟怎么还没来呢？

李亲实不知道为什么家中既没回信，也没来人的原因。他想如果家里来人接他应该到了。如果来晚了，他走了，到哪里找他呢？他虽然着急，但没有用。他不知道家里人的想法，只能推测，也许家里不来人接他了呢。他知道父亲是个怕花钱的人，过紧日子过惯了，恨不得把一分钱掰成两半花，路这么远，要花很多路费钱。他越想越觉得这种可能性大。

他在出狱前一天还没见到家人，断定不会来人接他了。他无法入睡，翻来覆去，想想这儿，想想那，彻夜未眠。天亮后有几个狱友把他送到铁丝网门口。他对那几个狱友说了些分别的话。狱友在大墙里面，他在外面。大铁门关上，一墙之隔，却是两种不同生活，心情迥然不同。

阳光是那么灿烂。天地如此广阔。

他呼吸着自由空气，向远方眺望了一会，心一沉，背着行李去监狱刑满释放管理办公室办理出狱手续了。

他脚步急切，想迅速离开这里，生怕政府改变了主意，把他重新抓进牢房里再关几年。

2

李天震坐在靠窗户的沙发上一口接一口吸着烟，烟雾占满了小屋的空间。李亲亮趴在炕上看着书。李天震的心情如同烟雾一样纷乱，没有规律。他手中烟燃到了尽头。他把烟头放进烟灰缸里，摁了摁，缓慢地对李亲亮说过年了，咱们还是买点肉吧？

李亲亮放下手中的书，坐起身，面对李天震说今年就不买了吧？反正过了年我哥就回来了，到时候一起吃吧。

李天震说今天是腊月二十八，过了今天就没有卖肉的了。李亲亮说没有咱就不买。李天震觉得过年了不买点肉不像过年样，又说过年了，怎么也得包顿饺子吧。

李亲亮说不用肉也能包饺子。李天震知道李亲亮处处在为李亲实着想，把钱积攒起来，准备给李亲实找对象用。李亲亮转移了话题说，我哥回来就该找对象了，他坐过牢，能好找吗？

李天震不想提这种烦心事情，提起来生气，语气生硬地说找不到啦倒，找不着对象怨他自己，还能怨着别人吗。李亲亮说不能这么想。李天震说如果当初他听我的，在家跟我好好养猪，咱家现在会是这样吗？他不听我的，非要去劳动服务公司干临时工……

李亲亮说亲实做的是不对，可咱们不能不帮他呀。他找不到对象，成不了家，外人不笑话他，会笑话你。

李天震阴沉着脸说，笑话我什么？

这时门开了，李天震和李亲亮把目光投向了门口。洼谷镇的女会计走进屋说，有你们家一封信，在办公室放好几天了，也没人拿。明天放假了，我把信捎回来了。李亲亮接过信说谢谢你。

女会计转身朝屋外走，边走边说雪下的还挺大。李亲亮把信放在炕边上，送女会计出了院落。地上积了一层厚厚白雪。女会计走过的地方留下了一串歪歪扭扭脚印，脚印又被飘落的雪花重新盖上。

李亲亮回到屋里时李天震正拿着信看。李天震不识字，似乎预感到是李亲实来的信，猜测信中写了什么。李天震问是亲实寄来的吧？李亲亮说是他写的。然后撕开信口，抽出信纸。

李天震问亲实在信里说什么了？李亲亮看着信说让咱们去接他。李天震一听李亲实写信让家里去人接他，顿时火冒三丈地说，他还有功了，一个大小伙子自己不能回来吗？不去！

李亲亮原来没有去接李亲实的打算。从东北到西北路太远，要走好几天，花很多路费。李亲实让人接他回家，出乎李亲亮意料之外。

屋里特别静。窗外大雪纷飞。在冬季北大荒冰冷的世界里，他们两个人的思维好想被冻僵了。

李亲亮过了一会说，也应该去接他。他在监狱服刑这么多年，心态不一定好，去接他回家能让他感受到家人对他的关心。

李天震语气生硬地说，他进监狱是自己找的，又不是别人造成的。

李亲亮说现在责怪他没有用，事情过去了，就不提了。只要他能改好，不像从前那么暴躁，回来能安分守己过日子就行了。

李天震说从东北到大西北那么远的路，说去就去了？是要花钱的！李亲亮想说服李天震，可看李天震在气头上，没有说下去。李天震认为没必要去接李亲实，李亲实应该自己回来。他心情不好，在屋里待不住，站起来看了看窗外，从屋里出来朝冯明远家走去。

雪纷纷扬扬下个不停，脚踩在雪地上发出"沙沙"的响声。他感觉有点冷，用手把头上的帽子往下拉了拉，把手插在裤兜里，晃晃悠悠走着。

冯明远正和邱忆林坐在炕上喝酒呢。邱忆林的女儿邱敏正和冯志辉谈恋爱呢。邱忆林和冯明远时常会在一起喝酒。冯明远看李天震进来了，放下手中的酒杯，笑着说你来得正巧，快坐下，一起喝几杯。李天震摘下帽子，一边抖落着帽子上的雪，一边说我的酒量不行。冯明远说你的酒量我又不是不知道，喝几杯没问题。

冯明远的女人拿过一把扫帚递给李天震。李天震用扫帚扫去鞋面上的雪。冯明远的女人往桌子上放了一只酒杯和一双筷子。

邱忆林把酒杯倒上酒，对李天震说，你来晚了，罚酒三杯。李天震坐到饭桌前说我哪有那么大的酒量，你想把我灌醉呀？邱忆林说三杯酒你醉不了，咱们又不是第一次在一起喝酒。

冯明远把一支烟递给李天震。李天震说我抽卷的。冯明远把装烟叶的盒子递给李天震。

邱忆林对李天震说年货准备好了吗？李天震说年好过，春难熬。邱忆林说年还是应该好好过，一年就一次吗。

冯明远问亲实快回来了吧？

李天震说他来信让去人接他。我不想让亲亮去接，路太远，要走好几天，还花路费不说，亲亮也没出过远门，万一路上出个什么事咋办？

冯明远的女人说要么让志辉陪亲亮一起去吧？李天震说我还没想好是不是去接呢。冯明远的女人说不去接也能找到家。

邱忆林问亲实哪天出来？李天震说 × 月 × 日。邱忆林说真不愧是当爹的，记得可真清楚。

李天震说别的事记不住，这种事还能记不住吗。冯明远笑着说那可是儿子呀！李天震说如果贪上这么个儿子，还不如是姑娘呢。

邱忆林说还是儿子好。李天震说遇到听话的还行，如果是不听话的，可真要命了。邱忆林说亲实赶上的形势不好。

李天震叹息地说谁家的孩子像亲实那么不听话，都快把我气死了。

冯明远端起酒杯说亲实这不快回来了吗？要往开了想。

冯志辉和邱敏从外面走进来，看见李天震在屋里打招呼说：李叔来了。

<h2 style="text-align:center">3</h2>

李天震和邱忆林走后，冯明远责备他女人不应该说让冯志辉跟李亲亮去大西北接李亲实的话。冯明远认为和李天震家关系好归好，但有个尺度，如果去大西北接李亲实就有点过了。去大西北要花很多路费，他认为主动花这笔钱没必要。

冯明远的女人认为自己没有说错，反驳地说你别小心眼了，快把心放在肚里吧，我说的是客气话，李天震又不是听不出来。李天震根本不会让志辉陪亲亮去的。

冯明远坚持地说万一李天震让志辉陪亲亮去呢？志辉去，还是不去？如果去，谁拿路费？如果不去，不就得罪李天震了吗。

冯明远的女人说，看把你小气的，如果李天震让志辉去接亲实，李天震肯定会出路费。

冯明远说如果李天震不出路费呢？冯明远的女人干脆地说这很简单，那就不让志辉去。冯明远白了他女人一眼说，你答应李天震了，再拒绝好吗？

冯明远的女人满不在乎地说，有什么不好的。冯明远说能这么办事吗，这么办事还怎么与人相处。冯明远的女人说李天震根本不可能让志辉去接亲实。

正在厨房里洗碗的冯志辉和邱敏听见屋里吵架了，急忙走过来。冯志辉说你们吵什么？到时候再说呗。

邱敏对冯志辉说如果亲亮来找你就去，不来找就装不知道。他如果来找你肯定会出路费的。

冯明远的女人说你爸瞎担心。

4

这场雪时大时小断断续续下了三天三夜才停。

这个春节除了下雪没给人们留下什么深刻记忆。雪过天晴，火红的太阳放射着耀眼的光芒。北大荒冬天里的阳光虽然充足，灿烂，但气温低，天气依然寒冷。这是东北地区冬季特别景观，给人与众不同的感受。

李亲亮骑着自行车去县城银行取钱。下雪时风吹到的地方力度大小不同，雪飘落的厚度不均匀，有厚有薄，形成了一道道雪棱，雪棱坚硬，忽高忽低，骑在自行车上有着颠簸感。

春节虽然过去了，县城里还留有节日的气氛。李亲亮从银行出来去了百货商场。他想给李亲实买一套新衣服和鞋。

松江县城里除了一家国营百货商场外，只有几家私人开的小商店。商品种类单一，款式也不跟潮流。李亲亮转遍了县城所有商店，也没相中想买的衣服和鞋。他转念一想，不如在去接李亲实的路上买了。从东北到大西北监狱的路途中经过好几座大城市。他想那些城市一定比松江县城货多，款式会跟时代潮流，挑选空间更大。

李天震不赞成给李亲实买新衣服。李亲实离开家这么多年了，在监狱服刑期间人是胖了还是瘦了不知道，如果买了不合体，不喜欢，不是白买了吗。他找出李亲实在家时的衣服看了看说这衣服还挺新的，穿上也行，等人回来再买吧。

李亲亮经过简单准备，踏上了去接李亲实的行程。

这天清晨，李天震提前做了早饭。李亲亮吃过早饭，拎着一个大提包走出家门。他刚走到门口就被迎面扑来一股冷风冻的打了个冷颤。他急忙把帽子的两个耳朵放下，戴上棉手套，朝洼谷镇外走去。

三月的北大荒正是春寒料峭寒气渐退之时。

李天震叮嘱李亲亮路上注意安全。李亲亮认为只要别坐错车，路线正确，就能安全到达。李天震站在家门前目送李亲亮在黎明前的夜色中远去。他又多了一份心事。虽然他不是母亲，但也有儿行千里母担忧的感受。

天还没有放大亮，星星还在天空中悬挂着，视线朦朦胧胧的。李亲亮在镇外公路边上等客车去佳木斯，然后从佳木斯坐火车。

他是第一次出远门，不清楚路有多远，有多么曲折，行程需要多少天。他有心理准备，比计划提前一天启程了。

路口有人影晃动，李亲亮身后还有乘车人陆续走来。客车开过来的时候，路口已经聚集了一群人。人群呼啦一下子朝车门口围拢过去。平时大家融洽的感情在此时变得紧张起来，如同谁也不认识谁似的。他们是相同心愿，都想挤上车。他们知道只有上了车，才能确定今天出行成功了。刚过完春节出去走亲戚，看朋友的乘客多，车次少，上不去车的人几乎每天都有。他们怕自己上不去车，耽误了行程。

车停下后，车门没有马上打开，售票员让车上的乘客往车厢里面走，留出空间，然后才打开车门。车下的人蜂拥而至，把车厢里有限的空间挤满了。人挨着人，乘客还没站稳，车已经缓缓开动了。客车严重超载。

李亲亮下了客车上火车，下了火车又上客车，马不停蹄，一路风尘地来到李亲实服刑的西北监狱。

监狱建在荒凉的沙漠中。在空旷的土地上坐落着几栋房子，房子被铁丝网包围着。在监狱的四个角落还有岗楼，上面有全副武装持枪的武警在巡逻。铁丝网外不远处是一个小村庄。村庄里住户少，人口不多。有刑满释放人员不愿意回原籍的，政府安排在当地就业了。

西北监狱给李亲亮的印象和西江县监狱差不多，没什么两样。

李亲亮下车后直接去了监狱接待室，接待室里有一位年轻工作人员在值班。工作人员问李亲亮什么事情？李亲亮说是来接李亲实出狱的。工作人员说李亲实明天早晨八点钟出狱，你明天早晨再来吧。李亲亮离开接待室，在离监狱不远的招待所里住下了。

这里只有一家招待所。

招待所是当地政府开办的，条件相对简陋，不是以盈利为目的，而是为了方便犯人家属来探监，或相关单位工作人员来办事用的。他住进去时房间里住着一名三十出头的年轻人。那人边整理随身带的旅行箱，边和李亲亮打招呼说刚到吗？

李亲亮说刚到。那人说你来接人出狱，还是探监？李亲亮说接人出狱。那人问你来接谁？李亲亮说接我哥。

那人把旅行箱锁好，拿出一盒烟，抽出一支递给李亲亮说吸支烟吧。李亲亮说谢谢，我不会。那人把烟叼在嘴上，调侃地说，不吸烟是好青年。李亲亮说也不能这么说。那人说现在不会吸烟的人太少了。

李亲亮问你准备走吗？那人说过一会走。李亲亮说这个时间可能没有去县城的客车了。那人说乘租车走。

那人说着一口北京话。他是北京人。他是来接他父亲出狱的。他把他父亲接到房间时，让李亲亮不解，这是一个连走路都非常困难的老人，怎么还会坐牢呢？父子两人离开后，房间里只有李亲亮一个人了。

李亲亮路上没有吃饱，也没休息好，又饿又困。他打开随身带的提包，从里面拿出面包，迫不及待的把空肚子填饱后，却难入睡。

他想象着李亲实的模样；想象着李亲实跟他见面的场景。他是在幻想中睡去的。当他一觉醒来的时候，天光大亮了。阳光透过玻璃射进屋里，他意识到起来晚了，匆忙结了账，慌里慌张地往监狱接待室跑去。

监狱接待室里的工作人员说李亲实已经离开牢房去办理出狱手续了。李亲亮问工作人员出狱管理办公室在哪？工作人员走到门口，抬起手朝村庄方向指了指说在那边，李亲亮跑步去追李亲实了。

第十九章
复燃的火焰
FU RAN DE HUO YAN

1

李亲实办完出狱手续正准备离开，听到身后有人在喊：哥！他听到这熟悉的声音，霎时感觉到了温暖，回过头，看见李亲亮呼哧带喘地跑过来。

李亲亮哭了，泪水从眼眶流淌出来。李亲实说你哭什么呀，我不是很好吗。李亲亮哽咽地问手续办完了吗？李亲实说办完了。李亲亮说总算等到这一天了。

李亲实虚荣心非常强。他说我这些年在给政府做事呢。他想告诉李亲亮这几年他在监狱里当领工了，没有虚度时光。

李亲亮知道李亲实说的给政府做事指的是什么。他认为在监狱服刑期间为政府做事没什么值得炫耀的，不能引以为荣。在监狱服刑毕竟是犯人，不是光彩事情。他没接这个话题。

李亲实自信地说我说你会来吗。李亲亮说我差点来晚了。李亲实说可不是吗，你如果再晚来一会，我走了，你到哪找我？

李亲亮说总算追上你了。李亲实问你给我带衣服了吗？李亲亮说带了。他放下手中的提包，拉开拉链，给李亲实拿衣服和鞋。

李亲实解开扣，脱掉身上灰色囚服，感触地说，穿了这么多年囚服，可把我穿烦了，囚服总算下岗了。李亲亮把衣服和鞋拿出来时，李亲实看是一双布鞋，衣服是旧的，生气地问，你怎么没给我带皮鞋呢？

李亲亮没想到李亲实能说出充满责备的话。这是出乎他意料之外的事情。他解释说我没有看到好款式的，所以没给你买，买了怕你不喜欢。

李亲实继续追究责任地说，布鞋能穿出去吗？穿布鞋回去多丢人！

李亲亮反驳地说，穿布鞋怎么丢人了？布鞋怎么不能穿了？我不是一直穿着布鞋吗？更何况你的布鞋比我的还好呢。

李亲实打量了一眼李亲亮的着装。李亲亮穿着蓝色中山装外衣，灰色裤子，脚穿一双黑布鞋，有些土气。李亲实不耐烦地说，你是你，我是我，我跟你不同，你爱穿什么穿什么。我不行。

李亲亮说你怎么会这样呢？李亲实说我这样有错吗？李亲亮说你没错，我有错行了吧。

李亲实说当然是你的错了。你穿什么我就得穿什么？这不可能。你不讲究外表形象，我讲究。李亲亮没心情跟李亲实争持下去，大声说是我的错，走吧，还要赶车呢。李亲实边走边问你带多少钱？

李亲亮说五百。李亲实说狱医有一件呢子大衣想卖，你说我买不买？李亲亮说你如果看中了就买吧。

他们走了没多远就遇见狱医了。狱医四十岁左右的年龄，一米七几的个子，相貌比较端庄。狱医面带微笑走到李亲实身前，关心地问牙消肿了吧？李亲实说好多了。狱医说消肿了，就别吃药了。

李亲实有点得意地对狱医说，我说我弟弟会来接我吧。

狱医转过脸看着李亲亮说，你怎么才到呢？看把你哥急的。

李亲亮说路远，中途换车时耽误时间了。

狱医问李亲实还想不想买那件呢子大衣了。李亲实说如果穿上合身就买。狱医上下看了一眼李亲实的身材，思量着说，你穿上应该能合身。

李亲实有意想买下呢子大衣，跟着狱医朝小商店走去。

商店是狱医家人开的。屋里有三个女人在闲聊着什么。一位与狱医年岁相仿的女人拿出一件黑呢子大衣递给李亲实，让李亲实穿在身上试一试，看是否合体。李亲实接过黑呢子大衣，穿在身上挺合体。屋中几个人都说好看。李亲实这些年一直在穿囚服，穿上黑呢子大衣自信多了，心情很好，决定买下来。

李亲亮从家里出来时怕路上遇到小偷，防止钱丢失，除了在外面留少量钱外，把钱放在内裤里了。他解腰带掏钱时，那位年轻点的女人把头扭向了一边。另外两个岁数大的女人仍然说着李亲实穿上呢子大衣有多么合体多么好看的话。

李亲实从小商店出来感觉手里的旧被子和囚服碍事，想扔掉。正在这时他遇见了同一天出狱的狱友了。同一天出狱的只有他们两个人。这个人看上去有五十多岁，满脸皱纹，瘦瘦的，一米六几的个子，有点驼背，穿着一身灰色囚服，显得苍老。他四处张望，神色不宁，像在寻找什么。李亲实走到他身前说，爷们，我照顾不了你了，这点东西你拿去卖了，换几个钱留着路上用吧。

老囚犯接过李亲实手中的旧被子和囚服感激地点着头，咧咧嘴没说话。

李亲亮心里"咯噔"一下子，心想自己卖了多好啊！本来他想找个收破烂的小商贩把旧被子和囚服卖掉，没想到李亲实送人了。在他看来李亲实送出去的不是旧被子和囚服，而是钱。他没有阻止，也不能阻止，如果阻止会激化两个人的矛盾。他问老囚犯说你家没来人接你吗？

老囚犯一脸愁容地说儿子死了，女儿刚生了孩子，女婿上山伐树去了……

李亲亮从老囚犯的表情中感受到了人生的沧桑与无奈。他觉得这话刺痛了老囚犯的心，不该这么问。他想安慰老囚犯，可找不到合适的话。他想证实一下李亲实被加刑的真实原因，又对老囚犯说我哥是怎么被加的刑？

老囚犯说打架。

李亲亮和李亲实朝公共汽车站点走去。公共汽车站点设在大路边上，只有一个牌子做标致。牌子旁边站着三五个等车的人。客车开过来时他们挤上了车。

售票员是名小伙子。他看李亲实头发还没长起来呢，笑着问了句，你在里面待了几年？李亲实说五年。售票的小伙子说终于获得自由了。

李亲实说苦啊！

2

春运客流返程高峰期间全国各地火车站人满为患。在北京换车的时候，李亲亮办理长途中转签票时，当天北京开往哈尔滨的火车票已经签完了，只能签第二天车次了。

他们在候车室里等车有些着急，索性走出车站，在附近商场消磨时间。春节购物高峰期过去了，商场里人少，冷冷落落的。李亲实买了一件粉绿色毛衣，又在另外一家商场买了一双棕色皮鞋。他在角落里穿上新毛衣，新皮鞋，心满意足。他看见在商场不远处有几个男青年注视他，判断那几个男青年不是好人。他斜视了那几个男青年一眼，拉一下李亲亮的胳膊匆忙离开了。从商场里走出来后，他对李亲亮说那几个人可能是扒手。

他们回到火车站候车室里继续等车。

候车室里几乎没有空座位。李亲实等得不耐烦了，不满意地说要多久才能坐上车呀？你怎么买这么晚的票呢？你真没本事。

李亲亮没想到五年过后李亲实还是那么自私和武断，有些失望，再也压不住火了，想发泄，想释放心中的委屈。他说火车是你家的呀？你想什么时间走就什么时间走。我没本事，你有本事，你走你的，我走我的。他把其中一张火车票递给李亲实。

李亲实没接车票，转身走开了。

李亲亮旁边一位旅客起身离开了，他往前走了一步，坐在那里流着眼泪。他的表情引起了坐在旁边一位年轻女孩的注意。当他发现女孩在看他时，控制住了情绪，不再哭了。他情绪稳定下来，对女孩说你去哪里？女孩说我去哈尔滨。李亲亮说咱们是同路。

女孩问那人是你哥吗？李亲亮点一下头。女孩说快到检票时间了，你哥怎么还没过来呢？

李亲亮没接女孩的话，他问怎么称呼你？女孩说我叫王文静。李亲亮点了下头，意思是记住了。

女孩对李亲亮说你叫什么名字？李亲亮回答说李亲亮。王文静一听笑了说，你干脆叫李宗仁算啦，蒋介石手下一个大人物。

李亲亮说我也这么想，可蒋介石不要我。

王文静是东北大学机械设计系的学生。她一个人返校有些寂寞、孤单。她和李亲亮乘坐同一趟火车。虽然两个人是初次见面，却没有陌生感，交谈起来投缘、随意，话题多，如同相识多年的朋友。她把手中的书放进包里等着检票。

李亲亮站起身向四周望了望，周围是一片晃动的人海，没有李亲实的影子。

他不知道李亲实跑到哪儿去了。这些年李亲实在监狱里服刑，对外界不了解，千万别走丢了。他紧张起来。

王文静看了一眼表说开始检票了。

检票员站在检票口招呼着检票，喇叭里传来检票的通知。旅客排成队，向检票口缓缓移动。

李亲亮正在着急时，李亲实从人群中挤了过来。李亲实满脸通红，喘气中带着酒味。李亲实说啤酒真好喝。李亲亮不解地看了一眼李亲实，从心里往外冒凉气。李亲实去吃饭应该跟他说一声，打个招呼，就这么不声不响的一个人去吃饭了，有点不合情理。他从家里出来后，在路上没舍得到饭店吃一顿饭，更别说喝啤酒了。

车厢里非常拥挤，幸好他们有座位。王文静的座位跟李亲亮的座位之间相隔三四个座位，两个人能看见对方，但说话不方便。在列车徐徐开动后，骚乱的车厢里逐渐安静下来。此时能听到列车行驶的声音，偶尔车厢与车厢之间相互碰撞发出铿锵铿锵的声音也会传来。

李亲实坐在座位上警觉地扫视了一遍周围的乘客，没发现异常情况，把头靠在座位上，闭上双眼休息了。

李亲亮看王文静一个人坐在那边有些孤独，跟对面男青年商量，让男青年跟王文静换了座位。王文静对李亲亮这个做法很高兴，感受到了温馨。

3

洼谷镇一时间多了个新话题，话题中心是李亲实刑满释放从大西北监狱回来了。这话题像风一般迅速在小镇漫延开了，如同当年李亲实被公安局拘捕起来一样引起人们的热议。当年李亲实被公安局拘捕起来，判刑入狱时，人们是观望，不解，漠然，现在却是新奇，想了解李亲实在大西北监狱服刑的生活经历。人们来看望李亲实，看他在监狱接受劳动改造的几年里是不是有了变化。

李天震憨厚而少言寡语。他见家里来了这么多乡亲，只是脸挂笑容，打招呼说：来了。然后如是看客，不再说什么了，把话题留给了李亲实和乡亲们。

乡亲们看出来李天震心情很好。

李亲实和乡亲们聊着天。他给人们的印象是比在家时壮实了，像个大男人了，更会说了。他除了头发短点，不如其他人的长，再没有不同之处了。不知情的人不会相信他是刚从监狱服刑回来。

乡亲们认为李亲实性格和禀性没有改变。

李亲实在松江县城里那帮哥们陆续来找他了。他家平日寂静的小屋里又热闹起来。他热情接待这些哥们。这些哥们一般是上午九十点钟来，吃过午饭返回县城。他也去县城拜访他们。

李天震和李亲亮不赞成李亲实这个做法。在李亲实被判刑入狱后，他这帮哥们突然间在李天震和李亲亮的生活中消失了，有的遇见李天震和李亲亮还装成不认识。李天震和李亲亮对李亲实这帮哥们不太热情。

李亲实疑心家人瞧不起他，发疯似的指责说，你们瞧不起我！李亲亮说谁瞧不起你了？李亲实用手指着李亲亮的脑门说：你！

李亲亮不明白李亲实为什么会这么想。他问我怎么瞧不起你了？李亲实说你在笑话我。李亲亮对李亲实的帮助和关心是尽心尽力了，完全超越了兄弟之情，怎么还能引起李亲实这么想呢？他有些糊涂了，不解地问，我笑话你什么了？

李亲实说你心里清楚。李亲亮说我真不清楚。李亲实说你别装糊涂了，我把你看的再清楚不过了。

李天震插话说，亲实，这些年你不在家，亲亮吃了不少苦，受了不少罪，你知道吗？李亲实一脸胡搅蛮缠的表情，大吵大嚷地说，我不知道！李天震斥责地说，你这么说还讲理吗？

李亲实说我就不讲理了！

4

冯志辉为李亲实接风洗尘，为李亲实重新获得自由生活庆祝，叫李亲实到他家喝酒。李亲实没有推辞。冯志辉让李亲亮一起去，李亲亮没说话。冯志辉看出来李亲亮有情绪，也知道李亲实回来后兄弟俩吵架的事。他当着李亲实面不好说什么，对李亲实说别人已经到了，在等你呢，你先过去吧。李亲实知道冯志辉的意思，一个人先走了。冯志辉对李亲亮说你哥回来了，今天喝酒你不去能对吗？

李亲亮说正是因为有他我才不去呢。

冯志辉知道从前兄弟俩有矛盾，原以为分开这么久了，矛盾应该化解了，没想到李亲实刚回来又产生了矛盾，不解地问，为什么？

李亲亮没回答。冯志辉说走吧！别人已经到了，只等你们哥俩了。李亲亮说我真的不想去！

冯志辉说亲兄弟之间能有什么事说不开的呢？李亲亮说我和亲实没话说。冯志辉说那就在酒桌上慢慢说。李亲亮说你回去陪他们吧，我不去了。冯志辉说今天你不去酒就不喝了。

李亲亮拗不过冯志辉，不想让大家等自己，跟着冯志辉去喝酒了。

冯志辉家屋子不大，客厅中放着一张大餐桌，桌前围坐一圈人。他们是洼谷镇同龄的伙伴，相互熟悉，有共同话题。今天客人是李亲实，大家是来陪酒的，所以把话题焦点放在了李亲实身上。

李亲实情绪低落，说的话还与大家的话题接不上。这可能和他多年在监狱里服刑有关。

岁月虽然不能完全改变人的秉性，却能影响心情，会给记忆留下伤疤。

大家看出来李亲实神情反常，安慰他说过去的事已经过去了，别往心里去，回来就好，大家是朋友，你有事就只要吱一声，肯定会帮忙的。

李亲实说你们都事业有成，可我呢？有人说咱们一样，这几年我们没挣到钱，也虚度时光了。李亲实的思维有点混乱。

冯志辉对李亲亮说，亲亮，给你哥倒一杯酒，你们兄弟碰一杯。李亲亮没反应，好像没听到冯志辉说的话。冯志辉再次提议说，亲亮，给你哥倒杯酒。你们哥俩这么多年没见面了，碰一杯，不然就显得生分了。

李亲亮盼望李亲实回来盼了这么久，可李亲实出狱后做的事让他无比痛心。他对李亲实有着极大不满。他对冯志辉的提议没兴趣，更没心情，依然没反应。

其他人看了看李亲亮，又看了看李亲实，感觉兄弟俩矛盾很大。

冯志辉对李亲亮没和李亲实碰杯有点不高兴，催促地说，亲亮，你怎么回事？李亲亮说我有点喝多了。冯志辉说那也不差这一杯酒了。

李亲实心事重重，酒喝的不痛快，胃难受，突然想呕吐，急忙离开饭桌向屋外跑去。

冯志辉紧跟着李亲实出了屋。李亲实在墙角吐了一地，冯志辉走上前说从前你酒量可以呀，今天酒喝的不多呀。李亲实说我心里难受。冯志辉说你别想那么多，大家是朋友，没有外人，在一起喝酒能加深感情。

李亲实说这些年让我失去的东西太多了。冯志辉的母亲走过来说，亲实，你没事吧？李亲实说阿姨，我窝囊啊！

冯志辉的母亲说，亲实，你要往开了想，谁不知道就那么点事。

李亲实说，姨，我让人看不起呀！冯志辉的母亲说你想多了，不会有人看不起你的。李亲实呕吐过后情绪平稳了。

冯志辉的母亲说快回屋吧。

李亲实呕吐了，酒不能继续喝了。大家匆忙吃了点饭，撤了桌子。

李亲亮不想跟李亲实待在一起，第一个离开的。他边往家走边想着心事。他和李亲实水火不相容，有着强大排斥情绪。

5

李天震坐在背靠窗户的沙发上吸着烟，看李亲亮不高兴的走进屋，心烦意乱，不想面对。李亲亮没跟李天震说话，走过客厅进卧室睡觉去了。离天黑还早着呢，他根本没有困意，只是想平静一下心情。李天震知道自从李亲实回来后李亲亮就不开心。李天震没有解决办法。这些天他好像苍老了许多。

李亲实跟大愣子一前一后走进屋里。大愣子已经成为洼谷镇里没人敢惹的人了。他挺宠拜李亲实的。这些天他有空闲时间就来找李亲实。李亲实走进屋吼着说，别人看不起我可以，你们看不起我就不行！

李天震问又怎么了？

李亲实走到卧室门口冲着李亲亮说，看你刚才那样？李亲亮坐起身说我刚才怎么了？李亲实说你没看得起我。李亲亮说如果我没看得起你，我就不会去大西北接你了。李亲实一口咬定地说，你就是没瞧得起我！

李亲亮说这是你自己认为的。李亲实仍然坚持地说，你就是没瞧得起我！李亲亮改变了语气，针锋相对毫不回避地说，你做出让人瞧得起的事了吗？

李亲实说你在嘲笑我？

李亲亮说你凭什么这么说？是因为我没给你倒酒吗？我不想喝酒，我对酒没兴趣。

李亲实说这不关倒酒的事。你从见到我时起就没把我当回事。

李亲亮说："亏你能说出口。我千里迢迢去接你，你一句关心的话都没有，开口就责怪我为什么没有给你买皮鞋，没给你买新衣服。如果我自己穿皮鞋了，也行。我到现在不还没穿皮鞋吗，你像是有功了。再说，我给你买了，只是没看到中意的，让你暂时穿布鞋，你就感觉委屈了，就受不了，你让大家评一评，能说过去吗？"

李亲实瞪着两只大眼睛没话说了。

李亲亮说："你从监狱出来要买呢子大衣，我二话没说给你买了呢子大衣。你想买皮鞋，就给你买皮鞋，还有毛衣……你买东西时想到过我吗？你没有。我不计较，不跟你争，可在北京等车时你居然嫌弃我没本事，让你等时间长了。你以为你是谁呀？你以为火车是给你自己开的呀？别说你只是个小老百姓了，就算你是省长，市长，也不可能给你专门开一趟火车！"

"你闭嘴！"李亲实大吼一声。

李亲亮说："你知道理亏了？怕说了？"

"你说！尽管说好了！"李亲实大发雷霆。

李亲亮的话如同打开闸门的水急速喷发着。他接着说："你太让我失望了。你回来做的事跟你在信里写的大相径庭，口是心非，忘恩负义。"

"信里我说什么了？"李亲实装成不明白。

李亲亮冷笑着说："信是你自己写的，话是你自己说的，写什么了，你忘记了？说什么了，你不知道吗？"

"我什么也没写。我什么也没说。"李亲实否认着。

李亲亮说："如果你什么也没说，那才见鬼了呢。"

"你别胡说八道，我就是什么也没说。"李亲实狡辩着。

李亲亮转身在八仙桌底下捞出一个纸箱，从纸箱里拿出一沓厚厚信纸，还有两份峰源市法院判决书，信纸被整整齐齐钉在一起，足有几十封信。他先把峰源市的两份判决书扔到李亲实面前说："你这些年什么好事也没为家里做，只为家里增添了两份法院判决书。"

李亲实朝判决书看去。

李亲亮又把信纸往李亲实眼前一摔说："这是你写的信，我全部给你留着呢。你看信里是怎么说的吧。你不会说你不认识字吧？你不会否认这些信不是你写的吧？"

李亲实看着眼前这些信傻眼了。他写的信当然知道内容是什么了。他没料到李亲亮会把这些信保留着，并且整整齐齐钉在了一起，如同存档似的，看样子五年来他往家里写的信一封都不少。他被震慑住了。

李亲亮嘲笑地说："这字写得多漂亮，多认真，比上学时写的作文还好呢。可就是虚情假意，说一套做一套。"

李亲实写信时确实非常认真，尽可能说好听的，并非真实想法。

李亲亮冷冷地说："不用我给你念吧？"

"你念，你念！信里写的全部是假话，废话！这些是废纸。"李亲实恼羞成怒的捞过信纸，用尽全身力气迅速把信纸撕成了碎片。他一扬手把纸片洒向空中，纸片如同冬季的雪花纷纷落在地上。

他们兄弟俩之间的感情到了三九隆冬寒意正浓之时，冰层越结越厚，依靠亲情温度已经无法融化了。

李亲亮没想到李亲实会采取这种极端行为。这是李亲实自己写的信，没人强迫他写这种信。李亲实把自己说过的话全部否认了。

李亲实接着又把峰源市法院两份判决书撕碎扔在地上。他如同疯子似的没有理智，得意忘形地说："你留这些废纸有什么用？白瞎你一片心情了。"

"你不是人！"李亲亮说。

李亲实说："你说对了，我真就不是人。我是狼。我是一条北方的狼。请你滚出去！"

"滚的应该是你，不是我。"李亲亮说。

李亲实冲上前抬起手打李亲亮，但被大愣子拉住了。

大愣子对李亲亮和李亲实之间的事一清二楚。他和李亲亮在同一年级读过书，知道李亲亮在松江县城上中学时为了省钱不舍得吃中午饭。他挺佩服李亲亮的毅力和精神。他认为李亲实这么对待李亲亮太不公平了，良知告诉他必须伸张正义。他愤愤不平地说："亲实，你太不像话了！你知道你走后亲亮过的是什么生活吗？他上学时连中午饭都不舍得吃。"

"饿死他活该！"李亲实恶言恶语地说。

大愣子说："亲实，你怎么能这样呢？"

"对待他这种人，就应该这样。"李亲实说。

李亲亮看着李亲实瞠目结舌，李亲实太让他陌生了。他心在颤抖，散发着阵阵寒气，怨恨与绝望一起涌上心头。他非常伤心，咬了咬牙，痛心地骂道："畜生。"

"你才是畜生呢！"李亲实捞起身旁一把椅子，快速举起椅子朝李亲亮头上狠狠砸去。

大愣子想上前夺下椅子可是来不及了，急忙用力推了李亲实一把。

李亲实身体往旁边移动了一下，手中的椅子偏离了方向，没砸到李亲亮，而砸在了八仙桌上。桌子上的茶杯被震掉在地，茶杯摔个粉碎。桌子被砸出个坑。

李天震起身把李亲亮推到屋外，责备地对李亲实喊，你们还让不让我活了！李亲实说谁让你惯着他了！李天震说你说这话还有点良心吗？

李亲实说我就没良心了，能怎么样？我非打死他不可。

大愣子质问李亲实说，亲亮做什么对不起你的事了，让你这么恨他？他对你还不够意思吗？他想买照相机，钱已经攒够了，听说你要回来了，又不买了，把钱留着给你用。你出狱了，他还去接你……你还想让他怎么做？

李亲实问你怎么会知道呢？

大愣子说洼谷镇上的人谁不知道这件事。李亲实问是谁说的？大愣子不明白李亲实问这句话的意思，没有回答。

李亲实说他们是在故意造声势，好像我欠了他们多少人情似的。我不欠他们的。我的事是我一个人在承受。

大愣子显得无奈地说，亲实，让我说你什么好呢！李亲实像驴拉磨一样在屋里转悠。大愣子把李亲实拉出屋，朝邱忆林家走去。

李天震在家待一会，锁上房门去冯明远家了。冯明远正好和他的女人在家。冯明远的女人把李亲实和李亲亮在他们家喝酒时的情况向李天震说了一遍。李天震叹了口气。

6

李亲亮看李亲实拿椅子砸他凶狠的表情，想起了五年前被打伤住院的往事。如果说那时李亲实年龄小，不懂事，那么现在呢？现在李亲实还不懂事吗？他终于明白江山易改本性难移的道理了。如果知道李亲实从监狱回来会这么对待他，就算李亲实死在监狱里，他也不会去看李亲实一眼，更别说还寄去那么多东西，花了那么多钱，操了那么多心。他无比伤心。

他希望李天震能制止李亲实的蛮横，可李天震惧怕李亲实。他开始反感李天震了。并且这种情绪越来越强烈。他认为李天震没尽到责任。当他跟李亲实发生争执时，李天震不但没有制止，反而还显得手足无措。这是不应该的。

他想离开洼谷镇，想离开家，想走得远远的。虽然他不知道去哪里，何处才是目的地，那他也想走。他不想继续在家里生活了。

他为这个家付出了那么多，又得到了什么？他不想得到回报，只需理解，别让他失望，别让他伤心就行了。这个要求过分吗？

他心想李亲实在牢狱中都能生活下去，何况自己是自由人呢，天地这么大，生活空间这么广阔，到哪里不能生活呢。他没有路费，到李天兰家借路费。

李天兰和大女儿薛庆香看李亲亮生着气走进屋，知道发生了家庭矛盾。薛庆香问怎么了？李亲亮把和李亲实吵架的事说了。薛庆香说从亲实回来后你们家两天不吵架，三天早早的，就没消停过。

李亲亮说，姑，你给我拿点钱，我到外地去生活。

李天兰问你去哪？李亲亮说离家越远越好。李天兰说外面也不好过。李亲亮说总比整天吵架好。李天兰说你忍一忍吧，也吵不了多长时间了，你爸在给亲实找对象呢？等亲实结婚就好了。

李亲亮说他那样，结婚也改不了。

薛庆香说像亲实这样的实在是少见。李亲亮说根本没有。薛庆香说你对他这么好，他还和你打架，真是让人想不通。李亲亮说他哪里是人呢，就是畜生。

李天兰从屋中出来去找李天震了。她来到李天震家看门锁着，便去冯明远家了。她知道李天震经常去冯明远家。冯明远对李天兰说你们兄妹碰巧了。李天兰说亲亮去找我了。

李天震问亲亮找你干什么？李天兰说亲亮想离开家，到外地生活。李天震问他想去哪？李天兰说亲亮没说要去哪儿，可他说再也不想见到你和亲实了。

李天震说我怎么他了？李天兰说亲亮说你不管亲实。李天震说让我怎么管，我能管得了吗。李天兰说你去看一看吧。李天震生气地说我不去！

李天兰说如果亲亮真走了呢？李天震说他能去哪里？李天兰生气地说如果亲亮真离家出走了看你咋办？

冯明远对李天震说你还是过去看一看吧，亲亮那孩子也挺犟的，又窝火，别想不开，弄出个什么事来，到时候后悔就晚了。

李天兰责备李天震说，你们一家三口人都这么倔，真少见。

李天震站起身朝李天兰家走去。李天兰跟在李天震身后叮嘱说，在孩子面前不能总发火，发火解决不了问题。李天震说我哪敢对他们发火呀，他们都是老祖宗，不对我发火就算好事了。

李亲亮看李天震进屋如同没看见似的。李天震没说话，坐在旁边沙发上。父子俩谁也不理谁。

李天兰看了一眼李天震，又看了一眼李亲亮，劝解地说，你们家只有三口人，又不是人多，还闹得鸡犬不宁，不怕外人笑话吗？

李天震说这是造孽呀！

李亲亮说是你大儿子折腾的，他不在家这几年多安静。他回来后不是这事就是那事，什么事都发生了。

李天震说谁让你不听我的了，当时我让你到县城开照相馆你不听，现在你埋怨谁。如果当时你听我的到县城开个照相馆，你们不在一起生活，也就不会发生摩擦了。

李亲亮看李天震把责任推给他了，认为好心没得好报，反而还弄了一身错，便说我不花钱为了谁呀？我不知道钱好花吗，我还不是为了这个家；我还不是为了你大儿子；如果我把钱花了，你们用什么？

李天震说如果你这么想，就别责备我。你是自找的。我也没有办法。

李亲亮感觉李天震说的话不讲道理，咬着牙自认倒霉地说，行，我自找的。那就把我攒的钱给我。你大儿子这些年不但一分钱没挣，还花了不少钱，他再花钱让他自己想办法。

李天震没答应李亲亮这个要求。原来他是想把家里钱拿出来给李亲亮开照相馆和买照相机了。可那种想法过去了，现在他的想法改变了。他认为钱不能给李亲亮用，李亲实找对象要用钱。李亲实比李亲亮更急着用钱。

李亲亮对李天震说你不敢管亲实，如果你敢管他，他也不会这样。李天震说让我怎么管？李亲亮没有说出怎么管。他知道李亲实谁的话都不听。

李天兰在旁边插言说你们应该分家了。分开过或许矛盾会少点。李天震说我想赶紧给亲实找个对象，给他成个家，让他搬出去过。李天兰说亲实能好找对象吗？

李天震说挺难找的。李天兰说亲实这孩子太不听话了。李天震说他野性。

李亲亮指责地说谁让你养他了。李天震无法忍受李亲亮对他的态度，反驳地说你别总拿话呛我，我不让你去监狱接他谁让你不听了，你活该。李亲亮说，好，我活该。千错万错全是我的错行了吧。如果有一天我不理你们了，可别后悔。

李天震发现李亲亮目光中充满了仇恨，咄咄逼人，有点不敢看李亲亮。李亲亮看到李天震有着跟看见李亲实相同的感觉，不想跟李天震说下去，站起身走了。

李天震被这件事搅的心烦意乱，没有正确主意，倔强地说他们两个没有一个听话的，有一个听话的也不会这样。

李天兰不赞成李天震的观点，她说应该一分为二看，亲亮比亲实懂事。你不能这么说，这么说会伤了亲亮的感情。李天震满不在乎地说，我是他爸，他是我儿子，我想怎么说就怎么说。李天兰说是你儿子也不行。

第二十章

向往幸福

XIANG WANG XING FU

1

　　李亲实逐渐忘掉了在监狱服刑的生活，放下了思想负担，能平静面对眼前的环境了。他开始实施心中计划，朝着梦想出发。夜里他躺在炕上睡不着，问李天震说咱们家现在有多少钱？李天震回答说四千多吧。李亲实想了一会说，咱家房子太小，我想在房西头接两间屋子。

　　李天震没吱声。李亲实说不把房子修一修，别人看不起咱。李天震说这笔钱是准备给你结婚用的。李亲实说房子不修，怎么找对象？人家来了看屋子破旧，就不会同意。李天震说这房子不是给你结婚用的。你找到了对象，结了婚，可以搬出去过。

　　李亲实不想搬出去过。他说先把房子修一修，把眼前的事解决了再说。李天震说如果修房子，你结婚就没钱了。李亲实说结婚时再想办法吗。

　　李天震说出去借钱是很难的。李亲实说如果不修房子肯定找不到对象，更不用说结婚了。李天震认为李亲实说的有道理。房子小不说，也太旧了，来了客人屋里坐不开，没法招待。找对象是人生中的大事，不能说一见面就成吧，要有交流与认识过程。他同意修房子。

　　李亲实在修房子这件事上干劲十足。这是他从监狱服刑回到家做的第一件大事。他一定要干好，给乡亲们看一看，证明他的能力。他是个说干就干的人。他计算着用多少水泥，多少砖，多少沙土与木料。

　　春天是一年的开始，也是北大荒农忙季节。他家种着地，当然种地主要是李天震的事。李亲实对种地没经验。他在准备盖房子用的材料。

他找来两台机动运输车从县城往回拉水泥、砖，还有沙石。木料是盖房子不可缺少的。他看镇里有一些旧木质电线杆就找镇长买。镇政府领导班子刚换完届，新上任的镇长是位年轻干部，也是李亲实的朋友。镇长爽快答应把木质旧电线杆卖给他了。他从别人口中得知镇统计想买这些旧电线杆镇长都没同意卖。他认为镇长够义气，讲交情。在众人支持下，他把盖房子用的材料很快备齐了。

万事俱备，只欠东风了。东风就是找建筑队。

洼谷镇建筑活少，挣钱机会不多。本镇人干建筑活的几乎没有，外地来的也没有。建筑工人与建筑工人技术差别还非常大。盖房子是生活中的大事，要用技术好的建筑队才行。

李亲实在县城相中了一个从江苏来的建筑队。那几名江苏建筑工人虽然年龄不大，但吃苦耐劳，活干的好。在县城有好多客户排号等着他们呢。

领头的小江苏在社会上闯荡多年，见多识广，是个社会油子。他有活就接，让活在手里排号，任意选择。李亲实来找小江苏时，小江苏接下订金，让李亲实过十多天再来。李亲实心想等十多天就等十多天吧。十多天后他来找小江苏时，小江苏说还没时间，说要再过半个月。眼看进入雨季了，雨季里空气潮湿，盖房子无法保证质量。李亲实不想等了，也有点等不及了。他急也没用，人家没时间，又不好强求。又过了半个月后，他再次来找小江苏时，小江苏说还不行，让他再等等。他认为这样一而再，再而三的等下去不是办法，想说服小江苏提前给他盖房子。这时小江苏才道出实情，不情愿地说："照理说是应该给你干了，可你住在镇里，镇里活不多，我们去不方便。我们在县城干活，会有人不断来找我们，我们去镇里影响接新活。如果你想找我们干就要多给工钱。"

"我用车接你们去，再用车送你们回来，不会影响你们接活的。"李亲实做出承诺。

小江苏说："去来是小事，关键是钱的问题。"

"你想要多少？"李亲实发现小江苏要涨价。

小江苏一伸手，把两个手指竖立起来，干脆地说："双倍钱。"

"你真敢要，不觉得高了吗？"李亲实没想到小江苏要双倍价钱，他不能接受。

　　小江苏轻狂一笑说："不高。你是在镇里。镇里和县城是不同的。如果你在县城，我肯定不会要这个价钱。"

　　"我看你发烧了，在说胡话吧。如果我不给你双倍钱呢？"李亲实有点火了，话中带着讽刺。

　　小江苏笑了笑，从兜里掏出钱，把订金还给李亲实，让他去找别人干。李亲实再说什么小江苏做出不想听的样子。

　　李亲实被小江苏驳了面子，心闷得慌，骑着自行车在县城转了转，遇见几个好朋友，约他们到饭店喝酒解忧。

　　这些朋友知道李亲实准备盖房子的事。李亲实把小江苏的用意讲出来后，这帮朋友信誓旦旦的把事揽了过去。他们说这事包在兄弟身上了。

　　李亲实知道他们用什么方式对付小江苏。他好话说尽了，小江苏不接受，只能采取这种办法了。

　　酒足饭饱后李亲实的朋友去找小江苏了。

　　小江苏建筑队总共六个人。全是在二十五六岁的年龄。去年秋天刚从伊春市来到松江县干活的。他们在伊春市干了三年多。伊春是座林业城市，林区这些年经济不景气，建筑活不多，就来松江县了。他们在松江县活比较多，收入可观。

　　小江苏在屋中吃饭呢，从外面走进来一个男青年。男青年说有事找小江苏，小江苏放下碗筷，跟着男青年从屋里走出来。他看外面站着几个男青年，感觉气氛不对，心虚胆战。他出门在外对这种事特别敏感。他想不起来跟这几个人有什么过节，慌张地问："兄弟们找我有事呀？"

　　"你说的不是废话吗！没事我们来找你干什么。我们闲着没事撑的！你以为你是漂亮小妞呢，跟你说话像是在看电影一样开心呢。你也不瞧一瞧你那丑陋相！"一个男青年绷着脸贬斥小江苏。

　　小江苏笑着说："大哥，有事就说，只要小弟能办的一定办。"

　　"你当然能办了。如果你不能办我们找你有什么用。让你生孩子，你能生吗？"另一个男青年说。

　　几个男青年笑了。

　　小江苏接过话说："你们说？"

"我哥们有一个房子要盖，你看能不能帮忙盖了。工钱一分不少你的，只要求活干的利索点，保证质量。你看行不行？"先开口的那个男青年说。

小江苏爽快地答应说："没问题。给谁干不是干呢。"

"这可是你说的。男子汉一言既出，驷马难追。"另外一个男青年说。

小江苏问："你朋友家在哪？"

"洼谷镇。"一个男青年说。

小江苏思索着，重复地说："洼谷镇，洼谷……"

"离这不远，也就十里八里的路程。我们车接车送。"一个男青年说。

另一个男青年有点生气地说："让你很为难吗？"

"我觉得这个地方耳熟。"小江苏说。

一个男青年说："我哥们来找过你，你不给面子。你怎么是死心眼呀，挣谁的钱不是挣。别人给钱，我哥们也给钱，你怎么不给他家盖呢？你是不是认为我哥们好对付？如果你这么想，就大错特错了。"

小江苏常年闯荡江湖脑子灵活，转弯快，马上明白是怎么回事了。他问："你们说的是不是李亲实的活呀？"

"聪明，一点就破。不愧是跑江湖的，你干，还是不干？"一个男青年说。

小江苏难为情地说："不是我不给李亲实干，主要他家是在镇里。我们在县城干得好好的，如果突然去镇里了，会影响接新活。"

"没想到你们江苏人还很势利眼呢，把县城和镇上划分的这么清楚。我们还没想过呢，你们却想到了。如果你们有这种想法，你们最好在江苏待着，别跑到东北来谋生。整个东北都非常荒凉，全是乡下，更别说是北大荒了。"男青年态度非常不友好。

小江苏沉默了。

另一个男青年通牒似地追问说："你就说干，还是不干？"

"你让我怎么干？"小江苏依然不想接这个活。

一个男青年说："你是不想干了？"

小江苏叹息了一声说："这活没法干。"

"怎么没法干了？干这活是不给你钱呢，还是要了你的命？如果干完这活你就死了，我们也不会让你干。"一个男青年出言不逊地说。

小江苏没说话。但他的表情证明拒绝接这个活了。

另一个男青年威胁着说："小江苏，你真不识相，你是大哥。你等着瞧吧。你看我们兄弟怎么对待你。"

"如果你们来找麻烦我就报警。"小江苏是走南闯北见过世面的人，不服气，发出了警告。他的话没吓住这几个男青年。

男青年没有走开的意思。他们在小江苏干活的地方，吹口哨，高八度低八度喊小江苏的名字。他们做着威胁小江苏的样子。

开始小江苏不理会他们。小江苏认为这种挑衅行为会自动消失。可两三天过去后小江苏受不了了，被这种气氛浸入了，产生了恐慌，精神格外紧张。小江苏夜里做梦还梦见了男青年挑衅的样子。这种形势对小江苏是不利的，如果让工程主人知道他们是好欺负的，工程主人会制造麻烦，少付工钱的。小江苏不得不做出反抗，保卫自己合法权利与尊严。他严厉而不可侵犯地警告说："如果你们继续在这里捣乱，我可去公安局报警了。"

"你去呀！你以为公安局局长是你爹呢。就算公安局局长是你爹，我们也不怕。"一个小青年没好气地说。

另一个小青年说："你到公安局说什么？说我们耍流氓了，还是调戏妇女了？可你也不是女人呢，如果你是女人就好了。谁让你长鸡巴了。你最多说我们调戏妇男罢了。"

在场的人听到这句话全笑了。

小江苏脸红脖子粗，把生死置之度外，行走如风，直奔公安局而去。

松江县公安局地处县城北面。小江苏刚来松江县时到公安局办理过暂住证，知道去公安局的路线。他来到公安局治安科，办公室里坐着四名警察。警察在小江苏走进来时仔细打量着他。小江苏不自然地问："谁是负责人？"

警察问："什么事？"

"报案。"小江苏抖动了一下嘴唇。

警察听是报案，忙拿起桌上的笔，准备做记录。小江苏沉默了好一会一句话没说。警察问："什么事？你说吧。"

小江苏不知道男青年这种挑衅行为算是什么案件，所以不知道怎么说。

警察催促地说："你说吧，什么事？我们会给你保密的。"

小江苏还是没开口。

警察有点不耐烦地说："你不会说话吗？"

"他们调戏我。"小江苏说。

几个警察听小江苏这么说，感觉有意思，相互看了一眼，有些不解。拿笔准备做记录的警察问："调戏你？谁调戏你了？"

"他们是在调戏我。"小江苏肯定地说。

警察刚才严肃的表情突然放松了，想笑。他们猜测谁会调戏一个外地男青年呢？除非这人性格变态。不管是变态也好，不变态也罢，假如事情属实，真就是小县城里的新闻案件呢。

小江苏看警察对他的话产生了怀疑，想证明自己说的话是真的，急忙说："他们在找我们的麻烦，已经捣乱好几天了。"

"谁在找你麻烦？你说得详细点。你说得这么笼统，让我们怎么处理？"警察听小江苏这么说有点生气，表情又严肃起来。

小江苏把那几个男青年找麻烦的事从头到尾讲述了一遍。

警察知道李亲实，也知道李亲实准备盖房子的事，但相信李亲实不会做出违法乱纪的事。李亲实刚从监狱服刑回来，不可能犯下这么低级的错误。警察认为李亲实是想用这种方式促使小江苏尽快把房子盖起来。警察听完小江苏的讲述，相互看了看，然后纠正性地说："这不叫调戏，这叫骚扰。骚扰与调戏性质是不同的。"

"对，是骚扰，我有点紧张，没想起来这个词。我表达有误。"小江苏在警察提示下好像找到了讲述感觉。

警察问："他们打你了？"

"没有。"小江苏回答。

警察问："他们骂你了？"

"骂了。"小江苏回答。

警察问："他们怎么骂的？"

小江苏不好开口讲那些脏话，没回答。

警察着急了说："骂就是骂了，没骂就是没骂。你得说话呀！"

"没骂。"小江苏对警察的问话有些生气。他没想到来报案会遭到这种对待，如果知道这样就不来公安局报案了。他不想说下去了，着急离开公安局。

有名警察生气地说："你这人怎么回事？一会说骂你了，一会说没骂。你以为公安局是幼儿园呢？你以为我们是幼儿园里面的阿姨呢？你以为我们是陪着你做游戏呢？我严厉警告你，如果你报假案，是要受到法律制裁的。你应该明白报假案的严重性。"

小江苏抬头看了看动怒的警察更紧张了，脸涨得通红，没话可说了。

警察说："如果你来报假案我们有权拘留你。"

"我没报假案。我说的是真的，绝对属实，你们可以去调查。"小江苏说。

另一名警察责备地说："他们一没打你，二没骂你，你报的是什么案？让我们怎么调查？调查什么呢？"

"我是怕他们打我。"小江苏颤颤巍巍地说。

警察说："如果他们打你了你再来。"

"那不晚了吗？"小江苏不赞成警察的说法。

警察语气坚定地说："晚什么晚，你现在来找我们没用。我们是依法办案。他们没犯错误，我们也不能随便逮捕他们呀。"

小江苏灰溜溜地从公安局出来后，心有余悸，失去了安全感，六神无主了。他害怕了。他忽然觉得不应该来找警察，找警察是错误举动。

那几个男青年还在小江苏住处游逛。小江苏他们住在一个车库里，车库没有停过车。车库宽敞，六七个人住在里面显得宽松。屋里点着灯，灯光把屋子照的通明。小江苏回来了，大家把目光投向他。那几个男青年调侃地问："警察呢？你不是去找警察叔叔了吗？警察叔叔怎么没跟你一起来呢？"

"我没去公安局。咱们是朋友，有事好商量，找警察多不好。"小江苏来了个一百八十度大转弯。

一个男青年说："这话哥们愿意听。你别一口一个公安局的，好像公安局是给你家开的。我们不怕警察。我们一没抢劫，二没盗窃，三没强奸你，怕什么？"

"这是说到哪里去了。"小江苏笑嘻嘻地说。

一个男青年走到小江苏身前，用手拍了拍小江苏肩膀，脸贴近脸，放荡不羁地说："我真想强奸你，也有这种欲望，可你是男的，性别不对，如果你是女的报案还能找到理由。可惜你不是女的。"

"幸亏你不是女的，你如果是女的，我们哥几个就把你轮奸了。让你感受被轮奸的滋味。"另一个男青年说的话更难听。

两个男青年一左一右把小江苏夹在中间，脸贴在小江苏的脸上，嘴对着小江苏的耳根子。

小江苏心惊胆战，神色不宁，不想多说下去了，直接问："你们说这活怎么干吧？"

"很简单，你去把活干了，工钱一分不少你的，车接车送，吃住全包。咱们交个朋友。在松江县你遇到难事不用去找警察叔叔了，跟哥们说一声，就能帮你解决。你看行不？"另一个男青年做出友好的姿态。

小江苏爽快地答应说："那好，我们把这点活干完就去给李亲实干。"

2

一辆机动四轮车载着小江苏建筑队驶进了洼谷镇，在李天震家门前停住。李天震在门口摆放着砖呢，看车开过来了，停下手中的活，直起腰，朝四轮车看去。小江苏坐在车的前面。他来过一次，看了看房子要盖的位置，了解一下盖房子用的各种材料，做到心中有数就走了。他在车上冲着李天震笑。李天震只认识小江苏一个人，另外几个人是第一次见到。他知道是来盖房子的建筑队。车停稳后，车上人跳下来，往车下卸工具。小江苏走到李天震面前打招呼说：大叔。李天震笑着说来了。小江苏走到房西头看着施工场地。李天震跟过去说地基已经打好了。

小江苏建筑队操起工具，各就各位开始施工。李天震让他们进屋喝口水，休息一会儿再干。他们说干一会活，累了再喝水。小江苏建筑队虽然人数不多，可都是行家里手。他们分工明确，干活快，早晨动工，到天黑时已经码起好几层砖了。

李天震家是洼谷镇第一家在房头接新房子的。在镇里成了新闻，轰动不小，时而会有乡亲过来看。乡亲们心想人生真是三十年河东三十年河西呀，没想到李天震家还能成为洼谷镇第一个盖新房子的人家。

李亲亮帮着给建筑队提供需要的工具及零七八碎的物品。李天震负责给他们做饭。干建筑活累，体力消耗快，年轻人饭量大。李天震蒸一大铁锅馒头只够吃半天的。一天三顿饭，要蒸两次馒头，把他忙得团团转。李亲亮也跑前跑后停不下来。

李亲实一直在县城忙着什么。

房子很快盖好了。李天震家存在银行里的几千块钱也花完了。李天震喜忧参半。他心想接下来是给李亲实找对象了。他认为给李亲实找对象比盖房子重要，找对象这件事不能等，不能拖，应该抓紧时间办。他只能借钱给李亲实办婚事了。

3

李亲实盖好了房子就把心事放在找对象上了。他是成熟大男人，渴望找对象，渴望得到女人。这种渴望如同干旱季节里的庄稼需要水的浇灌。那天他看李亲亮不在家就对李天震说："我该找对象了，再不找对象会让外人笑话的。"

"我已经托好几个媒人给你介绍了，还没有回音呢。"李天震说。

李亲实说："爸，你说这房子将来算谁的？"

李天震心里一颤，没有表态。他已经猜测到李亲实接下来想说什么了。

李亲实说："盖完这两间房子，我身上像被扒了一层皮，真累死了。"

李天震知道李亲实是在邀功，有点生气地说："你累，我和亲亮也没闲着。"

"亲亮没做什么，也就跑一跑腿。"李亲实说。

李天震说："你和亲亮都长大了，今后别打架了，打架会让外人笑话的。"

"你对亲亮真好。"李亲实说。

李天震听这话有点不是滋味，生硬地说："我对你不好吗？如果我对你不好你能长大吗？"

"我没说你对我不好，我是说你对亲亮比对我好。"李亲实说。

李天震认为李亲实说的话没有道理，不符合事实，反驳地说："亲亮说我对你好，你说我对他好，你们想干什么？"

"你对他就是比对我好，你处处在向着他。"李亲实说。

李天震心想两个都是亲生儿子，会偏向哪一个呢。他说："我对你怎么了？这几年你不在家，家里面多亏亲亮了。他在县城读书时连中午饭都不舍得吃，还想让他怎么样？我让你对他好点有错吗？"

"我没在家怎么了？你们不就去看我几次吗，不就寄了几件内衣内裤吗？那能花几个钱？别总找我要人情，好像为我做了多少事情似的。"李亲实说。

李天震说："你说这种话还有良心吗？"

"我就是没良心了。"李亲实大言不惭地说。

李天震无言以对了。

李亲实没有因为李天震的沉默停止责怨与愤恨。他说："如果那年我当兵去了部队，就不会发生这些事。谁让咱家没社会关系呢。谁让你当爹的没本事了。"

"你知道我没本事，你还不好好干，干出个样来让大家看一看。"李天震说。

李亲实说："如果我不好好干，这房子能盖起来吗？"

"没钱你就盖上了？"李天震认为李亲实说的没有道理。

李亲实说："你别跟我说钱的事，钱在房子上呢，我没花一分！"

"你……"李天震说。

李亲实说："我怎么了？我就是我。一个老改犯。"

"你还有点人味没有？你拍一拍胸口，问一问自己，这个家哪点对不起你？"李天震说。

李亲实说："哪都对不起我。"

李天震不说话了。坐在那里生闷气。

李亲实在屋里转了两圈，说了几句难听话，摔门而去。家里房子已经盖起来了。他现在主要是想找对象。他不相信李天震找的媒人能为他介绍到对象，打算自己找。他在心中衡量来衡量去，感觉这件事百事通能帮上忙，就去找百事通了。

4

百事通家在李亲实判刑入狱第二年从洼谷镇搬迁到河东镇了。李天树家在河东镇，他与百事通是两种不同性格，在处事方式上区别大，平时没来往。河东镇与洼谷镇相距有六十多里路。每天只有上午一趟和下午一趟两趟从松江县城开来的公共汽车。

李亲实下车后先去李天树家了。李天树家门锁着，没有人，都去上班了。他转身去了百事通家。

百事通家屋里坐着好几个人，在一起喝茶，打扑克。百事通走到哪里都能找到志同道合的朋友。他在李亲实从监狱回来后，专门去洼谷镇看望过李亲实。他看李亲实来了，放下手中的扑克，站起身，习惯性的一笑说："是哪阵风把你吹来了？"

"想你了，来看一看。"李亲实坐在椅子上。

其他人也把手中的扑克牌放下同李亲实搭话。因为李天树家在河东镇，李亲实来的次数多，河东镇人认识他。李亲实在河东镇还有像金德明、六一、七一、鲁达这样几个好朋友。

百事通问："房子盖好了？"

"盖起来了。"李亲实说。

百事通问："你来有事吗？"

"说有事就有事，说没事就没事。"李亲实说的话模棱两可。

百事通说："这是说的哪里话。是不方便说呢，还是不想说？"

"我老大不小了，麻烦你给介绍个对象。你看有没有合适的？"李亲实直接表明来意。

百事通笑着说："咱们俩真是想到一起了，刚才我还跟他们几个人说这件事呢。我们这里还真有一个姑娘，不知道你能不能相中。"

"人家能相中我就不错了，我哪有权力挑人家。"李亲实听百事通对这件事有准备很高兴。现在他最重要的是把婚事解决了，把这件事解决了，就没后顾之忧了。这件事不解决，他心就安。他想做个正常人，想做个让外人瞧得起的人。他结了婚，跟人家办事才能给人信任感。

百事通说的女孩李亲实不认识。但王瞎子跟女孩的姐夫熟悉。王瞎子跟百事通关系不错。虽然是绕了个大弯，有点波折，可李亲实跟王瞎子是能接触上的。

李亲实同意见这个女孩，不知道女孩是不是愿意见他。他不想丢面子，丢了自己的面子无所谓，没什么大不了的。可李天树还在河东镇呢，李天树是长辈，不能丢了李天树的面子。如果丢了李天树的面子，就是丢了整个李家人的面子，那可就是大问题了。为了能有把握，他让百事通先去问一问女方，征求一下女方意见，双方商量好了再见面。

百事通陪着李亲实来到王瞎子家。王瞎子在家里睡觉呢。他被喊醒时眼睛还没睁开呢。他知道李亲实，但不熟悉，没接触过。他拿过一盒烟递给李亲实。李亲实接过烟没有抽，而是递给了百事通。百事通接过烟盒，从里面抽出一支点着了。

王瞎子是个办事比较激情的人。他知道百事通和李亲实来找他是为什么事。他跟百事通说起过这件事。他说："我问过月月，她有意见一下面，当面聊一聊。"

"亲实才不怕看呢。别说是见一个女孩，见十个也无所谓。"百事通调侃着说。

王瞎子看了看表说："现在月月不在家，只妻管严在家，要到晚上才行。"

"晚上就晚上。反正亲实今天也不走。到我家喝酒去。"百事通准备了晚饭。

王瞎子说："把气管严也找来吧？"

"应该找来。"百事通赞成地说。

王瞎子找了妻管严。百事通又找来金德明、六一、七一，还有鲁达几个与李亲实关系密切的人。人多喝酒热闹。这些人帮着李亲实说话，把目标放在了妻管严身上。

妻管严是沈月月的姐夫。他人长的不算好也不算坏，维人忠厚老实，性格柔和，有点女人气。大家挺愿意跟他交往的，但不愿意跟他办事。他在家里说的不算，什么事都是他女人做主。

妻管严的女人长相比妻管严差远了。论人品也好，论长相也罢，没有强过妻管严方面的。可妻管严却被老婆管的老老实实，服服帖帖。真是一物降一物了。

李亲实跟妻管严不熟悉。酒桌上气氛全靠百事通、王瞎子、金德明、六一、

七一、鲁达等人调动。王瞎子和百事通是主角，两个人拿妻管严开玩笑。这时李亲实才知道妻管严的女人厉害是老祖宗传下来的，不仅妻管严的女人厉害，就连妻管严的岳母也了不得。妻管严的岳母经常来他家，有时会住上好多天，想走就走，想来就来，畅通无阻。仅仅是来住些日子也无关紧要，偏偏还当他的家。妻管严在家里没地位。有一次妻管严在外面喝了酒，回到家里他岳母让他做饭，他拒绝了，他岳母拿起木棒追着妻管严打。妻管严没喝多，也不敢喝多，头脑清醒着呢。他只是想借着酒劲做一次小小反抗，发一发心中的火，没想到火没出成，却引火烧身。他岳母打他。他从家里跑出来，跑到大街上。正是夏天傍晚，街上有许多妇女坐在树下乘凉，唠家常。她们看见妻管严的狼狈相就笑。她们指责妻管严的岳母做得太过分了，哪有岳母追着女婿打的。妇女爱传话，这事像一阵风似的传开了。李亲实听到这事感觉不舒服。可他在找对象方面没有选择余地，有些被动。他坐过牢，有政治污点，女方得知他被判过刑，在监狱接受劳动改造好几年，就会打退堂鼓。他感觉比别人低一等，处于劣势。他在找对象方面没有权力来挑肥拣瘦，只要人家不嫌弃自己就行了。他心想就算姑娘是老虎也见一见。

妻管严平时很少有喝酒机会。他在家里不敢喝，在外面没人请他喝。他一高兴没把握好分寸，喝得有点多了。妻管严酒劲上来了，胆子壮了，带着百事通、王瞎子和李亲实几个人兴冲冲地回了家。

妻管严的女人正在做晚饭。她看妻管严喝了酒，走路有点晃悠，知道喝多了，有点不高兴。她看人多，还和李亲实不熟悉，克制地对王瞎子说："瞎子哥，今天谁请客？酒不花钱咋的，你们把他喝成这样。"

"如果你想追查责任就找百事通好了。这事与我无关。"王瞎子打了个饱嗝，把事情推给了百事通。他清楚只有百事通能对付得了妻管严的女人。

百事通说："人家说女人是半边天，你是一手遮天。比武则天还武则天。你这么霸道，不想让你男人活了？"

"如果我是武则天就把你们这些男人全阉割了，看你们还敢不敢喝酒了。"妻管严的女人笑着说。

百事通说："阉割与喝酒没关系，与搞女人有关系。你男人让你管阳痿了，给他十八岁漂亮姑娘可能都不行了，就不用阉割了。"

众人被百事通这句话逗笑了。

妻管严的女人知道百事通嘴"黑",说话"损",不留情面,继续说下去自己就没面子了,转移了话题说:"屋里坐,我给你们倒水。"

"你忙做饭吧,让月月倒水好了。"王瞎子说。

妻管严的女人冲着外面喊:"月月,你给瞎子哥倒水。"

外面传来年轻姑娘应答声。随后走进屋一位年轻姑娘给屋里人倒水。

李亲实知道这位年轻女子是沈月月,细心看着。沈月月除了没见过李亲实之外,屋里人全熟悉,留意的看了李亲实一眼。两个人目光不约而同相遇了,又避开了。李亲实感觉沈月月相貌可以,不知道性格怎么样,能否相互接纳。

百事通看出李亲实的心思,东说一句,西扯一句,说了些无关紧要的话想离开。妻管严侧身靠在沙发上说急什么,多坐一会。百事通说:"你是不是怕我们走了,你老婆打你的屁股?"

"哪会发生这种不文明的事。"妻管严一摇头,用手揉了一下脸,提了提神。今天他才不怕老婆呢。他是在给沈月月介绍对象,是在给老婆娘家办事。

百事通说:"就算你老婆打你,我们也帮不了你。晚上我们总不能住在你家吧?"

"你不住,我住。"王瞎子没正经地说。

百事通说:"你眼睛不好使,晚上能分清男女吗?别睡错了地方。"

"我闭着眼睛也知道是男是女。这是人的本能。"王瞎子放肆地说。

百事通站起身说:"走吧。别自作多情了。"

李亲实和王瞎子他们跟着百事通往屋外走。

妻管严说:"我不送了。"

5

妻管严的女人放下手里的活,送百事通他们出了院落。她回到屋里问妻管严说,那个小伙子就是给月月介绍的对象吗?妻管严说你看怎么样?妻管严的女人说我看还行,不知道月月怎么想。妻管严说你问一问月月。

妻管严的女人喊：月月！沈月月从外面走进来说，姐，喊什么，不能小点声音吗。妻管严的女人说嫌我声音大了？

沈月月说跟吵架似的。妻管严的女人说我怎么没感觉到呢。沈月月说你都习惯了，还能感觉到吗。

妻管严的女人问刚才那个小伙子怎么样？沈月月脸带羞涩地说你看呢？妻管严的女人说你找对象，又不是我找对象，我看不管用。你的事自己拿主意。

沈月月说我看还行。妻管严的女人说听说他脾气不太好，怕你管不住他。沈月月说管不住就不跟他。

妻管严的女人说如果想管住他，开始就得让他听你的，这样结婚后你才能说的算。

妻管严反对地说你们姐妹是怎么回事，怎么总想管人呢，过日子是两个人的事，商议着来，谁对听谁的。妻管严的女人说男人就得管。妻管严说没准人家还不同意呢。

妻管严的女人说月月还愁嫁怎么着。

沈月月与姐姐的想法不同。她没姐姐这么高傲，更没姐姐这么霸道与强势。她相中李亲实的长相了。她已经看过几个对象了，能让她动心的只有李亲实。可李亲实看上她了吗？如果没看上她怎么办呢？她有点担心李亲实不同意。

妻管严的女人在家里说一不二，让男人服从自己，这与她母亲观点相同。她母亲就是这种思想观念。她母亲生了六个女孩，父亲又是个重男轻女的人，如果母亲不当家，还不让父亲欺负死。她认为母亲观念是正确的。她想让沈月月也延续这个观念。

沈月月有自己的想法。她说人家不娶我也打不了光棍。妻管严的女人说他刚从监狱服刑回来，政治上有污点，家境又不是太好，凡是在意犯过错误的女孩就不会嫁给他。沈月月说我不在意，别人可能也会不在意。

妻管严的女人说，那可不一定。虽然他判刑入狱不是因为什么大案件，也有点冤枉，可毕竟不是光彩事。谁愿意嫁给老改犯呢？你能看中他就不错了。

妻管严说你说这话是没有道理的。你不要总高看自己小瞧别人，这么做会误事的。妻管严的女人说我小瞧他了吗？妻管严说你还没小瞧人呢？

沈月月把饭端到桌上，妻管严的女人坐在饭桌前去吃饭了。

6

李亲实他们一起来到百事通家。百事通问李亲实的想法，李亲实对沈月月是满意的，说可以先交往，接触接触，了解一下看看。百事通他们认为李亲实来河东镇不方便，应该先把两个人关系明确了，以后能发展到什么程度就要看缘分了。李亲实也是这么想的。

百事通让王瞎子再去一趟妻管严家征求女方的意见。如果女方同意今晚就让他们单独谈一谈。王瞎子愿意做这种事。他点着一支烟，吸了几口，朝妻管严家走去。

妻管严的女人说瞎子哥，你怎么回来了？王瞎子开玩笑地说想你了呗。妻管严的女人说你又没正经的了。王瞎子说我还真要跟你说正经事。妻管严的女人问啥事？

王瞎子说你看李亲实咋样？妻管严的女人装成不明白地说啥咋样？王瞎子说你别装糊涂了。妻管严的女人说，你想给月月介绍对象吧？王瞎子说行吧？

妻管严的女人说这事得问月月。

王瞎子把脸转向沈月月问，你看咋样？沈月月说只见一面，谁知道他人品咋样。王瞎子耐不住性子地说，跟你们女人说话真费力，你同意处还是不同意处吧？同意处就给你们扯一扯，不同意处就当没这回事。

妻管严的女人问李亲实是啥意思？

王瞎子说亲实同意处。让我看亲实配月月能配得上。亲实只是交错了朋友，被别人拉下水了，走了一段弯路，那点小事不算什么。

妻管严的女人说反正不是好事，不在意的行，在意的肯定不行。

王瞎子对沈月月说你是在意呢？还是不在意？

沈月月说处处再说吧。

妻管严的女人说婚后得让月月当家。

王瞎子轻视地说，月月能不能把亲实管成像你家妻管严这样，那要看她的本事了。

沈月月羞得满脸通红。她在男人面前谈这种话是头一次。她表面上装成不想听的样子，实际上却听的专心致志。

沈月月是外县人。她生活的地方比较贫穷，没活干，常年生活在姐姐家里，准备在松江县找对象。

王瞎子对沈月月说你如果没意见，我就让亲实过来了？妻管严的女人觉得有点太快了，接过话说：现在吗？王瞎子说亲实家中有事，来的次数少，他不来哪有见面机会，两个人先交往一下，结果怎么样看缘分了。

沈月月轻轻点了下头，有点不好意思。

王瞎子说女孩就是女孩，跟老婆真是不一样，这有什么不好意思的？男大当婚，女大当嫁，这是人生必经之路。月月，你收拾一下，我这就让亲实过来。

妻管严的女人说月月不收拾就有那么多人来求婚，如果收拾漂亮了还能轮着李亲实吗。

王瞎子朝屋外走去。

沈月月拿起镜子照着自己俊俏的模样。从她的表情里能读出女孩恋爱的情怀。她好像沉醉在甜蜜的热恋中了。

妻管严的女人拉起妻管严说咱们出去吧。妻管严酒喝的有点多了，身体发沉，不愿意动。他说天已经黑了，你要去哪里？他的女人说到隔壁邻居家去。

妻管严不想出去，想躺在炕上美美地睡上一觉。他说去人家干什么？在自己家待着不行吗？

他的女人责备说你这人有毛病怎么着？你不知道月月要跟李亲实见面呀！他们第一次见面你在场好吗？

妻管严说让他们出去行了。他们在外面想说什么就说什么，想干什么就干什么。他的女人说你以为这是当年我跟你见面呢，到大野地里，让蚊子咬，让你摸呢，月月可不能再走我的老路了。妻管严借着酒劲想过一过嘴瘾，多说点调情的话，便说男女之间不就那么点事吗，早晚都要发生的。

妻管严的女人嘲讽地说，看来你妈嫁人挺早的。

妻管严笑着说真让你说对了，我妈十八岁就生我哥了。

沈月月听姐姐和姐夫说这种调情话心里热热的。她愿意听这种话，心中也渴望。

妻管严的女人还想说什么，这时王瞎子跟李亲实走进来了。妻管严的女人对王瞎子说，瞎子哥，你们坐，我们到邻居家说点事。

王瞎子说你们去忙吧。

妻管严还没来得及说话已经被他的女人连拉带扯的弄出了屋。妻管严的女人随手关上门，拉着妻管严走了。

7

王瞎子直奔主题郑重地说："亲实，月月，婚姻是人生中的大事，每个人都要经这一关。相亲是步入婚姻的第一步，没有什么不好意思的。你们俩愿意相互做个了解是好心愿。希望你们能认真对待，不要错过姻缘。我是中间人，一手托两家。如果你们感觉不适合，不能接受对方，也没什么，咱们该是朋友还是朋友，千万别说三道四，做出影响团结的事。"

沈月月低着头，手摸着椅子扶把。

李亲实静静听着。

王瞎子把他的观点讲完后，说家里有事离开了。

李亲实是第一次谈对象，没经验，显得拘谨。

沈月月站在窗前装模作样欣赏着窗台上的花。其实她根本没心情看花，只是借花遮掩心中羞涩。她腼腆地问李亲实处几个对象了？李亲实说你是第一个。沈月月说我不信。李亲实说真是第一个。沈月月说我真不信。李亲实说我可以发誓。沈月月笑着说没必要。

李亲实说我的事你知道吧？沈月月不明白李亲实指的是哪件事，便问什么事？李亲实有点慌乱，心想如果王瞎子没把自己坐过牢的事告诉沈月月就不好了。他不想欺骗沈月月。他想堂堂正正做人，名正言顺娶媳妇，认真地说："他们真没跟你说吗？"

"说什么？"沈月月问。

李亲实说:"我让他们如实告诉你的。"

"你告诉我不更好吗。"沈月月说。

李亲实沉默了一下说:"我坐过牢。"

"我还以为是什么事呢。你的这点事在松江县谁不知道。"沈月月轻松地说。

李亲实说:"你不在意吗?"

"如果我在意就不跟你见面了。"沈月月说。

当晚李亲实没离开河东镇,住在李天树家了。李天树家对妻管严一家人印象不好,认为不是正经人家,不赞成李亲实和沈月月处对象。李亲实说自己在监狱服过刑,家里经济条件又不怎么好,找对象困难,先谈一谈,相互了解了解吧。李天树觉得是这么个理,没多说什么。

李亲实在河东镇住了好几天。他每天和沈月月在一起,感情迅速升温。他要回家了。沈月月想到他家看一看,了解一下家庭情况。他非常高兴,爽快答应了。

李亲实领着沈月月回到家里时,李天震有些慌乱。他没想到沈月月会跟李亲实一起来,没有思想准备。他让李亲亮去县城买菜。李亲亮和李天震心情是相同的。他骑上自行车去了松江县城。沈月月成了李家的贵宾。

吃饭的时候,李天震慈祥地看着沈月月和李亲实心里有说不出来的喜悦。他感觉这个家充满了希望,破损的家要重新复圆了。自从他的女人离开后,这个没有女人的家就不像家样了。虽然他勤劳,整天忙里忙外的,但弥补不了没有女人的不足。女人就是女人,男人就是男人,两者在家庭中各有其责,角色不同,相互替代不了。

李亲亮怕沈月月不好意思吃饭,匆匆吃了饭离开了。

沈月月不像李亲亮想的那么害羞,腼腆。她大大方方坐在那里,无所顾忌,不紧不慢吃着。好像她是这家主人似的。

李亲实在给沈月月夹菜,献殷勤。

晚上沈月月没有走,住在新盖好的屋子里。她回想这家人有没有什么让她不满意的地方。她觉得在这里不如在自己家里随意。她想也许是第一次来的原因,如果在一起相处时间长了,熟悉了,或许会好的。当她想到在这个家庭中只有她一个女人时,心里矛盾,不安。她想到要给他们做饭,洗衣服时,忧虑起来。她不想和李天震生活在一起。如果她和李天震生活在一起，她妈来了怎么办？她正想着心事，外面传来敲门声，她问是谁？

李亲实说是我。沈月月听出来是李亲实了，起身开了门。李亲实说这里治安好，非常安全，不用插门。

沈月月说我在家睡觉时也插门，养成习惯了。她想起了姐姐的叮嘱，姐姐让她管李亲实。她要在正式确立恋爱关系之前给李亲实点颜色看看。她这么想就变得冷漠了。

李天震看沈月月不高兴，不知道是为了什么，思量着没有招待不周的地方。

沈月月在洼谷镇住了两天。两天里她没去一次厨房，没洗一次菜，当了两天贵宾。李亲亮看在眼里，气在心中。两天后沈月月回河东镇姐姐家去了。她走时没说成，也没说不成。她对李亲实说婚姻是人生中大事，要好好考虑一下。

李亲实听着沈月月的话有些迷茫。

李天震不知道沈月月对李亲实是怎么说的，以为成了呢，拿出三百元钱给沈月月算是见面礼了。沈月月毫不客气地把钱收下了。李亲实送走沈月月后在等消息。

沈月月对李亲实是满意的，大房子对她产生了吸引力。她心想如果房子是自己的就好了。她不想让其他人打扰自己的生活。她回到姐姐家，还没等她说话，她姐姐就迫不及待地追问起来了。

她姐姐听完她的讲述，给她提出三条要求，第一，结婚后要跟李天震分开过。第二，要新房子。第三，她必须管住李亲实。这三条正是沈月月所想的，只是她的条理没姐姐想的清晰。

沈月月相信第一条和第三条李亲实能答应。第二条就说不准了。就算李亲实答应了，李天震也不一定能答应，李亲亮更不会同意。当她把想法说出来后，她姐姐说，那你还不趁婚事没定下来时给李亲实来个下马危。她认为姐姐说的有道理，让李亲实速来姐姐家。

李亲实不敢怠慢，匆忙赶过来。他听完沈月月提出的要求后，感觉条件过于苛刻了，不想接受，爱情不是做生意可以讨价还价的。但他在沉默过后同意了沈月月提出的要求。他考虑自己坐过牢，政治上有缺点，自身条件与沈月月不对等，做出妥协。

沈月月母亲要来河东镇了，想看李亲实，给女儿把把关。

李亲实认为必须谨慎对待沈月月的母亲，尽可能做到周全。他来到百事通家，让百事通帮着出主意。百事通找来王瞎子，如同战争时部队指挥所开紧急会议在寻找对策。他们认为李亲实花钱买礼品，让沈月月的母亲满意是主要的。

王瞎子笑着问李亲实有几分把握过关？

李亲实说我没见过她妈，判断不出来。

百事通说亲实相貌没问题，只要多花点钱就能过关。

王瞎子说那个老女人就是贪财。

百事通说你给她一千块，让她陪你睡一晚上，她能同意吗？

王瞎子说可别这么说，她是亲实未来的岳母呀。

百事通说现在不是亲实的岳母，如果是了，肯定不能说。

李亲实说你们想怎么说就怎么说。如果你们不帮忙，她也不会把姑娘嫁给我，也成不了我的岳母。何况她最终会是谁的岳母还难说呢。

李亲实在沈月月母亲来的那天，买了很多礼品送了过去。他想如果沈月月的母亲满意了，婚事就能定下来。沈月月的母亲是重要环节。这一关如果过不了，别的都无从谈起。

沈月月的母亲虽然近六十岁了，可眼不花，耳不聋，精神的很。她对礼品是满意的，在心里估算礼品价值多少钱。她询问李亲实家里情况。她问的详细，条理清晰。李亲实如同在法庭上面对法官问话似的那么谨慎，有问必答。

沈月月的母亲见过李亲实后，王瞎子试探着问老太太对这门婚事的态度。老太太显得通情达理地说，只要两个孩子同意，我没意见。

王瞎子说他们两个人肯定同意了，如果不同意，还能在一起谈吗。沈月月的母亲说同意就好。王瞎子说如果你没意见，两家大人就见个面，把婚事订了吧？

沈月月的母亲说好呀，可我不能过去。王瞎子说我让李家人过来。你定个日子，我通知李家。沈月月的母亲想了想说，定在后天吧。

王瞎子把跟沈月月母亲说话经过，从头至尾向李亲实和百事通重复了一遍。李亲实得知婚事有了结果，兴奋不得了。他把订婚的事先跟李天树说了。他的订婚饭要在李天树家吃。

李天树看到后人有了喜事，心情愉快。他家打扫卫生的打扫卫生，买菜的买菜，大有兴师动众的举措。

李天震接到通知后不敢怠慢，找出干净衣服换上，让李亲亮骑自行车送他到县城买礼品。他买完礼品，坐上公共汽车，乐滋滋的去河东镇拜见沈月月的母亲了。

公共汽车上乘客不多，有人认识李天震。那人问李天震干什么去。李天震乐呵呵地说去李天树家。那人知道李亲实订婚的事，接着说今天亲实订婚吧？

李天震点了下头。那人说亲实结了婚，你就省心了。李天震也是这么想的。

8

沈月月的母亲虽然认为女儿与李亲实般配，可心里有些不安。毕竟李亲实是坐过牢的人，有政治污点，把女儿嫁给这么个人感觉不踏实，有失脸面。她觉得就这么把女儿婚事订了有点草率，在心里反反复复琢磨着，决定婚事不能现在订。

她早晨起床后把想法说出来了。

沈月月没想到一夜过后母亲改变了主意，不赞成母亲的做法，质问地说为什么呀？她母亲说李亲实是坐过牢的人，他在监狱服刑那么多年，你对他了解多少？你和他才认识几天，还不了解他呢，就把婚订了，是不是欠考虑？沈月月虽然认为母亲说的话有道理，但临时改变决定有些不妥当。她说你既然有这种顾虑，应该早点说出来，现在说有点晚了？人家都准备了，咱这边突然改变了，这不是晃人吗？她母亲说现在还不晚，如果订了婚，那才晚了呢。沈月月转过脸看着姐姐，希望姐姐能帮自己说话。

她姐姐没帮她说话，而与她母亲是同样的想法。她姐姐说我觉得婚不能订。沈月月说你们不让订就别答应人家呀，你们答应人家了，在关键时刻反悔好吗？她姐姐说我当时想跟妈说了，可妈已经答应下来了，我才没有说。沈月月说你现在说，还不如开始就说出来呢。

她母亲说咱们是女方，改变决定是正常的，没什么不好的。沈月月为难地说，让我怎么对李亲实说呢？她母亲说，不用你说，我对李亲实说。

沈月月看了一眼母亲说，你改变的理由呢？她母亲说我说家中有事，得回去一趟。沈月月说咱家能有什么事？她母亲说我说你爸生病了。沈月月不满意地说妈，你真行，什么办法你都能想出来。

她母亲问那你说什么理由好呢？沈月月把头转向一边，不想和母亲说下去。她母亲说我这是为了你好。

沈月月说我不是反对你这么做，我也不急着嫁人，可你应该早点说呀。

沈月月姐姐说你才二十二岁，李亲实都二十五六了，晚订婚对你有利，拖着他，他会对你更好。沈月月对她姐说，这是在做生意吗？她姐说婚姻自古以来就讲究门当户对。

李亲实来了。沈月月母亲说月月爸病了，得马上回去……李亲实有点懵了。这是他没想到的，也没办法改变，只能去告诉李天树婚不订了。

李天树不相信沈月月爸有病了，而是认为这家人改变了主意。他埋怨地说饭菜已经准备好了，你爸也该往这儿走了，突然改变了，这做的什么事。李亲实说这家人办事是差劲。李天树说开始我就不太同意……

李亲实没有心情说下去，转身走了。他还得去陪沈月月的母亲呢。沈月月的母亲在李亲实和沈月月陪着去等客车了。李亲实心想父亲最好别坐这趟车来，如果遇上了多尴尬。他知道父亲可能是坐这趟车来，因为上午和下午分别只有一趟客车通往县城。

李天震还没下车呢，已经看见车下的李亲实和沈月月了。他以为李亲实和沈月月是来接他呢。当他看见李亲实和沈月月送一位老太太上车，才知道不是来接他的。他拎着礼品从车里走出来，站在路边看着李亲实和沈月月把老太太送上车。老太太上了车，车缓慢开走了。李亲实转过身走到李天震面前想说话又没说。李天震不解地问你送谁？

李亲实压低声音说月月妈回家去了。

李天震心想沈月月妈回家了，婚肯定是不能订了，有点生气。

沈月月走在旁边，跟李天震保持着几步远距离。

李亲实对李天震说你先去我二大爷家吧？然后陪沈月月去妻管严家了。

李天震拎着礼品朝李天树家走去。

李天树全家人坐在屋里为李亲实订婚的事生气呢，李天震拎着礼品走了进来。李天震到来把气氛推到了顶点，他们心情更郁闷了。李天树对李天震说你没看见亲实吗？

李天震说看见了。李天树不满地说婚不订了……这算什么事呢？李天震掏出烟吸起来。

他们感觉被沈家戏弄了。他们认为女方改变主意是因为李亲实坐过牢、政治上有缺点，心想自己这边有缺点就别挑人家了，还是忍了吧。

李天震问姑娘妈不讲理吧？李天树说她家人不讲理在河东镇是出了名的，没有不知道的。李天震问女孩怎么样？

李天树说看外表还行，没接触过。李天震说大人不讲理就不讲理吧，只要女孩讲理就行。李天树说这也难说。

李天震吃过中午饭，搭乘去县城办事的农用车回家了。他把礼品留给了李天树。李天树说东西你拿回去留着下次用吧。李天震说先放在这儿，如果订婚就送过去。如果不订婚，我拿回去也用不上。

9

李亲亮没想到李天震这么快回来了，这不正常。如果按照正常时间李天震最快也得在黑天之后，或者明天回来。这时回来显然没办成事。他猜测出了问题，不解地问怎么这么快就回来了？李天震说我一下车，正遇见亲实送沈月月妈上车回家。沈月月妈走了，还订什么婚。李亲亮说你这不是白跑一趟吗？

李天震说我白跑一趟也没什么，可这事办的有点丢人。你二大爷家把饭菜已经准备好了……如果不订婚，早点说呀。

李亲亮心想这哪是订婚呢，分明是在戏弄人，觉得挺窝火。他被激怒了，想制止这种事态漫延。他对李亲实没回来想不通，感到愤怒，心想李亲实怎么会这么没出息呢。

他感觉李亲实没有自尊心了，也没有把握好事情底线。沈月月这个还没有走进李亲实生活中的女人，提出那么多不合理要求，李亲实居然全同意了不说，还对这件污辱家人的事无动于衷。这怎么行呢，他决定把李亲实找回来。

洼谷镇离河东镇路远，天快黑了，只能第二天去了。

第二天吃过早饭，李亲亮借来一辆摩托车去找李亲实了。公路两旁的白杨树往身后飞奔，风在耳边呼呼作响，几十里的路程在瞬间到了尽头。他来到李天树家时看门没有锁，判断李亲实在屋里。这是上班时间，只有李亲实没去上班。他推门而入。

李亲实和沈月月果然在屋里。他们不约而同地向门口望去，脸上带着恋爱的羞涩。他们没想到李亲亮会突然出现在眼前。

李亲亮不满意地对李亲实说："咱们兄弟不多，你为大，你要做个好榜样，别那么没出息。"

李亲实看着李亲亮勉强一笑，没说话，好像李亲亮指责的不是他，而是别人。

李亲亮质问："你们就这么做事吗？"

李亲实听出来这话是给沈月月听的。

沈月月把脸侧了过去，不理会。

李亲亮不想多停留，也不想多说话。他来的用意只是提醒李亲实，而不是为李亲实做决定。他无法为李亲实做决定。他说："你们不是小孩子，居然能办出这种事。你们应该好好想一想，反思反思。"

"反思什么？"李亲实不接受李亲亮的指责。

李亲亮说："你心里明白。"

"我不明白。"李亲实说。

沈月月转过脸不讲理地说："我跟你哥的事，用不着你来说。你没权力责备我。"

"我没跟你说话。"李亲亮说。

李亲实觉得丢了面子，恼羞成怒地骂道："你滚！"

"李亲实，你真行。你看着办吧。你的事今后我再也不问了。"李亲亮说完转身从屋里走出来，骑上摩托车回家了。他这么远来一趟好像只是为了说这几句话。

李亲实心情被搅乱了，愣了一会，才恢复过来。他最擅长调节自己的情绪，这是在监狱服刑期间磨练出来的。他怕沈月月生气，急忙解释说："你别跟亲亮计较，他爱冲动，做事不考虑后果。"

"他有什么权力教训我？他太不懂事了。你就不能管一管他吗？"沈月月生气地说。

李亲实知道沈月月家在这件事上做得太出格了，不然李亲亮也不会来。可他不能责怪沈月月，只能安慰沈月月，讨好沈月月。他言不由衷地说："他不对，咱们不跟他一样的，咱们将来又不跟他在一起生活，各过各的日子，井水不犯河水，你跟他计较什么呢。"

"肯定是你爸让他来的。"沈月月推测说。

李亲实否定地说："我爸不会让他来。"

"你不要向着你爸说话，反正我对你爸没好印象。"沈月月说。

李亲实知道沈月月是在借题发挥，开导地说："将来你是跟我过日子，又不是跟他们过。他们好与坏影响不了咱们的生活。"

"我提出的条件你全能接受吗？"沈月月问。

李亲实听这话挺呛人的，带有强迫性，可还是不情愿地点了下头。

10

李亲亮和李天震在做晚饭呢，李亲实回来了。李亲实阴着脸，看谁都不顺眼，想发火。李亲亮和李天震预感到又要爆发战争了，如同观察敌情似的留意着李亲实的举动。李亲实脸色青紫，在屋里来回走着。他突然停住，转过脸恶狠狠地说："我的事用不着你们管！"

李天震和李亲亮相互看了一眼没接话。

李亲实说："你们以后少管我的事！"

"谁管你干什么？"李天震说。

李亲实说："你没管，他还没管吗？你不说，他能知道吗！"

"他回来后，我才知道去找你了。"李天震说。

李亲实把脸转向李亲亮说："我找对象用不着你瞎掺和，也用不着你来教训我。"

"我是希望你能做出个好样子，别让外人笑话。"李亲亮说。

李亲实不以为然的狂笑了两声说："笑话谁？笑话我吗？别人不笑话我，还不够你们笑话的呢。我不就是坐过几年牢吗，我是强奸了？还是诈骗了？"

"你做的事别人代替不了。你用不着强词夺理。"李亲亮没有回避。他知道对待李亲实这种心态必须当头猛击，不然会继续发作。

李亲实抓起地上的水壶，用尽力气朝着李亲亮头砸了过去，嘴里还恶狠狠地骂着："我砸死你！"

"你干什么？"李天震上前拦住李亲实，让他放下手中的水壶。

李亲实吼着说："你就护着他吧！"

李亲亮被李亲实这个举动惹恼了，发狠地说："早知道你本性不改，信口雌黄，当初我就不应该接你回来。"

"你不能少说一句吗！"李天震对李亲亮说。

李亲亮说："看你大儿子在干什么呢，你不敢管他，总来管我。"

李亲实接过话说："你接我回来后悔了？我知道你不希望我回来。你希望我永远生活在监狱里。如果我在监狱里，家中就你自己了，你就好受了。可是晚了。我回来了！你有本事让公安局再把我抓进去。"

"如果你再被公安局抓进去，我去看你，我就不是人。"李亲亮痛心的发着誓。

李亲实冷冷一笑，得意忘形地说："我不会再进去了。吃一堑，长一智。我会做一个守法公民。"

"如果你秉性不改，没准什么时间又进去了。"李亲亮说。

李亲实骂着说："你总诅咒我干什么？"

"你不配做人。"李亲亮咬着牙。

邻居老纪听到了吵架声跑过来说："你们兄弟怎么总打架呢？都老大不小的了，有事不能好好说吗？"

"我这辈子是咋的了，怎么养了两个祖宗。"李天震在一旁伤心，自言自语的发着感慨。

老纪对李亲实的做法看不过去了，公正地说："亲实，你这些年不在家，你爸和你弟弟生活的可真不容易。你应该体谅他们的心情。"

"他们看不起我。"李亲实说。

老纪不相信地说:"怎么会呢,你没回来时,过春节你家连肉都不舍得买。听说你要回来了,亲亮二话没说,拿着钱就去接你。他们对你这么好,怎么会看不起你呢?"

"那是假的。他们是在做样子给外人看。让外人看他们对我是大慈大悲,好像我欠了他们多少情似的。"李亲实说。

李天震说:"你说这种话还有良心吗?人说话做事要讲良心。"

"他的良心早让狗吃了,江山易改本性难移。"李亲亮说。

李亲实瞪眼着骂道:"你才是狗呢!"

"牲口,牲口,你们还叫人吗。"李天震说。

李亲亮不想继续在家中待下去了,愤然的从屋里冲出来,朝冯明远家急速走去。冯明远的女人在家。她看李亲亮生气的表情知道又吵架了。李亲亮说:"姨,我想走。"

冯明远的女人问李亲亮去哪里?李亲亮说不知道。冯明远的女人说外面的生活也不好过,如果没有可靠的人牵线,还不如在家呢。

李亲亮做了一会儿,离开冯明远家了。冯明远的女人看李亲亮情绪不稳定,担心一时想不开发生意外,急忙去找李天震了。

李天震听冯明远的女人把话说完,就去找李天兰了。李天兰说亲亮没有来。李天震着急了。李天兰急忙让薛庆松去寻找李亲亮。

薛庆松在县水利公司开挖掘机。前些时间水利公司机车在大连海边施工。他刚回到家休假就遇到这件事了。他骑着自行车来到通往县城的大路上,正好遇见冯志辉了。他问冯志辉看见亲亮了吗?冯志辉说亲亮去县城了。薛庆松对冯志辉说你跟我一起去追亲亮吧。

冯志辉问亲亮和亲实又打架了?薛庆松说亲亮想离家出走。他们骑上自行车风风火火的往松江县城奔去。

李亲亮正要上客车时被薛庆松拦住了。他拉住李亲亮的胳膊说,你跟我回去。李亲亮还想上车,挣脱地说,你松开手。薛庆松问你想去哪儿?李亲亮说反正我是不想在家待了。

薛庆松说那你也得有个目标才行，你连去哪都不知道怎么行呢？

冯志辉说，亲亮，回家吧。

李亲亮抬头看了一眼天空，泪水从眼眶里淌出来，阴湿了脸颊，茫然地说，我真想走啊！我在家里实在是生活不下去了。

11

虽然李亲实非常想把沈月月娶回家，想让沈月月成为他生命中的女人，但这只能是一种凤愿，空想一场罢了。他与沈月月的恋爱关系没有维系多久，因为两个人性格不合，处事方式大相径庭而分手了。沈月月没有退回李天震给的三百元见面礼钱。李亲实也没追要。李亲实在初恋失败之后，烦恼了好长一段时间才从感情的困惑中走出来。他认为李亲亮在家对他不利，影响了自己的生活，萌生了让李亲亮离开家的想法。

第二十一章
事与愿违
SHI YU YUAN WEI

1

　　松江县机械厂进行股份制改革后，厂里清退了一部分摆资格，工作散漫，不服从工作安排的工人。为了补充生产一线人员空缺，机械厂决定在全县公开招聘一批新工人。

　　洼谷镇先后陆续有几个年轻人已经通过不同渠道，各种关系，被调到松江县机械厂工作了。李亲实认为这是一次让李亲亮离开家的好机会。他只要把李亲亮调到机械厂工作了，李亲亮就没有时间在家待了，家里的事情就由他说的算了。家里全部房产也归他所有了。他这么一想，缠绕在心头多日的苦闷烟消云散了。这就如同一团缠在一起的乱麻，突然找到了头，可以顺利解开了。可他要想把李亲亮调进松江县机械厂工作，并不是那么容易的，必须托人，找关系才行。洼谷镇那几个年轻人在县城里都有亲戚不说，还与松江县机械厂领导能说上话。李亲实家在县城没有亲戚，只有朋友，这些朋友都是他结交的。虽然他结交的朋友多，哪一行业都有，可这些朋友能不能办成这件事还真很难说。他决心试一试。

　　李亲实把想法先跟李天震说了。

　　李天震知道松江县机械厂是国营企业，是县城里几家大单位之一。他希望李亲亮能去县城工作。在他看来进县城当正式工人要比在洼谷镇当工人好。他知道自己没有能力把李亲亮调到县城工作。虽然他在县城有几个老乡，可老乡都是一无职，二无权，老实巴交的普通工人，帮不上这个忙。李亲实虽然认识人多，但在李天震眼里那些人都是酒肉朋友，不能办正经事，更别说是调动工作的大事情了。他疑惑地说能办成吗？

李亲实说应该差不多。李天震说调进县城当正式工人不是简单的事，这和干临时工不同。李亲实说可能要花点钱。

李天震说花钱能办成也行。他不相信李亲实能办成，没有当回事。

李亲实心想自己去找机械厂的吕厂长说这件事肯定不行。虽然他认识吕厂长的儿子，可是没有交情。他准备找一个跟吕厂长职位差不多的人去跟吕厂长说这件事，平级干部在一起好说话，说出的话才有分量。他想来想去决定去找县商场张经理帮忙。商场张经理与机械厂吕厂长在职位上属于同一级别干部。他与商场张经理的儿子是同学，也和商场经理熟悉。

商场经理每次见到李亲实都热情打招呼。这就给了他亲近感和信心，感觉商场经理有可能会帮忙。

李亲实来到商场经理家时，商场经理正坐在沙发上看报纸呢。李亲实把想法说出来了。商场经理放下报纸，用手扶了一下花镜，沉思了片刻，缓缓地解释说自己是认识机械厂的吕厂长，在县里开干部工作会议时经常见面，认识归认识，两个人来往少，没有交情。李亲实听商场经理这么说，预感商场经理不帮忙了。他静静听商场经理说下去。商场经理停顿了一下，接着说办这件事没有私交不行，还是去找别人试一试吧。李亲实看商场经理不帮忙，不好多说什么，心里挺不是滋味的，坐了片刻，失意地离开了。

他从商场经理家出来，站在街中心转盘道上有些彷徨，思索了好长时间，想着下一个要找的人。他不相信自己办不成这件事。这又不是什么特别好的工作，只不过是去当工人，干活罢了。于是他去找县工会副主席了。工会副主席原来当干事，刚提升职位不长时间。他和工会副主席在一起喝过很多次酒，以兄弟相称。工会副主席给李亲实的感觉不错。李亲实这次没有像找商场经理那样直来直去的说事情，而是请工会副主席吃饭。他认为两个人吃饭不好开口说这件事，又找了一个跟自己关系不错，也跟工会副主席熟悉的朋友帮着说话。李亲实的朋友在喝酒时提起了这件事。工会副主席说：我刚上来，又是个副主席，有职无权，吕厂长不一定能给面子，办这件事可能办不成，你还是再找一找别人吧，多头准备比较好，如果指望我恐怕会误事的。李亲实明白这顿饭算是白吃了。不过他有肚量，看的长远，酒喝的依然开心。

李亲实在县城一连转了好几天，找了好几个人，也没有一个肯愿意帮忙的。他有点烦躁了，心想人心真是难琢磨，平时没事的时候都是朋友，可遇到事情时朋友都没了。那天他正在街上转悠，思考着下一个要求的人，偶然遇见了上中学时的班主任老师了。

班主任老师的丈夫是松江县主管工业副县长。老师了解李亲实家的情况，同情李亲实判刑入狱的遭遇，她对李亲实说：你回来了就要好好干，争取干出一番事业给别人看一看。你如果有事需要我帮忙的就吱声。

李亲实感觉老师说的话温暖，贴心，就把这件事说出来了。老师没想到李亲实真有事求她帮忙。她爽快地说这件事我能帮上忙，你等我的消息好了。李亲实对老师说的话半信半疑。他离开学校后跟这位老师接触不多，不知道老师是否真的帮忙。出乎他意料之外的是在第二天老师就通知他事情办成了。

李亲实领着李亲亮来到县城，找到了那位老师。老师说机械厂那边已经说好了，劳动部门也沟通过了，你们去办理入职手续吧。李亲实对老师说了感谢的话后，就和李亲亮去机械厂找吕厂长了。

吕厂长原来在工业局当副局长了。虽然机械厂和工业局是平级别单位，可在工业局是副职，而在机械厂是正职，实权在握。

吕厂长办公室里坐着好几个人，好像在商议工作。吕厂长认识李亲实，看了一眼李亲亮说，小伙子不错吗。李亲实说工作中他如果有做不对的地方，吕厂长尽管批评。

吕厂长对坐在身边的张副厂长说，机械加工车间是不是还缺学徒工？张副厂长高个子，瘦瘦的，善于察言观色，听吕厂长这么问，就明白吕厂长的意思了，急忙说缺人，就把他安排在机械加工车间吧。吕厂长说你领他过去吧。

张副厂长领着李亲亮去了机械加工车间。

机械加工车间是厂里比较好的工种，先后调进机械厂几十名年轻工人中，只有四五名被安排在这个车间。

2

李亲亮调进松江县机械厂工作不久，就去找工会主席说想搬进集体宿舍住。工会主席有点不解地说你住在洼谷镇，离厂不算远，怎么想搬进厂集体宿舍住呢？厂里有比你住远的工人都没要求住宿舍。李亲亮没有说出想住进宿舍的真正原因，而是编个理由说，上下班来回往家走耽误时间，想在工作之余多看点书。

工会主席心想年轻人有进取心，多读点书是好事情，应该支持，更何况李亲亮还是副县长介绍来的呢。吕厂长都对李亲亮网开一面，格外关照呢，自己何不送个人情呢，同意李亲亮搬进厂集体宿舍住了。

3

李亲实在经过第三次失恋打击后把婚事订下来了。姑娘叫林童玉，是本县人。她朴实，姐妹多，家境不算好，没有提出苛刻条件和要求。她同李亲实年龄相同，相貌如同兄妹，有夫妻相，谁见了都说般配，像一家人。他们年龄都不小了，又都有着想结婚成家的心愿与渴望，所以感情发展得快，没认识多长时间就举行了婚礼。

李亲实为了办好婚礼，准备了半个多月。李天震为了凑足给李亲实办婚事的钱，几乎借遍了亲朋好友。如果照他的想法，婚礼办的简单一点就行了。李亲实不同意。李亲实说家里在洼谷镇没有地位，自己又在监狱服过刑，一直让外人看不起，应该借办婚事的机会来改变外人对李家的看法。

李亲实和林童玉的婚礼是在上午十一点举行的。主婚人是镇长。年轻的镇长不但与李亲实是朋友，还跟林童玉有点亲戚关系。不到十点钟李天震家就宾客满门了。大部分是李亲实的朋友。酒席一次性安排了十几桌。这在洼谷镇还是开天辟地头一回。宋镇长的儿子宋小江结婚时才摆了八桌。李亲实结婚的酒席数量已经远远超过了宋小江，婚礼办得挺隆重。乡亲们说他有能力，更有魄力与胆量。

李亲实与林童玉结婚没多久，林童玉怀孕了。李亲实看自己要做父亲了，高兴得不得了。虽然他喜欢男孩，但生男生女不由他说的算。

　　林童玉在年终，那个下雪的夜晚分娩了。她在松江县医院顺利生下了一名女婴。

　　李亲实看生的是女孩，有点失落，心情郁闷。有懂生理知识的朋友开导他说生男生女关键在男人的染色体，而女人是次要的。他在查阅了相关资料后，知道生女孩的责任确实不在林童玉，才接受了生女孩的事实。他给女儿起名为：李童。

　　林童玉感觉这名字起得有点简单了，想换一个。李亲实解释说李童是他们两人的爱情结晶，女儿的名字取了他们两人中各一个字，如同孕育了李童的生命那么有含义。他希望一家人能长久在一起生活，美满幸福。林童玉听李亲实这么解释，觉得这个名字起得有点学问。

　　林童玉与李天震同住在大房子里。虽然房子分为三个房间，还是觉得不方便。她嫌弃人多，空间小，不希望李亲亮回来，时常向李亲实发牢骚。她的不满情绪触动着李亲实自私的灵魂。

　　李亲实在与林童玉结婚后想独占这个房子，也不希望李亲亮回来。李亲亮回家他就不高兴。虽然林童玉不满意，面子上还能过去。虽然她有私心，但没有李亲实私心那么严重。

　　林童玉把她和李亲实的旧棉衣拆洗了，也想把李天震和李亲亮的棉衣拆洗了。李亲实却说你不用管他们的。林童玉说咱们两个的拆洗了，不差他们两个的了。

　　李亲实说我说不用管就不用管。林童玉说这好吗？李亲实绷着脸说有什么不好的。

　　林童玉说我觉得不好。李亲实说自己的事自己做。我在监狱服刑时受的罪谁能替我？不还是我自己受吗。林童玉说这是两回事。

　　李亲实有点生气地说：那你就去拆洗！

　　林童玉看李亲实是这种态度，便说：你认为我愿意干呢，不拆洗更好，我还能歇会呢。反正是你爸，是你弟弟。

　　李天震在给李亲实办完婚事后，算是了却了一件心事。现在只剩下李亲亮了。

如果李亲亮结婚了，他就完成了做父亲的责任。李亲亮说婚姻不用他操心。可他不操心能行吗？当然他不像从前那么着急了。一方面李亲亮年龄有点小，另一方面在他看来李亲亮找对象要比李亲实好找的多。可钱却成了问题。李亲实从监狱服刑回来后，家里的花销开始增大，几年来存下的积蓄已经全部花掉了不说，还欠了外债。李亲实结婚花了多少钱，李天震就想给李亲亮准备多少钱。李天震想在两个儿子的婚事上做到一碗水端平，不想留下埋怨。李亲亮到县城工作了，要在县城安家，要在县城买房子。虽然县城的房子比洼谷镇贵不了多少，可他没有钱给李亲亮买房子。他在为这件事发愁，烦心。

李亲亮在县城生活跟在洼谷镇不同。在洼谷镇不用花钱去食堂买饭，在县城要花钱到食堂吃饭。不但每顿饭都要花钱买，有时候几个同学聚在一起，还要到小饭店喝一顿酒。他刚调入机械厂工作挣的是学徒工资，每月只有六十多元钱。过了学徒期，他每月才能挣八十多元钱。而他每天在食堂吃饭就得两元钱，一个月按二十六天计算，一个月在食堂吃饭就得花五十多元钱。他挣的工资在维持基本生活开销后所剩无几了。而在县城买一套普通房子最少也要花八千多元钱。如果他想依靠工资买房子，等到猴年马月也买不上。他买房子当然需要家里帮助了。

李天震想帮李亲亮在县城买房子。他细细算了算，李亲实结婚正好是花了八千多元钱。如果李亲实帮着给李亲亮买房子，两个人算扯平了，谁也不多，谁也不少。

李亲实不同意帮李亲亮买房子。如果李天震不提起帮李亲亮买房子的事，日子过的还能平静些，矛盾没这么尖锐。当李天震把这件事提出来后，矛盾挑明了，大有针锋相对势态。李亲实心烦得要命。他看到李亲亮回家如同看到来讨债人似的那么生气。他把李亲亮调到县城是为了占有这处房产。如果他帮李亲亮在县城买房子，不成为累赘了吗？如果那样还不如让李亲亮留在洼谷镇了。

李亲亮只是在星期天休息时回家。最初他回家还有饭，后来回到家就没饭了。他猜测也许自己是空手回家，没有买东西李亲实才不高兴的。他在回家时买只鸡或买点肉什么的。他这么做并没有改变李亲实的不满。

那天李亲亮刚走进家门，还没来得及把手中的鸡放到厨房，李亲实阴着脸说你不用往家里买东西，也别打算朝家里面要钱。李亲亮说我朝你要过钱吗？李亲实说有本事将来也别要。

李亲亮说你放一百二十个心吧，我就是要饭，也不会找你要。他说完话，狠狠地摔门而去。

李天震看不下去了，对李亲实说亲亮是你的亲弟弟，你这样对他好吗？李亲实歪着头，看了李天震一眼，反驳地说这年头谁管谁。我在监狱服刑时受的罪谁能替我受？不还得我自己受吗。李天震听这话不入耳，就说你受罪还怨着我和亲亮了？

李亲实说我是怨不着你们，我受罪我活该行了吧。如果李亲实不提被判刑入狱的事情，李天震也许不会生气，李亲实这么一提，李天震生气了。李天震说谁让你不听话了，你如果听我的，在家跟着我养猪，不去县城干临时工，能出那件事吗？李亲实认为养猪是没本事人干的活，特别不愿意听，斜视李天震一眼说，你就知道养猪，除了养猪你还会干什么？

李天震说我什么不会干也把你养大了。李亲实说你没看是怎么养大的，跟要饭似的，我跟你吃了多少苦，受了多少罪？李天震说我就这么大能耐咋办？

李亲实说没能耐就别生孩子，别让孩子跟着受苦，遭罪。李天震说你这是说的什么话？李亲实说我说的是人话。

李天震说你还是人吗，还有点良心吗？李亲实说我不是人，我是狗行了吧。李天震说你连狗都不如，喂狗一个馒头狗还摇摇尾巴呢。你成为什么了？

李亲实说那我是狼行了吧。李天震说你是狼心狗肺。李亲实说我狼心狗肺，你呢？

林童玉不高兴地走过来说你们父子总吵架，不怕外人笑话吗？

李天震听林童玉这么说沉默了，做了让步。

李亲实没有停下来的意思，还在不依不饶恶狠狠地说，要想让我拿钱给亲亮买房子，根本不可能，那是在做梦。

李天震本想息事宁人了，却被李亲实这句话惹怒了，反驳地说，这是你的家吗？这是我的家，如果你不想在这家待，就搬出去。

李亲实认为李天震说的不占理，讽刺地说这家也有我一部分，如果不是我盖了新房子，这哪像个家？还不是跟猪窝差不多，不愧你当年是养猪的。

李天震看李亲实脸不红心不跳的在要功劳，还挖苦他，反驳地说，既然是猪窝，你还在这里住了那么多年？有本事别在猪窝里住，哪好搬哪去。

李亲实说那时我没办法。李天震说你现在不是翅膀硬了吗？可以搬出去了。李亲实说新房子盖好了，你就撵我出去了？哪有这么容易。

李天震说你不是不想和我住在一起吗？李亲实说你给我钱我就搬走。李天震说我为什么要给你钱？李亲实说盖房子我出了那么多力，操了那么多心，房子应该有我一部分。李天震说有你一部分你就要你那部分，咱们分开过好了。

李亲实说分就分，好像谁愿意跟你在一起生活似的。李天震拿李亲实没办法，被气得差点晕了过去。李亲实毫不犹豫分了家。他们住的是东西屋，中间是厨房，只要把自己住的房门锁上就行了。李亲实从锁上房门那天起，做饭时就不做李天震的了。

开始林童玉有些不适应，不给李天震做饭如同做了违心事，心里七上八下的，神情紧张，就让李亲实做饭。李亲实做了几天后，觉得顺理成章了，她才开始做饭。

李天震为了避免发生矛盾，做饭时故意跟李亲实错开。李亲实做饭时李天震要么待在自己屋里，要么出去，等李亲实吃过了饭，他才做饭。虽然父子二人同住在一个大屋里，却分成了两个敌对阵地，谁也不理谁。

更让李天震生气的是鸡下的蛋全部被李亲实拿走了。每天李亲实在早晨和晚上都喝鸡蛋水，补充营养。李天震连个鸡蛋皮也见不到。李天震憋了好长时间气，终于憋不住了，就跟李亲亮说了。

李亲亮很长时间没回家了，没想到家里会发生这么大变化。他进屋一看李亲实把门锁上就生气。就算是分开过，也没必要锁门呢。锁门防范谁呢？特别是当他听李天震说李亲实把鸡蛋全部拿走了，更是恼火。李亲实在监狱服刑那么多年，这个家为李亲实付出了那么多，哪点对不起李亲实？他找李亲实理论。

李亲实对李亲亮态度要比对李天震好得多。他了解李亲亮的脾气。他多次想用武力征服李亲亮都没成功。如果他继续采取这种过激行为肯定会出事的。他把苗头指向李天震。当李亲亮质问他为什么偷着喝鸡蛋水时，他冲到西屋找李天震发火了，好像受到了天大委屈一样。

李天震坐在炕边吸着闷烟，不吱声。他希望能用沉默来平息这场刚开始的争吵。他不满意地瞪了李亲亮一眼。他跟李亲亮说只是想倾诉心中的苦闷，并没有让李亲亮去质问李亲实的意思。他知道质问李亲实没有用，不但不解决问题，反而会把事情弄的更糟糕。

李亲实冲到李天震面前怒吼着说，你跟他又说什么了？有你这样当爹的吗？这个家才安静几天，你就不舒服了。你想闹咱就闹，如果你不怕丢人，我更怕了。

李天震接受不了李亲实这种态度。李亲实是他儿子，他是李亲实的父亲，世上哪有儿子这么对父亲说话的。他像一座沉默多年的火山，突然爆发了，喷射出巨大能量来。他说我不舒服！我过好日子过够了！我想死，你把我逼死好了！

李亲实根本不把李天震的怒吼当回事。他说你少跟我来这一套。你吓唬谁呀！我什么事情没经历过。我又不是被吓大的。

李亲亮对李亲实说你能不能理智点？李亲实说这话别跟我说。李亲亮说不跟你说跟谁说？李亲实说跟你爹说去。

李天震吼着说你们都给我闭嘴！他声音粗犷，似乎把窗户上的玻璃震动了。

李亲实不怕李天震。虽然李天震在反驳，但他看出来李天震心存胆怯。他说你如果不想好好过，尽管胡说八道好了。李亲亮对李亲实这一做法烦透了，他说你还觉得这个家不够丢人怎么着？李亲实警告地说，我怕什么，反正我结过婚了，孩子也生了。你还没有对象呢，外人看这个家总吵架，印象肯定不好，恐怕你连对象都找不到。

李亲亮明白李亲实说这话的意思是威吓他，但这是实际情况。他说我找不到对象应该感谢你，没有你我跟谁吵架！

李亲实咬牙切齿地说，你找不到对象你活该。谁让你有这么个好爹了。李亲亮说你良心坏透了，不得好死。李亲实说我先打死你再说。他冲上前跟李亲亮撕打在一起。

李天震见情况不妙，忙拉住李亲实。李亲实根本不听李天震的，朝李天震前胸就是一拳。李亲亮看李亲实如此无礼，野性放纵，对李亲实做出回击。李天震一边拉架，一边冲着外面喊：老纪，老纪！

李亲亮说你喊人家干什么？他不想让外人掺和进来。

李亲实大声说如果打架你们两个加起来也不行。

李亲亮说你就打架有本事，除了打架你还会干什么？他看不起李亲实这种蛮横。

李亲实喊：童玉，你出来！

现在的林童玉已经不是刚嫁到李家时的她了。她什么事都想掺和。她是在跟李亲实过日子，当然站在李亲实这边立场上了。她虽然听到西屋吵架声了，但不相信李亲实能吃亏，所以在屋里没有出来。可她的心却早飞过来了，耳朵也竖起来了，静静听着。她听到李亲实喊她时，感觉不妙。她认为李天震是向着李亲亮的，或许父子二人合起来打李亲实了。她急忙把怀中的李童放在炕上，推开门，急速冲过来，参加到这场争吵中。

李童在炕上大哭起来。孩子的哭声给屋里增加了悲凉色彩。

李天震抱着李亲实的后腰，不让李亲实靠近李亲亮。李亲亮虽然跟李亲实扭在一起，并没有打架的意思。

林童玉看形势对李亲实不利，慌了神，上前拉住李亲亮的手说，你松开，松开！

李亲亮对林童玉说你们两个真不愧是夫妻，一起上阵。这是我们的事，没有你的事，你别往里掺和。

李天震毕竟是上了年岁的人，考虑比较多，看儿媳妇动手了，更急了，使劲朝屋外喊：老纪，老纪！

老纪是李天震家的邻居。过去李家父子三人一吵架他就过来劝。时间久了，他的女人烦心了，不让他去劝架。他的女人说李天震家三天两头吵架，谁有那份心情劝架。劝了还不起作用，白浪费时间，还未必得好。老纪认为老婆说的话有道理，听从老婆的了。这次他也不想过来拉架，可李天震一个劲地喊他，碍于情面不得不过来。他过来时李天震家四个人已经扭在了一起。他先让李天震松了手，再去拦住李亲实。

李亲实得了空，愤怒的踢了李天震一脚。他在准备踢第二脚时被老纪挡住了。

老纪说：亲实，你想干什么？

李亲实发着狠说他们想找死了，我要弄死他们。

林童玉看李亲实被拉到旁边了，松开抓着李亲亮衣服的手。

李亲亮看李亲实踢了李天震，怒火在心中燃烧，愤怒之下想到了报警。他不相信李亲实谁都不怕。今天他一定要制服李亲实，不然以后李亲实会得寸进尺，变本加厉，更加猖狂。他冲出家门，骑上自行车去镇办公室给县公安局打电话。

李亲实挣脱了老纪的手，拎起放在门口的一把铁钦追李亲亮去了。李亲亮回头看了一眼在后面追上来的李亲实，把自行车骑得飞快。李亲实看追不上了，把手中的铁钦使劲朝李亲亮扔去，嘴里骂道：你他妈的有本事别跑！

李亲亮一口气骑到洼谷镇办公室门口，拨通了松江县公安局的电话。

公安局治安科的宁科长接到报警电话后，迅速带领一名干警骑着三轮摩托车从县城来到洼谷镇。李亲亮把李亲实踢李天震的经过如实讲述了一遍，又把李亲实从监狱服刑回来后，对家里人做出的过激行为反映给了宁科长。宁科长问李亲亮说：你是什么意思？

李亲亮说家里人说服不了李亲实，他谁的话也不听，处事非常放纵。我担心他这样下去会做出更出格事情。希望公安机关能对他进行一次深刻批评教育，或者拘留也可以。

宁科长想了一下，认为拘留李亲实是可以的，但想到这是初次，并且没有造成人员伤害，应该先批评教育。宁科长让洼谷镇社会治安员把李亲实找到办公室来。

李亲实没想到李亲亮去报警，警察会这么快来了。他最不愿意见的就是警察。他与警察打交道次数太多了，产生了心理反应。他认识宁科长，也认识那名干警。他面对警察才意识到事情严重性，态度来了大转弯，脸上的凶相不复存在了。

宁科长说，亲实，你回来干得不错，我们都知道。可你在家里这么做是不对的。如果你打伤家人，也是犯法的。凭你今天做的事我们完全可以拘留你。你用脚踢了你父亲，这是说不过去的。但考虑你是第一次，就以教育为主，下次可不行了。

李亲实点着头，接受批评。从这时起他更恨李亲亮了。

李亲亮没有回家，直接回县城了。他知道这个家回不去了，只有在县城寻找生活的根基了。

李亲实没有因为警察找他谈话而打消心中怨气，反而对李天震更加不满意了。这让他想起了多年前李天震领着警察抓捕他的往事来。他说你们父子可真行，都会找警察，看来警察不把我抓起来，你们是不会死心的。

李天震感到莫名其妙，不解地说我啥时找警察了？李亲实咬着牙说警察逮捕我的时候不是你领着去的吗？李天震没想到李亲实会提到几年前的事，更没料到李亲实会这么想。李亲实这不是把被逮捕入狱的责任推到他身上了吗。他没想到李亲实会记恨他，并且记恨的这么深，有被冤枉的感觉。

李亲实凝笑着说你不会不承认吧？李天震说那也不是我去找的警察呀，是警察来找的我呀。李亲实怨气十足地说，警察来找你，你就领着警察抓我？你胆小如鼠，也就敢对我发脾气吧。让外人欺负了，连声都不敢出。就知道窝里横，有本事对外面人使呀！

李天震说你胆大怎么还让警察抓走了？你怎么不与警察拼命呢？李亲实无话以对，只是冷冷一笑。李天震说当时我不领警察抓你，警察就抓不到你了？法律这么严，你还能跑了吗？

李亲实怀恨在心地说，当然了。如果我跑了，躲过那阵风声，事情平息了，不就没事了吗。最少不会被判那么重的刑期。李天震感觉李亲实说的有道理，不知道怎么解释了。李亲实说我知道你们恨我，你们就恨吧。

李天震说你做错了事你怨谁，就算那天晚上抓不着你，还总抓不着你了？李亲实还在强调是李天震的过错，接着说，如果那晚上你不领警察抓我，第二天我躲起来了，过一段时间会轻得多。李天震说当时我也不知道你做了啥事呀，更没想到你会被判刑。

李亲实轻视地看了李天震一眼，嘲笑地说，你能知道什么！看你把日子过的，在洼谷镇只要一提李瘸子，没有不知道的。你比镇长都出名。

李天震的心被李亲实这句话深深刺痛了。别人看不起自己他能忍受，可不能忍受儿子看不起，更不能允许儿子嘲笑自己。他说抓你活该！警察怎么不抓别人呢？

李亲实如同死猪不怕开水烫似的表情。他说：你喊，你使劲喊，再大点声音，让全镇的人都听见。我不怕。我是强奸了？还是杀人了？不就是那五元钱吗？别说还不是我上前要的，就算是我上前要的，也不应该被判刑。你没本事警察才抓我。如果你当县长警察就不敢抓我了。

李天震说别说是县长了，就算是省长、市长犯罪还有被抓起来的呢，还有被枪毙的呢。抓你你倒霉。警察咋不抓亲亮呢？

李亲实不愿意把自己与李亲亮做比较。他与李亲亮性格不同，思想不同，处事方式区别大，没有可比性。这种话是对他人格的否定。他说你二儿子好，我不好行了吧。今后你遇到为难事别来找我，去找你二儿子吧。你找我看我能管你的。

林童玉走过来，伸手一拉李亲实的胳膊说：走，还说什么，说来说去就那点破事。我看你们不像是一家人，都是有你没他，有他没你的，已经成为冤家对头了。

5

李亲亮回到宿舍牙痛的要命，整个腮帮子肿起来了，半个脸肿的跟馒头似的，嗓子也痛，不敢说话，还发高烧。他到医院诊断时医生给他开了药，还开了病假证明让他休息。

每天他去医院打两次针，还得用盐水漱口消炎。食堂饭菜不合胃口，他不愿意吃。白天他一个人躺在宿舍里心情烦乱。宿舍里的同事说在宿舍里躺着干什么，回家休息多好。他现在是有家不能回。在他生病第五天的时候，李天震拎着一个小布包来了。他没想到李天震会来。

李天震是从梁南那儿得知李亲亮生病了。

梁南是和李亲亮一起从洼谷镇到松江县机械厂上班的。他和李亲亮同岁，比李亲亮早几天调进机械厂工作。机械厂吕厂长的儿媳妇是梁南大姐的小姑子。梁南同吕厂长算是有点亲戚关系。他也在机械加工车间工作。每天他骑自行车来上班，也骑自行车回家。他回家遇到了李天震时，李天震向他打听李亲亮在厂里面的情况，他把李亲亮生病的事如实说了。

李天震说如果食堂吃的不合口就回家吧。李亲亮说看你大儿子那样，我回去不又乱套了。李天震叹息了一声，显得无奈。

李亲亮无法理解地说："他从监狱服刑回来后对咱们比从前狠多了。虽然他从前驴性，可还没有像现在这样。好像是咱们把他送进监狱似的。"

李天震说："他就这样了，别管他了，他已经自己过了。你要为自己考虑一下，有合适的处个对象。你成了家，我就省心了。"

"咱家哪还有钱？没钱找什么对象。"李亲亮说。

李天震说："钱的事不用你管，我会想办法的。我给亲实花多少钱就给你花多少。"

"你别跟亲实要钱了，他不会同意的。不但钱要不出来，反而还会惹来麻烦。"李亲亮决定在经济方面与李亲实分清楚。

李天震在家中钱的使用方面跟李亲实发生了争执，分歧比较大。李天震这回没有让步。

李亲实看推脱不掉了，同意给李亲亮一部分钱，但这要等他买了汽车后。虽然李亲实下了保证，说得非常诚恳，但李天震不相信李亲实的话。因为李亲实总是出尔反尔，言而无信。

李天震心想买汽车可不是小事情，买一辆汽车要好几万元钱。今年刚好能把李亲实结婚时借的外债还上，李亲实又要买汽车。如果李亲实真的买了汽车，几年之内家中经济条件是缓不过来的。如果这样不就把李亲亮的婚事给耽误了吗。李天震反对李亲实先买汽车，后让李亲亮结婚的做法。不过李天震倒是希望李亲实能干出点样子来，给亲朋好友看一看。

李天震盘算着让李亲亮先找对象，过几年再结婚。到时候他和李亲亮挣的钱差不多够给李亲亮结婚的了。

李亲亮一听李亲实要买汽车，感觉不现实，很是反对。他认为买卡车跑运输风险大不说，更没有买卡车跑运输的经济实力。虽然现在李亲实已经是职工了，分到了田地，林童玉也分到了田地，可种地收入是有限的，如果收成好三年两年能还上买汽车借的债务，如果遇上自然灾害，收成不好，说不上用几年才能还上呢。李亲实如果还不上买汽车借来的钱怎么办？何况李亲实还不会开车呢。他语气生硬地说："买汽车，他会开吗？"

"这几天他就去学开汽车了。"李天震不动声色地说。

李亲亮说："会开就行了？他会修吗？"

"不是有专门修理汽车的地方吗。"李天震说。

李亲亮无可奈何地说："你真是越老越糊涂了。"

"我不糊涂，明白着呢。"李天震说。

李亲亮质问地说："你明白什么？"

"他非要买，不让他买能行吗。"李天震说。

李亲亮说："那你就让他往死路上走吧。"

"你这是说的什么话，我怎么会让他往死路上走呢？"李天震不明白这句话的用意，也反感。

李亲亮说："如果不听我的，你就让他买，买了不出事那才怪呢。"

"开卡车能出什么事呢？"李天震问。

李亲亮说："开汽车不是开拖拉机。开汽车没有技术不行，有了技术也未必行，公路上人那么多，车那么多，汽车行驶的速度又那么快，一不留神，万一出点什么事，我看你怎么办？"

李天震沉默了。

李亲亮说："我看你这辈子非把心都操在亲实身上不可。"

"我不让他买，他也不听呀！能挡得了吗。"李天震说。

李亲亮质问地说："你阻止了吗？你连阻止都没阻止还说什么。我看你已经被他说动了，我跟你说这些是多余的。你就看着你大儿子开汽车吧，终究有一天你们会后悔的。"

"后悔什么？"李天震不相信地说。

李亲亮说："不后悔你就让他这么干。他再出事可千万别来找我。我管不了，也不想管。"

"谁让你管了！"李天震的自尊心被刺痛了。他站起身缓缓离开了。他没想到好心好意来看李亲亮反倒惹了一肚子气。

李亲亮把李天震送出厂门口，看着李天震远去的背影心潮起伏，爱恨交加。他对家太失望了，知道乾坤不可扭转，不想回家了。他把希望寄托在工作上。

他处事踏实，工作出色，还受到了厂领导的表扬。当他克服了工作上的技术困难后，时间上觉得充裕了，又想起了摄影。他拿出照相机开始寻找生活的希望。

他已经好久没有使用照相机了，拿起照相机有一种感怀，油然地想起了林玉玲。林玉玲随同父母搬迁到峰源市生活后，李亲亮再没有见过林玉玲。李亲亮推算林玉玲可能已经考上大学了，并且大学快要毕业了。林玉玲会在哪里读大学呢？大学毕业又会去哪里工作呢？李亲亮又一想，林玉玲不会没有考上大学吧？突然间他牵挂起林玉玲来了。这是发自内心深处的牵挂。他把这份牵挂寄托在这部照相机上了。他经常去县文化馆找刘海龙学习摄影知识。

第二十二章
希望之光
XI WANG ZHI GUANG

1

刘海龙是松江县文化馆摄影辅导老师，又是县摄影协会的会长。他拍摄的艺术照片先后在省、市大赛中获过奖。他性情温和、厚道、朴实、真诚，对培养摄影新人有耐心。他发现摄影新人时非常高兴。松江县摄影协会在他带动下已经成为峰源市人数最多的县。他第一次看过李亲亮拍摄的照片后，就认为李亲亮是有摄影潜力的年轻人。他毫不保留地把多年来积累的摄影经验传授给李亲亮。每当有外地摄影家来松江县采风，取景，体验生活时，他会把李亲亮找来，向外地摄影家介绍李亲亮，推荐李亲亮，提高李亲亮的知名度与影响力。他还尽可能为李亲亮争取和提供到省城及市里的学习机会。

李亲亮思维敏捷、好学上进，精力充沛，领悟性强，拍摄水准在短时间内得到了迅速提升。他与刘海龙性格有些相似，两人无话不谈，成了忘年交。他的摄影作品不但在全县比赛中获奖，还引起了市及省里专家的关注。他的名字经常在县广播、电视中出现。他已经成为松江县小有名气的摄影师了。

那天他接受完县电视台专访，从电视台出来，走在回机械厂路上时，在林荫小路的转弯处偶然遇见了中学时的女同学徐志谦了。徐志谦的父亲也在机械厂机加车间工作，和李亲亮是同事。李亲亮知道徐志谦大学刚毕业准备回松江工作，便问："你的工作分配了吗"

"昨天上的班。"徐志谦说。

李亲亮问："哪个部门？"

"科技局。"徐志谦说。

李亲亮羡慕地说:"还是读大学好,毕业就分配到机关工作了。"

"你发展的也不错吗?"徐志谦说。

李亲亮说:"我在工厂,哪能跟机关比呢。"

"我爸经常夸奖你呢?"徐志谦说。

李亲亮:"我有什么好夸奖的。"

"你别谦虚了。"徐志谦说。

李亲亮看了一眼天空中的云彩,想找一下感觉,有意打听林玉玲的情况,可又没有问。他知道徐志谦上学时跟林玉玲关系走得近。

徐志谦了解李亲亮的家庭情况。她没想到李亲亮中学毕业后,在这么短时里能发展的这么好,笑着说:"真没想到你已经成为咱们县的摄影家了。"

"你可别笑话我了,我算什么摄影家呀,如果连我都是摄影家了,摄影家遍地都是了。"李亲亮调侃着。

徐志谦说:"你别谦虚了,过分谦虚就是骄傲。你在咱们县摄影行业中应该排在第一位了吧?"

"不能完全这么说。"李亲亮想了想,衡量了衡量,认为徐志谦说的没错。他的摄影水平在松江县应该是第一位了。他已经超越了刘海龙,刘海龙在摄影协会组织的活动中,曾经公开说过李亲亮超过了自己。可李亲亮不能这么说。如果他这么说就有点狂妄自大了。

徐志谦说:"那怎么说?"

"就算是在咱们县排在第一位了,也没什么呀。咱们这是个偏远小县城,全国那么大,高手如林。我离摄影家距离还远着呢。"李亲实的目光并没有放在松江县,而是望着更远的地方。

徐志谦说:"在咱们县排第一名你还不满足吗?怎么,你还想在全国拿第一呀?你的胃口太大了吧,目标太高了吧。"

"拿破仑说过,不想当将军的士兵不是好士兵。"李亲亮说。

徐志谦笑着说:"你的野心真不小。"

"我哪有什么野心呢,只是随口说一说。"李亲亮说。

徐志谦感触地说:"当年林玉玲把照相机送给你算是没有白送。她送出个摄影家来。"

"你也知道这件事呀?"李亲亮说。

徐志谦说:"我们女生中知道的可不少。不过当时我们都不相信你会成为摄影家,只有林玉玲相信你在这方面能取得成绩。"

"林玉玲对我支持很大,如果她不送照相机给我,我就不会有学习摄影的机会。"李亲亮想起来了,这件事应该是从侯建飞妹妹那传开的。他现在和林玉玲天各一方了,经历过多年生活的洗礼后,能坦承面对了。他不会忘记林玉玲对他的关心与帮助。

徐志谦说:"林玉玲还向我打听过你的情况呢。"

"林玉玲现在干什么呢?"李亲亮问。

徐志谦学说:"她在北京工作。"

李亲亮得知林玉玲没有考上本科,而是考上了北大荒八一农垦大学的专科。她专科毕业后到北京工作了。

晚上李亲亮躺在床上,睁着眼睛思来想去,久久不能入睡。他在心里默默念叨着:北京,北京,多么熟悉的名字。他想起了上小学时经常唱一首《我爱北京天安门》的歌曲。从那时起北京就成为他向往的圣地了。现在北京又有了一位让他牵肠挂肚无比思念的人,那人——就是林玉玲。

李亲亮没有去过北京。他去大西北监狱劳改农场接李亲实回家时曾经路过北京,但没有到市区看一看,只是在车站等车,只是在车站附近的商场转了转。他后悔了,当时为什么没有到市区看一看呢?

北京——这座伟大而美丽的文明古城,国家的首都,此时搅乱了李亲亮平静的心绪。他情感的湖面被一丝微风吹动,荡起了层层涟漪,水的波纹向四周缓缓开去,冲撞着心灵的岸堤。

李亲亮下决心尽快提高摄影水平,力争拍摄出更好的作品。他准备把摄影作品寄到北京的报纸、杂志社去发表。他心想作品一旦在北京发表了,林玉玲有可能会看到。他想让林玉玲看到他的作品,感觉到他在人生路上的努力与变化。

松江县机械厂领导对李亲亮的摄影水平给予了高度肯定。领导更看重他的勤奋，欣赏他的进取精神。厂领导支持他，关心他，培养他，给他调换了工作岗位。

他成为厂工会、团支部的宣传委员了。

2

这年的盛夏，松江县机械厂里分配来了几名大学毕业生。机械厂建厂几十年了，从没有一次性分配进来这么多大学生。这给厂里增添了许多新鲜感，多了些话题。大学毕业生还没有来厂里报到呢，厂里已经议论开了。听说还有一名是来自北京的女大学生呢。大家在猜测这名女大学生为什么会从北京来这里？现在不是提倡城市知识青年下乡年代。年轻人都是背井离乡，挖空心思往大城市去，哪还有从大城市往小地方来的呢。人们对这名来自北京的女大学生产生了好奇与关注。

这几名大学毕业生在人们关注中来到机械厂工作了。

这天傍晚，李亲亮吃过晚饭，一个人坐在篮球场台阶上想着心事，突然有人在背后轻声喊他。他回过头一看愣住了。一位漂亮姑娘朝他缓缓走来。他觉得眼前这位姑娘那么眼熟，好像在哪里见过，可一时又想不起来了。

姑娘面带微笑轻盈地走近李亲亮问："你还记得我吗？"

"你是……"李亲亮想不起来在哪里见过了。

姑娘甜甜的一笑，提示地说："你还记得火车上的事吗？"

"我想起来了，想起来了，王……文静，对王文静，怎么会是你呢？你怎么会来这里呢？"李亲亮吃惊不小，高兴得不得了。他伸出手与王文静握手。

王文静快言快语地说："你这是问的什么话，我怎么不能来这里呢？这里又不是狼窝虎穴，这里又不是天上人间，这里不就是北大荒的松江县吗，难道说你不欢迎我？"

"你不要误解，我可没有那种意思。我是感到太意外了。我做梦也梦不到你能来我们这里。"李亲亮说着自己的感受。

王文静说："你做过梦吗？"

"看你说的，梦肯定是做过了。"李亲亮没明白王文静问话的用意。

王文静接着又说："你在梦里梦见过我吗？"

"梦见过。"李亲亮说。

王文静说："你要说实话，不能骗人。"

"当然是实话了。不过我没想到能在这里再次遇见你。"李亲亮说。

王文静说："世界之大，天地之小，看来咱们真是有缘分。不然怎么会在大千世界中再次相遇呢。"

"你就是那个从北京来的大学生呀？如果知道是你，我就去看你了。可我不明白你怎么会来这里呢？"李亲亮说的是实话。从他在火车上遇见过王文静后，脑海中曾经出现过好多次这种场面。男人总会对自己有好感的女人产生幻觉和想象。但他认为那是不可能的。现在他是把否定过了一千次的不可能，变成了可能。

王文静带着几分得意，刻意做出深奥的表情说："理解不了吧？世界上的事让人理解不了的太多了。我们有时就是在不解中生活。"

"言之有理。"李亲亮爽快地说。

王文静微笑着看着李亲亮。她对李亲亮感觉是那么好，那么自然与放松。这种好感是发自内心的。如同久别的朋友再次相逢。虽然他们只匆匆见过一次面，可好像是老朋友了，有着强烈交流欲望与感觉。

李亲亮说："你是客人，我请你去吃饭吧？"

"刚吃过饭，还吃什么饭，再吃饭我不成为饭桶了。"王文静丝毫不见外地说。

他们都笑了，笑的是那么幸福与开心。

王文静抬头看了一眼迷人的晚霞，感觉在这美丽的傍晚出去散步应该是很好的享受。她来松江县时间短，对这座北大荒边陲小县城还陌生，有着许多新奇。她想出去走一走，欣赏小城迷人的景色。她让李亲亮陪她去散步。

李亲亮当然是求之不得了。他长这么大还是第一次陪姑娘散步呢。在情感绽放的年龄，陪同姑娘散步是最美的享受。他们从机械厂大院走出来，沿着那条水泥路朝着城西方向缓缓而行。

松江县城不大，没有特别之处。如果说风景最好的地方，就应该是西山了。西山被称之为凤凰岭，这是县城公园，又被称为凤凰岭公园。县电视台坐落在树林深处。这里除了栽有花草，各种树木外，还有一片葡萄园。幽静公园里有喜鹊的叫声，也有鸟儿的呼朋引伴。在正门入口处有一对白色展翅仙鹤雕塑对望着，走到这里如同进入了人间仙境。

王文静和李亲亮沿着弯弯曲曲的坡形羊肠小道向前缓慢走着。他们正处在情窦初开年华，彼此都有倾听与倾诉的渴望，两颗年轻的心如同磁铁般相互吸引着。

李亲亮处在兴奋中，感觉如同在梦里那么缥缈，虚幻，不真实。他说："这几天我怎么没有见到你呢？你如同仙女下凡般来得那么突然。"

"我没有在厂里的集体宿舍住。厂里把我安排在县政府机关宿舍里住了。这几天我又在技术科很少出来。"王文静看了看天空中的彩云。

李亲亮赞同地说："县政府机关宿舍比厂里的宿舍条件好。你们是大学毕业生，与普通工人不同，应该享受这种优越待遇。"

"只有我一个人住在机关宿舍里。在这次分来的毕业生中只有我是本科生。可能厂里是看学历来安排的吧。"王文静说。

李亲亮知道厂里以往分配来的技术人员中多数是中专生，很少有专科生，更别说本科毕业生了。虽然中专和专科不应该算是大学生，因为本科毕业生少，人们习惯性地把中专和专科毕业生统称为大学生。李亲亮说："这几天我在县总工会帮忙，没有去技术科。如果我去技术科了，肯定能见到你。"

"看来你是不想见我，有意躲开了。"王文静开着玩笑。

李亲亮说："你冤枉人了。我做梦还梦见过你呢。火车上邂逅，你给我留下了美好的记忆。想忘也忘不掉。"

"真的吗？"王文静说。

李亲亮说："当然是真的了。美女呀，哪个男人不想入非非呢。见到美女不动心就不是男人。男人本性就是对有好感的女性产生冲动。"

"你胡说什么呢。"王文静脸红了。

李亲亮说："如果带照相机就好了，现在的景色真美，给你拍几张照留着做纪念。"

"没想到你还会照相呢。你用什么牌子的照相机？"王文静说。

李亲亮说："老式的。已经淘汰了。"

"等我回北京时把我爸的照相机给你带来。"王文静说。

李亲亮做出得意的神情说："我这辈子挺有福气的，又遇见了一个送照相机给我的人。"

"谁送给过你照相机？"王文静问。

李亲亮说："我的同学。"

"男同学还是女同学？"王文静问。

李亲亮说："女的。"

"她叫什么名字？"王文静问。

李亲亮说："林玉玲。"

"她在哪里工作？"王文静说。

李亲亮说："在北京。你怎么对林玉玲这么感兴趣？"

"想知道她为什么送你照相机给你。"王文静说。

李亲亮说："同情我呗。"

"她不是你初恋的情人吧？"王文静说。

李亲亮说："怎么会呢。"

"不过，你提起林玉玲时表情都变了。"王文静说。

李亲亮说："没有她送的照相机，我是不可能学摄影的。"

"你拍照水平还差些，有待提高。"王文静说。

李亲亮问："你爸也喜欢摄影吗？"

"我爸可能比你的技术还好呢。"王文静说。

李亲亮说："现在有你爸拍摄的照片吗？"

"在宿舍呢。"王文静说。

李亲亮说："拿给我学习一下。"

"明天吧。"王文静说。

李亲亮回忆着说："时间过得真快，转眼好几年过去了。你已经大学毕业了。"

"岁月如梭。人生如梦。梦醒了，咱们也老了。这次遇见你真是太意外了。我还以为这辈子再也见不到你了呢。"王文静感叹着。

李亲亮说："我也这么想过。"

"看来咱们是命中注定再次相逢。"王文静似乎沉浸在感情中。

李亲亮说："你怎么想起来找我了呢？"

"想你了呗。不想你能来找你吗？"王文静爽快地表达着。

李亲亮感觉这句话说得有点愚蠢，不妥当。幸亏王文静性格直率，坦荡，不然就尴尬了。他不好意思地笑了。虽然他在县城生活，可言行还是有些腼腆，放不开。在他看来王文静说的过于直接了，可并没有不当之处，让人愿意接受。这是他欠缺之处，是应该学习的。他喜欢王文静这种爽快性情，爱听她说的话。他感觉自己与王文静之间差距很大。

王文静看李亲亮面带羞涩，解释说："你可别理解错了，这种想，跟那种想可不是一回事。"

"那当然了。"李亲亮说。

王文静哼唱起了《万水千山总是情》那首歌来：

> 莫说青山多障碍 / 风也急风也劲 / 白云过山峰也可传情；
> 莫说水中多变幻 / 水也清水也静 / 柔情似水爱共永 / 未怕罡风吹散了热爱；
> 万水千山总是情 / 聚散也有天注定 / 不怨天不怨命 / 但求有山水共作证

李亲亮感觉与王文静相遇还真像歌中唱得这么浪漫，富有情调呢。用这首歌来表达他与王文静之间的情感恰如其分，再适合不过了。王文静唱得很好，有点专业水准。他说你唱的真不错。

王文静毫不谦虚地说那当然了，在学校我还是班级的文艺委员呢。李亲亮不明白像王文静这么优秀的大学毕业生怎么会来松江县工作呢。他在王文静唱完歌时，问你怎么不回北京工作，而是来到这么偏远的小县城工作呢？王文静说我是听从父母之命，下乡来接受锻炼的。

李亲亮说想锻炼意志不一定非得来北大荒，在城市也可以锻炼人的生存能力。王文静说北大荒跟北京是有区别的。李亲亮说北大荒与北京差别大着呢。

王文静说如果我不来北大荒怎么能再次遇见你呢？你还真要感谢我叔叔呢。

李亲亮说我一定感谢。王文静说你更应该感谢我妈，是我妈坚持让我来的。

王文静从东北大学机械设计系毕业后，父母为了增强她的生存能力，磨练意志，没有马上让她回北京工作，先让她到北大荒工作一段时间，然后再回北京。当然这个主意是王文静叔叔出的。

王文静的叔叔在北大荒下过乡，但不在松江县。他下乡时的战友刘松没有返城，扎根在了北大荒。刘松后来升职了，调到松江县任副县长了。王文静来松江县是她叔叔安排的。当然她最终还是要回北京工作的。

王文静没有把回北京的打算告诉李亲亮。她在这里待一天，就要安心工作一天。她被安排在机械厂技术科工作。技术科里有八个人，七个是中专生，只有她是本科生。大家关照她。她也努力维系与同事的关系。她在工作中如鱼得水，游刃有余。

松江县政府机关有几个没对象的小伙子跟王文静住在相邻宿舍里。他们被王文静的美丽和学历深深吸引着，很快把求爱目标定在了王文静身上。

王文静说是说，笑是笑，可不动心。她对他们好像缺少爱情神经似的，根本弹奏不起恋爱的旋律。她经常跟李亲亮在一起聊天，散步，觉得跟李亲亮在一起非常快乐。

李亲亮虽然愿意跟王文静在一起谈工作，谈生活，畅想未来，但内心恐慌，精神压力大。虽然他已经脱离了生产车间，不在生产一线工作了，但他不属于干部，还是工人身份。工人和干部在待遇和薪酬上有着根本性区别。干部的工资比工人高不说，待遇也好，两者在档案管理方面是不同的。干部由组织部管，工人由劳动部门。在办公室里工作的人多数都是干部职位，工人只有他和另外一位女孩。他看到办公室里其他工作人员悠闲自得，轻松的表情，心里不平衡，显得自卑，有着紧迫感。他从心里发出一股要改变处境的呼声。他如果要想改变处境，首先必须改变自己。从自我做起。

他是一个肯下功夫，脚踏实地的年轻人。他开始为实现人生新的征程而努力。他把工余时间都用在了提高文化水平上。但他的这个学习方案很快被王文静给否定了。

王文静是受过高等教育的人。她对个人发展有着深远目标。她看出来李亲亮身上的不足，尽可能帮助李亲亮。她认为李亲亮想通过考学来追赶同龄人，改变生活处境，有点晚了，未必能有显著收效。她认为李亲亮得走一条更便捷，又符合自己发展的路才行，只有这样才能立竿见影，尽快被社会认可。

李亲亮认为王文静的观点有道理，改变了发展目标和方向。他又把希望寄托在摄影上了。他想通过摄影这一技之长来提高自己的知名度，用知名度来改变工作环境。他心想只要有了更大名气，生活中的一切都将随之改变。他追求摄影已经到了发疯发狂的地步。

3

刘海龙准备出去办事，刚走到办公室门口，看见李亲亮迎面走过来，止住步，停在了那里。他在李亲亮走近了，转身回到办公室，从办公桌上拿起一个大牛皮纸信封递给李亲亮有点兴奋地说："邮递员刚送来的，是《人民摄影》杂志社寄来的挂号件。你打开看是什么？"

"是退稿，还是杂志呢？"李亲亮接过信封扫视了一眼，没有马上打开。他往外寄图片时会用类似杂志的硬纸夹好，防止图片被损坏。尽管硬纸酷似杂志，还是有区别的。

刘海龙说："不像是退稿，像是杂志。"

"最好是杂志。"李亲亮这段时间正发疯般的向北京、上海、哈尔滨等大城市杂志、报纸投寄摄影作品稿件。他为了提高中稿率，防止编辑在审读稿件时看职位对待作品，把通信地址定在了松江县文化馆。他的信件由刘海龙经管。

刘海龙说："你别紧张，应该是好消息。"

"我的心在颤抖了。"李亲亮拿着大牛皮纸信封翻过来掉过去看着。

刘海龙肯定性地说："相信是好消息。"

李亲亮撕开了信封，从里面抽出一本杂志，杂志还散发着油墨气味。他的目光如同扫描机似的迅速在杂志目录上搜索着，想找到自己名字。他看到自己名字被印在目录上了，又急忙翻开了杂志。他在杂志内文里看到了自己拍摄的照片，心中的忐忑消失了，把杂志递给了刘海龙。

刘海龙说:"你成功了。"

"这就是成功了吗?"李亲亮知道这是好成绩,可确定不了是不是成功。

刘海龙说:"你是咱们县第一个在《人民摄影》杂志上发表作品的人。开创了纪录,应该会记载在县史中,是大好事。"

"刘老师,太高兴了。晚上我请你吃饭,"李亲亮不知说什么好了。

刘海龙说:"不用。"

"这顿饭必须吃。"李亲亮说。

刘海龙看李亲亮认真起来,没有过多推辞。李亲亮又约了王文静。王文静虽然是第一次见到刘海龙,可听李亲亮说起过。刘海龙对王文静印象比较好。他关心地问王文静说你从北京来到北大荒生活还习惯吧?

王文静说还可以。刘海龙说北京是大城市,我们这是小县城,差距比较大。王文静说你从上海来这里不是已经习惯了吗。上海不比北京差。

刘海龙说没有不习惯的环境,只是看想不想去适应。王文静说我也这么认为。刘海龙说将来你最好回北京去,这里必然是太偏远了,对生活和工作发展不利。

王文静笑着点了下头。

李亲亮把刘海龙和王文静当成生命中的朋友,人生路上的知己。这顿饭花掉了他近一个月的工资。他长这么大还是第一次这么消费呢。钱花的是有点多了,他认为值得,非常开心。

4

王文静对摄影内行,照片艺术水准怎么样能看出来。这跟她生活家庭环境有关系。她父亲是位摄影爱好者,家庭熏陶,长期耳濡目染,使她懂得许多摄影知识。

李亲亮越来越离不开王文静了。王文静成为他生活中的精神支柱了。他在晚上闲下来的时候经常去县政府机关宿舍找王文静。在王文静来松江县之前,他很少去县政府机关宿舍。他每天从这里经过几次,近在咫尺,感觉却是那么遥远,如同禁地。他现在成为这里的常客了,无形之中思想得到了升华。他跟王文静并肩走在大街上，会有熟人投来羡慕的目光。在那个黄昏的傍晚，他们在街上散步，意外遇上了老纪。

老纪在县城办完事骑自行车匆忙往家走。他在经过县城十字街口时，看见李亲亮和王文静了。他不认识王文静，留意的多看了几眼。李亲亮主动与老纪打招呼，老纪热情回应着。老纪没有停下，继续赶路。他回到洼谷镇，把这件事告诉李天震了。

李天震高兴。他希望李亲亮能找个对象，结婚成家。那样他就了却了心事。多天之后他见到李亲亮时问那个女孩是不是李亲亮的女朋友，李亲亮否认了，说不是。李天震心中燃烧起来的热情又凉了下来。

李亲亮被李天震的话勾起了一股情丝，这种情感一直在他心里隐约出现，搅的他情绪不稳。虽然他不知道与王文静之间是不是存在恋爱般的情感，但他知道王文静深深吸引着他。他心想或许这就是爱情到来的前奏，只是这首爱情之歌还没有完全开始演奏。他不敢表白，不敢考虑结果。他认为自己没有资历承受这份美好的感情。他知道两个人家庭背景，社会地位相差悬殊，彼此间差距太大了。他只有在改变自己的处境后，才能表达心中的想法与爱意。现在他最大心愿是作品能在市或省及更高级别的比赛中获奖，然后调离机械厂，到政府机关事业单位去工作。那时他在思想上离王文静会近些，或许会有勇气敲响王文静的爱情之门。

5

刘海龙接到省群众艺术馆举办全省中青年摄影家作品大赛通知后，及时把消息告诉给了李亲亮。李亲亮知道省里极少举办摄影作品大赛，这次大赛对他来说千载难逢，太重要了，准备参赛。刘海龙叮嘱李亲亮要全力以赴，力争在大赛中取得好成绩。

李亲亮有点为难了，因为他的照相机功能过时了，效果不好，根本不可能拍摄出省级获奖作品来。全省那么多摄影家，如果作品缺少艺术水准和视觉，肯定是获不了奖的。他前几次参加市级摄影大赛时是借刘海龙的照相机，抽空拍摄的。这次是省级大赛，不同市级，征集作品时间短，质量要求高，刘海龙也参赛，不能因为自己参赛而影响刘海龙准备参赛作品。他没好意思开口借照相机。

刘海龙对李亲亮说你用我的照相机吧。李亲亮说我用你的照相机你用什么？刘海龙说我最近身体不太好，不想参赛了。

李亲亮说还是参赛吧，参赛只有好处，没有坏处。刘海龙想了想说参赛也行，我去借电视台贺广连的照相机。李亲亮认识电视台记者贺广连，知道贺广连也是个摄影迷，摄影技术在全县摄影爱好者中排在前几位，在摄影协会里属于骨干会员。他说贺广连不参加大赛吗？

刘海龙说贺广连明天就去北京广播学院学习了，没有时间参赛。按照政府机关管理规定，工作人员因私外出时，要把公家配发的设备交还给单位保管，我去找台长借。李亲亮说给你增加了这么多麻烦。刘海龙说没事，只要你能取得好成绩再麻烦些我也高兴。

李亲亮经常借刘海龙的照相机用，虽然刘海龙的照相机是公家配发的，心里还是有些过意不去。他现在急需一部功能好的专用摄影照相机。他感叹地说我什么时间才能有一部专用照相机呢？刘海龙安慰李亲亮说只要努力，肯定会有的。李亲亮说我争这么点工资，一辈子也买不上好照相机了。

刘海龙说先别想买照相机的事情，眼前是把这次参赛作品准备好，力争取得好成绩。

李亲亮决不会轻易错过这次机会。他知道每一次努力都是在为今后发展铺路。他为了能在大赛中取得好成绩，绞尽脑汁构思拍摄计划。他想了好多天也没有想出好的创作突破点。

那天他在宿舍里偶然发现在同事床上放着一本《雪城》的书，顺手拿起来看了看后，萌生了创作灵感。他想著名作家梁晓声成功的作品不就是《今夜有暴风雪》《这是一片神奇的土地》等小说吗。还有张抗抗写的《隐形伴侣》，曲波写的《林海雪原》，王左泓写的《晚秋的网滩》及王凤麟写的《野狼出没的山谷》等文学作品，这些作品之所以能获全国大奖，取得那么好的成就，就是因为有着极为浓厚的北大荒地域特色。因为这是作者经历过的生活，作者在创作中充满了感情。作品是艺术家思想升华后放射的载体。好的艺术作品一定蕴含着思想的光芒。他知道优秀艺术作品是不能缺少特色的，更不能没有思想。没有思想的艺术作品是空洞的，没有特色的作品是苍白的。他想自己从前取得好成绩的作品，不也是表现北大荒风貌的作品吗。虽然摄影作品与文学作品表现方式不同，有些区别，但艺术触角相同，展现思想是相似的。他认为还应该从表现荒原特色入手。他明确了定向创作思路后，利用休息日满县城采景。

王文静陪着李亲亮转遍了松江县乡下。她对这片广袤黑土地有了更深的认识与了解。她终于明白叔叔让她来这里的用意了。她来这里不但读懂了人生这本书，还收获了一份真实的情感。她的生命中不能没有这份情感。她是那么开心，快乐。

李亲亮非常投入，一心想拍摄一组表现北大荒原始风貌的风景照片。可角度总是找不准，构思不够清晰。他经过苦思冥想后，灵感再现，认为拍摄松花江边广阔荒景应该非常美丽，能够引人入胜。他把这个构思告诉王文静了。

王文静赞成这个创意。她想这组照片拍摄出来一定很美，能独树一帜，更会有创新含意。

星期天早晨，李亲亮准备了一些食品，做好了拍摄准备，然后和王文静各自骑一辆自行车从松江县城出发，朝松花江边奔去。他们一路欢声笑语，哼唱着流行歌曲，像两只欢快的鸟儿在大自然中愉快飞翔。

从松江县城到松花江畔要经过洼谷镇。他们去的时候为了抢时间，在经过洼谷镇时没有停留，匆匆而过。

松江县地处松花江下游。江边没有码头，没有建筑物，江边是一片延绵荒草地。滔滔江水在荒草地腹中穿过，从西至东奔腾不息，把美丽大荒原一劈两半。

他们到达松花江边时，太阳已经高高悬在天空正中了，有点疲劳了，有些口渴。他们稍做休息，喝了点水，开始拍照了。江边没有渔夫，没有渔船，只有他们两个人，一眼望去草茫茫，水茫茫，那么心旷神怡。他们感觉大自然是那么美，美得让人忘掉了人间的烦恼与忧愁。他们没有节制地奔跑着，戏闹着，呼喊着，声音在宽阔江面上回响。

王文静玩得开心，放纵自己的情绪。当体力完全透支的时候，她坐在草地上不想动了。她看着在不远处全神贯注拍照的李亲亮喊："亲亮，休息一下吧？"

"我不累。"李亲亮摁下了快门，站直了腰，环顾四周。

王文静说："亲亮，把吃的东西拿过来。"

"你过来拿吧，这边没有太阳。"李亲亮走了几步，来到一棵大垂柳树下，树上有鸟儿在叽叽喳喳叫着。他抬头看了一眼鸟儿，又朝宽阔的江面望去。

王文静说："我喜欢晒太阳。江边的太阳很特别。"

"你不怕把皮肤晒黑了吗？"李亲亮拎着包晃晃悠悠的朝王文静走过去。

王文静站起身说："我才不怕被晒黑呢。"

"晒黑了，你就嫁不出去了。"李亲亮开着玩笑。

王文静说："嫁不出去我就赖上你了。"

"赖上我？"李亲亮没明白过来。

王文静说："你不想娶我吗？"

"别开这种玩笑了。"李亲亮说。

王文静说："谁跟你开玩笑了，我是认真的。你以为我王文静是说着玩的吗？我是在向你求爱，求爱你懂吗？你就说同意还是不同意吧？"

"这……"李亲亮做梦也梦不到王文静会主动向他求爱。这是他求之不得的好事情。他不相信这是真的。这种求爱方式太让他吃惊了。

王文静生气地说："你别这，那的，你就说同意，还是不同意吧？"

"我有点懵了，你让我冷静想一想好不好？"李亲亮说。

王文静说："我向你求婚，你还得冷静想一想，是我配不上你吗？"

"是我配不上你。"李亲亮说。

王文静说："既然是你配不上我，我都没说好好想一想，那你怎么还得好好想一想呢？"

李亲亮无话可回答了。

王文静站起来生气地说："那你在这儿慢慢想吧，我回去了。"

"你先别走，咱们一起走。"李亲亮上前拉住王文静的手。

王文静扭过头看了一眼李亲亮，把脸转向江面上。从江面刮来一股风把她的头发吹散了，长发飘动起来，如同思绪纷飞。她有点生气，也在撒娇，然后坐在了草地上。草地被太阳照的热热的。李亲亮也坐下来，想解释什么，又没有说出口。王文静看着李亲亮由怒变喜，不自主地依偎在李亲亮怀中。李亲亮情不自禁地把头低了下去。他是第一次跟女孩拥抱在一起，听女孩近距离呼吸。他们在北大荒的原野上，情感在持续升温，涌动着青春的激情。李亲亮有点不敢触动王文静，好像一碰到王文静会有电波传来，更好像担心王文静在他触摸中被融化似的。他只能心潮澎湃观望着，在试探性接近。他闻到了王文静肉体散发的芬芳。王文静身上浓浓的女人气息击退了李亲亮的理智，摧毁了最后一道防线。李亲亮把王文静紧紧搂在怀里。王文静好像在期待李亲亮这么做，顺势朝李亲亮怀中倾斜过去。两颗火热的心相撞在一起，碰撞出了火花，点燃了感情的干柴，眼睛传送着心灵的信息，由清晰到模糊。他们深深的亲吻着，感受着彼此的体温。

他们都显得那么笨拙。

他们都显得那么忘我。

他们都是那么的动情。

他们的身体朝着绿色草地倒了下去，温暖的草地如同一张大床那么舒适。天空倒转，江水奔腾的声音已经不存在了……

当一声长长汽笛声从远处江面上传来时，李亲亮才抬起头，侧身向远处眺望。在江中心的航道上有一艘轮船从西往东在缓慢航行。

王文静躺在草地上，闭着眼睛，享受着阳光的抚爱，在感受一种生命的体验。这种体验是她生命中的第一次。这是她从没有过的快乐与经历。她说："船上的人能看到咱们在做爱吗？"

"这么远，应该看不到。"李亲亮斜眼看着江面。

王文静说："船上是有望远镜的。"

"看见就看见，一江春水向东流，都是过客，谁认识谁，谁在乎谁。"李亲亮说。

王文静说："男人的脸皮真厚。"

"女人不也是吗？"李亲亮说。

王文静说："这不是男人女人的过错，天地只造化了人类两种性别，自然要发生这种事情。"

"你说为什么世界上没有第三种性别呢？"李亲亮说。

王文静说："这事你要去问一个人……"

"谁？"李亲亮看着王文静。

王文静笑着说："问你的父母，问他们为什么没有把你生成又是男人又是女人的那种人。"

"你这是在嘲弄我。"李亲亮说。

远处传来喜鹊的叫声。他们抬头看见两只喜鹊在树梢上跳动。

李亲亮高兴过后有些忧郁，对自己的处境有些自卑，对未来不自信。在他眼里王文静是高不可攀的仙女。他没有去爱王文静的资历。可这份爱却意外降落在他的头上，如同天上掉下的馅饼，想吃又没勇气。他思想压力非常大。

王文静自言自语地说："你说怪不怪，从我第一次在北京开往哈尔滨的火车上遇见你，就对你有了好感与依恋，想忘也忘不掉。在我第二次见到你时，就断定你是我生命中的爱人。人的感情很怪，不可捉摸。读大学时学校里有那么多男同学追求我，我都没有爱情的感觉，可一见到你就有感觉了。可以说他们中的任何一个都要比你的条件好，比你主动，更比你会献殷勤。"

"这是我命好，老天爷关照我。"李亲亮说。

王文静说："你信命吗？"

"有点信。"李亲亮说。

王文静说："虽然我不信，可生活中许多事情按照常理又解释不了……"

"你不会后悔吧？"李亲亮问。

王文静说："后什么悔？"

"我是说……"李亲亮把脸转向江面，看着远处行驶的那只大船。

王文静急了，坐起身，挥手打了一下李亲亮的胳膊说："你是什么意思？你说清楚？我可是把我的一切都给你了。"

"我怕配不上你。"李亲亮说。

王文静说："你说这话是什么意思？你别不负责任。"

"你是大学毕业生，可我呢？你家在北京，可我在这么个边陲小县城。你家条件那么好，可我家……我虽然是真心喜欢你……"李亲亮一想到家里的事情心就痛。他很少在王文静面前提起自己的家事。

王文静说："我嫁给的是你，又不是你的家。我跟你说过多少次了，你怎么还会有这种忧虑呢？爱情就是爱情，不会有别的情感能掺杂进来。我爱你，你爱我，只要咱们两个人在一起生活的快乐，比什么都好。"

"最终你还是要回北京的吧？"李亲亮说出了他担心的事。

王文静说："这有什么，我回北京把你也带走。如果你不去，我也不走，这辈子我跟定你了，你想甩也甩不掉。"

"我怎么可能甩你呢。我有资格和理由甩你吗？"李亲亮把王文静搂在怀里。

王文静依偎在李亲亮怀里温柔地说："生命中我只要爱情。"

"文静……"李亲亮再次吻起王文静来。

他们疯狂的接吻，疯狂的做爱。他们第一次跨越了禁区，偷吃了禁果。他们都是第一次尝到了爱情的美好，感受两性相融相悦时的滋味。他们陶醉在幸福情感中。他们是那么需要对方。

这天是他们两个人永生难忘的日子。他们从纯情的青年男女，成为真正的男人和女人，这是人生中一个里程碑，更是成人的又一个历史性标致与转折。

王文静不解地说："亲亮，你为什么不回家？从我来到机械厂后就没看见你回过家。"

"我不想回去。"李亲亮无奈的仰起头，看着辽阔的天空。天空蔚蓝，万里无云，如同被洗过了那么洁净。他不想提起家事，提起来伤感，影响情绪。他好久没回家了，也没有人对他说起家中的事。他不知道父亲生活得怎么样了。虽然他对父亲做的事不满意，生气，但毕竟是他父亲。他还是牵挂的。

王文静说："你真不想回家吗？"

"我没有家。"李亲亮心灰意冷地说。

王文静没想到李亲亮会这么说。她想说什么，又没有说出来。她感觉在李亲亮心中有太多委屈，有太多无奈，有太多失望，有太多辛酸，这种辛酸，这些委屈让李亲亮对家庭失去了信心。

李亲亮说："那是我哥的家，是我爸的家，而不是我的。"

"就是那次跟你一起坐火车的那个人吗？"王文静回想着，在记忆中翻找从前往事。

李亲亮默认的看了一眼王文静。他没想到王文静会记得那么清楚。

王文静回忆着说："看上去他不错吗？"

　　李亲亮摇了一下头，站起身，展开双臂，伸个懒腰，感受着大自然的空旷与美丽。虽然他生活在地域辽阔的北大荒，但极少有时间来欣赏这种美丽景色。也许正如北宋大诗人苏轼在《题西林壁》中写的：不识庐山真面目，只缘身在此山中。虽然他生活在北大荒这片广袤的黑土地上，却很少有这种感怀之情。

　　日薄西山，天色渐渐暗了，他们开始往回走。王文静在途经洼谷镇时说："已经到你家门口了，你还是回家去看一看吧。"

　　"我真不愿意见到他们。"李亲亮说。

　　王文静说："他们是你的亲人，亲人之间没有什么深仇大恨，能原谅的就要原谅，不要过于计较得失了。你回去看一看，如果谈得来就多待一会，如果谈不来，话不投机就离开吗。"

　　"那就听你的。"李亲亮侧过脸看着王文静。

　　王文静笑着说："这就对了。"

　　"你可要有心理准备呀，战争随时都会在我们家发生。"李亲亮担心当着王文静面会同李亲实吵架。他不想让王文静看到不愉快场面。当然他会尽力避免发生这种事。

　　王文静说："你家又不是朝鲜战场，有美国的飞机大炮，还能把我吓成什么样。"

　　"我家总是战火不断。"李亲亮说。

　　王文静说："你别骗我了，我可不信。"

　　"你不信就不信吧，反正将来咱们又不跟他们在一起生活，关系处的好就回来看一看，不好就不回来。各过各的日子。"李亲亮解释说。

　　王文静说："看把你美的，谁跟你在一起生活呀。"

　　"相信你是我生命中的爱人。"李亲亮说。

　　王文静说："你怎么会这么自恋呢？"

　　"那句话可是你亲口说的。我只是重复了一次。不过我心里也是这么想的，只是没敢说出口。我既然拥有了你，一定要负责任的。"李亲亮说。

　　王文静说："你能负得起责任吗？"

　　"能。我会努力。"李亲亮肯定地说。

他们骑着自行车进了洼谷镇。王文静第一次来洼谷镇，不知道李亲亮家住在什么位置，放慢了速度，跟在李亲亮后面。李亲亮在前面引路。

李亲亮刚到家门口，还没从自行车上下来，就听到了从屋中传出来李亲实和李天震的吵架声。他心情霎时沉重起来，不自觉地回过头看了一眼王文静。

王文静马上明白是怎么回事了。她顽皮地眨着眼睛说："不会是你们家在吵架吧？"

"让你说对了，真是我们家。"李亲亮说。

王文静说："你们家用这种方式欢迎我，太特别了。"

"真是气死人了。"李亲亮知道王文静是在开玩笑，可他轻松不起来。他从自行车上下来，把自行车靠在木栅栏上，推开院落门，快步朝屋里走去。

李亲实跟李天震还在激烈争吵着。他们没有想到李亲亮会突然回来，不约而同地扭过头看着李亲亮。

李亲亮责备地说："你们又在吵什么？让外人看了好看呀！"

"亲实没有跟我商量就把家里的五只山羊送给他岳父了。"李天震说明了吵架的原因。

李亲亮知道五只山羊是父亲饲养的。那次父亲从松花江南岸邻江县农村要来一只小母羊，后来繁殖成了五只。李亲实把羊送人了，应该先征求一下父亲的意见。这件事是李亲实做的不对。李亲亮瞪了李亲实一眼，转过脸对父亲说："给就给了呗，你还能要回来吗？就当让狼给吃了。"

"你才是狼呢。"李亲实看李亲亮是在指桑骂槐就接过话了。

李亲亮说："你能不能理智点？"

"我已经够理智了。如果我不理智，就弄死你们了。"李亲实说着狠话。

李亲亮鄙视地说："你敢弄死谁？杀人不偿命吗？"

"你别用高高在上的姿态跟我说话。好像你是县委书记似的。"李亲实说。

李亲亮指责地说："这个家哪点对不住你？你从监狱服刑回来，找对象，结婚，你花的钱还少吗？"

"我是强奸了？还是杀人了？别人不说，还不够你们张扬的呢。今天监狱明天监狱的，天天把监狱挂在嘴上。你们不就是想看我的笑话吗，看最后笑话的是谁。"李亲实冷冷地说。

李天震说："你还有点良心吗？"

"我就是没有良心了。我不想做有良心的人。良心值几个钱？"李亲实的表情有点像个无赖，完全是不讲道理的样子。

李亲亮说："你喊什么？不怕外人笑话吗。"

"你们快要把我赶出去了，还不让我发表意见，世界上哪有这种道理。"李亲实在胡搅蛮缠。

李亲亮看了一眼李天震。

李天震吼着说："这回你不搬出去不行。房子我给你买，反正我是不能继续和你住在一起了！我受够了！"

"你听见了吧，这哪是当爹说的话。他混账。他是世界上最混账的爹！"李亲实在屋里来回走动着。

李亲亮说："你还有没有老少了，你在对谁说话呢？"

"我在对你！我在对他！怎么啦？你们父子想合伙欺负我吗？告诉你们，我李亲实可不是好欺负的。不信就试一试。"李亲实叫板地说。

李亲亮说："谁欺负你了？谁又敢欺负你呢。"

"他欺负我了。"李亲实说。

李亲亮说："他是谁？"

"我不知道！"李亲实喊着。

李亲亮提醒地说："你别忘了他是你爸！"

"有这么个爸真是倒八辈子霉了。"李亲实说。

李亲亮说："你混蛋！"

"你少插言，没你的事，走开！"李亲实说。

李亲亮还想说话，可嗓子哑了，好像有痰，没说出来。

李亲实对李亲亮："你滚出去，这是我家。你在这里没有说话资格！"

"滚出去的不是我，应该是你。你是最没有资格待在这个屋子里的人。"李亲亮不能允许李亲实这样装疯卖傻的发作下去。

李亲实上前抓住李亲亮的衣服领往外推，嘴里还不停地说："你滚，你滚！"

李亲亮不示弱，跟李亲实撕扯在一起。

这时邻居老纪急速走进屋里，放低声音提醒地说："亲实，你松手。你家来客人了。你们吵架不怕让客人笑话吗。"

李亲实向门口望去。

老纪转过脸对李天震说："李天震，你也真是的，就不能忍一忍，有什么事等客人走了再说吗。"

李天震向门口看去。他刚才只顾吵架了，没注意屋外面。

王文静一直站在院落外面。她听着屋里的吵架声心情焦虑，没想到这家人矛盾会这么深，没想到会吵的这么凶。

老纪在自己家院落里看到了王文静。他在县城见过王文静与李亲亮在街上散步，猜测李亲亮在和王文静谈恋爱。他第一次看见王文静来李天震家，认为让王文静看到吵架不好，急忙过来劝架。

李亲实感觉王文静眼熟，一时想不起在哪里见过。

李亲亮转身出了屋，骑上自行车对王文静说："咱们走！"

王文静看李亲亮朝松江县城走了，迟疑了一下，骑上自行车追李亲亮去了。

6

李天震伤透了心，非要让李亲实搬出去住不可。李亲实让李天震给买房子，不买房子就不搬，买了房子就搬出去。李天震这几个月买米、面钱都是借的，哪还有钱给李亲实买房子。他原准备等到秋天，收了庄稼，卖了粮食，有了钱再让李亲实搬出去住，可事情发展到了让他无法忍受的地步，一天也不想等下去了。他已经不可能等到秋天了，必须让李亲实尽快搬出去。于是他去找亲朋好友借钱给李亲实买房子。

洼谷镇只有一处空房子，这处房子不算好也不算坏。空房子目前还归公家所有。买房子要经过镇里同意才行。李天震去找镇领导说要买房子时，镇领导说空房子王波涛想买，只是还没有交钱，没有办理过户手续。李天震听说镇上要搬进来一家新住户，这件事在镇上传开很长时间了，可一直没见这家人搬过来。李天震说谁给钱就卖给谁吗？镇领导想与王波涛联系，了解一下情况，问王波涛还买不买了，可王波涛是以打鱼为生，长年累月和老婆在数十里外的松花江边一条支流处打鱼，很少来洼谷镇，镇上几乎没有人见到过他，一时联系不上。房子长期空着不是办法，早点卖掉镇领导能少份心事，如果不卖给李天震，万一王波涛不买了呢？镇领导同意把空房子卖给李天震了。

李天震当时交了钱，办理了过户手续。

房子买下后，修理房子是李亲实的事情了。李亲实找来装修工人，把房子里面改建了格局，重新粉刷装修一遍。

他想不通，有些委屈。如果知道让他搬出去住，他就不会张罗盖房子。虽然李天震给他买了房子，他还惦记着这间大房子，还是恨李天震。

他把李天震饲养的三头大肥猪偷偷给卖了，钱一分没给李天震。李天震虽然生气，但没有办法。李天震清楚钱只要到李亲实手里就别想要出来。李天震只盼望李亲实能早点搬出去，一天不搬出去他就一天开心不起来。

李亲实把房子装修好了，猪也卖了，看没什么值钱东西了，觉得继续跟李天震住在一起没有意义了，决定搬家。

林童玉在搬家那天跟李亲实大吵了起来。她不舍得放弃新房子，有被逐出家门的感受与委屈，为了脸面，坚决反对搬家。她对李亲实说："要搬让他们搬，反正我是不搬。"

"这可能吗？"李亲实认为林童玉提出的要求办不到。

林童玉说："我就是不搬。搬出去等于被他们赶出去一样。多丢面子，还怎么见人。"

"没你想的那么严重。"李亲实故意轻描淡写地说。

林童玉反驳地说："你是在向着你爸说话呢？还是向着你弟弟？你别忘了是跟我过日子。"

"你想要干什么？你们都在折腾我是不是？"李亲实受到了刺激，似乎要吼起来了。

林童玉说："如果你要搬出去，我就回娘家。"

"她奶奶的，你要回就回，有什么呀。别总拿回娘家来威胁我。你以为我会怕这个吗。"李亲实表明了态度。

林童玉抱着李童出了家门，准备回娘家去了。

李亲实看着林童玉的背影更恼火了。他恨李天震，也恨李亲亮，认为这种局面是李天震造成的，也跟李亲亮有关。他恨得咬牙切齿。他在屋中来回踱着步，思考着。过了一会，他找来机动四轮车把自己的生活用品全部拉走了。

李天震在李亲实拉东西时一直待在自己的屋中没有出来。李亲实搬走后他才从屋中走出来。他看着屋子心情不再像原来那么压抑了。

他一个人住这么大的房子确实孤独，希望李亲亮能回家来。

7

林童玉的娘家住在林家镇，林家镇距离洼谷镇有二十多里路程，洼谷镇在县城正南，林家镇在县城正西，来去要经过县城。她抱着孩子步行是回不去娘家的。她在路口左右看了看，想找车把自己送回娘家。但没有车，她有点为难了。她一生气就从家里出来了，如果不回娘家会让李亲实看不起。为了赌气，为了面子，她也得回娘家去。她在路口徘徊着，犹豫着，张望着。这时有一辆四轮车开了过来，开四轮车的是洼谷镇人。她熟悉，迎上前问去哪里。开车人说去县城拉点东西，然后去林家镇办点事。林童玉一听四轮车是去林家镇，高兴地说正好坐你的车回娘家。她上了车。

林童玉的母亲没想到林童玉能抱着孩子回来了，感觉意外，感觉林童玉跟李亲实闹矛盾了，不然林童玉不会抱着孩子在这个时间回来。她问林童玉说你和亲实是不是吵架了？林童玉说没有。林童玉母亲问那你怎么自己回来了？

林童玉说我们和老爷子分家了，我不愿意搬家就回来了。她母亲说你们不是已经分过家了吗，怎么还分呢？林童玉说从前是分开过了，不是还住在一起吗，这回老爷子让我们搬出去住了。

林童玉的母亲说你们有房子吗？林童玉说又买了一个。林童玉的母亲说房子是你们自己买的还是老爷子给买的？

林童玉说当然是老爷子给买的了。林童玉的母亲认为李天震已经给李亲实买了房子，李亲实和林童玉就应该搬出去生活。她说既然老爷子给你们买了房子，你们就搬出去呗。林童玉说我不想搬出去。

林童玉的母亲说你们搬出去过日子挺好的，生活方便。林童玉说我不想搬，现在的房子多好，我们搬出去了，这房子就没我们的份了。林童玉的母亲说你这么想就不对了。

林童玉说我怎么不对了？这房子是亲实盖的，当然有我们的份了。

林童玉的母亲说老爷子不是又给你们买了房子吗，你们不能全想要呀。老爷子不只是亲实这一个儿子，还有亲亮呢。亲亮在县城工作，眼看着就到了成家的年龄。他成家不需要房子吗？你们不能只为自己想，也得为老爷子想一想。

林童玉说我们家老爷子不是这事就是那事的，毛病太多了。

林童玉的母亲说让我看是你们有问题，不关老爷子的事。你们成家这么长时间了，孩子都有了，就应该搬出去单独过。

林童玉说妈，你怎么向着我们家老爷子说话呢。林童玉的母亲说我不是向着你们家老爷说话，我是在说公正话。林童玉说你一句也没向着我说。

林童玉的母亲说你做的不对，我能向着你说吗。林童玉说你没看见他们家的矛盾呢，就跟仇人似的。林童玉的母亲说，如果老爷子不提出来让你们搬出去住，你们住在一起还可以，如果提出来了，你们就应该搬出去。

林童玉说我为什么要搬出去？

林童玉的母亲说你要知道房子是老人的，不是你们的。你们最好别打这个主意，打这个主意不但得不到房子，还会伤了彼此之间的感情。

林童玉说他们父子哪有什么感情，简直就是仇敌。我没有见过像他们这样的，三天一大吵，两天一小吵，好像不吵架就难受似的。

林童玉母亲说你要劝亲实，让他学会忍让。你们家老爷子又当爹又当妈的把他们哥俩养大不容易。你在中间要起到调和作用，千万别火上浇油。林童玉说他们吵得太凶了，我劝不了。林童玉母亲说劝不了也得劝。不然外人会笑话你的，也会说你这个媳妇不好。

林童玉说我没那个本事，笑话就笑话吧。林童玉母亲说我觉得责任主要在亲实身上。听说他在监狱服刑期间，他们家不吵架，挺安静的，没有这么多矛盾。

林童玉说都不是省油的灯。

林童玉母亲说你不能护着亲实，谁的错就是谁的错，如果袒护亲实，会让亲亮不满意，容易激化矛盾。林童玉虽然向着李亲实，也感觉李亲实在有些事情上做的过分了。她说亲实脾气不好，总发火，我能有什么办法。林童玉的母亲说亲实来这里也没发过脾气呀。

林童玉也觉得李亲实这脾气发的有些特别，分人对待。

林童玉母亲说不是妈批评你，你也有责任，就拿今天的事来说吧，你不应该回来。为这么点小事你往娘家跑，明眼人一看就知道是你不懂事。林童玉也觉得自己回娘家的做法有点冲动，欠考虑。她说我不是在气头上吗。她母亲说在气头上也不能这么做。

林童玉经母亲这么一批评感觉自己做错了。

林童玉母亲说你都是当妈的人了，怎么还这么冲动呢？两口子在一起过日子，哪有不发生矛盾的，哪有不吵架的。遇到问题解决问题才行，不能一吵架就离家出走，就往娘家跑。我和你爸也吵架，我往哪去？过日子不能这样。这样最伤感情了。你住两天赶紧回去。

8

李亲亮自从上次离开家后再没回去过。上次让王文静遇见吵架的事，他感觉丢尽了脸面。这个家太让他伤心了。他想忘掉这个家。当他听梁南说李亲实已经搬出去生活了，想法有点改变，有意回家看一看。生气归生气，亲情还是割舍不断的。他还牵挂着李天震。下班后他骑着自行车回家了。他走进家门时看见李天震一个人坐在屋里吸着闷烟。

李天震看见李亲亮回来，催促地说，快去你哥家看一看吧？李亲亮拒绝地说我不去。李天震说王波涛带着人来找亲实了。

李亲亮知道李亲实现在住的房子原来镇里是准备卖给王波涛的，因为王波涛一直没付款，没办理购买手续，才卖给李亲实的。如果王波涛有意见，应该去找洼谷镇领导，不应该找李亲实。他知道王波涛品行不好，多年以前曾经因毁坏邻居家菜地被判过刑。他担心李亲实会吃亏，起身往外走，准备去李亲实家。刚走出家门口，他就遇见梁南了。

梁南说你哥让我去县城找你回来呢？李亲亮问王波涛他们来了多少人。梁南说六七个吧。

李亲亮得知王波涛领着这么多人来，感觉不是来讲理的，有可能是来闹事的。他怕打起架来吃亏，转身回到屋中拿起菜刀，风风火火的朝李亲实家走去。

李亲实在院落外和人说话呢。

王波涛和他的哥哥还有一个男人站在旁边。李亲亮不认识王波涛他们，只是听说过名字。李亲亮读小学五年级的时候，在县电影院公开审判王波涛等人犯罪案件大会时，他去听了。如果说是听，不如说好奇，看热闹。他离得远，看不清楚面孔。没想到这个人有一天会和自己联系在一起。

王波涛不认识李亲亮，但知道李亲实有一个弟弟在县城工作。王波涛他们跟李亲实相识多年了，彼此了解。他们对李亲实不敢轻举妄动。他们猜测拿菜刀的年轻人是李亲亮。李亲亮也猜测出眼前的三个人中，有两个是王波涛兄弟，另一个他不认识。

李亲亮扫视了王波涛他们三个人一眼，没理会，拎着菜刀满脸凶相的走进屋中。屋里除了林童玉，还有三个陌生女人。三个陌生女人看见李亲亮拎着菜刀走进来，眼放怒光，神情有些发慌。她们知道在李亲亮这个年龄的人容易冲动，万一哪句话说不顺耳了，激怒了李亲亮，李亲亮控制不了情绪，挥舞菜刀砍伤她们就得不偿失了。她们谁都没有说话。李亲亮用仇恨的目光看了看屋中的几个女人，停了片刻，转身走出屋。

跟王波涛一起来的那个男人对李亲亮说，我们是来解决问题的，不是打架的。李亲亮质问说有你们这么解决问题的吗？那个人说不这样镇领导不着急处理，这是给他们看的。

李亲亮说如果想打架可以，我奉陪到底，要么你先砍我一刀，要么我就砍你一刀。那个人说老弟，你别生气，咱们之间没有仇恨，我们跟你哥相识多年了。李亲亮看对方不是打架的，就没有再说过激的话。他说你们有想法可以去找镇领导提吗？

那个人说我们找过镇领导了，镇领导不想管，我们才想出这个办法。

李亲亮原来以为王波涛他们挺不好惹的，当看见他们衣冠不整的样子，感觉没什么了不起的。可能是年龄的原因吧？王波涛他们失去了锋芒。岁月无情的把王波涛划入中年人的行列中了。也可能是长期在松花江边捕鱼的原因，接触人少，又经风吹日晒，王波涛脸色苍老，神情有些呆滞。

王波涛看着李亲亮没说话。

那个人自我介绍是王波涛的妹夫。

洼谷镇领导知道李亲实和王波涛都在监狱待过，性格暴躁，担忧事情闹大，很快做出决定，在小学校长调到县城工作后，搬了家，那处房子首先卖给王波涛。

这件因房子引发的风波算是平息了。

李亲实没有因为李亲亮回来帮他解围而改变对李亲亮的态度。他依然恨李天震和李亲亮，认为如果不是李天震把他撵出来，也不会发生这件事。

李亲亮没想让李亲实感谢。他认为这是弟弟应该做的事情。打仗亲兄弟吗？王波涛他们来的不全是亲兄弟吗？他把菜刀放在厨房，对李天震说，没事了。

李天震问那天跟你一起来的女孩怎么没来呢？李亲亮不高兴地说人家第一次来你们就吵架，人家还怎么来。李天震知道李亲亮还在生气，解释说现在亲实不是已经搬出去过了吗，不会吵架了。

李亲亮问买房子是谁出的钱？李天震没回答。李亲亮猜想到是李天震出的钱，生气地说，我不是不让你出钱给他买房子吗？从他进监狱服刑，到回来，咱们哪点对不住他？他有什么不满意的？他把这个家折腾成什么样了？这些年他什么也没为家里做，咱们为他操了那么多心，反而他还有功了？

李天震从衣兜里掏出旱烟沫和卷烟纸，开始卷着烟。他想用沉默回避李亲亮的质问。李亲亮是一肚子的不满意，责备起来没完没了。李天震听得两个耳朵发热，心情急躁，反驳地说我不给他买房子他就不搬出去。

李亲亮说他不搬出去你就给他买房子？李天震说他不搬出去，你说让我咋办？李亲亮看出李天震的无奈了。

虽然李亲亮不同意由李天震来偿还给李亲实买房子所欠下的债务，可这是没有办法阻止的。因为钱是李天震借的，当然由李天震偿还了。他又一想已经为李亲实付出那么多了，不差这几千元钱了，平静地接受了这个事实。

李天震心情孤寂，希望李亲亮能搬回家住，或者经常回家看一看。现在他是一个人住，生活与从前不同了。过去李亲实吵闹厉害，得不到安宁。李亲实搬走后，他每天一个人独守几间大房子显得空空落落的，有点不适应，需要有人陪伴。李亲亮和从前一样回家次数很少。

从前李亲亮是想回家而不能回。现在是能回家却没时间回，没有心情回家。他把休息时间用在了提高摄影技术上，还要陪着王文静散步，聊人生。在他看来提高自身素质，陪王文静散步，要比回家看李天震更重要。他要不断提高自己的生存本领。如果他不能在短时间内拉近与王文静之间的差距，他对王文静的爱就是徒劳的，必将是一败涂地。

9

李亲亮把精心拍摄的《荒原的风景》一组参赛作品送给刘海龙看时，刘海龙说挺有内涵的，视觉很好。李亲亮说能获奖吗？刘海龙说这就难说了，全省那么多人参赛，高手如林，好作品肯定不少。李亲亮说你肯定能获奖。

刘海龙说我觉得你的作品要比我的好。李亲亮说咱们俩作品风格不同，又不在同一组参赛，没有可比性。刘海龙报送的参赛作品是《开拓者》之歌作品。作品是以一组反应北大荒人奋斗精神的照片。

李亲亮参加的是青年组，青年组为十八岁到四十岁。刘海龙参加的是中年组，中年组限制在四十岁至六十岁之间。他们确定了参赛作品。

刘海龙对李亲亮说你在简介上写上你是松江县摄影协会副会长的职务吧。李亲亮说我不是副会长，这么写好吗？刘海龙说过些天开会时，我提名让你当副会长，我退休了，你接会长。

李亲亮说当会长得有一定职位才行，不然没办法组织活动。刘海龙说你调动工作的事我会尽力，你自己也要主动争取。李亲亮知道刘海龙在有意向县相关部门推荐他。他知道想调进县政府机关工作不是简单的事情，成绩越大理由越充足，更好办。他非常看重这次省群众艺术馆举办的全省中青年摄影家作品大奖赛。如果他能在比赛中获奖，会又多了一份成绩。

刘海龙说评委不只是看作品，还会看作者的简介，资历。因为在不了解作者的情况下，只有通过这两方面来判断摄影者的水平。

李亲亮没有这么考虑过，听刘海龙这么说，豁然明了，认为非常有道理。他不但在简介中写上了副会长的职务，还把工作单位写在了文化馆。

刘海龙把参赛作品分别装进了两个档案袋里。为了确保作品能参赛，得到重视，他专门去了一趟哈尔滨，把作品直接送到了省群众艺术馆。多年前他在去省城学习时，认识一位在省群众艺术工作姓耿的老师。他去找耿老师了。

耿老师已经退休半年多了。这天他来单位取材料意外遇上了刘海龙。他听刘海龙说明来意后，解释说我退休了，参赛我帮不上忙，只能给你做个引荐。刘海龙说我找您不是想走后门，只是希望能得到认真对待就可以了。耿老师说这没问题，我可以领你去大赛办公室。耿老师领着刘海龙直接去了大赛办公室。

大赛办公室设在省群众艺术馆办公楼内，工作人员是耿老师的同事。大赛办公室工作人员看耿老师来了，站起身走过来，热情打招呼。有位年轻人还跟耿老师拥抱了，做出亲密的样子。耿老师说我有一位朋友准备参赛，我陪他送作品来了。大赛办公室工作人员笑着说耿老师的朋友，肯定作品很好。

耿老师说好与不好我不能说，得你们说。大赛工作人员说您放心，我们会认真对待。耿老师介绍性地说刘海龙在松江县文化馆工作，从事摄影多年了，获过许多奖。大赛工作人员说咱们是一个系统的，一定关注。耿老师说那就谢谢你们了。

刘海龙把作品交给大赛工作人员时说你们多关照。大赛工作人员说我们会请评委认真审阅的。刘海龙把李亲亮的作品递给大赛工作人员后，又特意介绍说这是我们县摄影最好的青年，获过许多市级奖，省里是第一次参赛，请你们多关照他。这次大赛对他非常重要。

大赛工作人员听刘海龙这么介绍李亲亮，产生了兴趣，接过档案袋就打开了，从中抽出李亲亮的参赛作品。他们看到《荒原的风景》照片，称赞说有艺术水准。

刘海龙和耿老师从大赛办公室走出来时已经到吃中午饭时间了。他要请耿老师去饭馆吃饭。耿老师说你这么远来哈尔滨，到家门口了，应该我请你。刘海龙说你帮了我这么大的忙，怎么还能让你请我呢。

耿老师说我什么忙也没有帮上，关于能不能获奖关键要看作品，还有评委的意见。刘海龙说你能陪我去大赛办公室就是帮大忙了。这样能得到大赛办公室重视，不然全省那么多参赛作品，很有可能会被忽视了。耿老师说有时不是工作人员不认真，而是根本看不过来。

耿老师让刘海龙到他家去吃饭，刘海龙说这太麻烦了吧？耿老师说等我去松江县时也去你家吃饭。

刘海龙说欢迎你到松江做客。

10

李亲亮期待大赛结果。为了能在第一时间内知道结果，刻意买了一部日记本大小的黑色收音机，每天收听省人民广播电台新闻。他猜测像这种省级群众性大赛活动省广播电台肯定会播报的。

这天晚上，他在宿舍里一边看书，一边收听晚间新闻，省人民广播电台播报了省群众艺术馆这次举办中青年摄影大赛的结果了。他荣获了青年组的三等奖。在中年组获奖名单中没有听到刘海龙的名字。广播中只播报了各参赛组前一、二、三等奖的名单。他推测要么刘海龙没有获奖，要么是优秀奖。他把这个消息告诉刘海龙时，刘海龙说他也收听了这条新闻。

刘海龙在政府机关工作久了，养成了收听新闻的习惯。只要有时间，他不但收听省新闻，还收听中央新闻呢。能从新闻中及时了解到国家的动态，政策方针。他为李亲亮获奖高兴。

李亲亮接到了获三等奖的通知。刘海龙接到了获优秀奖的通知。李亲亮不认为刘海龙摄影作品比他差，而中年组要比青年组竞争更为激烈。到了刘海龙这个年龄，摄影爱好者积累了丰富的创作经验。刘海龙对这次参赛看的不是很重，能平静面对，比较满意，毕竟是省级大赛，能获优秀奖已经很好了。李亲亮接到了去省城领奖的通知。优秀奖没在邀请之内。

李亲亮从省城领奖回来，成为松江县新闻人物了。

松江县电视台，广播电台给他做了人物专访。他在县里的知名度猛然又提高了不少。他在松江这座小县城里应该说是家喻户晓，无人不知了。

松江县主要领导也知道李亲亮获奖的事了，在关注他的发展。

11

这天早晨刚上班，李亲亮在厂门口宣传栏前更换图片，传达室李师傅从窗口伸出头来喊他，让他接电话。李亲亮走进传达室，李师傅说是丁玲文学馆打来的。李亲亮听是丁玲文学馆打来的电话，有点不解，心想会是谁呢？一般是文化馆刘海龙打电话找他，他与丁玲文学馆没有联系。他拿起电话说你好？刘海龙在电话里听见李师傅跟李亲亮的说话声了，他说你忙着呢？李亲亮说刘老师，你找我。

刘海龙有点兴奋地说你现在能过来一趟吗？李亲亮说行，我现在就过去，一会见。刘海龙叮嘱说你快点，我十点钟还要去县委开会。

李亲亮放下电话，对李师傅说谢谢。李师傅笑着说又是什么好事情？李亲亮一笑说，哪会有那么多好事落在我头上呢。他快步离开传达室，走进高书记办公室，对高书记说文化馆让我去一趟。高书记说是刘海龙找你吗？李亲亮说是他，他没说是什么事。

高书记是和刘海龙一起下乡来到松江县的知青。他不是上海知青，是哈尔滨人。他与刘海龙比较谈得来。他从哈尔滨北大荒党校学习回来，刚调到机械厂工作不久。他比较重视对李亲亮的培养。他说你跟刘海龙说一说，让他把你调到文化馆去算了，咱们这儿再好，还是企业，同政府机关事业单位没法比。

李亲亮心想如果刘海龙有这个权力，早把他调过去了。他一笑没接话，转身朝办公室外走去。他来到停车棚里推出自行车，骑着自行车去了文化馆。

李亲亮来到刘海龙的办公室，刘海龙不在屋里，屋里人说刘海龙调到丁玲文学馆去了。他不知道刘海龙调到丁玲文学馆的事情。他刚才接电话时以为刘海龙是在丁玲文学馆办事，顺便打的电话呢。丁玲文学馆是松江县政府为了纪念丁玲在这里工作过刚成立的部门，行政级别比文化馆低半级。他来到丁玲文学馆，找到刘海龙的办公室，高兴地说："刘老师，你是什么时间调到文学馆的？"

"刚调来两天。"刘海龙说。

李亲亮惊喜地说:"刘老师,你是不是当官了?"

"不算是什么官。快退休了,组织上看我在松江县工作这么多年,照顾我,给我提了个副馆长,享受副科级待遇。"刘海龙说。

李亲亮说:"您早应该当馆长了。"

"不能这么说,我的组织能力差了些。当官只是业务好还不行,还得具备协调能力。"刘海龙说。

李亲亮看办公桌上放着一部新照相机,伸手拿起来看了看说:"这部照相机是组织上新给你配的吗?"

"你喜欢吗?"刘海龙问。

李亲亮爱不释手地说:"这么好的照相机怎么能不喜欢呢,恐怕我一辈子也买不起这么好的照相机。"

"这部照相机是送给你的。"刘海龙说。

李亲亮不相信地说:"刘老师,你可别开这种玩笑,我想这种照相机快想疯了,你再这么说,我可真把照相机拿走了。"

"真是给你的。"刘海龙说。

李亲亮说:"怎么可能呢?"

"这是咱们县摄影家协会特别为你申请的,经县主管领导批示,赠送给你的。"刘海龙说。

李亲亮听刘海龙继续说下去。刘海龙知道李亲亮特别需要一部专用照相机,李亲亮没有能力买照相机。他以摄影家协会名义向上级打了报告,做为对李亲亮的奖励,申请了这部照相机。因为他没有把握能得到批准,就一直没有告诉李亲亮。当得到批准后又想给李亲亮一个惊喜,事前没有告诉李亲亮。李亲亮听刘海龙说完很是感动。他说:"刘老师,谢谢你。"

"这是咱们县第一次为爱好摄影的人买照相机,也是我在工作岗位上做的最有意义事情。"刘海龙说。

李亲亮说:"这么贵重的礼物,让我怎么回报呢?"

"你多出成绩,就是对我的回报。"刘海龙说。

李亲亮说："肯定会的。"

"我准备提议让你当摄影协会副会长，这样对你的发展有利。你的条件也符合要求。你看呢？"刘海龙说。

李亲亮说："现在让我当副会长是不是有点急了？"

"你现在年轻，有培养潜力，越早越好。年龄大了，对你不利。你急需换个工作环境。如果长期在基层单位工作，会影响你的发展。"刘海龙说。

李亲亮说："我听您的。"

"你要主动接触县里的主要领导，不能等着领导发现你。调动工作的事情自己去争取才行。我是过来人，有亲身体验。领导很少主动提拔人的。"刘海龙说。

李亲亮点着头。

刘海龙把整理好的账单递给李亲亮说，你在收据上签个字，我去财务结账。李亲亮没有看购机发票上的价钱就签了字。他想价钱多少并不重要，重要的是刘海龙这片心情与情谊。他还在物品接收人上签了字。刘海龙拿起账单及物品交接单，看了一下手表说，我去开会了。

李亲亮拿着照相机和刘海龙一起从丁玲文学馆走出来。刘海龙去县委开会了，李亲亮回机械厂了。

松江县机械厂办公室热闹起来了，纷纷猜测这部照相机值多少钱。因为谁也没用过这种高端照相机，大家平时接触的是低端照相机，说法不一，相差很大。

王文静走过来说这部照相机最少也得在两万块钱以上。她说她父亲是位摄影爱好者，用的是一万多块钱照相机，那部照相机还不如这部好呢。

有人说还是北京来的人见识多。

王文静说像这种照相机价钱太贵，普通人很少有用的，一般都是大报社新闻记者用。她这么一说更引起人们的关注了。

这件事很快被传开了。李亲亮成了机械厂的新闻人物了。

12

松江县摄影协会组织一批摄影爱好者到哈尔滨参加省摄影家协会的学习班，

刘海龙准备回上海老家给儿子办理落户口的事。他是上海知青,上海市对知青后代有照顾政策。他为北大荒建设付出了智慧与青春,不想让儿子继续留在北大荒,想让儿子重返故里,享受大上海都市生活。他准备让儿子回上海读高中,在上海考大学。儿子的事在他心目中是最重要的。他不能带队去哈尔滨学习,委托李亲亮带队参加学习。刘海龙在人员去省城学习的准备会议上,正式提名让李亲亮当县摄影学会的副会长。

松江县摄影协会有三十几人,大家对李亲亮比较了解,全票通过了刘海龙的提议。李亲亮带着十多名摄影爱好者去省城学习了。刘海龙有些放心不下,叮嘱李亲亮说带队是责任心很大的工作,要照顾好每一位学员。李亲亮虽然年轻,但在机械厂工作这段时间提高了他的组织和领导能力。他说你放心吧,肯定圆满归来。

这是李亲亮第一次到省城参加如此高级别的摄影学习班。他虽然到省城学习过,但规格没有这么高,时间没这么长。他在这次学习期间对省城有了更深的了解与认知。他感觉省城与县城是不同的。省城是大城市,车多,人多,繁华,生活节奏快,感觉好。他开阔了眼界,提高了艺术感觉。

那天他和几个一起来学习的人走在大街上,看到有人用套圈的方式来诈骗游客,举起照相机拍了照。他把照片冲洗出来后,配上几行简短的文字,寄给了哈尔滨日报社。这是他第一次往报社投新闻性摄影稿件,没有抱被采用的希望,只是新奇。他寄稿回来时看到王文静在屋中,又惊又喜地说你怎么来了?

王文静说厂里让我来请省设计院专家去给水泵做鉴定。水泵是机械厂刚研发的新项目,还没有通过技术鉴定,没有正式投产。王文静来省城出差是机械厂临时安排的。李亲亮并不知道。他按捺不住激动的心情,想拥抱王文静,更想亲吻,可房间随时会有人进来,不方便,只好克制着这种感情。他们离开房间,穿过林荫小路,漫步在美丽的松花江畔。他们扶着护栏,听着滔滔滚动的江水,聊着心事。

王文静说她小姨想见李亲亮。李亲亮知道王文静小姨家在哈尔滨。他知道这种见面结果意味着什么。他对自己没有信心,有些紧张,不想去。王文静没想到李亲亮会这么自卑,鼓励地说你别担心,只要我同意,别人说什么都没有用。如果你连这点勇气都没有，就是自我放弃，谁也帮不了你。

李亲亮对王文静的爱是全心全意的，怎么能放弃呢。在他生命的里程中能遇到王文静这么好的女孩是福分，是上苍给予的最大恩赐。他要抓住上苍赐给的美好情缘，步入幸福婚姻殿堂。他绝对不能轻易放弃与错过对王文静的爱情，同意去见王文静的小姨。

王文静心想这么随意去见小姨不行，得精心准备一下，尽可能做到万无一失，让李亲亮第一面给小姨留下好印象。她知道小姨是母亲的偶像，母亲崇拜小姨。生活中母亲在许多事情上都征求小姨的看法，非常在意小姨的意见。她必须让李亲亮先过了小姨这一关，不然母亲那一关更过不去了。

虽然她嘴上没有说李亲亮穿装不跟潮流，落伍了，心里却是这么认为的。她在秋林商场给李亲亮买了一套新西服，让李亲亮穿上。李亲亮长这么大还没穿过这么好的西服呢。他穿上西服跟换了个人似的，显得格外精神。王文静满意地说真帅气，准能过关。

李亲亮笑着说如果过不了关我就给你小姨下跪。王文静说你要是有这种决心肯定没问题。李亲亮信誓旦旦地表白着说，我当然有了，只要你不放弃，就算是上刀山下火海我也敢去。

王文静小姨是省城一所大学的教授。她姨夫是一家国营公司的总经理，家庭条件非常好。他们对王文静如同对待亲生女儿一样关心。

他们很重视这次和李亲亮见面，原本准备在饭店吃饭的，可在饭店让人觉得少了亲情，有见外的感觉，在饭店订了饭，让饭店把饭菜送到家里来了。这么一来家中既少了做饭的麻烦，还增加了亲情感。他们对李亲亮外貌是认可的，一眼就通过了。可当得知李亲亮只有初中学历时，就显得失望了。他们认为李亲亮的学历根本不在王文静择偶标准之内，不能考虑。王文静是正规大学毕业生，怎么能找一个只有初中学历的男朋友呢？两个人文化水平相差这么大，地位过于悬殊了，能有共同语言吗？将来生活在一起能合得来吗？虽然他们没有把想法说出来，但表情上已经流露出来了。

李亲亮是个非常敏感的人。他看出王文静小姨脸上的表情不对时，感觉不妙，吃过饭，礼貌的坐了一会，失落的先离开了。

王文静的小姨在李亲亮走后责备地说:"文静,你这不是疯了吗?你怎么能和一个只有初中学历的人谈恋爱呢?婚姻是人生中的大事,不能当儿戏。"

"小姨,虽然他学历不高,可他灵敏,有上进心,经过努力会改变不足的。"王文静想说服她小姨。

王文静的小姨说:"一个人的素质不是一天两天能培养起来的,是要一点一滴来培养的。说起来容易,做起来难。十年树木,百年树人的道理你明白吧。"

"亲亮是可以改变的。"王文静坚持地说。

王文静的小姨看劝说不了王文静,语气变得生硬起来说:"你找个只有初中学历的对象,跟找个文盲有什么两样。文盲在城市里能干什么?怎么生活?何况你还要回北京工作呢。北京是文盲能生活下去的地方吗?反正我是不同意,你妈更不会同意了。"

"文静说的也有道理。人是可以改变的。我看小伙子人不错。如果能改变现状还是可以考虑的。"王文静的小姨夫打圆场。

王文静的小姨说:"有什么道理?我看一点道理都没有。就说咱们这一代人吧。当年有多少城市下乡知识青年在返城后上大学的?有的人当时条件比咱们好,因为目光短浅,没有上大学,后来不如咱们生活好了。如果咱们不上大学,国家能给分配工作吗?能有今天的优越生活环境吗?如果不读大学,不还得去卖苦力,到工厂当工人,说不上现在已经成为下岗工人了,整天为吃饭发愁呢。在社会上没有知识肯定不行。"

"小伙子不是在全省摄影比赛中获得了第三名吗,这是不小的成绩呀。没准将来真能成为摄影家呢。"王文静的小姨夫说。

王文静的小姨不屑一顾地说:"第三名就有用了?我们学院的勤杂工在全国书法大赛中还得了第二名呢,他不还是在打扫卫生吗。学院领导想给他调换工作,可他会干什么?又能干什么?摄影做为业余爱好还可以,能调节性情,无可厚非,如果当成主业就不行了。"

"你不能给全盘否定了。每个人都有自己的闪光点。"王文静小姨夫说。

王文静的小姨说:"你别在中间当好人了。我是在为文静的前途着想,这是我当长辈的责任和义务。过一会我就给姐姐打电话。"

"小姨，你先别把这事告诉我妈。"王文静看小姨准备给母亲打电话着急了。

王文静的小姨说："不告诉你妈也行，那你跟小李断了，别继续来往了。"

"小姨……"王文静哀求着。

王文静的小姨说："文静，不是小姨想不开，找对象门当户对很重要，现实生活是来不得半点虚假的。如果你跟小李继续交往，就算我不告诉你妈，日子久了，你妈还能不知道吗？"

"我会告诉我妈的，但不是现在。"王文静说。

王文静的小姨问："那是什么时候？"

"等我回北京时，我会当面跟我妈说的。"王文静说。

王文静的小姨问："你什么时间回北京？"

"还没有定下来。"王文静说。

王文静的小姨说："那你准备继续跟小李交往下去了？"

"小姨，亲亮上进心强，又这么努力，坚持下去肯定能有发展的。"王文静还是想说服她小姨。

王文静的小姨说："他是成年人，不是学生。成年人与学生是不同的。学生处于发展阶段，发展快，容易改变，可成年人要想改变现状就非常难了。"

"亲亮与别人不同。他会改变自己的。"王文静说。

王文静的小姨说："人与人差不多。小李还会例外吗？"

"亲亮肯定是个例外。"王文静说。

王文静的小姨说："你怎么会这么相信他呢？你还年轻，经历少，过于相信自己的判断力了。我不信。我经历过的事情，遇到过的事情比你多。"

"小姨，你相信我行吗？"王文静说。

王文静的小姨说："如果不是这件事，换成了别的事情，我可以相信你十次，或者是一百次、一千次。这件事不行。婚姻大事含糊不得。"

"小姨，我会慎重的，我不会拿自己的婚姻大事当儿戏的。"王文静说。

王文静的小姨白了王文静一眼说："我相信你不会在松江县生活一辈子，一定会回北京。如果你与他建立恋爱关系了，你回北京了，他怎么办？"

"当然跟我去北京了。"王文静说。

王文静的小姨惊愕地说："他去北京能干什么？能找到工作吗？"

"这……"王文静被问住了。她还没有认真想过这个问题。她知道在北京找工作难，如果想找环境好的工作更难了。

王文静的小姨断然地说："他在北京只能去扫大街。"

"你能不能说点高兴的话。事情不一定像你想的那么糟糕，你过于杞人忧天了。"王文静的小姨夫插了话。

王文静的小姨说："好了，我不多说了。文静，你再认真想一想。"

"小姨……"王文静看一时说服不了小姨，不说话了。她想这件事可能太让小姨意外了。她从没跟小姨说起过李亲亮的经历，如果提前与小姨沟通过了，做好了感情铺垫，也许小姨不会是这种态度。她预感到想让家人接受李亲亮是件难事情，需要努力做家人思想工作，更需要漫长过程。她不能太急，太急会适得其反。现在她应该去安慰李亲亮了，减少李亲亮的思想顾虑。她看出来李亲亮离开时心情不好，情绪低落，一定会往坏处想。她从小姨家出来后，直接去找李亲亮了。

李亲亮从王文静小姨家出来，心里确实非常失落。他怕失去王文静。按照王文静小姨的态度，他跟王文静是不可能的。他没有能力来改变跟王文静学历上的差距，生活环境的悬殊，只能尽量提高自己的素质。他回到旅馆，像泄了气的皮球瘫在床上闷闷不乐。

王文静看李亲亮这种样子，上前拉了他一把，让他陪自己去散步。跟李亲亮一起从松江县来学习的人不认识王文静。他们没想到在省城会有一位漂亮姑娘追求李亲亮。大家不约而同地把目光投向李亲亮，羡慕地看着李亲亮和王文静走出房间的背影。

王文静的心情不怎么好，思绪有点乱，想发脾气。她希望李亲亮能坚定些，迎着困难走过去。她看到李亲亮无精打采的样子，劈头盖脸地说："你怎么这么没出息，这点问题还算什么难事吗？他们的态度又不是我的态度，他们又不能替代我，只要我没有改变就行呗！"

"你小姨说的是实际问题，这是无法回避的，咱们得认真考虑。"李亲亮看出来王文静心情是复杂的。

王文静责怪地说："你当初的勇气到哪去了？早知这样，又何必……"

李亲亮看王文静伤心了，没再多说什么，任凭王文静发泄。王文静说着说着哭了起来。李亲亮急忙过来哄她。

两个人的感情再次产生了共鸣。

王文静表示决不放弃这段感情。

李亲亮在心中暗下决心会更加努力寻求发展机会，力争缩小两个人之间的差距。

李亲亮结束在省城的学习回到松江县时，收到了哈尔滨日报社寄来的样报和五十元钱稿费，这次意外收获，增强了他的信心。他认为往报社投寄新闻摄影稿要比艺术照片被刊发出来的机率更大，见效更快。他开始留意遇见的事情，在生活中寻找新闻线索。他开始疯狂的向省内报社、杂志社投寄摄影新闻稿件。

他寄出的摄影新闻稿件陆续发表了，初露锋芒。为了能找到好的素材，他积极参加各种社会活动。他经常去县总工会，文化馆，文化局，宣传部等各职能部门了解信息，每天都在忙碌着。县委机关的人熟悉他。他成为小县城在报纸、杂志上发表作品最多的人。他不但在松江县排在第一位，还在全峰源市名列前茅。

当年秋天，李亲亮在刘海龙的努力推荐下，被调到松江县委宣传部任摄影新闻干事了。这让他看到了人生又一道曙光。

吴新财

著

下册

情

情在何处

团结出版社
UNITY PRESS

图书在版编目（CIP）数据

情在何处/吴新财著. --北京：团结出版社，2017.6
ISBN 978-7-5126-5240-8

Ⅰ．①情… Ⅱ．①吴… Ⅲ．①长篇小说－中国－当代
Ⅳ．①I247.5

中国版本图书馆CIP数据核字（2017）第128196号

出　　版	团结出版社
	（北京市东城区东皇城根南街84号　邮编：100006）
电　　话	（010）65228880　65244790
网　　址	http://www.tjpress.com
E－mail	65244790@163.com
经　　销	全国新华书店
印　　刷	三河市京兰印务有限公司
装帧设计	成都天恒仁文化传播有限责任公司
开　　本	170mm×240mm　1/16
印　　张	38
字　　数	588千字
版　　次	2017年6月第1版
印　　次	2020年1月第2次印刷
书　　号	ISBN 978-7-5126-5240-8
定　　价	98.00元（全两册）

目 录

第二十三章
爱情保卫战

AI QING BAO WEI ZHAN

1

　　王文静接到母亲来信，让她速回北京。母亲在信中说她在北京的工作单位已经联系好了，让她回北京面试，如果面试过关了，可以直接入职。她知道母亲这么快让她回北京工作，是反对她跟李亲亮的恋爱关系，想用这种方式切断她与李亲亮的交往。

　　王文静没能说服她小姨对李亲亮的态度。她小姨给她母亲打了电话。她母亲和她小姨执相同观点，认为李亲亮学历低，家境不好，配不上她，反对她与李亲亮谈恋爱。她知道想继续和李亲亮交往来自家人的阻力大，必须承受更大压力，鼓足勇气才行。

　　李亲亮怕失去王文静，心情沉重。王文静是他生活中不可缺少的一部分。他感觉在人生的旅程中不能没有王文静相伴。如果没有王文静在他的生活中，人生路上就好像没有阳光似的。

　　王文静心情和李亲亮同样糟糕。她清楚这次回北京意味着什么，将要面对什么。她接到母亲来信后，母亲催促急，在松江县没有过多时间停留。她在回北京前一天下午，在李亲亮陪着去跟刘松告别了。

　　刘松中等个子，有点胖，戴着近视镜，笑着问在这儿工作还习惯吧？王文静说松江真挺好的。刘松说跟北京比差远了。

　　王文静说刘叔，你多帮助亲亮，工作中多指点他。刘松问你们恋爱了吧？王文静笑着。

刘松说小李挺努力的，委县领导对他印象都不错。李亲亮说谢谢领导关心。刘松说不然也不会从机械厂把你调到县委宣传部来。

王文静问调他时是不是得经过县委书记和县长同意才行？刘松说那当然了。王文静问还开会研究了吗？

刘松说按照正常人事调动程序，应该开党委会研究。当时我在省里学习呢，没参加。王文静说这么严格吗？刘松说干部调动就是严格，何况小李还是从工人转成干部呢。

李亲亮说领导这么关心我，我一定努力工作。刘松说你干得不错，领导对你评价很高。李亲亮说过几天宣传部准备让我去青岛参加全国县级新闻交流会呢。

刘松说青岛是沿海城市，怎么会在青岛开这种会呢？青岛有个管辖县，那个县的新闻宣传工作突出，被当成学习的示范县了。刘松说山东这几年发展得快，应该去那边交流，吸取好的工作经验。

王文静说你怎么没跟我说起过呢？李亲亮说部长刚告诉我的。王文静说那你得好好谢谢部长。

刘松接了个电话。王文静和李亲亮交换了眼色，准备离开，然后又把目光投向刘松。刘松对电话里的人说晚上我有安排了，可能去不了。

王文静说刘叔，你忙，我们不打扰了。刘松说晚上我请你们吃饭。王文静说你晚上不是有事吗？刘松说就是给你饯行吗？王文静不好意思地说你那么忙，不用了。

刘松开玩笑地说不请你吃饭，回到北京，你叔会生我的气。王文静说不会的。刘松说那么我就不陪你了，回到北京代我向你叔问好。

从刘松的办公室出来后王文静说，你去青岛开会可以绕路去北京了。李亲亮说部长和我一起去，怎么可能去北京呢。王文静问你们是从大连坐船呢？还是从哈尔滨坐飞机？

李亲亮说县级以下干部出差不让坐飞机。王文静说松江不是挺有钱的吗？怎么旅差费管的这么严？李亲亮说这里是军垦性的，跟其他地方县市管理有些不同。

王文静说你的祖籍不是青岛吗？李亲亮说在青岛一个偏远乡下，老家已经没有亲人了，我爸他们兄妹几个全来东北了。王文静说没有远亲吗？

李亲亮说就算有，我也不认识，再说开会时间那么紧，也没时间去。王文静说你如果去看远亲，部长会同意的。李亲亮说还是不去好，去了人家招待挺麻烦的。

王文静看了一眼徐徐落去的夕阳，感触地说时间过得真快，不知不觉一天又过去了。李亲亮看已经过了下班时间，应该吃晚饭了，便说咱们去饭店吃饭吧。王文静问请我吃什么？

李亲亮说什么都行。

他们走进一家小饭店。小饭店生意不景气，没有几个客人。他们边吃边聊，静心品尝着生活的滋味，直到很晚。

李亲亮把王文静送回宿舍后，王文静又跟着出来。

夜色笼罩着北大荒这座边陲小城。小城的夜晚是那么宁静，又是那么安详，宁静的似乎能听到空气流动声，安详的如同梦中人。街上几乎没有行人，只有路灯散放着暗淡亮光。他们沿着正阳大街从东走到西，又从西走到东，来回走了好几趟。你送我，我送你，恋恋不舍，感受着离别之情。

人啊，总会有千般感受，唯独这种感受是那么伤情而美妙。

夜悄悄地来，又悄悄地去。人的思绪在夜色中飘逝。

虽然夜已经深了，人有些困倦了，可李亲亮还是不想离开。王文静也不舍得让他离去。正处在热恋中的情人，那种爱意；那种缠绵；那种深情，绝对是刻骨铭心的。情为何物，谁又能说得清？

他们话语很少，只是在沉默中缓缓行走。情思在沉默中交织着，心心相印。

王文静失落地说："我走了，你要继续努力，不能放弃理想。无论前方的路有多么艰难，有多么波折，都要往前走。走过风雨就是阳光明媚的日子。"

"想与做是两回事。"李亲亮说。

王文静看了一眼李亲亮说："无论阻力有多大，咱们都要往前走，不能停下。"

"要么……"李亲亮不想继续折磨自己了，更不想拖累王文静。他觉得心累，坚持不下去了，突然想放弃这段爱情。

王文静意识到李亲亮还没有表达出来的想法。她不能接受这种想法，也不允许李亲亮有这种念头。她生气地说："你是想放弃吗？"

"不能因为我，让你承受这么大压力。"李亲亮说。

王文静说："我有信心冲破阻力。我会珍惜这段感情的，希望你也能，咱们共同面对困难。"

"你父母反对的一定非常坚决。"李亲亮说。

王文静说："这方面你不用管了，我会据理力争，想办法做通他们思想工作。"

"你这次回北京还能回来吗？"李亲亮说。

王文静说："肯定要回来的。因为你在这里。"

"如果我不在呢？"李亲亮说。

王文静说："没有这种假设。生活是真实的，不是虚幻的。"

"你回北京……"李亲亮想说什么，可没说出来，这个问题太现实了。他不想触动王文静的心。他说得含糊其辞。

王文静说："如果让你跟我去北京你能去吗？"

李亲亮说能。

王文静说："我是说你在北京没有稳定工作？"

"没有工作？"李亲亮迟疑了一下。

王文静说："很可能会出现这种情况。当然，不到万不得已是不会这么选择的。这是咱们最坏打算。"

"你是想让我放弃现在的工作跟你去北京吗？"李亲亮说。

王文静说："我已经想好了，如果实在不行，你就跟我一起去北京。我不想过两地分居生活，两地分居生活对感情太残忍了。我无法忍受那种孤独与寂寞，还有彼此间的牵挂。"

"两地分居不是生活，是在折磨人。"李亲亮也不愿意过天各一方的日子。

王文静说："你可能暂时调不到北京去，也可能会没有正式工作。我想只要咱们能在一起就是幸福。"

"你为我付出了那么多，只要你爱我，我永远爱你。你不爱我，我也会爱你。"李亲亮说。

王文静说："为了咱们的爱情，为了幸福生活，一起努力吧。"

"听起来怎么有点像是在喊口号呢。"李亲亮说。

王文静纠正地说："不是口号,是决心。"

李亲亮抬头看了一眼夜空。

王文静理解李亲亮的心情,知道李亲亮情绪化重,在寻找让李亲亮放松的方式。她自己也渴望得到关心与安慰。她柔声地说："亲亮,你怎么不吻我呢?今天晚上,你一次也没吻我。"

他们拥抱在了一起,情感交融,疲劳与烦恼都不存在了。

夜空没有月亮,只有云丝涌动,点点繁星在闪烁。北大荒的夜空是清鲜的,更是纯净的,纯净的只有一种底色。这对年轻恋人的心是那么真,情是那么动人。

李亲亮再一次把王文静送回宿舍时已经是午夜之后了。他在窗外静静站了一会,看着屋里的灯光熄灭了,才默默离开。

他回到宿舍时同寝室的人已经酣然入睡了。他躺在床上睡不着,脑海中浮现着这些天来跟王文静在一起快乐的生活。他刚要入睡的时候天就亮了,慌忙起来去送王文静。

王文静踏上了回北京的行程。这是一次不情愿的行程。她预感到和李亲亮的爱情将受到非常大的阻力。

2

两天后的早晨,她走出了北京火车站。她看见来接站的母亲——张红英。张红英在出站口朝王文静挥手,喊王文静的名字。王文静朝张红英快步走去说:妈!

司机上前接过王文静手中的旅行箱。

王文静对张红英说我爸怎么没来呢?张红英向女儿解释说你爸有个会要参加,来不了。你爸说晚上早点回家。王文静笑着说我爸真敬业。

他们上了轿车。司机开动了车。

张红英看到女儿很开心,心疼地说,你都瘦了,也黑了,早知道是这样,就不让你去北大荒了。

王文静说北大荒生活环境挺好的,不像你想的那么差。张红英说你已经回北京了，咱就不说北大荒的事了。王文静撒娇地依偎在张红英怀里。

张红英说想不想妈？王文静说当然想了。张红英说我看不一定。王文静做出生气的样子说，妈，你要再这么说，我就不理你了。张红英说你都参加工作了，还这么任性怎么行。

王文静抬脸看着张红英说你有点老了。张红英说你已经长大了，妈还不老吗。王文静说你是希望我长大呢，还是不希望我长大？

张红英说当然是希望你长大了。王文静说我长大了，你不就老了吗？张红英说天下父母都是这种心情。等你做了母亲也会这样。

王文静脸红了说，妈，你说什么呢。

司机熟练地把车开到了他们家楼下。然后把东西帮他们拿上楼。张红英对司机说，小田，谢谢你。司机说不用客气，如果没别的事，我就回单位了。张红英说小田，你提醒王院长晚上早点回家。司机说行。

张红英从冰箱里端出一盘水果说，很久没吃荔枝了吧？王文静说北大荒那么偏远，哪有这东西。她伸手拿起一只荔枝，扒了皮扔到嘴里。张红英说有点凉，过一会再吃。

王文静脱下外衣，扔到沙发上。张红英说你把衣服换下来吧。王文静说火车太慢了。

张红英说你怎么没坐飞机呢？王文静说还不是为了节省点路费钱。张红英说你什么时间学会过日子了？王文静说我一直是这么节约的。张红英说我还真没看出来。

王文静说我爸又换司机了？张红英说原来你爸是副院长，现在是正的了。车也换了。王文静说我爸真能干。妈，你不行吧？

张红英说你别瞧不起妈，你也不想一想，没有我操持家务，做好后勤工作，能有你爸现在的工作成绩吗。你爸的军功章上也有我的一半。王文静笑着说，妈，真有你的。张红英说我说错了吗？

王文静奉承地说，你没说错，你说的非常正确。张红英说水烧好了，你去洗澡吧。王文静说火车上真脏，弄得满身味。

张红英在给女儿找衣服。王文静四处看了一眼，见保姆不在屋，便问，妈，阿姨呢？张红英说上街买菜去了。这么长时间还没有回来，看来应该换一个保姆了。显然她对保姆不满意。

王文静对保姆印象很好，不赞成换新保姆，就说啊姨干的挺好的，已经在咱们家干这么多年了，还是别换了。

张红英说我也是看她在咱们家干这么多年情分上才没辞退她，要么早就让她走了。北京现在没活干的人很多，别说是外地人了，本市下岗工人当保姆的也不少。她干活太慢，笨手笨脚的。我去火车站接你，她去菜市场买菜。我们两个一起出的门，咱们已经回来了，可她的人影还没见到呢。

王文静觉得这个时间过长了，去菜市场是用不上这么久的。她说阿姨在路上会不会遇上什么事了，不然应该回来了。张红英说大白天的能有什么事。王文静说白天就不会出现意外了，你这是什么理论。

张红英没有把心思放在保姆身上，而是在关心王文静。她说你回来时见到你小姨了吗？王文静知道母亲想要说什么。她说你让我回来的这么急，途经哈尔滨时没敢停留。我是从松江县直接回来的。她在琢磨怎么来应付母亲。

张红英思索了一下说，你小姨来电话把你谈恋爱的事跟我说了。我不相信这是真的。我不相信我女儿会做出那么弱智的事情。你小姨说的不是真的吧？

门铃响了。

王文静转身去开门。保姆胳膊上缠着纱布回来了。王文静吃惊地问，阿姨，你怎么了？保姆说是被车撞的。王文静问交警处理了吗？

保姆说交警把司机的驾驶证扣起来了。交警让司机陪我去医院。我着急回来看你，没有去医院。

张红英走过来不高兴地说，还是先去医院看病吧。你做事就是忙三辈四的，都这么个年龄了，还不稳重点。保姆沉默了。张红英厉声厉气地问，肇事司机呢？

保姆说在楼下呢，他要送我去医院。张红英得知肇事司机在楼下呢，气消了些，接着说我跟你去医院。保姆说我自己去就行了，你在家陪文静吧。

王文静说我也去。张红英不想让王文静去医院。她说你坐了这么长时间车，走了这么远的路，在家休息吧。王文静说快走吧。

张红英觉得扫兴，说这事弄的。

王文静对母亲这种态度不满意。她了解母亲，母亲比父亲势利、自私，还瞧不起人。在性格上她不像母亲，而像父亲。她穿上外衣，扶着保姆下楼了。

张红英锁上房门。跟在后面。

楼下停着一辆上海大众牌轿车。范伟军焦急地在车前来回踱步。他看见王文静和保姆走过来显得意外，惊喜地问，你怎么在这里？王文静没想到肇事司机会是范伟军，回答说这是我家呀。范伟军问这是你母亲？

王文静说是我们家阿姨。

张红英从后面走过来说文静，你们认识？王文静说我们是高中时的同学。

范伟军说：这是……？王文静说，这是我妈。范伟军礼貌地说阿姨。

张红英看是熟人，态度来了个大转变。她说你们年轻人，开车要小心点。

保姆看肇事司机是王文静的同学，急忙说医院就不用去了吧？只是擦破了点皮，没什么大事，过几天就好了。

范伟军看是熟人更认真起来了。他说医院得去，有问题能早点检查出来，没问题不是更好吗。

张红英对王文静说你就不用去了，在家休息吧。

王文静认为自己没去的必要了。她说我也挺累的，就不去了。她对范伟军说麻烦你了。范伟军说这是应该做的。王文静说咱们找时间再聊吧。

范伟军开车离开了。

王文静回到屋里，一股困意袭来，眼睛睁不开了，想舒舒服服睡上一觉。

3

王中来看已经到下班时间了，拎起公文包急步朝办公室外走去。他刚关上门，还没锁上，办公桌上电话嘟嘟响了起来。他拉开门，走到办公桌前，操起话筒说，你好，哪位？

话筒里传来姜昌盛的声音。姜昌盛是他多年的朋友，约他和几位好友去京都饭店聚会。他抱歉地说今天文静从北大荒回来了，晚上陪文静吃饭，咱们改天吧。

姜昌盛知道王文静去北大荒的事，他说那你陪文静吧，告诉文静，过些天姜叔叔请她吃饭。

王中来说我会跟文静说的。姜昌盛说改天咱们聚一聚。王中来说好，祝你们今晚玩得开心。

姜昌盛挂断了电话。

晚上王中来推掉了好几个无关紧要的活动，想早点回家陪女儿。到了他这个年龄事业与工作稳定了，不求大的突破，把儿女亲情看得非常重。他走出办公楼，上了车。他坐在后座位上若有所思地对司机说，文静没有变化吧？

司机说应该没有。司机是第一次见到王文静，不知道王文静从前是什么样，没法做比较。王中来意识到车是刚换的，司机来时间不长，司机没有见过王文静，笑着说，对了，你是第一次见到文静。我的记性真不好。司机说您不是记性不好，是想女儿心情急切了。

王中来回到家里时，家里气氛跟他想象的大不一样，有点失落。屋里没有女儿的身影，在长条沙发上坐着保姆和张红英。张红英看了他一眼没说话。保姆胳膊上缠着纱布，看上去两个人心情不好。王中来问发生什么事了？

张红英说阿姨让车撞了。

王中来对保姆说你的伤没事吧？保姆做出无所谓的表情说，皮外伤，没什么事。王中来问去医院检查了吗？保姆说检查过了。

王中来对张红英说文静呢？张红英说在房间睡觉呢。王中来朝房间走去，轻轻拉开房间门，走到床边，低头看着熟睡中的女儿。他看着女儿甜美的睡容，有着幸福感。

王文静想上厕所，醒了。她看父亲坐在床边，惊呼地喊：爸。王中来笑着说睡醒了。王文静撒娇地说路上没休息好，困死我了。王中来慈祥地说，坐这么长时间车，能不累吗？

保姆看王文静睡醒了，去厨房准备饭。张红英跟了过去，自己来做，让保姆休息，注意伤口。保姆用一只手为张红英做着辅助性事情。

王文静换上了一套外衣，去卫生间了。

全家人在饭桌前谈笑风生，说这说那的，气氛温心。张红英把话题落在了王文静在松江县这段生活上。王文静不想说，又回避不了。张红英先是询问北大荒生活环境好不好，松江县怎么样，然后问刘松副县长的工作成绩，老百姓对刘松副县长的评价，绕了一大圈子后才把话题引向了李亲亮。张红英之所以绕了这么个大圈子才入主题是想让王文静有心理准备，能理智交谈，平静面对。她担心女儿不接受她说的话。

王文静有心理准备，知道躲肯定是躲不过去的，躲过今天躲不过明天，前面就是刀山火海，也要试着过去。

张红英说你小姨来电话说小伙子只是初中学历，我不相信你能找个初中生的对象。王文静说初中毕业生能说明什么呢。张红英说这还不能说明问题的严重性吗？初中学历跟文盲没有什么两样。文盲在北京能做什么？文盲在北京怎么生活？你不要一时糊涂，毁掉了自己一生的幸福。婚姻是人生中的大事，不能当儿戏，你懂吗？

王文静反驳地说，妈，你说的不对。初中生怎么能是文盲呢？文盲是指不识字的人。张红英说就算他不是文盲，只有初中学历，也和文盲差不多。他来北京能干什么呢？王文静生气地说还能饿死了！

张红英说就算饿不死，活得也不风光，也不会幸福。王文静质问地说，妈，你说什么叫幸福？什么叫风光。张红英毫不迟疑地说，风光就是能让亲朋好友瞧得起，让同事和外人高看一眼，比自己周围人的地位高；幸福就是经济好，家庭和睦，物质富裕。

王文静不赞成张红英的观点，反驳地说，我不这么认为。我认为两个相爱的人能长相厮守，白头到老，相伴走完一生才是幸福。关于你说的风光吗，对我来说没必要考虑。那是给自己上的枷锁。如果强迫自己获取不着边际的事，根本风光不起来，更不可能幸福。

王中来也不赞成女儿跟初中学历的人谈恋爱。但他不像张红英那么势利，话没有张红英那么刻薄，尖锐，态度相对比较温和婉转。他语重心长地说，文静，不是我偏见，你跟小李谈恋爱不现实。他文化那么低，知识那么欠缺，你们成长环境又不同，之间差距那么大，在一起能有共同语言吗？

王文静说我跟亲亮在一起非常快乐，当然有共同语言了。你们也不想一想，我上高中，读大学，又工作了这么久，接触过的小伙子不只他一个吧？我在读大学时有男生追我，我都没看上，却看上亲亮了，他能没有优点吗？

张红英说你是鬼迷心窍了。

王文静说你不讲理。

王中来对王文静说你要认真考虑，不能当儿戏，这是你的终身大事，到时候可别后悔。

王文静非常坚定地说我不后悔。

张红英说恐怕到时候你后悔都来不及了。世界上什么药都有，就是没有后悔药。王文静说我决不后悔。张红英问，你们谈多久了？发展到什么地步了？

王文静听到这句话紧张起来，好像母亲看到了她内心深处感受似的。那种感受她不想告诉任何人。这是她心中的秘密。

张红英说你小姨劝你，你还振振有词的反驳，你也不想一想，你小姨能把你往火坑里推吗。早知道会出现这种事，说什么我也不会同意你去北大荒，都是你叔叔出的歪主意，说什么让你到北大荒锻炼锻炼，结果呢？

王文静说，妈，亲亮真的很好。你没见到他，等你见到他了，就不会这么看了。张红英说我是没见到，可你小姨还没见到吗，你小姨不是也反对吗。王文静说我小姨太偏见了。

张红英说我比你小姨还偏见呢。

王文静说，妈，你这是什么态度。

王中来说小李的学历是太低了，怎么也得是个大专学历呀。

王文静看父亲态度朝着母亲方向倾斜，急忙说，爸，你别受我妈的传染，你跟亲亮在一起保准能谈得来，有共同话题。他的摄影作品在全省得过第三名，还在《人民摄影》杂志上发表过作品呢。如果他工作不出色，怎么会从普通工人破格调入县委宣传部工作呢。县里基层单位有那么多大学毕业生，为什么没有被调进县委工作呢？

张红英怀疑地说，你是不是借用你叔叔的名义去找刘松副县长了？你和小李去你小姨家时，他不还在工厂当工人吗。

王文静说，妈，你这就冤枉人了。他调进县委宣传部工作没动用任何关系，完全是凭着个人努力。他去哈尔滨学习是县里安排的。学习结束后，他就被调到县委宣传部工作了。

张红英说你没为这事去找刘松副县长？王文静说绝对没有。张红英说我不信。

王文静说我回来时去跟刘叔辞行，他说根本不知道亲亮调进县委宣传部工作的事情，当时他在哈尔滨学习呢。

张红英说你别说的那么好听，你就是说的天花乱坠，我也不同意你跟小李保持恋爱关系。王文静犟劲上来了，反驳地说我已经长大了，我的事自己做主。张红英说别的事可以，这件事坚决不行。

王文静下决心地说，妈，你同意也好，不同意也罢，这辈子我跟定他了。

张红英说你从北大荒回来就不能再回去了。在那边的手续让你叔叔找刘松副县长帮助办。从此你跟小李一刀两断，各走各的路。

王文静没想到事情发展的要比自己预料的更糟糕。她说我不回北大荒可以，但要把亲亮调到北京来。张红英说你是在做梦吧。王文静说我是认真的。

张红英看女儿犟嘴，更生气了，语气更不好了。她说小李到北京能干什么？让他来掏厕所吗？现在掏厕所都用机器了。我怀疑他连掏厕所的机器都不会用。

王文静不可动摇地说，就算李亲亮是掏厕所的，我也嫁给他。

王中来看两个人吵起来，插话说，文静，你妈心脏不好，少说两句吧，这件事慢慢商议，不是着急的事。

王文静有些失去理智地说，你们不要逼我。王中来解释说，我们是希望将来你生活的幸福。王文静说你们同意我和亲亮在一起，我就幸福，不让我跟他在一起，我就不幸福。希望你们能尊重我的选择。

张红英不客气地说，你想嫁给小李是不可能的。

王文静转身跑回自己的房间，打开随身带的旅行箱，从里面取出一本画册，走到王中来面前说，爸，你不是爱好摄影吗？你都快摆弄一辈子照相机了，你看李亲亮的摄影水平到底怎么样？

王中来接过画册说，这本画册都是他拍的摄影作品吗？王文静说全是他拍摄的，多数是在近期拍的。王中来翻看着画册。

张红英说摄影摄的再好也没用，不顶日子过。

王文静说，妈，你先别发表看法，等我爸看完了再说。

王中来认真看着画册中每一张照片。他被来自北大荒黑土地的艺术魅力深深感染着。他没想到李亲亮能有这么好的艺术感觉。他相信这位年轻人是有潜力与发展的。如果这个人跟女儿没有恋爱关系，他肯定会高度赞扬一番的。可他现在不能发表真实看法。如果他赞扬了，不就是鼓励女儿继续与李亲亮交往吗？他看完画册没有表态。

王文静说，爸，我没说错吧？

张红英说这破东西你也带回来，快扔掉算啦。王文静说，妈，你别这么势利好不好？张红英生气地质问说，文静，你在跟谁说话呢？我是你妈！你不能用这种口气跟我说话。

王文静意识到自己言语有点过分了。张红英责备地说，我算是白养你了。王文静说，妈……她还想顶嘴。

王中来说，文静，你少说点吧。

王文静说我不跟你们说了，转身回房间了。

张红英捞起放在茶几上的画册扔到了一边，对保姆说，阿姨，把画册扔到垃圾箱里去。

王文静从房间里走出来，拿起画册，转身又回房间了。这本画册是她离开松江县时，李亲亮专门给她制做的。她原本是希望通过这本画册来说服父亲，让父亲接受李亲亮。她知道父亲要比母亲好开导，只要父亲同意了，母亲也会改变态度，能接受李亲亮。

张红英对王中来说都是你惯的。她现在谁的话都不听了。

王中来说怎么又怨着我了呢。

保姆看饭没人吃了，过来收拾桌子。张红英说你休息吧，我来吧。保姆说没事，我小心点就行。

王中来自言自语地说，小李的艺术感觉真不错，拍摄的照片还真有点内涵呢。

张红英说你别跟我说这个，我不懂摄影，也不想听。你都摄影多少年了，在摄影方面得到什么了？也就消磨消磨时间，调节一下性情。你说摄影能当饭吃吗？摄影能找到接收单位吗？如果把摄影做为业余爱好还可以。如果把摄影当成职业就不行了。

王中来说你不能过急，得慢慢来。文静刚从北大荒回来，你们母女俩就发生激烈争吵，往下还怎么沟通。

张红英说我是坏她吗？

王中来说可你也要考虑文静的心情，让她有个思想转变过程吧。现在她不是回到北京了吗，和小李不是已经分开了吗，时间能淡化人的感情。只要他们长时间分开，不接触，不用你棒打鸳鸯，就会各奔东西。

张红英说你能沉住气，我是沉不住气。

王中来说心急吃不了热豆腐。张红英说如果文静不是我女儿，我才懒得管这件事呢。王中来说可你也要注意方法呀。

张红英后悔地说，都是中和出的馊主意，说什么大学毕业让文静到北大荒锻炼一下意志，感受一下北大荒的生活……当时我怎么就听你们的了呢？如果文静大学毕业回北京，哪会发生这种事。如果北大荒好，当年那些下乡知青还争抢着返城干什么？他们干脆留在北大荒生活一辈子算了。

王中来说年轻人多经历点事情，在今后的人生中只有好处，没有坏处。中和也是为了文静好，没有恶意。

张红英说我也没说他有恶意。不过，他出的这个主意真不怎么样。

王中来说文静不是已经回到北京了吗，会改变的。

张红英说人是回来了，心却留在了北大荒。工作手续还没办呢。明天我就找中和，让他给刘松副县长打电话，把文静的工作关系办回来。

王中来说让刘松副县长办不好吧？

张红英说不让他办让谁办？难道说让我去办？还是你能去办？她认为别无选择，只能找刘松副县长帮忙了。

王中来说这件事应该慎重点。张红英说这有什么好慎重的。反正我是不会让文静再回北大荒去了。她回去如果不回来怎么办？如果实在不行，你去北大荒办吧。王中来说我去办？

张红英说你不是文静的父亲吗，文静不是你女儿吗，父亲为女儿做这件事情不是理所当然吗。你是觉得委屈呀，还是不情愿呢？王中来说我这么忙，走不开。

张红英说你们单位离了你就停工了呗？

　　王中来说先跟文静商量好了再说。张红英说这件事不用跟她商量。她这个单位不错，不办手续新单位怎么接收她。千万不能错过了。王中来说还是先征求一下文静的意见吧。

　　张红英说我是想征求她的意见。可她现在是鬼迷心窍了，不听劝。王中来说不是我袒护文静，今天是你做的不对。文静刚回来，还没休息好，心情不稳定，你就跟她谈这些，她能听吗？张红英说你这不是袒护她是干什么？她小姨那么劝她，她都不听。你说这孩子多有主意。

　　王中来说不跟你说了，早知道这样，晚饭我就不回来吃了。张红英说女儿都要误入歧途了，你还无动于衷，麻木不仁，有你这么当父亲的吗。王中来说我去睡觉了。张红英说你是什么意思？是对我的抗议吗？王中来没有回答，朝卧室走去。他困了，平时应酬多，每天回来的都很晚，难得睡个早觉。他躺下不一会就睡着了。

4

　　张红英在王中来上班后好一会还没有去上班。她在单位是名普通工作人员，不要求走在最前方，也不想落后，只求处在中间位置。她以夫为荣，以家事为主，做主妇责任，尽妻子义务。她是合格妻子，更是好家庭主妇。她操持家务，照顾丈夫，把家经营的井井有条。她走到哪里熟悉人都称她为王院长的夫人。这句话她开始听起来不顺耳，觉得别扭，时间久了，习惯了。院长夫人称呼听起来表面上好像是失去了自身价值，没了自己的位置，可细心一琢磨，不是这么回事，这种称呼更加证明自己的重要性。

　　王文静看母亲还没有去上班着急地说："妈，你还不走，不能迟到了吗？"

　　"不能。我心中有数。"张红英看了一眼时间。

　　王文静笑着说："妈，我爸每天要比你早上班半个多小时，一年下来我爸要比你多工作很长时间，不愧我爸能当上院长，你总在原地踏步。"

　　"你爸是男人。男人应该以事业为主。女人应该以家庭为主。如果女人整天以工作为主，家务谁来操持。女人就是女人，男人就是男人，各行其职，不要站错了位置。"张红英说。

王文静感觉母亲说的有道理。如果母亲同父亲似的早出晚归，总在外面忙碌，家里还能这么温心吗？她对母亲操持家务的观念是认可的。

张红英临出家门时叮嘱王文静说，你在家好好休息，明天我再陪你逛街。王文静说你每天早点走，坐我爸的车去多好。要么你还得挤公共汽车。张红英说这不行，我坐你爸车去上班，让熟人看见了影响不好。

王文静说你可以早点下车吗，别等到了单位下车不就行了。张红英说司机是死人吗？如果司机说出去呢？王文静笑着说，妈，你真行，能约束自己，如果换成我，我肯定会坐我爸车的。

张红英说时间到了，不说了，你在家休息吧。王文静说，妈，路上注意安全。张红英工作的医院离家比较远，中途要转好几次车。几十年来她风雨无阻，比较辛苦。她们眼科有四名医生，两名在病房，两名在门诊，两天轮换一次。今天她和马医生在门诊值班。她来到单位时马医生刚到。她说：早。

马医生说你心情不错吗。张红英拿起拖把打扫办公室内的卫生。马医生拿着毛巾擦着桌子。马医生问文静回来了吗？

张红英说昨天回来的。马医生说文静在北大荒生活还习惯吧？张红英说很习惯，都不想回来了。马医生说文静去北大荒没有多长时间吧？张红英叹了口气说幸亏去的时间短，要是时间长了，就坏事了。

马医生看了张红英一眼，不解地说文静真的喜欢上北大荒了？张红英显出无奈的样子说，北大荒她到不喜欢，可她喜欢上了北大荒的人。你说现在的孩子是怎么了，只要自己想做的事就非做不可。马医生说文静这孩子不是听你的话吗？

张红英说那是过去，现在不行了。你有两年没见到文静了吧？马医生说差不多了。张红英说她在北大荒谈了个男朋友，我不同意，她就是不听。她昨天一回来就跟我吵起来了。

马医生问小伙子是干什么的？张红英停下手中的活说，你猜？马医生说是文静大学时的同学？张红英说还大学同学呢！你再猜？马医生说我猜不出来。不过，文静条件不错，找的对象肯定差不了。

　　张红英说你肯定猜不出来。马医生说文静在北大荒找男朋友，她不打算回北京了吗？张红英摇了一下头说我都不知道文静是怎么想的。

　　马医生推测地说是不是当官的？张红英一摇头说还当官呢。马医生推测地说要么小伙子父母是当官的，家境好。不然，文静不会同意。

　　张红英说如果真是当官的，我就不上火了。别说当官了，听说连普通人家生活都赶不上。马医生说这不可能吧？张红英说我真希望不可能，可这是千真万确的事。

　　马医生说不会吧？文静看上的小伙子肯定会有优点的。张红英说我准备哪天把你请到我们家，让你帮我开导文静。我的话她是一句也听不进去，真愁死了。马医生说没你说的这么严重吧？

　　张红英说事情比我说得还严重。马医生又问，小伙子到底是干什么的？你不会一点也不了解吧？张红英说听说原来是机械厂工人。现在是县委宣传部照相的。只有初中学历。

　　马医生说照相的工作可不怎么样，看来文静是不想回北京了，要么她不会在北大荒找对象。并且找个只有初中学历的。张红英说你还真说错了，文静不但想回北京，还想把那个小伙子带到北京来。马医生沉不住气地说，文静这孩子不是瞎胡闹吗，初中学历在北京能干什么？现在大学生都不好找工作了，各单位招聘人都开始要求是研究生了。

　　张红英说可不是吗。马医生说婚姻不能当儿戏。你这当妈的可要管，如果你不管，文静真嫁给这么个人，一辈子就完了。张红英说我都让文静气懵了。

　　马医生说你家老王是什么态度？张红英说他也反对，可态度不明朗，不坚决。马医生说女人如果嫁个没本事男人一生就完了。就拿咱们的董副院长来说吧，如果她男人行，能立得起来，不拖她后腿，她早就当正院长了。

　　张红英说董副院长让她丈夫拖后腿了。马医生说女人嫁男人是终身大事。张红英说哪天你去我家，帮我劝一劝文静。

　　马医生说我家有一堆事，走不开。要么你把文静领来吧。张红英说她不能来。马医生沉默了一会说，哪天我抽空去一趟你家。

　　有病人走进来打断了张红英跟马医生的交谈。张红英没心情给病人看病，没有接病人手中的病历。马医生接过病人手中的病历，询问病人的病情，然后给病人做检查。

张红英拨通了王中和的电话，低声说你说话方便吗？王中和说方便，什么事？张红英说文静回来的匆忙，手续没有办呢，你看能不能让你那位当副县长的朋友帮忙给办了，寄回来？

王中和思考地说，这……

张红英解释说我不想让文静再回北大荒去了，一个女孩子，走这么远的路，我不放心。再说就这么点事，这么远的路，跑来跑去的瞎折腾什么呢。

王中和知道张红英为什么不让王文静回北大荒，理解张红英的做法。他们这一代人经历过的苦难生活，不想让下一代人再去经历了。他说我去信问一问刘松，看他是什么意思，然后再说吧。

5

王文静没心情在家里待着，去找叔叔王中和了。她知道叔叔在北大荒插过队，对北大荒有很深的感情，思想观念不像父母那么偏见。她想让叔叔帮助劝说父母接受李亲亮。

王中和刚与张红英通过电话王文静就走进来了。他笑着说你是昨天回来的？王文静淘气地说我昨天回来了，今天就来看你，开心吧？王中和说看来我这个叔叔在你心中还有点位置。

王文静说那你得帮我做一件事。王中和说我知道你来找我有事。王文静说你猜是什么事情。王中和说是为了对象的事吧？王文静说你怎么知道的？

王中和说你妈刚才来电话跟我说你的事了。王文静说我妈说什么了？王中和说你妈让我找刘松副县长把你的工作关系寄回来。

王文静说我妈还说什么了？王中和说再没说什么。那你怎么会知道我来找你是为对象的事呢？

王中和说上次你小姨打电话来时，我正与你爸说事呢。你妈接到电话就生气了，不然也不会让你这么快回北京。

王文静说，叔，你相信我吗？王中和说你是我侄女，当然相信了。王文静说不是这个意思，我是说你相信我的眼力吗？王中和说相信。王文静说亲亮真的很好。王中和说我相信，不然你也不会喜欢上他。王文静羞涩地笑着。王中和接着说好是好，可你们差距太大了，能生活在一起吗。王文静说我可以克服困难，如同红军长征似的。

王中和说如果你这么选择，困难肯定小不了，应该有心理准备。王文静说我早就想好了，非李亲亮不嫁。王中和说你是想让我帮着劝你爸你妈吧？

王文静说还是叔叔了解我。王中和说这件事不能太急，得慢慢来，让你爸妈有个心理适应过程。他们反对这件事是正常的。毕竟你和小李之间差距太大了。王文静说这我明白，不过你得帮我说话。

王中和说我会站在你这边的。王文静开心地笑了。有人来找王中和谈工作，王文静准备离开。王中和说改天你到家中吃饭。王文静说想吃婶子炒的菜了，明天就去。王中和看着王文静把办公室门关上。

王文静去找周芹了。周芹在公安部工作。她是王文静高中时的同学。两个人是无话不谈的闺中密友。高中毕业后王文静考上了东北大学去哈尔滨读书了。周芹考上了中国人民大学留在了北京。两个人只能在放寒暑假时见面。王文静大学毕业后去了北大荒，两个人天各一方，更没有交流机会了。

周芹吃惊地问王文静是什么时间回北京的。王文静说昨天刚回来。周芹说看来我在你心中位置挺重要的。

周芹没有去过北大荒，更没去过松江县。她对北大荒的了解是从知青作家梁晓声、张抗抗、陆星儿等作家的作品中。在读过那些文学作品后，她对北大荒广袤的黑土地充满着向往与好奇。她想从王文静口中了解北大荒的风土人情。

王文静看着身穿警服的周芹有点新奇，笑着说，你穿上这套警服还真挺威风的。周芹递给王文静一瓶矿泉水说，没吓着你吧？王文静接过矿泉水，拧开盖，喝了一口说，吓着我什么？我又没有犯法。你以为谁都怕警察呀。

周芹走到王文静面前，摆弄着王文静的头发，关心地说你瘦了，也黑了。王文静说谁见到我都这么说，我怎么没感觉到呢。周芹提醒地说别忘了你去的是北大荒！不是北戴河。北戴河是疗养的地方，北大荒是受罪的地方。两个地方是迥然不同的。

王文静说北大荒怎么了？北大荒的太阳跟别的地方不一样吗？北大荒没有污染，建筑物少，遮不住阳光。北大荒的太阳比北京的太阳更好。

周芹笑着说北大荒是不是风很大，容易损伤皮肤？王文静说你听谁说的？我在北大荒是在屋里工作，又不是在荒原上脸朝黑土背朝天种地。那是座美丽的江边小城。我感觉松江县城要比北京好。周芹不相信地说那你还回北京干什么？

王文静说其实不回来也行。周芹说你神经错乱了吧？我不相信北大荒会比北京好。王文静转移了话题说，你有男朋友吗？

周芹爽快地说我们都快结婚了。王文静问他是干什么的？周芹说正在读研究生。王文静问是北京人吗？周芹说当然是北京人了。

王文静说家中条件很好吧？周芹说当然了。王文静说你真行。

周芹说你这次回北京是约会？还是回来工作？王文静说千里迢迢跑回北京只是为了约会，那也太累了。周芹说既然不是约会，那就是调回北京工作了。

王文静说我调回北京了。周芹高兴地说，真好，什么单位？王文静说机械进出口总公司。

周芹做出羡慕的样子说挺不错吗，经常有机会出国了，还可以找个外国对象，嫁到国外去。王文静生气地说你就那么讨厌我吗？还想把我弄到国外去。周芹看到吃中午饭时间了，拿起办公桌上的钱包说，我请你吃饭。

周芹和王文静说笑着走出办公大楼，来到街上。两个人边走边聊。周芹说你回来就好了，多了一个聊天的人。

王文静问范伟军在什么单位开车？周芹说高中毕业后我就没见过他。王文静说他开的是上海大众轿车。周芹问你在哪见到他的？王文静说在镓门前。

周芹说不会是你们两个谈恋爱了吧？王文静说怎么会呢。周芹说你是不会看上他的，不过有可能他会看上你。

王文静说你在胡说什么呢。

周芹问是范伟军去找你了？王文静说他开车撞到我家保姆了，陪同保姆去医院做检查。周芹说开车好是好，就是太危险。

王文静说北京街上人太多，在北大荒小城里街上人很少。周芹说你对北大荒的印象就那么深吗？王文静说北大荒和北京不同，留下了许多记忆。

周芹说北大荒再好也是北大荒，不适合个人发展。王文静说你说的对。周芹说回到北京就好了，可以好好安排自己的生活了。

王文静说好什么好，都快烦死我了。周芹说回北京有什么好烦的。北京是首都，很多人想到北京工作都进不来呢。

王文静若有所思地说怎么才能调到北京工作呢？周芹说你不是已经回来了吗？王文静说不是我，而是别人。

周芹说看是调什么人了。国家如果调部长很轻松。王文静说你又没正经话了。我是跟你说正经的呢。周芹问是干部，还是本科生？

王文静说都不是，只是普通工人。周芹说工人肯定不行。王文静说就没有别的办法吗？

周芹问你想调谁呀？王文静说我男朋友。周芹吃惊地看着王文静说，你男朋友？王文静说是我男朋友。周芹疑惑地说你在北大荒找的男朋友？你不是在开玩笑吧。

王文静说你觉得很意外吧？我想把他调到北京来。周芹说你太浪漫了，调进北京太难了。王文静问有这种可能吗？周芹说如果你们结婚了，这种可能是有的。不过，很麻烦。王文静说麻烦不怕，只要能办成就行。

周芹问他是干什么的？王文静说县委宣传部新闻干事。周芹说他这个职务太小了，恐怕县长也不好调进北京来，除非是北京知青的后代。

王文静沉默了。周芹问他是不是长得很帅？家境很好。王文静说家境不算好，相貌还行。

她们在一家餐馆门前止住，服务生迎上前来把她们领进去。周芹经常来这家餐馆吃饭，对餐馆内的环境熟悉。她和王文静在相对比较安静的位置坐下。她问王文静想吃点什么，王文静说你看着来吧。周芹说吃西餐吧。王文静说好啊。

周芹边吃边问你爸你妈同意你在北大荒找对象吗？王文静叹息地说他们是强烈反对。周芹说你爸你妈肯定不会同意。你应该考虑一下你爸妈的意见。

王文静说我不考虑。周芹说这个北大荒小伙子值得让你付出那么多吗？王文静说当然了。周芹说挺不好办的。王文静求援似地说你可不能看我的笑话，得帮我想办法解决。

周芹说最好的办法是让你爸妈接受这件事，如果他们不同意，就更难办了。王文静说你去帮我说一说吧。周芹答应着说我去试一试，可不一定行。父母在这种事情上一般是很少让步的。

王文静问你相信缘分吗？

周芹没有明白王文静问话的用意，说你是什么意思？

王文静回忆着说，几年前我在北京开往哈尔滨火车上遇见了他。那次他是从大西北回北大荒途径北京。茫茫人海中我们分开了好几年，本不会再次相遇了。可没想到我大学毕业后，去北大荒时又遇到他了。并且我们同在一家单位工作，成了同事。你说这不是缘分又是什么？世上的人那么多，我为什么总会遇到他呢？周芹说所以你要嫁给他。王文静叹息地说爱一个人真难。

6

张红英知道王文静虽然回到了北京，心却还在北大荒，还在松江县，还想着李亲亮。她认为如果想让王文静彻底断绝与李亲亮的交往，最好的办法是尽快给王文静在北京找个对象，分散对李亲亮的感情。让王文静心有所属，情有所归。她四处托人为王文静介绍对象。在她心中王文静好像是嫁不出去的老姑娘，有失脸面，急迫嫁出去。

王中来虽然觉得李亲亮配不上王文静，但不想过多干涉年轻人的爱情。他想通过劝说方式感化王文静，促使王文静改变想法，改变选择男朋友的观念一标准，而不是强行制止和阻拦。他认为张红英在王文静选择男朋友这件事上处理的过于急切了。

张红英不但急切，还沉不住气，好像女儿马上掉进火坑里了，必须阻止。晚上她躺在床上对王中来说："你们学院有没有合适的小伙子？"

"介绍给文静吗？"王中来说。

张红英说："你以为还会给别人介绍吗。"

"过些时候再说吧。"王中来翻转了一下身子说。

张红英看王中来没把这件事放在心上，生气了，半侧着身子说：你别没心没肺的好不好，文静只是我的女儿呀！不也是你的女儿吗？你还有点做父亲的责任吗？

"找对象如同做饭，不能太急了，要按照程序有条不紊地进行。如果不按照程序进行，不分先后，什么调料都往里放，做出来的饭肯定味不对，不好吃。"王中来说。

张红英反对地说："你这是什么逻辑。眼看着要煳锅了，还不赶紧往锅里放点水，降降温怎么行。你还没看透文静的心思吗，她人是回北京了，可心还在北大荒，还在小李身上呢。如果我也像你这样么漠不关心的，那怎么行呢？"

"文静是在北京长大的。她有那么多同学，朋友，让她自己去谈好了。她自己找不到时，你再操心也不晚。"王中来反对张红英的做法。

张红英说："我是想让文静尽快忘掉那个照相的。如果不是为了这件事，我当然不急了。咱们给文静介绍个对象，先让他们谈着，就算谈不成，也会分散心思，省得文静整天想着李亲亮。"

"你认为这样做好吗？"王中来还是反对。

张红英说："怎么不好？除了采取这种办法外，还有其他更好的办法吗？"

"你不用这么着急。文静在家里已经不提跟小李的事了。现在她们两个人天各一方，联系的少，时间久了，自然就断了。"王中来说出自己的看法。

张红英说："我可没你那么乐观。现在文静每天都在上班，咱们又不能跟着她，谁知道她在单位跟那个照相的联系不？"

"如果她真想联系，你也管不住。"王中来说。

张红英说："那也不能眼看着他们发展下去吧！你在女儿婚姻大事上就没有正确态度。"

"这件事你不用跟我商量了，想怎么办就怎么办好了。我说的话你不听，我生气，你也生气，这何必呢。"王中来感觉越说越说不到一起去。虽然他们两个人心愿是相同的，可在处理方式上绝然不同，如同两条平行线，没有交织点。

张红英生气地说："今后我就不跟你说了。跟你说也是白费口舌，不起作用，就当女儿是我自己生的好了。"

王中来说乱弹琴。

张红英开始给王文静介绍对象。王文静不看，实在躲不过去了，无法推脱，就去看一眼，接着提出不是太胖，就是太瘦，要么说五官不端正，命相不好等一大堆毛病。反正她看了不少，就是没中意的。张红英知道王文静在吹毛求疵，故意刁难对方。她一忍再忍，直到忍不下去时才说："北京这么多小伙子，就没有一个能配上你的？"

"有啊！可能我还没遇到吧。"王文静漫不经心地说。

张红英说："你不要气我。如果你不是我女儿，我才懒得管呢。我是你妈，不能眼看着你往火坑里跳。"

"我已经不是小孩子了。我自己的事我知道怎么处理。"王文静说。

张红英说："你还年轻，经历的少，婚姻方面的事你还没有经历过，你不懂。女人如果嫁错了男人，一生就毁了。"

"妈，你别总把我当小孩子好不好？我已经工作了，应该有自己独立的生活方式，更应该有自己的思维空间。如果你处处都管我，约束我，我不就成为你的复制品了吗。"王文静说。

张红英说："让你说对了。你就是妈生命的延续。"

"我是你生命的延续，但不是复制品。"王文静说。

张红英说："复制也好，延续也罢，我的目的是让你生活的幸福，开心。"

"你不给我爱情的权力与自由，我能幸福吗？"王文静说。

张红英说："你被爱情迷惑了，没有正确方向。我不能看着你误入歧途。"

"我跟我喜欢的人谈恋爱怎么是误入歧途了呢？"王文静质问。

张红英说："因为那个人不适合你，配不上你，会拖累你。"

"妈！"王文静真是没办法了。

张红英说："过几天，我再给你介绍一个。你得端正态度，认真对待。"

"我不见！见了也不同意。"王文静终于控制不住心中的怨气了。这些天她之所以一再让步，就是想软化母亲。然后再想办法改变母亲，看来这一方法行不通了。于是她再次做出强有力反抗。她不能改变对李亲亮的爱。她要跟李亲亮生活在一起。她这辈子认定李亲亮了，非李亲亮不嫁。如果李亲亮来不了北京，她就重新去松江县工作。

王文静把全部精力投入到让李亲亮来北京这件事上了。她对李亲亮的牵挂是那么刻骨铭心。她好几次在梦中梦见李亲亮了。她想给李亲亮打电话，但松江县的电话还没有全国联网，只是区域网，打不过去。她只能通过写信来表达对李亲亮的思念。

他们书信传情，往来不断，往往是她的信还没有到，就收到李亲亮的来信了。书信往来增加了他们相互信任与理解。两个人的感情在升华。她忘不掉那次在松花江边绿草地上发生的事情。那场景历历在目，印在心里。那是她永生难忘的记忆；那是生命的体验；那是人生中的一个里程碑。她结束了一种生活，又开始了另一种新生活。她是有过性经历的女人，又处在精力充沛的青春年龄，对这种感觉更加渴望和幻想。这是人的本能，也是本性。这种欲望来源于人类生理的本身，在不间断袭来，撞击着她的心灵。当她看到成双成对的同龄人走在大街上，散步在公园里，相聚在电影院时，心中是那么渴望。她想了又想，最后写信让李亲亮放弃在松江县的工作，速来北京。她相信自己的工资完全可以维持他们两个人的生活。她决定跟李亲亮结婚，厮守一生，白头到老。

第二十四章
追守幸福
ZHUI SHOU XING FU

1

李亲亮看过王文静的来信，身体好像失去了力量，躺在床上发呆，整个思维似乎凝固了。过了好一会儿，他大吼一声，想释放心中的郁闷与压抑。声音在屋中回响，听到的只有他自己。

因为屋里只有他一个人。

他在梦中多少次梦见身在北京了，梦见王文静已经成为他的新娘。他期待这一天到来，又怕这一天到来。此时，他有喜有忧，情感波动大。他在衡量去与不去的后果。他猜测去北京将要付出的代价，面对未知的困难。他拿不定主意，想征求刘海龙的看法。他在工作和生活中遇到拿不定主意的事情时，便会找刘海龙商议。这是星期六，刘海龙休息。星期一上班时他才能见到刘海龙。虽然离星期一只隔一天，他却觉得如同相隔一年那么漫长，无法等待。他准备去刘海龙家商量这件事。他出了宿舍，推着自行车刚走上大街，还没骑上自行车呢，看见梁南骑着自行车迎面过来了。他调到县委宣传部工作后，虽然跟梁南接触的不如从前多了，可依然是好朋友。梁南在他面前停住，从自行车上下来，问他去哪儿。他说去刘海龙家。

梁南说你家和邱忆林家换房子了，你爸让你回去帮着搬家。李亲亮知道家里换房子的事。李天震跟他商量过，他是同意的，可没定下来什么时间搬家。他知道李天震一个人搬不了家，改变了想法，决定先回家看一看。他骑上自行车跟着梁南风风火火的回洼谷镇了。

李天震一个人住着几间大房子显得空荡荡的。他想房子空着也是空着，不如跟人家换个小点的房子，还能换回一部分现金。他准备给李亲亮在县城买房子，需要现金。

李亲亮认为这几间大房子留着将来是麻烦事。李亲实是个反复无常的人，说话出尔反尔，眼前是分家了，如果有一天家中因为房产再引起纷争呢？为了防止李亲实今后纠缠，他同意把房子换了，做个一了百了，免得留下麻烦。

洼谷镇有好几家找李天震换房子的。他们相中了李天震家的位置。李天震家在镇中心主街边上，交通便利，来往人多，适合开商店或别的店铺，商用价值大。李亲实有过开商店的想法，因为李天兰家开有商店，镇上还有另外一家商店，如果他开了商店，李天兰和另外一家商店的生意会受到影响，所以他才没有开商店。他不能抢李天兰家的生意，也不想影响别人的生意。其他人就不这么想了。他们从自身利益考虑，想挣钱致富。他们有的直接跟李天震说出了换房的想法和条件，有的不好意思说，找中间人谈换房子的事。有的人说如果换房子需要找镇领导当证人，还必须到相关部门办理公证手续。李天震听见这种话就生气了，这不明显不相信他吗。他最反感找证人了，更别说找镇领导当证人了。他们家的事在洼谷镇上闹得沸沸扬扬，躲还找不到地方呢，再让他如同演戏似的去登台张扬，他怎么能接受呢。他回绝了那些要求找证人、找领导换房子的人。他同意跟邱忆林换房子。

邱忆林看中了李天震家房子的位置，想换过来开商店。他了解李天震的为人，也相信李天震的人品，更主要还是李天震同冯明远来往密切，关系好如兄弟。他与冯明远是儿女亲家。有了这层关系做纽带，办起事来相互之间放心多了。他坦荡地说这点小事还找什么证人呢，都是乡里乡亲住着，交往了这么多年，谁还不了解谁，只要两家同意，把房产证一换，就行了。

李天震和邱忆林想法相同。

李天震家在镇中心主街上，邱忆林家在镇东边，李天震家地势高，周围环境好，邱忆林家地势低，周围环境差，两家之间距离相对远了点。两人商量后邱忆林答应付给李天震六千元钱做补偿。这笔钱主要是因为两家房屋面积和质量及地处位置产生的差价值。

邱忆林生怕李天震改变主意，不换房子了，或把房子换给了别人，在和李天震商量好后，到银行取出六千元钱，立马付给李天震了。

李天震接了钱，两家人开始搬家。

李亲亮从县城回到洼谷镇，看见邱忆林家的东西已经搬进了李亲实从前住的东屋里，李天震在等他回来搬家呢。他找梁南和薛庆全帮忙搬家。薛庆全开着四轮车。李亲亮心情有点不好受，毕竟在这个房子里生活了那么多年，存有比较深的感情和记忆。

他们四个人忙碌了一上午才搬完家。李亲亮去商店买了罐头、花生米、啤酒等简单食品，留梁南和薛庆全在家里吃了午饭。他很久没回洼谷镇了，更别说在家里吃饭了。吃饭的时候他才知道家里只剩下一双筷子和一个碗了，其它的全部被李亲实拿走了。他认为李亲实做得过分了。

梁南对李亲亮说事情过去就算了，不要太计较了。李亲亮说不是我计较，是无法接受，如果亲实不这么自私，房子根本不用换。李亲亮对换房子的事情不是很满意，而是出于无奈。梁南说这房子是不如你们家原来的好，可原来的房子无论多好，你在县城工作，也不能回来住呀。

薛庆全说换就换了呗，换完了还想那么多干什么。李亲亮说我心里憋气。薛庆全说如果你不往这方面想，就不憋气了。

李亲亮问梁南说你找对象了？梁南说找了。李亲亮问是哪的？梁南说西江县劳改农场的。西江县老改农场不全是服刑犯人，也有当地百姓。他不解地问，你怎么在那找对象呢？梁南笑着说别人介绍的。

李天震问你对象常来吗？梁南说有时间就来。李天震夸奖地说你对象我见过，长相不错，每次遇见都打招呼，有礼貌。

梁南说不如亲亮的对象，亲亮对象不但是大学生，还是北京人呢。李天震说亲亮找的对象能不能成还难说呢，咱这样的家庭，人家能看中吗？梁南说人家看中的是亲亮，又不是来看家的。

李天震说他们两个差距太大了，亲亮配不上人家。梁南说亲亮现在也属于机关干部了。李天震说女孩回北京了，恐怕不会再回松江了。

李亲亮有些心烦，生气地说，你会看什么？

李天震说你不愿意听了？可我说的是实际情况，你改变不了，也回避不了，只能面对。你不信走着瞧，保证我说的没错。

李亲亮说如果你不提这件事，我还不生气，一提起来我就生气。人家第一次来，就遇见你和亲实吵架，并且吵得那么凶，让人家怎么想？谁能接受？李天震质问地说，怨我吗？李亲亮说不怨你，怨我！

李天震说亲实就那样，让我咋办？李亲亮说谁让你养了他这么个好儿子了，如果你不养他，家里能闹得鸡犬不宁吗？李天震说你别拿话呛我。

梁南看李亲亮与李天震吵起来，劝解地说，事情过去了，不要再说了，越说越生气。李亲亮说亲实才不是东西呢。梁南说亲实再不好也是你哥。

李亲亮说贪上这么个哥，真是倒八辈子霉了。梁南说他是你哥，这是不可改变的事实。他刑满回来时你不还去接他了吗。别人怎么没去接他呢？李亲亮说那是过去，如果是现在，我肯定不去。

薛庆全说你说这话我才不相信呢。李亲亮说如果亲实再遇到麻烦事，我肯定不管。薛庆全回忆似地说1983年亲实把你打伤住院时，你还说不理他了呢。他在春天打伤的你，夏天他就被公安局拘捕了，你不还是一次又一次去拘留所看他吗？李亲亮说以后肯定不会了，就算他死了，也与我没关系。薛庆全说你这是在气头，消了气，你就不这么说了。

梁南说王波涛他们那次找亲实的麻烦，你不还拿着菜刀去帮亲实了吗？李亲亮说其实我真不应该去，如果那天真为了亲实的事打起来，伤着我了，亲实肯定不会像我对他那么好。梁南说你别把亲实想的那么坏。

李亲亮说他是坏透了。

李天震觉得李亲亮说的话太难听，有点接受不了，责备地说你们两个都不是省油灯。

李亲亮认为李天震这么说是不讲理，在混淆视听，有偏袒李亲实的意思。他说你如果说亲实只说他好了，不要说他时把我也带上。我从小到大让你操过什么心？可亲实呢？我看你的心全操在亲实身上了。李天震反驳地说我没操你的心，你就能长大了？李亲亮说你不讲理，不跟你说了。

梁南对李亲亮说你现在多好，调到县委机关工作了，成了干部，还找了个北京对象，谁能赶上你？

李亲亮说没看我付出了多大努力。

梁南说正因为你心好，老天爷才照顾你呢。如果你那年不去大西北接亲实回来，能遇到这么好的对象吗？

李天震不相信王文静能真的嫁给李亲亮，泼凉水似的说，让我看你和那个北京姑娘成不了。人家是什么条件，你是什么条件，就别想高攀了。你另外找个对象，把婚结了，安安稳稳过日子吧。

李亲亮说找对象容易，结婚也不难，可钱呢？结婚是需要钱的。你把钱全花在亲实身上了，轮到我一无所有了。我怎么结婚？

李天震说把换房子的钱全给你。李亲亮说这些钱在县城能买上房子吗？李天震说我给亲实花多少钱就给你花多少钱。

李亲亮质问地说，你给亲实只花这么点钱吗？李天震说当然不是了。李亲亮说你还帮他干了好几年活呢，干活不是钱吗？

李天震被问住了，沉默了。

梁南对李亲亮说你别计较了，家里面的事计较起来没个完。

李亲亮说这不是计较不计较的问题，而是他们做的事让我无法接受。我不让拿钱给亲实买房子，瞒着我四处借钱给亲实买房子。李天震说不给亲实买房子，他就不搬出去，住在一起经常吵架，日子还能过了吗？李亲亮说你软弱，亲实才敢这么不讲理，如果你强行让他搬出去，他也得搬。

李天震不想和李亲实纠缠下去，更不想吵闹，想早点分开家，才借钱另外给李亲实买了房子。洼谷镇的房子不贵，借的钱不是太多，可以还上。他的想法李亲亮是理解不了的。

李亲亮说你给亲实买了房子，他说你好了吗？不还是说你不好吗，我真不明白你是怎么想的。李天震说我不用他说我好。李亲亮说傻子才会这么做呢。

李天震火了说我愿意买，你管不着！李亲亮说那你愿意吧，你老了别找我，你去找李亲实。李天震说你放心，我死了，让狗吃了也不找你。

李亲亮说这可是你说的？李天震说是我说的，我记着呢。李亲亮知道李天震脾气倔，没再说话。

梁南对李亲亮说，你跟你爸生什么气呀。李亲亮说他不讲理。梁南说家庭里的事分不清谁对谁错。

薛庆全说房子已经给亲实买了，家也分了，房子也换了，还说那些有什么用呢？李亲亮说我想不通，日子怎么会过成这样呢？薛庆全说以后这种事再也不会发生了。

李天震通牒似地对李亲亮说，过了今年，如果你还不结婚，就别回来了。李亲亮说假如我走了呢？李天震说你能去哪儿？

李亲亮说假如我去北京了呢？李天震不相信地说，北京是你能生活的地方吗？你去北京能干什么？你别做梦了，那是不可能的。李亲亮说如果可能呢？

李天震说那你尽管去。李亲亮说我走了你怎么办？李天震说我不用你管，我一个人生活挺好的。

李亲亮说如果我真去了北京，想让我管我也管不了。

梁南对李亲亮说，如果你有去北京发展的机会，千万不要错过。北京是首都，大城市，发展空间大，机会难得。家里不还有你哥吗。你在家时他可以不照顾家，你走了，他会照顾家的。

李亲亮叮嘱李天震说，你好不容易跟亲实分开生活了，今后千万别往一起搅和了，如果再跟他搅在一起，真就难办了。李天震说亲实是什么样人我心里清楚。李亲亮说你没主心骨，三句好话就能说动你。

李天震说我吃亲实的亏还少吗？一次记不住，两次记不住，已经这么多次了，还能记不住吗？李亲亮说这可没准。李天震说你放心，我肯定不和亲实在一起生活了。

李亲亮心有余悸地说，我可能真要去北京了。

梁南吃好了，放下筷子。薛庆全放下筷子，看杯中还有半杯酒，把杯中啤酒喝尽了。他们三个人从屋中出来，走出院落。阳光充足，照在身上热热的。薛庆全开着四轮车先走了。梁南骑上自行车回家了。

李亲亮在家门口站了一会，骑上自行车回县城了。

刘海龙正在院落里晾衣服，看李亲亮来了，问没回家吗？李亲亮说刚从家回来。刘海龙说很长时间没回家了吧？常回家看看，你爸挺不容易的。

刘海龙把衣服抖落开，晾在绳子上，和李亲亮进了屋。李亲亮把王文静来信让他去北京的事告诉刘海龙。刘海龙虽然和王文静接触不多，只见过几次面，可对王文静的为人处事还是了解的。他相信王文静的人品。在爱情和生活方面他是过来人，有经验，感受深，思想成熟，考虑比较周全。他对李亲亮说："文静对你的感情不用怀疑，可要考虑她家人对你的态度。"

李亲亮说文静在信里没有提她家人的态度。

刘海龙分析地说："文静没有提起她家人的看法，说明她家人是反对的。可能反对的还非常强烈、坚决。如果她家人同意，不反对你们的事，她会在信里跟你说的。"

李亲亮认为刘海龙分析的有道理。

刘海龙接着说："文静不跟你说有不跟你说的想法。咱们现在是猜测。你想一想，她在北京，你在北大荒，天各一方，交往困难不说。她是大学毕业生，你只有初中学历，这种差距是不能忽视的。虽然你在松江县是干部待遇，可按照国家干部管理规定，你还是工人身份。你离开松江县就不是干部了。你的文化程度对你在北京找工作不利。你到北京要从头做起。文静会考虑到这些，就算她考虑不到，她的家人也会考虑到。你们遇到的阻力很大。"

"我不去北京也不行呀！总不能让文静来咱们这儿生活一辈子吧？"李亲亮为难地说。

刘海龙说："你应该去北京。困难可以克服，事在人为吗。你还年轻，有时间和精力弥补不足，只要努力，会有好的归宿。你在松江县的努力是最有力证明。不然，你能被调到县委机关工作吗。"

"这是跟你帮助分不开的。"李亲亮感谢地说。

刘海龙说："我帮助是次要的。如果你不努力，不出成绩，就算我想帮你，也帮不上呀！我拿什么向领导推荐你呢？一个人的成功是综合因素决定的。客观和主观都不能缺少。你到北京后不能松懈，要抓住一切机遇发展自己。"

李亲亮点下头。

刘海龙问："文静没说你到北京工作怎么办吗？"

"她没提工作的事情。"李亲亮说。

刘海龙说："这说明你的工作还没有得到落实。"

李亲亮相信是这样。

刘海龙说："如果文静让你留在北京，而你在北京又没有正式工作，你准备怎么办？"

"有这种可能吗？"李亲亮说。

刘海龙说："这种可能性很大。就算文静家里不反对你和她的恋爱关系，你想正式调进北京工作也很困难。如果她家里反对就更难了。当然这是咱们的分析，推测，实际情况或许跟这不同。"

"在北京没有正式工作怎么生活呢？"李亲亮有点忧虑。

刘海龙说："随着社会发展，改革政策进一步深入，放宽，会有更多人放弃正式工作，到外地寻求发的。这不是坏事，应该是好事。因为过去那种墨守成规，固守田园思想会制约人的发展。年轻人应该打破陈规做事。"

"我也将成为北漂一族了。"李亲亮最近在报纸上经常看见这样的报道。

刘海龙说："北漂一族的出现不是坏事，而是社会进步的体现。"

"那我也去漂一把。"李亲亮虽然是说开玩笑的话，但决定去北京了。

周一上班时，李亲亮又收到了王文静一封来信。王文静在信中叮嘱他办理停薪留职手续，并且带上需要的生活用品及照相机。他明白王文静的意思了。他开了结婚证明，办理了停薪留职手续，还得准备些钱。他回家找李天震要钱时，好话说了一大堆，李天震才勉强同意给他两千元钱。李天震说家里钱是给他在县城买房子用的，不买房子不能用。李天震在李亲亮去北京这件事上充满了疑虑，认为李亲亮是在瞎折腾，担心李亲亮被人骗了。李亲亮又生气又无奈，只好从朋友、同学那借了些钱。

2

我爱北京天安门／天安门上太阳升／伟大领袖毛主席
指引我们向前进／我爱北京天安门／天安门上太阳升
……

　　李亲亮最初对北京的了解是来源于《我爱北京天安门》这首歌曲。这是他上小学时经常唱的歌。这首歌是那个时代青少年心情的象征，给他留下了深刻记忆。北京是国家领导人生活和工作的地方。那是座古老而美丽的城市。在他上小学的时候，从北京来过一批城市下乡知识青年，他们被安排在松江县各地工作。洼谷镇当时分来了六十多名北京知青。他对北京知青产生了好奇，感觉这些年轻人与松江人不同。

　　北京知青给松江这座边陲小城带来了大都市文化气息。但没过几年北京知青匆匆返城了。北京知识青年让李亲亮产生了希望，也带走了梦想。

　　他向往北京。

　　几年前他去大西北接李亲实回家，在北京换车时偶然遇见了王文静。虽然当时两个人是路上过客，与生活无关，现在王文静却将要成为他的新娘，带他去北京生活。

　　他经过匆忙而细心的准备后，怀着忐忑不安心情，在黎明将要到来的早晨，踏上了去北京的行程。

　　他得从松江乘大客车去佳木斯，再从佳木斯乘火车去北京。客车也好，火车也罢，在辽阔的黑土地上疾速行驶，一路南行，从祖国的北部边陲，向首都北京挺进。

　　这是千里之路。两颗相爱的心相互吸引着。路途在爱情面前消失。

　　北京的太阳不像歌中唱的那么灿烂，空气也不如北大荒的清新。火车将要开进北京时天色渐渐暗下来，看不清天空颜色，辨别不清是大气污染造成的，还是阴天。

　　李亲亮面对这座陌生城市，心潮起伏，产生了思想负担。他比原定时间晚到一天，担心王文静没来接站。如果王文静没来接站怎么办？他在北京举目无亲，东南西北也辨别不清。他有王文静办公室的电话号码，没有家里的，已经是下班时间了，办公室不会有人。旅客开始下车了。他拎着两个旅行包，身上背着一个包，随波逐流的往站外走。

　　他记忆中最好的火车站一直是哈尔滨火车站。北京火车站比哈尔滨火车站更大，人也多。他走出北京火车站，茫然四处张望着，寻找王文静。突然他手中旅行包猛地被人从身后扯了一下，惊慌回过头，王文静在看着他笑。他说吓死我了。

王文静说怕我没来吗？李亲亮问你怎么知道我坐这趟车呢？王文静开玩笑地说算出来的。

李亲亮不相信地说，你又不是诸葛亮，怎么会算出来呢？王文静说这两天我就在接站。李亲亮问你没上班吗？王文静说请假了。李亲亮说为了接我耽误工作不好吧？王文静说你比工作重要。李亲亮说工作是生存之本，失去工作就没饭吃了。王文静说我是请假，又不是辞职。李亲亮说相信你在工作中是很出色的。王文静说一见面你就说工作，烦不烦人呢？李亲亮说那说什么？王文静问想我了吧？李亲亮说这还用问吗？不想你能来北京吗？王文静问你怎么晚到一天呢？李亲亮说有点事没处理完，晚走了一天。

王文静看李亲亮拿着两大提包东西不解地问，你怎么带这么多东西？李亲亮说除了照相机，全部是换洗衣服。王文静说你原来的衣服过时了，不适合在北京穿，只要把照相机和那些照片带来，再多带些钱就行了。

李亲亮说我带的钱不多，不会耽误事吧？王文静说多了多花，少了少花。李亲亮说没有呢？王文静说没有不花。李亲亮说不花钱肯定没法生活下去。

王文静从李亲亮手中接过肩上的包，挎在身上，引领李亲亮朝大街方向走去。李亲亮担心地问，我这副样子去见你爸妈能行吗？王文静说怎么不行呢。

李亲亮说我没给你家人带礼品，咱们先买些礼品吧。王文静说不用。李亲亮说不买好吗？

王文静说他们是看你这个人怎么样，又不是看礼品的。李亲亮说这是礼节问题。王文静说你就别多想了，我说不用就不用。

李亲亮说我有点怕。王文静问怕什么？李亲亮说怕过不了关。王文静说你应该对自己有信心。李亲亮说我缺少的就是自信。

王文静朝一辆出租车招手，示意停下。出租车上有乘客，鸣了一下汽笛，开了过去。她在等下一辆。

李亲亮说如果路不远，咱们坐公共汽车吧？王文静说拿这么多东西，坐公共汽车不方便。李亲亮说我已经从北大荒拿到北京了，还差这么点距离吗？

王文静笑着说，你少说话，司机听出你是外地口音会"宰"你的。李亲亮调侃地说，北京人会这么不讲理吗？这可是首都，是毛主席老人家工作过的地方。如果他们不讲理，我就去向毛主席老人家控告他们。王文静看了一眼李亲亮，会心地笑了，然后说毛主席早就不在了，也管不了。

李亲亮做出恍然大悟的表情说，对，毛主席早已去世了。王文静问毛主席去世时你还记得吗？李亲亮说毛主席去世时我正读小学，学校开追悼会时我还哭了呢。

王文静问你真哭了？李亲亮说当然了。王文静说你对毛主席有那么深的感情吗？李亲亮说如果没有毛主席，就没有新中国，没有新中国，就没有咱们今天的幸福生活。你说我能不哭吗？王文静说你像是在背诵毛主席语录。

李亲亮说毛主席语录我还真会背诵。王文静不相信地说，那你背诵一段。李亲亮说：好好学习，天天向上。

王文静说这句话我也知道，可是忘记了是不是毛主席说的了。李亲亮说当然是毛主席说的了。王文静说你背诵一段我不知道的。

李亲亮想了想说：虚心使人进步，骄傲使人落后。

王文静说这句话我也知道。李亲亮说你知道的还不少呢。王文静说你再想一想，看能不能有我不知道的。

李亲亮思索地说：学习的敌人是自己的满足，要认真学习一点东西，必须从不自满开始！

王文静说这句话我没听说过。

李亲亮说还有一句，你也没听说过。王文静说那可不一定，没准我会知道呢。李亲亮说：喜欢自己的人，就大胆地去爱吧，别因为错过爱的机会，悔恨终生。

王文静思量地说，这句话我还真没听说过。李亲亮说你当然没听说过了。王文静说我感觉这句话不像是毛主席说的。李亲亮问为什么？王文静说毛主席能说这样的话吗？李亲亮说毛主席当然不会说这样的话了。王文静问那是谁说的？李亲亮说是我刚想出来的，毛主席语录中没有这段话。王文静批评地说，你这是在冒充毛主席讲话。

李亲亮说毛主席是伟人，拯救了中国，应该怀念他。王文静问毛主席去世时你真哭了？李亲亮说那时我年龄小，没想那么多，看别人哭就跟着哭。王文静说我没哭。

李亲亮说你没哭你就对不起毛主席。王文静反驳地说我不哭我就对不起毛主席了？李亲亮说你没哭证明你对毛主席感情不深。王文静说有你这么判断的吗？李亲亮做了一个笑脸。

王文静一招手，一辆出租车停在了他们面前。李亲亮把东西放在后车厢里，王文静坐在前面，李亲亮坐在后面。

李亲亮不仅是第一次来北京，还是第一次坐出租车。虽然王文静刚才是和他开玩笑，但他认为王文静说的话有道理，大城市人有欺负陌生外地人的习惯。他去哈尔滨学习时，打扫厕所卫生的保洁工都瞧不起他。他尽量少说话，目光投向车窗外，看着繁华大街。这是让他完全陌生的城市。他必须熟悉这座城市，了解这座城市，只有了解了，熟悉了，才能在这座城市里扎下生活的根。

王文静用北京话跟司机交谈着。司机按照王文静提供的路线开着车。到了地方，王文静付了钱，李亲亮拿下东西，司机开车离开了。

李亲亮看了一眼远去的出租车，有点心疼地说，花这么多钱坐出租车不值得。王文静说挣钱不就是花的吗，如果不花钱，还挣钱干什么呢。李亲亮问你爸妈在家吗？

王文静问你真想见他们吗？李亲亮说当然不想见了。可这是躲不开的，如果能躲开当然好了。王文静提醒地说，你要有心理准备，一大屋子人呢。

李亲亮问怎么会那么多人呢？王文静说他们想看你。李亲亮说我有什么好看的。

王文静说他们想知道你这个北大荒男人身上能有什么特别之处，让我这个北京姑娘鬼使神差般的爱上你。

李亲亮说特别之处我倒是没有，但有一颗爱你的心，有着一腔热血，可以追你到天涯。

王文静有点嘲讽地说，真是一日不见如隔三秋了。从前我怎么没发现你这么能说呢，跟谁学的？

李亲亮说自己想出来的。在你离开松江的日子里，我天天在想你。在想你的时候，总想对你说点什么，就准备了这些话，全说出来了。

王文静挑毛病地说，你说得有点离谱了，不够准确，只有你的血是热的吗？你看哪个活人血是凉的？

李亲亮笑着说，我还真没这么想过。记得上学时我作文写得挺好，怎么连这么简单的逻辑都没弄明白呢。

王文静说你别贫嘴了，留着点话见到我家人说吧，不要见到他们说不出话来。李亲亮问除了你爸妈之外还有谁？王文静说我叔，我姨，我爸的同事，我妈的同事，还有我的同学，大约有二十来人吧？

李亲亮说这么多人，屋里能装下吗？王文静说我爸当院长，房子大。李亲亮说当官是好，住的屋子都大。王文静说当官不好谁还当官干什么。李亲亮说你爸如果不当官就好了。王文静问为什么？李亲亮说如果不当官，就没这么大房子了，房子小不就装不下这么多人了吗，我也没有思想压力。

王文静说人多还不好吗？李亲亮不好。王文静问为什么？

李亲亮说他们有点像是来审查我的。

王文静得意地说，你以为我是随便被人娶走的女孩吗？李亲亮说如果我过不了关怎么办？王文静说那么只好退货了。

李亲亮停住脚步，做出放弃的样子说，那就算了吧，我还是走吧。王文静问你去哪？李亲亮说回松江啊！

王文静说你也太软弱了吧？还没见到敌人就想当逃兵，这怎么行呢？

李亲亮说你说的有道理，我千里迢迢来到北京了，怎么也得看见你爸妈长得什么样吧？连照面没打就回松江了，会留下遗憾的。王文静说人生中就怕留下不应该有的遗憾。李亲亮说，走吧，就算前面是刀山火海，我也闯。

王文静笑着说，这还有点男子汉气概。

他们朝楼上走去。李亲亮拿着东西走到六楼时，被累得开始喘粗气了，问还没到吗？王文静说再上一层楼就到了。又上了一层楼，王文静拿出钥匙开了门。李亲亮迟疑了一下没往屋里走。

王文静说进去呀！李亲亮说你先进。王文静一推李亲亮说进去吧！

李亲亮被推到屋里，发现屋里没有人，放下手中的旅行包，四处看着。他由惊慌变得冷静，由冷静变的思索起来，满脸疑惑地看着王文静。

王文静随手关上门，上前拥抱李亲亮。李亲亮的欲望像一堆干柴被王文静点燃了，疯狂的吻着，任凭情感之火熊熊燃烧。他们是那么投入，那么深情，那么痴迷与忘我。

世界仿佛回到了原始生活中。

他们身体朝双人床倾倒下去。

李亲亮动力十足，旅途的疲倦荡然无存，好像要把王文静揉进他的身体里，生命中似的。他占有着早已属于自己的女人，释放着生命的能量。

王文静是有过性经历的女人，如同吸食过大烟不吸就好像缺少什么似的那么难受。她渴望两性身体的交融，需要这种情感的释放。这些天来她多次幻想过两性交融的美妙感受。幻想使她储存了许多激情，在一瞬间暴发，热烈回应着。

两性融入是人类生命中不可缺少的部分。

男欢女爱在此时充分体现出完美和纯真。

许久过后李亲亮问这是什么地方？王文静说你猜呢？李亲亮说反正不是你家。王文静说这是咱们的家。李亲亮问房子是谁的？

王文静说房东的呗。李亲亮问房子是你租的？王文静说你以为别人会让咱们白住吗？

李亲亮不解地问你不是说带我去见你爸妈吗？王文静说现在不是时候，到时候你不去见都不行。李亲亮问你家人不同意咱们结婚吧？

王文静认真地说，你要答应我一件事？李亲亮点着头。王文静说无论遇到多大阻力都要挺住，不能退缩。李亲亮说我不会退缩的。王文静说只要咱们能生活在一起，就是幸福。

李亲亮说只要你爱我，我就挺得住。王文静说我不爱你就不会让你来北京了。李亲亮说为了生命中的爱人，我什么都不怕。

王文静说困难肯定是有的，熬过去就好了。李亲亮问你家人反对的很坚决吗？王文静说我爸态度能稍微好点，我妈比较坚决。

这是在李亲亮预料中的。他说我有思想准备。王文静说我爸妈慢慢会接受你的。李亲亮开玩笑地说如果他们不接受我，我就把你领回松江去，让他们去松江找你。

王文静说松江真的不错，我还没在那待够呢。李亲亮说松江毕竟是地处北大荒的边陲小县城，比北京差得太远了。王文静说我妈对北大荒不了解，认为北大荒是受苦，遭罪的地方。

李亲亮问你对北大荒的印象呢？王文静说环境挺美的。李亲亮说如果让你跟我回北大荒生活，你能去吗？王文静说不去。李亲亮问为什么？王文静说太偏远了，在偏远的地方生活一辈子，心灵会空虚的。李亲亮说在松江的时候，如果闲下来，会觉得寂寞。

王文静倾吐着心中的打算，缓缓地说，我爸妈反对咱们在一起，咱们继续等下去不是办法，只有强迫他们接受这件事。李亲亮歉意地说难为你了。王文静说这是我心甘情愿做的选择。

李亲亮知道幸福不会从天上掉下来，只有靠努力争取才能得到。他想起了这样一段话：

人生路上只有穿过漫漫黑夜才能抵达黎明。

黎明前的黑夜是最难熬的。

王文静说咱们出去吃饭吧？李亲亮站起身说我还真饿了，火车上卖的饭贵不说，还不好吃。王文静说什么都可以对付，只有吃饭不能对付。

李亲亮说上学时我没钱在学校吃中午饭，现在身体不是很好吗？王文静说如果健康出现问题就麻烦了。李亲亮说有时会感觉胃里不舒服。

他们从屋里出来，没走多远，进入一家小饭店。小饭店比较幽静。他们要了啤酒，还有几个菜。吃过饭，他们没在街上停留就回住处了。

李亲亮坐了这么久的火车，虽然累了，躺在床上却睡不着。这是新环境，也是新家，他在生活中的角色已经转换了。他面对的问题很多，思考的问题更多。

王文静依偎在李亲亮怀中，用手抚摸着李亲亮的胸脯，如同在触摸一种幸福。李亲亮说这就是咱们新婚之夜吗？王文静说不是。

李亲亮说咱们新婚之夜是在什么时候？

王文静说是在松花江畔的绿草地上。她这句话勾起了美好的回忆。那是他们青春情感的冲动，在阳光下绽放着人性的本色。那是生命中的里程碑。他们跨越了一道界线，界线这边与那边的风景绝然不同，景色各异。

李亲亮把王文静紧紧搂在怀中，生怕王文静飞走了。他为王文静而来，生活中不能没有王文静。

王文静问你来时刘海龙说什么了？李亲亮说他分析的情况跟现在差不多。王文静说刘海龙人不错，就是有点过于本分了。

李亲亮思考的不是远在松江县的亲朋旧友，而在思考如何面对新生活，如何在北京生活下去，发展好。他问你搬出来住你爸妈知道吗？

王文静说我没有对他们说自己租房子，也没说你来北京，只是说给朋友作伴。李亲亮说你不能总给朋友作伴吧？王文静说当然不能了。

李亲亮问你打算怎么办？王文静说我想从事情根源解决，如果不从根源解决麻烦会很多。李亲亮叹息地说不好办。

王文静问婚姻登记介绍信你带来了吗？李亲亮说带来了。王文静说明天咱们去办理婚姻登记手续。办完婚姻登记手续后，我领你去见我爸。

李亲亮说用不用先告诉你爸，然后再去登记。王文静说先登记，后告诉他。李亲亮说你爸能接受吗？

王文静说我考虑来考虑去认为这是最好的办法。

3

一缕晨阳透过窗户射进卧室，王中来揉了揉惺忪的眼睛，穿着睡衣下了床，经过客厅，走进王文静的卧室。这间卧室好多天没人住了，显得有点空寂。他站在那想着心事。他想王文静了，心里觉得空落落的，有着隐约的担心。关于担心什么，他不清楚。他预感到王文静是在说谎，隐瞒了不回家的真实原因。他怀疑王文静不回家住的理由。王文静说朋友的爱人出差去深圳了，一个人在家不敢住，让她陪住。但这个朋友是谁？干什么的？住在哪里？王中来和张红英不知道。假如王文静没有住在朋友家呢？如果不住在朋友家又能住在哪里呢？为什么要说谎呢？王中来无法解释这些疑问。这些疑问在他脑子里盘旋。他洗漱过后，边吃早饭边问张红英说："你想文静吗？"

"不想！"张红英说。

王中来说："你说这话是假的。"

"我想，你今天能让文静回来呀！"张红英说。

王中来叹息地说："女儿大了真操心。"

"你才知道操心呢？我的心都快操碎了。"张红英对王中来有意见。

王中来说："你说话能不能平静点，别这么急躁。这么说话怎么和你沟通。"

"在文静找对象这件事上，你和我沟通过吗？你不但没有沟通，还在回避，好像文静不是你女儿似的。"张红英发着牢骚。

王中来说："文静没和你沟通过吗？可你能听进去吗？"

"文静不是在沟通，是想说服我，让我接受那个文盲。我能听她的吗。我不能看着前面是火坑，还眼睁睁地看着她往里面跳。"张红英说。

王中来说："我看你不是在拉文静，而是在逼迫文静往火坑里跳。"

"我怎么逼迫她了？"张红英质问。

王中来说："你态度不能太强硬，应该温和点。过于强硬了，文静就什么也不跟你说了。她心里怎么想的你能知道吗？"

"文静还没出什么事呢，你就把责任往我身上推，如果真出事了，也不能怨我。你做为父亲没有责任吗？文静从北大荒回来，你为她做过什么？"张红英指责着。

王中来不想与张红英争辩，更不想讨论，叹息了一声，放下筷子，思量地说："我真担心文静把握不好分寸……"

"我担心文静一时冲动，跑到北大荒去找那个照相的。"张红英轻轻地摇了一下头。

王中来说："年轻人往往头脑一热，为了爱情不顾一切，不计后果……有时还会产生偏激，发生无法挽回的事情。"

"你说怎么办？"张红英没了主意。

王中来说："如果拦不住，就顺着她吧。反正咱们只有两个孩子，又不是多。文军在部队不用咱们管，只帮助文静还不容易吗？"

"这绝对不行。我是不会让文静嫁给文盲的。"张红英语气依然坚决。

王中来不赞成张红英用污辱性语言评价人。他看过李亲亮拍摄的照片，认可李亲亮的艺术感觉。他说："你说话别那么极端，小李怎么会是文盲呢？他发表过不少摄影作品，还在省里获过奖。现在还是县委机关干部。"

"在北大荒那么偏僻的小县城，在宣传部搞摄影，能有什么发展前途。"张红英不屑一顾地说。

王中来说："全国那么多人，还能全生活在北京吗？在北京生活的人就全幸福吗？无论在哪里生活，只要自己开心就行。"

"文静不找那个照相的我就开心，找那个照相的我就不开心。"张红英说。

王中来说："你还是改变一下方式吧，不要强扭文静，不然会事与愿违的。"

"你别劝我。你是不是被文静说动了？我不会同意文静嫁给小李的。你也不想一想，一个大学毕业生，嫁给一个只有初中学历的北大荒工人，让外人怎么看？文静是有缺陷呢？还是嫁不出去剩在家里了？"张红英觉得王文静嫁给李亲亮是吃大亏了，不可接受。

王中来说："你要这个面子有什么用？只要文静满意就行了。"

"人活着不要面子，活着还有什么意义？"张红英说。

王中来说："我提醒你，可别把文静的婚事耽误了。如果耽误了，她会恨你一辈子。"

"文静凭什么恨我？如果她不是我女儿，用八抬大轿请我，我都不会管。"张红英说。

王中来离开家上班去了。这几天他脑子里总想着女儿的事。女儿长大了，有自己的生活空间，也有自己衡量幸福的标准。他认为女儿的沉默有着对抗含意，不像妻子想的这么简单。如果女儿听从了他们的意见，应该与他们沟通和交流，绝对不是回避与沉默。现在女儿一句也不提，好像在背后偷偷做着什么事。他担心女儿过于轻率，做出错事，毁掉人生美好前景。

王中来刚走进办公室，有几个学院各部门工作人员找他汇报工作。他处理完工作上的事，拨通了王文静办公室的电话。王文静的同事说她请假了。王中来顿生疑问，王文静请假了怎么没跟家里人说呢？他问为什么请假？王文静的同事说不清楚。他问几天没上班了？王文静同事想了一下说有好几天了。他问请了几天假？王文静同事说好像是一周左右吧。他挂断了电话。

他站在窗前向外望去，凝视着远方，高楼林立，王文静在干什么呢？他沉思一会，转身朝办公桌走去，准备给张红英打电话。他的手还没触摸到电话呢，电话就"嘟嘟"响了。

张红英的声音从电话里迫不及待传过来说："文静请假了，你知道吗？"

"我刚知道，正要问你呢。"王中来说。

张红英说："文静请假干什么去了？"

"我怎么知道呢。"王中来说。

张红英猜测地说："文静会不会是去北大荒找小李了？"

"不会吧？"王中来有意转变话题。

张红英分析地说："文静瞒着咱们请假，就是不想让咱们知道她干什么去了。她请了一个星期假，这正好是松江县到北京往返的时间。"

"你别瞎想了，事情没你想的那么严重。"王中来安慰地说。

张红英说："都是你把她惯坏了。"

"怎么怨到我了呢？她没上班，我怎么知道呢。我又不能天天跟着她。"王中来说。

张红英不想沿着这个话题说下去，有些不耐烦地说："别说没用的了，你赶紧想办法去找。我给中和打电话，让他给刘松副县长发个电报，问文静回松江了吗。"

"你别给中和打电话！"王中来认为张红英太不冷静了，也不够理智。

张红英问："为什么？"

"现在还不知道文静去哪了，就给刘松副县长发电报，算是怎么回事？再说这是家事，又不是公事，副县长能管你这种家事吗？"王中来说。

张红英说："如果不是中和出的主意，能让文静去北大荒锻炼吗！文静不去北大荒，哪会发生这种烂事。我还没怪他呢！让他给刘松副县长发电报，问文静回没回松江县还不行吗？"

"你怎么会这么想呢？这件事怨不着中和，与中和没关系。"王中来认为张红英这么想是错误的。

张红英语气生硬地说："怎么与中和没关系？别说是他建议文静去的北大荒，就算不是他建议文静去的北大荒，也应该帮忙问一问，谁让他是文静的叔叔了。文静叫他叔白叫了？"

"事情还没发展到这种地步，如果真是需要找刘松帮助时，再发电报也不迟。"王中来说。

张红英说："我可以先不跟中和说，先在北京找文静，如果找不到，就让中和给刘松副县长发电报。"

"你冷静点，别那么冲动。"王中来说。

张红英说："女儿都没了，你还让我冷静，亏你能冷静得了。你是冷血动物呀！"

"文静是请假，不是失踪。"王中来说。

张红英说："这不是废话吗，如果失踪不就报警了吗？"

"如果需要跟中和说，我跟他说，不用你说。"王中来挂断了电话。他想女儿能去哪里呢？他看了一眼手机上的时间，开会时间到了，拿起放在办公桌上的文件夹，朝会议室走去。

会议室里坐着学院各部门负责人，相互在交谈着。王中来走进会议室，交谈声停止了。他坐下，看了看在座的人，用平稳的语调说：今天开会主要是传达教育部下发的严格招生文件，还有对这个季度各部门工作的总结。他刚说出这两句话，手机响了。他看是陌生电话号码，摁了拒接键，没接听。过一会手机又响了，他看还是刚才那个电话号码，拿着手机离开会议室，来到走廊里问："你找谁？"

"爸，我是文静。"王文静的声音从电话里传来。

王中来惊喜地问："你在哪儿？"

"我在公用电话亭呢。"王文静回答。

王中来说："我说这个电话号码不熟悉。"

"爸，你正忙着吗？"王文静问。

王中来说："正在开会。"

"会议什么时间结束？"王文静问。

王中来说："一个小时左右。"

"会议结束后我往你办公室打电话。"王文静说。

王中来说："好。"

"爸，再见。"王文静挂断了电话。

王中来回到会议室继续开会。他加快了会议进程。会议结束后，他回到办公室等女儿的电话。他等了一会看没来电话，用手机拨通了刚才那个号码，电话通了，但没人接。他只好继续等下去。他翻看着办公桌上的文件，思维不集中，还有点乱，在屋中来回踱着步。电话响了，他迅速拿起电话问："文静吗？"

"我是文静她妈。你想文静想疯了吗？拿起电话乱叫。"张红英责怪地说。

王中来心烦地问："你又有什么事？"

"我问遍文静的同事和好友了，谁都不知道文静去哪里了。我还给梦云打电话了，梦云也不知道文静去哪了。"张红英说。

王中来没想到张红英会给蔡梦云打电话，认为这个电话不应该打，埋怨地说："你给梦云打什么电话呢。"

"我问她知道不知道文静去哪了有错吗？"张红英不服气地说。

王中来叹了口气，无奈地说："文静刚才给我来电话了。"

"那你不快点告诉我。我都快急疯了。"张红英责备地说。

王中来说："这不没来得及吗。"

"文静没有去北大荒吧？"张红英问。

王中来说："她在北京呢。"

"文静在哪儿？跟你说什么了？"张红英问。

王中来说："当时我在开会，没时间说别的。"

"你怎么回事？公私不分啊！是开会重要，还是找女儿重要？女儿这么多天不见了，在哪儿你也不问，还有点当父亲的责任吗？"张红英怒气顿生。

王中来说："我是忘问了。"

"你忘问了，还有理了？你开会怎么不忘呢？"张红英质问地说。

王中来真是忘问了。他又一想，如果问，女儿能告诉他吗？听女儿的语气没有想告诉他的意思。

张红英说："文静再给你打电话，你让她给我打电话。"

"文静如果想给你打电话，还用我告诉吗。她又不是不知道你办公室的电话号码。"王中来认为妻子叮嘱是多余的。

张红英说："你的意思是她躲着我呗？"

"我不知道，你去问文静。"王中来不想再说了。

张红英追问地说："文静躲着我干什么？"

"你别问我，你去问她。"王中来说。

张红英问："文静在哪给你打的电话？"

"她在公用电话亭打的。"王中来说。

张红英问："文静还会给你打电话吗？"

"好了，文静如果给我打电话，我就告诉你，放下吧。我在等文静的电话呢，你这么啰唆下去，电话占线，文静还能打进来吗？"王中来不是怕占线，而是不想说下去。如电话打不通，可以拨他的手机。

4

王文静是经过反复考虑后才给父亲打电话的。她想把李亲亮来北京的事挑明了，不想继续隐瞒下去。她想让父亲明白自己坚守爱情的决心，让父亲知道她和李亲亮同居了。她想用事实婚姻迫使父亲让步，接受李亲亮，接受自己的婚姻生活。她相信能说服父亲，能让父亲改变立场，更想让父亲帮助她说服母亲。

王中来拿起电话问王文静在哪里。他语气急速，好像王文静是最后一次给他打电话，从此杳无音讯，在他生命中消失似的。

王文静听到父亲急速的语气心中暗喜，显得格外平静与从容。她知道父亲越是急迫，就更加好说服父亲。她说在朋友家里。

王中来对女儿这个朋友产生了怀疑，不相信女儿会在朋友家里，感觉女儿在故意隐瞒什么。女儿说的这个朋友或许是隐瞒事情的借口。他追问地说："你哪个朋友？我认识吗？"

"你不认识，不过我想让你们认识。不知道你愿意不？"王文静说。

王中来高兴的表明态度说："我女儿的朋友，我当然愿意认识了。"

"爸，这可不是一般朋友。"王文静说。

王中来不明白女儿想向他表明什么，没有接话，在等女儿说下去。可女儿沉默了，两个人好像都在等对方说话。他们好像是在考虑同样问题。王中来感觉女儿打这个电话是考虑很久了，有着充分思想准备，在慢慢向他渗透某种信息与事情。可他不知道是什么事情，又是什么信息。他无法沉默下去，试探性地问："能说出你这个朋友的名字吗？"

"爸，你真想知道吗？"王文静有点绕弯地说。

王中来说："当然想知道了。"

"他是李亲亮。"王文静说。

王中来听到这句话如同晴天霹雳，吃惊不小，不相信女儿已经去了北大荒，去了松江县。女儿是用北京号码打的电话，怎么可能去北大荒了呢？李亲亮又怎么可能在北京呢？一连串的疑问让他迷惑了，如同坠入云里雾里，无法明白事情真相。他说："文静，你别跟爸开这种玩笑了，李亲亮不是在北大荒吗？"

"爸，我没开玩笑。我是认真的。他来北京了。我们已经结婚了。"王文静说。

王中来不相信地问："你结婚了？这怎么可能呢？我跟你妈都不知道，你怎么可能结婚呢？"

"你们反对我和亲亮在一起，所以我没敢告诉你们。"王文静说。

王中来脸色严肃起来，语气低沉地问："你们什么时间结的婚？"

"昨天。"王文静说。

王中来回想着昨天自己在干什么……这么说女儿这几天没回家住，就是和李亲亮住在一起了。他不相信事情会发展到这种程度。他问："小李是什么时间来的北京？"

"来好几天了。"王文静回答。

此时王中来才明白女儿这些天没上班的原因。女儿请假是在忙婚事，是在陪李亲亮。结婚是人生中大事，女儿做得太草率了，没告诉家人就把婚事办了。如果这件事属实，他应该怎么面对呢？

王文静试探地说："爸，我和亲亮现在去你办公室可以吗？"

"可以。他叫李亲亮是吗？"王中来对这个名字还有点陌生，回想着，怕把名字记错了，如果记错了名字是非常不礼貌的。他不想让李亲亮产生一点点误会，他和李亲亮之间的沟通太脆弱了，稍不留心就可能堵塞。他有意扭转事情发展方向，尽可能给李亲亮留下做长辈的慈祥和关心。

王文静说："是叫李亲亮。"

"你们快点过来吧。"王中来说。

王文静说："本来是想回家的，可是……"

"我理解。你们来我办公室吧。我等你们。"王中来挂断电话心里乱乱的，努力调整心态，理顺思路。他要见到的这个人不是外人，却是外人，感情上有点无法接受，又必须接受。他是第一次以岳父身份出现的。这是他生活中的新身份，有点突然，不太适应。他不知道怎么做才合情合理，恰到好处。他脑子里重复着李亲亮的名字，想让这个名字尽快进入记忆中。几天前他还反对女儿和李亲亮谈恋爱呢，现在不能坚持原来的观点了，必须根据实际情况改变态度和方式。如果他改变不了女儿，说服不了女儿，就必须改变自己，做出让步，接受事实。

司机走进王中来办公室，提醒地说和张董事长约的见面时间到了。王中来说今天不去了，改天吧。司机看王中来有心事，没多说什么，走了出去，随手轻轻关上门。王中来拿起电话，拨通了张董事长的电话号码，抱歉地解释说，张董事长，对不起，我临时有事，过不去了。

张董事长爽快地说没关系，你先忙吧，咱们改天另约时间。

此时王中来没心情考虑别的事情，专注地等女儿，还有没见过面的女婿。他认为见到女儿和女婿才是重要的。虽然他对待工作向来是认真、积极的，但这次是例外。到了他这个年龄，有的时候是会偏重亲情与家庭的。

王文静先走进王中来的办公室，李亲亮跟在后面。王文静走进屋轻声叫："爸……"

"你们来了。"王中来站起身，迎上前去。

王文静转过脸对李亲亮说："这是我爸。"

"叔叔好。"李亲亮拘谨而忐忑地说。

王中来把手伸向李亲亮笑着说："小李，你的摄影作品我看过，很好。"

"比好的还差很远呢。"李亲亮腼腆地笑了。

王中来打量着李亲亮说:"坐吧。"

李亲亮没有坐,站在那儿神情紧张而不安。他毕竟是来自北大荒偏僻的小县城,见过的世面少,面对王中来思想有压力,也有点自卑和胆怯。

人一旦自卑就会失去自信心。

王文静解释说:"爸,这件事我们做的不对,请你原谅。"

"你这孩子,也太有主意了。这么大的事怎么不跟家里说呢。"王中来对李亲亮印象不错。他在李亲亮身上没看到农村或乡下人的影子,反而感到了城市年轻人没有的质朴与真诚。他喜欢这种真诚。

王文静看了一眼李亲亮说:"坐吧。"

"小李,别站着。"王中来慈祥地说。

李亲亮挨着王文静坐在长条皮沙发上。他看着王中来心里七上八下的,想在王中来的表情中洞察到答案。

王文静拉着李亲亮的手,做出非常亲密幸福的样子,想让王中来相信她是真心喜欢李亲亮的,更想让王中来接受李亲亮。

王中来从柜子里取出两瓶饮料,分别放在李亲亮和王文静面前的茶几上。他做出放松的表情对李亲亮说:"小李,文静在我面前一直称赞你工作努力,进取心强,人品好。我喜欢有进取心的年轻人。年轻人应该努力工作,不然会一事无成,荒废光阴的。"

"我没文静说的那么好。"李亲亮看了一眼王文静。

王文静幸福地笑着,没有插言。

王中来说:"我也是个摄影迷,咱们在一起可以多交流,相互学习,共同进步。"

"我看过您的摄影作品,您的作品对我启发很大。"李亲亮被王中来和蔼可亲的态度感染了,不像刚见面时那么紧张了。

王中来笑容可掬地说:"文静,你不把老爸的脸丢尽了,你是不会罢休的。"

"爸,我是想让亲亮学习一下,防止他骄傲。"王文静笑着。

王中来问:"小李,你父母还好吧?"

"我没有母亲，只有父亲。他身体还可以。"李亲亮回答。

王中来急忙解释说："对不起，我问得太直接了。"

"也没什么。"李亲亮说。

王中来关心地问："你在北京生活还习惯吧？"

"还行。"李亲亮回答。

王中来对王文静说："小李刚来北京，环境陌生，又没朋友，你要多关心他，遇事多操心。"

"那可不行。事情得他去办。他是男人，男人就应该顶天立地。"王文静说。

王中来对李亲亮说："文静被惯坏了，太任性，你要多帮助她。"

李亲亮看一眼王中来，又看一眼王文静，笑着没说话。

王文静对李亲亮说："爸，总批评我，不批评我就好像少了点什么似的。"

"这是对你的关心。"李亲亮说。

王中来自我检讨地说："小李，我们做的很不够，希望你谅解。"

"我知道自己的不足。"李亲亮说。

王文静说："爸，亲亮是很有发展的，只要咱们支持他，只要他努力，肯定会有发展的。"

"别人支持是次要的，起不了决定性作用，关键是自己要努力。我们单位里有些年轻人就是这样。他们不怕困难，吃苦耐劳，能逆流而上。"王中来说。

李亲亮说："我明白。"

"小李，我知道你很努力，有进取精神。不然你也不会从普通工人被调到县委机关工作。文静选择了你，也是你努力的结果。"王中来鼓励地说。

李亲亮静静听着。

王文静转过脸对李亲亮说："爸认可你了。爸轻易是不夸奖人的。我长这么大爸都没夸奖过我。"

李亲亮看着王文静不知如何表达。

王中来表明立场地说："小李，不瞒你说，开始我也反对你和文静的事。现在我不那么看了。你们的婚姻应该由你们自己做主。我们做长辈的只是建议、参考，不能做决定。"

李亲亮聆听着。

王中来问："你们住在哪里？"

"我们租了房子。"王文静说。

王中来问："租金贵吗？"

"我们能承受得了。"王文静说。

王中来问："你们今后打算怎么办？"

"我想让亲亮到艺术学院去旁听。他虽然艺术感觉好，可缺少理论知识。从长远来看，想提升摄影水平，达到一定高度，没有理论知识做基础是不行的。"王文静说着想法与打算。

"趁着年轻，应该去艺术学院学习，把发展的眼光放的远点。"王中来赞成地说。

李亲亮说："我想先找一份工作。在北京花销大，生活上不能只依靠文静。"

"只靠文静的工资来维持你们俩的生活是有难度的，更别说小李还想去艺术学院学习了。"王中来说。

王文静说："我会节约的。"

"我这有点钱，你们先拿去用吧。"王中来拿出一沓钱说。

王文静说："我妈会查你工资清单的。你还是给我妈吧。"

"有一位老同事儿子准备结婚，这是你妈给的随礼钱，还有我的零用钱，你们先拿去用吧。"王中来说。

王文静说："你留着用吧，我妈会追问钱用在哪了？"

"你妈那我去说。"王中来说。

李亲亮说："这不好吧？"

"怎么不好？我是你们的父亲，你们是我的儿女，生活中父亲帮助儿女是天经地义的事情。"王中来有点激动地说。

办公桌上的手机响了，蔡梦云拿起手机，摁下接听键，放在耳边。张红英着急地问她看见文静没有。她说这欠文静从北大荒回到北京，还没见过文静呢。张红英问中和见过文静吗？蔡梦云说文静好像去中和办公室一次。

张红英问文静是什么时间去找中和的？蔡梦云想了想说，好像是文静刚从北大荒回来没几天去的。张红英认为在时间上与这次请假不吻合。

蔡梦云问发生什么事情了吗？张红英说文静有好多天没回家了。蔡梦云问报警了吗？张红英说文静请假了，可不知道她为什么事请的假，去哪儿了。蔡梦云说你是担心文静会去北大荒找小李吗？

张红英说文静对那个照相的太痴情了，我就怕她回北大荒去。蔡梦云说要么我让中和问刘松副县长？张红英说我刚才是想给中和打电话的，中来不让，你说问刘松副县长好吗？

蔡梦云说也没什么不好的，只是刘松副县长那边的电话还没有全国联网，电话直接拨不通，得发电报，如果电话能打通就没这么麻烦了。张红英说发电报是不方便，似乎有点小题大做作了。蔡梦云说我回去跟中和商量一下，如果没别的办法，就给刘松副县长发份电报。

张红英感觉事情还没发展到必须给刘松副县长发电报的程度，说先别急着给刘松副县长发电报，过几天再说。蔡梦云劝慰地说文静做事理性，不是那种乱来的孩子，不会有事的，你别着急。张红英挂断了电话。

蔡梦云想给王中和打电话，又一想还是回家见面说比较好。晚上她回到家时，王中和正在做饭呢。她说你怎么回来这么早？王中和说过会老柳来吃饭。

老柳是王中和高中时的同学，后来下乡插队去陕西农村了。在陕西和当地一个乡下女人结了婚，生有一个儿子。他刚离了婚，一个人回到了北京，还没有正式工作，在王中和的公司干临时工。王中和有的时候就叫他来家里吃饭。

蔡梦云洗过手，进厨房帮王中和做饭。她的厨艺不如王中和好，一般情况下只是做帮手。她说文静这几天没回家，你知道去哪了吗？

王中和说最近文静没跟我联系。蔡梦云说大嫂下午给我打电话说文静好多天没回家了，还请假了，可不知去哪了。王中和说文静请假能去哪呢？

蔡梦云说大嫂担心文静去北大荒找小李。王中和说大嫂反对的这么强烈，文静还能去找小李吗？蔡梦云说文静不听大嫂的，也有这种可能。王中和说文静肯定放不下小李。蔡梦云说要么你给刘松副县长发电报问一问？

王中和说不用发电报，打个电话就行了。蔡梦云说松江县电话不是还没有全国联网吗？王中和说前几天刚全国联网了。蔡梦云问你怎么知道的？王中和说新闻中报道了。

蔡梦云说那你也不知道刘松副县长的电话呀？王中和说打到县政府办公室问一下，不就找到了吗？蔡梦云说大嫂挺着急，你明天上班就给刘松副县长打电话吧？

王中和说吃过饭，我给大哥打个电话，先了解一下情况再说。蔡梦云说听大嫂的口气，好像生你的气了。王中和说大嫂思想有偏见，看不起北大荒人。

蔡梦云说也不能埋怨大嫂，文静和小李差距太大了，北大荒那地方确实不好，电话刚全国联网，现在只有偏远地区信息才这么落后呢。王中和说北大荒是偏远，但不落后，如果发展起来是很快的。蔡梦云说哪能发展那么快，我也不赞成文静和小李谈恋爱这件事。

王中和说你可不要持反对意见，咱们应该尊重文静的选择。

蔡梦云说小李的文化太低了，如果是专科毕业也行吗？王中和说学历不能完全代表人的能力。蔡梦云说还是学历高的人更适合社会发展。

王中和说也有个别学历低的人，经过后期努力发展起来的。蔡梦云说那只是个别现象，特殊人。王中和乐观地说小李没准就是个别中的一位呢。

蔡梦云说你这个想法带有理想主义色彩，离现实有点远了。王中和说文静是受过高等教育的人，脑子灵活，还理性，能分辨不出好坏吗？蔡梦云说在感情方面可不一定理性，没准文静还真是鬼迷心窍了，一时糊涂呢。

王中和说文静不会犯这么低级的错误。

吃过饭，王中和送走老柳，拨通了王中来的手机。王中来从车上下来，正往楼上走呢。王中和问文静有消息了吗？王中来说我刚跟文静和小李吃过饭，没事了。王中和说下午嫂子给梦云打电话说文静请假了，还好几天没回家了？

王中来说小李来北京了，文静在陪小李，不想让我们知道，就玩起了捉迷藏。王中和说嫂子是不是很生气？王中来说过几天就好了。

王中和说哪天我遇见文静，得狠狠批评她。王中来说小李人不错。王中和问你认可了？

王中来说小李已经来北京了，文静又这么坚定，拒绝不如接受。王中和说我也这么想的。王中来走到屋门口了，拿钥匙开门，挂断了电话。

蔡梦云在旁边插言说，如果大嫂知道文静和小李住在一起了，还不炸锅了。

6

过了吃晚饭时间王中来还没回家，也没往家打电话，张红英着急了。她急着想知道女儿在电话里说什么了，想知道在哪儿。往日王中来不能准时回家会提前告诉一声，说明原因，大约几点钟回来。今天他没有告诉张红英，也没有告诉保姆。张红英拨通了王中来的手机。

王中来看是家里的电话号码，断定是张红英打来的，没接听。张红英不知道王中来为什么不接电话，心想开会也不会开到这么晚吧？就算是开会也应该接电话呀。她对王中来不接电话有点生气，想再次拨打，可号码拨到一半时停下了。她想王中来不接电话只有两种原因，一是不想接，二是不方便接，如果不想接再打也不会接，如果是不方便接，方便时能回电话的。

王中来不想让外界事情影响他和李亲亮第一次交谈。他知道张红英对这件事的态度，如果接了电话，会影响此时的心情。他尽可能让李亲亮感受到亲情与关爱。

李亲亮没想到王中来能这么轻易接受他，关爱他。他情绪放松了，聊得投缘。两个人的感情在交谈中逐渐拉近。

王文静看李亲亮和父亲聊的这么融洽发自内心高兴。夜深了，她看两个人越说兴致越浓，没有停下来的意思，担心会影响父亲休息，耽误了第二天工作，插言说，爸，不早了，咱们回去吧？

王中来毕竟年龄大了，精力不如年轻人旺盛，感觉有些疲倦。他说改天再好好聊。王文静对王中来说你回家如果我妈问你去哪了呢？王中来胸有成竹地说，这你就不用管了，应付你妈我还是有经验的。

王文静开心的笑了。司机把车开过来，王中来对李亲亮和王文静说你们上车，我送你们回去。王文静推脱地说，爸，不用，我想和亲亮在街上随便走一走。

王中来说你们要注意安全。王文静说知道了。王中来对李亲亮说咱们改天好好聊。

李亲亮说王叔，再见。

王文静说你这么叫不对。她想让李亲亮和父亲拉近感情，打破隔阂。

王中来纠正地说，小李叫的是不对。

李亲亮急忙改口说，爸，再见。

王中来上车回家了。他坐在车里琢磨着怎么对张红英说。他不想把李亲亮来北京的事告诉张红英，更不想把王文静和李亲亮同居的事透露出来。他知道张红英在这件事上非常反对，担心突然说出来会刺激张红英，想慢慢渗透，一点点软化张红英。

张红英坐在客厅里的沙发上，眼睛盯着电视，心却不知跑到哪去了。她没心情看电视，只是在消磨时间，等王中来回家。她看王中来走进屋，责备地说你怎么不接电话呢？王中来应付地说正在开会呢。张红英说就你会多，都快赶上国家主席忙了。

王中来说你这是说的什么话。张红英质问地说文静又给你打电话了吗？王中来否认地说没有。张红英说你不说文静还给你打电话吗？王中来说文静是说给我打电话了，可我等到下班，也没接到她的电话。张红英问你知道文静在什么地方给你打的电话吗？王中来说我不是跟你说过了吗，她是在公用电话亭打的。

张红英伸出手说，把你的手机给我。王中来问干什么？张红英说给我！

王中来把手机递给张红英。

张红英查看着手机里的电话号码。她找了一会，不知道哪个是王文静使用的，让王中来找。王中来接过手机，翻找出那个电话号码后，又把手机递给张红英。张红英把电话打了过去。电话通了，但没人接听。她一连打了好几次都没人接。她查问电信局，证实这是 IC 卡电话机。

王中来说让我看文静找对象的事咱们就别跟着瞎操心了，她已经成年了，有自己的生活方式，让她自己做决定吧。张红英固执地说，那可不行？文静是我女儿，我有权力为她的幸福着想。王中来说孩子大了，做事不由父母做主，你这样做会适得其反。

张红英说我这是为她好，她慢慢会明白的。王中来说现在她都不想见你了，你还想让她明白什么？张红英说她不想见我，可我想见她。

王中来想潜移默化的感染张红英，这中思想上的渗透不能过急，得慢慢来。

张红英心想只要女儿在北京，没去北大荒就不用担心。北大荒离北京那么远，她认为女儿和李亲亮是不可能在北京相见的。

7

王中来自从那次见到李亲亮和王文静后，过了好多天再也没有见到他们。他想去他们住处看一看，了解他们的生活，可他们没有告诉他住在什么地方，也没有再给他打电话。他知道王文静和李亲亮是真心相爱的，也感觉到他们是想通过自己的努力改变生活处境。他认为他们想的过于简单了。生活中的事哪有这么简单。他想他们现在需要钱，领到工资后没有像往次那样把工资交给张红英。

张红英追问王中来工资干什么用了。王中来说借给同事了。张红英不相信会有人找王中来借钱。王中来的同事她基本全熟悉，没有家中经济困难的。她说你把钱借给谁了，我核实一下。

王中来发火地说，你太过分了！我只是一个月工资没给你，你就像侦探似的盯着不放，让我怎么处理人际关系？我还有没有自由空间了？张红英说谁让你说谎了？王中来反驳地质问我说什么谎了？

张红英说你的工资根本没借给同事。王中来说我不能支配我的工资吗？张红英说能，但要说明理由，说明钱的去处，不能把钱花的不明不白。

王中来说我花的不明不白吗？张红英提醒地说，你哪次用钱没给你。王中来说这是两回事。

张红英说我是为了你好，现在当官的犯错误还少吗。王中来说你向监视器似的形影不离地跟着我，我想犯错误都没机会。张红英说这就对了，如果你进监狱了，我不但得背黑锅，还得去监狱看你，更麻烦。

王中来说你胡说什么呢。张红英说你告诉我钱干什么用了。王中来被张红英给激怒了，在屋里来回走动着，声嘶力竭地说，我把钱给文静了，不行吗?! 张红英没想到王中来能这么说，满脸疑问地看着王中来。王中来说如果不是你强烈反对文静和小李交往，文静根本不会用这种方式结婚，更不会这么草率。

张红英不相信这是真的，以为王中来在骗她呢。她说文静结婚了？这不可能。王中来说怎么不可能，小李已经来北京了，他们住在一起了。张红英有点懵了问，文静什么时间结的婚？

王中来说就在前些日子。张红英说你真行，能把这么大的事瞒着我，还瞒了这么久。王中来说你思想顽固不化，还怨着我了。张红英说文静住在什么地方？我去找她。王中来说我不知道。

张红英不相信地说你怎么会不知道呢？你不是把工资给文静了吗？王中来气愤地看着张红英没说话。张红英着急地问，文静住在哪？

王中来缓和了语气说我不知道，怎么告诉你。张红英问那你是怎么把钱给文静的？王中来是想把这个月的工资给女儿，可还没有机会给，钱在办公桌抽屉里放着呢。

张红英心想王文静今天不上班，明天不上班，总有一天会上班的。她只要到王文静单位去找，肯定能找到。

8

王文静陪李亲亮度过快乐的婚假后，心情愉快的回单位上班了。她没把结婚的事告诉同事。单位里采取她这种方式结婚的人几乎没有。她打破了常规，有点属于另类，担心同事嘲笑她。对面办公桌的陈珍珍告诉她说，你妈来找过你好几次。她问我妈说什么了吗？陈珍珍说你妈问你为什么请假？王文静问我妈还说什么了？陈珍珍说再没说什么。王文静预感到母亲会来单位找她。可她还没想好怎么应对母亲。

张红英是在快要下班时来找的王文静。她走到王文静的办公室门口没有进去，站在那里看着王文静。王静没有看见张红英，而是陈珍珍从卫生间回来时遇见了张红英。陈珍珍对张红英说我去叫文静。张红英低声客气地说谢谢。

陈珍珍走到王文静面前，做了个眼色，用手指了一下门口，示意有人找。

王文静侧过脸，朝门口看去，然后把办公桌上凌乱的东西整理了一下，朝张红英走过去。张红英转过身往办公楼外走。她出了办公楼，在僻静的角落停住，看着王文静急不可耐地质问说："你怎么不回家呢？"

"过些天我会回去的。"王文静回答。

张红英说："今天晚上下班你就得回家。"

"今天不行。"王文静拒绝着。

张红英问："为什么？"

"不为什么。"王文静没做解释。

张红英说："文静，我是你妈，你知道吗？"

"妈，希望你能尊重我的选择。我已经长大了，应该有属于自己的生活。"王文静恳求着说。

张红英反驳地问："我怎么不尊重你的选择了？就因为不同意你和那个文盲谈恋爱吗？如果他不是文盲，哪怕家境差点，我也不会反对的。"

"妈，你不要污辱人好不好。"王文静无奈地说。

张红英说：他家境差，文化又低，要什么没什么，没有一样能说得过去的，让我怎么接受？我能同意吗？

"我和他在一起生活，又不是你们跟他在一起生活，我能接受就行了。"王文静说。

张红英说："你是我女儿，你生活的好与坏，会影响我的生活和心情，你跟我的生活是相连的，根本无法分开。"

"妈，亲亮不是你想的那么差。他有进取心。"王文静说。

张红英说："李亲亮可能比我想的还差。他不但是文盲！还是无赖，缠着你不放。如果他有自知之明，就应该主动了断和你的交往，而不是追着你不放。我瞧不起他，坚决反对你和他谈恋爱。"

"你无权干涉我的生活！婚姻自由，用不着你管。"王文静看说服不了母亲，态度变得强硬起来。

张红英说："我非管不可。"

"我不听。"王文静说。

张红英说："文静，你想气死我是不是？"

"妈，你在逼我。"王文静说。

张红英说："你是我女儿，我能逼你吗？我是不想让你往火坑里跳。"

"好坏我自己承受，你别管了行不行？"王文静说。

张红英说："不行。"

"我爸已经同意我和亲亮的事了，你就别阻拦了。"王文静说。

张红英不相信王中来会同意女儿嫁给李亲亮。王中来在她面前从没说过同意的话，只是反对意见少点，态度不这么强硬。她说："你不用拿你爸做挡箭牌。你爸跟我是同样意见，不会同意你嫁给李亲亮的。"

"你们谁的意见我都不接受。"王文静声明地说。

张红英说："你跟我回家，回到家里慢慢说。"

"我已经结婚了。我有自己的家了。"王文静不想争吵下去，说出了实情，不想给母亲留缓充余地，想逼迫母亲改变态度，承认事实。

张红英挥起手愤怒地打了王文静一巴掌，斥责地说："你眼里还有父母吗？你还是受过高等教育的人呢，学的知识都到哪里去了？"

王文静没想到母亲会打她。长这么大母亲还没有打过她呢。她感觉天旋地转，迷茫了。

张红英说："你嫁给个文盲，存心想气死我是不是？"

"我愿意嫁给文盲；我愿意嫁给李亲亮；我跟他在一起生活，又没让你们跟他在一起生活，好坏我自己承受。"王文静缓过神来据理力争。

张红英坚决地说："文静，你记住，只要我活着，就不同意你跟李亲亮在一起。"

"你管不着！"王文静跑开了。此刻她是那么恨父母。她没想到因为想获得爱情，居然遭到众叛亲离的下场。她原本想通过父亲改变母亲，化解矛盾，没想到父亲会背叛她，违背她的意愿，和母亲串通一气。母亲这一巴掌让她彻底绝望了。她把父亲和母亲划在同一行列里，谁都不想见了。

李亲亮看王文静不高兴的回来，以为这些天没上班受到领导批评了呢，关心地问领导批评你了？王文静看了一眼他没说话。他细心观察着王文静的表情，想从表情中判断出发生了什么事情。

王文静心中有万般委屈和无奈。她说你一定要努力，咱们要把日子过好。李亲亮猜测到王文静为什么难过了。这是为了他，他给王文静带来压力和委屈。他无法安慰王文静，有些自责。王文静上前拉住李亲亮的手，做出亲近的样子。

李亲亮肯定会努力的，不努力在北京这座大城市里就没法生活下去，更不用说想生活的好了。可他还没有确定发展方向和目标，有些迷茫与彷徨。

王文静说："我一定送你到大学里学习。"

"我想先找份工作，让咱们日子过得轻松一些。然后再考虑学习的事情。"李亲亮认为维持眼前生活是第一位的。

王文静说："现在不需要你挣钱，你能确定发展方向就行。咱们还年轻，应该以发展事业为主。如果你真有了一定社会地位，今后挣钱机会有很多。"

"让你养着我不好吧？"李亲亮说。

王文静说："怎么不好？咱们俩其实就是一个人。"

"你的心情我理解。可进大学里学习是要花很多钱的。咱们要面对现实生活，生活离开钱是不行的。"李亲亮说。

王文静说："我知道。我挣的工资完全够咱们两个人生活了。我来解决生活中的问题，你只管专心学习好了。"

"我是男人，应该挣钱养家。"李亲亮说。

王文静说："你肯定是要挣钱养家的。现在不用你挣钱，以后你必须挣钱。现在希望你能取得好成绩。"

"可是……"李亲亮想说什么，又没有说。

王文静本来是想托父亲为李亲亮联系进修学校的。她和母亲发生激烈争吵后不想找父亲了。她担心找了父亲，母亲会紧追不放，那样她和李亲亮就没法在一起生活了。她通过朋友，老师，为李亲亮四处联系学校。虽然在北京摄影进修学校有很多，但鱼龙混杂，为了能找到一家师资较好的学校还是费尽了周折。她到学校了解教学环境及师资情况。

那天王文静刚到办公室就接到王中来打的电话。这些天王中来打过好多次电话，王文静不是不接，就是让同事告诉不在。她冷冷地说："我的事不用你们管。我会处理好的。"

"文静，你误解了。我是想帮你们的。"王中来说。

王文静说："爸，我原来还挺相信你的，没想到你跟我妈一样思想顽固，不让我相信。"

"你妈去找你之前，我不知道。她回来了，我才知道。我与你妈为这事还吵起来了。"王中来解释。

王文静说："你不用解释。"

"你不相信可以去问你妈。"王中来说。

王文静说："我不想见到她。"

"你可以问咱家阿姨。"王中来说。

王文静说："没必要。"

"文静，我会尽量说服你妈的。"王中来说。

王文静心想可能父亲真不知道母亲来找她的事。她和李亲亮见过父亲后，能看出来父亲对李亲亮是满意的，接受了李亲亮。在她记忆中父亲不是那种说一套做一套人。

王中来说："电话里说不清楚，咱们见面说吧。"

"爸，我的事我知道怎么做。你就别操心了。"王文静挂断了电话。她为李亲亮联系到了学校，只差学费的事了。她和李亲亮的钱加起来还不够交第一个学期的学费，准备去找周芹借钱。

9

王文静给周芹打电话说想借六千元钱。周芹说没这么多现金，得到银行取。她让王文静和李亲亮在京江酒店等她。她做东，准备请王文静和李亲亮吃饭。她没见过李亲亮，想看李亲亮到底是什么样人，能让王文静如此迷恋与痴情。她来到京江酒店时王文静和李亲亮已经到了。

王文静对李亲亮说我高中时的同学——周芹。李亲亮走上前和周芹握手，礼貌地说，你好，文静经常提起你。王文静看了一眼李亲亮对周芹说，他就不用介绍了吧。

周芹没想到李亲亮长相这么英俊，帅气。李亲亮给周芹第一印象是能依靠住的男人，这是大城市本分女孩找对象重要标准之一。城市繁华，生存压力大，诱惑多，恋人之间貌合神离的比比皆是，本分女孩愿意嫁给靠得住的男人，长相厮守。周芹觉得王文静眼力不错，轻然一笑的对王文静说，果然是一表人才。

王文静说你这是褒义呢？还是贬义？周芹说当然是褒义了。王文静说咱们进去吧。

他们走进酒店。

酒店服务生把他们领到包间。

周芹问你们俩想吃点什么？李亲亮说我随便。周芹说这怎么行，今天你是客人。

王文静拿起菜单扫视着上面的菜价和种类说，我来点吧。

李亲亮显得有些拘束。

周芹问李亲亮说，你认为北大荒比北京吸引人的地方是什么？李亲亮说北京是首都，北大荒不可能比北京好。周芹说如果北大荒不好，怎么能让文静这么漂亮的北京姑娘嫁给你呢？

李亲亮说这是缘分。周芹笑着说文静也对我说过同样的话，你们不谋而合，不愧是情侣。李亲亮说我是在北京开往哈尔滨火车上遇见她的，应该说是北京吸引着我。

周芹调侃地说，你们相识在北京，热恋在北大荒，定居在北京，从首都到边疆，再从边疆回到首都，你们的爱情有点革命主义色彩，真够浪漫的。王文静说周芹就是会说话，话从你口中说出来如同蜜一样甜。周芹说你们这种浪漫爱情如同琼瑶写的小说那么吸引人。

王文静说可惜我不是琼瑶阿姨，也不是作家，无法把亲身感受写成小说。

周芹说看到你们两个如此浪漫，我产生了当作家的想法。

王文静说你可以写一本关于北大荒爱情生活的长篇小说。

周芹说我有这个念头，但没这个能力，只能去读，写不出来。

王文静对周芹说我劝你也去北大荒看一看，体验一下那里的生活。那种空旷的自然景色是城市里没有的。周芹笑着说你可别鼓动我去北大荒。如果我去北大荒，在那里移情别恋了，我男朋友会找你拼命的。王文静说你男朋友怎么没来呢？

周芹说他出差去巴黎了，得过半个月才能回来。王文静羡慕地说出国真好。周芹说你们单位不也经常出国吗？

王文静说我们单位公差出国得论资排辈，轮到我还远着呢。周芹说别着急，水到渠成，你会有公差出国那一天的。王文静说但愿吧。

周芹问李亲亮说，你在北京生活还习惯吧？李亲亮说还行。周芹说文静总夸奖你摄影水平高，哪天给我拍几张照吧？

李亲亮说义不容辞，随叫随到。

王文静对周芹说等你结婚时，让亲亮给你当摄影师。周芹说多谢了。王文静说客气什么。

周芹打开随身带的包，从中拿出钱对王文静说，你要的六千元钱，你数一数。王文静接过钱往包里一放，笑着说不用数，我相信人民警察。周芹说警察也有犯错的时候。

服务生把菜端上来了。

周芹端起酒杯对王文静和李亲亮说，敬你们一杯，祝你们白头到老，幸福一生。王文静说你说得太庄重了吧？真有点受不了。周芹又说也向你们道歉，没能去参加你们的婚礼。

王文静解释说这不怨你，是我的错。其实，我也没有错。因为我们没有请客，连我爸妈也不知道。

周芹对王文静说你做得可真够绝情的。王文静说你就别笑话我了，我这是没办法的办法。周芹说小李一表人才，将来你们生活肯定错不了。

王文静说将来再说将来的，先把眼前的生活过好再说。

周芹对李亲亮说你可别辜负了文静对你的期望。李亲亮说不会的。周芹说你是世界上最幸运的男人。因为你娶了一个世界上最爱你的女人。

李亲亮笑着说我很幸福。

第二十五章
再回首

ZAI HUI SHOU

1

李亲亮进中华摄影学院学习了。这是全国最高级别的摄影进修学院。在这里进修的人员大部分是来自全国各地小有名气的中青年摄影家。几乎全部是单位保送的公费学员。他们学费由单位报销，又是带工资学习，经济条件好。学院里吃喝风气比较严重，学习氛围相对散漫些。李亲亮的学习费用是自己承担，没有工资，花销比较节约。他早晚两餐在家里吃，午餐在学院吃。他把全部精力用在了学习上。

中华摄影学院离李亲亮住的地方比较远。他起早从家出来，天黑才能回家。在学院里他除了在教室，就是在图书馆里，系统学习理论知识。理论能促进艺术感觉提高。他缺少理论知识，如果理论知识能得到充实，在摄影方面会有很大提升。他只有一年学习时间，这段时间对他来说特别珍贵。他在全力以赴，分秒必争，力争走在时间前面。

李亲亮清楚自己能跟王文静生活在一起既是天意，也是努力的结果。虽然老天爷恩赐给了他最佳姻缘，如果他不提高自身素养，也会坐失良机。他尽可能抓住到来的机会改变生活。王文静希望李亲亮能有一份体面工作，李亲亮也是这么想的。

虽然李亲亮不急需找工作，以学习为主，但他得为找工作做好准备。他是居安思危的人，知道离目标很远，必须努力往前走。

这天下课后，他刚走出教室，准备去资料室查阅资料，被在身后的徐教授叫住了。他转过身，走向徐教授。

徐教授观察李亲亮好长时间了，发现在李亲亮身上有一种特别精神，这种精神是其他学员不具备的。他仔细看过李亲亮的摄影作品，认为有发展潜质。他说："小李，你的作品艺术感觉好，选材独特，地域色彩浓厚，构思非常巧妙，提升空间比较大。"

"谢谢徐教授。"李亲亮说。

徐教授说："北大荒那片广袤的黑土地是能给人艺术灵感的地方。也是造就艺术家的摇篮。全国有很多知名艺术家在那里生活过。比如相声界的姜昆，赵炎，师胜杰，作家梁晓声，张抗抗，演员濮存昕……"

"徐教授，你去过北大荒吗？"李亲亮问。

徐教授说："我下乡的地方是在峰源市。不过我没去过松江县。"

"徐教授，您是恢复高考后第一批上大学的吧？"李亲亮知道那时有一部分城市下乡知识青年是通过上大学返城的。

徐教授说："我家没有社会关系，我是通过读大学回城的。"

"我挺喜欢你讲的课。"李亲亮说。

徐教授笑着问："你加入中华摄影家协会了吗？"

"没有。我的条件还不够吧。"李亲亮对加入这种协会组织不太积极，也没有加入中华摄影家协会的想法。

徐教授认为李亲亮这种观念是错误的，影响今后发展，建议道："你的资料我看过了。虽然你的作品量少了点，可发表的级别比较高，符合入会条件。你应该加入中华摄影家协会。加入协会对你的发展有利。协会经常组织活动，交流能提高你的艺术感觉，更会提高你的知名度。"

"怎么办理入会手续呢？"李亲亮接受了徐教授的建议。

徐教授说："你写一份申请，把发表省级以上作品准备一套给我，我帮助推荐。"

李亲亮知道徐教授是中华摄影家协会副主席。徐教授的推荐肯定能起作用。他很快把作品和申请入会表交给徐教授了。

徐教授在为一家摄影出版社编辑一套中学生摄影作品集。出版社要求近快交稿，他事情多，忙不过来，为了赶工期，找李亲亮帮着整理资料。

李亲亮愿意做这件事。他在整理资料过程中能学到编辑书的经验。这对他今后出版画册能起到铺垫。他走进徐教授的工作室时，发现桌子上放着一张林玉玲的照片。他愣住了，不明白林玉玲的照片怎么会在徐教授办公室里。他装作不认识林玉玲，顺口问了一句："徐教授，这是谁的照片？"

"我一位亲戚的。她也在北大荒生活过。她生活的地方好像也是峰源市。"徐教授回想着，似乎不能确定。

这时林玉玲从外面走进来了。她看见李亲亮很是意外，不敢相信会是真的，脸上流露出惊喜的表情。她突然出现搅乱了李亲亮的思路，使李亲亮惊讶不已。四目相对，传递着彼此心灵的信息。林玉玲脸上的表情要比李亲亮复杂，这种复杂是生活与岁月促成的。

徐教授对林玉玲说："我们正说你呢，你就来了。"

"你们说我什么了？"林玉玲问。

李亲亮对林玉玲说："没想到能在这里遇见你。"

"如同做梦一样惊奇。"林玉玲动情了，心潮起伏，有些激动，眼眶里涌现一丝浅浅的泪水。

徐教授问："你们认识？"

"姨夫，这就是我跟你说起过的那位同学。"林玉玲对徐教授说。

徐教授不解地说："你不是说你的同学初中毕业后，就在北大荒参加工作了吗，我看小李的简介是在县委宣传部工作。你说你那位同学家里是没有社会关系的，没有社会关系，初中学历到县委机关工作是根本不可能的，这也对不上号呀！"

"姨夫，人家不会努力吗。我不是跟你说他很努力吗。"林玉玲说。

徐教授认同地说："你说的对。小李确实很勤奋，灵感来得快。他这种勤奋是现在年轻人少有的，值得学习。"

"我底子差，只能多下点功夫。不然就对不起帮助过我的人。"李亲亮说。

林玉玲问李亲亮说："你怎么会来这里呢？"

"我在中华摄影学院学习呢。徐教授是我的老师。我第一次来徐教授工作室就遇见你了，真是太巧了。"李亲亮说。

林玉玲有些控制不住情绪，想表达什么，好像又无从说起。她想离开，留出时间，理顺一下混乱的思路，让激动的心绪平静下来，便对徐教授说："姨夫，你们忙吧，我走了。"

"怎么刚来就走呢？"徐教授不解地问。

林玉玲说："我还有点事。"

"晚上过去吃饭吧。"徐教授叮嘱。

林玉玲说："今晚不去了，改天吧。"

"小李，你去送玉玲吧，你们老同学多年没见面了，会有许多话想说的。"徐教授善解人意地说。

李亲亮抱歉地说："徐教授，对不起，第一次来就没帮上忙。"

"今天收获最大。能让你跟玉玲意外重逢，要比整理资料重要得多。如果你们不遇见了，我哪里知道你们俩是同学。这叫有缘千里来相会，无缘见面不相识。"徐教授显得有些兴奋。

李亲亮在心里一直惦记着林玉玲。这种情感如同在岁月中酝酿的美酒，时间越是久远情感越浓烈。他当然想跟林玉玲单独聊一聊心事，叙叙旧，谈谈眼前的生活。他们多年没见面了，岁月远去，生活变化万千，心中产生众多感触，积攒了许多情感想表达。他和林玉玲从徐教授的工作室出来，走上一条林荫小路。

林玉玲预感到了李亲亮的生活发生了根本性改变。这种改变是在意料之外的。如同她没想到李亲亮能来北京，徐教授没想到李亲亮会在县委机关工作一样。她有千言万语想诉说，又不知如何说起，从哪说起。

林阴小路上三三两两的行人静静走着，有的与他们擦身而过，低声细语相互说着什么。人生就是这样，在茫茫人海中只有少数人能情投意合聚在一起，彼此倾吐心声。

林玉玲感慨地说世界真是太小了，相识的人总能意外相遇。李亲亮说没想到会这么巧。林玉玲说读高中时我向徐志谦打听过你，她说没见过你。

李亲亮说那时她在读书，我在洼谷镇工作，很少去县城，我们没机会见面。

林玉玲说徐志谦回松江工作了吧？李亲亮说被分配在了科技局。林玉玲说读高中时徐志谦就准备在大学毕业后回松江工作。她不想离家太远。

李亲亮说我参加工作后，第一次遇见徐志谦是在电视台回机械厂的路上。当时她大学毕业回松江上班才两天。后来我们见面机会就多了。林玉玲说是徐志谦告诉你我来北京工作的？李亲亮点着头说在此之前我推测你可能到北京工作了，但不能确定。

林玉玲说徐志谦第一年参加高考没考上，复读了一年，第二年考上了本科。我没复读，第一年考上了专科。

李亲亮说考上了就比没考上好，专科和本科都属于国家干部，专科比本科还能早参加工作呢。

林玉玲说还是本科好，本科毕业就不用边工作边读书了，我现在是边工作边读书。教师这一职业从去年开始要求必须是本科学历，幸亏我去年在职读完了本科。

李亲亮说从前专科和中专毕业就可以当中学教师了。

林玉玲说我毕业时专科当中学教师还可以呢，各学校都接收，现在都要求是本科毕业。社会发展得太快了，照这么发展，过两年就得要求教师是研究生毕业了。李亲亮说那么你还得去读研究生吗？林玉玲说我现在就是在职研究生。

李亲亮夸赞地说你太厉害了，我得向你学习。可我无论怎么学，也不可能读本科，更不可能读研究生。林玉玲说咱们努力的方向不同，职业也不同，学习标准没有可比性。李亲亮说没想到你在学习方面会付出这么多努力，是我学习的榜样。

林玉玲说这几年国家政策好了，生活节奏快，不努力就跟不上生活节奏了。如果被生活的列车甩在了后面，就很难追赶上。李亲亮说也别给自己施加太大压力，你现在挺好的。林玉玲不解地问你是怎么调到县委宣传部的？在松江能调到县委宣传部工作是很不容易的事情。

李亲亮感叹地说，这话说起来就长了……我和我哥总吵架，他把我调到机械厂去工作了，这样我就很少回家了……

林玉玲问你是怎么来北京的？据我所知你在北京是没有亲戚和朋友的。是单位派你来学习的吗？李亲亮说我是结婚来北京的。林玉玲吃惊地问你是在北京结的婚？

李亲亮说没想到吧？林玉玲说真是没想到。李亲亮说在此之前我对北京只是向往，没想到有这么一天真能来北京生活。

林玉玲不想谈论婚姻方面的事。她谈起婚姻就心痛，好像有婚姻恐惧症。她正在离婚的边缘上徘徊，在做最后抉择。她清楚自己在婚姻方面是失败的。

李亲亮问你爱人是从事什么工作的？林玉玲回答说我没有爱人。李亲亮不解地问你还没结婚吗？林玉玲说我结婚了，但不爱他。

李亲亮感觉到了埋藏在林玉玲内心深处的痛苦。他不想看到林玉玲痛苦的样子，想帮助林玉玲从痛苦中解脱出来。

林玉玲问你那位是干什么的？李亲亮说机械设计师。林玉玲问你们是怎么相识的？

李亲亮说一次偶然的邂逅。林玉玲看了一眼李亲亮说，邂逅？李亲亮说我们乘坐同一趟火车，在火车上认识的。

林玉玲说这么巧吗？李亲亮说你不相信？林玉玲说我信，就像今天咱们重逢一样。世间的事是没有定律的，总会发生意想不到的事情。

李亲亮回忆着说时间过得真快，转眼咱们有近十年没见面了。林玉玲感叹地说十年，听起来挺漫长的，可在生活中如同翻书似的那么快，眨眼之间就过去了。

李亲亮问你回过峰源吗？林玉玲说读大学时回去过。我爸妈退休后来北京定居了，我再也没有回去。李亲亮问你姐也在北京吗？

林玉玲说我姐没考上大学，嫁到北京郊区了。李亲亮问她在什么单位工作？林玉玲说她开了家理发店，生意还不错。

李亲亮说不管干什么，只要自己喜欢，生活得开心就行。林玉玲说我姐喜欢理发这个职业，生活得随意，挺充实。李亲亮说你姐和你姐夫的感情怎么样？

林玉玲说他们俩感情好。我姐夫是区政府的一个小科长。他们生了一个男孩。

李亲亮说你哥遇害的事我听说过。当时我还不相信是真的呢。林玉玲说我哥在峰源时遇到抢劫的了，劫匪朝他要钱，他不给，劫匪恼羞成怒，用砖头砸在了他头上，把他打死了。李亲亮说你哥那么年轻，太可惜了。

林玉玲说人这辈子什么事情都有可能遇到，有时想躲都躲不开。李亲亮问你爸妈在北京买房子了？林玉玲说买了。

李亲亮说有在松江县那个房子大吗？林玉玲说你只去过我们家一次，还是给我送照片，没待一会就走了，过去那么多年了，怎么还记得那房子呢？李亲亮回想地说，那是我在那个时候见到过最好的房子，也是第一次走进住宅楼，非常羡慕。记忆太深刻了，可能一辈子也忘不掉。

林玉玲笑着说真的吗？太夸张了吧？李亲亮说一点也不夸张，从你家走出来，我的思维就乱了，心想人与人的生活差距怎么会那么大呢？我都产生失去活着的勇气了。林玉玲开玩笑地问，你想跳野鸭河自杀了？

李亲亮描述说我在野鸭河桥上站了好长时间，呆呆地看着远处湾湾流淌的河水……萌生过这个想法。

林玉玲说如果知道会这么刺激你，就不让你去我家了。如果你真被刺激精神失常了，或消失了，我就成为罪人了。也少了一位摄影家。李亲亮说你不是罪人，是恩人。摄影家不重要，你对我的关心才是重要的。林玉玲说北京的房子比在松江的房子能稍微小点。

李亲亮说在北京能有自己的房子已经很好了。林玉玲说北京聚集着全国各地的精英，人太多，寸土寸金，房子当然贵了。李亲亮说反正我在北京是买不起房子。

林玉玲说这可不一定。李亲亮说我一穷二白的拿什么买？林玉玲说你能从洼谷镇调到机械厂，又从机械厂调到县委宣传部，还来北京了，这么难的事情都办成了，买房子算什么。

李亲亮说这可是两回事，那些是机遇，老天爷照顾我，买房子是需要很多钱的，我到哪去弄那么多钱？钱不会从天上掉下来吧？林玉玲说你有才华，才华就是钱，才华是隐形财富。李亲亮说但愿我能在北京买上房子。

林玉玲说你肯定能买上。李亲亮说你怎么会这么相信我呢？林玉玲说你很努力，只要去努力工作，生活的门会是开着的，如同北京的大门敞开迎接你一样。

李亲亮说侯建飞也在北京呢，你见过他吗？林玉玲说没有。李亲亮说他回北京好多年了。

林玉玲说侯建飞的爸妈是北京知青，北京对知青有优先返城政策，生活上应该没问题。李亲亮说他爸妈都有才华，生活应该不错。林玉玲说你想联系侯建飞吗？

李亲亮说现在还没想过。林玉玲问你想起找我吗？李亲亮说当然想过了，就是找不到你，也不敢找你。

林玉玲说找不到是假的，不想找才是真的。李亲亮说怎么会不想找你呢，只是有点怕，这么比喻吧，就是想见到，又怕见到那种心情。林玉玲问你为什么不敢找我？我对你应该算是不错的吧？

李亲亮说这是我心理作用，跟你没关系。林玉玲说你没底气对吧？李亲亮说真让你说对了。

林玉玲说我也有过这种心情。李亲亮说不是对我吧，我是一直不如你的。林玉玲说就是对你，那是在咱们读中学时。

李亲亮说咱俩还是有缘分的，侯建飞我没遇见，却遇见你了。林玉玲说我也这么认为，北京这么大，茫茫人海中能意外相遇，并且还是在我姨夫的工作室里，这不是缘分又是什么？李亲亮说生活中的事情真是没法预测。

林玉玲问你那位是不是很漂亮？李亲亮说在我心中应该是这样。林玉玲说我能看出来你很爱她。真为她高兴。女人一生中能找到一个全心全意爱自己的男人真不容易。

李亲亮说没那么难吧？林玉玲说反正我觉得挺难的。李亲亮问他不爱你吗？

林玉玲说我也不爱他。我们俩算是公平的。李亲亮说你们这是什么婚姻呢？林玉玲说无性婚姻。

李亲亮问你准备离婚吗？林玉玲失落地说应该是这种结局。李亲亮说是你的问题，还是他的问题？

林玉玲说我们双方都有责任。开始错误在我。我虽然跟他结婚了，但对他的感情总是上不来，三心二意的。尤其是两个人在一起的时候，夫妻生活不和谐。我特别心烦，让他扫兴。他受不了，后来他背叛了我。但他不想离婚。

李亲亮问你们有孩子吗？林玉玲说我怎么可能跟我不爱的人生孩子呢。李亲亮不明白地问你不爱他为什么还同他结婚呢？

林玉玲说我年龄有点大了，我爸妈逼婚，没有更适合的人，宫瑞恩不是让我讨厌的人，他对我比较关心，交往起来感觉也可以，只是感情上不来，心想结婚后在一起生活久了，应该能培养起来，没想到结婚后不但没有培养出感情，却反感他了。这时我才知道想错了，情分是不能培养的，应该是命中注定的，如果命中没有，是培养不出来的。

李亲亮说你年龄不算大，还有三十多岁没结婚的呢，并且晚婚的人越来越多。

林玉玲说我的年龄是不算大，可我姐结婚早，生孩子也早，我哥又发生了那种事，我爸妈就希望我早点结婚，也早点生孩子。如果我不结婚，他们就好像没尽到责任似的，那段时间催的特别急。我从小到大就是顺着爸妈做事，不想惹他们不高兴……

李亲亮说你爸妈的心情可以理解，出发点是为了你好。

林玉玲说我当然理解了，要么也不会草率结婚。

李亲亮问他是干什么的？

林玉玲说医生，北医大毕业的高材生。人长的不算好，但医术不错。他和医院里的护士好上了。

李亲亮不赞成用离婚方式解决夫妻问题。他说你们之间不能挽回了吗？

林玉玲勉强一笑说，挽回什么？他在性爱上背叛了我，我在感情上一直没接受他。我们俩是同床异梦，各有心事，在一起生活只有痛苦，没有幸福。如果生活在只有痛苦的婚姻中，还不如分道扬镳，各奔前程了。

李亲亮说你很优秀，应该能得到属于自己的幸福生活。林玉玲说听天由命吧。李亲亮说你不能这么灰心，现在离婚的又不只你一个，没准会有更好的人在等你呢。

林玉玲说你是同情我？还是可怜我？李亲亮说既不是同情，也不是可怜，而是希望你生活的开心，快乐。林玉玲说谢谢你。

李亲亮真诚地说应该是我感谢你，不是你感谢我。如果没有你送的照相机，我是不可能学摄影的。如果不学摄影，我是不可能被调到县委机关工作的，更不能有机会来北京。

林玉玲说我不需要你感谢我。我爱过你。爱不需要感谢。

李亲亮说你刚才还说感谢的话了呢。

　　林玉玲说我爱你，并不代表你爱我。我从没看出来你是爱我的，可能我是一厢情愿，自作多情吧？

　　李亲亮没想到林玉玲会这么直接表达出来。

　　林玉玲看了一眼李亲亮又说，我这么说也不怕你笑话。现在咱们跟过去不同了。说出来也无所谓。回想起来，学生时代我对你那种情意绵绵的感情就是爱情。只是不成熟，刚刚萌动。如同埋藏在地里的种子会发芽，但不一定结果。爱情之树要想结果，仅有种子是不够的，需要有阳光照晒，还需要水的浇灌，当然环境也很重要。

　　李亲亮沉默着。

　　林玉玲问你爱过我吗？

　　李亲亮说我往这方面想过，又否定了。在那时，我认为咱们之间根本不可能。

　　林玉玲说我也这么认为。当时看不到自己的未来……好了，不说这些了，全是过去的事了。开心的是咱们在北京首都重逢了。北京，多么神圣的城市，北大荒，多么遥远的地方，咱们从遥远的北大荒边陲小城来到北京首都生活，这是多么大的变化呀！

　　李亲亮说如同在梦中似的，觉得不真实。林玉玲问你住在哪里？找个时间，我去看你。李亲亮说离这比较远。你到学院来找我就行。

　　林玉玲敏感地说你是担心她产生误会吧？李亲亮否认地说不是。林玉玲说我不会影响你的生活。

　　李亲亮说你想哪去了。她非常开明。

　　他们坐不同线路公共汽车，在路口分开了。

　　林玉玲先上了公共汽车，李亲亮在等另外一趟公共汽车。林玉玲在车上看着车下的李亲亮是那么深情。李亲亮再次搅动起了她心灵之水，产生了涟漪，无法平静。

　　李亲亮回到家，找出当年林玉玲送给他的那部照相机。照相机老化得退了颜色，根本不能用了，应该扔掉。他不但没有扔，还从千里之外的北大荒把照相机带到了北京。王文静看他拿着旧照相机看，催促地说快把这部照相机扔掉算了，留着也没用，还占地方。李亲亮不会扔掉的。他当年对林玉玲说过会永远保存这部照相机的。因为这不只是一部照相机，还是埋藏在心中的情感，更有着对生活往事的记忆。

王文静开玩笑地说，还想着老情人吗？李亲亮看了一眼王文静，没说话，把照相机收起来。王文静说你不是说林玉玲在北京吗，你去找她我没意见。

李亲亮没有把遇见林玉玲的事告诉王文静。从前他以为再也见不到林玉玲了，天各一方，音信皆无，不会有任何结局，把原来的想法当成玩笑告诉王文静了。因为那时是无言的结局，王文静当然不在意了。现在他跟林玉玲重逢了，又同在北京，还有从前那么一段朦胧的情感，让王文静知道了会产生疑虑的。他需要平静的生活环境，不想节外生枝，惹来麻烦，把这件事隐瞒下来。

林玉玲工作单位在中华摄影学院对面。距离近，加上她对李亲亮有好感，想诉说心中的苦闷，经常来找李亲亮。

他们一起帮着徐教授整理资料，倾诉对生活的感受。他们对生活的认知跟多年前完全不同了。成熟的思想如同盛开的花朵吐着芳香，沁润着彼此的心灵。

李亲亮自从遇见林玉玲后生活得到了充实，不像从前那么孤单和无助了。林玉玲给他带来了快乐和安稳感。

林玉玲把李亲亮当成感情上的寄托与依靠。她为李亲亮取得的成绩感到高兴，也为自己没得到这份感情而遗憾。她不是渴望得到李亲亮的爱，只是希望能保持这份真诚与友谊。她从李亲亮口中知道王文静善解人意，有意相识。

李亲亮说等学习结束后，找到工作了，在一起聚一聚。可是王文静意外出现在他们面前打乱了原有的安排。

2

王文静乘坐单位轿车办完公事准备回单位，路上正好经过中华摄影学院门前，想下车去看李亲亮。如果李亲亮没事了，她想让李亲亮坐车一起回家。车上只有她和司机两个人。她试探性地对司机师傅说，我想下车去中华摄影学院看男朋友，又怕耽误你回单位的时间了。司机是位五十多岁的男人，性情温和，生活经历丰富，看出王文静的心思，爽快地说，你去吧，我等你们。司机把车停在路边阴凉处。王文静兴奋地说，谢谢。她推开车门，迅速下了车，朝校园快步走去。

她在李亲亮刚入学时来送过李亲亮，此前也来了解过中华摄影学院的师资力量，所以对学院内有些了解。她在教室里没找到李亲亮，就去徐教授的工作室了。

王文静听李亲亮说有的时候在帮助徐教授整理资料。她敲开徐教授工作室的门，屋中只有徐教授一个人。徐教授不认识王文静。王文静也不认识徐教授。王文静礼貌地问，您好，李亲亮在吗？徐教授告诉她说李亲亮和林玉玲刚出去，应该不会走太远。

王文静听到林玉玲这个名字心里翻了个，如同闻到了醋味，心里有点酸溜溜的。她想天地广阔，人海茫茫，不会有这种巧合吧？这个林玉玲不会是来自北大荒那个林玉玲吧？或者是重名呢？她虽然没见过林玉玲，可对这个名字是太熟悉了。从前她和李亲亮开玩笑，讲起初恋往事时经常说起这个名字。她说林玉玲是李亲亮初恋情人。李亲亮纠正性地说初恋不准确，暗恋差不多。那时她不在意，没有顾虑，因为林玉玲没有出现在她生活中，不会影响她与李亲亮的感情。此刻她在意了，产生了思想负担，因为林玉玲出现在她眼前了。她在思索如何面对，心绪比较乱。

她从徐教授的工作室走出来，站了一会儿，抬头看了看天空，想让余悸的心得到平静。夕阳已经西下，晚霞迷人。她心情纠结，说不上好还是不好。她着急找到李亲亮。

李亲亮和林玉玲坐在凉亭下聊着什么。

王文静看到李亲亮和林玉玲的背影了，感觉两个人很亲密，似乎是在说悄悄话，心里有点不是滋味。她想知道李亲亮和林玉玲在说什么，距离远，听不见。她在隐蔽处缓慢前行，尽可能不发出声音。

林玉玲回头看见了王文静。王文静猜测到眼前的女人是林玉玲了。林玉玲没想到走过来的会是王文静。可她预感到了这个人和李亲亮有关，不然不会是这样的表情走过来。

李亲亮看见王文静站起身，惊喜地问，你怎么来了？王文静往前走了几步说，不欢迎我吗？李亲亮笑着说，太意外了，你有神兵天降的感觉。

王文静说心虚吗？李亲亮怕王文静误会，急忙介绍说，这就是我跟你提起过的林玉玲。王文静伸出手，落落大方地说，你好。

林玉玲伸出手腼腆地笑着，做出回应说，认识你很高兴。

李亲亮对林玉玲说这是我爱人王文静。

两个年轻女人因为一个男人而相识。虽然她们手握在了一起，心情却各不相同。

林玉玲脸带微笑夸奖王文静说，你长得真漂亮，像香港电影明星翁美玲。王文静知道翁美玲因为在电视剧《射雕英雄传》中出色演艺了黄蓉而成名，被黄蓉这一角色感动过。她喜欢翁美玲洒脱的性格，美貌的外表，柔情似水的举止。翁美玲一举一动都是情。但她不想成为生活中的翁美玲。因为翁美玲在1985年因感情纠葛自杀了。她认为翁美玲在个人生活和感情上是失败者。她说我可不想成为翁美玲。林玉玲问为什么？

王文静说翁美玲在爱情上是失败的，我不想在感情上有闪失。

林玉玲说像不等于是。

王文静借题发挥地说我更不希望亲亮是郭靖。林玉玲说郭靖这个角色很好，有正义感，敢担当，充满英雄气质。王文静说郭靖过于优秀了，追求他的女孩太多，我不想与别的女人争夺爱情，更不能让亲亮离开我的生活。林玉玲说能看出来，亲亮非常爱你。

王文静说从我认识亲亮那天起，他经常说起你，没想到能在这里遇见你。林玉玲怕引起王文静误解，解释说我和亲亮在一起读过小学，又读了中学，相对要比别的同学关系好一点。

王文静说当然了，要么亲亮怎么会对你念念不忘呢。林玉玲尽可能避免发生误会，接着说亲亮说和你生活在一起非常开心，感受到了从没有过的幸福。王文静说有时间到我家做客吧。

林玉玲说我正准备去看你呢。

李亲亮说玉玲准备现在去咱们家，我说等我学习结束了，找到工作后找个机会聚一聚。王文静笑着说你跟我解释这些干什么？我是来看你的，又不是来调查的。李亲亮感觉王文静并不开心，话中带刺。

林玉玲表情有点尴尬。

王文静对李亲亮说我是乘坐单位车路过这里才来找你的。如果你没课了，咱们一起回家吧？今天我特别想吃你做的饭。李亲亮有意结束这种尴尬场面，顺着话题说咱们走吧。王文静问玉玲去哪？

林玉玲说我要回单位一趟。王文静问离这远吗？车在校园外面，用不用送你？林玉玲说不远，我们单位在路对面。

李亲亮对林玉玲说我们先走了。

林玉玲说再见。

王文静和李亲亮走了。王文静对林玉玲的出现有点不安。她感觉李亲亮隐瞒了什么，边走边问你们是什么时间重逢的？李亲亮说没多长时间。王文静接着问，没多长时间是多长时间？

李亲亮回想着说，差不多有两个星期了吧？王文静说都两个星期了，你还说没多长时间呢？如果是两年就好了。李亲亮说你别想那么多好不好。

王文静恍然大悟地问，是不是那天你看旧照相机时就遇见她了？李亲亮点着头。王文静说我琢磨着你怎么会突然找出旧照相机看呢？原来是触景生情，怀旧了。

李亲亮笑着说你真聪明。王文静说我都让你蒙在鼓里了，还聪明呢。李亲亮说这不还是被你发现了吗？

王文静问你为什么不告诉我你遇见她了？李亲亮说我是怕你想不开吗。王文静说让我遇到了，就不怕了？如果我不遇见，你是不是想继续隐瞒下去？

李亲亮解释说我刚才不是说了吗，打算学习结束后让你们认识。王文静问为什么要等到学习结束呢？李亲亮说学习期间我们会经常在一起，怕你产生误会。

王文静不解地说，你们俩不是同事，又不在一起学习，怎么会经常见面呢？李亲亮说徐教授是玉玲的姨夫，我又在帮徐教授整理资料，有时玉玲也来帮徐教授，你说能不见面吗？王文静嘲讽地说你们俩真是有缘分。

李亲亮承诺地说，你别多想了，我今生今世只爱你。王文静说我不会往心里去的。就算你们旧情复发了，我也不在意。如果你背叛我，就是天意了。李亲亮说怎么会呢？

王文静说我不反对你跟她交往。有异性朋友没什么不好，但要把握好尺度。

如果尺度把握不好，就会偏离初衷。李亲亮问你真这么想？王文静说当然了。

李亲亮说我得奖励你。王文静笑着问奖品呢？李亲亮把头伸向王文静做出接吻的姿势。王文静躲开了说，这是白天，又是在大街上，别胡闹了。李亲亮做出顽皮的样子说，那就留着晚上吧。

他们走出中华摄影学院，朝王文静坐的轿车走去。

3

林玉玲目送李亲亮和王文静离去的背影，感受到一种幸福，但这种幸福不属于她，而是属于王文静和李亲亮。她看出来李亲亮是真心爱王文静，也看出来王文静刚才有点生气了。她担心王文静会产生误会，从而影响李亲亮的生活。她知道李亲亮在北京需要王文静的帮助和关爱，不想给李亲亮带来不必要的麻烦和烦恼。

她没有回单位，直接回家了。她住的房子是丈夫宫瑞恩父母给买的。房子不大，只有四十多平方米。宫瑞恩搬出去住很长时间了，只有她一个人住。

今天晚上她原本是准备回母亲家吃饺子的，在遇见王文静后突然没了心情。她拿着手机正要给母亲打电话，想告诉母亲不回去了，母亲的电话却打来了。

母亲问她还有多长时间能到，饺子已经包好了，她回来就下锅煮。她说有一位在八一农垦大学时的同学，从牡丹江来北京办事，晚上想见她。她母亲说明天见面不行吗？她说那位同学行程时间紧，明天安排了别的事情。她母亲读过大学，对大学时代同学的情谊了解，叮嘱地说那你好好陪同学吧。

她坐在床边发呆了好一会，似乎想起了什么，站在椅子上，从衣柜上面取下皮箱。她打开皮箱，找出了当年离开松江时，李亲亮送给她那组《荒原晨曦》的照片。她一直把这组照片带在身边，从松江带到峰源，又从峰源带到八一农垦大学，然后又带到了北京。这是她对那段情感的留恋，也是对青春岁月的珍存。

结婚后，她有时和宫瑞恩发生了争持，心情不愉快了，会拿出这组照片看。这组照片如同心情的解药，在调节她的心情。宫瑞恩虽然不明白这组照片代表着什么，但能感觉到照片对林玉玲很重要。林玉玲从没有对宫瑞恩说起过有关这组照片的事，更没有提起李亲亮。

这组照片夹杂着许情感。这种情感比较复杂，有少女时的情怀，有婚姻的感叹，还有更多的留恋与追悔。

她想起了过去的生活，过去的情感，往事历历在目。她觉得情感是很怪的，有时想起一件事会无意识地联想到许多事，事与事绞缠在一起，梳理不清，无法摆脱。她明明知道这么想是错误的，却不能自拔，依旧陷入在沉思中。

直到第二天她再次见到李亲亮的时候，还没有从这种境地里走出来。李亲亮精神状态没有异样变化，神色很好。她问李亲亮昨天回去王文静是否与他吵架了。李亲亮否认地说王文静不是那种小心眼人。

李亲亮想找一份与摄影相关的工作。他有意请徐教授帮忙，又不好意思直接说出来，想让林玉玲帮着说一下。他说你如果不为难的话，能不能帮我介绍一份与摄影方面有关的工作？如果为难就当我没说。

林玉玲说我对摄影一窍不通，是外行，也没这方面的朋友，介绍工作难度大。李亲亮说那就算了吧，别为难你了，你已经帮助我不少了，可我什么也没为你做过。林玉玲说我跟我姨夫说一说，他在这个行业里交际广，朋友多，让我姨夫帮你介绍份工作应该不成问题的。

李亲亮说徐教授已经帮助我很多了。如果再找他帮忙，我是不是得寸进尺了？林玉玲说我姨夫是热心人，更何况他还非常欣赏你，只要有办法，他会帮忙的。李亲亮说太麻烦你了。

林玉玲说跟我你就别客气了，幸亏你学的是摄影，要么我姨夫也帮不上忙。李亲亮说我运气还是不错的。林玉玲说运气是争取来的。

李亲亮和林玉玲一起走进中华摄影学院，在一个岔路口分手了。李亲亮去了教室。林玉玲去了徐教授的工作室。

徐教授今天没有课，也没有外事活动，在工作室里静心整理着资料。他笑着对林玉玲说遇见老同学开心吧？林玉玲说谈不上开心，只是叙叙旧。徐教授说你的神情不太好。

林玉玲说烦心事太多。徐教授说遇到不开心的事要往好处想，不要总考虑不开心的事。林玉玲说我也这么安慰自己，可还是高兴不起来。

徐教授说你还是遇见不开心的事少了，遇见多了，就没时间去想了，也就适应了。林玉玲说我遇见的还少呀？这就够呛了。徐教授问你觉得你和李亲亮谁生活得幸福？

林玉玲说每个人对幸福的理解不同，感受也不一样。徐教授说你说的有道理。林玉玲说让我看你和我姨生活得挺幸福。

徐教授笑着说昨晚你姨还埋怨我只顾工作不顾家呢。林玉玲问那你怎么说？徐教授说你姨说的对，我只能听着呗。

林玉玲说，姨夫，亲亮在摄影方面能有发展吗？徐教授说小李对摄影敏感，视觉独特，如果有好机会，应该能有提升空间。林玉玲说那你多帮一帮他。

徐教授说你帮小李来说情了？林玉玲羞涩地说也不是。徐教授说艺术这一行全靠别人帮助也不行，还得自己努力。林玉玲说有人帮助是可以少走弯路的。徐教授说确实是这么回事，有人引路当然好了。

林玉玲说，姨夫，你能不能帮助亲亮介绍一份工作？徐教授反问地说，介绍什么样工作？林玉玲说介绍和摄影有关的工作呗。

徐教授说小李没有说让我帮助介绍工作呀。林玉玲说他不好意思跟你说。徐教授笑着说所以让你跟我说？

林玉玲故作讨好地说，姨夫，你在摄影行业里名气大，朋友多，帮助亲亮介绍份工作应该没有问题。徐教授说你可别奉承我，我没你说的那么有本事。林玉玲说你德高望重，跟朋友说了，谁还能不给你面子。

徐教授说这件事得找机会。林玉玲说你答应帮忙了？徐教授说我还不知道小李是怎么想的呢，帮什么忙。

林玉玲知道姨夫在等李亲亮自己来说，担心办不好会受到埋怨。她在李亲亮下课后，见到李亲亮说，我跟我姨夫说过了，你再去跟他说一说。李亲亮明白林玉玲的意思问你姨夫能帮忙吗？林玉玲说应该能帮忙。

李亲亮走进徐教授工作室时，还没说话呢，徐教授就说玉玲跟我说你工作的事情了。林玉玲朝李亲亮使了个眼色，示意李亲亮接着话题说。李亲亮说这件事希望能得到您的帮助。

徐教授分析地说，你想把工作关系正式调进北京来难度非常大，最好不用老方式来解决工作问题。林玉玲明白徐教授话中的意思，接过话说，姨夫，你的意思是让亲亮去参加人才应聘吗？徐教授说你们还年轻，思想要开放些，应聘能顺利的多，也简便的多。

林玉玲说招聘单位一般情况都会要求应聘者具有北京市户口的，可亲亮没有北京市户口。徐教授说这个条件是小问题，完全可以找熟悉人帮助解决，适当放宽招聘条件。林玉玲把目光转向李亲亮。

李亲亮感觉徐教授的建议非常好，比较适合他，欣然接受了。但他渴望把户口迁到北京来。他跟王文静结婚了。王文静是北京人，心想用解决夫妻两地分居办法把户口迁进北京应该不算难事。他把想法跟王文静说后，王文静心想试试看吧。她去找周芹商量这件事。

周芹虽然在公安部门工作，但和迁移户口工作无关，对迁移户口程序不是太清楚，只是了解一些。她说要想把户口迁进北京来是比较困难的。王文静说我们已经登记结婚了，应该能好办些吧？周芹说北京不同于其它大中城市，在北京结了婚，也不容易把户口迁移进来。

王文静问都需要什么手续。周芹说要准备一笔数目不小的钱。这笔钱除了交市容增值管理费外，还得用于请客送礼，打通关系。王文静说钱的事好解决。

周芹说还得有居住证明，没有居住证明也不行。王文静认为居住证明不好办，如果父母不反对好办，父母反对就不好办。她说没有居住证明不行吗？周芹说正常情况下是不行。

王文静想去找叔叔王中和帮忙，看叔叔能不能给李亲亮出具居住证明。

4

王中和看见王文静走进屋，把脸侧过去，做出不理睬的样子。王文静走到王中和身前，做出讨好的表情，轻声问，谁惹你生气了？王中和转过脸，看着王文静，用批评的语气说，你呗。王文静做出被冤枉了的表情说，我怎么惹你老人家生气了？

王中和说你眼里还有我这个叔叔吗？小李来北京你怎么不告诉我呢？王文静

解释说最近我心情不好，烦心事太多，所以没敢来见你。王中和说我是老虎吗？你不敢来见我。

王文静说是我自己没有勇气面对你。王中和不相信地说，你都有勇气和小李登记了，还能没勇气见我？你是在找借口。王文静灿然地笑着。

王中和说，听你爸说你不但不回家了，还在玩捉迷藏？王文静说我爸和我妈那么个态度，让我怎么回家？王中和质问地说，你自己没有错吗？

王文静说我的错是他们逼出来的。

王中和说他们反对你和小李在一起，也是为了你好，是在关心你。王文静说都什么年代了，还想包办婚姻，谁会接受。王中和说就算你爸和你妈做的不对，可出发点是好的。

王文静说在婚姻方面我不可能听从他们摆布的。王中和说不听归不听，但要理解他们心情，给他们适应和接受的时间。王文静说如果他们像你这样就好了。

王中和说如果不是这段时间忙，我就去找你了，还像我呢？如果像我你更受不了。王文静笑着说才不是呢。王中和说因为我见你次数少，没机会批评你，所以你才认为我好是不是？

王文静笑着否定地说，不是。王中和说不批评你的人不一定是对你好。王文静调侃地说，批评我的人就是我的贵人。

王中和说就算你爸和你妈有错，那我还有错吗？你怎么不让我见小李呢？王文静说我是想过些日子再领他来见你。王中和说你去把小李领过来，我等你们。王文静央求地说改天吧？改天我一定把他领过来。王中和反对地说，改天不行，就现在，我等着他。

王文静做个鬼脸，转身往外走。

李亲亮是和王文静一起来的。王文静进办公楼了，他在外面等着。他在街对面看王文静出来了，迎上前去。王文静说我叔叔想见你。李亲亮说见就见呗，早晚也得见面。

王文静叮嘱说，你见到我叔叔放开点，别那么拘束，尽可能发挥你的口才，争取得到我叔叔的认可。李亲亮说我嘴笨，哪有什么口才。王文静说我感觉你挺有口才的，不然第一次见到你时，就不会对你产生好感了。

李亲亮说那是咱俩有缘分，别的姑娘遇见我就没有你这种感觉，我对别的姑娘也没那么多话说。王文静说如果所有姑娘见到你都有感觉，那你成什么人了？皇帝也不可能让所有姑娘见面就喜欢。李亲亮说我还真不想当皇帝。

王文静说你也当不上。李亲亮说古往今来，皇帝有几个长寿的？多数是短命。王文静说皇帝短命和女人有关系吗？

李亲亮说当然有了。王文静说别说没用的了，见到我叔叔你要好好表现。李亲亮问你爸和你叔谁好沟通？

王文静说虽然他们俩性格差不多，如果比较起来，可能你和我叔叔能聊得更融洽些。我叔叔在北大荒插过队，了解北大荒的生活，还和刘松副县长在一起工作过，聊起来话题能多些。

李亲亮说你叔叔如果不返城回北京，也可能当县长了。王文静说在北大荒当县长也不如我叔叔现在工作好。李亲亮说你不是说你叔叔是一家国营公司总经理吗？

王文静说你可别小瞧公司，他们公司大着呢，产值比松江县还多呢。李亲亮说那你怎么不到你叔叔公司工作呢？王文静说他们公司和我学的专业不对口，再说我也不愿意让他整天看着我。

李亲亮说如果你叔叔让我去他们公司工作呢？王文静说他们公司是国营的，要求有正式工作关系的，你进不去。李亲亮说能进去我也不去，那样别人会说我是走后门，没工作能力。

王中和看见李亲亮和王文静这么快来了，猜测到他们是一起来的了，李亲亮在办公楼外面，责备地说，文静，你真行，小李已经来到办公楼外面了，你也不让他进来见我。我这个叔叔当的不合格呀，还是能给你丢脸面呢？王文静说，叔，你别冤枉人了，不是我不让见，是亲亮没胆量见你。王中和转过脸微笑着说，小李，我不相信文静说的话，你能放弃在北大荒机关正式工作来北京寻求发展，还能没有勇气见我吗？

李亲亮笑着没说话。

王中和对李亲亮说，我虽然没去过松江县，但我插队的地方离那不远，同归峰源市管辖。李亲亮说您是和刘松副县长在一起插的队吧？王中和说我们俩在一起工作了好几年，后来我返城回北京了，他调到松江去了。

李亲亮说文静回北京时，我们俩一起去刘松副县长那了。王中和问刘松还好吧？李亲亮说他工作方面挺有业绩的，口碑也不错，我来北京时，准备调他去西江县当县长了。

王中和回忆似地说起了在北大荒插队那段生活。李亲亮说北大荒生活条件比较艰苦，不能跟北京比。王中和说艰苦的环境中才能锻炼人呢。

王文静说要么你怎么会让我去北大荒工作呢？王中和说让你去北大荒工作你生气了？还是后悔了？王文静说没后悔，也没生气。

王中和说你妈可是生气了。王文静说我妈是妈，她一时想不开，想开就好了。王中和说你妈是因为你和小李的事生气。

王文静说如果我不去北大荒工作，就不会在松江和亲亮再次相遇……我和亲亮感谢你，我们两个人感谢，完全能抵销我妈一个人的不满。

王中和看了一眼时间，快要下班了，给蔡梦云打了电话，让蔡梦云过来一起去吃饭。蔡梦云说有点事情，不过来了。王中和说文静和她对象在这边呢，如果事情不着急，你还是过来吧。蔡梦云听王中和这么说，知道不过来不好，也有意见李亲亮，答应说我这就过来。王中和说你直接去友情饭店吧。

王文静笑着说如果知道叔叔请我到大饭店吃饭，我早就来了。王中和说不是请你，今天请的是小李，你只是陪客的。王文静对李亲亮说你太有面子了，叔叔还没这么隆重请过我呢。

王中和拿起手机拨通了饭店订餐电话。

王文静伸手拿起王中和的手机看着，羡慕地说，这款手机真漂亮。王中和说你喜欢吗？王文静说我现在买不起。

王中和说送给你了。王文静小心地把手机放到办公桌上，缓慢地说，我可不敢要，这部手机值不少钱呢。王中和取出手机卡，把手机递给王文静说，自己买张手机卡，拿去用吧。

王文静接过手机，做出调皮的样子说，你真是我的亲叔叔，太感动了。王中和笑着说送你手机就是亲叔了，不送你手机就不是亲的了？王文静说不是亲的谁能把这么贵重的手机送给我。

李亲亮说我们县长还在用传呼机呢，叔叔送你手机真是大礼了。王文静说在我们公司里只有几位主要领导用手机，其他人都是用传呼机。李亲亮说你真要呀？

王文静说叔叔送我的，我能不要吗？李亲亮说你要了，叔叔用什么？王文静对王中和说，叔，你这么大的领导，没手机不方便。

王中和笑着说多大的领导？王文静说级别是不大，可管的事不少。王中和说你我都管不住呢，还能管住别人吗？

王文静说叔叔，以后有事我就向你请示。王中和说你能做到吗？王文静说能。

王中和问你是为了这部手机才妥协的吗？王文静说我不妥协叔叔也能给我。王中和说现在科技发展快，手机每天都在降价，一天一个价钱，功能在不断提高，我再买一部。

王文静说手机你留着用吧，我用传呼机就行。王中和说传呼机你也没有呀。王文静说我刚回北京，暂时不需要，如果需要就买了。

王中和说传呼机面临淘汰了，用着不方便，不能买。王文静说传呼机是不方便。王中和说这是男款式手机，女人用不好看，给小李用吧，改天我买部女款式手机送给你。

王文静说这部手机给亲亮用，过些天我自己买部新的。李亲亮说我刚来北京，熟悉人少，联系的事情不多，用不上手机。王文静说你拿着手机，找你好找，要么你总和林玉玲在一起。

李亲亮看了一眼王文静，认为此时不应该说这种玩笑话。

王文静意识到了开这种玩笑容易引起王中和的误会。

王中和问林玉玲是谁？王文静急忙解释说是亲亮的同学。王中和说听起来好像是位女同学。

王文静说是男的，只是起了女人的名字。王中和说许多父母别出心裁，给孩子起名时都有这种习惯。王文静说家长喜欢女孩的，家中又没女孩的，就会把男孩起成女孩名；家长喜欢男孩，家中又没男孩的，就会把女孩起成男孩名字。

李亲亮没想到王文静能这么解释，听着想笑。

王中和站起身说咱们去吃饭吧。

友情饭店是一家高档饭店。在王中和办公楼对面，穿过大街没多远就到了。

蔡梦云来到饭店时菜已经上来了。她对王文静说，你这孩子，也太不听话了，不回家，可把你妈急坏了，还弄得你爸和你妈直吵架。

王文静说我不敢面对他们。

蔡梦云说那你还不敢面对我和你叔吗？你不也在躲着我和你叔吗。王文静说这不来了吗？蔡梦云问，找你叔有事吗？王文静本来想说有事，急忙改口说没事，就是想你们了。

蔡梦云夸奖地说文静挺有眼力的，小李人不错。王文静说你们别夸他了。蔡梦云说小李是从事摄影工作吗？王文静说他原来在县委宣传部工作，最近在中华摄影学院学习呢。蔡梦云说摄影工作随意，比较舒心。

王文静说如果想找一份好一点的工作也不容易。王中和说要么先到我们公司干临时工？我们公司临时工待遇也很好。王文静说只能干临时工吗？

王中和说现在国家招工政策虽然放开了，企业招工可以自主，但还没落实到位，只能先干临时工。李亲亮说我想找一份与摄影专业有关的工作，不然，这么多年的努力就荒废了。王中和赞成地说，你想得对，应该从事自己喜欢的工作。可我们公司与摄影毫不相干。

李亲亮说徐教授在帮助我推荐呢。

王文静说，叔、婶，你们得去开导我爸我妈，已经是九十年代了，在婚姻上怎么还能讲究门当户对呢。

蔡梦云说你爸不怎么反对，主要是卡在你妈这边了，如果你妈能想开就好了。王文静求援地说，婶子，你去劝一劝我妈，别让她那么固执。蔡梦云看了一眼王中和说，也只能我去劝你妈了，你妈对你叔怨气大着呢。

5

夜深了，路灯释放着淡黄色的光亮，没有风，只有空气在流动。街上行人很少。王文静和李亲亮边走边说着情话。刚才和叔叔婶子的聊天是愉快的，是近日来少有的开心事，如同阴云过去，天空出现了蓝天与彩虹。王文静相信婶子出面劝母亲，母亲会改变态度的。当然这需要时间，母亲改变态度是要有过程的。如果开始就让婶子出面，也未必行得通。经过这些日子与母亲的争论，磨合，母亲思想上有松动迹象了。此时婶子劝说母亲，如同往火堆里多放些干柴，火会更旺盛，能加速烧开母亲这盆冷水。

李亲亮说你叔叔和婶子生活条件那么好，为什么没有自己的孩子呢？王文静说我婶子流过一次产后，再没有怀过孕。李亲亮说没有孩子省心。王文静说你在养孩子这方面是怎么看的？李亲亮说如果生活条件好，养孩子是应该的，如果生活条件不好，就不能养。

王文静说你指的条件好是什么标准？李亲亮说别人家有的自己家要有。王文静说这不很简单吗？李亲亮说看上去简单，有时也不容易达到。王文静说你是小时候受到的伤害太多了，才产生这种心理障碍。

李亲亮向四周看了看，感触地说，你看北京这么繁华，高楼大厦，车流如梭，多好，可我现在一无所有，如果想达到普通北京人的生活水准，是不是还有很远的距离？王文静说那也不一定，我家人接受你后，他们会帮助咱们的。李亲亮说人活着不能指望别人帮助，不能依靠别人生活，如果那样就失去了意义。

王文静说有人帮助总比没人帮助要好得多。李亲亮说那当然了，但不能依赖别人。王文静说你准备什么时候要孩子？

李亲亮说生活得好一些才能要，不然就不要。王文静说我不同意你这种观点。李亲亮说反正我受过的苦不想让孩子再去受。

王文静说咱们的孩子不会受苦的。李亲亮说为什么？王文静说我们家人不会看着咱们受苦不管的。李亲亮说还是不要指望别人最好，应该自己去努力创造。王文静说自己努力是一方面，别人帮助也是不可缺少的。

李亲亮说如果生活达不到一定高度，我绝对不会要孩子的。

6

李亲亮正在上课，手机发生了震动，有电话进来，电话是周芹打来的。下课后他给周芹回了电话。周芹急切地说文静生病了，正在前门医院接受检查呢。他一听就懵了。他认为王文静身体很好，怎么会生病了呢？但他没时间考虑，放下电话，请了假，跑到学院门外拦了一辆出租车。

这是他来北京后自己第一次乘出租车。司机听他说去医院看病人，开的车速比较快。他来到前门医院时周芹正在医院门口徘徊。付车费时，他才知道身上的钱不够。

周芹帮李亲亮付了出租车费。

李亲亮问王文静在哪，周芹说在里面做检查呢。李亲亮问是什么病。周芹说还不清楚，要等检查结果出来才知道。

周芹讲述着王文静生病过程。她和王文静准备去看望一位中学时的老师，在路上王文静突然晕倒了。

李亲亮皱着眉头。

周芹对李亲亮说得准备些钱，如果住院治疗是需要交押金的。李亲亮着急地说我去想办法。可他能有什么办法呢？他不能朝周芹借钱了。他进中华摄影学院学习时借周芹的钱还没还呢，怎么能再借呢？他也不想找王中和借钱。他不想遇事就打扰王文静的亲人，那样显得他太没男人气，尽可能不麻烦王文静的亲人。

他出了医院，来到大街上，看着街上来来往往的行人为难了。面对陌生人群，他能找谁帮忙呢？只能找林玉玲了。已经过了下班时间，林玉玲不可能在单位。他不知道林玉玲住的地方，还好，在钱包里夹着一张写有林玉玲手机号码的纸条。这是林玉玲写给他的联系方式，他把这张纸条带在身上，如同护身符似的，生怕遇到意外事件无人求助。他拨通了林玉玲的手机。

林玉玲静静地听着，然后安慰李亲亮说，你别急，我会尽快赶到医院的。李亲亮叮嘱说路上注意安全。林玉玲说知道了。

李亲亮认为应该多准备些钱，拨通了刘海龙家的电话，让刘海龙转告李天震汇些钱来。前不久刘海龙在来信中告诉他松江县电信局安装了大型程控交换机，电话全国联网了，可以全国直接拨打与接听。他是第一次往松江县打电话。因为长途电话费贵，事情急，他省略了客套，直奔主题地说，刘老师，你找我爸，让他给我寄一笔钱来，说我是借他的，急着用，过些时候还他。

刘海龙说你爸能有钱吗？

李亲亮判断李天震手里最少应该有一万多元钱。这笔钱原来是准备给他结婚用的。他不明白当他来北京需要用这笔钱的时候，李天震为什么不给他。他说应该有钱，你说我是借他的，保证还他。

刘海龙不相信李天震有钱却不给李亲亮用。李亲亮是李天震的儿子，哪有父亲看儿子有困难不帮忙的。他说今天时间来不及了，明天我给你回电话。

李亲亮说你就说我生病了，急着用钱，将来一分不少还他！

刘海龙答应说，行。

林玉玲从出租车上下来，匆匆走向李亲亮问需要多少钱。李亲亮估算地说，如果住院肯定少不了，如果不住院能少些。林玉玲问，文静呢？李亲亮说在里面做检查呢。林玉玲问人没事吧？李亲亮说没事。林玉玲问你是在等我吗？

李亲亮说我刚才给家里打电话了，让家里给我寄钱来。林玉玲说让你爸给你寄钱了？李亲亮无奈地说只能找他了。

林玉玲说你别麻烦你爸了，他也不容易，还是咱们自己解决吧。李亲亮虽然跟林玉玲是同学，关系近，毕竟这么多年没联系了，彼此之间生活都发生了变化，客气地说，不好意思总麻烦你。林玉玲说你跟我客气什么。

李亲亮怕林玉玲不放心，保证性地说，我爸把钱寄来就还你。林玉玲说我觉得你不应该麻烦你爸。李亲亮说我是借他的，将来还他。

林玉玲拿出钱，还有一张银行卡，递给李亲亮说，如果不够你给我打电话，我就不进去了。李亲亮问为什么？林玉玲说尽可能不影响文静的情绪。

李亲亮觉得林玉玲考虑的有道理，没多说什么，目送林玉玲离开。

医生让王文静做了全面检查，检查结果出来了。王文静是临时性头晕，血糖低，还被检查出了肾炎。她肾炎比较严重，医生建议住院治疗。

李亲亮怕王文静有思想负担，把周芹叫到旁边，叮嘱周芹说如果文静问住院钱是哪来的，就说是你付的。周芹不明白地问为什么要这么说？李亲亮说我们俩现在钱不多，文静又不想在这时让她家人知道，只有你的帮助她才不会有思想压力。

周芹点头说我明白。周芹陪着王文静，李亲亮去办理住院手续。王文静说亲亮没有钱怎么办理住院手续？周芹说我的钱，让他跑腿。

王文静说亲亮学费钱还没还你呢，你不怕我还不上你吗？周芹说如果这么想就不是好朋友了。王文静说找机会我也为你做点事。

周芹说我可不想住院。

7

李亲亮在期待着刘海龙的电话。这个电话是他的希望。但他不能确定这个希望是否会到来。他太清楚家中事情了，有些事总会在意料之外发生。他相信刘海龙会及时与父亲联系。可父亲会怎么决定就不知道了。他在煎熬中看着时间，焦急期待着。

刘海龙在接到李亲亮的电话后，觉得事情急迫，为了能准确传送李亲亮的意思，骑着自行车去洼谷镇找李天震了。

李天震得知李亲亮急需用钱，一筹莫展，沉默了好一会，才缓缓把家中发生的事情一五一十的讲述给刘海龙。

第二天早晨刘海龙刚到办公室，正准备给李亲亮去电话，李亲亮就把电话打过来了。刘海龙解释说松江县电话虽然全国联网了，但是他家电话是机关给副科级以上干部统一安装的，因为话费公家报销，公家对电话使用有限制，只能接听长途电话，不能拨通长途，办公室的电话才可以打长途。李亲亮说没关系的。

刘海龙把李天震说的话一五一十转告给了李亲亮。

李亲亮从刘海龙那得到的不是希望，而是失望。他听到的是如同晴天霹雳的坏消息，头要炸开了，要把他推向了绝境。他听着就想发火，预感到父亲做错了大事。他在离开家时嘱咐父亲不能和李亲实在一起生活，父亲当时答应了。现在父亲不但把所有积蓄全给了李亲实，还把房子卖掉帮李亲实买卡车。

他心想父亲口口声声说对他比对李亲实好，可李亲实用钱时父亲给。他用钱时父亲不给。这叫好吗？这也叫关心吗？如果用这种方式关心他，他不愿意接受。

他责备地说我爸混头了，怎么能把房子卖了呢？他怎么能帮李亲实买卡车呢？

刘海龙说你哥也是他儿子吗，能不帮吗？李亲亮说帮谁也不能帮李亲实，他简直不是人。刘海龙说你们兄弟俩现在有矛盾，将来矛盾化解了，你就不这么想了。

李亲亮不相信他与李亲实之间的矛盾还能化解。李亲实太让他失望了。每当他走到生活的河边时，李亲实不但不能拉他一把，实施救助，反而会把他往河里猛推。

刘海龙说在松江现在搞运输是非常赚钱的，你哥有了钱或许会帮你。李亲亮说别人能赚钱，他不行。刘海龙笑着说，你对你哥也太没信心了？

李亲亮坚信自己的判断，接着说他根本不是开车的料。刘海龙说你哥社交灵活，交际圈大，县委机关里的人全认识他，听说他活挺多的。李亲亮说活多也不行，他不出事才怪呢。

刘海龙说不会吧？

李亲亮说李亲实性格不行，开车需要稳重，他太急躁，有我爸后悔的时候。刘海龙笑着说你别用悲观的眼光看你哥。李亲亮无论如何也接受不了父亲这么做。他不是因为父亲没寄钱给他生气，而是在担心父亲今后生活会居无定所。

8

林玉玲在前门医院门口转弯处遇见了宫瑞恩和沈萌萌。近日沈萌萌感觉身体不舒服，有呕吐现象，推测是怀孕了。他们还没有公开恋爱关系，如果让同事知道了怕影响不好。宫瑞恩陪她到前门医院来检查。前门医院离他们工作的医院距离比较远，心想不会遇见熟悉人，可没想到会遇见林玉玲。林玉玲故作镇静地问你们来这里有事吗？宫瑞恩神情有点慌乱地说我们来看一位朋友。林玉玲说我也是来看朋友的。

宫瑞恩说我没听你说有朋友在这里工作呀？林玉玲说不是工作，是生病住院了。宫瑞恩问需要我帮忙吗？

林玉玲说不用。

沈萌萌插话说真巧了，没想到能在这儿见到你。林玉玲说是挺巧的。沈萌萌说我怀孕了，来这儿找朋友做检查的。

林玉玲虽然能接受宫瑞恩和沈萌萌的恋爱关系，但听到沈萌萌说这句话，心里还是翻江倒海般的难受。她明白沈萌萌话中的用意，也了解沈萌萌的想法，淡然地说，恭喜你将要做母亲了。

沈萌萌其貌不扬，学识一般，从护士学校毕业后，被分到医院工作，在工作方面没有进取心，随遇而安，想找个男人嫁了。她先后处了几个男朋友，因为这样或者那样问题分手了，无果而终，在爱情方面失去了自信。她和宫瑞恩产生了感情。她知道宫瑞恩结婚了。但她觉得找个已婚男人更适合自己。她和林玉玲见过几次面，宫瑞恩没有隐瞒她，对她说的是实情。她有点示威性地对林玉玲说，女人早晚都得生孩子，早生比晚生要好。

林玉玲从心里是瞧不起沈萌萌的，不想多说什么。沈萌萌说当然有事业心的女人不一定会这么想。林玉玲说你想得也许是正确的。

沈萌萌说瑞恩的房子你还住着呢，这孩子看来得生在我娘家了，要么就得生在瑞恩爸妈家，反正我是不想把孩子生在租住的房子里。

宫瑞恩没想到沈萌萌能这么说，这些话太伤林玉玲的感情了，有些过分了。他看着沈萌萌想制止，却又没法说，显得无奈。沈萌萌了解宫瑞恩的想法，明知故问地说，你这么看着我干什么？宫瑞恩说你不是说去商场买东西吗？咱们走吧？

沈萌萌说买东西着什么急，好不容易见到玉玲了，想和她多说一会话。

林玉玲对宫瑞恩说，明天咱们去民政局把手续办了吧。宫瑞恩说你如果没时间，改天也行。林玉玲说就明天吧。她说完快步走了。

她回到住处，收拾了一下自己用的物品，把物品装在旅行箱中，锁上房门，下了楼。她乘出租车去学校了。她在宫瑞恩搬出去住后，有意搬进学校的集体宿舍住，找学校领导申请了集体宿舍。学校有十多名单身教师住在集体宿舍里，学校给她安排了房间。

她和另外一名教英语的教师住在同一房间里。那名女教师的男朋友去美国留学了。女教师在一个月前去美国探亲了。她在房间里待了一会，想去母亲家。她刚上了公交车，母亲的电话就打过来了。母亲说你姨和你姨夫来了，你如果有时间也回来吧。她说正往家走呢。

　　林玉玲进屋说姨夫、姨，你们怎么有时间来了？她姨说你妈最近身体不舒服，这些天就想来看她了。林玉玲说我妈就那样，一惊一乍的，是老毛病了。

　　林玉玲的母亲说如果你姨和你姨夫今天不来，你是不是还不回来？林玉玲说我上车往回走呢，你才告诉我他们来了。林玉玲的母亲说我不相信。

　　林玉玲说电话里你没听见车上的嘈杂声吗？她母亲说只说了两句话，时间短，我还真就没听见。林玉玲说你不相信我就没办法了。

　　她姨问听你妈说你好长时间没回来了？林玉玲说最近有点忙，回来的次数是少了点。她姨问你和瑞恩的事怎么办了？

　　林玉玲说明天我和他去办离婚手续。她母亲说瑞恩人也不错，能不离最好别离。林玉玲说只能离婚了。

　　她姨说如果瑞恩对你还有感情，只是有外遇了，你也别计较，不影响生活就行。林玉玲说我可没有那么大度。她姨说离了婚怎么办呢？

　　林玉玲说一个人生活也很好的，不是还有一辈子不结婚的人吗。她姨说那些独身主义者思想不正常，正常人哪有一辈子不结婚的，如果不结婚还分男人和女人干什么。林玉玲说结婚得有适合的人才行，盲目结婚也是一种痛苦。

　　林玉玲的母亲说玉玲在婚姻上不如玉琴省心，如果能像玉琴那么省心就好了。林玉玲说，妈，不是我不让你省心，是你对我有期望太高了。林玉玲的母亲说我总觉得你比你姐强，你姐没让我操心，你却让我操心。

　　林玉玲说我婚姻的事以后你就别去想了，我不是小孩子，会处理好的。林玉玲的母亲说我是你妈，你离婚了，我能不去想吗？林玉玲说你想也没用，你能解决得了吗？

　　她姨说婚姻这种事有时别人看着急，还真是束手无策，帮不上忙。林玉玲说我妈总想指挥我，这种感情上的问题别人越指挥，就越不知怎么办了。她姨说离就离了吧，如果两个人真无法在一起生活了，还不如离婚了，等下一次机会。

　　林玉玲的母亲说离婚后你搬回来住吧。林玉玲说我搬到学校住。林玉玲的母亲说家里有地方，又不是没地方。

　　林玉玲说住在学校不用挤公交车，每天能节省不少时间。林玉玲的母亲说住在学校也不是长久办法。林玉玲说别人能住，我怎么就不能住呢？

徐教授看林玉玲不想说下去，有意改变话题，插言说，李亲亮的工作我帮着联系了，《九州日报》摄影部招聘一名摄影记者，我同学在那当副总编，如果他想去，可以去试一试。林玉玲说我替亲亮谢谢你。徐教授说试用期半年，过了试用期报社会和他签订用工合同的。

林玉玲说只要能进去，就能过试用期。徐教授说你对李亲亮这么有信心？林玉玲说亲亮做事认真，也努力，不会丢你面子的。

林玉玲的母亲回忆地说，李亲亮这个名字听起来怎么耳熟呢？徐教授说你应该认识他吧？他是玉玲中学时的同学。林玉玲的母亲说是不是洼谷镇李瘸子的小儿子？

林玉玲生气地说，妈，你怎么能这么说话呢？她母亲求证似地问，是李天震的小儿子吧？林玉玲知道母亲瞧不起李亲亮家。她对母亲这个观点是不满意的。她说，妈，你不是说李亲亮没出息吗？他现在也来北京了。

林玉玲的母亲说他来北京打工吗？如果是打工，你少接触他，他哥人品一点也不好。林玉玲说他哥是他哥，他是他，他哥替代不了他。林玉玲的母亲说家风非常重要，兄弟之间是会相互影响的。

林玉玲反对母亲的观点，辩驳地说，那你可说错了，亲亮和他哥一点都不一样，兄弟俩如同不是一个父母生的。林玉玲的母亲说这我可不信。林玉玲问那你说我跟我姐一样吗？

林玉玲的母亲说虽然你跟你姐处事上有区别，但区别不大。林玉玲反驳地说我姐外向性格，我有点偏内向性格，我们俩根本不一样。林玉玲的母亲说可你们人品没问题。

林玉玲说亲亮的品德更没有问题。林玉玲的母亲说那可不一定，你都那么多年没见到他了，人是会变的。林玉玲说亲亮在我姨夫他们学院学习呢。你不信我的话，可以问我姨夫。

林玉玲的母亲说他年龄好像比你还大呢，怎么会还上学呢？徐教授说是旁听生。林玉玲的母亲说旁听生学完了不还得回松江吗？

林玉玲说亲亮不会回松江了，我姨夫刚才不是说帮助他联工作了吗。她母亲反对地说你怎么能让你姨夫给他推荐工作呢？林玉玲说亲亮是我姨夫的学生，我姨夫欣赏他，帮助他推荐工作有什么不对吗？

林玉玲的母亲说最好少管这种闲事。林玉玲说妈，你这么想是不对的。林玉玲的母亲说帮也得帮那些有发展的人。

徐教授看林玉玲母女两个人为李亲亮的事辩论不止，公正地说小李挺上进的，人品也不错。林玉玲的母亲说他和玉玲是小学时的同学，从小就没有母亲，父亲腿脚还不好，家境差了些。徐教授说家境差才能锻炼人呢。

林玉玲的母亲问，你是不是喜欢上李亲亮了？林玉玲说怎么可能呢？她的母亲说你们两个上学时关系就不错，你还把家中的照相机送给他了呢？

林玉玲说我送照相机给他就对他好了？她母亲说你不对他好你能送照相机给他吗？当时你年龄小，我没有直接批评你。林玉玲感受到在感情上自己受母亲影响太大，要么真会爱上李亲亮。母亲说的没错，那时她对李亲亮确实存有这种感情，岁月已过，现在提起来已经没有意义了。她带有情绪地说，在你面前我哪敢有这种想法。

林玉玲的母亲说那天你没回家吃饺子，是不是和李亲亮在一起了？林玉玲装糊涂地说哪一天？林玉玲的母亲说你心里清楚。

林玉玲说我想不起来了。

徐教授说我感觉玉玲和李亲亮的关系也不同一般同学关系。林玉玲的母亲说，他们两个上小学时学习都非常好，只是读中学时李亲亮学习成绩下降了，没跟上，我们又搬家去了峰源，两个人才断了联系。徐教授说爱情有时是说不清楚的。

林玉玲对徐教授说，姨夫，你也受到我妈传染了。徐教授说每个人都有初恋，没什么不好意思的。林玉玲说我没有初恋，只有一次婚姻，还是失败的。

林玉玲的母亲说你离婚跟李亲亮有关系吗？林玉玲说我离婚怎么会和亲亮有关系呢？林玉玲的母亲说没有关系就好。

徐教授说如果玉玲能跟小李在一起生活也不错。林玉玲的母亲说那可不行，这家人我是太了解了。徐教授问你是什么时间见到小李的。

林玉玲的母亲说快有二十年没见了吧？徐教授说已经过去那么多年了，从前跟现在肯定不一样，那时还没有改革开放呢。林玉玲的母亲说这孩子小时候学习还是不错的，只是受到家庭的影响了，有点可惜。

林玉玲说你们就别瞎猜测了，亲亮的女朋友比我好得多，我根本配不上他，这是不可能的。徐教授回想地说，就是那次去学院找小李那个姑娘吗？林玉玲说，姨夫，人长得不错吧？

徐教授说是不错。林玉玲说我妈是戴着有色眼镜看人，所以总是看走眼。徐教授笑着说，你妈应该了解你的感情。

林玉玲说我和亲亮只是同学关系，可能要比普通同学感情深点。她母亲说李亲亮既然结婚了，你在感情上要把握好分寸，保持点距离，不能影响他的家庭生活。林玉玲说，妈，你把我想成什么人了？

林玉玲的母亲说你不能像宫瑞恩和沈萌萌那样。林玉玲说我怎么会像他们呢？不可能的。林玉玲的母亲说你和李亲亮的感情我多少了解一些，如果把握不好，就有可能发展成那样。

9

宫瑞恩和林玉玲感情出现了问题，无法接纳对方，虽然不做夫妻了，但他找不出林玉玲的过错。并且是他有了外遇，面对林玉玲有些愧疚。他责备地对沈萌萌说，你说这些干什么？沈萌萌说我说的有错吗？宫瑞恩说没错也不应该那么说。

沈萌萌说如果你不跟林玉玲把离婚手续办了，咱们的事怎么和同事说，怎么面对你爸你妈，还有我爸我妈？宫瑞恩说最近不是没有时间办吗，又不是不办。沈萌萌纠正性地说，不是没时间，是没心情，你不忍心让她搬出去住吧？

宫瑞恩说刚才玉玲不是说过了吗，明天就去办离婚手续吗。沈萌萌说刚才我用话逼她表的态。宫瑞恩说明天我和玉玲办完离婚手续，就领你去见我爸妈。

沈萌萌说早就应该去了，不然孩子出生了，你爸妈不认我就麻烦了。宫瑞恩说我爸妈知道咱们俩的事，已经接受你了。沈萌萌说怕我爸妈不接受你。

宫瑞恩问为什么？沈萌萌说因为你是离过婚的二手男人。宫瑞恩说如果这样就不去见你爸妈了。沈萌说你不去见是什么意思？宫瑞恩说让你爸妈给你找一手男人吗？

沈萌萌说这辈子是不行了，我肚子里的孩子不能没有亲爹。宫瑞恩说这事还真不能耽误了，咱们得尽快把事情公开了，你肚子一天一天大了，不然在单位里影响不好。沈萌萌说你这么想就对了，刚才我对林玉玲说那些话你还不高兴呢？

宫瑞恩说玉玲不是你想的那种人，如果我说办手续，她随时都会办的。沈萌萌笑着说你那么了解她呀？那你咋不和她过了呢？既然那么好，你们继续在一起生活呗。宫瑞恩说这是两回事。

宫瑞恩还没吃早饭呢，林玉玲就打来了电话，让他早点去办离婚手续。他心想林玉玲办离婚手续比办结婚手续着急多了，看来他和林玉玲的婚姻开始就是错误的。他急匆匆赶了过去。

林玉玲把手中的房屋钥匙递给宫瑞恩，宫瑞恩说你先住着吧，等找到房子住再给我。林玉玲说我有地方住。

宫瑞恩问搬回你妈家住了？林玉玲说我搬到学校住了。宫瑞恩说住在学校上班方便些。

林玉玲办完离婚手续，如同卸下了一个包袱，觉得轻松了许多。这些天来她一直在纠结中。因为这是段情感生活，有着想放却放不下的情结。如果不是得知沈萌萌怀孕了，她也许还下不了决心。当下了决心，才知道这是最好的决定。

10

李亲亮正给王文静洗袜子呢，手机响了，急忙把手上的肥皂泡沫往裤子上擦了擦，掏出手机，看是林玉玲打来的，摁了拒接键。王文静问谁的电话，你怎么不接呢？李亲亮说我还没来得及接就挂断了，可能是打错了吧。王文静看着李亲亮的表情，不相信对方是打错电话了。李亲亮把袜子晾上，走出病房，拨通了林玉玲的手机。

林玉玲问你为什么没接电话呢？李亲亮说在卫生间呢，不方便接。林玉玲说我到医院门口了，你出来一下。

李亲亮说你进来吧。林玉玲说我还有事，得马上走，你出来吧。李亲亮快步朝医院门口走去。林玉玲拎着些水果在等他。他问你怎么来了？

林玉玲说来看你，怕你承受不了打击。李亲亮说我的经历你了解，怎么会呢。

林玉玲说我想这点事对你来说也不算什么。

李亲亮问你没去上班吗？林玉玲说我请了一天假。李亲亮说这里用不上你，如果需要你帮忙，我会找你的。

林玉玲说不是为了你的事，是我自己有事。李亲亮问需要我帮忙吗？林玉玲说我去办理离婚手续了，你能帮上什么忙？

李亲亮问今后有什么打算？林玉玲说一个人生活挺好的。李亲亮说一个人生活会觉得少了点什么。

林玉玲说两个不相爱的人在一起生活，不但不开心，还如同被枷锁固定住了。李亲亮问你住在哪里？林玉玲说搬进学校集体宿舍了。

李亲亮说住宿舍生活不方便。林玉玲叹息地说上大学时住宿舍，工作了还住宿舍，这辈子竟是住宿舍了。李亲亮说你爸妈知道你离婚吗？

林玉玲说知道。李亲亮说他们是什么意见？林玉玲说离婚是个人的事，别人意见不重要。

李亲亮问你怎么不搬回你妈家住呢？林玉玲说结过婚了，再搬回去住总感觉不是那么回事。李亲亮说人的感情与生活经历有关。

林玉玲说告诉你一个好消息，我姨夫把你推荐到九州日报社去了。李亲亮说《九州日报》是大报社，我能行吗？林玉玲说凭你的摄影水平，到报社摄影部当一名摄影记者应该没有问题。

李亲亮说我可没有那么乐观。林玉玲说我姨夫的同学在《九州日报》当副总编，应该没有问题。李亲亮说我是怕丢了你姨夫的脸面。

林玉玲说你跟我就别谦虚了，过分谦虚就是骄傲。

李亲亮不好意思地说，借你的钱可能暂时还不上了，得过些时候。林玉玲说你什么时间有就什么时间给我，如果没有就不用给了。李亲亮说肯定要还的。

林玉玲说我不进去看文静了，免得让她产生误会。李亲亮说不会的。林玉玲说就算不发生误会，她看见我心里也不舒服。

李亲亮说不会的。林玉玲说我是女人，女人的心思我比你了解。李亲亮说等文静病好了，我请你吃饭。

林玉玲说你请我，文静不请我吗？

李亲亮说我们俩一起请你。

林玉玲把手中的水果递给李亲亮说，不要说是我买的，就说是你买的。李亲亮说早晨我刚买了水果，怎么还能买呢？文静不会相信的。林玉玲说那你说是其他朋友送来的，不要说我来找过你，医药费的事也别提，如果提起来，也不要说是我付得钱。

李亲亮问为什么呢？林玉玲说因为在这时候文静不希望是我帮助你，别人会更好。李亲亮说你暂时先做一段时间幕后英雄吧，会走上前台的。

林玉玲说我不想做什么英雄，能为你做事就开心。李亲亮说你一直在帮我，而我从来没有帮助过你。林玉玲说咱们人生的路还长着呢，有机会你再帮我。她说完转身离开了。

王文静看李亲亮拎着水果回来了说，你早晨买的还没吃呢，怎么又去买呢？李亲亮说是周芹买的。王文静问周芹呢？

李亲亮说她和同事开车路过这里，没下车就走了。王文静说你把手机给我，我给周芹打个电话。李亲亮说她刚走，你不用打电话了。

王文静说这些水果不是周芹买的，如果周芹来了，不可能不进来看我。李亲亮笑着说你应该去当警察，这点事也能让你猜出来。王文静问是不是林玉玲来找你了？

李亲亮说玉玲是来看你的，我让她进来，她说怕影响你休息。王文静说她不是怕影响我休息，而是怕我产生误会。李亲亮说你还真生气了？

王文静说她小看我了，我没那么小心眼。李亲亮说你是挺开明的。王文静说你做的不对，玉玲已经来了，你就应该让她进来。

李亲亮说我让她进来，她没有进。王文静问她没上班吗？李亲亮说她请了一天假。

王文静说她请假是为了来看我吗？李亲亮说不是。王文静问那她请假干什么？

李亲亮说她去办理离婚手续去了。王文静调侃地说你们两个人的感情真是不一般，她去办理离婚手续也来告诉你一声。

李亲亮说她来告诉我不是这件事，而是另外一件事。王文静问什么事？李亲亮说徐教授把我推荐到九州日报社当摄影记者去了。

王文静说这可真是大好事，我病好了，咱们得好好请一请林玉玲。

11

张红英低着头，手中的笔在病历上写着。她写好病历后，把病历递向患者，平视着对面的患者，叮嘱患者回家按时服药。患者起身离开了，又一名患者坐在了她的对面。她看蔡梦云走进来了，站起身，摘下口罩，笑着问你怎么有时间来了？

蔡梦云是很少来张红英工作单位的。她说路过这里，就进来了。张红英说文静在北京呢，没有去北大荒。蔡梦云说我看见文静了。

张红英说我猜测文静会去找你的。蔡梦云问你现在有时间吗？我跟你说点事。张红英听蔡梦云这么说，看了一眼屋中的病人，有三四个患者，马医生在给患者做检查呢。

张红英转过脸对马医生说，我出去一会。马医生戴着口罩，抬起脸朝她点下头。她透过口罩能看出马医生浅浅的笑意。她朝办公室外走去，出了门口，转向西边。蔡梦云和张红英并肩走着。她的脚步比张红英略慢一步。

她们在楼道西边的窗口前停住。

这地方是死角，除了进卫生间的人，没人经过这里，杂音小，比较安静。蔡梦云问你见过文静的对象吗？张红英说没有。蔡梦云说我见过，小伙子人不错，文静对他是真心的，让我看你就别阻拦了。张红英问是文静领过去的吗？

蔡梦云说文静去找她叔叔，我们在一起吃了饭。张红英说你们都同意了？蔡梦云说文静看好小李了，你改变不了文静的想法。

张红英这些天也在想这件事，态度有些动摇了，可还有点接受不了。她说家境差点倒是没什么，主要是学历低。

蔡梦云说小李现在不是在中华摄影学院进修吗？张红英说这种学历国家不承认，只给发结业证，不是毕业证。蔡梦云说现在国家招工政策渐渐放开了，不一定非得有正规大学毕业证才能找到好工作。

张红英说话是这么说，可我还是想给文静找正规大学毕业的对象。蔡梦云说能找到正规学历的对象当然好了，那也得看文静的态度呀，不能强扭她呀。张红英说我真不明白文静是怎么想的。

蔡梦云说文静和小李已经住在一起了，好像还办理了婚姻登记手续，到了这种程度，你这么拦着也不是办法。张红英说文静太冲动了。蔡梦云的手机响，看了一眼手机说，我还有事，先走了。

张红英回到办公室，屋中没有患者，马医生正准备下班。马医生说你妯娌可比你年轻多了。张红英说她心态好，还注重保养皮肤。马医生问她还没有孩子吗？张红英说没有。

马医生问是谁的问题？张红英说没结婚时，怀过一次孕，做完流产手术后，再没有怀过孩子。马医生说可能是伤着身体了。

张红英说做流产对身体伤害大。马医生说这也分人，有的做好几次人流还照常怀孕，有的做一次就不怀孕了。张红英说这就叫不怕一万，就怕万一。

马医生说她可以领养一个吗？张红英说两个人都不同意领养。马医生说领养的在感情上总不如自己生的亲。

张红英说不只是感情问题，就怕领养的孩子健康有问题，谁家会把健康孩子送给人？送给人的多数是健康有问题的。马医生说如果领养到了残疾孩子，真就愁人了。张红英说那可是。

马医生问他们夫妻俩感情怎么样？张英红说挺好的。马医生说你小叔子当官，不会在外面找小"三"生孩子吧？

张红英说中和对梦云，比中来对我还好呢？马医生说那是他看开了。张红英说那次流产是中和不让要的，所以不能怨梦云。

马医生说外国没有孩子的家庭多得是，人家把没孩子叫丁客家族。张红英说有孩子操心。马医生知道张红英说的是王文静，她说文静和那个北大荒小伙还谈着吗？

张红英说那小伙来北京了。马医生说那你别阻拦了，还是顺着吧，到这种程度你再阻拦，就成为仇人了。张红英叹息了一声。

下班了，马医生脱下工作服，换上衣服先走了。

张红英脱掉工作服，去了一趟卫生间。她从卫间回到办公室，周芹走进来了。她猜测周芹可能是来给王文静当说客的，礼貌地打了招呼。

周芹来找张红英之前没和王文静商量。她知道王文静不会让她来。她判断在王文静生病时是软化张红英的最佳时机，有哪位母亲看儿女生病无动于衷呢？她说王文静生病住院了，张红英不相信。

张红英说文静身体一直很好，怎么会住院呢？周芹说如果文静不住院，我就不来找你了。张红英说文静怎么不到我们医院看病呢？

周芹说文静不想让你干涉她和小李的生活。张红英问他们俩还在一起吗？周芹说这些天是小李在医院照顾文静。

张红英问文静身体怎么样了？周芹说需要治疗一段时间。张红英说咱们去看她吧。

周芹说您得保证不再干涉他们俩的事？张红英妥协地说事情已经这样了，我还能说什么呢？周芹高兴得笑了。

张红英拿起办公桌上的电话说我打个电话。周芹怕张红英说话不方便，先从屋里出来了。张红英拨通了王中来的手机。

王中来这些天经常跟张红英打嘴仗。两个人都有气，说不上三句话就会发火，顶撞起来。他气冲冲地问，又是什么事？张红英说你别跟我吼，好像我哪辈子欠你的。王中来说我还有事呢。

张红英说就你的事情多，你是不是在外面有"小秘"了？王中来说你有正经事就说，如果没有我挂断了。张红英说你马上去前门医院，我在那等你。

王中来问去前门医院干什么？张红英说文静生病住院了。王中来问文静怎么了？张红英说生病了呗。王中来问什么时间住的院？张红英说好几天了。王中来问什么病？

张红英说肾炎。王中来说都是你弄的。张红英不接受这种指责，想反驳，王中来没等她说话已经把电话挂断了。

王中来知道肾炎这种病如果治疗及时不会影响健康，如果治疗不及时，后果非常糟糕。他让司机送他去前门医院。他赶到医院时张红英和周芹已经到了。他不满意的瞪了张红英一眼。

张红英说你少瞪我。王中来说如果你不干涉他们，能出现这种事吗？张红英说照你这么说，我心脏不好是你们气得了？

周芹对王中来和张红英说她约了人，还有事，坐公交车离开了。

王中来快步走进医院。张红英说你急什么，等一等我。王中来说女儿病了，我能不急吗。张红英说那你就不管我了？

王中来说事情发展到这种地步你应该接受，别见到他们信口开河，什么话都说。

12

王文静坐在病床上，依靠着被子，和李亲亮面对面低声细语说着话。李亲亮坐在病床旁边的椅子上，身体倾斜着。王文静看门开了，父亲和母亲走进病房，神情有些紧张。她没想到父亲和母亲能来，有些吃惊，诧异，不知所措。李亲亮转过身，站起来，显得拘谨和胆怯。王文静说，爸，妈，你们怎么来了？

王中来责备地说你这孩子，生病了怎么不告诉我呢？王文静说不告诉你和我妈，是怕你们着急。王中来批评地说，你认为这么做对吗？王文静委屈得想哭，为了不让眼泪流出来，把脸转向了窗户。

张红英是第一次看见李亲亮，目光迅速而仔细的从李亲亮身上扫过，落在了王文静身上。她走到病床前关心地问，你身体没事吧？王文静转过脸说，没事。张红英说怎么会得肾炎呢？

王文静说人吃五谷杂粮生病很正常。张红英说不用担心，这种病能治好。王文静不解地问你们怎么知道我生病了呢？

张红英说周芹去找我了。王文静问周芹呢？张红英说周芹说约了人，把我送到医院就走了。

王文静防止母亲说出伤害李亲亮的话，对李亲亮说你去打点热水来。李亲亮明白王文静的意思，转身离开病房。王文静把目光转向父亲。

王中来对张红英说小李这孩子挺好的。张红英感觉眼前的李亲亮和自己心里想象的不同，没看出来李亲亮身上有农民工的形象。她说我觉得也不错。王中来说这么想就对了。

王文静没想到母亲能这么说，知道母亲接受李亲亮了，认错地说，妈，我惹你生气了。张红英说是妈做的不好。王文静听到这话多日来的委屈霎时涌上心头，眼泪刷刷的掉下来。她不想哭，但克制不住，泪水一个劲往下淌。她的情绪感染了张红英。

张红英没想到女儿对李亲亮的感情能这么深，这么真，又这么痴迷。当她心平气和地接受了这件事实时，才发现自己处理的不妥当。

王中来说你们母女这是干什么？这是在医院……

张红英说明天就转到我们医院去。王文静说我不想住院了。张红英问为什么？王文静说如果照我的意思就不住院了，可亲亮不让。张红英说你安心养病，别的事与你无关，我来处理，并且让你满意。

王中来朝门口看了看说小李怎么还没回来呢？他不会是见到我们来了，有意躲开了吧？张红英说你还不快去找小李。王中来朝病房外走去。

李亲亮坐在医院门前的台阶上看着远处，想着心事。

王中来对李亲亮说过去的事让它过去吧，在北京我们就是你的亲人。李亲亮说我怕辜负了文静对我的期望。王中来说虽然北京人才汲汲，可每个人都有自己成功的途径，只要选对了方向，坚持下去，会有收获的。

李亲亮从王中来的眼神中看到了支持的力量。王中来说咱们回病房吧，时间长了不回去文静会着急的。李亲亮心情舒畅多了。

王中来说你来北京吃了不少苦吧？李亲亮说我小时候吃的苦比这多。王中来说我听文静说起过你的童年……

李亲亮说当时生活环境就那样，无法改变。

王中来说你父亲还好吧？李亲亮沉默了。王中来说有机会让你父亲来北京，我们认识一下，好好聊一聊。李亲亮不想提起父亲，提起父亲会产生伤痛。他说过些时候再说吧。

他们回到病房时张红英正往外走，准备出来找他们。她知道李亲亮最怕见到她，想主动拉近和李亲亮的感情，对李亲亮说，小李，晚上跟你爸回家住吧，我在这儿照顾文静。

　　李亲亮从张红英的话语中知道自己被接受了，从拒绝到接受这是大的转变，心里暖暖的，情感之水翻卷起波澜，坚持地说还是我照顾文静吧。张红英说你回家休息，我好多天没跟文静在一起了，想陪她说说话。李亲亮把目光投向王文静，征求王文静的意见。

　　王文静对李亲亮说这几多天你没睡好，还耽误了上课，回家休息吧，明天好去上课，妈陪我不会有事的。

　　王中来看事情得到圆满解决，开心地对李亲亮说，咱们父子俩回家炒几个菜，好好喝几杯。

第二十六章
釜底抽薪

FU DI CHOU XIN

1

李天震送走刘海龙后去找李天兰了。李天兰看李天震一脸愁容的表情问怎么了？李天震把李亲亮要钱的事说出来。李天兰叹息了一声，想责备李天震却没说出口，缓缓地说，要么从我这儿拿点钱给亲亮汇去？李天震说不用。

李天兰说亲亮不是生病了吗？治病没钱怎么行呢？李天震判断地说亲亮对象家条件好，还能不给他治病吗？李天兰说亲亮自尊心强，可能是磨不开面子，不愿意向对象家借钱呗。

李天震说人活着该要面子时要面子，不该要面子时就不能要面子。李天兰说这是你的想法，亲亮不会这么想。李天震说人活一辈子，遇到的事情那么多，哪能全是体面事。

李天兰问亲实现在跟你怎么样？李天震说就那样了。李天兰说亲实心性太高，做事不稳妥，还没学会走呢，就想跑，能行吗？

李天震说不行还能怎么办？他谁的话都听不进去。

2

李亲实不想做个平庸人，想实现自己人生的价值和理想。他的理想就是挣大钱，成富豪，成为在松江县有社会地位的人。这几年他种地挣到了些钱，日子过的相对比较舒适，但离想达到的目标还很远。他认为用种地这种常规方式挣钱速度太慢，或许无法实现梦想。他需要快速致富，早日体验成功者的快乐和自豪。他下决心在最短时间内富裕起来。如果等到十年或者二十年后富裕起来，青春岁月已经逝去，人老珠黄，还有什么意义呢。趁着年轻，他要加快致富的脚步。他明白如果想得到更多收入，必须有大投入。大投入意味着冒更大风险，承担更多责任与压力。生活中风险与利益同在。他思量很久，确认买卡车跑运输是挣钱的好门路。

松江县没有铁路，物资运输全部是公路。松江县是种粮大县，在全国产量大县中排名前几位。春种秋收时节是使用卡车高峰期。李亲实有几个朋友买卡车跑运输多年了，效益不错。他想挤入运输行列中。

林童玉反对李亲实买卡车。她反对的理由充分，一是李亲实没有驾驶证，不懂汽车修理技术；二是家里拿不出买卡车的钱；三是没有社会关系，万一买回卡车没活干怎么办？虽然她反对，可她不当家，管不住李亲实。李亲实想做的事一定去做，根本不听林童玉劝告。

李亲实做事决不怠慢，会立刻行动。他跟在县城里开汽车的朋友跑了一段时间车后，学会了开汽车。只是会开还不行，还得有汽车驾驶证。想取得汽车驾驶证必须到驾驶学校学习，参加考试。他带上钱到佳木斯市参加了汽车驾驶学习班，顺利考取了汽车驾驶证。这时他对开汽车技术掌握得差不多了，雄心勃勃的准备买卡车了。

卡车价格高，便宜的也需要好几万。这对李亲实来说不是小数目。在松江县城里家中能有几万元存款的并不。他开始筹措买卡车钱。

他的第一个目标就瞄准李天震了。在这之前，他在路上遇见李天震如同陌生人似的不理不睬，似乎还带着怨气，愤然走过去。他跟李天震有很长时间不说话了。但他了解李天震的脾气，只要他动之以情，说之以理，就能感化李天震。

李天震虽然生李亲实的气，可希望李亲实能有出息，生活上过得好。他对汽车一窍不通，感觉太冒风险了。他心想借那么多钱，万一有闪失，还不上欠款，麻烦就大了。他不同意李亲实借钱买卡车。如果真想买卡车，要等有了一定积蓄后候再买。

李亲实心想如果等个三年五载买卡车，不是眼看着能赚到的钱都赚不到吗。

让他等下去比让他做牢还难受。他给李天震算了一笔账，计算着跑运输一年能赚多少钱，憧憬着未来。

李天震这辈子过的是穷日子，也渴望过上富裕生活。虽然他相信李亲实的实干精神，可担心李亲实会陷进去。李亲实一再向他灌输赚钱思想，描述富裕生活的美好。他被说动了，忘记了李亲亮临去北京前的叮嘱，更忘记了从前李亲实对他的不好及那些自私而背叛亲情的行为。

他同意把钱借给李亲实，但不同意卖掉房子。如果他把房子卖掉，就得跟李亲实住在一起。他不想跟李亲实住在一起。从前他跟李亲实住在一起的委屈还没消失呢。

那是李天震的一种伤痛。

李亲实认为强行让李天震卖掉房子会造成不良后果。他能从李天震手中把钱要出来已经是很大进步了。如果逼李天震卖掉房子，这件事肯定办不成，要砸锅的。卖房子的事不能操持过急，要从长计议，慢慢来。他从李天震手中拿到第一笔钱后，信心大增。他认为有了第一笔，就会有第二笔，第三笔钱。每当筹集到一笔钱时，就意味着他朝买卡车的目标挺进了一步。

他把筹借钱的目标盯在了林童玉娘家人身上。林童玉姐妹多，几个姐家日子过得虽然不算富裕，但还可以，有点积蓄。李亲实感觉这是一股不小的力量，去游说他们，争取他们的支持。

林童玉娘家人对李亲实比较信任。虽然李亲实对李亲亮和李天震不讲理、野蛮，但对林童玉娘家人还是礼节有加的。他为林童玉娘家做了不少事，关系处的融洽。林童玉娘家人心想如果李亲实买了卡车，家里拉东西不用到外面租车了，用着方便，支持李亲实买卡车。他们慷慨解囊，心甘情愿的把钱借给李亲实。

李亲实对林童玉娘家这个筹措钱的战役打得大获全胜。收获不小，可喜可贺。虽然他筹集的钱接近了买卡车的目标，但还不够。他把亲朋好友全借遍了，无处可借了，只有采取借高利贷的方法筹钱了。

林童玉不同意借高利贷。她认为利滚利，最终会把本钱赔进去。从李亲实决定买卡车开始，她还是第一次这么强烈反对。她说如果到银行贷款还行，私下找人借高利贷绝对不行。

李亲实到银行贷不出款来。因为没有人为他担保。他也没有抵押物品。他改变了想法，准备买二手卡车。

张天天家的卡车想卖。李亲实认识张天天。他在两位朋友陪着去看了车。这是一辆淡黄色东风牌挂式卡。虽然是七层新的旧车，因为车体保养的好，从外观看不像旧车。

李亲实还去看了董天友家的卡车。董天友想卖的是一辆解放牌绿色挂式卡车。这辆车只开了一年，因为资金周转不开，老婆又患半身不遂，才卖车的。他急需用钱，要价不高。他的车看上去要比张天天的车好，价钱也略低。李亲实同时和这两家谈买车的事，经过衡量，决定买张天天家的卡车。

李亲实虽然觉得张天天要价比董学友要价偏高了点，车也没董学友家的好，但买张天天的卡车办理手续方便。张天天的哥哥是张天明。张天明是松江县交通警察大队长。如果遇到点什么交通方面的事，也好找张天明帮忙。

张天天对李亲实保证地说，如果你买了我的车，过户手续，上路证件，我全可以帮你办。你把车开走，就可以干活挣钱了。

李亲实买车的钱还不够，想给张天天打欠条，先把车开回家，找活干，等有了钱再还。张天天不同意。张天天说我可以给你降三千两千的价钱，但不能打欠条。他说朋友归朋友，生意归生意，要求一手交钱，一手交车。李亲实望车兴叹，只能借高利贷了。

林童玉无法接受借高利贷这件事情。李亲实向林童玉解释，尽力说服林童玉。林童玉看自己无法阻止李亲实，就去找李天震了，希望李天震能出面阻止李亲实借高利贷。

李天震比林童玉更反对李亲实借高利贷。他是从旧社会生活过来的人，知道在旧社会穷人向地主借高利贷的结果。借高利贷容易，还高利贷难。大部分穷人都是借了高利贷还不上，利滚利，最终不但没能改变贫穷处境，还陷入欠债漩涡中。他不希望李亲实铤而走险。

李亲实已经努力到这个地步，眼看就能把卡车开回家了，怎么能前功尽弃呢。如果他不借高利贷，车就买不上，前面做的事不是全白费了吗。他一定要借高利贷，一定要买卡车。

洼谷镇这几年出现了几家有钱大户。

唐为政这些年养猪没少挣钱。属于有钱大户人家中之一。他看李亲实从监狱服刑回来办事挺讲信用的，还有魄力，对李亲实印象好，有意交往。

李亲实从监狱服刑回来听冯志辉他们说起过当年家里六头肥猪被唐为政毒死的事，虽然没有想找唐为政算旧账的意思，但也不想和唐为政交往。现在他需要唐为政的帮助，才改变了态度。

李亲实来找唐为政时唐为政家没有人，院落门关着，房门锁着。他转身刚要走时唐为政回来了。唐为政和他的女人一起去宋镇长家了。宋镇长的大儿子宋小江杀人了，被公安局抓起来了。他过去说了些安慰话，一个人先回来了。他的女人还在陪着宋镇长的女人呢。

宋小江在宋镇长退休前被调到县粮油加工厂当电工去了。名义上是电工，实际上他对电工技术一窍不通，就是跟着干活。他在跟县粮食局会计管薇丽管薇丽谈恋爱。管薇丽曾经在洼谷镇干过半年出纳员。宋小江追求她好几年，两人才明确恋爱关系。她嫌弃宋小江文化低，生活习惯不同，两个人说话你说东，他说西，总是说不到一起去，想提出分手又说不出口，经常闹情绪，朝宋小江发脾气。

这天阴冷，想下秋雨还没有下，街上行人少。宋小江休息，没回洼谷镇，再次跟管薇丽发生了争吵，心情郁闷，傍晚时分在饭店喝了点酒。他走到公共厕所旁边时，看见一个年轻女子独自走进了厕所，顿生邪念，鬼使神差般的跟了进去。年轻女子刚脱下裤子蹲下，宋小江就走到她眼前了，她还没来得及站起来，就被宋小江堵住嘴，用电工刀割断了脖子的气管，一股鲜血喷出来，如同杀鸡似的结束了一个生命。年轻女子倒在地上后，宋小江划开年轻女子的内裤，又用刀捅进阴部，在阴部里面划了几下，才扔下刀逃走了。他刚逃走，就有一位老太太走进厕所里，想撒尿。老太太看见眼前的场景被吓傻了，尿湿了裤子，跌跌撞撞跑了出去，站在街上，拦到了路人。

路人报了警。

警车不一会就赶到了，几名警察下了车，看案情重大，留下两个警察看护案发现场，联系警力增援，其余人员去抓捕罪犯。

宋小江刚跑到凤凰岭公园就被警察抓捕到了。宋小江把外衣脱掉扔进了路边的排水沟里，只穿着内衣。警察让宋小江去找外衣。宋小江的外衣上面沾满了血迹。

当晚这个案件上了松江县电视台的新闻，案发现场进入人们的眼帘，轰动不小，全县人几乎全知道了。人们毂说宋小江太残忍了，下手有点像日本鬼子对待中国妇女那么凶残。当然大家没有亲眼看见过日本鬼子是怎么强奸中国妇女的，只是从历史中了解的，看电影知道的。可宋小江确实挺残忍的，如果只是强奸了可以理解，男人有性欲，喝了酒，一时冲动做出错事不奇怪，可是故意损毁阴部，就不能理解了，更不能接受。经法医对死者尸体鉴定，宋小江并没有对年轻女子造成性伤害。宋小江的作案动机是心理变态，有仇视女人的性质。

李亲实说管薇丽已经怀孕好几个月了，肚子都大了，能把孩子生下来吗？唐为政说这怎么可能呢。李亲实说管薇丽肚子那么大，都知道她怀孕了，还能有人要么。唐为政说她工作好，家庭也不错，肯定会有人要的。李亲实说你的话有道理。

唐为政问李亲实说找我有事吗？李亲实把想借两万元钱的想法说出来了。唐为政认为是小事情，爽快地说不就是两万元钱吗，多长时间还？李亲实承诺着说一年后连本带利一起还。唐为政干脆地问什么时间用？

李亲实说越快越好。不瞒你说，只差这笔钱了，这笔钱到了，我就能把卡车开回家了。到时候你卖猪就不用找外面的车了。

唐为政说你去找个证人，再写一张借条，咱们一起去银行，我在银行把钱给你。李亲实征求唐为政的意见说两万元钱毕竟不是小数，得让你放心才行。你说找谁做证人你放心，我就去找谁。唐为政说用不上太多证人，我找一个，你找一个，两个人就行了。

李亲实认为唐为政说得合情合理，便说我找冯志辉，你看行吗？唐为政说行。李亲实说你找一个吧。唐为政说我找秦虎。

李亲实说咱们去找他们，然后一起去县城，我直接把卡车开回来。唐为政笑着说你开车的技术行吗？可别往沟里面开呀。李亲实得意地说你也太小瞧我了，我是执有驾驶证的专业司机。

唐为政说有驾驶证的司机不一定开车技术就好。李亲实说我开车技术没问题，卡车买回来就能出去干活了。唐为政说咱们洼谷镇你是第一个买卡车跑运输的。

李亲实说到时候车轮一转，财源滚滚，我离暴发户不远了。唐为政说发财好，有了钱才能做自己想做的事。李亲实说我想买卡车都快想疯了。

唐为政和李亲实先找到了秦虎。

秦虎这几年养猪挣到钱了，心情愉快。猪场只有他和唐为政两家了。随着承包责任制度的进一步深化，他们一次性买断了猪场的经营权。他不懂兽医知识，猪有病是找唐为政帮忙医治，所以尽可能同唐为政处理好关系。秦虎二话没说，骑上自行车跟着唐为政和李亲实一起去找冯志辉了。

冯志辉心想这不是担保，还不还款跟他没关系，不就是当个见证人吗，答应得更是爽快。他们四个人各自骑着自行车有点浩浩荡荡的气势去了松江县城。

张天天接过李亲实手中的钱，当面数了数，把钱放在屋里，开着卡车跟李亲实到相关部门办理了转卖手续。

从此这辆东风牌挂式卡车的主人就是李亲实了。

李亲实希望这辆卡车能给他带来财运，在做着发财的梦幻。

3

李亲实买卡车正是深秋季节，万物成熟了，一派秋收繁忙景象。秋季的北大荒运输活比任何季节都多。往粮库卖粮的，往峰源糖厂送甜菜的，还有为过冬取暖运煤的活，像是有运送不完的物资，干不完的活，挣钱门路广，机会也多。跑运输只有车不行，还得有本钱。除了运煤可以拿到现金外，其它活几乎全部是干完活后一起结算。前期车辆运输费用由车主垫付资金。如果车主没有资金垫付就干不了活。

李亲实没有垫付跑运输的钱，只能跟人合伙运输煤。那人出钱入股，李亲实负责拉煤，五五分成。两人合伙，利润减半，影响了资金周转。运输煤有风险，煤质好有人愿意买，容易脱手。煤质不好没人买，不好脱手。如果积压一车煤，一时卖不出去，会影响生意的。

松江县用的煤是从鹤岗市拉来的。鹤岗是座历史悠久的煤城。北方深秋季节里正是卖煤的高峰期，煤场上来自周边各市县拉煤的卡车特别多，排队挨号，按照顺序装煤。为了能在短暂的季节里多挣钱，拉煤的卡车卸了货就往煤场返，司机困了在排队时打个盹。

那天轮到李亲实装煤是在夜里。他连续好几天没休息了，累了，也困了。他看了看煤，煤和前几次没有区别，就进驾驶室了。当他把煤拉回松江县时傻了眼，煤中有石头，质量差透了。他推测是在自己进驾驶室时，装车的人把煤换成不好的了。他开着卡车在县城大街上转了好几圈，也没人买这车煤。车上的煤不脱手，就没法拉下一车。这是挣钱黄金时期，他不想耽误，想跟合伙人平分这车煤。合伙人不同意。合伙人怀疑他是故意贩便宜煤，独自从中获取更多利润。他一生气自己把煤留下来。然后把合伙人的资金退了回去，解除了合伙关系。

李亲实为了能有充足资金做贩煤生意，用车做抵押到银行贷了款。他拿到银行贷款时，车却出现了机械故障。

当时他开着卡车刚驶进松江县城，车自动熄火了，停了下来。虽然他会开车，但不会修车。他能找出故障，却没有专用工具修复。他找来朋友的车用钢丝绳把车拽到修理厂去修理。

汽车修理厂的师傅说二手车问题多，需要全面检修才行。李亲实问全面检修需要花多少钱。汽车修理厂的师傅琢磨了一会说，最少也得几千吧。

李亲实说需要那么多钱吗？

汽车修理厂的师傅指着车说，你看水箱已经要裂了，还有线路问题……

李亲实感觉开卡车不像开四轮农用车那么简单，有点力不从心。

汽车修理厂的师傅说，如果你同意就全面检修。

李亲实不想耽误贩卖煤的好时期，想挺过运输高峰期，积攒点钱，活不多时再进行全面检修。他说你先把这个故障处理掉，过些时候活少了，再全面检修。

汽车修理厂的师傅没多说什么，把故障排除掉了。

李亲实开车上路了，心里挺高兴。他能节约就节约，必须保证跑运输有钱用才行。当他把车开到煤场上，在排队等着装煤时，车又开不动了。后面排队的司机骂他耽误事。远在鹤岗，人地两生，他没敢吱声，费了九牛二虎之力才把空车弄回松江县。他吃了一次大苦头，下决心把车好好修一修。

这次他修车花了三千多元钱。他认为车修得值。因为保修两个月，两个月能干很多活。可他发现卖煤的最好时期过去了，拉回来的煤没有人买，不好脱手。这个时间太短了吧？在他思想意识里贩卖煤高峰期才开始，应该延续到冬天。然而并不是这样，他判断失误了。这就跟他当初买车一样，不是把车买回来，就能发家致富是同样道理。他去送粮了。这种活一时收不回钱来。在送粮结束时，他从银行贷出来的钱全部花完了。

这一年李亲实忙得晕头转向，却看不到收获的喜悦。他不承认自己是失败者。他认为刚开始跑送输，入行时间短，各个环节不熟悉，才没挣到钱。他认为这是正常现象，应该在意料之中。虽然他手里没有现金，毕竟有别人欠他的账目，这也是钱。只要是别人欠他的，不是他欠别人的就行。他想跑运输是大收入，当然要有大风险了。如果钱是那么好赚的，还能有穷人吗。他不能半途而废，要坚持下去，他认为挺过这段困难时期就会好起来。可他的周转资金从哪里来呢？他又把目光投向李天震了。

李天震不同意李亲实提出让他卖房子的建议，这个建议超出了他接受的范围。他习惯一个人生活了，不想和李亲实在一起生活，更不想看见林童玉。分家后林童玉跟李天震走对面都不说话，让李天震伤心。

李亲实知道李天震的顾虑，展开了思想攻势，想说服李天震。他让李天震搬过去和自己同住，李天震不同意。李天震说你媳妇都不跟我说话，让我怎么搬？李亲实说你想多了，她同意你搬过去住，我让童玉来给你赔礼。

李天震说你别让她来，也用不着她赔礼，这房子我不想卖。

李亲实说，爸，我求你了。你帮一帮我吧。我把车都买了，投入这么大，没钱干活怎么行呢，这不是自我毁灭吗。只要你帮我一把，我就能挺过这道难关。

李天震问你真能挣到钱吗？李亲实说当然能了，不挣钱我买卡车干什么。李天震问你今年挣多少钱？

李亲实说我是第一年买车，活不多，开车的技术不熟练，来年就好了。李天震说房子是我的窝，没窝了怎么行呢？李亲实说这房子旧了，你帮我度过难关，我有钱了，给你买个好房子。

李天震苦恼了。他不想卖房子，又不能眼看着儿子有困难不帮。他想李亲实说的有道理，车已经买了，不出去找活干，还能停在家里当摆设吗。

李亲实说我这就让童玉来向你赔礼道歉。李天震回过头时，李亲实匆忙走了出去。李亲实回到家时林童玉正在家里织毛衣呢。

林童玉没等李亲实把话说完就抢过话说让我去给你爸道歉，那是不可能的。李亲实说你不去道歉，他就不搬过来。林童玉说不来算了。李亲实说他不搬来房子怎么卖？不卖房子，我哪有钱出去找活干。

林童玉说我看你也挣不到钱了。李亲实说你是想让我挣钱呢？还是想让我赔钱？林童玉说我想让你挣钱你就挣到了？我不让你赔钱你就不赔钱了？不管赔钱，还是挣钱，这要看你的本事了。

李亲实转身找出一叠账目，展现在林童玉眼前愤恨地说这不是钱，又是什么？别人欠咱们的，又不是咱们欠人家的，只要别人欠咱们的，早晚都是钱。

林童玉说你欠人家的也不少。李亲实说咱们不还有卡车吗，洼谷镇谁家有卡车，不就咱家有吗。如果你不去请我爸来，我只好卖车了。林童玉说你真想卖车吗？

李亲实说我当然不想卖了，可没钱干活，让车闲着也不行呀。林童玉说如果你真想卖车还真行。我赞成。如果你不想卖就算了。为了你，我去向你爸认个错。李亲实说这么做就对了。

林童玉说关键是我也没有错呀。李亲实说那就假装的。咱们是晚辈，认个错也没什么不好。林童玉说你真把我愁坏了。

李亲实说等我挣到钱了，你数着钞票，就不愁了。林童玉打预防针似的说你可不能背着我给你爸钱。李亲实说你放心好了，别说是给他钱了，就是本钱我都不想还他。

林童玉说你想让他在咱们家一直住下去呀？那可不行，不能让他死在咱们屋里。李亲实说不还有亲亮吗。林童玉说亲亮在北京呢，那么远，管什么用。

李亲实说怎么会不管用呢？林童玉说咱们这离北京太远了，说不好听的，你爸死了，亲亮坐飞机回来都不赶趟儿。李亲实说只要亲亮给钱就行了。

林童玉说你的意思是只要你爸把房子卖了，我就可以撵他出去住了呗？李亲实说到时候再说，暂时先把钱拿来，我急着开车出去干活呢。林童玉说为了你，我就去向你爸认个错。

李亲实抱着李童和林童玉来到李天震住的屋子。

李天震吸着烟，一脸愁容，心情复杂。他不想卖房子，又不能看着李亲实陷在困境中不管，进退两难。

林童玉知道李亲实让李天震搬过来住是暂时的。李天震长期住不但她无法接受，恐怕李亲实也会闹翻了天。虽然她不高兴让李天震搬过来住，但为了能让李亲实开车出去干活，只能违背意愿地对李天震说："爸，过去是我不好，惹你生气了。你别跟我一样的，今后我改。"

李天震的心抽动了一下没说话。

林童玉又说："爸，你把亲实养大不容易，我们是应该孝顺您的。"

李天震心里发出酸酸的滋味，好像多少年来的风霜在此时消融了。

林童玉说："爸，你搬过去住我没意见。你一个人住太孤单了，咱们在一起生活你不会寂寞的。"

李天震叹息了一声，想落泪。

李亲实说："爸，童玉已经向你表态了，你就搬过去吧。"

"亲实，要记住今天你说的话。"李天震不放心地说。

李亲实说："不会忘的。"

"童玉也在场呢。"李天震说。

李亲实对怀中的女儿说："快叫爷爷。"

李童刚会说话，眨着眼睛，吐出"爷爷"两个字。

李天震听到李童喊他爷爷被感动得眼泪在眼眶里打转，伸出一双粗糙的手想抱李童。可是李亲实已经把李童递给了林童玉。林童玉看了一眼李亲实，往门口走了两步，看着屋外。李天震看着林童玉和李亲实有着无法描述的心情。

李亲实保证地说："爸，你放心。我肯定对你好。"

"你去找买主吧。"李天震痛心的做出了抉择。

李亲实高兴地说："你真是我的好爸。"

"亲实，你要知道我把钱全给你了。亲亮可什么都没有，你以后有了钱，别忘了帮亲亮。"李天震说。

李亲实说："亲亮对象家生活条件好。他不缺钱。"

"人家有钱是人家的。他娶媳妇，又不是当上门女婿。娶媳妇没钱会让老丈人家看不起的。"李天震不赞成李亲实的观点。

李亲实说："等我挣到钱了，我帮亲亮在北京买房子。"

"你能有这份心意就好。你们就兄弟俩，也不多，什么事情别太计较了。从前亲亮也没少帮助你。你多少也得帮助他一下，不然他会伤心的。做事要拿人心比自心才行。"李天震觉得对不起李亲亮，从内心深处感觉愧疚。这几天他在梦里梦见李亲亮了，知道李亲亮在北京生活也不容易。

李亲实生怕李天震反悔了，不同意卖房子，抓紧时间找买主。

李天震在卖房子这件事上拿不准主意，找亲朋好友商量，征求他们的看法。他们当中有持反对意见的，也有不表态的，但没有赞成卖房子的。他们虽然不赞成卖房子，因为李天震与李亲实是父子关系，又不好深说什么，只是隐约的为李天震担心，担心李天震做出错误决定。李天震处在犹豫之中。他这么一犹豫，就给李亲实提供了机会。

李亲实在李天震犹豫之时把房子卖掉了。

4

林童玉在开始的日子里对李天震还算可以，随着时间延长越来越反感李天震了。李亲实出车跑运输经常不在家，在家时对李天震也漠不关心。李天震在家感觉别扭，心情不好，不愿意待在屋里，经常出去串门子。他去的就是那几个关系不错的人家。北大荒地广人稀，人们生活单调，串门子聊天是这里普遍生活习惯。人们在一起聊天，说些家长里短的事。话说多了总有不当之处。林童玉担心李天震对外人说她坏话，反感李天震串门子。她对李亲实说你爸串门子影响不好。

李亲实也反对李天震串门子。那天他回来得早，在冯明远家遇见李天震了。他回到家对李天震说："你别四处串门子好不好？"

"我出去跟人说说话还不行吗？"李天震认为出去玩不是坏事。

李亲实说："你没事时待在家里不行吗？"

"我在屋里连个聊天的人都没有，你想憋死我呀。"李天震说。

李亲实说："如果你闲着难受就找点活干，免得东跑西颠的。"

"我干的还少吗？"李天震出去找人聊天是在没活的时候，从没耽误过活。

林童玉说："你跟我们住在一起不习惯吧？"

"你什么意思？"李天震质问地说。

林童玉说："你要是不习惯可以搬出去，省得把你憋出毛病来。"

"你撵我？"李天震说。

林童玉说："不是我撵你，是你不想待。"

"你们把拿我的钱还给我，我就搬出去。"李天震说。

林童玉转过脸对李亲实说："你爸朝你要钱呢。"

李亲实知道林童玉是故意撵李天震，所以没表态。

林童玉接着又对李亲实说："你说话呀？"

"行了。"李亲实心烦地说。

李天震不想继续看林童玉脸色生活了，对李亲实说："我的钱还剩多少？"

"我都还债了。"李亲实说。

李天震不相信地说："如果你没花完就把钱还给我，我搬出去住。我不想影响你们的生活。"

"我现在没钱。"李亲实说。

林童玉说："你不愿意跟我们住可以先搬出去，等我们有了钱，尽快还你。"

"你们不把钱还给我，我怎么买房子？没房子，让我搬到哪去？"李天震质问地说。

林童玉说："你这么大年纪了，买房子干什么？租房子不行吗？"

"租房子？"李天震没想过租房子。他认为租房子不是自己的家，生活不安心。

李亲实说："爸，如果你真想搬出去住，只有租房子了。我给你付房租。如果你想让我现在给你买房子，是不可能的。我没钱，等我有了钱才能给你买房子。"

"你看洼谷镇本地人谁租房子住了？"李天震说。

李亲实说："你不用看别人，管好自己行了。别人没买卡车，我不也买了吗。我开车在外面整天跑，去过那么多地方，什么事没见过，租房子住不算新鲜事，太正常了。"

"我看不正常。"李天震说。

李亲实沉默了片刻说："你想怎么办？"

"这个主意是你们谁想出来的？"李天震问。

李亲实说："如果你不想搬出去就算了。可你别出去乱跑，一个老光棍乱跑影响不好。"

"我影响你什么了？"李天震听到这话感觉被污辱了。

李亲实说："爸，我让你搬过来住是怕你孤单，寂寞。可你不想跟我们在一起住，我能有什么办法。你别心里没数了。亲亮去北京能管你吗？他是给你写封信了，还是打电报了？如果你认为他好，你可以跟他去北京吗。"

"这种话你也能说出来？"李天震说。

李亲实说："亲亮不管你了，我管你还管出错了？"

"我不用你管。你只要把花我的钱还给我就行。"李天震不想同李亲实绕圈子。

李亲实说："我现在没有钱。我有了钱连利息一起还你。"

"你什么时间才能有钱呢？"李天震问。

李亲实说："这很难说。"

"你出去借钱还我吧。"李天震说。

李亲实火了说："我如果能借着，还能让你卖房子吗？"

"我卖房子的钱你必须还。"李天震坚持着。

李亲实阴着脸说："我没说不还你。可我得有钱才行，没钱让我给你什么？你要我的命？"

"你这是说话吗？"李天震感觉李亲实不讲理。

林童玉说："你们父子俩还像样吗，谁家像你们，不怕外人笑话吗？"

"我和我儿子说话呢，关你什么事？"李天震不愿意听林童玉说话。

林童玉说："怎么不关我的事。亲实现在不仅是你儿子，他还是我男人，还是我孩子的父亲。这个家不仅是他的，还是我的。我当然要管了。"

"你管……"李天震把话说到一半止住了。他不想跟儿媳妇争吵，那样会让外人笑话的。

林童玉说："这家有我一半呢。"

"你们成家时，你娘家给你什么了？不全是我出的钱。我不拿钱你们能成上家吗？"李天震说。

林童玉说："你别管我娘家给什么了，反正这个家有我一半，法律就是这么规定的。"

"你娘家一毛钱东西都没给你买，你还有脸说呢。"李天震说。

林童玉说："就算我是光着身子嫁到你们李家来了，这个家也有我一半，不信你去法院问一问，看我说的对不对。"

"你们都闭嘴。"李亲实觉得林童玉说的话肉麻，言辞过于激烈了。

李天震本来想说什么，看李亲实发火了，把话咽了回去。

林童玉看李天震不说话了，起劲地说："当时看你可怜，才让你搬过来住的。你还不领情。早知道这样，说什么也不能让你搬过来。"

"你不是说这家有你一半吗，那你把花我的钱还给我。"李天震说。

林童玉不讲理地说："你的钱我没拿，谁拿的你找谁要。"

"亲实，你把钱还给我！"李天震说。

李亲实说："爸，你能不能不说话？"

"不能。"李天震反驳着。

林童玉说："亲实，如果你有钱就给他，让他搬出去算了。我一眼都不想多看他。他又不只有你一个儿子，不还有一个儿子在北京吗。我看他是想去北京了。北京是国家首都，大城市，比咱这地方好得多。咱家容不下他了。"

"操你祖宗了，你撵我走！"李天震再也压不住火了，破口大骂。

林童玉说："你骂谁？"

"我骂你！"李天震犟劲上来了，脖子的筋暴起来。

林童玉说："你没有资格骂我。"

"我就骂你了。你去法院告我吧。"李天震豁出去了，有拼命的架势。

李亲实说："你们俩到底要干什么？"

"李亲实，今天你不把这老头弄出去，我就回娘家去。你看着办吧。"林童玉说完抱着李童出了屋，准备回娘家。

李亲实对李天震说："你怎么能骂人呢？"

"我骂的不是人。如果她是人，能对我说那种话吗？那是人说的话吗？"李天震说。

李亲实说："行了，你少说两句吧。"

"我为什么要少说？"李天震说。

李亲实说："你还让不让我活了？"

"我怎么不让你活了？"李天震反问地说。

李亲实吼着说："她回娘家了！"

"让她死到娘家算了。哪有像她这样的媳妇，有点事就往娘家跑，都跑顺腿了。"李天震对林童玉经常回娘家的做法不满意。

李亲实说："你也想让我和你似的打光棍吗？"

"我怎么让你打光棍了？"李天震感觉李亲实和林童玉给他下了圈套，他被这个圈套罩住了，无法挣脱。他意识到给李亲实的钱是肉包子打狗一去不返了。他想到自己将一无所有了，就什么也不顾了。因为他还得生活下去。

李亲实看李天震说出绝情的话，也火了说："你去北京找亲亮吧。我给你出路费。"

"路费才几个钱？我不去北京，也用不着你出路费，你只要把花我的钱还给我就行。"李天震说。

李亲实说："你不用我给你养老送终了？"

"不用了。"李天震坚决的回答。

李亲实说："你死了总得有人收尸体吧？"

"我死了不用你收尸。烂到屋里也不用你管。"李天震说。

李亲实看说服不了李天震，野蛮起来，发疯地说："你混蛋！"

"你骂我？"李天震没想到李亲实能骂他。

李亲实接着吼起来骂着说："你是个老混蛋！我就骂你了，你能怎么样？"

"你不是人！"李天震说。

李亲实说："我就不是人了，你能怎么样？"

"你是畜生。"李天震说。

李亲实说:"我就是畜生了,你能怎么样?"

"小时候我怎么没掐死你呢。"李天震发狠地说。

李亲实说:"现在想掐死我晚了。你后悔了吧?"

"我到公安局告你。"李天震说。

李亲实说:"你有本事就去告。你不去公安局告我,你就不是人!你让公安把我再抓起来,判个十年八年的,那才算你有本事呢。"

"你还有点人味吗?"李天震说。

李亲实说:"我不是人,还能有人味吗。"

"我又当爹又当妈,辛辛苦苦把你养大,你这么对我,你不坏良心吗?"李天震说。

李亲实说:"你活该。谁让你没本事找女人了。你打一辈子光棍还怨着别人了。有本事你娶十个八个女人,那脸上才有光呢。你打一辈子光棍,还想让我也打光棍吗?"

"你缺德。"李天震说。

李亲实说:"你滚出去!"

"你撵我?"李天震说。

李亲实说:"我就撵你了!"

"我不走。"李天震说。

李亲实说:"你还想死在我屋里吗?"

"我就死在你屋里了。"李天震说。

李亲实用手推着李天震说:"我看你能不能死在我屋里。你出去,出去!"

"你还敢打我?"李天震产生了恐惧,态度软下来。他了解李亲实的性格,知道李亲实在气头上什么事都能做出来,打他的可能性是存在的,没敢继续硬犟。

李亲实看李天震不往屋外走,拉着李天震的胳膊往屋外拉。他把李天震拉到院子里说:"我跟你去租房子。"

"我不去。"李天震拒绝着。

李亲实说:"如果你不去,你就在外面站着,别进屋。"

"你这个畜生,没人心的东西。"李天震骂。

李亲实态度突然来个大转变，不恼不火地说："你想骂什么尽管骂好了。"

"我养了一条狼啊！"李天震唔唔地哭起来。

冯明远正好路过这里，邻居们也来了。围观的人越来越多。他们不知道父子俩又发生什么事了，你一言他一语地劝说着。不知道是谁把李天兰找来了。李天兰看事情越闹越大，为了平息事态，让李天震去她家。

李天震弯腰捡起地上一块砖头，用力朝窗户掷去。玻璃被砸碎了。李亲实在屋里看外面人多没有出来。李天震边哭边往李天兰家走。

李天兰当初不同意李天震把房子卖了。李天震没听她的。木已成舟，事情发展到这种地步。她责备了李天震几句就不说了，说了也没用。她看李天震无家可归为难了。

李天震在李天兰家住了几天，觉得这样住下去不是办法，自己租了间房子，生活用品是李天兰和乡亲们给的。他知道自己成为居无定所的人了。

5

林童玉在娘家得知李天震搬出去住后，抱着李童回来了。她回娘家是一时赌气，没想到李亲实真会把李天震撵出去，并且撵出去得这么快。她幸灾乐祸地对李亲实说你真行，把你爸骗得一无所有了。

李亲实叹息地说我也是没办法，如果有钱，我还能用他的钱吗。林童玉警告地说你可不能背着我给你爸钱。李亲实于心不忍地说他租房子的钱咱们得给出吧？

林童玉说那可不行。李亲实没想到林童玉会改变主意，反对地说原来你不是同意出钱给他租房子吗，怎么又变卦了呢？林童玉说当时我是怕他不搬出去，才答应出钱给他租房子的。既然他已经搬出去了，还给他钱干什么。

李亲实好几天没看见李童了，一边逗着李童玩一边说，他没有钱，怎么租房子？林童玉说他还能搬回来吗？李亲实说咱不能把他逼到绝路上，那样影响太坏了。

林童玉不相信地说你爸还会自杀吗？李亲实说如果不出钱给他租房子，咱们做的确实过分了。林童玉说那就只给他付房子的租金，其它事不能管了。

李亲实叹息了一声说，你以为我还有多余的钱给他吗。林童玉埋怨地说都是你买这辆破卡车弄的，不然咱们家经济上哪有这么紧张。李亲实沉默了。林童玉问你开卡车跑运输到底能不能挣到钱？李亲实说当然能了。

林童玉说我真有点为你担心。李亲实做出若无其事的样子问，担心什么？林童玉说担心你挣不到钱，欠债越来越多呗。

李亲实说怎么可能呢。林童玉说我怎么没看到你挣来的钱呢？李亲实说那些欠条不是钱吗？

林童玉说总打欠条也不行呀，咱们总不能拿着欠条去还银行贷款吧？欠条也不能买米买面买油呀！李亲实说人家也不能总打欠条。林童玉说如果再打欠条让你给拉东西你就别拉了。

李亲实同意的点一下头说，我也是这么打算的。

6

李天震租的屋子年久失修，多年没人居住了。屋子不大，破旧不堪，采光不好，阴暗。他心情糟透了，足不出户，整天闷闷不乐的。他有意到法院去告李亲实，想追回卖房子钱。可李亲实是他儿子，有思想顾虑，犹豫不定。他知道如果不去找法院李亲实是不会还钱的。他才知道李亲实真实目的，才清楚自己养了个什么心肠的儿子。李亲实已经不顾及父子亲情了，忘记了养育之恩，一心想着自己，对李天震的生活不闻不问。李天震前思后想了好多天，心想既然李亲实这么绝情了，他还在乎什么呢，去法院告李亲实了。

松江县法院的法官们不认识李天震，但认识李亲实，也关注李亲实。李亲实与李天震发生的家庭矛盾法官们早有耳闻，对李天震的生活状况或多或少了解一些。法官们听李天震讲述完，叹息地问，你想怎么办吧？

李天震说我想要回我卖房子钱，另外花我的钱，他想还就还，不想还就算了。法官说你回去把起诉的理由写清楚交给我们。李天震明白法官是让他写诉状。他不会写诉状，得找人帮助写。他问你们判了，亲实就能把钱还给我吗？

法官说这不一定。我们判了还要看他有没有钱还，还要看他想不想还。李天震说如果亲实不想还呢？法官说如果他有钱不还，你可以申请强制执行。

李天震不明白强制执行是什么意思，怔怔地看着法官，等着法官解释。

法官说你提出申请，法院根据法律规定拘留李亲实，还可以拍卖他的车及其它物品来偿还欠你的钱。李天震说那么我和亲实不就成为仇人了吗？法官说你怕结怨，就别起诉李亲实，父子对簿公堂肯定会伤感情，你回去和李亲实好好谈一谈，父子俩能有什么说不开的呢？

李天震不想闹到让法院强制执行的地步。他希望在法院判决后李亲实能主动把钱还给他。

法官说打官司是伤感情的事。尤其是亲人之间为了财产打官司。你回去再想一想，想通了再来找我们。

李天震从法院出来，天阴沉沉的，天气预报预告有小雨加雪，在冷空气刚袭来时，北大荒经常下小雨加雪。天气渐渐冷了，朝冬季迈进。他有好久没来县城了，没有马上回家的意思，在县城转了一圈，天近中午，肚子饿了，走进街边小饭馆去吃饭。

饭馆里吃饭的顾客不多，李天震坐下后要了点北大荒散装白酒，油炸花生米及炒白菜。他酒量欠佳，很少喝酒，此时想喝酒。他想用酒精来麻醉心中的伤痛。他喝的细微，吃的伤情，有着悲愤。他很少到饭店里吃饭，勤俭治家，不想浪费一分钱。他受了大半辈子苦，为了什么呢？还不是一心想把李亲实和李亲亮抚养成人吗？多少年来的风霜雨水让他吃尽了苦头。他付出了一生精力，可到头来又得到了什么呢？李亲实这么无情的对待他，李亲亮去北京又杳无音信了……他到底做错了什么呢？他想不通，也无法想通。虽然他到了垂暮之年，可还得为生活奔波，还在为能要回被李亲实骗去的钱奔走。他跟李亲实闹到法院了。虽然他不愿意这么做，但必须这么做，也只能这么做了。李亲实大逆不道，不顾亲情，先背叛了做儿子的良知，撵他出门。他越想越伤心，不自主地流出了泪水，泪珠在脸上慢慢滑落。他无意中喝醉了。当他颠颠撞撞离开小饭馆时已经是老泪纵横了。他摇摇晃晃没走多远，来到了十字路口的转盘道前。

转盘道中心是开拓者雕塑，高大的塑像屹立在那里展现一种精神，一种力量。

这是松江县为纪念开拓荒原，传承北大荒精神刻意建造的，也是对过去生活的象征与怀念。并且雕塑上的"开拓者"是由王震将军亲笔提写的。

李天震是北大荒的开拓者。他经历过的事情或许比同时来北大荒的人更多，更加艰辛。在一阵风吹过之后，他的酒劲上来了，头重脚轻栽倒在开拓者雕塑下面。

7

冯明远开着四轮车来县城办事，经过转盘道时发现石头台阶上躺着一个人，不自主的看了一眼，觉得像是李天震，又怀疑看错了，心想李天震怎么会躺在这里呢？他停下车，从驾驶室里跳下来，走过去。他看躺在台阶上的确实是李天震，很不解，惊诧地问："李天震，你这是怎么了？"

李天震听见有人问话，动了动身子没说话。

冯明远问："你怎么躺在这里呢？"

"我……去……法院了。"李天震磕磕巴巴地说。

冯明远问："你去法院干什么了？"

"我……我去告……亲实了。"李天震抬头看着冯明远。

冯明远问："你为什么事情去法院告亲实呢？"

"他不是不还……我的钱吗？他不是天不怕地不怕吗？他不是存心耍我吗？他不是认为有理吗？我这回不跟他说了，让法官去跟他说。"李天震说。

冯明远说："你不能去法院告亲实。如果你把这事闹到法院了，你和亲实的关系就彻底破裂了，再也无法扭转了。"

"我也不想跟他扭转了。"李天震说。

冯明远弯腰拉起李天震说："石头上面凉，快起来，上车回家。"

"我哪有家呀。我吃苦受累一辈子，到头来连个窝都没有，成为流浪人了。冯明远，我伤心啊！"李天震说着痛哭起来。

冯明远说："李天震，你别哭，哭不解决问题。"

"如果有一点办法，我也不会去找法院。我就不知道去法院打官司丢人吗？我真是没办法啊！是亲实逼我这么做的！"李天震泪水纵横。

冯明远说："快跟我上车。"

"冯明远，亲实绝情啊！你说谁家儿子像亲实这样无情无义，这么没良心，不管怎么说我也是他爹呀，他怎么能这么对我呢？"李天震说。

冯明远说："孩子有错，咱可以说服他吗。"

"谁能说服得了他。你说他一句，他有十句对付你，振振有词，能把你气死。谁要能说服他，我就给谁磕头。"李天震说。

冯明远说："你喝了多少酒？喝成这样。"

"我没喝多，心里清醒着呢。"李天震说。

冯明远把李天震扶上车，叮嘱地说："你坐好了。我开车了。"

"还是你好，你家志辉多听话。"李天震说。

冯明远说："志辉也不行。"

"你别不知足了。"李天震说。

冯明远一边开着车，一边不时回头看着李天震，生怕李天震从车上掉下去。从县城到洼谷镇距离不远，一会就到了。冯明远把李天震送进屋里，让李天震躺下，就去找李天兰了。

8

李天兰反对李天震去法院告李亲实。她认为这属于家事，应该在家里解决，尽可能不向外界张扬。她没有直接去找李天震，而是去找李亲实了。她知道李亲实的做法让李天震伤心了，李天震才去找法院的。解铃还须系铃人，如果想解决这件事，化解矛盾，还得从李亲实开始。

李亲实得知李天震去法院告他，慌了神，对李天兰说我爸这不是发混吗，别人去法院告我可以，他怎么能去告我呢？

李天兰批评地说，不是当姑的说你，这件事你做的确实过分了，你爸连个住房都没有，长期下去怎么行呢？李亲实说他不想和我们在一起住，我也没办法。李天兰说不是你让他出去租房子的吗？李亲实说他总出去串门子，说三道四的，影响不好。李天兰说你们闹到法院影响就好了？

李亲实做出无可奈何的样子说，谁知道他会去找法院呢。李天兰语重心长地说，亲实，你把借你爸的钱还给他吧，你爸老了，干不动了，你年轻，还有机会挣钱，你不还借他的钱能对吗？李亲实强调性地说，我没说不还呀。我现在不是没有钱吗。

李天兰怀疑地问，如果你有钱能还他吗？李亲实说当然能了。我可以发誓。李天兰说你不用发誓，只要你能把钱还给你爸就行了。

李亲实央求地说，姑，你别让我爸去法院，他去法院影响太坏了。李天兰说我可以劝一劝他，他挺倔强的，不一定能听劝。李亲实为了感动李天兰，让李天兰多帮助说好话，突然"扑通"跪在了地上，恳切地说，姑，谢谢你。

李天兰没想到李亲实会做出这种举动，慌忙说，亲实，你这是干什么？快起来。李亲实仰脸说，姑，我保证把钱还给我爸。李天兰把李亲实拉起来说，你们是父子，什么钱不钱的，你孝顺点，让你爸感觉你心里有他，心情舒畅些，他就不会去法院告你了。李亲实答应地说，我尽量做。

李天兰去找李天震了。

李亲实不能让李天震去法院告他，这样就毁了他的名誉。他非常在意名誉。他又去找冯明远了。他要调动一切可以调动的力量阻止李天震去法院告他。

李亲实走到院落门口时遇见李天树了，他说二大爷，你这是从哪来？李天树说从县城来。李亲实问走着来的？李天树说时间晚了，没赶上客车。李亲实问有事吗？

李天树问你这是去哪？李亲实说去邻居家说点事情。李天树问不急吧？

李亲实说不急。李天树说你开车送我回河东镇吧。李亲实说下雨和雪路上滑，开车不好走。李天树说如果不是下雨和雪，我也不会让你开车送我。李亲实说你住一夜，明天再走吧。

李天树说我回去还有事情呢。李亲实说天快黑了，回去也办不了事，明天早晨回去是一样的。李天树说雨和雪刚开始下，路上不算太难走，你开车一会就回来了，不耽误你说事情。

李亲实不吱声了，但没有开车送李天树的意思。李天树有点生气地问，你送不送？李亲实把脸侧过去，目光落在地上，仍然不说话。

李天树讨要人情地说，当年为了能给你减刑，能让你早点从监狱出来，冰天雪地的，刮着大风，下着暴雪，我骑着自行车去找老张，去佳木斯、峰源上访，走了几百里路，付出那么多辛苦，差点被冻死在路上，最后身上只剩下二十元钱了，还给了你……现在让你开车送我一趟，这么简单的事情你都不能做吗？

李亲实说你住一晚上再走，不是一样吗。李天树生气地说，我不住，你不送就算了，我走着也能走回去。李亲实说你这是何必呢？

李天树认为自己是长辈，第一次开口求李亲实就被拒绝了，丢了面子，失去了长辈的尊严，愤怒地说，亲实，你听好了，二大爷再也不求你了，你不就有一辆卡车吗，有什么了不起的。

李亲实看着李天树气呼呼的朝洼谷镇外走去，感觉这件事做得不对，有损亲情，可他心疼油钱。他送李天树是不能要油钱的。他让李天树住一晚上，第二天坐客车回河东镇也没错呀，李天树不想住，就不能怨他了。他转身朝冯明远家走去。

冯明远用铁夹子从炉膛里取出几块煤石，放在装煤灰的铁盆里，然后往炉膛里放了两铲子煤，盖上炉的盖子。他端着煤灰盆刚走到门口，准备去院落外倒煤灰。李亲实走进院落说，冯叔，烧炉子呢。冯明远"嗯"了一声说，今天没出车吗？

李亲实说身体有点不舒服，没出去。冯明远端着煤灰盆快步走出院落，把煤灰倒在路边垃圾堆上，转身走进屋，把煤灰盆放在炉膛边。李亲实看了一眼炉子说，炉子着得还挺旺。

冯明远说煤里面石头太多，不起火，太难烧了。李亲实说价钱便宜，煤的质量肯定会差点。冯明远说还不如拉点价钱贵得了，好煤也贵不了多少钱。

李亲实把那车不好的煤分给了几家亲友。一车煤十多吨，他自己烧不完。他分给亲友时说不要钱，亲友知道他刚买了卡车，缺钱，谁还能不给他钱呢。他不但收回了那车煤的本钱，还获得了些利润。他心想坏事有的时候也能变成好事。可他没考虑这是亲友关照他，给他面子，如果不是看在情分上，没人会要他的煤。他说明年专门拉好煤。

冯明远说你爸今天去县城了，你知道吗？

李亲实说我姑跟我说了，说我爸去法院告我了，是你用车把他拉回来的。冯明远说你爸喝醉了，躺在转盘道的台阶上，还哭了。李亲实说我爸糊涂了，去法院告我，也不嫌丢人。

冯明远说在你们父子的事情上，我既不赞成你爸去法院告你，也不赞成你借你爸的钱不还。李亲实说，冯叔，我向你保证，我有了钱先还我爸的。冯明远说如果你能这么想事情就好办了。

李亲实说我爸把我和亲亮养大不容易。亲亮去北京了，走了就没消息。我爸养老的事不还得我管吗。冯明远对李亲亮印象要比对李亲实好，不赞成李亲实的观点。他说亲亮刚去北京会遇到许多困难，如果他生活好了，会照顾家的。李亲实说亲亮对象家条件不错，他能有什么难处？

冯明远感觉李亲亮在北京生活压力会很大，分析地说，你想一想，亲亮对象家条件好，自己条件不好，处处要靠人家帮助，亲亮能没有压力吗？李亲实说亲亮离得太远，他的处境咱不了解，也管不了，把自己的事管好行了。冯明远说你们就兄弟俩，亲亮不在家，你又是当哥的，你爸生活上的事你多负担点也是应该的。

李亲实违心地说我根本没指望让亲亮负担，想指望也指望不上，就当我爸养我自己好了。冯明远知道李亲实比李亲亮会说，也比李亲亮能说，可没有李亲亮实在，可信，踏实，厚道。说了不做是李亲实的习惯。李亲实说，冯叔，你去劝一劝我爸，别让他把家里的事弄到法院。

冯明远说你爸这次很生气，我劝也不一定能听。李亲实说咱们两家关系不一般，我爸还是听你劝的。冯明远说我可以试一试。

李天震正跟李天兰说着话呢，冯明远来了。

李天兰感谢地对冯明远说，多亏了你，不然这事就闹大了，人也会被冻坏的。冯明远说亲实刚才找我了，他说会还钱的。李天兰说亲实也向我保证过了。

李天震说亲实说得话我不相信。冯明远说你再等一等，如果亲实不还钱，你再去法院告他也不迟。李天震说他没钱怎么还？

冯明远说亲实应该能挣到钱吧？李天震说亲实与亲亮不同，亲实说的话得到十里外听，太不可信了。冯明远说亲实刚才还跟我说起亲亮了呢。

李天震说亲亮会恨我的。冯明远问为什么？李天震说亲亮两次找我要钱我都没给他。

李天兰说你不给亲亮钱是不对的。李天震叹息了一声。李天兰说不是我向着亲亮说话，开始你们家钱全是亲亮挣的，没那些钱能盖上房子吗？亲实能结婚吗？

冯明远说亲亮那孩子实在，懂事，还会过日子。李天兰感触地说，到哪里去找那么好的孩子。冯明远说不好找。

李天兰对宋小江的案子有点好奇，问冯明远说宋小江的案子怎么处理了？冯明远说可能得判死刑。李天兰说杀人了，手段还那么凶恶，判死刑是应该的，可宋镇长当了那么多年官，能不托人，走关系吗？

冯明远说宋镇长是托人了，可死者的家人不同意，非得要让宋小江偿命。李天兰说宋镇长也算是挺有本事的，能使案子拖延这么长时间。冯明远说钱也没少花，放在一般人家早就枪毙了。

李天兰说当初宋镇长还不如不把宋小江调进县城工作了，如果继续在咱们镇里工作，说不定还不会发生这种事情。冯明远说这可没准。李天兰说宋小江在咱们镇也没少干偷鸡摸狗的坏事。

冯明远说孩子，大人得管，得教育，大人不管不行。李天兰说大人管是一方面，孩子本性也得好，亲亮谁管了？冯明远说能有几个像亲亮的。

李天兰说亲亮也挺有能耐的，文化不高，能调到县委机关工作，还找个北京对象。冯明远说亲亮好学，他不学摄影也去不了北京。李天兰说也怪了，我们李家从来没有喜欢照相的人，亲亮能去学照相。

冯明远说这是天分。李天兰说北京好是好，可亲亮在那儿也不容易。冯明远说当然了，咱们在家里生活都这么操心呢，又何况他一个人在外面呢。

李天兰说亲实应该帮助亲亮，这个家有点对不起亲亮。

李天震说我也知道对不住亲亮，可我能怎么办？李天兰说亲亮生病时你应该给他钱。李天震说我如果有钱能不给他吗。

李天兰说亲实用钱你能想办法解决，亲亮用钱你就没有办法了？你思想上有问题，这么做能对吗？你这么做亲亮能不生气吗。李天震说过去我太相信亲实了。李天兰说你没钱，借钱也应该给亲亮。他刚到北京用钱的地方多，不到万不得已，亲亮是不会找你要钱的。

李天震说我借了钱怎么还？李天兰说你为了亲实能卖房子……如果亲亮知道了，还不气坏了。李天震说亲亮走时还叮嘱过我，不让和亲实在一起生活呢。

李天兰说你也没听呀。李天震说亲实太会说了。李天兰说也不能怨亲实会说，还是你自己没主见。李天震说不知道为什么，亲实一说好话，我就会顺着他。李天兰说那你接着顺着亲实呗。

李天震叹息了一声说，亲实狼心狗肺。

第二十七章
突发案件
TU FA AN JIAN

1

唐为政的女人去李天兰家小商店买酱油时，屋里只有李天兰一个人。

李天兰的大女儿薛庆香高中毕业后，镇里没给正式安排工作，在家里开了经营油、盐、酱、醋等日用品的小食杂商店。薛庆香去县城进货了，李天兰在家替女儿卖货。如果说是卖货，还不如说是看家呢。李天兰不识字，有些商品的价钱不知道，只卖些能记住价钱的商品。薛庆香尽可能在顾客少的时间段去进货。

唐为政的女人看见李天兰不自主的流露出一种乡情，有着亲近感。

李天兰对唐为政的女人也有着浓浓老乡情结。他们都是从千里之外的山东跋山涉水来到北大荒这片黑土地上讨生活的。他们在一起有着别样的情分，交谈起来随意，亲切，能找到共同话题，有着人不亲土还亲的感情。李天兰和唐为政的女人聊了起来。乡下女人在一起话说多了，嘴就把不住门了，该说的也说，不该说的也说。李天兰在不觉中把李天震去法院告李亲实的事情说出来了。

说者无心，听者有意。

唐为政的女人认为李天震去法院告李亲实不是小事情。她想如果李亲实有钱，李天震能去法院告李亲实吗？能让法院找李亲实要钱吗？李亲实借她家的钱还没还呢。她准备让唐为政去找李亲实把钱要回来。

唐为政听自己的女人说着话，陷入思考中。他听说李亲实没钱跑运输的事情了。可他认为李亲实借他的两万元钱应该能还得上，不必过于着急追要。现在他有比找李亲实要钱更急迫的事情想办。他在琢磨怎么才能把秦虎排挤出去，让秦虎放弃养猪，自己独占整个养猪场。

养猪场只有秦虎和唐为政两家。这几年他们俩挣到了钱。还各自招聘了一名养猪工人。唐为政比秦虎养的猪多，挣的钱也比秦虎多。

唐为政在山东青岛买了一处楼房。青岛地处沿海，环境好，经济发达，房子价格也贵，他花了不少钱。他买了房子后，手中的钱不宽裕了，总想扩大养猪规模，多赚钱，快速赚钱。他有意像当年对待李天震那样把秦虎排挤出去。

秦虎预感到唐为政在态度上的转变和用意了。他装作没看出来，尽可能不引着这把冲突的火焰。他不想轻易放弃养猪，准备奋力一搏，要和唐为政抗争到底。他特别精心看护着猪舍，避免发生当年李天震家猪被毒死的事情。

唐为政观察着秦虎，想暗地里动手，又不敢动手，摇摆不定。他清楚秦虎从养猪中尝到了赚钱甜头，不会轻易放弃，如果想让秦虎放弃养猪不是件容易事情。秦虎不同当年李天震那么好欺负。秦虎人高马大的，如果真动起手来，他打不过秦虎。他考虑来考虑去有点无计可施，觉得还是采取像对付李天震那样的伎俩比较可行。

在夜黑人静的时候，他去了养猪场。

养猪场是那么静，静的让唐为政心发慌，汗毛立起来了。他走到秦虎的猪舍时，在外面站了很长时间，没敢进去。他已经没有当年对付李天震那种勇气和魄力了。可能这与年龄增长有关。他在岁月中渐渐老去。年龄的增长会让人考虑问题更多一些。他比从前多了许多顾虑与担忧。但在激烈的思想斗争后，在利益驱使下，他还是跳进了猪舍里。

猪们在睡觉呢。

猪舍里安静得让人恐慌。

唐为政还没把针头对准猪呢，两只大老鼠快速跑过来，老鼠嘶叫着从他脚下跑过去，碰到了干草，发出"唰唰"的声音，吓得他出了一身冷汗。他没心情给猪打针了，慌张的从猪舍里跳出来。

2

早晨秦虎来到猪舍时发现死了两头猪。他弯下腰仔细观察着猪死的状态，辨别是哪种因素造成的。他觉得与多年前李天震家猪死是一种情形。他脑子里浮现出唐为政阴险的面孔，断定猪死和唐为政有关。他站起身，从猪舍里走出来，远远地望着唐为政家的猪舍。

唐为政的女人正在喂猪呢。

秦虎头发热，血往上涌，眼睛在涨大，怒火在心中燃烧。他大步流星地朝唐为政的女人走过去。

唐为政的女人看秦虎表情反常，心中咯噔咯噔的，有点紧张，不解地问："你怎么了？"

"唐为政呢？"秦虎好像要吃人似的。

唐为政的女人说："他还没来呢。"

"我看他想找死了。"秦虎咬着牙。

唐为政的女人不明白秦虎为什么会说这种狠话。在她看来虽然最近两家不如从前来往密切了，有些疏远，但没有发生不愉快的事情。

秦虎转过身正准备骑自行车回镇里找唐为政时，唐为政却骑着摩托车来了。唐为政刚从摩托车上下来，还没站稳脚呢，秦虎就冲了上去。秦虎如同东北虎下山那么凶猛，挥起拳头对着唐为政就打，嘴里还骂着："唐为政，我操你祖宗，你找死了是不是？"

"秦虎，打人是违法的。"唐为政一边还手一边往后退。

秦虎挥舞着拳头，嘴里骂个不停。他骂着说："你哪里是人呢，连畜生都不如。你暗地里使坏算什么本事，有本事你明着来。"

"秦虎，你不要冤枉好人。"唐为政说。

秦虎说："你毒死了我的猪，我就弄死你。"

"你的猪死了，找我干什么？"唐为政辩解着。

秦虎肯定性地说："我的猪就是被你毒死的。"

"你有证据才行，不能血口喷人。"唐为政说。

秦虎追着唐为政打。唐为政虽然躲闪着，但脸上挨了好几拳，鼻子出血了，身上也被秦虎用脚踢了好几下。唐为政退到了猪舍里，本以为秦虎不会追进屋里，没想到秦虎还是紧追不放。

唐为政不往屋里退就不会被秦虎抓住衣领了，外面空间大，躲闪灵活，退到屋里后空间小了，没有地方退了，只能奋力反击。他的衣服领子被秦虎死死抓住，无法挣脱，同秦虎扭打在了一起。

秦虎个高，力气大，轻而易举就把唐为政摁在了地上，挥起拳头，如同雨点般的朝唐为政砸去。

唐为政的女人慌张的叫喊着上前拉架。

唐为政聘用的养猪工人来上班了，看到这种情形急忙上前拉架。

秦虎的女人也赶过来了。两个女人一人拉住秦虎一只胳膊，唐为政聘用的工人搂着秦虎的腰，三个人使出全身力气才把秦虎勉强拉走。

唐为政有了喘息机会，为了挽回脸面，疯了般的还击。他摸起放在身边的割草刀挥舞着朝秦虎砍去。

唐为政的女人没想到唐为政会动刀，秦虎的女人更没想到。两个女人看唐为政挥舞着刀，满脸凶相，如同战场上八路军砍杀日本鬼子似的奋不顾身，惊慌地跑到旁边去了。养猪工人怕伤着自己也躲开了。

秦虎四处找东西想还击，可身边什么都没有，瞬间身上被唐为政砍了好几刀。他的衣服被刀划破了，血流了出来。他跑到猪舍外面，找到一根长木棍，挥舞木棍进行还击。

唐为政虽然手中有刀，但秦虎手中的木棍长，靠不近秦虎。他不想与秦虎拼命，又退回猪舍中，关上了门。

秦虎伤口疼痛难忍，不想拼打下去。

唐为政的女人说："秦虎，有事说事，为什么动手打人？打死人不偿命吗？"

"唐为政还算是人吗？"秦虎怒气未消。

秦虎的女人对秦虎说："你快去卫生所包扎一下伤口吧，别感染了。"

秦虎聘用的养猪工人看这边打架了，急匆匆地走过来。

秦虎的女人叮嘱工人去喂猪，她陪秦虎去卫生所包扎伤口。秦虎和他的女人骑着自行车往洼谷镇急行。

唐为政看秦虎离开了，手中拎着刀从猪舍里走出来。他不知道秦虎家猪是怎么死的，就算是死了，也与他没关系。如果是他弄死的，他就不会用刀砍秦虎了。他被冤枉了，所以才奋力还击。他没想到秦虎会这么拼命，想起来有点后怕，幸亏猪不是他弄死的。

唐为政的女人看养猪工人去喂猪了，低声质问唐为政说："秦虎家猪死了，真和你没关系吗？"

"他家猪死了怎么会和我有关系呢。"唐为政说。

唐为政的女人对唐为政产生了怀疑，不相信地说："你昨天晚上去哪了？怎么那么晚才回家呢？"

"我去哪，还用向你汇报吗？你说话谨慎点，不要胡说。"唐为政瞪了他女人一眼。

唐为政的女人比唐为政厚道，名声也比唐为政好。

唐为政认为自己的女人没思想，只能干活，别的什么都不行。他从来不把真实想法告诉自己的女人。他吸了一支烟，平静了一会儿情绪，去洼谷镇政府办公室找镇领导了。

镇长听唐为政把秦虎打他的事讲完，看了一眼书记，不可思议地说："怎么会发生这种事呢？影响太坏了。"

"秦虎在哪呢？"书记问。

唐为政说："包扎伤口去了。"

"这种事情是不是应该交给公安部门处理呢？"镇长对书记说。

书记想了想说："应该交给公安部门处理。虽然是死了猪，可动刀伤人是大事呀。如果秦虎不让劲，两家再打起来怎么办？一旦出了人命怎么办？"

镇长拿起电话向松江县公安局报了警。

松江县公安局刑警支队的警察很快来到了洼谷镇政府。警察在给唐为政做过笔录后，又去找秦虎了。

秦虎身上有好几处伤。大腿处的伤最重，血流不止。他还没到洼谷镇呢，就骑不动自行车了。有一辆松江县来办事的卡车经过这里，他的女人挥手上前拦住了卡车。秦虎和他的女人把自行车扔到路边，坐卡车去了松江县医院。

松江县医院对秦虎进行了抢救治疗，才使他脱离了生命危险。

秦虎来医院突然，身上带的钱不够交住院押金的。他的女人在把他送到病房后回家拿钱去了。

她来到县城十字街中心，在开拓者雕塑前有几辆出租摩托车，坐上一辆摩托车回家了。她刚到家警察就来了。她告诉警察秦虎在县医院呢。

警察来到松江县医院找秦虎了解案情时，秦虎看着警察懵了。他没想到唐为政会报案。他一口咬定猪是被唐为政毒死的。一个警察对秦虎说只凭猜测不行，得有证据。另外一个警察说你没有证据就这么说，唐为政可以告你污蔑他。

秦虎说："你们可以把死猪进行解剖，检测呀！"

"我们肯定会检测的。"警察说。

秦虎说："多年前李天震家猪死也是这种情况。如果这次是唐为政干的，那么李天震家死的猪，也应该算在唐为政头上。"

"唐为政家的猪没有死过吗？"警察问。

秦虎说："养猪不死猪是不可能的。猪和人一样都是有生命的。人都会死，又何况猪呢。可唐为政家没这么死过猪。我们三家在养猪场养猪，只有唐为政家猪没这么死过。"

"你说的这么死是什么意思？"警察有点不明白。

秦虎说："就是像中毒了。"

"唐为政是兽医，在养猪方面也许比你们精通呗。可能他对疾病预防得好，而你们忽视了对疾病的预防。"警察试探着说。

秦虎说："只有兽医才知道用哪种药能毒死猪。"

"你先别急着下结论，案件刚发生，处在调查取证阶段，还没到下结论时候。"警察说。

秦虎说："毒死人是犯罪，毒死猪属于犯罪吗？"

"那要看死了多少猪了，价值多少钱。你安心养伤吧，如果需要你配合工作时，我们再来找你。"警察把手中记事本放进公文包里，朝病房外走去。

3

李天震在屋里一边吸着烟一边同冯明远聊着天，这时一辆警车停在了门前，从车上下来两名警察。冯明远看警察来了，知道有事情，自己不应该在场，起身离开了。李天震不知道警察来干什么，有点心慌。自从 1983 年夏天那个深夜，那次李亲实被警察逮捕判刑入狱后，李天震就不愿意看见警察，更不想接触警察。他看见警察有着本能的不安和抵触情绪。他认为警察找自己不会有好事。好事不会由警察上门通知他。他在心里推测会不会李亲实又惹事了。

那位年龄偏大的警察认识李天震。当年逮捕李亲实时他来了，对李天震家的情况了解一些。他爱好摄影，和李亲亮熟悉。李亲亮在县委宣传部工作时，他和李亲亮交往比较多。为了消除李天震的思想顾虑，他问起了李亲亮在北京的生活情况。他提起这个与案件不着边的话题本意是想缓解李天震的紧张情绪，可没想到李天震会往坏处想。

李天震联想到李亲亮出事了，急忙问："亲亮出什么事了？"

"你想多了。我和亲亮是朋友，他去北京后一直没有消息，挺牵挂他的。"警察笑着解释说。

李天震用疑惑的目光看着警察。

警察看无法缓解李天震的情绪，直截了当地问："当年你的猪是怎么死的，你还能回忆起来吗？"

"你是指死那六头大肥猪的事吗？"李天震说。

警察说："对。就是那年冬天，你突然死了好几头大肥猪的事情。"

"当然记得了。那可是六头大肥猪呀，值不少钱呢。我到死也不会忘的。"李天震一提到当年死猪的事就恼火了。正如他说的这辈子也不会忘。

警察问："猪是怎么死的你清楚吗？"

"被人毒死的呗。"李天震说。

警察问："你怀疑是被谁毒死的？"

"应该是唐为政干的。"李天震说。

警察问："你为什么怀疑是他呢？"

"当时唐为政不想让我养猪了，他想占用我的地方，扩大养猪规模。我不听，他就采取这种办法逼我。"李天震说。

警察问："你不养猪是被唐为政逼的？"

"他不往死里逼我，我还会继续养猪。唐为政心太黑了。"李天震感触地说。

警察问："当时你怎么没报警呢？"

"宋镇长不让。"李天震说。

警察问："为什么不让报警？"

"唐为政是宋镇长的舅。"李天震说。

警察说："不对吧，唐为政比宋镇长年龄小不少呢？他怎么会是宋镇长的舅呢？"

"远房舅，不是亲的。宋镇长家没少吃唐为政的猪肉，没少喝唐为政的酒，还能不护着唐为政吗。"李天震说。

警察说："你可能误解宋镇长了。"

"我没有冤枉宋镇长。他就是坏。在我死猪的事情上，他处理得就是不对。不过，他也得到了报应。他大儿子宋小江不是杀人了吗，不是被枪毙了吗。"李天震说。

警察说："你挺恨宋镇长的。"

"原来恨，现在不恨了。"李天震说。

警察说："现在怎么不恨了呢？"

"他儿子被枪毙了，遭到报应了，还恨啥。再说猪是唐为政弄死的，凶手是唐为政，不是宋镇长，他只是袒护唐为政呗。"李天震说。

警察问："你怎么能确定猪是被人毒死的呢？"

"县兽医站给我开检验证明了。"李天震说。

警察问："哪个兽医给你检验的还记着吗？"

"那人得癌症死了。"李天震说。

警察问："检验证明你还留着吗？"

"留着呢。"李天震说。

警察喜出望外地说："你拿出来我们看一看。"

李天震打开小木箱，从里面取出一个钱包。他打开钱包，拿出了一张纸。虽然纸已经变色发黄了，可字迹还清楚。纸上写着检验结果，还有兽医的签字及兽医站公章。

警察没想到事情过去这么多年了，李天震还保存着这张看上去没有用的证明。警察说："事情过去这么多年了，你怎么还保存着这张证明呢？"

"这是欺负人的事呀！做这种事缺德，坏良心呀。这是对我的污辱。我一定留着，不能忘。"李天震把检验证明递给警察。

松江县兽医站鉴定证明

1984 年 1 月 5 日，洼谷镇养猪专业户李天震送到松江县兽医站 3 头死猪，要求进行检测死因。3 头死猪均在一百八十斤左右。

据李天震口诉猪是在 1 月 4 日夜里死的。

经观察、剖验、化检。根据检验及分析初步鉴定死因为液体中毒。

检验人　×××

1984 年 1 月 5 号

警察接过证明看了看，想拿走，李天震没让。李天震说这是他人生中最大耻辱，任何人也不能给，得留着做纪念。警察看无法拿走证明原件，让李天震坐上警车一起去公安局，准备复印一份。

冯明远从李天震家出来后，没走远，一直观察着李天震家，想了解发生了什么事情。他看李天震上了警车，着急了，不知道警察找李天震干什么。刚才他和李天震聊天时没听李天震说有事呀？没事情警察怎么会突然来了呢？李天震还上了警车……他心里思量着，便去了镇政府办公室。

镇政府办公室的人在议论秦虎和唐为政打架的事情呢。

冯明远不解地插言说："唐为政和秦虎打架警察怎么会来找李天震呢？"

"警察来找李天震了？"镇长惊讶地问。

冯明远说："来了两名警察，李天震坐警车去县城了。"

"警察来找唐为政时，没有说要找李天震呀？"书记看着镇长满脸疑惑地说。

镇长琢磨着说:"这是怎么回事呢?"

"还能是因为多年前李天震家死猪的事吗?"统计回想着说。

冯明远说:"那件事已经过去那么多年了,怎么会跟这件事有关系呢?"

"也许有关系。"统计对那件事了解,怀疑那件事是唐为政干的,但没说出口。

书记和镇长都是后来调到洼谷镇工作的。这些年来洼谷镇政府办公室里只有统计这个职位没有换人,其他职位已经换人了,有的职位还先后换了好几个。书记和镇长对那次李天震死猪的事不了解。他们听着冯明远和统计旧话重提,说着李天震死猪的事。书记说:"不用猜测,等李天震回来就知道了。"

李天震从公安局出来后,把证明折叠好,放在了贴身的衣服兜里,心里直犯嘀咕,想不通警察要证明干什么。他在琢磨事情过去这么多年了,警察怎么会突然主动提起这件事呢?难道说还会给他翻案吗?

4

唐为政隐隐地感觉事情正朝着不利于他的方向发展。他从镇政府出来,骑在自行车上有些神情恍惚,好几次险些骑到街边的排水沟里。有几个熟人从对面走过来,同他打招呼,他心不在焉的回应,反应迟缓。他忽然想去宋镇长家一趟。

宋镇长退休多年了。他在大儿子宋小江没犯杀人罪前,闲着的时候经常去松花江边钓鱼,欣赏江边秀丽风景,打发时光,排解寂寞。在宋小江犯了杀人罪,被判了死刑,枪毙之后,他苍老了许多,很少出家门了。他正在炕上躺着呢,唐为政拉开门走进来了。他坐起身不解地说,你怎么有时间来了?

唐为政说这几天就想过来了,一直忙,没能抽出时间。宋镇长说养那么多猪,能不忙吗。唐为政坐在了沙发上,看着坐在炕边的宋镇长。

宋镇长知道唐为政来有事,不然是不会来的。他刚退休的时候唐为政隔三岔五来坐一坐,聊一聊天,过年时也会送点猪肉来。随着他退休时间越来越长,唐为政来得次数也越来越少了,更别说是送猪肉了。唐为政扫视了一眼屋中间,就你一个人在家?宋镇长说他们都有事,只有我是闲人。

唐为政说人闲着不是好事,会闲出毛病来的。宋镇长说退休了能有什么事呢。

唐为政说你可以回山东老家看一看，现在山东发展快，变化可大了。

宋镇长说回山东老家得有钱才行。唐为政说你不是有退休金吗。宋镇长说那才几个钱。

唐为政说我退休后还没你的多呢。宋镇长说也差不了多少。唐为政说不能指望退休金生活，退休金只能够吃饭的。

宋镇长问听说你在青岛买房子了？你也不住，在那买房子干什么？唐为政提起在青岛买的房子，有些兴奋地说，青岛是沿海城市，房价涨的快，买房子比存钱划算。我买的房子已经增值好几万了。

宋镇长说你承包养猪承包对了，不然挣不到这么多钱。唐为政说如果不承包养猪，肯定在青岛买不起楼房。宋镇长羡慕地说养猪比当官好，如果我有钱也去青岛买楼房，在楼上看海多好。

唐为政说还是当官好，当官有权力，不付辛苦。宋镇长说在咱们这地方当个小镇长能有多大权力。唐为政说养猪太辛苦了，还有一身难闻的味，更是操心。宋镇长说坐办公室干净是干净，但挣钱少呀，就那么点工资，过日子没钱怎么行呢。

唐为政说你没退休时，我跟你说让你多捞点钱，可你不听。宋镇长一笑，没说话。他怎么能不捞钱呢，但不能过分，得有机会，适可而止。洼谷镇虽然行政职能是镇级，可还不如山东老家一个大村庄大呢。这么小的地方，经济又不好，他能有多大捞头呢。再说，他也不能把捞钱的事说出来呀，这是个人秘密，不可能告诉唐为政。唐为政说这年头看准挣钱机会就得赶紧挣，机会错过去了，再想挣钱就挣不到了。

宋镇长说当初你们三家养猪的现在数你挣钱多。唐为政说当时你要是把整个养猪场全承包给我一个人就好了。宋镇长说那怎么行呢，当时养猪场有你们三个饲养员，你们三个人都想承包，就分成了三家。

唐为政看着宋镇长心想你还挺讲原则呢，讲原则你别要我的猪肉呀，别喝我的酒呀。宋镇长说当时如果全承包给你一个人，你也不一定敢承包。第一年承包没经验，谁都不知道赚钱不赚钱。如果赔钱了呢？一年过后看到赚钱了，谁还愿意放弃呢。唐为政不想顶着宋镇长说话，顺从地说，也是这么个理。

宋镇长说人应该知足。唐为政说你说的没错，人应该学会知足。宋镇长说你和秦虎现在也算是咱们镇上的富裕户了，日子过得多舒坦。

唐为政说秦虎才不是个东西呢。宋镇长不解地说你们两个关系不是还可以吗？唐为政说现在不行了。

宋镇长问你们发生什么矛盾了吗？唐为政说他家猪死了，非一口咬定是我弄死的。宋镇长说我怎么没听说这件事呢？

唐为政说昨天晚上刚发生的事情，你没出家门，怎么会知道呢。宋镇长明白唐为政来找他的用意了，心想如果不发生了秦虎猪死的事情唐为政还不会来。唐为政说到我家喝酒去吧。

宋镇长知道酒是不能白喝的。他喝了唐为政的酒，就得为唐为政做事。他办不了唐为政想要办的事，推辞地说我现在酒量不行了，不去。唐为政说你一个人在家没意思，走吧，去喝点酒解解闷。宋镇长说小江的事刚过去，我哪有心情喝酒呀。

唐为政听宋镇长这么说，就没法坚持了。宋镇长的大儿子宋小江刚被判了死刑，枪毙没多久，当父亲的没有心情喝酒是正常的，可以理解。唐为政沉默了一会问，你和现在镇长关系怎么样？宋镇长知道唐为政话中的意思，故作不明白地说面子上能过得去，没有私交。唐为政叹息了一声。

宋镇长问怎么了？唐为政说我用刀把秦虎砍伤了，镇里把事情交给县公安局处理了。我想让你去和镇长说一说，让镇长帮着说点好话。宋镇长说这件事我帮不上忙。如果我有权力，小江还能被枪毙吗。

唐为政心想你儿子犯的是死罪，我这才多大点事。他还想让宋镇长帮着去说情，便说你是镇上的老领导，在县里也有威望，镇领导会给你面子的。宋镇长说这你可说错了，现在年轻干部才不会这么想呢。我们这些老东西不插言还好点，一插言他们会误认为干涉工作。唐为政说年轻干部考虑得简单，不能从照顾大局出发。

宋镇长问秦虎家死了几头猪？唐为政说我还真不清楚。宋镇长说秦虎家猪死了是小事，你把秦虎砍伤了是大事。动刀伤人触犯法律了。

唐为政也是这么认为的，所以才害怕。宋镇长说秦虎死猪的事对你不利，前些年李天震家的猪死了，李天震就想报警，让公安局来处理，当时被我拦下来了。唐为政说李天震那人没文化，做事乱来。

宋镇长说李天震乱不乱来咱先不说，如果你跟秦虎也出现这种事了，就不好办了。唐为政说李天震的事过去那么多年了，新来的镇长和书记都不了解。宋镇长说虽然过去多年了，但那件事在洼谷镇上的影响还有，如果秦虎和李天震都一口咬定说是你干的，你就说不明白了。

唐为政表情有点慌张地说，嘴是两张皮，长在他们身上，他们想怎么说就怎么说吧。咱也管不着他们说话呀。宋镇长说做事不能违法，触动法律就不好办了。唐为政看宋镇长不想帮忙，没心思聊下去，站起身说我回去了。

宋镇长把唐为政送出院落，看着唐为政骑上自行车晃晃悠悠离去。

唐为政没走多远，遇到了从县公安局回来的李天震了。李天震看见唐为政没有说话的意思。唐为政主动和李天震打了招呼。

李天震应付了一声走过去。虽然他猪死的事情过去多年了，可在心里还有着解不开的疙瘩。他不会轻易原谅唐为政的。

唐为政回到家心烦意乱，喝起酒来。他喝得有些醉意时他的女人回来了。

唐为政的女人坐到炕边，质问地说："秦虎家猪死是不是你干的？"

"我没干。"唐为政说。

唐为政的女人说："你别嘴硬了。警察到养猪场把死猪拉走了两头。"

"警察来拉死猪了？"唐为政惊住了，感觉到了事态严重性。

唐为政的女人说："如果是你干的你赶紧去公安局投案自首，争取得到从轻处理。"

"这件事与我无关。"唐为政否认着。他感谢那两只大老鼠，如果那两只大老鼠不出现，他就把毒药打在猪身上了。那样他真就犯错误了。他自认聪明一时糊涂一时，如果他把毒药注射在猪身上，还能跑得了他吗？何况当年他用这种方式毒死过李天震的猪，故伎重演是最愚蠢做法。

唐为政的女人说："我刚才遇到李天兰了，她说警察还找李天震了解情况了。"

"李天震早就不养猪了，他能知道什么？"唐为政说。

唐为政的女人说："我也怀疑你。"

"操你妈的！你胡说什么呀！你想让我进监狱呀！"唐为政恼怒了，猛然把酒杯狠狠摔在了地上。

5

警察开着警车到洼谷镇拘捕了唐为政。

唐为政在逮捕证上签字时手抖动的不听使用了。警察给他戴上手铐时，他已经不会走路了。他是被两名警察架到警车上的。唐为政突然声嘶力竭地喊："秦虎家猪不是我毒死的！你们不能冤枉好人。"

"喊什么喊？秦虎流血过多死了，你得偿命。"那位年轻警察说。

唐为政脸色惨白，哑口无言。

警察把唐为政关在拘留所里。他面对铁窗铁门理智崩溃了。他回想着与秦虎打架的场景，知道秦虎被砍中好几刀，砍在什么部位不清楚，看见血染红了衣服，没想到秦虎死了。他相信警察的话。他心想这辈子算是完了，不判死刑也得判无期徒刑。警察审问他时没有反抗心理，警察问什么，他都如实回答。

唐为政看警察手中拿着当年县兽医站给李天震开的猪死检验鉴定证明，供认不讳的承认了当年李天震家猪是被他毒死的事实。

警察问："你为什么动刀砍人？"

"秦虎先动手打我，还诬陷我毒死了他的猪。"唐为政说。

警察问："秦虎家的猪不是你毒死得吗？"

"当然不是了，如果是我毒死的，我就不会动刀砍他了。"唐为政说。

警察问："你想过要毒死秦虎家的猪吗？"

"想过。"唐为政回答。

警察问："为什么没下毒呢？"

"有两只老鼠打消了我这个想法。"唐为政说。

警察虽然不太相信是老鼠改变了唐为政的意向，但没有追问下去，因为这对案件侦破并不重要。警察让唐为政在供词上摁了手印，签了字。

唐为政心里犯嘀咕自己没给秦虎家猪下毒猪怎么会死呢？

警察从县兽医站取回对死猪的检验鉴定报告后，排除了秦虎家猪是唐为政下毒的嫌疑。

这是一种突发性流行性猪疫。唐为政是洼谷镇兽医，在接到县兽医站通知后给猪打过疫苗，而他没告诉秦虎。秦虎家猪没打疫苗，被感染上了猪疫。

秦虎家猪在陆续死去。

6

唐为政的女人哭泣着找到李天震，请求李天震原谅唐为政从前做的错事，不要追究唐为政的责任。她可以赔偿李天震的经济损失。

李天震看着唐为政的女人心软了，叹息地说都是乡里乡亲的，低头不见抬头见的，事情过去那么多年了，你们知道错了，还追究什么责任呢。唐为政的女人被李天震的宽宏大度感动了。

唐为政的女人又去找秦虎，想和秦虎私了。秦虎认为唐为政本性难改，应该得到惩罚。如果这次不弄倒唐为政，唐为政缓过劲来还会坏他。他觉得唐为政像条毒蛇，但他不想当农夫。他断然拒绝了唐为政女人私了的要求。

警察没有因为李天震原谅了唐为政而减轻对唐为政的处罚。

唐为政的女人去拘留所看他时，他怀恨在心地说，你去找李亲实把那两万元钱要回来。唐为政的女人说李亲实可能没钱还。唐为政说那你去法院告他，申请强制执行。

唐为政的女人不赞成这么做，认为这么做不尽人情了。她说李天震这次没说你的坏话，还原谅了你，看在李天震的情面上，咱们还是先别找李亲实要钱了。唐为政愤然地说，李天震不说警察怎么会知道当年他猪被毒死的事情呢？就算他没说，我不也被公安局关起来了吗。唐为政的女人犹豫着。

第二十八章
伤情的故乡

SHANG QING DE GU XIANG

　　时间飞逝，光阴荏苒，转眼多年过去了。李亲亮已经是《九州日报》摄影部的副主任了。徐教授组织中华摄影家采风团去北大荒艺术采风，邀请李亲亮同行。

　　李亲亮早有回北大荒的想法了，因为琐事多没能成行。他随同中华摄影家采风团重返北大荒，重返那片熟悉的黑土地时，刘海龙已经退休回家安度晚年了。

　　李亲亮想见到刘海龙。他把想法跟贺广连说了。贺广连从北京广播学院进修回到松江后，被调到宣传部工作了。现在是县委宣传部长。他从前就和李亲亮熟悉，知道李亲亮跟刘海龙的个人关系近，感情深。他说打电话让刘海龙过来吧。李亲亮认为打电话通知刘海龙有点摆架子了，觉得去一趟刘海龙家比较好。

　　负责接待的松江县委陈副书记和宣传部长贺广连陪同李亲亮去刘海龙家了。

　　刘海龙在院落里拿着水壶给花浇水呢，看李亲亮和陈副书记、贺广连等人走进来，喜出望外地对李亲亮说，好多年没回松江了吧。

　　李亲亮说没时间，真是太忙了。刘海龙说忙点好，不忙能出成绩吗，没想到你能取得这么好的成就。李亲亮说也谈不上什么成就。

　　刘海龙说你是咱们松江县走出去的第一位摄影家。李亲亮谦虚地说感谢你的帮助，没有你的帮助我是走不出去的。刘海龙说是你自己努力的结果。

　　李亲亮感恩地说县领导的关心也是不可缺少的。陈副书记说亲亮太谦虚了。李亲亮说确实是松江培养了我。

　　贺广连说从前我就佩服亲亮处事方式，在松江工作时这样，去北京工作这么多年了，依然还是这样，太难得了。李亲亮说一方水土养一方人，北大荒人的本质不就是这样吗，改变不了。贺广连说亲亮说的对，人不论走到哪里，都不能忘了故乡。

刘海龙问这次回来有什么感受？李亲亮说变化太大了，我走时全是平房，现在在平房不见了，全是楼房了；我走时街上全是自行车，现在全是轿车。刘海龙说这些年松江变化是挺大的。

李亲亮开玩笑地说如果知道松江能建这么好，我就不去北京了。刘海龙说你去北京跟这没关系，你是为了爱情，为了事业去的。李亲亮说不管在哪，只要生活的幸福就行。

刘海龙关心地问，你回家了吗？李亲亮说没有。刘海龙说你回家看一看吧。

李亲亮说我不想回去。刘海龙劝解地说家事就是家事，血脉相连，亲情是割舍不断的。过去的事就算过去了。回去看你父亲吧。李亲亮叹息了一声。

刘海龙说你又不是经常回来，下次还不知道是在什么时候回来呢。既然走到家门口了，你应该回去，谈得来就多聊一会，谈不来就少聊吗。

陈副书记和贺广连也劝李亲亮回洼谷镇。并且陈副书记还给李亲亮安排了车。

李亲亮被说动摇了。他在结束一天采访活动后，傍晚时分让司机送他去了洼谷镇。

夕阳释放着绚丽的晚霞。黑土地是那么美丽迷人。

这是一条他从前经常走的路。那时是沙石路面，现在修建成了水泥路面，平坦而宽阔，坐在轿车里没有一丝颠簸感。他看着车外的树木，路两边田野，回想着过去的生活。

洼谷镇依然如旧，没有大变化。从前他没感觉洼谷镇荒凉。此时他感觉小镇太小了，太荒凉了。他的情感是那么孤单与纠结。他没有荣归故里的感觉，只觉得往事在目，心潮起伏。虽然他知道李天震把房子卖了，但不知卖给谁了，是否认识房子的新主人。他想看一眼原来的房子，寻找生活的记忆。

他走到院落外面，屋子的主人迎了出来。他不认识眼前的人，眼前的人也不认识他。他不知道眼前的人是谁，可眼前的人却知道他。

这家人是在李亲亮去北京后，从吉林德汇乡下迁移到洼谷镇的。他买下李天震的房子。他把李天震现在的住处告诉给李亲亮。李亲亮凭借记忆找到了李天震的住处。他走进低矮的小屋时，李天震正在吸烟呢。

李天震的身体明显不如从前了。他目光呆滞，满脸苦闷表情，连续咳嗽了几声。他没想到李亲亮能在此时回来。他用可怜的目光看着李亲亮，缓缓地问你怎么回来了？李亲亮没回答，把目光从李天震身上移开，扫视着屋里的摆设，心里是那么难受。李天震问你哥被法院抓走了，你知道吗？

李亲亮知道李亲实被法院拘留的事。但他不想提起李亲实。他认为李亲实的事情与他没关系。

李天震问你带钱了吗？李亲亮冷漠地说干什么用？李天震说："你哥是因为还不上欠款被法院抓走的。如果他把钱还上就能被放出来。"

"爸，你的房子呢？"李亲亮在明知故问。

李天震叹息了一声，无话可答。

李亲亮问："你卖房子的钱呢？"

李天震虽然想过去法院起诉李亲实，最终看在父子情分上没有起诉李亲实。李亲实是被唐为政起诉抓起来的。

李亲亮不满意地说："爸，你给我准备结婚的钱呢？"

"你现在不是有钱了吗，怎么还要钱呢？"李天震说。

李亲亮说："这是两回事。在我特别需要用钱的时候，你们帮助过我吗？你们跑到哪去了？我得找外人借钱。你们还是我的亲人吗？"

李天震知道对不起李亲亮。同样是儿子，他给李亲实那么多帮助，却从没有帮助过李亲亮，感觉自责，不想说下去了。

李亲亮为这个家操碎了心，帮助李亲实那么多，可当他遇到困难时家里人却不帮助他。这个家太让他失望了。他恨李天震，更恨李亲实。

李天震说："亲实，可是你的亲哥，你不能见死不救呀！"

"他是我哥吗？如果他尽一点当哥的责任，在我最困难的时候还不帮我吗？他不但没有帮助过我，还起着负面影响，制造不利因素。话又说回来，我帮他帮的还少吗？我还帮他一辈子吗？我是该他的，还是欠他的？"李亲亮认为自己对得起李亲实。李亲实做的事却对不起他。他不认为是一个妈生的，一个父亲养的，同在一个锅里吃饭长大就是最亲的人。他认为亲人之间的奉献和关爱应该是相互的，而不是单方面付出或索取。

李天震说："你的意思是不想管亲实的事了？"

"我没有管的责任和义务。"李亲亮说。

李天震说："你看着你哥有困难不帮忙能对吗？"

"对与错不要问我，先问你们自己。"李亲亮说。

李天震恳求地说："你再帮亲实一次行吗？"

"你让林童玉去想办法吧。"李亲亮推脱着。

李天震说："她会想办法，可不一定有这个能力。你不是有这个能力吗？"

"这事与我无关。"李亲亮说。

李天震问："你带多少钱？"

"干什么？"李亲亮冷眼看着李天震。

李天震说："我租房子住不是办法，想买个房子。"

"你卖房子的钱不是给亲实了吗，你买房子应该找亲实要钱。"李亲亮说。

李天震说："我要钱你也不给吗？"

"不是不给，你说的不是理由。如果理由充分，我可以给。你是我爸，你朝我要钱没有错。我有义务给你钱。可你变相把我的钱转给李亲实就不行了。"李亲亮拒绝了李天震的要求。

李天震不明白李亲亮话中的意思。他说："你要什么理由？我怎么变相把钱给亲实了？"

"爸，这样吧。你到法院起诉我和亲实。让法院判。亲实给多少，我给多少。不过，你必须把过去给亲实的钱算上。你养了我们俩，不是养了我自己。我们都有养你老的责任。"李亲亮说。

李天震沉默了。

李亲亮说："亲实卡车开的怎么样？他不是说等买了卡车后，挣到大钱了，再让我结婚吗，如果我等到现在，会是什么结果呢？"

李天震又点燃了一支烟，吸着烟不说话。

李亲亮动情地说："李童已经上学了吧？我到这个年龄了，还没有孩子呢。你处处在为李亲实着想，又为我想过多少呢？"

"你不是比亲实懂事吗。亲实不是不懂事吗？"李天震解释着。

李亲亮有些激动地说:"他在监狱服刑时我去看他;他结婚时我跑前忙后的;他买房子你给他钱;他买卡车你卖房子,咱们帮助他还少吗?反过来他又帮助过谁?关心过谁?别说帮助和关心了,他连起码的感恩之情都没有。你还让我帮他,这可能吗?如果我继续帮助他,那我成为什么人了?"

"他就那样,你说咋办?"李天震说。

李亲亮觉得委屈、伤心,落下无声的眼泪。

这时李童走了进来。李童不认识李亲亮。李亲亮也不认识李童,但他们都感觉到了对方。他们血管里流淌着相同的血液。血脉相通,情感相连。他们又是那么生分。生分的如同毫不相关的人。李童在门口站了一会儿,没有说话,悄然转身离开了。

李亲亮掏出手帕擦拭着脸上的泪水,轻轻地说:"爸,你们太让我伤心了。"

"你们俩心都够狠的。"李天震说。

李亲亮从内心深处涌起一股寒意,感觉心痛。他说:"别人能背叛我,我为什么不能背叛别人呢?"

"背叛什么?"李天震不清楚,也不懂。

李亲亮没有做任何解释,站起身什么也没说,走出屋,坐上等着他的轿车。司机开动了车,朝洼谷镇通往松江县的公路驶去。李亲亮本想回头再看一眼小屋,再看一眼李天震,但没有回头。如果他回过头来会萌生更多伤感。

李天震扶着门,望着李亲亮坐的轿车远去,从苍老干涸的眼眶中缓缓流出两行老泪。

林童玉和李童跑着赶过来时,没看见李亲亮,很是失望。她想和李亲亮商议李亲实被拘留的事,想得到解决办法。她问李天震说:"你没跟亲亮说亲实被拘留了吗?"

"我跟他说了。"李天震说。

林童玉问:"亲亮怎么说?"

李天震沉默了。

林童玉说:"这件事亲亮是能帮上忙的。"

"他已经回县城了。"李天震说。

林童玉说："明天我去县城找亲亮。"

"还是别去找他了。"李天震摇摇头说。

车在经过邱忆林家门前时，李亲亮侧过脸朝邱忆林家望去。

邱忆林家院落门前的木栅栏上挂着一个四方形的铁皮牌子，上面用红漆写着：洼谷镇中心小商店。邱忆林搬进这间屋后，开了商店。

李亲亮对这间房子太熟悉不过了，这里留下了他太多记忆。他在车开出洼谷镇后，回过头，透过后车窗看着渐渐远去的小镇。小镇变成了一个点，成为他生活中的句号。

他回到宾馆就开晚饭了。晚餐是自助餐，没有县领导陪同用餐，自己随意选择饭菜，人员座位自由组合。徐教授端着盘子走到李亲亮身边说，你脸色不太好。李亲亮说有点疲倦了。徐教授说这是你的家乡，回来开心吧？李亲亮笑着没说话。

有同行者走过来和徐教授谈事情，李亲亮朝另外一张桌子走去。

吃过晚饭，李亲亮从宾馆走出来，一个人在街上走着。明天他将离开松江县了，想在离开前多看一看小城的夜色，多留些记忆。他走到县公安局二层小楼前停住了，在暗淡光亮中望着小楼。小楼对他来说已经不像从前那么神秘了，感觉小楼真的很小。他知道拘留所在小楼后面。1983年李亲实被拘捕时，他来看过李亲实。那时他没能力帮助李亲实。现在他有能力却没心情了。他只要替李亲实还上钱，或者和陈副书记说一声，看一眼李亲实，兄弟俩见一面还是能做到的。但他不想这么做，也没这份心情。他认为应该让李亲实在拘留所里面反思自己的行为，或许李亲实只有在法律面前才能对自己的行为进行反思。拘留所虽然近在眼前，可他没有去看李亲实，而是缓缓走开了。他离拘留所越来越远，对李亲实也是更加陌生了。

林童玉第二天带着一丝希望去松江县城找李亲亮了，渴望能得到李亲亮的帮助，尽快把李亲实从拘留所放出来。

李亲亮随着中华摄影家采风团，披着晨晖离开了松江县，在大自然的怀抱中，在茫茫荒原上开始了人生又一个行程。

第二十九章
救赎

JIU SHU

1

林童玉来到中华摄影家采风团住宿的松江县宾馆找李亲亮时，宾馆服务员告诉她摄影家采风团人员吃过早饭就去峰源了。她没能见到李亲亮有点沮丧，心中想法一时间全改变了。她觉得李亲亮做的过于冷漠无情了，这哪像亲弟弟做的事。可她又一想，也没有理由责备李亲亮，不能把责任和过错全部推给李亲亮。从前她和李亲实做的事情太过分了，哪里又像亲哥亲嫂做的事情呢？她知道自己在对待李亲亮方面处理的不好，做了不少错事。如果她平时跟李亲亮关系处理的融洽，不激化矛盾，相信李亲亮会帮忙的。可平时关系闹的如同仇敌似的，老死不相往来，遇到了困难，渴望李亲亮帮忙，也过于天真了吧？

她从宾馆里走出来，站在台阶上，看着远处空荡荡的大街，若有所思地想了一会儿，拿起手机给几个姐姐分别打了电话。她让几个姐姐回母亲家，说有事要商议。几个姐姐问她什么事，她没有回答，只是说见面就知道了。她挂断电话，把手机放在衣服兜里，快步走下台阶，骑着自行车去菜市场了。

松江县是地处北大荒的小城。南面是松花江流淌经过这里，北面是黑龙江经过这里，整个县内区域是在两江之间的下游地带。黑龙江北岸是俄罗斯的远东地区。小城人口少，菜市场不大，整个市场里只有十几个摊位。小商贩们认识林童玉。林童玉也认识小商贩。这主要是因为李亲实在小县城的知名度比较大，影响面广。林童玉在这方面算是沾了李亲实的光。她买了肉，排骨、鸡、鱼什么的，觉得东西买的差不多了，准备离开菜市场。她推着自行车正往菜市场门口走呢，无意中看到了在市场里卖烤鸭的王不幸了。王不幸笑着向她招了一下手，示意让她过去。她推着自行车朝王不幸走过去。

王不幸是个爱说爱笑的中年女人。她年轻时在洼谷镇工作过，当时是镇食堂的炊事员。有一次她一个人到地下储藏室去拿白菜，被李一手强暴了。李一手只有一只右手，是个独臂单身汉。他的左手在去松花江边用炸药炸鱼时，发生了意外事故，被炸掉了。他三十多岁还没娶女人，情欲难耐，发现王不幸一个人在地下储藏室，而储藏室又处在偏僻地方，很少有人经过，便萌生了邪念。他欲望顿生，拿起菜刀，逼着王不幸脱下了衣服。如果王不幸奋力反抗，李一手未必能得逞。当时王不幸刚二十出头，太年轻，没有处事经验，被突发事情吓蒙了，为了保命，顺从了李一手。李一手受到了法律的惩罚，判刑入狱了。王不幸也离开了洼谷镇，嫁到了县城。虽然她被强暴过，丢失脸面，但她嫁的男人思想开放，不计较从前发生过的事情。有人开玩笑说王不幸是幸运的，她男人不计较那种事，对她很好。人们都说她嫁个好男人。她男人膀大腰圆，身体健壮，能干活，能吃苦，为人还实在，人缘也好，是过日子的好男人。可好男人也有心情不愉快的时候。生活中两口子肯定会有磕磕绊绊的，她男人在两个人发生家庭矛盾时，在气头上有时也会说：你被×××强暴了，是个没人要的货色，我能娶你已经不错了，别不知足……当气消了，就不记得自己说过什么话了。她的男人跟李亲实来往密切。她和林童玉更加熟悉了。她热情地说："拿只烤鸭回去吧，烤鸭好吃又省事。"

"我买的东西已经不少了，再买就有点多了。"林童玉看了一眼车把前的东西。

王不幸说："正是因为买的东西多才更应该买烤鸭呢。做那些菜费时间，而烤鸭拿回去就可以吃。并且是喝酒的好菜。"

林童玉被王不幸说动了心，思量着买还是不买。

王不幸继续推销说："你听我的错不了，拿一只回去吧。"

"是今天的吧？"林童玉把目光投向了烤鸭。

王不幸说："当然了。都是熟人，质量第一。如果吃出了问题那还了得，出了质量问题不是对你不好，而是让我没脸见人。做生意做的是人品。"

林童玉笑了，还是有点犹豫。

王不幸说："拿一只吧？"

林童玉原本没有买烤鸭的打算。但王不幸会说话，卖鸭子从来不说是卖，而是说拿，虽然只是一字之差，但让人听起来感觉却迥然不同。王不幸说的"拿"，听上去好像不要钱似的。可都是熟悉人，谁又能少给钱呢。林童玉不好拒绝王不幸的热情，被这种热情感染着，决定买一只。她说："你给我挑一只好的。"

"哪一只都不错。拿回去尽管放心吃，肯定没问题。"王不幸说。

林童玉知道王不幸卖烤鸭已经许多年了，也多次买过王不幸的烤鸭，还没发现过质量问题呢。

王不幸把烤鸭装进塑料袋中，递给林童玉问："家里来客人了？"

"没有。"林童玉付了钱。

王不幸说："亲实一定是挣到大钱了，准备庆祝一下吧？"

"他能挣什么大钱，饿不着就算好事了。"林童玉说。

王不幸不相信地说："你别对我喊穷，我不找你借钱。亲实开卡车跑运输能不挣钱？你说没钱谁会信呢。"

"你不信就不信吧。"林童玉不想多解释。

王不幸说："不过年不过节的，家里又没来客人，谁能买这么多东西。"

"我这是回娘家，回娘家能空手回去吗？"林童玉感觉王不幸问的话太多了。她把烤鸭往自行车前把上一挂，离开了菜市场。她骑着自行车朝娘家而去。

林童玉的娘家在松江县城西面的林家镇。林家镇离县城有十多里路程。出了县城虽然是沙土路，但路平坦，好走，平时一会就到了。她买的东西多，又挂在自行车前把上，东西左右摆动，骑着不方便，行进速度慢了点。她在路上遇到了几个熟人，但没有停下来，只是匆忙打过招呼就继续赶路了。她到娘家时出了一身汗。

她母亲看林童玉买这么多东西回来，不解地说："不过年不过节的，你买这么多东西干什么？"

"请人吃饭。"林童玉拿起毛巾擦拭着额头的汗。

她母亲问："你请谁吃饭？"

"请我姐。"林童玉说。

她母亲问："请你哪个姐？"

"都请。"林童玉说。

她母亲问："请你姐吃什么饭呢？"

"我有事求她们帮忙呗。"林童玉说。

她母亲说："你姐又不是外人，有事找她们就行，没必要请她们吃饭，就算是请吃饭，也用不着买这么多东西呀。你日子过得挺紧巴的，这要花多少钱呢。何况亲实还在法院里关着呢。"

"不是外人也不行。现在各自成家单过了，找人帮忙就欠人情了。"林童玉感叹地说。

她母亲责备地说："你这孩子，怎么会这么想呢。她们不是你姐吗。不是还有我这个当妈的在吗。"

林童玉听到母亲这么说，伤感起来，不自主的了落泪。她这么一哭，母亲也难受了。

她母亲说："你哭什么？有事解决事情，别哭了。"

林童玉的二姐林童艳也住在林家镇。她是第一个来的。她走进屋看见这种场面，吃了一惊，不解地问："发生什么事了？哭什么呢？"

"可能是为了亲实的事吧。"她母亲说。

林童艳叹息了一声说："亲实是怎么搞的，人家买卡车跑运输挣钱，他却赔钱。可他的车也没闲着呀，他挣的钱都花在哪了？"

"我也听人说他的活多，活多怎么会没挣到钱呢？"她母亲也起了疑心。

林童艳说："不会外面有别的女人了吧？把钱藏起来，不往家里拿。"

"你们别瞎猜测了，他没挣到钱。"林童玉要强，在意脸面，家中的事很少在娘家人面前提起。她没想到会这么求娘家人帮忙，心里不好受，去厨房做饭了。

林童艳和母亲跟着去了厨房。林童艳说："我正在地里呢，接到电话还以为妈这儿出了什么事呢？"

"妈没有事，我有事。"林童玉说。

林童艳说："你有事就在电话中说呗，你这么一打电话，弄得我都没底了，胡乱猜测，直着急。看来得给妈买手机了。"

"童艳，你得帮助童玉把这个难关迈过去。"她母亲说。

林童艳说："亲亮不是回来了吗，现在他是名人了，说话管用，应该找他帮忙。"

"你怎么知道亲亮回来了？"她母亲问。

林童艳说："电视上看到的。县委书记和县长还陪同他参观呢。"

"童玉，这是真的吗？"她母亲问。

林童玉说："亲亮现在是名人了，有地位了，根本瞧不起我们。"

"你也别犟了，该低头时得低头。不管怎么说亲实和亲亮是亲兄弟，遇到困难找他总比找外人强。你去找他试一试，没准就行了呢。"她母亲说。

林童玉说："我都没见到亲亮的影子。"

"你不去找他，还等着让他来找你呀？"她母亲话中带着责备。

林童玉说："我去找他了，他已经离开松江了。他见到李童都没说话。你说哪有这么当叔叔的？"

"让我看这事不能怨亲亮。周围人都说亲亮在处事和为人方面比亲实好。大家对亲亮的评价比亲实高。亲亮是伤心了才这么做的。"林童艳说。

林童玉说："我还伤心呢。"

"不是我批评你和亲实，你看你们跟亲亮相处的吧，哪像当兄嫂做的事情，有你们这么当兄嫂的吗？你们结婚后不让亲亮回家，又把老人的房子卖了，做的不过分吗？"林童艳公正客观地说。

林童玉说："这是亲实的主意。"

"你也有责任。你如果阻拦亲实，也会好得多。"她母亲说。

这时林童玉的几个姐姐都陆续回来了。屋子里一下热闹起来。饭菜做好了，端到桌子上，如同过年一样丰盛。林童玉的几个姐姐你一句，她一言地说："我还以为妈有事呢，看来应该给妈买手机了。"

"我刚说完这句话，你们又说了，看来咱们感觉是相同的。"林童艳说。

林童丽说："当然了，要么怎么是亲姐妹呢。"

"童丽，咱们姐妹中就你能说，你看亲实这件事怎么办吧？"林童艳说。

林童丽刚从哈尔滨回来，还不知道李亲实被法院拘留的事情，看了看屋中的人，不解地问："亲实又怎么了？"

姐妹几人把目光落在了林童玉脸上。

林童玉话没说出口，眼泪就涌出眼眶了。她想克制，可是克制不住，眼泪一个劲的往下流。她是委屈，还是无助，说不清楚。

她母亲说："童玉，你别哭了，有事说事，你姐姐会帮你的。"

"妈，发生什么事情了？"林童丽在姐妹几人中排行老三，性子有点急，看林童玉不说话，把目光移向了母亲。

她母亲叹息了一声，把目光转向了林童玉。

林童玉哽咽地说："姐，我是来求你们的。"

"咱们姐妹谈不上求，你说是什么事吧？"林童丽不喜欢绕圈子，话直奔主题。

林童艳看林童玉不说，有些着急，把李亲实欠钱不还，被法院拘留的事从头到尾一五一拾讲了一遍。

林童丽不满意地说："亲实这么蛮干下去真就不行。他买车时没有钱，咱们二话没说，能出多少钱，尽力出多少钱。可他应该好好干呀。别人开车跑运输挣钱，他却赔钱。还听说他在外面欠了不少钱，咱们又不是多有钱的人家，哪能受得了他这么折腾。咱们帮助他，如果他能发展好也行，就怕咱们帮助了他，他也发展不好。那么一来，他不但自己日子没过好，还把咱们毁了。"

林童玉说："姐，你们无论如何也得帮我渡过这个难关，迈过这道坎，如果亲实再有下次，我绝对不求你们了。"

"那你得向我们保证一件事。"林童丽提出了条件。

姐妹几人没想到林童丽会讲条件，感觉有点意外，不约而同地把目光集中在她身上，屋中气氛凝重起来。

林童玉说："三姐，你说吧。"

"你不能让亲实继续开卡车了，这么开下去会赔个精光。"林童丽说。

林童玉的四姐说："我看亲实不适合开卡车，就别让他开了。"

"行。我答应你们。"林童玉也有这种想法，就算姐姐不说她也准备这么做。

林童丽说："亲实能听你的吗？"

"姐，你们放心。就算我跟亲实闹到离婚的地步，也不会让他继续开卡车了。"

林童玉下着决心。

她母亲批评地说："童玉，你不能总把离婚挂在嘴上。哪有两口子过日子张嘴闭嘴总说离婚的。这样会伤感情的，如果两个人分心了，日子就没法过了。"

2

李亲实看了一眼邵三庆，目光中带着无奈，想说话又没有说。邵三庆让他在释放证上签字。他拿起笔，弯腰写上自己的名字。邵三庆面无表情地说你可以走了。李亲实心想老天爷是不是在跟自己开玩笑呢？拘捕他时有邵三庆，释放他时还有邵三庆，而关押他这几天里却没有看见邵三庆。

邵三庆从部队复员回到松江后，被安排在公安局当警察了。这时他大哥邵三风已经是松江县副县长了。邵三庆当警察说和邵三风有关系就有关系，说没关系也没关系。县里在安排他们这一批复转军人工作时，信息完全是公开的，还进行了公示，透明度极高。他们这批总共有四名复转军人，三个当了警察，另外一个被安排在县政府机关当了司机，工作都很好。应该说邵三庆当警察跟邵三风关系不大，而当初参军却和邵三风关系大着呢。

李亲实明白如果当年不是邵三风动用了社会关系，邵三庆是不可能把他挤掉参军入伍的。那么参军入伍的应该是他。如果他参军入伍去了部队，没准还会被留在了部队呢，就算复员回来了，可能自己也是警察了呢。他最不愿意看到的人就是邵三庆。

命运有时就是这么折腾人，一步跟不上，步步跟不上，总会和人开玩笑。岁月过去了，是不可能退回来的。他朝门外走去。

从拘留所里出来，他不适应外面的光线了。虽然夕阳西下，光线不强烈，还是有点睁不开眼，停了片刻，才朝林童玉走过去。

林童玉没有进拘留所接李亲实。她走进去心情会更难受，怕控制不住情绪哭泣起来，让旁人笑话。她在离拘留所有十多米远的地方等着。当李亲实走到她面前时，她眼中充满了泪水。她不想让眼泪掉下来，仰头看着天空，平静一下心情，才把目光投向李亲实。李亲实看出来她心情难受，安慰地说你这是干什么？

林童玉说你以为这是多光荣的事情吗？李亲实无所谓地说不就是被关了几天吗，有什么呀。林童玉说怎么不关别人呢？

李亲实说生活中哪有那么多一帆风顺的事情，这是正常的，不必考虑的过多。林童玉说我看一点都不正常。李亲实不想跟林童玉争持下去，转移了话题问亲亮回家了吗？

林童玉说我没见到他。李亲实说他回松江了，你知道吗？林童玉反问地说你怎么知道的？

李亲实说看管人员对我说的。林童玉羡慕地说亲亮可比你强多了，县委书记和县长还陪他参观呢。李亲实说从前没看出来他能这么有出息。

林童玉说亲亮在北京发展的不错。李亲实说他对象家有社会关系，如果没有人帮助，他不会发展这么好。林童玉认为李亲实总是在寻找客观原因，从不在主观上检讨过错。她说那也不一定，亲亮在松江时不已经从机械厂调到县委宣传部工作了吗。他如果不去北京，在松江也是干部，也在机关工作。

李亲实说那是刘海龙帮着弄的。林童玉说刘海龙那人不错，帮亲亮那么大的忙，什么礼也没要。李亲实说亲亮命好，在困难时总能遇见好人。

林童玉说你的意思是你命不好呗？李亲实说当年参军如果邵三庆不动用社会关系把我挤掉了，我参军入伍了，可能现在就当警察了。林童玉说那是个别现象。

李亲实叹息地说，遇到困难时得有人帮，没有人帮不行。林童玉说那也得自己行，如果自己不行，谁帮都没用。李亲实感觉林童玉是在讽刺他。他心里不是滋味，有着苦涩。他知道自己能这么快被放出来是林童玉把这笔欠款还上了。他不想往这方面提，尽力回避。

上了主街，林童玉把自行车交给李亲实，想让李亲实骑上，载她回家。李亲实在拘留所里被关的难受，想走一走，放松一下身体，没有骑，推着自行车往前走。林童玉说："我看你还是把车卖了吧？跑运输挣不到钱，还操心，这图个什么呢？"

"卖了车干什么呢？种地吗？"李亲实不想种地。他认为种地是没有面子的事情。

林童玉说："从前咱们没有卡车，日子过得不挺好吗。自从有了卡车反而日子过的还不如从前了。卡车是为生活服务的，如果卡车影响了生活，还留着有什么用呢？"

李亲实说："眼前是处在过渡期，渡过这个难关就好了。"

"什么时间能过去呢？"林童玉知道李亲实在找借口，不想卖车。

李亲实说："遇到这么点困难就怕了，就退缩了，这怎么行呢。当年红军过草地，爬雪山不比这困难吗，如果共产党不坚持下去，不迎着困难走，能打下江山吗？"

"你这个比喻太高了，也太远了，同咱们生活不着边。我不管什么党不党的，我只想把日子过好。自己日子过得一团糟，不舒心，哪还有心情想那些事。"林童玉知道李亲实是在回避问题。

李亲实说："你放心，我一定会让你过上好日子。"

"真的吗？"林童玉不相信的一笑。

李亲实说："真的。"

"什么时候呢？"林童玉怀疑的表情中夹杂着一丝冷笑。

李亲实无法容忍林童玉这种态度，咬了咬牙，质问地说："你是什么意思，直说？"

"你火什么呀？你被拘留了，我四处借钱把你弄出来，你还有功了？"林童玉也生气了。

李亲实说："我被拘留是为了我自己吗？还不是为了这个家。"

"你是为了面子。这辆破卡车当初就不应该买，我劝你，你听过吗？人家拉货是货主请车主吃饭，你却反过来了，你请货主吃饭。你请货主吃饭如果货主能给你现金也行，可货主又给你写的是欠条。你花的是现金，换回来的却是欠条，你说这种生意能做吗？"林童玉反对李亲实这种做法。

李亲实蔑视地说："你一个女人懂什么？"

"我什么也不懂，但我绝对不会做赔本钱的生意。"林童玉说。

李亲实恼火地说："你想干什么？"

"我不想让你养车了。我看见这辆破卡车头就疼。我答应我娘家人不让你养卡车了。你把车卖了吧。"林童玉说出了心中的想法。

李亲实鄙视地说:"你娘家人有什么权力来干涉我的生活?你看一看他们,哪有一个是有地位的?全是些农夫,整天修理地球,能有什么出息?能有啥思想?"

"他们是没有出息,也没有思想,可他们能脚踏实地的生活,任劳任怨的把日子过好。他们是没有社会地位,可他们在你困难的时候帮助了你。那些有地位的人帮助你了吗?他们不是干涉,而是劝告,也是为了你好。你别好坏不知。你有思想,可你把日子过成了什么样?你有地位,那你还去找他们借钱?"林童玉反驳着。

李亲实说:"他们是帮助过我,可我也没少帮助他们呀。我的日子我自己过,用不着他们指手画脚,说三道四。"

"你脑子进水了吗?还知道不知道好坏了?"林童玉被气得不知应该说什么好了。

李亲实不讲理地说:"不知道!"

"反正我是不同意继续养卡车了。"林童玉说。

李亲实火了说:"你算是老几呀,你不让我养车我就不养了?我想干的事谁都管不着。"

"那你就跟车过吧,我不跟你过了。"林童玉说。

李亲实破口大骂:"操你妈的,我不跟你说了,真是头发长见识短。"

"你……"林童玉还没把话说出来呢,李亲实已经把自行车放在了地上,扬长而去了。林童玉看着李亲实的背影心里酸酸的,没有一点办法。她站在那儿悲伤了一会儿,看了看天色,心想李童应该放学了,扶起自行车,骑着回家了。

李亲实走到十字街路口,在开拓者雕塑前坐下,茫然地看着远处,想着心事。他从来没有怀疑过自己挣钱的能力,相信自己能成为有钱人,只是感觉运气不好。有几个熟人经过这里和他聊了起来。但都不是聊开车的事情,而是在聊李亲亮。这次李亲亮随中华摄影家采风团回到松江,在小城轰动确实不小,电视、广播一个劲的报道。不说是家喻户晓,也差不多了。李亲实不服气,想超越李亲亮。不然他在李亲亮面前抬不起头来,矮了半截。他想和李亲亮缓和关系,但必须有钱有地位后才行。

有人认为李亲实这么快能被法院放出来是和李亲亮有关系。当然这只是猜测。

李亲实听到这种话不否认，也不承认。李亲亮给他带来的是光环与荣耀。他爱护虚荣，不想捅破这一层薄纸，露出真相。

他在县城无所事事地转了转，天黑时遇到了冯志辉。冯志辉开着红色四轮车来县城拉东西，看见李亲实停了车，问李亲实回不回洼谷镇。李亲实上了冯志辉的四轮车。

冯志辉说亲亮回来了，你见到了吗？李亲实说没有。

冯志辉说你们应该见一面。李亲实说他出名了，哪还能瞧得起我呀。冯志辉说亲亮不是那种人。你当哥的应该主动一点。

李亲实说他得愿意见我才行。冯志辉说亲亮过去对你不错，你别不知足，如果我有这么个弟弟就好了。李亲实说那就让亲亮叫你哥。

冯志辉笑了。

他们说话之间回到了洼谷镇。冯志辉在李亲实家门前停了车。李亲实跳下车，冯志辉开车走了。李亲实没有立刻走进院落，而是在院落外的卡车前转了一圈，仔细看了看卡车。

李童朝他跑过来问他这些天去哪里了。他不想把实情告诉李童。因为孩子太小，不能影响孩子纯洁的心灵。他说去省城出差了。

李童说看见叔叔了，但叔叔没有说话。他说叔叔有病了，不能说话。李童摇头不相信地说叔叔没有病，他还和爷爷说话了呢。

李亲实朝李天震的住处走去。他看李天震是假的，主要是想从李天震那里了解一下李亲亮的消息。

李天震没想到李亲实能这么快被放出来了，心中的石头算是落下了。他虽然牵挂着李亲实，可见到李亲实又没话说了。

李亲实打听李亲亮的事，李天震回答的简单，只有几个字：不知道或不清楚。李亲实不相信。李天震真的不知道。李亲亮回来在家只待了一会，没说在北京的事情。李天震能告诉李亲实什么呢？李亲实看了解不到李亲亮的消息，站起身回家了。

林童玉已经做好了饭。这是他们家过年才吃到的饭。她去小商店买了两瓶北国牌啤酒。北国牌啤酒是峰源市生产的，主要是出口俄罗斯远东地区。她知道李亲实这些天在拘留所里吃不好，休息不好，想让李亲实感受到家的关爱与温暖。

李亲实知道林童玉是能干的女人，可他有点不喜欢林童玉了。林童玉的想法与他总是对立的，不能统一，沟通比较困难。他觉得烦躁，不顺心。不过林童玉这个做法感动了他，他喝着酒，缓缓地说我答应你把车卖了。

林童玉听李亲实这么一说高兴起来。她说这就对了，没车咱们日子过的不一定就不好。没有车的人家多了，不都过得好好的吗。李亲实说前些天我接了一批拉沙子的活，等把这批活干完就卖车。林童玉担心时间久了李亲实会改变主意，不想拖延下去，便说让我看这活咱不接了，把车早点卖了，也省心。

李亲实说这不好吧？还是应该把这批活干完再卖车。林童玉说你可别骗我？李亲实说我骗过你吗？

林童玉说你说能挣到钱，可钱在哪呢？李亲实说还没有到挣钱时候呢，到时候就有钱了。林童玉说反正我是不想让你养车了，也不相信跑运输能挣到钱。

李亲实说你不相信就没办法了。林童玉说你一定把车卖了。李亲实承诺地说：行，一定卖。

3

李亲实在被法院拘留之前，接到了公路站运送沙子的活。公路站修路需要沙子，站长找到了李亲实。李亲实愿意接公路站的活，修路属于城镇建设，县政府出钱，不拖欠运费，活干完了就结账，付款。不过收益相对低了些。虽然表面上看运费收益高，可站长是个不见兔子不撒鹰的小贪官，自己不得到好处不在付款单上签字。李亲实了解站长的喜好，在站长找他当天晚上，请站长在县城最好的饭店吃了饭。吃饭只能联络感情，想办成事只吃饭不行，还得送礼。他送站长回家时，送去了两条中华牌香烟和一些牛肉。

站长喝得有点多了，醉意朦胧，摇摇晃晃地走到家门口，扭过头讨要人情地说，你抓紧时间干吧，想拉沙子的人挺多呢。

李亲实说忙完这几天就拉沙子。

站长叮嘱说你可要抓紧时间，这活可不能耽误了。

李亲实把香烟和牛肉递给出来开门的站长老婆。站长老婆胖胖的，一身肥肉，眯缝着一双小眼睛，表情中带着浅浅的贪婪，伸手接过东西，客套的让李亲实进屋。李亲实说还有事，转身离开了。

李亲实回到家的当天晚上就被法院拘留了。他不是不还钱，是没钱还。他在拘留所里还惦记拉沙子活呢，担心误了工期，站长把活转给别人。那么一来饭不但白吃了，牛肉和香烟也白送了。不过他知道出于站长的本意会把拉沙子活留给他，不会轻易给别人，只是担心站长的上级催促，不让等。他这么快能从拘留所里出来，真是老天爷救了他。他决定放下其它活，先干运沙子活。

早晨刚到上班时间，李亲实开着卡车去了公路站。站长看他来拉沙子，安排人员上路施工了。李亲实开着卡车去雇人装沙子。

松江县打零工的人聚集地是在转盘道前，在开拓者雕塑像下面等活。打零工人都是些没有固定职业，收入不稳定，家境不好的人。他们打零工维持生活。李亲实挑选了四个体格比较健壮的中年妇女跟车装沙子。

沙场在松花江边的荒草地里。因为是沙土地，卡车行驶在上面来回摆动。李亲实拉过沙子，对这里路况熟悉，没有特别在意。前两天相安无事，活干的比较顺利。到了第三天，天空阴沉沉的，想下雨却又没有下，这种天气影响人的心情，不利于干活。他比前两天少拉了几车，准备提前收工。在装完最后一车沙子，在缓冲地段爬坡时，车往后倒了一下，准备加大油门往前冲，这时坐在车上装沙子的一位女工没站稳，身体一晃，头朝下从卡车上掉下来，后车轮轧在了头部，当场身亡了。

车上的几个女工是第一次见到人被车轧死的场景，不约而同惊呼起来，面面相觑，神不守舍。

李亲实心里素质好，从驾驶室里出来，看着被轧死的女工，表情镇静，拿起手机拨通了报警电话。

警察迅速赶到了事发地点，拍照，勘查现场。并要求李亲实把沙子运送到地方，卸完车后去公安局接受调查。警察怕发生死者家属找李亲实纠缠的事情，为了避免出现意外，让李亲实在公安局呆上了一个晚上。

警察通知了死者的家属，向死者家属讲明事故原因。死者家属认识李亲实，思想开明，平静的接受了这次意外事故。在警察的调解下，死者家属跟李亲实顺利而融洽的达成了赔偿协议。李亲实赔偿死者家属两万元钱。警察做了案件调解终结处理。

李亲实感觉有点后悔，后悔没有听林童玉的话把车卖了。如果他听从林童玉的建议，把车卖了，不拉沙子，就不会发生这种事情了。他认为老天爷在同他做对，假如他在拘留所里能多被关上几天，错过了运沙子活，也不会发生这种事情。最多也就损失了请客、送礼的钱。发生了这种事，他损失可就大了。表面上看这次事故只是损失了两万元钱，实际上远远不止这些。这件事情发生后，谁还会愿意买一辆轧死过人的二手旧车呢？

李亲实的卡车已经成为烫手的山芋，不好脱手了。

林童玉虽然生气，着急，但这回她没有提让李亲实卖车的事。她清楚李亲实肯定不会继续开这辆车了。

李亲实不想看到这辆车，看见心情就烦躁，急着找买主。他越是着急卖车，越是没人买。其实松江小城就这么些人，开车的只那么几个，跑运输的只有那么几家。他们知道李亲实轧死了人，想卖车时，把价钱降到最低点了。李亲实非常便宜的把卡车卖掉了。

买主不是想用这辆车做运输生意，而是把车开到鹤岗市转卖了。这么一转手，他从中挣到了一万多元钱。

有人说李亲实傻，自己去鹤岗卖车多好。可也有人说李亲实不是傻，而是怕再出事故。如果在去鹤岗市的路上再发生了车祸呢？

人们说李亲实不适合开车，当初买卡车就是错误的做法。

李亲实也认为自己与卡车无缘，决定不开卡车了。

第三十章
轮回的岁月
LUN HUI DE SUI YUE

1

　　林童玉认为李亲实不是做生意的料，干什么赔什么，应该安安分分地在家操持农活。前些年李亲实在家操持农活，日子过的平静不说，经济上也没这么紧巴，更没有欠下这么多外债。每次她遇见债主时都非常难为情，不知道应该对债主说什么。虽然她不开心，可还在安慰李亲实。她说不要有思想负担，欠债不怕，只要安心在家种地，勤俭治家，用不上几年就还上了。

　　李亲实虽然把卡车卖了，但做生意的想法还存在。他不死心，还在做着发家暴富的梦想。他买卡车欠下了不少债务，还债得有钱才行，必须快速挣钱。他认为单靠种地挣钱太慢，绞尽脑汁考虑赚钱的门路。他思前想后，琢磨来琢磨去，萌生了开办养猪场的想法。

　　林童玉没想到李亲实能产生养猪的想法。她认为养猪风险大不说，还过于操心劳神了，对养猪没兴趣，不想养猪。

　　李亲实为了让林童玉接受养猪的想法，拿唐为政和秦虎做例子，开导林童玉。他说唐为政和秦虎已经养十多年猪了，如果不挣钱能养这么多年吗？林童玉说他们养的早，打下基础了，如果现在起步就不一定能挣钱。李亲实说肯定挣钱，赔钱谁还养猪。

　　林童玉坚持自己的观点说我看不一定。李亲实不耐烦地说，你一个女人会看什么？林童玉说就你会看！

　　李亲实流露出大男子主义思想，打压地说，你就会生孩子，还生了个女孩。

　　林童玉认为李亲实说这种话不讲道理，反驳地说生女孩还怨着我了？和你没关系吗？生男孩还是生女孩，都说是男人占主要因素。

　　李亲实觉得自己不占理，不说了。他拿起手机给在县城的一个朋友打电话，让那个朋友帮助了解一下猪肉的价格。那个朋友说关注松江猪价钱没有用，松江才能卖几头猪，如果真想办养猪场，得关注峰源、鹤岗、佳木斯的猪价才行。李亲实明白这个道理。他打这个电话主要是想让林童玉明白他办养猪场的决心，在思想上进行渗透，让林童玉慢慢接受这件事。

　　林童玉听着李亲实打电话就生气，不能接受这件事。她在李亲实挂断电话后，坚决地说："反正我不同意养猪。"

　　"养猪有什么不好？"李亲实说。

　　林童玉说："好，也不养。"

　　"我是铁了心准备养猪了。任何人都改变不了我的想法。"李亲实不可动摇地说。

　　林童玉说："那你自己养吧，我是不会养的。"

　　"你这人真固执。"李亲实说。

　　林童玉无法理解地说："我真弄不明白了，不挣钱你也干？"

　　"肯定挣钱。"李亲实说。

　　林童玉说："当时你买卡车跑运输还说挣钱呢，可你挣的钱在哪呢？不但没挣钱，还赔进去那么多钱，弄的亲朋好友也为你瞎忙活。"

　　"你想干什么？好日子过够了是不是？如果不想过，你就走。别跟着乱搅和。"李亲实不愿意听别人说这种话。他听到这种话如同伤口上被撒了盐似的疼痛。

　　林童玉也火了说："我怎么会嫁给你这么个四六不分的男人了呢？你一点好话都听不进去吗？"

　　"你就没有说过好话。"李亲实瞪着眼睛。

　　林童玉说："我坏你了？"

　　"不跟你说了。简直就是对牛弹琴。"李亲实说。

　　林童玉说："你看谁像咱们家过的。你除了借钱就是借钱，这叫过日子吗？"

　　"借钱怎么了，借钱又不是不还。生活中谁家没有点难处？没有难处能叫生活吗?"李亲实强词夺理地说。

林童玉冷冷地说:"你真会说。你说的比唱的好听。过日子就是四处借钱吗?就是欠了人家的钱还不上吗?"

"能还不上吗,怎么就还不上呢?不就那么点债务吗。如果猪养好了,收入多,一年就还上了。"李亲实认为欠那些债务不算什么事。

林童玉看李亲实混淆视听,更加生气地说:"你说得轻松,那是一点吗?哼!就算你说得天花乱坠,我也不会同意养猪的。"

"猪,我是养定了。"李亲实叫板地说。

林童玉犟劲上来了,下决心地说:"那咱们就离婚。"

"离就离,你别总拿离婚吓唬我。"李亲实说。

林童玉知道用离婚方式是阻挡不了李亲实养猪的想法。可她必须阻止。不知道为什么,她感觉养猪是挣不到钱的。她希望李亲实能安心在家操持农活,这样日子过得才会踏实。她出门骑上自行车回娘家了。

李亲实在屋里坐了一会儿,去找李天震了。

李天震没想到李亲实能产生养猪的想法。多年前他让李亲实和他一起养猪,嘴都快磨破了,李亲实也听不进去,说什么都不同意。现在没人劝李亲实了,李亲实自己又萌生了养猪的念头。他弄不明白李亲实是怎么了。

李亲实来征求李天震的意见,就是想得到支持,在心里寻找平衡。如果李天震提出反对意见,哪怕是正确的,他也不会听。李天震没提出反对意见。

李天震思想守旧,看待问题还停留在从前的观点上。他说过去养猪是能挣钱的,现在说不准了。他说隔行如隔山,多年不养猪了,不知道内情,只有行内人清楚。他还说现在小猪贵,出栏的大肥猪价格便宜,养猪风险大。

李亲实说唐为政和秦虎不还在养猪吗?如果赔钱了,他们还能养吗?

李天震对唐为政和秦虎的印象不好,听到他们的名字心里就难受,脸上的表情也不自然了。

李亲实从李天震的小屋出来,又去了李天兰家。李天兰对李亲实来有点意外。李亲实很少来她家。她说卡车卖了也好,开车操心,容易出车祸,过日子还是平平安安好。

李亲实不愿意提有关卡车的事情。他没有接李天兰的话，而是转移了话题，说出了想开办养猪场的打算。

李天兰怎么也不会想到李亲实准备办养猪场。她先是愣了一下，然后说办养猪场可不是简单的事情。她说首先得找个适合的地方，还要筹集钱，开始投入资金数目也不小。

李亲实不怕失败，不怕困难。他认为只有不好做的事才能挣钱，如果好做了，每个人都可以做，那么不全成为百万富翁了吗。

李天兰不赞成李亲实养猪。可她没有直接说出来。她了解李亲实的性格，李亲实听不进别人的相劝，只要认准了的事就会去做。

李亲实在李天兰家坐了一会，去冯志辉家了。冯志辉家正在吃晚饭呢。他看李亲实来了，起身拿烟，把烟递给了李亲实。

李亲实坐在沙发上，抽出一支烟点燃后说出了办养猪场的打算。

冯志辉认为现在饲料价格高，小猪贵，成本大，猪肉价钱低，大肥猪卖得便宜，养猪风险大。

冯志辉的媳妇认为可以先少养点试一试，如果能挣钱，再多养，如果不挣钱，就不养了。

李亲实认为冯志辉说的有道理，也是养猪面对的现实问题。他不认同冯志辉媳妇说的观点。他认为要么不养，如果养就得多养。养猪是要租地方的，租地方小了不行，养少了也是麻烦，利润少，还不如多养了。这就如同赌博一样，看时运了。他想赌一把碰碰运气。

冯志辉吃过饭和李亲实一起出了屋。快要秋收了，他去晒场上看一看，在做秋收前的准备。他随口问了一句，童玉呢？李亲实说回娘家了。冯志辉问，你们又吵架了？李亲实说她事太多。冯志辉说两个人过日子不能总吵架，吵架会伤感情的。

李亲实说她目光短浅，我干什么她都反对。他隐约感觉到了和林童玉之间出现了感情裂痕。林童玉已经不是第一次对他说起离婚的事情了。前几次他认为林童玉是随意说的，这次他认为不是随意说的，而是认真的。他认为林童玉嫌他不能挣钱，没本事，瞧不起他了。

2

林童玉回到娘家时，她二姐林童艳也在母亲家。林童艳看林童玉表情反常，猜测发生了家庭矛盾，问发生什么事了。林童玉把李亲实想办养猪场的事说出来了。林童艳说养猪也不是那么简单的，养不好就会赔钱。林童玉说亲实干什么赔什么，我都赔怕了。

林童艳说你们家前几年种地收入还不错，让亲实在家安心种地吧。林童玉说亲实不愿意种地。林童艳分析着李亲实的心态说，亲实可能认为种地丢人吧？

林童玉说在咱们这里不种地除非当官，如果不当官种地最保险。咱这儿偏僻，交通不便，地广人稀，根本不适合做生意。林童艳说亲实可不会这么想。林童玉说他认为能挣钱的事情全赔钱了，一个也没干成。

林童艳说你反对办养猪场也没用，亲实不会听你的。林童玉无奈地说我怎么嫁给了这么个男人呢？林童艳问后悔了？

林童玉没觉得后悔，只是感觉同李亲实在一起生活日子越过越没意思，也没了盼头。她不想突然暴富起来，只想日子过的别这么紧巴，别这么担心就行了。可她连这点小心愿也无法实现。

林童玉母亲看出了她的心思，不希望她走上离婚这条路，劝解地说这种话你可别当着亲实面说，说出来会伤感情的。林童玉满不在乎地说我还真就跟亲实说了。她母亲说你不能对亲实说这种话，如果伤了感情，就不好恢复了。这就如同往木板上打钉子，钉子把木板扎成了眼孔，再想复原就难了。

林童玉说如果不说出来我心里憋得慌。她母亲说两个人过日子哪有不拌嘴的，事情过去就算了，不能往心里去。林童玉有些心灰意冷地说，人家过去就好了，我们俩不行。

她母亲说有什么不行的？你别总想亲实的不好，多想一想他的好，就行了。

林童玉说我不让他买卡车，他不听。他把车开得一塌糊涂，赔个底朝天。车总算不开了，可又要养猪。如果猪养不成，说不上还会弄个什么事情来。总之他是不会消停的。

她母亲看说服不了她，试探地问，你不会真想和亲实离婚吧？林童玉说我还没想好呢。她母亲有点着急地说，亲实挺能干的，也能吃苦。

林童玉说可他干啥赔啥。她母亲说那也不一定，说不定这次养猪就挣钱了呢。林童玉说我都没指望挣钱，别赔钱就行了。

林童艳不想看见林童玉家庭破裂，发生离婚的事情。她知道离婚对女人，对孩子伤害非常大，有时可能一生都走不出离婚的阴影。她的邻居就是离婚后第二次组成家庭的，可第二次婚姻并不幸福。男方和女方都有孩子，大人没矛盾，孩子有矛盾，两个孩子不团结，大人总为孩子的事生气。她看着林童玉劝解地说，你还是安心同亲实过吧，婚姻不只是两个人的事，好与坏还会影响周围亲友关系。

林童玉叹息地说亲实做的不对又不听劝，你说能不愁人吗？林童艳说亲实的出发点是好的。他想挣钱，致富，又不是胡来。如果他吃喝嫖赌什么都干，还不够你受的吗？林童玉说这就够我呛了，他还敢胡来，如果他胡来，我一天都不会和他过了。

她母亲说女人进一家出一家不容易，不能轻易离婚。

林童玉也是这么想的。她说我就怕养猪赔钱。

林童玉母亲说你公公从前不是养过猪吗，你没问一问他养猪行不行？林童玉嫁到李家时李天震早就不养猪了。她娘家人只是听说李天震养过猪。她说他养猪是十多年前的事情了，哪能同现在相比。

林童艳说让我看妈说的有道理，姜还是老的辣，你还是问一问你公公吧。林童玉说十多年前是什么情况？现在又是什么情况？他能懂什么。林童艳说就算他不懂，也能说一说亲实吧？林童玉说如果他敢说亲实那才见鬼了呢。

她母亲批评地说亲实太不像话了，哪有儿子这么对待老子的，还有老少吗？你可不能这么做。

林童玉说我不掺和他们之间的事。

林童艳说你一赌气就回来了，回来了怎么办？就住在妈这里吗？

林童玉在气头上，没想那么多就回娘家了。她没想过回到娘家后应该怎么办。她是出嫁的人了，有了自己的孩子，娘家已经不是自己的避风港湾了。

她母亲责备地说我都跟你说过多少次了，不要两口子一吵架拔脚就往娘家跑，这么做不好。你就是不听。

林童玉委屈地说我不回这儿，还能去哪？

她母亲说你自己有家呀，你又不是没有家。你跑回娘家来，自己家就不要了吗？李童怎么办？你不为自己想，也得为李童考虑一下吧。她都记事了，你们这么闹腾下去会影响她的健康，不利于她成长。

林童玉说早知道结婚这么心烦，我就不结婚了。她母亲责备地说，你就说疯话吧？你看谁一辈子不结婚了？林童玉说反正今天我是不能回去。

3

李童放学回到家没有看见妈妈，看见爸爸一个人坐在屋中吸烟，猜测出爸爸和妈妈又吵架了。她走到李亲实面前说要找妈妈。

李亲实不想影响孩子的情绪，答应说去姥姥家找妈妈。李亲实骑上自行车带着李童去林家镇了。

林童玉没想到李亲实会这么快来找她。她认为李亲实让步了，给了自己面子，又看到了李童，气消了。她问李童作业写完没有，李童说还没有呢。她叮嘱李童要好好学习，只有学习好了将来才能有好工作。

李童来姥姥家次数少，生分，不愿意在姥姥家呆，进屋不一会就想走。

林童玉找回了面子，跟着李亲实回家了。

林童玉娘家人想留他们吃过晚饭再走。李亲实看还没做饭呢，说吃过饭走太晚了，还是回去吃吧。北大荒人不喜欢走夜路，林童玉娘家人为了安全着想，没有多说什么。

在经过松江县城时，李亲实说天晚了，回家还得做饭，太麻烦，不如在县城吃过饭再回家。李童带着孩童的天真和烂漫高兴的不得了。她喜欢县城，愿意在饭店吃饭。林童玉本来有点心疼钱，可看到李童这么高兴，不想扫孩子的兴，就同意了。他们走进了一家在街边的小饭店。

饭店的老板认识李亲实。他问李亲实把卡车卖了准备干点什么。李亲实本来想说准备办养猪场，可怕影响林童玉的情绪，便说还没想好呢。饭店老板会说话，了解人的心思，奉承地说你朋友多，门路广，干什么都没问题。

李亲实一笑，没再说什么。饭店老板忙自己的事情去了。李亲实问李童想吃什么，李童歪着头，眨巴着眼睛说想吃排骨和红烧鲤鱼。李亲实又问林童玉想吃什么。林童玉说什么都行。李亲实又要了两个素菜。

服务员很快把菜端上来了。李童吃得津津有味。她说如果能经常吃到这种饭就好了。李亲实说肯定会有那么一天的。

吃过饭，他们从小饭店出来时，路灯已经亮了。李童看着小城的夜色，羡慕地说城里真好，咱家如果能住在城里就好了。李亲实说肯定会搬到城里住的。

林童玉听着李亲实和李童说的话，没有插言。她在反思对李亲实的态度。她想李亲实虽然买卡车跑运输赔钱了，但出发点是好的，李亲实也不愿意赔钱，自己不应该责备李亲实，应该学会谅解。她在养猪立场上开始动摇了。

可真正让林童玉改变立场的原因还是在唐为政家卖完这批大肥猪之后。

那天从佳木斯北大荒肉联厂来了两辆大卡车，把唐为政家出栏的大肥猪全收购走了。佳木斯北大荒联厂跟俄罗斯签订了一批出口猪肉的合同，急需收购一批大肥猪。唐为政家的肥猪卖了个高价钱，挣钱不少。这也给李亲实增加了养猪的信心。

李亲实不但要养猪，还要办一个像模像样的养猪场。他想用超前眼光养猪，力争获得丰厚利润。

他开始寻找办养猪场的地点了。林家镇畜牧站旧房子往外卖。他认为这个地点比较适合养猪，准备买下来。

他决定把自己住的房子卖了，然后再去贷款。林童玉不想卖房子，可不卖房子肯定是没有钱开办养猪场的。养猪场是建在林家镇，离她娘家近，在感情上有了寄托。李亲实把房子卖了，顺利买下了林家镇畜牧站的房子。

李亲实按照自己设想的那样，把畜牧站的房子进行了大修整。他购进了第一批小猪，还有两头母猪，养猪场就这么办起来了。

人们没想到李亲实能办养猪场，还这么快建成了。这种速度如同他盖新房子一样让人们吃惊。他做的事情在开始的时候，总是进展的顺风顺水，还能引起人们的称赞。

李亲实办养猪场除了房子是买的，其余的如小猪、饲料等全是赊欠来的。林童玉不让他赊欠，他解释说这是在借鸡下蛋。林童玉不管是借鸡下蛋，还是借蛋孵化鸡，担心李亲实会在债务的泥潭中越陷越深。李亲实的理念是只有大投入，才会有大收获。他和林童玉的矛盾又出现，家庭战争开始暴发了。他做的事情林童玉反对。他认为林童玉没有思想，看问题没有长远眼光，只会像牛似的干活。他不喜欢这种女人。

林童玉忙里忙外，还操持着家务，超强的体力劳动，加上休息不好，身体消瘦下来。她辛苦点倒是没什么，如果生活好点，能顺心也行。可日子过的非常拮据，买什么都是赊账。连去小商店买油、盐、酱、醋都是赊账，又怎么能顺心呢。她恼火，想不通，委屈。如果只委屈了自己还能忍受。可委屈了李童，她就无法忍受了。

李童已经从洼谷镇小学转到林家镇小学读书了。家里养猪空气不好，卫生条件差，放学就去姥姥家写作业。如果偶尔去一次还行，可每天都去就有点让姥姥烦心了。

林童玉的母亲最烦心的不是李童来，而是看到李童什么都想吃的可怜相。她认为李童在家中受到了虐待，父母没有尽到养育责任。老人是不能接受隔辈人受气的。这种情感是人类的本性。她不满意地对林童玉说："你们日子过的再紧巴，也不能亏待孩子。生活上大人可以对付，孩子不行。李童正处在长身体的时候，营养跟不上怎么行呢？"

"这猪养的都快让人吃不上饭了。"林童玉说。

她母亲说："如果实在不行就不养了。"

"投入这么大，不养怎么办？"林童玉认为在养猪方面进退两难。

她母亲说："那也不能受累不见收入吧。"

"我是不想养了，可亲实不会同意的。"林童玉说。

4

李亲实刚走进家门，林童玉就开始训斥李童了。李童站在林童玉面前低着头，如同做错了事一声不发。李亲实看出来林童玉训斥李童是假，给他看才是真的。

他不高兴地问："李童怎么啦？"

"你问她。"林童玉厉声说。

李亲实看着李童问："你做错什么事了？"

"妈妈不让我去姥姥家了。"李童委屈的哭着。

李亲实把目光转向林童玉问："为什么？"

"她去了什么都想吃，跟要饭似的，不丢人吗？"林童玉说。

李亲实不明白其中的原因，觉得不可思议地说："她去姥姥家怎么就丢人了呢？"

"她去什都吃，我妈那么大岁数了，还养着她吗？"林童玉语气非常不好。

李亲实生气地说："就你妈事多。"

"我妈事多，你给我妈买什么了？"林童玉只有过节时才给母亲买点东西，平时很少买，觉得愧对母亲养育之恩。她自己有了孩子，更明白养孩子的辛苦。她想回报母亲，可家里日子过的紧紧巴巴，拿什么回报呢。

李亲实气乎乎地说："你妈想要什么？你说，我去给她买。"

"你别嘴硬了，自己都快吃不上饭了，还能给别人买东西。"林童玉轻视地说。

李亲实说："你吃的不是饭是什么？总不会吃的是猪食吧？"

"虽然没有吃猪食，但跟猪食差不多。"林童玉说。

李亲实说："你这是说话吗？"

"这种日子我真过够了。"林童玉说。

李亲实说："那就不过。"

"如果不是为了李童，我早就不跟你过了。"林童玉发自内心地说。

李童站在他们面前惊恐地看着母亲，又看着父亲，不知道父亲和母亲为什么总吵架，在什么时候才能停止争吵。

李亲实看着李童生气地说："你放学就回家，不要去姥姥家了。你姥姥不让你去，咱就不去，有点志气。"

"李童去不去姥姥家并不重要，重要的是咱们日子怎么过。总不能这么一穷二白稀里糊涂的过下去吧？"林童玉说。

李亲实说："你说怎么过？"

"我说了你也不听呀。"林童玉说。

李亲实说:"你说吧。"

"猪,我是不想继续养了。越养日子过得越紧巴。"林童玉说。

李亲实反对地说:"现在不养怎么行呢?投入这么大,还没见收益呢,如果不养了,不是前功尽弃了吗?"

"反正我是不想养了,如果还养,那你自己养吧。"林童玉说。

李亲实疑惑地说:"你娘家人对你说什么了?"

"什么也没说。"林童玉说。

李亲实说:"那你怎么会突然不想养猪了呢?"

"你每天往外面跑,就我一个人在家干活,你想累死我吗?"林童玉说。

李亲实说:"我出去不是有事情吗,没事情我能出去吗,我出去也不是为了躲避干活呀。要么你出去办事,我在家里干活。"

"我没有你那种本事,也没那么多事要办。"林童玉说。

李亲实质问地说:"你是什么意思?"

"我的意思非常简单,就是不养猪了。"林童玉说。

李亲实说:"那你想干什么?"

"干什么都比养猪强。"林童玉说。

李亲实说:"你娘家人也反对我养猪吗?"

"我的事与我娘家人没关系。你别总怀疑这怀疑那的。你疑心太重了。"林童玉说的是实话。她娘家人没有说过李亲实的坏话,一直劝告她同李亲实好好过日子,只是她对这种生活失去了兴致。

李亲实感觉到林童玉娘家人对他的态度在转变。这种转变对他来说不是好预兆,有着山雨欲来风满楼的势态。好像有一场暴风雨将席卷他的婚姻。他猜测林童玉娘家人是不是在背后说坏话了,挑拨林童玉。林童玉的娘家人成了他和林童玉之间的障碍。

林童玉心想养猪的目的是为了能过上富裕日子,现在是越养猪日子越是拮据,家中连零用钱都没有了,那还养个什么劲呢。

李亲实虽然嘴上硬,心里却是软的。他清楚林童玉嫁给他后出了不少力,吃了不少苦，可日子过得并不顺心。他不愿意听见林童玉抱怨的话。他也是在为了这个家着想，如果他不是为这个家着想，埋怨他可以理解。可他全心全意是为了这个家，对这个家没有二心。他心想林童玉是在说气话，活太累了，不会不干的。他认为找个人帮忙干活才行。他想租人，可租人是要花钱的，不想花钱租人，所以想到了李天震。

李天震正在田间干活呢，李亲实骑着自行车来了。李天震远远看见李亲实站在地头，知道有事找他。他停下活，朝地头缓缓走来。他走到地头，没说话，四处看了看，坐在了一棵白杨树下面，掏出烟吸着。

李亲实把自行车放在路边，走到李天震身前，婉转地说出想法。李天震不想去帮助李亲实养猪。他种着几十亩地，虽然收入不多，也能维持基本生活，日子过得顺心。更主要的是他已经习惯了一个人生活，不想再同李亲实生活在一起了。他品尝过同李亲实在一起生活的滋味，那种无法表达的苦涩生活，实在是让他无法接受。他拒绝了李亲实的要求。这种拒绝如同十多年前李亲实拒绝他一样，有着相似之处，但原因不同。那时李亲实不愿意帮助他养猪是因为讨厌养猪这份活，瞧不起养猪。他拒绝李亲实是因为不愿意和李亲实在一起生活。李亲实坚持地说："爸，我外面事多，童玉一个人在家确实忙不过来，你再帮一帮我吧。"

"我年龄大了，腿脚又不好，帮不上你了。"李天震推脱地说。

李亲实思想上转弯转的快，看直接说不行，就绕着弯说："爸，你过去不用干什么活，帮我看着家就行。"

"童玉不是在家吗，就算她不在家，她娘家离的那么近，还用得着我去吗？"李天震认为李亲实说的不是理由。

李亲实说："就因为离她娘家太近了，我才担心她把东西往娘家拿呢。如果拿，那可是个无底洞，不就把我拿穷了吗。"

"不会吧？她跟你过日子，怎么会把东西往娘家拿呢？如果她有这种心思，你们的日子还能过了吗？"李天震认为林童玉不会那么做，不相信李亲实说的话。

李亲实说："她那个死妈看我不挣钱了，就开始出坏主意了。"

"这也不能怨人家。你这些年都没挣钱，还赔了钱，她出了那么多力，操了那么多心，人家能不生气吗？"李天震认为林童玉娘家人生气是正常的，可以理解。

不用说别人了，他都生李亲实的气。

李亲实不认为自己有错，辩解地说："我也是想往好了过呀。如果我胡来，责备我也行，可我不是没有胡来吗。我出的力，受的累，比谁都多，我又找谁诉苦呢？"

李天震觉得李亲实说的有道理。李亲实没有胡来，在努力往好了过，可就是没过好。他认为主要是李亲实做事不稳妥，太急躁，如果稳妥点，就不会损失这么多钱，走这么多弯路了。生活如同小孩走路，没会走，就想跑，肯定会摔跟头的。他说："你们之间有矛盾我就更不能去了。如果我去了，你们之间矛盾会更大。不了解内情的人会误认为矛盾是我弄的呢。"

"你想多了。这只是一点小矛盾，是因为没钱产生的，如果挣到钱了，矛盾就没有了。"李亲实说。

尽管李亲实说的天花乱坠，李天震还是不肯去。李亲实给他造成的伤口还没完全愈合呢，看见李亲实还会有隐隐的痛。

李亲实看自己说不动李天震，骑上自行车去找李天兰了，想让李天兰劝说李天震。李天兰对李亲实失去了信心。她认为李亲实没有亲情，过于自私了。她不但没有答应去劝李天震，还责备李亲实当初就不应该把养猪场建在林家镇。她说十个女人中有九个是顾娘家的。李亲实看李天兰不去劝李天震，认为聊下去是在浪费口舌，徒劳的，只待了一会起身离开了。他去县城买猪饲料去了。

5

林童玉虽然对李亲实说不喂猪了，李亲实不在家时她还得喂猪。不然那些猪饿了，如同抗议似的会在猪圈里哼哼直叫，也够让人心烦的。她可以和人赌气，但不能同畜生赌气。她正在喂猪呢，她母亲领着李童来了。她从猪舍里走出来说："妈，你来有事呀？"

"你这孩子，还能不能听懂话了？我什么时间说不让李童去我那儿了？我是说你们日子要往好了过，多给李童吃点好的，补充营养，我没有别的意思。"她母亲生气了。

林童玉听母亲这么一说，知道是李童把她和李亲实吵架的事告诉给了母亲。母亲多虑了。她解释说："我没对亲实说什么呀。"

"那亲实跟你吵什么？"她母亲质问。

林童玉说："亲实就是那种多心人，你又不是不知道。"

"你把话传错了，亲实能不发脾气吗。"她母亲说。

林童玉解释说："妈，你别生气，我跟亲实吵架和你没关系。"

"李童还会说谎话吗。"她母亲看了一眼李童。

林童玉泄气地说："妈，我觉得这日子过的越来越没劲了。"

"你这么想不行，还得好好过。女人出一家，进一家不容易，不到万不得已的时候是不能走离婚这一步的。"她母亲警告着。

林童玉说："猪我一点都不想养了。现在我看见猪心就烦。"

"你可以和亲实商量不养了吗？"她母亲说。

林童玉说："如果他能听我劝就好了。"

"亲实怎么会这么犟呢？"她母亲说。

林童玉无奈地看了一眼天空，想释放心中压抑的情感。她是那么难受，难受的有些绝望了。

她母亲感觉到了女儿的苦闷与无助。可她又无法帮助女儿减轻焦虑，摆脱困惑。她不再多说什么了，转身往家走。她走了几步，回过头看着林童玉说，家中喂猪的饲料没有了，从你这儿借点，过几天买回来了还你。

林童玉说这么点饲料，不用还。她母亲说不还不行，如果让亲实看见了会起疑心的。林童玉说你是我妈，又不是外人，再说穷富也不差这点饲料了。

林童玉把半麻袋饲料搬到独轮手推车上，弯腰推起独轮车，朝母亲家走去。她母亲跟在后面。她们刚出了小路，走到大路上，正巧遇到了李亲实。李亲实坐在四轮机动车上，车里拉着饲料。李亲实看到林童玉母女往外拿饲料，有点不痛快，起了疑心。但他没说什么，也没有停车，直接过去了。林童玉加快了脚步，急着把饲料送到母亲家后，回来帮李亲实卸车。

李亲实卸完车后，司机开车离开了。他回到屋中一脸的不高兴。

林童玉问你怎么了？李亲实说没怎么。林童玉说那你一脸不高兴，好像谁欠了你钱似的。李亲实带着情绪说都是我欠人家的,哪有人家欠我的。林童玉有点受不了李亲实这种态度,语气生硬地说你有病呀?话都不好好说了。

李亲实明知故问地说你妈家猪快卖了吧?林童玉说还得一个月吧。李亲实说用不用再给你妈送几麻袋饲料过去?林童玉说不用,没了她会来拿。李亲实态度一转,语气尖锐地说,你妈真有意思,她来拿我的饲料行,李童去她家不行,这也太过分了吧?

林童玉这时才明白李亲实不高兴的原因。她没想到李亲实会因为半麻袋猪饲料生气。她说我妈什么时间不让李童去了?李亲实说不是你说李童到你妈家像饿狼似的,什么都想吃吗。林童玉说我妈是希望咱们把日子过好。

李亲实说这么过能过好才怪呢。林童玉说我妈不就是拿了半麻袋猪饲料吗?我妈说是借的,过几天还,就算不还了,还能怎么样呢?李亲实说把你妈家的猪拿过来我帮着养算了。

林童玉说你这是说人话吗?我妈养猪也不是从你来到林家镇办养猪场开始的。从前她每年都用家中的剩饭,杂粮养两头猪,你又不是不知道。

李亲实不是在意这半麻袋猪饲料,而是担心林童玉背地里往娘家拿东西。他说我看见了能知道,如果没看见能知道什么?

林童玉说我嫁给你这么多年,你给过我娘家什么?你还好意思说呢。

李亲实认为不欠林童玉娘家的人情。他说我没给过你妈家五头羊吗?我开卡车的时候还少给你娘家人拉东西了?你娘家人遇到事就找我,我还少给他们办了吗?办事不需要人际关系吗?人际关系不需要用钱来维护吗?

林童玉说我娘家人对你也够意思,你买卡车没借给你钱吗?你被法院拘留时没有我姐姐出钱,你能那么快出来吗?你还好意思说呢,你亲弟弟从北京回来,连看你一眼都没看,还想让我娘家人对你怎么样?

李亲实说亲亮没看我也正常。因为我什么也没为他做。我为你娘家做了那么多事,你娘家人出点钱也是应该的。

林童玉质问地说,做了那么多事?李亲实脖子上的筋暴起来了,话说的也难听了。他强硬地说,你是不是不想过了?林童玉说我是不想过了,你说怎么办吧?李亲实大骂起来说,你滚!林童玉跑回了娘家。

6

李天兰在李亲实走后去找李天震了。李天震刚从地里回来，正在屋中喝水。李天兰说："亲实刚才找我了，让我劝你帮他养猪，我没答应，他就生气了。"

"谁来劝我，我也不能去。"李天震说。

李天兰说："亲实如果听话，你去帮他也行。可他一点亲情都没有，说话还总是出尔反尔，你去帮他不一定能有好结果。"

"他有亲情我也不能去。"李天震说。

李天兰不解地问："为什么？"

"他是怀疑他媳妇往娘家拿东西，让我去盯着他媳妇，你说我能去吗？如果我去了，看到了是管，还是不管？"李天震认为这是棘手的事情。

李天兰说："如果为了这种事，你还真就不能去。如果亲实两口子真闹起矛盾来了，外人还不把责任推给你，会责备你不明事理。"

李天震叹息了一声。

李天兰问："亲实两口子经常闹矛盾吗？"

"看样子是。"李天震推测着。

李天兰担心地说："亲实不会离婚吧？"

"谁知道了。"李天震思量地说。

李天兰说："如果亲实闹到离婚的地步，可就麻烦了。"

"如果离婚了，也怨亲实。他干什么都赔钱，还不听劝，谁会跟他受累一辈子。"李天震公正而客观地说。

李天兰说："亲实媳妇是能干，这些活一般女人根本干不了。"

7

林童玉回到娘家时，林童丽正好从松江县城回娘家来了。她不能眼看着妹妹受气。她认为林家对得起李亲实。李亲实应该知足，应该感激，没有理由这么对林童玉。她想去找李亲实讲理。林童玉不让林童丽去找李亲实。林童丽说我去找李亲实讲理，又不是去吵架。林童玉知道李亲实在气头上时是不讲理的，阻拦地说："三姐，你别去，去了也不起作用。"

"我不去谁去？如果我们不去找李亲实，李亲实还以为林家没人了呢！会认为你好欺负呢。他有什么资格和理由这么对你？从你嫁给他那天起就吃苦受累，日子过的还不好，他还想怎么样？"林童丽对李亲实是一百个不满意。

林童玉叹息地说："谁让我的命不好了，已经嫁给了这么个瞎折腾的人，还能怎么办呢？"

"童玉，是不是因为那半麻袋猪饲料的事？这也怨我，如果我不拿不就没事了吗。"她母亲不想给女儿生活增添麻烦。她知道李亲实疑心重，把吵架起因联想在了半麻袋猪饲料上。

林童玉否认地说："不是。妈，你别多想了。这和你没关系。我们吵架也不是一次两次了。"

"过日子总吵架不行，会伤感情的。"她母亲说。

林童玉说："我也不想吵，可亲实就是那种人，什么事都得听他的，不听他的就得吵架。"

"把他惯的，没人管他了是不是。他有什么了不起的，我去找他。"林童丽要去找李亲实。

林童玉说："三姐，你不用去，去了也没用。他不听劝。"

"那是他没遇到厉害的人。"林童丽伶牙俐齿地说。

她母亲说："亲实脾气不好，这是出了名的。你去了不但不解决问题，还会把事情闹大，别去了。"

"我才不信呢。他脾气不好不也在监狱劳改农场被关了那么多年。有本事他别在劳改农场服刑呀。"林童丽不服气地说。

她母亲说："他在监狱劳改农场里不也没老实吗，还把人打坏了吗，还被加了刑期。脾气好的谁会在劳改农场服刑期间打人呢。"

"他也得到了惩罚。这不叫聪明，这叫傻。这叫不知好坏。聪明人才不会干这种傻事呢，监狱劳改农场是好待的地方吗，在那里应该服从管理，好好服刑，争取尽早回家。"林童丽斥责地说。

林童玉虽然跟李亲实吵架了，但不愿意听到有损李亲实的话。李亲实无论多么不好，也是她的男人。她嫁给一个不好的男人脸上没光彩。她脸发热，心情焦躁，有点坐不住了。不过还好，这是娘家人在帮着她说话。不然她真就没法待下去了。

林童丽不是多事的人，也不想管这件事。可是几个姐妹都少言寡语，老实巴交的，只能她出头去找李亲实讲理了。她认为讲理不是吵架，对也好，错也罢，当面说一说，沟通一下，谁错了谁改，让李亲实和林童玉今后好好过日子才是目的。

林童玉和母亲没能阻挡得了林童丽去找李亲实。林童丽快步在前面走着，林童玉和母亲担心出事，跟在后面。

李亲实正站在猪圈外，手扶栅栏看着圈里面的猪呢，听到脚步声，扭过头看着林童丽气乎乎地迎面走来。他没想到林家能来人找他，不知道林家人来的用意，没有说话，观察着林童丽的表情。

林童丽本以为李亲实应该主动说话，没料到李亲实看见她没反应，如同没有看见似的。她走到李亲实面前，用质问的语气说："亲实，童玉做的哪不好？你说出来，我去说她。"

"你什么意思？"李亲实目光中带着不满。

林童丽直截了当地说："我的意思非常简单，就是不愿意看到我妹妹受气，受累，日子过的不开心。"

"她不开心找我，我不开心找谁呢？她受累了，我也没闲着。你说她受气了，我还说我受气了呢。"李亲实反驳着。

林童丽毫不留情地说："你受累怨你自己。因为你没本事，有本事就不受累了。你不开心是你不知足，童玉不会过日子吗？对你不好吗？"

"我没本事，你别让她嫁给我呀，你可以让她嫁给有本事的男人吗。你看有本事男人能不能娶她。"李亲实把话说到了绝境。

林童丽说："比你有本事的男人随处都是。嫁给谁都比嫁给你强。当初不了解你，如果了解，肯定不会嫁给你。"

"当初不了解不要紧，现在不是了解了吗，可以改嫁吗。"李亲实恶言恶语地说。

林童丽万万没想到李亲实能这么说，李亲实说的每一句话都是那么难听，刺耳，不但没有缓解矛盾的意思，反而还在向极端发展。她无可奈何地说："你还是人吗？还有点良心吗？"

"我不是人，也没有良心，你说怎么办吧？"李亲实像个无赖。

林童丽叹息地说："童玉嫁给你吃了多少苦，你心中没数吗？"

"我真就没数。"李亲实否认了。

林童丽说："你混账。"

"我看你才混账呢。你来找我是什么意思？直接说好了，别绕弯子，你是想让我们离婚吗？"李亲实做出来者不拒的姿态。

林童丽说："李亲实，你晚上睡不着觉的时候，摸着心口窝好好想一想，我们帮助你那么多，可你却把日子过成这个样子，你对得起谁？"

"话不能这么说，你们帮助我了，我承认，可我也为你们做了不少事。我开车时没少给你们干活。你们哪家有事我没走在前面。"李亲实说的是实情。

林童丽说："你怎么会这么斤斤计较呢，还是个男人吗？"

"男人也得生存。人在生存面前是自私的。不是我斤斤计较，而是你们。你们总记着对我的帮助，好像我什么也没为你们做似的。这对吗？"李亲实认为自己没有错。

林童丽说："你把借我的钱还给我。"

"你是来要钱的吗？"李亲实说。

林童丽说："没错。"

"我现在没钱，有钱不用你来要就还你了。"李亲实说。

林童丽嘲讽地说："你还能没钱吗？没钱张狂什么？比你有钱的人多了，也没有像你这么张狂。"

"你会说话就说，不会说话请离开。我没心情搭理你。"李亲实下了逐客令。

林童玉的母亲怕李亲实误解，插言解释说："亲实，你三姐来找你不是跟你吵架的。她是不希望你和童玉吵架，想让你们往好里过。两口子过日子总吵架怎么行呢。"

"她不是我三姐。她是谁的三姐我不清楚。"李亲实认为林家人不是站在中间立场说话，在偏袒林童玉，产生了敌对态度。他猜测她们背后里没给林童玉出好主意。

林童玉的母亲批评地说："亲实，你这么说就不对了。童丽是童玉的三姐，怎么就不是你三姐呢？你和童玉不是一家人吗？一家人怎么能说两家话呢？"

"有这么个三姐算是倒霉了。我和童玉说不上哪一天，就让三姐给挑拨离婚了。"李亲实说。

林童丽压不住火了，吼着说："李亲实，你混蛋，你没良心。你的良心让狗吃了吗？我什么时间挑拨你们离婚了？"

"你虽然没说，但你这么做就是在促使我们朝着离婚的方向走。"李亲实说。

林童丽说："你得疑心病了吗？我来找你讲理，劝说你们和好，怎么会是让你们离婚呢？你还知道不知道好坏了？难怪你干什么都赔的一塌糊涂。"

"你别指责我，我不吃这一套。"李亲实态度越来越强硬了。

林童丽认为像李亲实这种没有亲情，不知好坏的人不值得帮助，再次大声说："你把借我的钱还给我，如果知道你是这样，都不帮助你。"

"钱没有，猪有。你抓几头猪拿去顶账吧。"李亲实说。

林童丽说："你的猪不值钱。我不要。我只要钱。"

"等我卖了猪，就把钱还你。"李亲实说。

林童丽冷冷一笑说："你卖了猪也不一定能还得上。你在外面欠了多少钱，别人没数，你心中还没数吗？"

"我欠钱和你有关系吗？"李亲实质问。

林童丽说："当然有了，我不想看见我妹妹过穷日子。你看有几家买油、盐都是赊欠的。"

"你什么意思？"李亲实斜视着，心中怒火一个劲往上涌，要冲破理智的防线了。

林童丽毫不掩饰地嘲笑说："就你这样是挣不到钱的，如果你能挣到钱，太阳就从西边出来了。"

"你想干什么？你嘲笑我是不是？有别人嘲笑我的，还轮到你嘲笑了？你滚，别来我家。"李亲实暴怒起来。

林童玉站在旁边本来是想劝姐姐不要说了，没能插上话，李亲实这么一骂，把她骂火了。她不能允许李亲实当着娘家人的面骂这种脏话。虽然李亲实从前这么骂过她，那只是在她和李亲实两个人的时候，而没有外人。此时她母亲在现场，并且李亲实骂的是她姐姐，她觉得丢失了尊严和脸面，无法接受，立刻倾向姐姐这边说："李亲实，你不是人。我与你离婚！"

"你别总拿离婚吓唬我，离了你还找不到女人了？天下女人有的是。就你林童玉是女人吗？"李亲实满不在乎地说。

林童玉说："谁不离婚谁就不是人。"

"不是人的肯定是你了。"李亲实狂傲的一笑。

林童玉的犟劲也上来了，咬着牙说："李亲实，你别嘴硬，咱们走着瞧。"

"奉陪到底。"李亲实点着头。

林童玉的母亲没想到事情会闹到这种程度，又这么激烈。她在生活上经历的事情多，知道两口子发生矛盾时外人最好不要掺入，外人的介入不但不能解决问题，反而会激化矛盾。她拉着林童丽转身就走。

林童丽感觉窝火，不想这么离开，但还是跟着母亲走了。她清楚李亲实对她产生了仇恨，会把她的好意当恶意对待。她是说服不了李亲实的。

林童玉站在那沉默片刻，又去了娘家。开始她回娘家是为了赌气，没想后果，更没考虑怎么来结束这次争吵。她没有让娘家人找李亲实讲理的用意。当林童丽来找李亲实后，把事情推到了不可挽回的境地。

林童玉娘家人对李亲实的态度来了一百八十度的大转变，从前的好印象一点都没有了，摆在面前的全是不好的记忆。她娘家人在话语中带着对李亲实强烈的不满与抱怨。当然最为强烈的还应当属于林童丽。

林童丽抱怨李亲实是不知道感恩的人。她数落着帮助过李亲实的每一件事，越说越激动，一激动就更加气愤，说话时骂骂咧咧的。她对李亲实的不满意，直接影响到了整个林家人的情绪。

林家人突然发现林童玉嫁错了人。有了这种思想意识后，林家人责备李亲实的理由多了起来。

　　林童丽发泄够了，吃过晚饭，回县城了。这件事与她无关了。她一走了事了。可事情还没结束呢，还在影响着林童玉。

　　林童玉不想回家，也不想住在娘家，进退两难。这时李童来找她了。李童还小，不了解大人之间的恩怨与纠结。她拉着林童玉想回家。林童玉还在犹豫时，她母亲语重心长地说："回家吧，你自己的事，还得你自己解决。"

第三十一章
无法逆转

WU FA NI ZHUAN

1

　　李亲实认为当初把养猪场地点选在林家镇是个错误决定。他和林童玉不吵不闹安静过日子的时候，林家会帮助他，是助推他走向富裕生活的动力。当他跟林童玉发生口角，闹矛盾的时候，林家变成了阻力，成为他生活中的障碍。现在他跟林童玉发生口角多，吵架成为家常便饭，矛盾突出，猜测林家人背地里没给林童玉出好主意。如果出好主意，就不会一起来找他讲理了。他跟林家人已经是站在对立面了，双方在争夺利益，坚守自己的立场，对抗情绪非常严重。林家人成了他心头之痛。

　　他看林童玉和李童回来了，对李童勉强地笑了一下，伸手摸了一下李童的头，做出关爱的样子，然后出了屋，骑上自行车去松江县城了。他知道待在家里还会吵架，想找个地方暂时回避，平静平静心情。

　　天色渐渐黑了，视线不好，公路上没有行人，偶尔会有机动车经过。他骑自行车的速度比较快。

　　松江县城华灯初上，已经是万家灯火了。小城的夜晚静悄悄的，没有杂音，如同熟睡在原野上的少女，显得分外美丽，更像人间天堂。

　　李亲实直接去了松江旅馆。

　　松江旅馆地处在县城北二道街上。旅馆是平房，只有七八套双人间客房，面积不大，住宿客人不多。旅馆老板是金德明的老婆姜小花。

　　金德明是李亲实的朋友，住在河东镇。人老实，憨厚，勤劳，种着几十亩地为生。李亲实每次去李天树家时，不但会找百事通、六一、七一、鲁达，还会去找金德明。这么一来二去，李亲实和姜小花熟悉起来。

姜小花不是松江县人。她娘家那地方贫穷，没有松江县富裕。她为了能生活得好一些，少受苦，委曲求全的嫁给了金德明。

金德明无论在相貌上，还是处事方面，都不如姜小花。他知道自己不如老婆有能力，生活上很少过问老婆的事。

姜小花天生不愿意种地。她偏偏出生在北大荒这么个普通农民家庭，又嫁给了这么个老实巴交的种田男人。虽然她心比天高，但得在现实中生活。自从她认识了李亲实后，思想上动摇了，心想李亲实不就没有种地吗？李亲实不是生活得很风光吗？在李亲实买卡车时，看着李亲实开卡车的精神气，她羡慕得心里直痒痒。她问李亲实能否帮她找一个不种地的营生之道。

李亲实开卡车跑运输时，大部分生意在县城，家却在洼谷镇，有时来不及回家，需要在县城找个临时休息的地方。有时他住在县城的小旅馆里。他对姜小花说在县城开个旅馆是可以维持生活的。姜小花觉得这个主意不错。她筹措了些钱，让李亲实帮助她办理了开旅馆的手续。

松江旅馆顺理成章地成为了李亲实在县城的临时落脚点了。

姜小花是个有情意的女人，性情柔和，有主见，了解男人的心思。她没想到李亲实开卡车会轧死人。天灾人祸，谁又能预料得到呢。她在李亲实轧死人的日子里，没有一句责备的话，依然对李亲实那么好，尽自己所能帮助李亲实。李亲实从没把心中的焦急告诉姜小花。他给姜小花的印象是能做大事男人。姜小花对李亲实有着倾慕。她看李亲实来了问："这么晚了，来有事吗？"

"有点闹心。"李亲实第一次当着姜小花面说这种失落话。

姜小花关心地问："吵架了？"

"你能告诉我，你们女人心里是怎么想的吗？"李亲实说。

姜小花笑了起来，缓缓地说："女人与女人性格不同，想法当然也不同了。"

"说你自己吧。"李亲实说。

姜小花说："让我说真话吗？"

"当然了。假的就不用你说了。"李亲实说。

姜小花说："我喜欢像你这种男人，敢作敢当。"

"别开玩笑了。"李亲实把目光移到别处了。

姜小花没有沿着这个话题说下去，转身去厨房做饭了。她知道李亲实喜欢吃什么，了解李亲实的口味。她厨艺很好，做饭也利落。

李亲实心想如果能娶个像姜小花这样的女人也是不错的。他躺在床上把姜小花和林童玉做比较。虽然当初他喜欢林童玉的朴实和能干，现在却不喜欢了。他是人，不是动物。他需要感情的沟通，思想的交流。他和林童玉没法交流。他的想法林童玉不懂。林童玉说的话他也不接受。近日来他和林童玉是同床异梦，各有心事，生活在一起彼此都觉得累。他正处在胡思乱想中，姜小花已经把饭做好了，喊他去吃饭。

姜小花关上了店门，屋中更安静了。姜小花打开一瓶北大荒高度白酒，给李亲实倒满一茶杯酒。

李亲实问："今天怎么没客人呢？"

"可能知道你要来，就没有客人来了。"姜小花说。

李亲实说："你胡说，我每次来，你这不都有客人吗，只是今天没有。你不能把没有客人的责任推到我身上。"

"没客人好，能静心陪你吃饭。"姜小花调侃地说。

李亲实说："今天好像是我包店似的。"

"给我小费了吗？"姜小花笑着问。

李亲实说："给。你想要多少？"

"算了吧……"姜小花知道李亲实经济有困难，捉襟见肘，话说到一半止住了。

李亲实经常喝酒，酒量还可以。酒量跟心情有关。今天他心情不好，喝多了，躺在床上睡着了。

姜小花收拾完屋中的卫生，夜渐渐深了，来到李亲实的房间。她看着熟睡中的李亲实感情发生了变化，帮助李亲实脱掉了鞋，把耷拉在床边的腿往床上搬了搬。当她接触到李亲实的身体时，李亲实醒了。李亲实很久没有和林童玉过夫妻生活了。两性生活是人类的本能，如果长时间没有，会产生压抑情绪。无论男人还是女人在性情方面都需要定期释放，这是生理上的正常规律，也是生命中的一种程序。他心中的情感和欲望迅速升温，猛然起身，带着醉意，把姜小花搂在怀中。姜小花如同是一条干枯的小河，突然被涌来的一股清泉滋润着。她干渴的身躯霎时是那么动情，宛如春风中的杨柳随风摆动，那么的妩媚，娇柔。

两个人的肉体交缠在了一起。

2

李亲实在林童玉的吵闹中对养猪失去了信心，从动摇到放弃。他在找买主，可没有收购肥猪的商贩。他去峰源市没找到买家，又去了鹤岗和佳木斯，在佳木斯找到了收购肥猪的商贩。商贩说过几天去松江收购肥猪。他在离开佳木斯的时候，在十字街口意外遇见了狱友小四川。

小四川出狱后没有回四川老家，而是来佳木斯劳动市场打零工了。他比在监狱里服刑时胖了些，也精神了。他看见李亲实开心得笑着，握着李亲实的手，热情地说，我请你吃饭。李亲实说我刚吃过饭，酒劲还没过去呢。小四川说那就少吃点。

李亲实刚请收购猪的商贩喝过酒，呼吸时还带着酒气呢，根本没有食欲，但考虑到和小四川多年没见面了，想叙叙旧，没有推辞，跟着小四川走进路边一家小餐馆。

小四川点了菜，要了酒，吃得投入。李亲实知道小四川干的是体力活，猜想生活不是太好。小四川看李亲实不怎么吃，举起酒杯劝酒。李亲实还得往松江返呢，路上有五个多小时车程，不敢多喝，只是象征性的喝了点，表示一下心情。

小四川看李亲实不吃也不喝，神色又好，笑着问，你现在生活得不错吧？李亲实一笑，轻描淡写地说对付活着。小四川不相信地说不可能。

李亲实没有解释，也不想在这个话题说下去，时间有限，想了解从前在监狱里服刑时，那几位有交情狱友的情况。他问小四川说你现在还和谁有联系？小四川吃了口菜，喝了口酒，说联系的人不多。李亲实问你和刘永涛有联系吗？

小四川说上周我去哈尔滨，在孙雨来那要了他的电话号码，孙雨来说刘永涛发展得相当好了。李亲实问孙雨来现在干什么呢？小四川说他家不是哈尔滨的吗，他在一家物业公司当保安。

李亲实笑了说物业公司能用劳改释放犯当保安吗？公司能相信他吗？小四川说是他姨夫开的公司，他在当保安队长。李亲实说别人肯定不会用他当保安。

小四川问你和谁有联系？李亲实用调侃的语气说，松江是个小地方，偏远，不像你在佳木斯，大城市……我只和你有联系，还是刚见面。小四川说我还没去过松江呢，等有时间，我去松江找你。

李亲实说欢迎。小四川问你结婚了吗？李亲实说孩子都上学了。小四川问男孩还是女孩？李亲实说女孩。小四川说女孩好，省心，不惹事。李亲实问你没结婚吗？

小四川说我要模样没模样，要本事没本事，哪个女人能嫁给我。李亲实说一个人生活也挺好，随意，结了婚，如果感情不好，还会离婚，更闹心。小四川问你和嫂子感情怎么样？

李亲实说还行吧。小四川说你相貌堂堂，嫂子长得也不错吧？李亲实说还行，不算丑。

小四川说咱们坐过牢的人，出来能自力更生，不给社会添乱，就很好了。

李亲实转移了话题说，你和刘永涛联系过吗？小四川说通过一次电话，他不太热情，再没联系。李亲实说可能是他发展得太好了吧。小四川说在监狱里时我和他关系也一般，没有深交，不像你和他关系那么好。李亲实知道刘永涛瞧不起小四川。

小四川说你应该和刘永涛联系。李亲实说他发展那么好，能搭理我吗？小四川说你给刘永涛打个电话，如果他热情就联系，继续交往，如果不热情，就不搭理他，就当谁也不认识谁呗。

李亲实看小四川在手机中找刘永涛的手机号码，心想打个电话也行，他还真想过刘永涛呢。他拨通了刘永涛的手机。

刘永涛接到李亲实的电话很热情地说，亲实，如果你想来辽宁发展，可以随时找我。我们公司里正好缺少司机。李亲实说辽宁有点远了。刘永涛说是有点远了，你最好还是在本地发展，人熟为宝吗。

李亲实说有机会我去辽宁看你。刘永涛说你来时提前打个电话，有时我出差不在家。李亲实说你真是个大忙人。

刘永涛说正在给员工开会呢，不跟你聊了，有机会再聊。

李亲实没有远走异乡的想法，联系刘永涛只是分别久了，有一种好奇。他不想给别人打工，想做自己的事情。

小四川把盘子里的菜吃个精光，酒也喝没了，吃的心满意足。李亲实看了看时间，认为应该去坐车了，不然就赶不上最后一趟车了。小四川准备付钱，李亲实没让，他去结了账。小四川说到我这儿了，让你付账怎么好呢。李亲实说咱们哥们不分你我。小四川把李亲实送上了车。

3

林童玉在李童吃过早饭上学后，去猪圈里喂猪了。早晨的阳光温柔地照射在猪群身上，猪们精神焕发，饿了，围着她"哼哼"叫个不停。她把饲料分撒在猪槽里时，猪们欢快的吃起来。她拎着铁桶往外走时，看见李亲实骑着电动车回来了。她从猪圈里走出来，关切地问："找到买主了吗？"

"佳木斯有两个商贩说过几天来收猪。"李亲实朝猪圈走去。

林童玉问："能收多少？"

"差不多全能拉走。"李亲实扶着木栅栏，看着猪群发愁了，没想到卖猪会这么难。

林童玉催促地说："快把能卖的全卖了吧，饲料喂不上两天了。"

李亲实转身回到屋中，拿起水杯喝了一杯水。然后仰面躺在炕上，头枕在被子上，看着林童玉，想着心事。

林童玉问李亲实吃饭了吗？李亲实说吃过了。林童玉洗过手，坐在饭桌前吃饭。这几天早晨她全是喂完了猪后才吃饭。她边吃饭边问你的自行车呢？李亲实说坏了。李亲实的自行车没有坏，而是不想骑自行车了，骑着姜小花的电动车回来的。

李亲实是昨天晚上回到松江县城的，到县城后没有回家，住在了松江旅馆里。

他想把话题引开，便说："猪卖了，你就没这么忙了。"

"快卖了吧，喂猪太麻烦了。"林童玉本想问什么，但被李亲实的话岔开了。

李亲实盼着收购肥猪的商贩快点来。大肥猪到了出栏的时候，多养一天，会多赔一天饲料钱。

天有不测风云，生活中总会出现许多节外生枝的事情。李亲实还没有盼来佳木斯收购肥猪的商贩时，却迎来了让他做梦都想不到的坏消息。在这个地区突然暴发了口蹄疫。口蹄疫如同旋风般的刮来，态势迅猛，席卷着人们的生活。人们不敢吃猪肉，猪肉无人问津，出栏肥猪价钱低，卖不出去，饲料涨价。李亲实遭到了灭顶之灾。

李亲实把出栏的肥猪多养了两个月，费了些周折，才便宜的卖给了哈尔滨收猪商贩。

林童玉看养猪赔钱了，心里不痛快，经常冲着李亲实发火。她指责地说你这辈子算是完了，干什么赔什么。

李亲实可以不养猪了，但不能失去男人的尊严。他不接受林童玉的指责，更不能忍受林童玉对他的蔑视。他破口大骂地说，你他妈的想干什么？难道说我不想挣钱吗？不想挣钱我会操这么多心，受这么多累吗？

他出发点是好的，想过上富裕的日子，可想法和现实的距离太遥远了。在通往致富的路上，总会遇到这样或者那样的阻力，不知有多少心怀暴富梦想的人在中途倒下去。他也不例外。他倒下了，又站起来，一次又一次。这次他还能从失败中站起来吗？

林童玉冷冷地说："你别总把你妈挂在嘴上，发脾气没用。发脾气能发来钱吗？发脾气就不赔钱了吗？"

"你就不能说点好话吗？"李亲实说。

林童玉说："我天天对你说好话，你就发财了？"

"那你也不能天天诅咒我呀。"李亲实说。

林童玉说："农民不本本分分种地，瞎折腾什么呀？"

"我不喜欢种地。"李亲实说。

林童玉说："你想暴富，那你得有暴富的命，命中没有，就别做梦了。不然，梦醒了，全是空的。"

"我还没发现你这么会说呢？从哪学来的？让你种地真是屈才了。"李亲实嘲讽地说。

林童玉说："种地没什么不好，靠劳动生活，心里踏实。"

"我在家陪着你种地，你就满意了。"李亲实说。

林童玉一直种着地。她知道种这些地用不上两个人，一个人辛苦点也能行，只是不想让李亲实继续折腾下去了，想让李亲实收回狂傲的心，在家安心过日子。她说："种地怎么了？冯志辉、百事通家都种地，哪个不比咱们过得轻松。"

"我就是不种地。"李亲实说。

林童玉说："你根本不是做生意的料，还是安安稳稳的在家种地吧，可别瞎折腾了，如果继续折腾，就把家折腾没了，没准哪天还会把小命搭进去呢。"

"闭上你的乌鸦嘴吧。我挣不到钱都怨你没说好话。你在中间瞎搅和，我能挣到钱吗？"李亲实说。

林童玉说："李亲实，你拍着良心问一问自己，自从嫁给你后，我跟你受了多少累，操了多少心，你对得起我吗？你还有脸把责任往我身上推？"

"我跑前跑后的，操的心，出的力比你多。你埋怨我，我埋怨谁？"李亲实说。

林童玉说："你是自找的，怨不着别人。如果怨只能怨你命不好，没本事。"

"操你妈的，你这是说话吗？"李亲实最近和林童玉一说话就骂人，想用强压势态维护自己的尊严。

林童玉对李亲实失去了信心，怀疑李亲实挣钱的能力。李亲实在她心中已经没有好的方面了，全是不好的。她反驳地说："你说话干净点，别一张口就把你妈挂在嘴上。你怎么会这么没教养呢？难怪你干什么赔什么，可能是没有积德吧？不积德的人，老天爷都会惩罚他。"

"你总诅咒我干什么？我死了，对你有什么好处吗？我死了，你不成为寡妇了吗。"李亲实说。

林童玉说："你吓唬谁呢？谁离开谁都能活，别说你一个普普通通的李亲实了，就像马克思、列宁这些伟人死了，地球不还照样转吗。"

"你从哪学来这么多理由。"李亲实说。

林童玉说："我说的是真理。"

"你说的不是真理，而是歪理，如果你不想过就滚。你以为世界上只有你一个女人吗？两条腿的女人遍地都是，随便找个都比你强。"李亲实说。

林童玉说："你找母猪呢？"

"你还不如母猪呢。"李亲实咬着牙。

林童玉说："你不要自以为是，哪个女人嫁给你了，那是没长眼睛，倒八辈子霉了。"

"你一只眼睛也不少呀？"李亲实说。

林童玉说："可我当时没看清你的本质。"

"现在看清了吗？看清了想怎么样？"李亲实满不在乎地说。

林童玉说："我不跟你过了，你去找别的女人吧。"

"你滚！滚！"李亲实吼着。

林童玉说："我跟你离婚。"

"行。我双手赞成。"李亲实冷笑着。

林童玉说："嫁给你算是我瞎眼睛了。"

"你眼睛也没瞎呀？求求你，你赶紧走吧。我没你这样的老婆。"李亲实挥着右手，示意让林童玉马上离开。

林童玉说："李童必须跟我。"

"行。"李亲实答应着。

林童玉说："外面欠下的债务得你还，我不能还。"

"行，我还，与你无关。"李亲实答应着。

林童玉说："房子咱们得一人一半。"

"可以。"李亲实答应着。

林童玉看李亲实答应得这么通快，心中没底了，有点恐慌。她嫁给李亲实这么多年，受了这么多累，操了这么心，李亲实居然一点留恋的意思都没有，能不伤心吗？她感受到了李亲实的冷漠和狠心。她和李亲实的婚姻算是走到尽头了。

李亲实说："你还想要什么？快说。"

"你每月得支付给李童三百元抚养费，学费、医药费另外算，直到她参加工作，步入社会为止。"林童玉说。

李亲实说："可以，没问题。"

林童玉沉默了。

李亲实问："还有吗？"

"没了。"林童玉说。

李亲实说："你去和你娘家人商量一下，如果有要求赶紧提，千万别忘了，免得后悔。"

"我的事与他们无关。"林童玉说。

李亲实说："你说这话不对，你娘家人比我重要。从现在起咱们俩没关系了，可她们还是你的亲人。"

"你真不是人，连畜生都不如。"林童玉说完这句话回娘家了。

林童玉娘家人这次没有劝和，而是改变了态度，支持离婚。她们不但知道李亲实会经常骂林童玉，还知道李亲实动手打林童玉。她们认为李亲实骂林童玉可以接受，动手打是不能接受的。两口子过到这种程度，感情裂痕太大，没必要过下去了。

林童玉从娘家回来和李亲实一起去松江县民政局办理了离婚手续。

李亲实站在民政局办公楼门口，看着林童玉远去的背影不但没有惋惜和留恋，而是产生一种恨。他感觉林童玉背叛了他，在他最为困难时刻离他而去。他下决心一定要混出个样子来给林童玉看，让林童玉后悔。他看了一眼手中的离婚证，心想夫妻之间的关系说简单真是简单，有结婚证就是一家人，有离婚证，就是两家人，证这边是一种关系，证那边是另一种关系。他把离婚证往衣服兜里一揣，去了松江旅馆。

4

姜小花知道李亲实养猪赔钱的事情。她认为不是李亲实不会养猪，而是李亲实时运不好。这是天灾，不是人祸。她有好多天没看见李亲实了，有点想李亲实了。她回想着同李亲实在一起那种肌肤感觉。这种感觉能让人焕发青春气息。她看李亲实闷闷不乐来了，关心地问这些天忙什么呢？李亲实没有说话，而是把离婚证掏出来递给了姜小花。姜小花虽然想过李亲实会离婚，可没想到会这么快。她不赞成用离婚的方式解决夫妻矛盾。她说不能不离吗？

李亲实说我跟她说话费劲，日子越过越没意思。姜小花说你们还有孩子呢。李亲实说孩子上学了，她想养，就让她养吧。

姜小花拿出几百元钱递给李亲实说，没钱了吧？李亲实接过钱，看了一眼说，我有钱了，加倍还你。姜小花说这点钱还用还吗？如果想还，你应该还我的太多了。

李亲实说当初如果我能娶像你这样的女人就好了。姜小花调情地说我好么？李亲实好久没有和林童玉在一起过夫妻生活了，心中积压的情感和欲望急需释放，上前搂住姜小花狂吻起来。

姜小花是多情的女子，懂得感情，懂得温柔，自己也需要这种感情。李亲实的抚慰让她情水暴涨，冲击着理智防线。她热烈回应着。

他们自从发生了第一次出轨行为之后，时而会在一起释放生理上的能量。他们在一起能忘掉苦恼，各取所需，产生快乐。但他们只能偷偷摸摸在一起，不敢公开两人的关系。这种快乐如同深夜中远方传来一首优美的歌谣，忽远忽近，时断时续，扣人心弦。

夜色中优美的旋律更感动人。也更具有生活含意。

李亲实心想如果姜小花是自己的女人就好了。姜小花心想如果李亲实是自己的男人就好了。这只是他们各自的想法与愿望，而实际生活中他们在感情上各有归属，有着各自的责任，只能隔岸相望，不能圆梦。河对岸的桃花无论多么绚丽，隔着河是摘不到的，只有过了河才能摘下来。虽然李亲实已经离婚了，可姜小花还有家庭。姜小花有孩子，有丈夫，不会轻易离婚的。就算她想离婚金德明也不会同意。

金德明听到有关姜小花和李亲实的传闻了。无风不起浪，他相信会发生这种事。虽然生气，但不想把事情闹大，不想离婚。他有孩子，想保全这个家的完整。他属于那种能想开的男人。男人与女人不就那么点事情吗？如果在一起碰撞出了火花，不必大惊小怪，应该学会理解、接受、容忍。忍过去了，也许会风平浪静。

他在姜小花出轨这件事情上是睁一只眼闭一只眼，如同没发生似的。他想让时间来慢慢治疗这种情感上的伤痛。

姜小花面对金德明的宽容不知怎么办了，假如金德明真的跟她大吵大闹，把她弄得声名狼藉，身败名裂，或许她会提出离婚。金德明这么不闻不问，默许她任性，随意放纵情欲，她没有怨恨的理由，更没法开口提起离婚。她认为应该保留这份婚姻。虽然她认为金德明没有本事，不是她喜欢的那种男人，但不能说金德明人品不好，不能说金德明不会过日子。她喜欢像李亲实这种张狂男人，可还没有达到必须付出离婚代价的程度。

李亲实与姜小花想法不同。他不是在寻找刺激，而是在寻找安慰。他需要女人的温柔与关心。他和林童玉离婚后，体验到了一个人的生活不叫生活。他萌生了远走异乡的念头。他想起了刘永涛。他给刘永涛打了电话。刘永涛表示只要他愿意，随时可以到辽宁来。他觉得一个人走不好，想带姜小花一起走，把想法跟姜小花说了。

姜小花赞成地说："你既然有这种机会，就应该出去闯荡一下，咱们这地方太小，没有发展空间，出去闯荡一下，开阔一下眼界，说不定能遇到更好的发展机会呢。"

"咱们一起走吧？"李亲实说。

姜小花犹豫地说："我还有孩子呢。"

"咱们在外面发展好了，可以把孩子接过去。"李亲实说。

姜小花说："让我考虑一下。"

"你还不相信我吗？我一定会对你好的。"李亲实承诺着。

姜小花答应地说："我陪你浪迹天涯。"

5

李亲实和林童玉离了婚，其它家产都好分，只是房子不好分。总共八间砖瓦房联在一起，在同一个大院内，每人四间。房子原来是公家的，李亲实买下后还有一万元钱的土地占用费没交，如果住着暂时可以不交，如果卖房子，必须得交，不交上这笔钱房产局不给办理过户手续。李亲实在离婚后准备卖掉自己的四间房子。

林童玉没想到李亲实能把房子卖了，也不知道李亲实准备外出打工的想法。她想房子是连在一起的，如果李亲实把那四间房卖给了别人，两家在同一个院落里生活不方便。她不想让李亲实卖房子，不情愿地去找李亲实商量，劝说李亲实不要卖房子。

李亲实斜视着林童玉，语气怪怪地说，我欠了那么多债务，不卖房子拿什么还？林童玉说你卖掉房子就能把债务全还上吗？李亲实说能还多少是多少。

林童玉说你把房子卖了，你住哪？李亲实认为林童玉这么考虑是多余的。他说我住哪就不用你操心了。林童玉说你卖了房子，我和外人住在同一个院落里生活不方便，李童也不会习惯，看在李童还有咱们在一起生活这么多年的情分上，房子你能不能不卖？

李亲实说房子肯定是要卖掉的，我替你交的那五千元钱，你可以先不还我。林童玉没想到李亲实还准备要那五千元钱，责备地说你就这么不讲情分吗？李亲实说咱们既然离婚了，就是两家人了，井水不犯河水，我的事你就别管了，你的事我也不会管的。

林童玉看李亲实铁了心想卖掉房子，气愤地转身离开了。

李亲实很快找到了买主，顺利地把房子卖掉了。

买主是一名姓陈的小老板。陈老板家住在县城。他看中的不是房子，而是这块地方，想买这处房子开面粉加工厂。可买下后感觉离县城有点远了，交通不方便，不是很理想。再说他只买下了四间房子，四间房子的面积小了，不够开面粉加工厂的，想把林童玉那四间房也买下来。

林童玉说我把房子卖给你，我住哪呀？陈老板说咱们两家在同一个院落里生活，什么也干不了。林童玉说你就不应该买这四间房子。

陈老板知道林童玉对他卖房子有意见，解释说亲实不应该卖，如果他想卖，就算我不买，别人也会买的。林童玉认为陈老板说的有道理，想了想说要么你把这四间房子原价卖给我吧？陈老板思量地说，这也行，你用这处地方还能干点什么。

林童玉说我现在只能付给你一半房款，另一半到年终给你，你看行不行？陈老板说你家情况我了解，你什么时间有什么时间给我。林童玉说我给你写个欠条，到年终如果没钱，我借钱也给你。

6

李天震没想到李亲实养猪会赔这么多钱，没想到李亲实能离婚，家庭破裂，更没想到李亲实会卖掉房子，放弃稳定生活，离开松江，远走他乡外出打工。

李亲实来找李天震时，李天震一声不响，细心听着李亲实说着打算和计划。他不懂李亲实的心思，没说出自己的看法。他知道说出来李亲实也不会接受，心想随着李亲实去折腾吧，想咋折腾就咋折腾吧。李亲实不想说外出打工的事，只是来告诉李天震一声，把林童玉写的那张五千元钱欠条交给李天震保存着。

李亲实把房子卖了，林童玉应该交的五千元钱土地占用费没交，李亲实一起交的。林童玉给李亲实写了欠条。

李天震把欠条锁在箱子里，如同锁住了从前一段生活。那段生活已经成为往事，不会再有了。他在李亲实走后才知道李亲实不是自己走的，还带走了姜小花。如果李亲实是自己走的，也不会在松江引起那么大的轰动效应。可他带走了姜小花，就截然不同了。

姜小花虽然只是松江旅馆的小老板，不算是大人物，可她转卖了旅馆，抛夫弃子与人私奔的决心让人震惊。这对一个中年女人来说需要多么大的决心和勇气。她跟随李亲实一起离开了松江。她的举动宛如一个传奇故事，是那么吸引人的注意力，关注度极高，传得沸沸扬扬，留给人们许多想象。

李亲实领着姜小花私奔也给李天树带来了思想负担。李天树和金德明同住在河东镇，两家离得不远，低头不见抬头见的，出现了这种事，两家人遇见了非常别扭。李天树想找李天震说一说心中的烦恼。这天他来县城看望病重的李天兰时遇见了李天震。

李天震经常去县城看望李天兰。

李天兰生病有些日子了，在松江县医院和峰源市医院都没能确诊病因。她的大女儿薛庆香送她到哈尔滨医科大学医院做了全面查检。她被确诊是食道癌晚期。李天兰的命也真够苦的，十年前她的爱人因为肝癌离开了人世。现在她又被确诊患上了癌症，并且时日不多了……她从省城回来后在县医院治疗。她在病重的日子里还惦念着李天震。

李天震也牵挂着李天兰。虽然他们兄妹好几个，但数李天兰和李天震走得近，感情深。虽然两人因为一些小事红过脸，生过气，但隔不了几天就忘了。李天兰生病对李天震是个沉重打击。在人世间又将少了一个关心他的人。李天震对李天树说："怎么会两个人都患上癌症呢？"

"可能跟生活习惯有关系吧。"李天树说。

李天震说："天兰的生活比我好呀，我没患上癌症，她怎么能得呢？"

"生活好不一定不得病。"李天树说。

李天震说："天兰'走'得有点早了。"

"患上癌症了，能有什么办法呢。"李天树说。

李天震知道这个道理，可还是想不开，心情沉重。

李天树说："亲实把姜小花领跑了，你知道吧？"

"我听说了。"李天震显得无奈。

李天树说："咱们李家祖祖辈辈也没有人干过这种缺德事呀，亲实怎么能领着姜小花走呢？"

"他是在造孽。"李天震说。

李天树说："金德明老实巴交的……我遇见他都抬不起头来。"

"丢人啊！"李天震说。

认识李亲实的人都说他这件事做的有失情理，不道德。俗语说：朋友妻不可欺。他这么做不只是欺负人了，而是做了夺妻之恨的事情。

那些借钱给李亲实的人更是着急，来找李天震索要李亲实的地址和联系方式。李天震不清楚李亲实去哪里了，无法提供。那些人不相信，怀疑李天震是在袒护李亲实。

李天震委屈，可又无处诉说，更没办法证明。

7

林童玉虽然和李亲实离了婚，情还没完全了断，一直关注着李亲实，希望李亲实能醒悟，回心转意，跟她和好如初，在一起过日子，把李童抚养成人。当她得知李亲实领着姜小花私奔了，挂不住脸面，自尊心受到了严重打击，心灰意冷，心中那一丝想和李亲实复婚，破镜重圆的心愿彻底消失了。

林家人劝林童玉改嫁。林童玉最初在感情上接受不了，不接受这个建议。随着日子的延长，在生活担子的压力下，她越来越觉得一个人操持家，抚养李童确实太辛苦了，有点力不从心，转变了观念，产生了改嫁的想法。林家人在为她的第二次婚姻牵线搭桥。

松江县人口不多，年轻人找对象都比较难，更何况人到中年再婚了。林童丽住在县城，认识的人算是比较多些。她在一次闲聊中认识了老刘。老刘的女人是在两年前病故的，一儿一女两个孩子都已经结婚，成家单独生活了。他有意再婚。他比林童玉大十多岁。林童丽感觉年龄有点大了，人品还算满意，不知道林童玉能否接受。当天傍晚她骑着电动车回林家镇和娘家人商议这件事了。

她母亲说年龄大点没事，关键要人好才行。林童丽说老刘脾气温和，办事稳妥，就是性子慢了点。她母亲说性子慢点好，可别太急了，如果像亲实那样就麻烦了。

林童丽说像亲实那种人少见。林童艳说虽然少，可是让童玉碰见了。林童丽说亲实太能装了，咱们当初谁也没看出来他是这种人。

林童玉说我命不好。林童艳说也不能这么说，现在离婚的又不只是你一个人。林童玉说好人谁会离婚？

林童丽说离婚跟好人坏人没关系，这和两个人的性格，处事方式有关系。林童玉说我也没做错什么呀，怎么就把家过成这样了呢？

林童丽说你离婚是正确的，如果你继续跟李亲实过下去，说不定还会遇到更不开心的事情呢。林童玉说刚结婚时亲实不是这样的。林童丽说李亲实不是什么好人，只是咱们当时没看出来，如果他是好人，在监狱里还能被加刑期吗？还能动手打他爸，打他弟弟吗？

　　林童艳说亲亮从北京回来，知道亲实被法院拘留了，也没去看他吧？林童玉说亲亮做的也不全对，见到李童都没说话。林童艳说那是你们让亲亮伤心了，如果不伤心，亲亮不会这么做的。

　　林童丽说你是不是心里还放不下李亲实？林童玉说不管怎么说亲实也是李童的父亲呢。林童丽看林童玉这副样子，生气地说，到现在了你还放不下亲实呢？亲实可早把你和李童忘了，如果他还有点良心，也不会领着姜小花私奔。

　　林童艳说亲实这件事做得确实太缺德了，听说姜小花的男人还和亲实关系不错呢。林童玉认识金德明，对金德明印象不错，但不认识姜小花。林童艳说当然姜小花也不是正经女人，可责任主要在亲实。

　　林童丽质问地说，你认为老刘的条件是行，还是不行？林童玉说如果他能对李童好，我没意见。林童丽说我和老刘说了，他说会对孩子好的。

　　林童艳说老刘就是年龄大了点。她母亲说人到中年了，再婚，哪有那么般配的人。林童艳说这个年龄是挺不好找的。

　　林童丽说老刘人不错，他老婆瘫痪在床上，他侍候了两年多呢？她母亲问老刘的身体怎么样？林童丽说人挺瘦的，可没什么毛病。

　　她母亲说人瘦点倒是没什么，千万别童玉嫁过去，他身体再出了毛病，那样就苦了童玉。

　　林童丽说老刘比童玉大十多岁，身体肯定不如童玉好，万一有个病什么的，也是正常的。林童玉说只要他对李童好，能帮我把李童抚养成人，如果他有病了，我侍候他也是应该的。林童丽说我也知道老刘年龄大，可没有年龄和你般配的，如果有年龄般配的当然好了。

　　林童玉说只是年龄般配还不行，主要看人品，性格，我和亲实在一起，谁看了都说我们两个像一家人，这不家也过散了吗？林童丽说两个人过日子，关键脾气得能合上来，性子不好肯定不行。林童玉说好在老刘的孩子都成家了，如果不成家肯定不行。

　　林童丽说两家孩子在一起生活矛盾多。

　　林童艳说李童能接受老刘吗？林童玉说开始肯定不会接受，如果老刘对她好，她也知道，慢慢会接受的。林童艳说李童挺懂事的。

林童玉说我这辈子认命了。

林童丽说抽个时间，你和老刘见个面？林童玉答应说我什么时间都可。林童丽回县城去找老刘了。

老刘从前在松江县林业站上班。前些年林业站把部分人员分流了，鼓励职工自主谋生。当时老刘的妻子得了半身不遂，瘫痪在床上，为了照顾妻子，主动承包了几亩林地，这样在时间上可以自由支配，能有时间照顾妻子。妻子病故后，他有意再婚。他听说过李亲实的事，对李亲实人品有所了解，担心林童玉和李亲实关系没办利落，李亲实来找他闹事。

林童丽保证性地说，你放心，李亲实是不敢来闹事的，如果他来闹事咱就报警，让公安局抓他。老刘说只要林童玉不介意他年龄大，能看上他，他没意见。林童丽说那你们见面聊一聊。

林童玉和老刘见了面。她虽然没看中老刘的相貌，但看上了老刘的踏实和本分了。老刘对林童玉是满意的。两个人没什么意见，很快办理了婚事，婚礼办得简单，只是请两家亲友在饭店吃了饭。

当天晚上林童玉做了梦，梦见了和李亲实结婚时的场景。初婚的记忆是那么深刻。她怎么也没想到自己会离婚，而又再婚，更没想到李亲实会做的如此绝情。她心想当初自己是看错李亲实了吗？

第三十二章
困惑

KUN HUO

1

　　时间飞逝，光阴荏苒，转眼八年过去了。李亲亮事业有成，在北京买了房子，生活稳定了。王文静近四十岁了，到这个年龄，有着强烈做母亲的愿望。她父母更想早点抱外孙子，在这件事上一直催促她。她已经过了生育最佳年龄，准备了一年多也没有怀孕，便去医院做生育检查。

　　医生告诉她左面的输卵管不明显，只有右面的还可以，自然怀孕概率比较低，如果着急生孩子，可以采取试管受孕方式。

　　王文静在思想上接受不了人工受孕。她认为这么做有掺假的成分，不真实，不是自己生命的延续。她希望自己能像众多母亲那样自然怀孕，在身体里孕育生命，顺利生下健康孩子，继承自己的血脉。

　　李亲亮小时候受苦比较多，没有得到过家庭的关爱，产生了心里阴影，在生孩子方面不是特别上心。他认为有孩子也行，没有也无所谓。王文静想生孩子，想做母亲。在王文静影响下他才渐渐改变了思想，觉得在生孩子这件事上对不起王文静。他意识到眼前最要紧的事情就是生一个孩子，实现王文静做母亲心愿，使家庭更完美。

　　王文静虽然心里着急，但不想给李亲亮增加思想压力，表面上做出无所谓的样子。她认为只要不放弃，有信心，还是有希望怀孕的。果然在这年深秋，她怀孕了。

　　这对于他们来说是天大的喜事。

　　李亲亮看王文静怀孕后幸福的样子，被感染着，有着想做父亲的愿望。这可能是人类的本能吧。人类是在一代一代繁衍生息的。他细心关爱着王文静。

　　王文静自从怀孕后，感受到了做父母的不容易。这种亲身体验和过去想法是不同的。她催促李亲亮回北大荒去看望李天震。

　　李亲亮还是八年前随中华摄影家采风团回的松江县，此后没有回去过。他对父亲有着牵挂。可这些年他一直在忙着事业和生活，为了能在北京生存下去，生活得好些，在不停努力，没时间回北大荒，也没能顾及父亲。不过他经常给亲友打电话，委托他们照顾父亲。他拿起手机给李天树打电话。

　　李天树没等李亲亮把话说完，就不满意地说打电话有事吗？李亲亮说没有。李天树说没事你怎么想起给我打电话了呢？

　　李亲亮说想你了呗。李天树说，亲亮，你别跟二大爷来假的，就说你什么时候回来吧？李亲亮说得过些时候。李天树追问地说，到什么时候？李亲亮说这说不准。

　　李天树生气地说亲亮，我四年前问你什么时间回来，你说过三年。我文化不高，不会算日子，你说三年过没过？

　　李亲亮说过了。

　　李天树语重心长地说亲亮，你忙，我知道。可再忙也不能不管你爸呀。他一个人把你们兄弟两个拉扯大容易吗？你爸这么大年岁了，还能活几年。

　　李亲亮解释说二大爷，我在外面也不容易，如果容易我能不要孩子吗？李天树说这我知道。可你爸也不能不管呢。李亲亮说他现在不还能自己生活吗，如果不能自己生活了，我能不管吗。李天树根本不想听解释，生气地说你小子真会说，不愧是有学问的人，照你说到死了你再回来吗？人死如灯灭，死了你回来还有用吗？

　　李亲亮说我尽量抽时间回去。李天树说你看着办吧，不跟你说了。李亲亮见李天树挂断了电话，无奈地摇了摇头。

　　王文静说："也难怪你二大爷批评你，你不回去，你哥又一走这么多年没了音讯，不让外人笑话吗？你还是回去一趟吧。"

　　"过春节时咱们一起回去吧？"李亲亮说。

王文静说："我对松江真挺有感情的，还真想回去看一看，可春节时北大荒的天气太冷了，我怕身体受不了。不然，我真和你一起回去。"

"现在你真就不能回去，你还得好好保护咱们的孩子呢。"李亲亮低头看了看王文静隆起的肚子，脸上流露出喜悦的表情。

王文静说："你哥离开家几年了？"

"我没有哥。"李亲亮不愿意提起李亲实。

王文静说："你不要赌气，要面对现实。你哥做得不对，不好，那是你哥的事情。咱们不能像他。"

"你太善良了。我这辈子能遇见你，这是我最幸福的事情。"李亲亮动情地说。

王文静说："你爸养老的事情已经迫在眉睫，不能等了。"

"我想等你生了孩子后，再安排我爸养老的事。"李亲亮说。

王文静说："就怕你爸等不了。"

2

北方摄影家协会邀请李亲亮参加哈尔滨冰雪节摄影活动。李亲亮有点兴奋。他有着思念故乡的情怀。哈尔滨虽然不是故乡，但酷似故乡。到哈尔滨离松江县就不远了。这是他回松江县的好机会。可以公私兼顾。他计划利用这次去哈尔滨参加活动机会回松江看望亲友。

李亲亮刚下飞机，突然腹泻不止，疼痛难忍。北方摄影家协会接机人员急忙把他送进了医院。医院给李亲亮做了检查，检查结果是溃疡性结肠炎和急性阑尾炎，阑尾有穿孔的迹象，需要立刻做手术。

王文静想让李亲亮回北京做手术。医生说如果阑尾穿孔了，会有生命危险。医生让李亲亮住院治疗，建议立刻做手术。做手术需要病人家属在手术单上签字。王文静无法及时赶到哈尔滨，急忙打电话通知她小姨。她小姨和小姨夫到医院在手术单上签了字。

李亲亮顺利做了阑尾手术。

王文静准备去哈尔滨护理李亲亮，她父母不同意。她怀孕了，又是高龄孕妇，处在保胎期间，不能过度劳累，得加倍小心，正赶上哈尔滨最冷的冬季，如果发生了意外后悔就来不急了。她父亲想一个人去哈尔滨护理李亲亮，母亲在家陪她。她坚持要去哈尔滨。父母在劝阻无效情况下，陪同她一起去了哈尔滨。

哈尔滨冬季特别寒冷，冷的让人难承受。在这寒冷的季节里，却让李亲亮感受到了融融的亲情。

亲情如同冬天里的太阳，虽然改变不了季节的气温，可是那么的美好，能温暖心情，足能给人战胜寒冷的力量，让生活充满希望。

王文静的小姨高兴的不得了，因为姐姐一家人好多年没来哈尔滨了。姐妹俩每次见面都是在北京，这次能在哈尔滨团聚真是高兴。

李亲亮准备回北京休养。

医生说溃疡性结肠炎这种病非常难治，可能一生都根除不了。

李亲亮情绪一落千丈，焦虑而沉重，感觉对不起王文静。从前为了生活四处奔波，生活刚好起来，自己又得了这种难治愈的病。他希望王文静能过上好日子，可自己的病什么时候能治好呢？他感觉有一块石头压在胸口透不过气来。

王文静安慰李亲亮说，你刚来北京时那么困难的生活都挺过来了，现在一切全好了，只是这点病，还愁什么呢？

李亲亮懂得这个道理，可就是想不开，总是一脸愁云。他原本是想回松江看望父亲的，没想到近在眼前了，却没能回去。在生病的日子里，他感知了生命的意义，更加思念父亲了。

他们返回北京后春节就要到了。

这天傍晚，李亲亮在看电视《故乡行》节目，主持人声情并茂地朗诵着唐年代著名诗人王维写的《九月九日忆山东兄弟》诗句：

> 独在异乡为异客，
> 每逢佳节倍思亲。
> 遥知兄弟登高处，
> 遍插茱萸少一人。

　　这段诗句强烈勾起了李亲亮的情感，产生了心事，思念着父亲。他关上电视，拨通了冯志辉的手机。这些年来他跟冯志辉联系得比较密切，隔一段时间就会给冯志辉去一次电话，了解李天震的情况。

　　冯志辉说松江正在下雪呢。已经连续下两天了，还没有停止的迹象。李亲亮回忆着说现在正是北大荒最冷的时候，也是多雪的季节，不下雪就不正常了。冯志辉感触地说已经好几年没下这么大雪了。

　　李亲亮说瑞雪兆丰年。冯志辉说这几年收成都不错。李亲亮说明年会更好。

　　冯志辉说你这么多年没回来了，什么时间回来看一看，这里变化挺大的？李亲亮说前些天我原本是准备回松江去了，可到了哈尔滨，刚下飞机就生病了，看来一时半会是回不去了。冯志辉问是什么病？

　　李亲亮说溃疡性结肠炎和急性阑尾炎。冯志辉知道阑尾炎，可对溃疡性结肠炎不了解，便说等病好了再回来吧。李亲亮说这种病不好治。

　　冯志辉知道李亲亮打电话是想了解李天震的情况，便说这几天没看见李叔。李亲亮叮嘱地说，你抽时间去看一看。冯志辉说过一会我就去。李亲亮说谢谢了。冯志辉笑着说跟我就不用客气了。

　　李亲亮说总麻烦你。

　　冯志辉感触地说李叔一个人住在农具场的小屋里还真不行，如果发生了什么事情没人知道。

　　李亲亮问亲实还没有消息吗？冯志辉说亲实走后一次没回来，也没有消息，没人知道亲实去哪了。李亲亮问姜小花不知道亲实在哪吗？

　　冯志辉笑着说姜小花没有说亲实在哪里，只说亲实把她卖了。李亲亮认为姜小花知道李亲实在什么地方，只是不想说。冯志辉说姜小花和金德明离婚了。姜小花在离婚后回娘家那地方了，好像是改嫁了。

　　李亲亮问金德明再婚了吗？冯志辉说金德明没有再婚，领着孩子过呢。李亲亮说亲实太缺德了。

　　冯志辉说姜小花也不是正经女人，正经女人能扔下孩子跟亲实走吗。

　　李亲亮感觉李亲实快要出现了。因为国家规定在2013年第一代身份证停止使用了，必须使用第二代身份证。李亲实离开松江县的时候，用的是第一代身份证。

如果他没有死，还活着，就得回松江县办理第二代身份证。他叮嘱冯志辉留意李亲实。

冯志辉认为李亲实回松江的可能性不大，如果想回来早应该回来了，不可能这么多年音信皆无。就算李亲实不为别人着想，为了李童也应该回来吧？李童是李亲实的女儿，李亲实的心不会这么狠吧？能这么多年不想女儿吗？

李亲亮坚信像李亲实这种自私的人，不会为任何人着想，只为了自己活着。他感觉李亲实能回松江县。李亲实回松江县不是为了某个人，而是为了换第二代身份证。因为没有第二代身份证即不能坐火车，也不能乘坐飞机，更不能到银行办理存取款业务。为了生存，李亲实必须回松江县换第二代身份证。

冯志辉跟李亲亮通过电话后，看着窗外，有点担心李天震了，想去看望李天震。天已经黑了，雪还在纷纷扬扬下着。北大荒下雪时的景致是美丽的，可对出行不利。他迟疑了一下，拿着手电筒，出了家门，朝李天震住的农具场走去。

李天震在李亲实离开松江的那年秋天，成了洼谷镇农具场的更夫。洼谷镇有二十多台大型农具机械，每台机械价值都在十多万元。农具机械集中停放在农具场上。农具场还有机械仓库，维修保养车间及油料仓库，需要一个专门看护人员。更夫的工资由这些机械主支付。

从前的更夫嫌弃工资少，闹情绪，总脱岗。机械主担心机械零件被盗了，有人故意破坏机械，要求换更夫。镇里公开招聘更夫。有几个想当更夫的人还种着地，如果工资少，放弃种地就不划算了，所以报价高，工资少了不干。机械主们不愿意多出钱，还想让更夫尽职尽责，坚守岗位，两者分歧大，没能达成协议。

李天震年龄大了，种地力不从心，农忙时没有帮手，有人劝他当更夫。李天震认为当更夫虽然挣钱不多，可维持基本生活是没问题的，并且不那么累。他报价低不说，要求也少，机械主们认为他是最合适人选。

机械主们选择李天震当更夫不只是因为工资低，要求少，主要的是了解李天震为人实在，厚道，又是一个人在洼谷镇，无牵无挂的，不分散精力，能二十四小时全天待在农具场。机械那么贵，机械主们都想找一个本分，克尽守职的人当更夫。机械主们一致同意让李天震当更夫。

李天震每天在农具场上转悠。他饲养了五六十只鸡，一条黑狗，还在农具场外的空地处种了点玉米、黄豆什么的，秋天卖了粮食，有点额外收入。可以说他日子过的比较充实。

农具场离镇居民生活区有二里远的路程，周围是空旷的田野。冬季是农闲时节，来农具场的人少。李天震一个人住在农具场的小屋里比较孤寂。

冯志辉踏着厚厚白雪来到李天震住的小院门前。院落的木门在里面锁着，他进不去。院落中的黑狗听到脚步声摇头晃脑跑了过来。黑狗认识冯志辉，晃动着尾巴，用前爪不停地扒着木门，似乎是在欢迎冯志辉。冯志辉朝院落里喊："李叔，李叔……"

院落里静静的，没有回声。

冯志辉看了看周围的雪地，在洁白的雪地上除了他的脚印外，没有其他人走过。他认为李天震在屋中，再次朝小屋里喊："李叔，李叔！"

院落里依然没有回声。

冯志辉感觉情况反常，猜测李天震可能出事了，翻过木门，跳进院里。他来到小屋门前，门关着，拉不开。他来到窗户前，往屋中看。窗户上结着厚厚的霜，看不见屋里。他嘴对着玻璃，用哈气把玻璃上的霜化开一个点，通过那个点如同射击瞄准似的朝屋中看，屋中光线更暗，看不清，只能隐约看见李天震躺在炕上。

冯志辉再次来到门前，大声朝屋里喊，还是没有回声。他怀疑发生了意外，着急了，使劲拉开了门，煤烟从门口涌出。他走进屋里，屋中充满浓浓煤烟，被呛得咳嗽起来。他走到炕前发现李天震躺在炕上不能动了。他知道李天震是煤烟中毒了。一个人搬不动李天震，外面天气冷，得找人来帮忙把李天震送往县医院。他敞开房门，跑着回生活区找人去了。

北大荒的冬季是千里冰封，万里雪飘的季节。黑土地在白雪的覆盖下正处于休眠中，人们闲着没事，晚上睡得比较早。白色的雪地增添了夜晚的光亮。冯志辉找了五六个平时交往密切，关系好的人，开车把李天震送到了松江县医院。

县医院对李天震进行了抢救治疗。住院需要病人家属签字的。冯志辉拨打李天树的手机，手机关机，又拨通了李天树家的电话。

李天树睡着了，电话声把他叫醒了。他拉亮电灯，起身下了炕，接听电话。他听冯志辉把话说完，急忙去找大儿子李刚强。虽然他和二儿子李刚成住得是东西屋，可李刚成没有车。李刚强家有一辆小货车。并且也住在河东镇。李刚强重亲情，开着车和李天树一起去了医院。河东镇离县城比较远，雪天视线不好，路滑，车开得慢，李天树和李刚强来到医院时，李天震已经被从急救室推出来，送进病房了。

冯志辉他们几个人守在李天震身边。

李刚强看这么晚了，冯志辉他们忙碌了这么久，天气又这么寒冷，一定饿了，请冯志辉他们去饭店吃饭了。

李天树看着躺在病床上的李天震就生气了，愤慨地拨通了李亲亮的手机，用命令的口气说："你爸病了，你快回来！"

"什么病？"李亲亮问。

李天树说："你别管什么病，如果你还有点良心，还是你爸的儿子，就回来看一眼。"

"我也病了，做了手术，刚出院不久，身体还没恢复呢。"李亲亮解释说。

李天树以为李亲亮是在推辞呢，语气生硬地说："你病了，就不回来了吗？"

"二大爷，你看能不能等我身体恢复一下，再回去呢？"李亲亮感觉此时回松江身体无法承受旅途的劳累。

李天树责备地说："你们哥俩可真行，一个一走好多年没消息了，一个不回来，养你们有啥用。"

"行，我回去。"李亲亮决定回松江了。

李天树追问说："你什么时间能回来？"

"尽快吧。"李亲亮说。

李天树命令地说："多带些钱回来。"

"需要多少？"李亲亮问。

李天树说："最少六千。"

"知道了。"李亲亮说。

王文静虽然善良、孝心，通情达理，但让李亲亮在这么寒冷的季节回北大荒，顾虑重重。李亲亮刚出院不久，身体还没康复，这么遥远的路程，北大荒又那么寒冷……她担心李亲亮身体承受不了旅途的奔波，加重病情，反对李亲亮在此时回松江。

李亲亮安慰王文静说:"没事的,我会照顾好自己。"

"不是你说没事就没事了,回到松江,当你面对那些烦心事情时,你的心情能好吗?你二大爷太不懂人情了吧,如果你没有病,不回去怨咱们。可你刚做过手术,身体还没有恢复呢,就逼你回去,这不是强人所难吗?反正我是接受不了,也不同意。"王文静反对地说。

李亲亮说:"我父亲病了,总不能让他们承担责任吧?"

"他们又不是外人,不是亲人吗?他不是你爸的二哥吗?哥照顾弟弟也是合情合理的,没有错呀!"王文静说。

李亲亮说:"亲人也不行。他们让我回去,如果我不回去,从情理上是说不过去的。"

"他们有病了是病,你病了就不算病了?他们想活着,那就不顾你的死活了吗?太过分了吧?"王文静说。

"你别上纲上线,没你说得那么严重。"李亲亮说。

王文静说:"把钱寄给他们,让他们租人照顾你爸不行吗?"

"我还是回去一趟吧。"李亲亮说。

王文静说:"如果回去,我跟你一起回去。"

"那可不行。你身体不方便。你放心,我会没事的。老天爷会保佑我的。"李亲亮讨好地说。

王文静知道挡不住李亲亮回松江的想法,不再说什么了,想让李亲亮带着好心情踏上回故乡的行程。

李亲亮在第二天就启程了。

北京飞往哈尔滨的飞机是在晚上。李亲亮到达哈尔滨时是在夜间。夜晚的哈尔滨显得格外寒冷。他穿的棉皮鞋鞋底弹性差,不适合在哈尔滨冬天的路上行走。他走在路上好几次险些被滑倒。他来到火车站,寻找开往峰源的火车。哈尔滨开往峰源的火车是在早晨,还要等好几个小时呢。他经过短暂休息,疲劳得到了缓解。

这时他知道父亲被转到峰源市医院治疗了。他下了火车,直接去了峰源市医院。

3

李天震的病情不像李天树在电话里说的那么重。李天树想借这个理由让李亲亮回松江,当面解决李天震的养老问题。李亲亮走进峰源市医院时,李天树正和李天震在病房里聊天呢。李天树戴着花镜,看见李亲亮笑着说:"你小子回来得挺快呀。"

"慢了,怕你骂我。"李亲亮说。

李天树说:"你小子怎么能这么说呢?在几个侄子中,我对你最亲了,你说是不是?"

"是。"李亲亮话音没落,肚子疼痛起来,疼痛难忍,有腹泻的感觉,急忙朝卫生间跑去。他一路奔波,着急上火,病情复发了,腹泻不止。

李天树以为李亲亮是找借口不回来呢,没想到李亲亮病得这么重。他看李亲亮痛苦的表情,一趟趟往卫生间跑,心里不好受,皱着眉说:"你年纪轻轻的怎么会得这种病呢?"

"可能是长期操劳,没注意休息,免疫力下降造成的吧。"李亲亮认为病因是多年来过度劳累引发的。

李天树说:"你无论多忙,也得照顾好身体。如果没有了健康,就什么都没有了。"

"出门在外谋生,不像在家,哪能由着自己呢。"李亲亮感慨地说。

李天树年轻时一个人从山东来北大荒讨生活,有过这种人生经历,理解地说:"出门在外生活是不容易,正因为不容易才应该学会照顾自己呢。不是我逼迫你回来,如果亲实在家,就不让你回来了。可联系不上他,我年龄又大了,只能找你了。"

"亲实还没有消息吗?"李亲亮问。

李天树说:"没有。"

"姜小花回来什么都没说吗?"李亲亮问。

李天树说:"姜小花说亲实把她卖了,再什么都没说。"

"亲实领着姜小花去哪了?"李亲亮问。

李天树说："不清楚。"

"亲实离开松江几年了？"李亲亮问。

李天树转过头看着李天震估算着说："有七八年了吧？"

"这么多年一点消息都没有吗？"李亲亮问。

李天树转过脸看着李天震，在等李天震说话。

李天震说："谁都不知道他去哪了。"

"不会是姜小花找人把亲实害了吧？"李亲亮怀疑地说。

李天树说："这可说不准。"

"亲实欠了多少外债？"李亲亮认为李亲实出走的主要原因是欠账太多，还不上债务了，才感情用事离家出走的。

李天震含含糊糊地说："欠了不少。"

"亲实欠的债务能有几万？"李亲亮想得到准确数。

李天震说："可能在四五万左右吧。"

"这也不算多，没必要离家出走，好好干用不上几年就还上了。背井离乡的生活也不好过。再说了，他就不回来了吗？回来后不还是要面对偿还债务的问题吗。"李亲亮说。

李天树："借钱给亲实的人都说他能说会道，奸诈，是骗子。不少人都在骂他呢。"

"亲实做的确实不对。他一走了之了，那些借钱给他的人能不着急吗。"李亲亮说。

李天震心烦地说："别提他了，就当他死了。"

"你不帮亲实买卡车了？你不是还把房子卖了吗，当时我不让你继续帮助他，你不听，你继续帮助他吧，看他能不能光宗耀祖。"李亲亮不会忘记那些痛苦的往事。那些伤心事已经永远刻在了他的心上。

李天震脸上呈现出痛苦的表情，如同被尖刀刺痛了，在流血。他不愿意重提往事，想忘掉，可又无法忘掉。

李亲亮看了一下时间，到了吃药时间，从旅行包中取出药。虽然路上他在按时服药，可溃疡性结肠炎还是复发了。他加大了药量。

李天树问："你吃的是什么药？"

"法国进口的艾迪莎。"李亲亮说。

李天树问："价钱很贵吧？"

"当然了。"李亲亮说。

李天树问："没有国产药吗？"

"国产的是抗生素药，只有一种，复作用大。"李亲亮说。

李天树说："我这辈子也没吃过进口药。"

"你如果想吃，就快点得难治愈的病，得了难治的病，你不吃都不行。"李亲亮知道李天树嫌他吃的药价钱贵了，心想谁愿意吃药呢。

李天树的手机响了，电话是家中老伴打来的，老伴问："亲亮回来了吗？"

"回来了。"李天树说。

李天树的老伴问："老什么时间能出院？"

"就这两天吧。"李天树回答。

李天树的老伴说："如果能出院，你就快点回来吧，咱们还得去看房子呢。"

"你别催我，我心中有数。"李天树说。

李天树的老伴说："不是我催你，我一个人真是没法呆。"

"知道了，没别的事就挂了吧。"李天树是个要面子人，病房人多，不想让外人听到家中的琐碎事。

李亲亮看着李天树问："家中有事呀？"

"这不和刚成住在一起吗？刚成媳妇事多……"李天树说的刚成是他二儿子，李亲亮知道李刚成不当家，什么事都由媳妇做主。李刚成的媳妇是山东聊城乡下人，读书不多，有点不明事理。

李亲亮看李天树牵挂老伴，便说："要么你先回去吧，我一个人在这里就行"。

"这怎么行呢？我把你爸送来了，就得把他带回去，不然外人会笑话我的。再说病好的差不多了，让我看明天可以出院了。"李天树看李天震病情好转了，急着出院回家。

李亲亮说："这要听医生的。"

"医生不会同意出院的，想让多住些天，医院能多挣些钱。"李天树说。

李亲亮说："也不完全是这样。"

"如果没病人住院了，医院哪来钱？没钱医生吃什么？喝什么？"李天树振振有词地说。

李亲亮没有和李天树争论，心想这种不正常现象确实存在，可病人出院还得听从医生的。他去找医生问可不可以出院。

医生把李天震的病历递给李亲亮看。李亲亮看着病历，发现李天震是肝炎病毒携带者，问会不会传染。医生说正常情况下不会，不过生活中还是注意点比较好。李亲亮问怎么注意呢？医生说比如餐具分开，洗漱用品别放在一起。李亲亮问明天能出院吗？医生说继续观察几天比较好。

李天树认为没必要继续住在医院里，一次又去找医生，还说着风凉话。医生不情愿的给李天震办理了出院手续。

李天震回到松江后，洼谷镇农具场是不能回了。在他生病后镇上找来一个更夫。他暂住在李天树家。

李天树和李刚成住在一起，不方便不说，还有矛盾。李天树和老伴都有退休金，还有点存款，想在松江县城买房子。他看好了一处楼房，想买下来。

李亲亮想送李天震去县敬老院。他这个想法是在半年前萌生的，半年前李天震开始领退休金了。李天震来北大荒工作时间早，那时北大荒生活艰苦，他忍受不了恶劣环境，就回山东老家了。他离开北大荒后，工作关系被注销了。他在山东老家生活了几年，感觉山东的生活不如北大荒好，又重返北大荒了。虽然他又回到了北大荒，却失去了职工待遇。同他一起到北大荒工作的人早就领退休金了。一年前松江县为300多名早期参加北大荒建设而不是职工的人员补交了养老保险金。李天震也领到了退休工资。

李天树担心李天震再次生病，不同意李天震住敬老院，让李亲亮把李天震带到北京去。这也是他让李亲亮回松江的目的。他说你爸有退休金，经济上不会给你增加负担的。

李亲亮说生活中不只是钱的问题。李天树态度强硬地说，如果亲实在就不用你接走了，可亲实没有消息，你就得把你爸接走。李亲亮不想同李天树发生争持，摆在他面前最好的办法是能找到李亲实，如果找不到李亲实，只能把父亲接到北京生活。

李亲实如同蒸发了似的，离开松江就没了消息。李亲亮怎么才能找到他呢？李亲亮认为找到李亲实的希望如同大海捞针，太渺茫了。

李亲亮在松江的亲人、同学、朋友们听说他回来了，请他吃饭。他也请冯志辉他们几个送李天震去医院的人吃了饭。

冯志辉说那天你打的电话太及时了，如果我再晚些时间去，你爸可能就不行了。李亲亮说那天看着看着电视节目，就想给你打电话。冯志辉说这可能是感应吧，不是说人身体有这种感应吗。

李亲亮感受到了松江的变化，这种变化是非常大的。不但多数人家住进了楼房，还有住别墅的。可他最想知道李亲实在哪里。

有人说在鹤岗遇见过李亲实，还有人说在哈尔滨遇见过李亲实，但李亲实究竟在干什么，谁都不清楚。李亲亮怀疑这些人说的是否属实。

李亲实仍然是个谜。

李亲亮想不通李亲实为什么不回松江，就算别人都不想，总应该想李童吧？李童是李亲实的亲生女儿。李亲亮认为李亲实把事情做到了绝境。

有人建议李亲亮去看望李童，李亲亮没有去。李亲亮知道在李亲实跟林童玉离婚后，李童跟李家没有来往了。现在李童已经读大学了，她也只去李天震那两次。一次是找李天震要林童玉写给李亲实的那张五千元欠条。林童玉没有给李天震五千元钱，让李童去要欠条。李天震看在李童的情分上，把欠条给林童玉了。还有一次是去看望李天震，此后李天震再没见过李童。更主要的是李亲亮知道帮助不了李童，既然帮助不了李童，见了面只能多一份伤感，增加思想负担……他不想再把自己有限的精力搅在这份混浊的亲情中，更无力唤醒这份沉睡的关爱。他有自己的生活，还有自己要做的事。

现在他生病了，要为自己和王文静，还有将要出生的孩子做打算。虽然他不想让李天震去北京，可李天树死活非得让他把李天震接走。他征求李天震的意见。

李天震上了年龄，虽然留恋故土，不想远走异乡，但在李天树强烈怂恿下，决定跟李亲亮去北京。

李亲亮给王文静打了电话，征求王文静的意见。他把李天震是肝炎病毒携带者，想去北京的事情说了。王文静对肝炎很是反感，担心孩子出生后被传染上，可又没有其它解决办法，无奈地说，那就来吧。李亲亮对李天震说你去了，我把餐具分开行吧？

李天震点着头说，行。

第三十三章
惊人消息
JING REN XIAO XI

1

李亲亮在回北大荒之前身体没有康复，经过旅途的劳累，着急上火，情绪波动大，病情不但没好转，反而加重了。他回到北京后再次住进医院治疗。

王文静怀孕好几个月了，肚子一天比一天大，行走笨拙，不方便去医院照顾李亲亮，每隔一两天到医院看一次。李亲亮可以照顾自己，不让王文静去医院。王文静非要去，好像不去就没尽到做着妻子的职责。

李亲亮为了不让王文静来医院看他，尽可能在白天治疗空隙间抽时间回家一次。他这么做两个人每天能见一面，王文静不用去医院了，少了彼此间的牵挂，也不用惦念李天震了。

李天震一个人在北大荒生活习惯了，生活方式比较随意，自由，不喜欢受约束。他没住过楼房，楼房空间不像平房那么敞亮，接地气，猛然住在楼房里不适应，如同在笼子里似的憋闷，不随心。更让他受不了的是李亲亮把餐具分开了，他的碗筷单独洗刷，单独存放。虽然来北京之前他同意分开用餐，避免接触，防止肝病传染，可当真分开后，落入到现实生活里，心里很不是滋味了，有着被歧视的感觉。他不想在北京待下去，度日如年那么的难受，渴盼在北大荒生活的日子，想回北大荒，想回松江。

李亲亮问他为什么想回松江。李天震说我在这里给你们增添麻烦不说，还不自由，如果这么生活下去，我还不如回北大荒了。李亲亮认为这是理由，也是李天震的真实想法，但不是长久办法，也不可取。李天震只是考虑到眼前的心情了。

李亲亮理解李天震的心情，但反对李天震现在回北大荒，在多次劝说无效之后，埋怨地说，你串门子串习惯了，在这里不能串门子，不串门子你就难受，就生活不下去了。他的话说到李天震心里去了。一方水土养一方人，串门子是北大荒人生活中的普遍习惯。这个习惯如同一根绳子拽着李天震往北大荒走。

李天震沉默着，脸上的表情证明还是想回北大荒。李亲亮愤然地说，你别以为回去就没事了，告诉你，你回去比在这里麻烦更多。李天震说回去我能有什么事？

李天亮说你都这么个年龄了，不是年轻了，人到了岁数，身体说出问题就出问题了，根本没有缓冲时间，你有事还得找我，我不回去，让外人笑话，会说我不孝心，回去，又那么远，根本没时间，也折腾不起，如果你回去有事不找我，你就回去。李天震说我再有事不找你，不用你管了。李亲亮不相信地说，好多年前你就说不用我管了，可你哪件事没找我？既然你那么有决心，那么有骨气，有事别找我呀？还找我干什么？如果我不管你，你早死了，你能活到现在吗。

那年冬天春节前夕一个大雪纷飞的夜晚李天震煤气中霉了，躺在炕上不能动了，身上烫伤了，如果李亲亮不给冯志辉打电话，冯志辉不及时去洼谷镇农具场看他，又找了好几个乡亲顶风冒雪开车把他送进县医院抢救，他是活不过那个寒冷之夜的。

李亲亮说这些年我虽然没有回松江，可我在电话里一直叮嘱冯志辉、梁南他们照顾你，如果我不叮嘱，没有我在后面，他们能管你吗？李天震赌气地说我再有病不找你，自己喝毒药死了。李亲亮说你能做到吗？

李天震说当然能了。

李亲亮举例反驳地说，你看我姑，我二大娘，还有洼谷镇上的老刘太太，她们都生病那么久才去世的，有哪一个是喝毒药自己死的？李天震无言以对，情绪有点低落。李亲亮缓和了口气说你回松江怎么办生活？你没房子，住哪里？

李天震说我住敬老院。李亲亮听李天震说住敬老院又有点生气了，责怪地说来的时候我劝过你，想送你去敬老院，可你不听。你想来。来了又想回去，花钱不说，这么远的路程，往返要好几天，你这不是折腾人吗。李天震后悔地说当时我也不想来，是你二大爷让我来的。

李亲亮说我二大爷让你来你就来呀？你自己不会考虑考虑吗？你就是个没主见的人，如果有主见，也不可能走到今天这种地步。李天震不服气地说今天怎么了？今天生活不是很好吗？李亲亮质问地说你还要不要脸了？你把日子过到这种地步还好呢？

李天震说这要看跟谁比，人和人的能力不一样，没法比。李亲亮说跟谁比你过得也不怎么样。李天震说我过得不好，你过得好就行呗。

李亲亮说我过得也不怎么样。李天震说你别不知足，人得知足。李亲亮说你和你大儿子俩弄得臭名远扬，不丢人吗？

李天震说你二大爷年轻时还犯过错，进过监狱呢，刚成和刚强也没嫌弃他丢人，何况我还没进过监狱呢。李亲亮听说李天树年轻时因为调戏妇女，被那个女人告发了，在监狱劳动改造好几年。那时他还没出生呢，而是听别人说的。虽然他对那件事不是很了解，可事情是千真万确的。他说那也叫本事，你有我二大爷的胆量吗？你胆小如鼠，给你个女人你也不敢碰。李天震没想到李亲亮能这么说，责备地说，你还是有文化的人呢，你说得是人话吗？

李亲亮说你跟我二大爷不能比，他比你年龄大，还能东跑西颠的呢，你行吗？他先后娶了三个老太太，你有这本事吗？李天震最不想说关于女人的事了，女人对他来说没缘分。他说我没本事也把你养大了。李亲亮说你没看是怎么养的，又是过的什么日子。从我记事那天起，就让周围人瞧不起，你不知道吗？

李天震生气地说我不知道。李亲亮说你能知道什么？李天震说你把我送回去吧。

李亲亮说我没时间，等你大儿子来接你吧。

李天震不愿意提起李亲实，提起李亲实如同被人在脸上打了一巴掌那么难受。他知道这是没有希望的期待。

王文静虽然同意接李天震来北京，也有思想准备，可真正生活在一起时觉得别扭，不方便，非常不适应。这才知道想象与现实生活差得是那么远。更主要是李亲亮的病不能生气，生气会影响情绪，情绪决定病情。医生说康复跟情绪有直接关系，应该保持好心情。李亲亮看到李天震有时会莫名其妙的生气，产生情绪波动。她不想挽留李天震了，推脱地说要么就让爸回去吧，他在咱们这里没有聊天的人，又不识字，年龄也大了，一个人出不了门，长期下去会憋闷出毛病来的。

李亲亮不赞成地说，这么远的路，怎么回去？还让我送他回去吗？我的命不要了？王文静说他一个人回去不行吗？李亲亮说如果他自己能回去就好办了。

李天震说你把我送上火车，我一个人能回去。李亲亮不放心地说你连自己的名字都不认识，去厕所都不知道是男的还是女的，这么远的路，如果走丢了呢？李天震说当年我从山东去东北都没走丢，从北京回东北就丢了吗。

李亲亮说你闯关东是什么岁数，现在是什么岁数，年轻与年老能一样吗？李天震感觉现在跟年轻时区别是挺大的，年轻时想去哪都可以，现在不行了。李亲亮说如果你年轻还用我操心吗。

王文静对李亲亮说咱们把爸送上开往哈尔滨的火车，他到终点才下车，应该没事吧？李亲亮说到了哈尔滨还要转车去峰源呢，可到了峰源还得转车去松江，从峰源到松江距离近，熟悉人多，好办，可在哈尔滨转车怎么办？王文静想了想说，这样吧，咱们把爸送上开往哈尔滨的火车，火车到哈尔滨后，让我姨去接站。再让我姨把爸送上开往峰源的火车。哈尔滨到峰源只有十多个小时的车程，时间短，应该不会有事的。

李亲亮犹豫地说这样太麻烦你姨了。王文静说没事，我姨又不是外人。李亲亮说你姨原本对我就不满意，像这种丢人事我怎么好麻烦她呢。

王文静说那时我姨没看到你的潜力，对你不了解，事情过去那么久了，你也没忘，你还记仇吗？李亲亮不是记仇，只是抹不开面子，也不想这么做。王文静说我姨对你挺好，你在哈尔滨生病时还少麻烦她了吗。

李亲亮说我没说你姨对我不好。王文静说那你还有什么顾虑呢？李亲亮说你看我爸拖沓样，得多麻烦，不丢你脸面吗？我不想让你姨知道这种事。

王文静也觉得丢人，没主意地说那怎么办？李亲亮说等我出院再说吧。王文静说这事得想办法解决，不然，早晚都是问题。

李亲亮叹息地说真愁人。王文静说也没什么可愁的，总会有办法解决的。李亲亮回医院了。

王文静说你开心点，把病治好了才是主要的。

李亲亮回到病房时已经到了输液时间，护士在等他呢。他抱歉地说出去办点事，差点回来晚了。护士说最好你把不主要的事情先放下，安安心心养病。李亲亮说治疗肯定是第一位的。

护士给李亲亮注射上点滴，观察了片刻，离开了。

李亲亮听见有手机短信发来，手机在床头柜上的包里。他想拿手机，可是距离有点远，够不着。临床病人家属帮他拿出了手机。

短信是冯志辉发来的。短信极其简单，上面只写了：李亲实的手机号×××，办公室电话号码×××。

李亲亮知道有李亲实的消息了，情绪有点冲动，迅速拨通了冯志辉的手机说，辉哥，亲实和你联系了？冯志辉说亲实，昨天给我打电话了。李亲亮问他在哪儿？

冯志辉说在哈尔滨。李亲亮不相信地说他在哈尔滨？冯志辉说他是在哈尔滨。

李亲亮问他在哈尔滨干什么？冯志辉说在哈尔滨开公司呢。李亲亮问开的是什么公司？

冯志辉说我没细问，好像是生活用品方面的。李亲亮生气地说亲实不是人。冯志辉劝解地说，亲亮，过去的事情就算过去了，你别生气。不管怎么说，亲实也是你哥，你们是亲兄弟，血浓于水，有话好好说。

李亲亮说他也太毒性了吧，哈尔滨离松江那么近，他居然能这么多年没有消息，你说有这样人吗？冯志辉说亲实在松江欠外债挺多的，可能是怕债主找他要钱才没回来。李亲亮说这么做更不对了。他拿着人家的钱走了，借钱给他的人能不着急吗？

冯志辉说在松江骂亲实的人可是不少。李亲亮说借钱给他的多数是亲朋好友，都是省吃俭用积攒下来的钱，他不还钱能对吗？冯志辉说谁都没有想到亲实能这么干。

李亲亮说有事说事，还不起归还不起，总应该给人家一个说法吧？他一走了之，躲藏这么多年，能对得起谁？冯志辉说亲实做得是不对，可他会说，他说假话也跟真的一样。李亲亮说纸是包不住火的。

冯志辉笑着说亲实比你会说。李亲亮说他适合当演员，演戏还行，在现实生活中就不行了。冯志辉关心地问你的病咋样了？

李亲亮叹息着，如释重负地说药没少吃，钱没少花，病情好转了，可根治不了。冯志辉说到大医院找专家好好检查检查。李亲亮说北京的大医院差不多全去过了，专家也找了不少，如果想找更出名的医院和专家只有出国了。

冯志辉疑惑地说你不喝酒也不吸烟，怎么会得了这种病呢？李亲亮自认倒霉地说人的命天注定，祸从天降呗。冯志辉劝慰地说你别悲观，慢慢就好了。

李亲亮说我能承受得了。冯志辉说我已经把你的电话告诉亲实了，他或许会给你打电话。他还准备找李童呢。李亲亮指责地说他还有脸找李童？他对得起李童吗？

冯志辉笑着说李童是亲实的女儿，亲实能不找吗？李亲亮一语道破地说他不是为了找李童，更不是为了找我，而是为了换第二代身份证，如果不是为了换第二代身份证，他还不会出现，更不会同这些人联系。冯志辉说亲实是说准备回松江换身份证了，可没说什么时间回来。

李亲亮评价地说我和他从小一起长大，我太了解他了。他没有恩情，也没有亲情，只有利益。冯志辉说你们是亲兄弟，这么多年没联系了，别吵架，有话好好说。李亲亮说他是唯利是图的人，提起他心就烦。

冯志辉转移了话题问李叔身体还好吧？李亲亮说还行。冯志辉问他在北京生活习惯吗？

李亲亮说不习惯，这些天就嚷着要回松江呢。冯志辉说李叔在北大荒生活一辈子了，猛然到大城市生活肯定不习惯。李亲亮说我爸这人好坏不知，我真上火了。

冯志辉说松江敬老院条件不错，现在亲实也有消息了，李叔回来也行。李亲亮说我太了解亲实了，他是指望不上了。冯志辉笑着说你别这么悲观，这么多年过去了，亲实人到中年了，应该变了。

李亲亮说江山易改，本性难移，亲实只能越变越坏。冯志辉说我正在农具场干活呢，找个机会再聊吧。李亲亮说你先忙吧。然后挂断了电话。

李亲亮对李亲实爱恨交加，心中涌起一股波澜，不能平静，打完点滴回家了。

王文静看李亲亮刚去医院不长时间又回家来了，猜测有事情，不解地问，你怎么回来了？李亲亮没有回答，而是拿着手机，找出冯志辉发来的短信，把手机递给王文静。王文静看过短信说，你给亲实打个电话吧。

李亲亮没有给李亲实打电话。他认为父亲在这里，李亲实应该主动打来电话。王文静认为李亲亮这么想是有道理的，感觉李亲实会打电话来的。她问亲实会跟你说什么？李亲亮说不清楚。

第二天中午李亲亮的手机响了，他看是来自哈尔滨的电话号码，预感到可能是李亲实打来的。李亲实问这是李亲亮的电话吗？因为分开时间久了，李亲亮没听出来是李亲实的声音，应声说，我是李亲亮，您是哪位？李亲实说我是你哥。李亲亮听到李亲实这么称呼时，心想这是自己的亲哥吗？哪有一点当哥的样子，委屈得眼泪止不住流下来。

李亲实很平静，缓慢地问，听说你现在过得不错？李亲亮说不算好，只是一般化。李亲实说能在北京站住脚，买上房子，已经很不错了。

李亲亮认为李亲实是故意拖延这么久才打电话的。他知道李亲实是在等他去电话。虽然他对李亲实这么做非常不满意，但没有发脾气，多年来的牵挂和思念一起涌上心头，这股潮水淹没了不愉快的河堤。

李亲实问听说你把爸接过去了？李亲亮说我不接怎么办？当时我还在住院治病呢，二大爷他们一遍又一遍打电话催促我回去。李亲实说爸不是有退休金吗？

李亲亮说他原来没有工作关系，是后来补的，退休金少。李亲实说他这辈子就是瞎折腾，不然，也不会中途把工作关系弄丢了。李亲亮没想到李亲实能说出这种话。他认为父亲是对得起李亲实的。李亲实有这种想法可以理解，但说出来就有点不能接受了。

李亲实傲气地说我在哈尔滨开公司呢，这是我办公室电话。李亲亮问你的公司有多少人？李亲实有点炫耀地说有一个一千多平方米的商场，还有一家工厂。工厂里有一百多名工人。

李亲亮问你投入多少资金？李亲实说有几百万吧。李亲亮问全是你的钱吗？

李亲实说我没有这么多钱，也有朋友的。李亲亮叮嘱地说生意场上形形色色什么人都有，风险多，别让人给骗了。李亲实说去年让人骗去了四五十万，以后不会了。

李亲亮认为李亲实没有能力做生意，也不是做生意的料，对李亲实开的公司产生了怀疑，感觉这家公司存在不稳定因素。

李亲实说你有一个侄子，今年已经三岁了。李亲亮对这件事不感兴趣，沉默了。李亲实以为李亲亮怀疑他是跟不正经女人生的孩子，有点心虚，补充性地说，你嫂子家是本分人。

李亲亮问她多大？李亲实说和你同岁。李亲亮问过去是干什么的？

李亲实说她过去的事我没问过。

李亲亮断定李亲实又在说谎了。李亲实不可能不知道。如果连从前干什么的都不知道，又怎么能生活在一起呢？又何况还生了孩子。虽然社会发展了，人们的思想观念开放了，男人跟女人可以随着心情，跟着意念，放纵性的发生两性关系，不考虑后果的在一起生活，可孩子是不能随意生的吧？并且孩子好几岁了呢。他认为李亲实不是不知道，而是不想说，在隐瞒什么。

李亲实或许觉得李亲亮问的多了，又不愿意回答，有意中断通话，自称现在特别忙，等闲下来时再聊。

李亲亮感觉跟李亲实聊得不投机，找不到亲情的感觉，也陌生，不想说下去了。李亲实让李亲亮记下他办公室的电话和手机号码。李亲亮本不想记，迟疑片刻才记下来。

2

王文静不了解李亲实，有着好奇，在旁边仔细听着李亲亮和李亲实的通话。李亲亮放下手机时，王文静说你哥也没有提起你爸的事呀？李亲亮叹息了一声说，他在回避实际问题。王文静说你哥心事比你重，心眼比你多。

李亲亮说他从小就这样。王文静说他不说，你得说，你不说他就装糊涂。李亲亮问你让我跟他说什么？

王文静说你爸的养老问题呀。李亲亮说这你别想，我说了也不起作用。王文静说关键是你爸在这里生活不习惯，总想回北大荒。

李亲亮说我不送他是回不去的。王文静说这件事拖着对咱们，对你爸都不好。李亲亮说那得有解决办法才行。

王文静说亲实开公司有钱了，他是应该尽养老义务的。李亲亮说下次我跟亲实说，可说了也是白说。王文静说亲实现在是大老板了，工厂里有那么多工人，拿出一个工人的费用来养你爸就行了。

李亲亮认为这种期望是不现实的，看了一眼王文静说，你真敢想，简直如同天方夜谭似的，如果亲实真有这个想法，事情也不会发展成这样。王文静说你不能用老眼光看人，时间在变，人也在变，过去亲实没钱，可能心有而力不足。他现在有钱了，想法也许就变了。李亲亮说他狼心狗肺，一点都没变，不用说别的，就从刚才说话中就能听出来他是什么人。

王文静说亲实从冯志辉那知道了你的电话号码后，就应该立刻打电话给你，不应该等这么久。李亲亮说他是在故意拖延时间，跟我玩心里游戏，想让你给他打电话。王文静说你爸在咱们这儿，他是应该主动打电话的。

李亲亮说我给他打也行，电话费花不了多少钱，主要是他心态有问题。王文静说亲实心机那么深吗？李亲亮说不知道他怎么能那么坏。

王文静调侃地说有这么一个坏人在你的生活中也是幸福的。李亲亮说可算了吧，都快把我气死了。王文静说你应该跟亲实好好沟通一下，不然，误会可能越来越深。

李亲亮说不用同他讲道理，他能把死人说活了，说而不做又是本性。王文静说亲实应该跟你爸通电话。李亲亮分析地说，他打电话不是因为爸在这里。

王文静说那是为什么？李亲亮说他有两个用意，一是想炫耀自己，二是想了解咱们过得怎么样。王文静说亲实爱慕虚荣，炫耀自己可以理解，可了解咱们的意图是什么？

李亲亮说或许我对他还有点利用价值。王文静说你们不像亲兄弟，亲兄弟哪有像你们这样的，反正我是没见过。李亲亮说这不让你大开眼界了吗。

王文静说我眼睛都花了，连你都看不清楚了……你们家太复杂了。李亲亮说都是亲实弄的，如果没有他，我的生活也不会这样。王文静说他是你们家的克星。

李亲亮说我们家就毁在他身上了。

王文静转过脸看着李天震，李天震在听着李亲亮跟王文静说话。王文静冲着李天震说，爸，有亲实的消息了，你高兴吗？李天震说高兴。王文静说亲实现在是大老板了，有钱了，要接你去哈尔滨呢，你去吗？

李天震说，去，他能来接我吗？王文静说他是你儿子，又有钱了，能来接你。李天震说他来接我，我就走。

李亲亮知道王文静是在同父亲开玩笑，但他看父亲好坏不知的表情就生气地说，那你就等着吧，看你大儿子在猴年马月来接你。

李天震看了一眼李亲亮不说话了。

李亲亮说你大儿子是什么样人，别人不了解，你还不了解吗？李天震脸上的表情凝重起来。李亲亮怒斥地说你让亲实糊弄死了，都不知道是怎么死的。

李天震一言不发。

李亲亮说亲实过去做的事你全忘了吗？一点也记不住吗？李天震发火地反驳说，我能记住啥。李亲亮模仿似地说，你说啥？你真啥都记不住了。

李天震绷着脸说你想让我记住啥？李亲亮说当年分家、卖房子、把你的钱骗走了……这些你都忘了吗？李天震说我没忘，可他是我儿子。

王文静看父子俩吵起来，接过话劝解地说你别责备爸了，亲实也是爸的儿子，爸对他和对你的感情是相同的。李亲亮说如果我跟亲实一样呢？王文静说关键是你跟亲实不一样。

李亲亮赌气地说我真想跟亲实一样。王文静说我看爸对亲实比对你好。这么多年爸也没说帮助过咱们。可他一听说亲实有消息了，眼神跟平时都不同了。李亲亮说他这人不知好坏。

王文静对李天震说，爸，你真想回北大荒吗？李天震说当然想了。王文静说在北京待够了？

李天震酷似委屈的叹息了一声。王文静问怎么了？李天震说咋说呢？

王文静说照实说。李天震说我在这里真不习惯。王文静问你到哈尔滨能习惯吗？

李天震只想去哈尔滨了，没想过在哈尔滨能生活得怎么样。不过，他认为哈尔滨离松江近，如果在哈尔滨生活得不开心，可以随时回松江。

王文静转过脸对李亲亮说，亲实已经有消息了，又当大老板了，不管回松江，还是去哈尔滨，爸想去哪里就让他去哪里吧。李亲亮说亲实不可能让他待在哈尔滨的，只能回松江，我担心他回松江后有事还找我，让我回去处理。王文静说爸不想在咱们这里，留他也不行。再说过些日子你还得去美国治病，咱们走了，他怎么办？亲实在哈尔滨，离松江近，有事找亲实行了。

李亲亮说亲实如果能管他真是见鬼了。王文静说你不要把话说得这么死，人都会变的，这么多年过去了，亲实也是两个孩子的父亲了，不会那么狠心的。李亲亮说他越变越毒性。

王文静说你不能戴有色眼镜看人。李亲亮不相信李亲实会改变自私的本性，如果他有心还不跟爸通电话吗？王文静说你把电话打过去，让爸跟亲实说话，听亲实怎么说。

李亲亮问李天震说你想跟亲实通电话吗？李天震说不想。李亲亮问为什么？

李天震说没啥说的。李亲亮说你这么多年没见他了，怎么会没话说呢，把你想去哈尔滨的想法告诉他。李天震说你告诉他就行了。

王文静对李亲亮说你拨通电话，让爸跟亲实说话。

李亲亮拨通了李亲实的手机。李亲实说松江有人来哈尔滨了，正陪松江人在饭店吃饭呢。李亲亮把手机递给李天震了。

李天震说亲实呀？李亲实说爸，我现在有事，晚上我给你打过去。李天震说晚上你打过来呀？

李亲实不耐烦地说晚上我给你打电话，挂断了电话。

李天震把手机递给李亲亮。

李亲亮不相信李亲实能回电话。松江县人去哈尔滨不是贵宾，不影响李亲实打电话。李亲实挂断电话，证明李亲实不想搭理李天震。

晚上李亲实没打来电话。第二天整个上午李亲实仍然没打来电话。在下午的时候李亲亮拨通了李亲实的手机。

李亲实火冒三丈地质问说，你总打电话是什么意思？我现在特别忙，等忙过了这几个月再说不行吗？李亲亮说就算你忙，也不会忙得连打电话时间都没有吧？李亲实说我不像你，你背着照相机一转悠就有钱了。我工厂里有那么多工人，商场里有那么多业务，哪方面都要管，操心事情多着呢。

李亲亮更生气地说你是省长呀，还是市长呀？市长和省长家就不过日子了呗？李亲实说昨晚我给你打电话了，你的手机停机了。你嫂子还在跟前呢。李亲亮揭穿了李亲实的谎言说，你胡说！我手机从来没停过机。我手机是全时通，如果你打电话了，就算当时我没接，关机了，开机时也会有短信提示的。

李亲实说我确实是打了。李亲亮说谁信你说的话。他知道李亲实在狡辩。李亲实说你再好好看一看你的手机，看上面有没有未接电话记录。

李亲亮干脆地回答说没有。李亲实说我正在开车呢，不跟你说了。李亲亮不能接受李亲实这个做法，给李亲实发去了一条短信。他在短信中把李天震想回北大荒的想法告诉给了李亲实。可让他完全没有想到的是这条短信刚发出去，李亲实就把电话打过来了。

李亲实恼羞成怒地骂你他妈的想干什么？你活不起了是不是？我刚才看了一下手机，昨晚我拨错号码了，可又能怎么样呢？李亲亮说你说谎脸都不带红的。李亲实说跟你联系上不刚两天时间吗，你不是这事就是那事的。你是诬赖呀？你别总拿老爷子说事。你不养，我就养，有什么呀！

李亲亮说别唱高调，你就说怎么办吧？李亲实说如果你不想让老爷子待在你那，你就把老头送上飞机，我在哈尔滨接机就行了。多简单的事。李亲亮求证地说真的吗？

李亲实说谁有时间跟你啰唆。李亲亮说那好。李亲实故意连续摁响汽车喇叭，喇叭响声从电话中传过来，证明他忙，证明开车在路上风险大，不适合打电话。他气愤地骂你真活不起了。

李亲亮再次揭了李亲实的短处说你还有脸说呢，你把老人的房子卖了，自己也没过好，你还算是人吗？李亲实不想让别人揭短，李亲亮这句话刺痛了他的心，让他心中的伤痛再次发作起来了。他驴性上来了，恶狠狠地骂道，你胡说，我弄死你！李亲亮说你不怕再坐牢，你就撒野吧。

李亲实说你等着，明天我就去弄死你。李亲亮说你不来你不是人。李亲实发狠地说我让你变成鬼。

这话时从电话里传来一个女人的声音，那个女人不让李亲实说话。李亲亮猜测这个女人可能是李亲实后来娶的媳妇。

王文静在旁边听着李亲亮跟李亲实通电话，认为李亲实是在回避问题，不想触及问题。她心想既然李亲实同意让李天震去哈尔滨，李天震又执意想去，应该顺着他们。如果不顺着他们，他们不但不领情，反而会怀疑李亲亮有不可告人的用意。

3

李亲亮把李天震送上开往哈尔滨的火车后，拨通了李亲实的手机。李亲实没等他把话说完就挂断了。他急忙发短信把车次和到站时间告诉李亲实。

李亲实接到短信，沉思好久才把李天震来哈尔滨的事告诉杨岩笑。杨岩笑是李亲实二婚妻子。他们商量过李天震来哈尔滨的事。虽然她嘴上同意让李天震来哈尔滨，但是客套话，不是真心的。当李天震真来了，她接受不了。这也难怪，她虽然跟李亲实在一起生活好几年了，生了孩子，可李家人她一个也没见过，在感情上生分，有隔阂。她问李亲实说你真想让你爸在咱们家长住吗？

李亲实看出来杨岩笑的心思了，别说杨岩不愿意接纳李天震了，他也不同意让李天震留在哈尔滨。他在松江时就不愿意跟李天震生活在一起，又何况现在呢。他和扬岩笑是二婚，感情基础不牢固，工作中有分歧，生活中有矛盾，如果李天震同他们生活在一起，会影响生活质量，加大矛盾。李亲实没有回答，而是反问地说，你的意思呢？

杨岩笑说是你爸，又不是我爸，让我说什么呢。李亲实说这个家不是我一个人的，我得征求你的意见。杨岩笑问你爸性格怎么样？好不好相处？

李亲实说我也说不准。杨岩笑说可别向你。李亲实说我怎么了？

杨岩笑说你觉得你性格好吗？李亲实说人的性格哪有相同的。杨岩笑说你弟弟也真是的，刚联系上你，就让你爸来了。早知道这样，你就不应该同他联系。

李亲实说可能他有难处吧。杨岩笑说谁没难处？是我没难处，还是你没难处？不能把自己的难处转移给别人，让别人来承担。李亲实说这件事你别管了，我来处理。

杨岩笑担心李亲实留李天震在哈尔滨长住，急忙说我不同意你爸在咱们家长住。李亲实说我知道。杨岩笑不了解李亲实心中的想法。

李亲实走出屋，拨通了冯志辉的手机，问松江县有没有敬老院。冯志辉说松江县敬老院条件比较好，附近几个县的老人有许多都来松江县敬老院生活。李亲实说我想让我爸住敬老院。冯志辉说李叔不是在亲亮那吗？李亲实说亲亮不管了，把老爷子推给我了。

冯志辉说亲亮有病，媳妇又快生孩子了，李叔在那确实不方便。

李亲实说我爸回松江县，你帮我把他送进敬老院吧。冯志辉没想到李亲实能这么说，他问你不回来吗？李亲实说我现在忙，回不去，得过几个月才能有时间。冯志辉知道李亲实是在推脱，碍于情面，答应下来。

李亲实跟冯志辉通过电话，开车去火车站接李天震了。

李天震随着人流下了火车，四处张望着，在寻找李亲实。李亲实来到李天震面前时，李天震眼眶湿润了，没有说话。

世界上哪个父亲不牵挂儿子呢。

李亲实扶着李天震上了车。他没有往家开，在路上行驶了一会后，在一家饭店前停住了。他领着李天震走进饭店，让李天震吃了饭，然后开车去了长途客运站。

松江县开往哈尔滨的长途大客车是在一个月前开通的。李亲实把李天震送上了哈尔滨开往松江县的长途大客车。

李天震惊慌地问李亲实说这是去哪里？李亲实说这是开往松江的客车，十多个小时就到松江了，到松江后冯志辉去接你。李天震听李亲实这么说愣住了，一句话也不想说了。

李亲实从车上下来，遇见了客车司机，他认识司机。司机也认出李亲实来。司机已经得知李亲实在哈尔滨开公司，办工厂的事情了，羡慕地说，听说你在哈尔滨发展得不错？李亲实遮遮掩掩地说马马虎虎吧。

司机问你这是送谁？李亲实说我爸在我这里住了些日子，想回松江看一看，路上你帮助照顾一下。司机说没问题。

第三十四章
真实生活
ZHEN SHI SHENG HUO

1

李天树和老伴在黑河市北大荒一个国营农场探亲呢，接到了松江县总工会打来的电话，工作人员说县总工会准备组织一批退休老工人去江苏太湖疗养，问他去不去。李天树高兴地说当然去了。工作人员说你得来办理报名手续，参加体检。李天树和老伴准备返回松江。

李天树现在的老伴是他生活中娶的第三个女人。他的前两位女人都先后病故了。他这个老伴在嫁给他之前生活在黑河市地域一个北大荒国营农场。

老妇人没有生育能力，无儿无女，年轻时领养了一个女孩。她丈夫早年撒手人寰，去世多年了。她一个人含辛茹苦的把女孩抚养成人。在养女成家立业，做了母亲后，她无了牵挂，寻找自己失去的婚姻生活。在媒人介绍下，她远嫁给了李天树。

李天树在松江县城买了楼房。虽然楼房建筑面积只有 70 平方米，但处在主街上，周围环境干净，室内采光好，居住在里面很舒适。

老妇人和李天树情投意合，找到了晚年幸福婚姻生活。她这次和李天树回黑河的北大荒国营农场一是看望养女，二是办理大病医疗保险事情。

老妇人的养女比较孝顺，对李天树亲近，想留两位老人多住些日子。李天树知道去江苏太湖疗养是千载难逢少有的旅游好机会，不想错过，急着回松江去。养女给李天树和养母每人买了一套新衣服。

李天树穿上新衣服心情非常好，高高兴兴和老伴回松江了。

黑河市距离松江县比较远，没有直达火车，也没有直达长途客车，需要做客车，还需要坐火车，中途得转车，行程不便。

李天树回到松江后去县总工会报名，参加体检。

松江县总工会是第一次组织退休职工集体去江苏太湖疗养。费用由工会出一部分，个人承担一部分。想去疗养的人很多，为了避免引发矛盾，工会根据工龄，身体健康等条件综合考核，进行公式，确定人员。

李天树在北大荒辛辛苦苦工作了一辈子，没有机会走出这片黑土地，想走出去了解外面世界，享受晚年幸福生活。他不但自己想去，还想带老伴一起去。他的想法必须经县总工会批准才行。他去找工会领导了。

工会领导解释说想去疗养的人很多，如果答应你带老伴去，别人会有意见的，会引发矛盾，如果你想带老伴去，只能自己承担老伴去的全部费用。

李天树高兴地说钱我自己出，只要让跟着一起去就行。

李天树的老伴有点心疼钱，犹豫地说出去玩这么多天，去那么多地方，得花多少钱呢？李天树说都这么个年龄了，还能活几年，留着钱有啥用，一起出去走一走，玩一玩。

他盘算着可以绕路去一趟北京，去看一看长城、故宫、颐和园，更主要的是李亲亮在北京。如果李亲亮不在北京，他或许不会产生去北京的想法。他计划着行程，在临行前还去敬老院看望了李天震。

松江县敬老院是在松江县高中旧办公楼基础上改建的。松江县高中因为生员少，师资力量薄弱被撤销了。县里的高中学生集中去峰源市中学读书了。松江县政府把高中空闲下来的三层办公楼改成了敬老院。

敬老院里住着八九十位老人，两个人一个房间，房间里有卫生间，装有电话，电视，每天有工作人员定时打扫卫生。每月收费只有五百多元钱，饭随便吃，伙食质量也说的过去。许多老人儿女住在县城里，也不愿意同儿女们生活在一起，依然选择了住敬老院。

李天震住进敬老院后，找到了一种从没有过的幸福感。他不用为生活琐事发愁了，更不去想那些烦心事情了，得到了解脱，无忧无虑，心情很好。他看饭随便吃，没有限量，总是吃得很饱，好像吃了这次没有下次似的。他吃饱后不愿意活动，身体懒惰，总想睡觉，身体迅速发胖，变了模样。

李天树来看李天震时，李天震一个人正躺在床上睡觉呢。李天树走到床边，叫醒了李天震。李天震迷迷糊糊的坐起来。李天树吃了一惊，笑着说："你咋胖成这个样子？"

"胖了啊。"李天震不自主地用手摸了一下脸，憨笑着。

李天树说："可不是胖了怎么着。"

"吃饱了就睡觉，睡醒了就吃，没有心事，能不胖吗？"李天震说。

李天树说："太胖了不好，别继续胖了。"

"我都瘦一辈子了，到这个年龄了，也没几年活头了，胖就胖点吧。总不能成为个瘦死鬼吧。"李天震说。

李天树说："你这哪是胖一点呀，胖多了。人老了，运动少，血液循环慢，不能胖了，还是瘦点好。"

"我看到饭就想吃，管不住自己。"李天震说。

李天树笑着。他也有同样的感受。他们这代人年轻时为了生活，从遥远的山东来到北大荒讨生活，吃了不少苦，受了不少罪，遇到过不少挫折，现在生活好了，人也老了，总想把失去的补偿回来。

李天震转移了话题问："你什么时间回来的？"

"刚回来没两天。"李天树说。

李天震问："这次出去疗养有你吗？"

"有。我就是为这件事赶回来的。要么还会在黑河多住些日子。"李天树说。

李天震思量地问："你住的时间也不短了吧？"

"可不是吗，有半年多了。"李天树说。

李天震说："她养女对你还行吧？"

"很好。如果不好，我早就回来了，哪能住这么久。我身上这套衣服是她养女给买的。那孩子挺孝顺。"李天树用手扯了一下身上的衣服，脸上带着得意的神情。

李天震说："你去疗养了，老太太一个人在家能行吗？"

"我带着她，我们一起出去转一转。在北大荒工作一辈子了，去过最大的城市才是哈尔滨，活到这么个年龄了，还能出去几次。"李天树说。

李天震问："让带家属去吗？"

"工会领导同意了，就是自己多出点钱。"李天树说。

李天震沉默了。

李天树问："住在敬老院还习惯吧？"

"还行。"李天震说。

李天树问："住在敬老院里的人也有去的吧？"

"有好几个呢。"李天震说。

李天树说："我准备绕路去北京一趟，在亲亮那儿停一下，你看行不行？"

"咋不行呢。"李天震说。

李天树说："听说亲实在哈尔滨呢，这是真的吗？"

李天震点一下头。

李天树说："你从北京回来时已经到哈尔滨了，怎么不去亲实家看一看呢？"

"他没让我去。"李天震说。

李天树问："是他不让去，还是他媳妇不让去？"

"不知道。"李天震叹息了一声。

李天树问："你见到他这个媳妇了吗？"

"没有。"李天震说。

李天树说："听说亲实当大老板了？"

"我也听说了。"李天震说。

李天树说："他模样变没变？"

"胖了。"李天震回想着。

李天树说："当老板能不胖吗。我这次回来时去哈尔滨找亲实，到他家去，看他过得怎么样。"

"他自己还有轿车呢。"李天震话语中带着羡慕。

李天树说："当老板的能没有轿车吗。轿车才值几个钱，连轿车都没有还能算是老板吗。他当老板了，有钱了，没说你的生活怎么办吗？"

"他没有提。"李天震说。

李天树说："亲实不如亲亮孝顺。你有什么事要叮嘱亲亮的吗？"

"你告诉他我挺好的，不用挂念我。让他安心把病养好。"李天震说。

李天树站起身说："如果没有别的事，我就走了。你少吃点，多活动活动，别继续胖了，胖了不好。"

"如果我像你就好了，吃了也不胖。"李天震说。

李天树说："我吃得不多，吃多了难受。"

"我见到饭就想吃。"李天震笑着说

李天树说："管住你的嘴，少吃点。"

李天震想送李天树。

李天树叮嘱地说："别送了。你胖成这么个样子，走路不方便，上下楼时注点意，别摔倒了。"

李天震目送李天树出了屋。

2

北大荒太湖疗养院是国家农业部农垦局与黑龙江省农垦总局合资兴建的，曾经被称为黑龙江省总工会太湖职工疗养院。

疗养院坐落在烟波浩淼的太湖之滨，占地面积 200 亩，总建筑面积 18000 平方米。院内绿草成茵，有果园、花园、鸟语花香，被誉为宜兴市十佳风景区之一。这里空气新鲜，负离子浓度高，有湖滨气候特点，对慢性心血管病、消化系统和呼吸系统等疾病疗效显著，是疗养、度假胜地。

李天树在疗养快要结束的时候给李亲亮打了电话，说准备去北京。李亲亮没想到李天树会来北京。虽然他不愿意接待李天树，又无法拒绝，问什么时间来。李天树说过两三天吧。

李亲亮心想父亲刚走没几个月，二大爷又要来，担心王文静会持反对意见，没有马上告诉王文静。可事情是拖延不过去的，李天树来北京肯定会到家里来的。他在李天树快要到北京的时候，才惴惴不安的把事情告诉王文静。

王文静不但没有反对，反而还说要热情招待。她说你爸生病时，你二大爷跑前跑后没少操心，他来北京咱们要好好招待。

李亲亮夸奖地说我真是娶个好媳妇。王文静笑着说你别像亲实似的去找富婆就行了。李亲亮说别提亲实了，他不是人。

王文静说你自己去车站接你二大爷吧，我是去不了。

李亲亮说我肯定不会让你去接站的，哪头重哪头轻我还不知道吗。我都快要当爹了。在这关键时刻，你可不能有半点闪失。

王文静笑着问想当爹是什么心情？李亲亮思量地说还真说不上来，反正是挺美的，好像无形中多了些责任。王文静感叹地说，对孩子总是期待，可对老人就不同了，咱们老了，不会像你爸似的吧？如果是那样，就悲哀了。

李亲亮断言地说，肯定不会。王文静问为什么呢？李亲亮说我们家是特殊家庭，这是极少见的现象，如果咱们像你父母，还有你小姨家，不就好了吗。他羡慕王文静成长的家庭环境。

王文静说你爸也够可怜的。李亲亮说我爸怨他自己没有主见，又贪上了亲实这么不争气的儿子，如果他有主见，或者没有亲实，这辈子也不会这样。王文静说要么等我生完孩子，再把你爸接来吧。

李亲亮说咱们不还准备去美国吗。王文静说肯定不能带你爸去美国了。李亲亮说不管怎么说现在亲实有消息了，哈尔滨离松江还比较近。

王文静说像亲实这种人我真没见过。李亲亮说一万个里面也出现不了一个，可他却偏偏出现在我的生活中了。我真是倒霉透顶了。

王文静问你们兄弟之间矛盾是怎么产生的？李亲亮说从我记事起亲实就这样，我没惹过他，家里也没有对不起他。我也找不到原因。王文静说你的意思是他天生就是这样了？

李亲亮说我认为是天生的，他从小就叛逆，对我不好，讨厌家庭……我也没着惹过他呀，我三四岁时他就往死里打我，不让我站起来，站起来就把我打倒。你说三四岁的孩子，能有什么深仇大恨？再说他比我大四岁，就算我想做对不起他的事，也没力量做呀。

王文静调侃地说你们是狼遇见羊了。李亲亮回忆地说那时我都活够了，好几次想离家出走……他回忆起那段童年生活往事心里酸酸的。王文静说你们之间矛盾还有可能化解吗？

李亲亮说冰冻三尺，非一日之寒。我对亲实早就死心了。他说的天花乱坠我也不信。

王文静说现在不是你不理亲实，而是他不理你了。亲实成为大老板了，有钱了，根本瞧不起你了。

李亲亮怀疑地说我不相信他能成为大老板，他说的话水分大着呢，可信度极低。就算他当大老板了，有钱了，老板是怎么当上的，钱又是怎么来的，都值得推敲。

王文静说你怀疑亲实在说谎？李亲亮说我觉得他这个老板当的有点蹊跷。王文静说不会吧？谁会把钱无缘无故给他呢？

李亲亮说别着急，总会有水落石出的时候。

王文静转移了话题说，你二大爷来了，你准备怎么招待他？

李亲亮说陪他逛一逛故宫、颐和园、长城就行了。王文静担心地说，去这么多地方玩是要付出体力的，你身体能行吗？李亲亮有些无奈地说有什么办法呢，谁让他是我二大爷了。

王文静反对地说谁二大爷也不行，也不能为了让他们高兴，把你身体弄坏了呀，让他们自己去吧？李亲亮犹豫地说这么做好么？王文静说有什么不好的，反正不能拿你的健康讨他们开心。如果你二大爷是通情达理的人，他会理解的。

李亲亮认为王文静说的有道理。医生叮嘱过他多次，不能过度劳累，劳累会加重病情，应该注意休息。

王文静的手机响了，电话是她母亲打来的。她母亲问李天树到了没有，叮嘱她注意休息，问用不用开车过来接她。她说不用，过会李亲亮送她回去。

李亲亮去火车站接李天树了。

李天树走出火车站，在人流中寻找李亲亮。他看李亲亮是一个人来的，有点失望，多虑了。他说我们来侄媳妇没意见吧？李亲亮说你想到哪去了，你们来她比我还高兴呢。李天树说侄媳妇上班去了？

李亲亮说身体不舒服，在家休息呢。李天树说你们两个人都在家，不出去工作，怎么生活呢？李亲亮说她是带薪休假。

李天树的老伴看见王文静怀孕了，惊喜着，这是没想到的事情。并且到了分娩期。她说这不快生了吗。王文静就在这几天吧。李天树的老伴看着李亲亮责备地说，亲亮也没跟我们说，如果说了，在这节骨眼上，我们就不来了。我们这不是忙中添乱吗。

王文静说没事的。我回我妈家住就行了。李天树的老伴不好意思地说这多麻烦呢。王文静说自己家人，就别客气了。只是我和亲亮都不能陪你们出去玩了。亲亮刚出院，还在吃药，怕累着。

李天树说也没啥好玩的，这次来是看望你们。王文静笑着说二大爷总惦念我们。李天树说你们不是李家的后人吗，别人我怎么不想着呢？看到你们快有孩子了，李家又多了一个后人，我当长辈的从心里高兴。

王文静说从前亲亮一直以工作为主，把要孩子的事放下了。李天树批评地说，那是亲亮不对，没有后人怎么行呢。王文静说亲亮要强，想混出个样子来给人看一看。

李亲亮说我过了不少苦日子，总不能再让孩子跟着过苦日子吧。李天树反对李亲亮的说法，他说你的日子再苦，还能有我当年去北大荒苦呀？当年我去北大荒吃没吃的，穿没穿的，那才叫苦呢。李亲亮说年代不同了，没有可比性。李天树信心满满地说，只要努力，多苦的日子都会过去。李亲亮说我小时候受苦，长大了还受苦，再让孩子接着受苦，那我成为什么人了？我是不会让孩子再受苦的。

李天树说你现在生活不是挺好吗？知足吧。李亲亮说才好没几年。李天树说人和人不能比，只要自己生活得开心就行。

李亲亮说这只是你的看法。

李天树的老伴看着李亲亮问，你今年多大了？李亲亮叹息地说四十了。李天树的老伴说真应该要孩子了，再不要就晚了。

王文静说从前亲亮不同意要孩子。李天树的老伴说没孩子不行。王文静说我理解亲亮的想法。李天树的老伴问王文静说，你多大了？王文静说三十八岁了。

李天树的老伴说属于高龄孕妇了，生孩子风险大，得注意点。王文静说可能得剖腹产。李天树的老伴说只要大人和孩子安全就行。

王文静说每次检查都正常，应该没有问题。

李亲亮为了省时间，减少麻烦，想去饭店吃饭。

王文静也是这么想的，只是没开口说出来，怕说出来会引起李天树的误会。她听李亲亮这么一说，赞成地说这个建议不错。

李天树说不用去饭店，饭店里的菜贵，在家做点吃就行了。

李亲亮说还是去饭店吃吧，你也不经常来，如果经常来就不去饭店了。

李天树的老伴说也不是外人，去啥饭店呢，在家简单吃点行了。

李亲亮催促地说走吧，你们路上吃不好，也饿了，做饭耽误时间，吃过饭你们休息，我送文静去她妈家。

3

王中来和张红英都已经退休了，在家闲着没事，有些寂寞，看朋友和同事家都有孙辈子人了，着急让李亲亮和王文静生个孩子。当然王文静的哥哥王文军有一个女儿，可王文军在新疆部队工作，两三年才回北京探一次亲，而他媳妇又是新疆本地的回族，不习惯在北京生活，联系少，感情淡薄。老人在感情上还是偏重王文静和李亲亮的。他们这个心愿比较强烈，也急切，在王文静怀孕后，几乎每天都去看王文静，还时常把王文静接回娘家来。

张红英和王中来有意让王文静搬回娘家住，这样照顾起来方便，只是李亲亮有病，王文静放心不下，才没有搬回娘家。他们得知李天树老两口今天来，感觉不方便，没有马上过来。王文静说这几天回娘家住。

吃过饭，李亲亮把李天树老两口送回家后，乘坐出租车送王文静回了娘家。

张红英问李亲亮说你二大爷到了吗？李亲亮说到了。张红英问他们老两口一起来的？李亲亮说一起来的。张红英说你看哪天请他们吃饭方便？

李亲亮说我二大爷不是外人，没必要麻烦了。张红英说你二大爷虽然不是外人，但是客人。他这么远来一趟北京，我们不请他吃顿饭怎么好呢。李亲亮觉得是这么个理。

王文静对李亲亮说："妈说的对。你二大爷这么远来了，爸、妈不请吃饭不好。"

"你们安排个时间，在你们家附近找个饭店，我和你妈开车过去。"王中来接过话题。

李亲亮说："我问一问我二大爷的意思。"

"你二大爷酒量怎么样？我能陪得了他吗？"王中来说。

李亲亮说："他不能喝酒。"

"听说北大荒人酒量挺大的。"王中来不相信李天树不能喝酒。

李亲亮笑着说："这不是绝对的，只是相对的。我就不能喝酒，这您是知道的。我二大爷一辈子也没有喝过几次酒。"

"你是身体不好，医生不让喝酒。你二大爷身体好，怎么会不喝酒呢？"王中来说。

李亲亮解释说："我二大娘管得严，不让我二大爷喝酒。他就养成了滴酒不沾的生活习惯。"

"你二大娘这么厉害吗？"王中来说。

李亲亮说："她有点像男人的性格。"

"你二大娘能喝酒吗？"王中来说。

李亲亮说："她能喝，但不让我二大爷喝。"

"你二大爷活得有点委屈。虽然酒不是什么好东西，但家中来客人了，饭桌上没有酒就像是少了点什么，也失去了招待客人的气氛。"王中来说。

李亲亮说"家中来客人了，都是我二大娘陪酒。"

"像你二大爷家这种情况不多见，比较特殊。男人多少还是应该喝点酒的。"王中来说。

李亲亮说："有时看到酒我也想喝。"

"你可不能喝酒。你二大爷来了，你也不能喝。身体重要。等你的病好了，咱们父子好好喝。"王中来说。

李亲亮说："我期待那一天能早点到来。"

"你二大爷喜欢什么？给他准备什么礼物比较好？"张红英问。

李亲亮说："我还真不知道他喜欢什么。请吃顿饭行了，礼物就算了吧。可能他还要在哈尔滨停一下，带着不方便。"

"不带礼物不好。"张红英说。

李亲亮说:"我和文静商量过了,走时给他买去哈尔滨的车票。"

"他准备去你哥那吗?"张红英问。

李亲亮说:"我还没来得及问。"

"你爸经过哈尔滨的时候,你哥都没让进家门,你哥能让你二大爷去吗?"王文静接过话题。

李亲亮说:"我爸和我二大爷是不同的。我爸去了,亲实担心我爸长期住下去,不走了。我二大爷去了不会久住的。"

"像亲实这种人真少见。"王文静说。

李亲亮说:"我回去陪他们了。"

"你开车回去吧,这样方便。"王中来说。

李亲亮刚考出驾驶证,车技不好,他说:"我不熟练,还是先别开了。"

"你不开什么时间能熟练呢。"王中来说。

王文静说:"爸,你就别让他开车了。他二大爷看家中有车,如果让他开车去这去那的呢?他不休息了。"

李亲亮回到家,李天树正坐在客厅里翻看一本杂志。他看杂志上有李亲亮的名字,夸奖地说:"你小子有出息了,名字都印在书上了。"

"名字印在书上就是有出息了?"李亲亮笑着。

李天树说:"那当然了。咱们李家几辈子人中,只有你的名字被印在书上了。"

"你不是说我爷爷在山东老家影响力超过半个县城吗?"李亲亮说。

李天树说:"那也没你的名气大呀。你的名字印在书上,全国人都知道你。"

"你可别夸奖我了。"李亲亮说。

李天树说:"我们来了,让你媳妇回娘家住不好吧?"

"没什么不好的,她经常回娘家住。"李亲亮说。

李天树问:"你岳父家离这远吗?"

"挺远的。"李亲亮说。

李天树说:"你对他们好一点,好好和他们相处。你在北京没有别的亲人,有事还得依靠他们呢。"

"我知道。他们说想请你吃饭呢。你看什么时间好？"李亲亮说。

李天树说："他们心意我领了，饭不用吃了。吃饭太麻烦了。我们待两天就走，别麻烦他们了。你帮我订后天去哈尔滨的火车票。现在都是网上售票，我也不懂，我把买票钱给你。"

"我和文静说好了，你们回去的车票我们给买，不用你拿钱，算是我们一点心意吧。礼物就不给你带了。"李亲亮说。

李天树说："这怎么行呢。你身体不好，这么久没上班了，治病还得花钱，我有退休金，怎么能让你花钱买车票呢。"

"我岳父岳母还要给你带礼物呢。"李亲亮说。

李天树说："我都这么个年龄了，是一个活了今天没有明天的人，还要什么礼物呢。看来你岳父岳母是个通情达理的人。你小时没了妈，过的是苦日子，现在能有关心你的岳父岳母在身边，也是你小子的福气。"

"你多住些日子吧，下次什么时间来还不知道呢。再说了，你下次来北京也未必能见到我。"李亲亮说。

李天树责备地说："你小子别这么悲观，不要说丧气话，不就那么点病吗？算什么呀。现在医学这么先进，你又这么年轻，别放弃，别灰心，肯定能治好。"

"你想到哪去了，我是准备去美国治病。"李亲亮说。

李天树惊喜地说："那好啊，美国比咱们发达，咱们从美国进口的机械坏了，整个松江县城都没人能修，还得请美国专家来修呢。你什么时间去美国？"

"孩子出生后，稍大一点，我们一起去。"李亲亮说。

李天树说："是你岳父岳母安排的吗？"

"我岳父有位同学在美国一家医院工作过。他说那的医学比国内好。他帮助联系的医院。"李亲亮说。

李天树说："好！好人会有好报的。你岳父真是好人。"

"你看明天晚上吃饭怎么样？"李亲亮问。

李天树说："我本来是不想吃这顿饭的，听你这么一说，我还真想认识你岳父岳母。我是你的长辈，来了应该拜见他们。可我什么礼品都没带，空着手去不好吧？"

"他们过来，咱们在饭店吃饭。"李亲亮说。

李天树说："那怎么好呢？"

"他们开车过来很方便。我这就打电话通知他们。"李亲亮拨通了王文静的手机。

王文静说："我们明天早点过去。你注意休息，按时吃药，别累着了。"

"你也注意点身体。"李亲亮叮嘱着。

王文静说："知道了，不多说了，你陪二大爷吧。"

张红英对王文静说："亲亮二大爷来你不高兴吗？"

"没有，我是怕累着亲亮。他太注重亲情了，担心他高兴得连药都忘吃了。"王文静说。

张红英说："注重亲情是好事，如果亲亮像他哥似的六亲不认，那还不气死你。"

王中来拿着一件皮衣服走过来对王文静说："把这件皮衣服送给亲亮的二大爷怎么样？"

"爸，这是别人送给你的，你都没舍得穿就送给他了，这怎么行呢。"王文静反对地说。

张红英说："文静，你别这样，亲亮的二大爷来一次北京不容易，咱们应该好好招待他，不然亲亮会没面子的。"

王中来说："你妈说的对。咱们得让亲亮脸上有光才行。"

张红英说："北大荒冬季适合穿皮衣服。上了年龄冬天保暖很重要。"

"应该能穿。这么好的皮衣服就怕他不识货。"王文静说。

4

李天树来北京之前没考虑和王文静的父母见面事情，更没想到王文静快要生孩子了。他感觉来的不是时候。如果此时王文静生孩子了，他们不是忙中添乱吗。他本想让李亲亮陪着逛一逛北京城，看一看北京的风景，看见李亲亮还在吃药，身体虚弱，有那么多事情，没好意思说。他和老伴上了岁数，腿脚不利落，在陌生的北京不敢随意游玩，决定尽快回家。

李亲亮在网上给李天树买了去哈尔滨的火车票。李天树要把买票钱给他，他说什么也不要。他说您二老这么远来了，我没有陪你们玩，也没有给你们准备礼物，怎么能收买火车票钱呢。

李天树说关键是你身体不好，治病需要花很多钱，我们应该帮助你才对。李亲亮说治病这点钱可不够，就当我和文静的一点心意吧。李天树看李亲亮不肯收下买火车票钱，不再坚持了。

李亲亮问你到哈尔滨去亲实家吗？李天树说我已经到哈尔滨了，当然要去他家看一看了。李亲亮说我爸回去时，在哈尔滨亲实没让进家门，你去了能让进家门吗？

李天树说亲实不让我去我也去，看他过得到底怎么样，是不是在吹牛。李亲亮说亲实可能过得比我好，不然他不会这么张扬。李天树怀疑地说，那可不一定，如果他真那么有钱，为什么欠人家的钱还拖着不还呢？

李亲亮说现在亲实有钱了，应该把钱还给人家。

李天树说他应该做的事多了，他应该管你爸呢？他还应该管李童呢？他管你爸了吗？他管李童了吗？他管过谁？他又为哪能个人考虑过？

李亲亮说提到他感觉抬不起头来。李天树说咱们李家的脸面算是让亲实丢尽了。李亲亮说我回去时，熟人一见面就问我看没看见他。

李天树叹息地说亲实太不争气了。李亲亮说你用不用跟亲实先通一下电话，让他去火车站接你。李天树说打个电话也行，看他是什么态度，让他有个心理准备。

李亲亮把李亲实的手机号码给了李天树，叮嘱地说，你别说在我这里，如果你说在我这里，他会多疑的。李天树说我知道。他拨通了李亲实的手机，没有人接听。他对李亲亮说号码没有错吧？李亲亮看了一遍手机号码，确认地说没错，是这个号码。

李天树再次拨通了李亲实的手机，嘴里还自言自语地说，亲实不会不接陌生人的电话吧？李亲亮说这可说不准。你的手机是松江县的号码，他欠了那么多人的钱，没准是担心别人找他讨债呢。李天树正要说什么，李亲实接了电话。

李亲实说："您好，哪位？"

"你是亲实吗？"李天树问。

李亲实没有直接回答，反问地说："你是谁？"

"我是你二大爷。"李天树听出来是李亲实的声音了，提高了嗓门说。

李亲实沉默了。

李天树说听说你现在混得不错呀，在省城当大老板了，我想去看你，你看行吗？李亲实说那就来吧。李天树说我找不到你家，到了哈尔滨你得去火车站接我。

李亲实答应说行。李天树说咱们这么多年没见面了，二大爷想你了。李亲实问你在松江吗？

李天树说我在太湖疗养呢，过些天回去时经过哈尔滨，想在你那停一下。李亲实说到时候如果我没时间，就让别人去火车站接你。李天树叮嘱地说你可别忘了。李亲实说忘不了。李天树说你别不接我的电话。李亲实说你的电话我能不接吗。李天树说那就好。李亲实说我现在忙着呢，有些事要处理。李天树感觉李亲实想挂断电话，便说你忙吧，见面再聊。

李亲亮对李天树说你比我爸可有面子多了，我爸去哈尔滨时亲实连电话都不接。李天树担忧地说，也别高兴过早，没准亲实还改变主意了呢。李亲亮说不会吧。

李天树说亲实说翻脸就翻脸，翻脸比翻书还快呢。李亲亮说亲实对你能比对其他人好点，如果你不去上访，他在监狱里还得多待上一段时间。李天树摇头地说好什么呀，你看见他对我好了吗？这小子用着人朝前，用不着人朝后。

李亲亮说你也没求亲实办过事呀。李天树说有一次我让他开车送我回家，他脸一沉，就拒绝了，可把我气坏了，我一赌气，走着回的家。李亲亮说亲实喜欢交有用的人。

李天树说这你可说对了，唐为政把你爸害成那样，他居然去找唐为政借钱，那段时间他和唐为政关系比跟我都近。李亲亮说这不会吧，你再不好还为亲实减刑的事跑前跑后呢。李天树说那时我有用呀，现在没用了。

李亲亮说亲实不是答应去车站接你了吗，你还担心什么？李天树说他答应的事多了，有几件办了？如果我到了哈尔滨，他不出面，我也找不到他。李亲亮说这不能，你跟我爸不同，我爸去了，亲实担心不走了。

李天树说我猜测亲实没让你爸去他家也是这么考虑的。李亲亮说亲实把主次分得很清楚。李天树说亲实不让你爸去他家是不对的，做得过分了。

李亲亮说他做对过几件事呢？李天树说亲实会说，把许多事情都说得跟真的一样，可最终全成为泡影了。李亲亮说会说不一定就是好事，开始不了解还行，时间长了，能不了解吗？

李天树说凡是借给亲实钱的人都骂他是个骗子，不够意思。李亲亮问那些人为什么会相信他？李天树说他会说呀。他说得跟真的似的，能不信吗。

李亲亮说他们是为了贪图小便宜吧？亲实是不是答应给他们高利率了？如果亲实不答应给高利率，他们是不会把钱借给亲实的。

李天树感叹地说还真让你说对了。亲实借钱的时候是答应支付高利率了。可他们有的人连本钱都没拿回去。如果亲实继续杳无音讯，他们去找谁要钱。

李亲亮的手机响了。电话是王文静打来的。王文静和爸妈已经开车出来了，让李亲亮到饭店等他们。李亲亮知道王文静身体不舒服，不能在外面待的时间过长，为了节省时间，陪着李天树老两口提前来到了饭店。

李天树非常高兴，饭吃的怎么样无关紧要，这是一种尊重，也是一种心情。他没让李亲亮点那么多菜，说认识一下，在一起说一说话就行了。

王中来他们到了，李亲亮让服务员上菜。王中来看菜不多，又点了几道菜。李天树说吃不完就浪费了。王中来说吃不完可以拿回家。

李天树看王中来和张红英这么热情，没了拘束，不自主地动了情，心里想到哪儿，就把话题说到哪儿。他说："亲亮这孩子是我看着长大的，小时候就没了妈，老爸不识字，没能耐，家境不好，受了不少苦，能来到北京发展真是不错。"

"亲亮这孩子孝顺，心地善良，还有进取心，我们对他如同对自己儿子似的。"张红英说。

李天树说："如果亲亮有做不对的地方，你们尽管说，说了也是为他好，他会理解的。"

"亲亮懂事，在处事方面不用我们操心。"张红英说。

李天树说："亲亮从小就好强，不服输。不然也不会被调到县委宣传部工作。

宣传部是县委机关。我们李家只有他一个人在县委机关工作。如果他不走我们还能借点光，他走了就借不上了。"

"怎么借不上光了，这不咱们来北京了吗？如果亲亮不在北京，咱们也不会来呀。"李天树的老伴觉得李天树说的话离题了，急忙插言把话拉回来。

张红英说："亲亮确实不错。文静和他的感情这么好，对我们也是安慰。现在年轻人离婚的太多了。"

"别说在北京这么大的城市了，就是在北大荒小县城现在离婚的也可多了。"李天树说。

李天树的老伴说："咱们电视台副台长的媳妇，在网上跟男人闲聊，后来就跟那个男人跑了。"

"现在人思想开放，诱惑力又大，婚姻就不稳定了。"张红英说。

李天树的老伴不解地说："也不知道现在年轻人是怎么想的，说离就离了，离婚就跟吃饭那么简单。"

"社会风气不好。"张红英说。

王中来说："社会风气只是一方面，关键还是在人，人品不好在什么社会都不行。古代还有番金莲、西门庆呢，何况现在了。"

"人品是主要的，如果亲亮和文静人品不好，连孩子还没有，怎么能过这么久呢。"李天树不知是酒喝多了，还是考虑不周全，话一出口就说离题了。

张红英说："他们都到这个年龄了，还没有孩子真急人。"

"这不快要有了吗。"李天树的老伴说。

张红英说："如果再不生，真就来不急了。年龄不等人，生孩子不同其他事情，年龄太大不行。文静同学家的孩子都已经读中学了。"

"文静和亲亮虽然孩子生的晚了点，只要好好培养，会有出息的。不过，年龄大了生孩子风险大，要提前准备，别出意外。"李天树的老伴说。

张红英说："我们准备明天就送文静去医院待产。如果不是文静要生了，我们也会多陪一陪你们。如果有招待不周的地方，你们多担待。"

"你这是说哪去了，我们来看一看，知道亲亮和文静生活得好就放心了。我们明天就走，亲亮把火车票都买好了。"李天树的老伴说。

张红英说："你们还去亲亮的哥哥家吗？"

"我们回家正好经过哈尔滨，我是不想去亲实那了，去了亲实还得麻烦。可他二大爷想去，到哈尔滨再说吧。"李天树的老伴说。

李天树认为老伴不理解他，也不应该说这种话，有点生老伴的气。他说："如果亲实不是我侄子，我才不去呢。他离开家七八年没消息了，得到了消息，作为长辈，我不去看一眼能对吗？我是想他了，不是想去吃他的喝他的。"

"既然路过那儿，去看一看也行。"张红英打圆场地说。

李天树是个家族意识非常强的人，不想在王中来和张红英面前过多提李亲实。李亲实离家出走这么多年不是光彩的事情。他怕让王中来和张红英瞧不起，转移了话题说："我们来给你们添麻烦了。"

"一家人就别说两家话了，咱们老哥俩碰一杯。"王中来举起酒杯。

李天树说："谢谢。"

"欢迎你们常来北京。"王中来说。

李天树说："不怕你笑话，我还是第一次来北京呢。"

"从前工作忙，没时间，退休后有时间了，可以经常来玩。"王中来说。

张红英拿出皮衣服说："你们来了也没什么送的，这件衣服你看合体不。"

"你们的心意领了，衣服不能收。"李天树拒绝着。

张红英说："这就见外了，你这么远来一趟，空手回去怎么好呢。"

"应该我们给你们带礼物。我们没有给你们带礼物，反过来让你们给我们多不好。"李天树推脱着。

王文静说："二大爷，你就别客气了。你穿上试一试吧。"

李天树穿上正合身。他一辈子也没有穿过这么好的皮衣服，不过这是夏季，不是穿皮衣服的季节。他收下了皮衣服。

张红英又把一条法国进口纱巾送给了李天树的老伴。

李天树的老伴高兴得不得了。她不是因为纱巾有多好有多贵才高兴，而是为收获一种情谊，一种尊重高兴。

王文静感觉累了，想回去休息。他们离开了饭店。

5

李亲实把李天树准备来哈尔滨的事如实告诉杨岩笑了。

杨岩笑微微一笑，没有表明观点，在等李亲实说下去，想知道李亲实是怎么想的。李亲实想留李天树在哈尔滨住几天。杨岩笑不相信李亲实会留李天树住在家里。因为李亲实的父亲来哈尔滨时，李亲实不但没有留，连家门都没让进，又何况是二大爷了呢。她说："那就住吧，我还没见过你们李家的长辈呢，丑媳妇也得见公婆吗。虽然我不是丑媳妇，你二大爷老两口也不是公婆，但总算是你们李家的长辈。"

"我是认真的，没和你开玩笑。"李亲实说。

杨岩笑说："我也是认真的，让你二大爷来吧，我热情招待。如果有招待不周到的地方找我。"

"你看谁去接站好呢？"李亲实说。

杨岩笑说："当然是你了。你二大爷来，别人不认识他。你不去谁去？还用我陪着你去吗？"

"咱们都不能去，还是让东林去吧。东林去比较好一些。"李亲实说。

杨岩笑不知道李亲实葫芦里卖的是什么药，不解地说："为什么你不去？"

"你想一想，你是董事长，我是总经理，咱们开的是公司，如果咱们去接站，就显得工作不忙，闲着无事做。如果是这种工作状态，公司里的生意能好吗？咱们应该做出特别忙的样子才行。"李亲实说。

杨岩笑说："这是你二大爷，不是外人，没必要这么装腔作势吧？"

"当然有了。正因为是我二大爷，我才不能去接站呢。我有时间陪他，如果他长时间住怎么办？他看我忙，就不好意思长时间住了。"李亲实说。

杨岩笑说："你是不是对谁都不说实话呢？"

"你这是说的什么话？我骗过谁？"李亲实不高兴了，变了脸色。

杨岩笑说："应该说你没骗过谁吧？"

"你是什么意思？我骗你了吗？"李亲实有点恼怒了。

杨岩笑对李亲实不满意。她和李亲实在一起生活这么久了，孩子都生了，但对李亲实了解的却很少。李亲实从没提起过家中的事，引起了她种种猜测。她试探性地问过李亲实这么多年为什么不回家，家在哪里，家中还有什么亲人。李亲实从没有正面回答过。李亲实有时说是河南的，有时说是山东的，让她不解。直到年初，第二代身份证停止使用了，李亲实才同家人联系，想回松江换身份证。这才知道李亲实是鹤岗松江县人。这才知道李亲实给她看的身份证是假的，真的藏起来了，没拿出来给她看。她感觉李亲实从前的生活有问题，在有意遮掩什么，要么不会跟家人断绝了联系，给她看假身份证。李亲实过去的生活对她来说是一团迷雾，让她看不清。她想拨开迷雾，看清李亲实的真面目。现在她还不能断定李亲实的二大爷是否真的会来哈尔滨，如果真来了，就能揭开李亲实的底细。

李亲实说："不是我没实话，是社会太复杂，遇事得提防点。"

"你二大爷复杂吗？也要提防吗？"杨岩笑质问地说。

李亲实说："我二大爷是不复杂，可他嘴不好，爱说，不把门。他回到松江如同我的新闻发言人似的，我的好与坏全挂在他嘴上了。"

"你这人过于在意面子了，把面子看的过重了。"杨岩笑说。

李亲实说："你如果想让我二大爷长时间住，我就去接站。如果不想让他长时间住，就让东林去接，你看怎么办吧？"

"为了你的面子，还是让东林去接吧。你跟东林说吧。"杨岩笑说。

杨东林是杨岩笑的儿子。因为她的前夫也姓杨，儿子就同她一个姓了。杨东林今年二十四岁，浓眉大眼，一米八几的个头，相貌堂堂，一表人才。他从北京外国语学院毕业后回到了哈尔滨。他和母亲在公司里负责管理账务。他听李亲实把话说完，答应去火车站接李天树。他问是哪趟车，几点到。

李亲实不清楚李天树乘坐哪趟火车，也不知火车到站时间。他拿起电话想给李天树打电话，确认一下，可号码摁到了一半停下了。他说到站时联系我，到时我告诉你。

杨东林说也好。

李亲实接到李天树的电话时，李天树乘坐的火车已经快到哈尔滨了。李亲实给杨东林打电话，通知去接站。他把车次和到站时间用短信发给杨东林。

杨东林开车去了火车站。

　　杨东林不认识李天树。李天树也不认识杨东林。杨东林看了看手机短信上的车次和到站时间，知道李天树乘坐的火车到站了，下车旅客正往站外走。他在出站口处寻找李天树，拨通了李天树的手机。

　　李天树站在离杨东林不远的地方，东张西望四处寻找来接他的人。他有些焦虑，担心没有人来接他。他正思考着是不是给李亲实打电话呢，兜中的手机响了。他掏出手机，还没说话呢，电话就挂断了。他正看着电话号码发愣呢，杨东林走到了他面前。

　　杨东林问您是李爷爷吧？李天树立刻意识到眼前的小伙子是来接他的，答应地说是亲实让你来接我的吧？杨东林说他忙着呢，让我来接你。

　　李天树客气地说麻烦你了。杨东林笑着说应该做的。李天树老两口上了杨东林的车。他想通过杨东林了解李亲实的情况，他问亲实开的公司有多少人？亏损吗？

　　杨东林把话题岔开了说，这事你得去问他。

　　李天树还想问下去，他的老伴拉了一下他的衣襟，暗示着不让问了。

　　杨东林把李天树领到了李亲实的办公室。李亲实正在跟几个员工谈工作上的事情，看李天树来了，让员工出去了。杨东林给他们每人倒了一杯水，关上门离开了。

　　李天树环视着李亲实的办公室，羡慕地说："你小子混得不错吗，你的办公室比咱们县长的办公室都好。"

　　"我怎么能跟县长比呢。"李亲实说。

　　李天树说："你小子还真行。"

　　"二大爷，你不是说在太湖疗养吗？怎么会从北京来呢？"李亲实明知故问。

　　李天树说："我们是集体一起去的太湖，疗养结束后，回来时就自己走自己的了。我想既然已经出来了，就绕路去北京看望亲亮吧。总比从东北去北京近的多。再说我都这么个年龄了，以后出来的机会很少。"

　　"你身体好着呢，能活一百岁。"李亲实说。

　　李天树说："咱们李家还没有活过一百岁的呢。"

　　"你能。"李亲实说。

李天树叹息地说："别说好听的了，人到了年龄，说不行就不行了。你奶奶去世时，早晨还好好着呢，到了中午就去世了。"

李亲实认为是这么个理。

李天树说："没想到你小子能混得这么好，也算是给李家脸上增光了。"

"亲亮过的还行吧？"李亲实问。

李天树说："还行，他生病了，如果不生病就好了"

"你见到他岳父一家人了吗？"李亲实问。

李天树有点得意地说："何止是见到了，他岳父一家还请我们在饭店吃饭了呢。走时还送我一件皮衣服呢。那家人真不错。有地位，有学问，还通情达理。真是亲亮的福气。"

"亲亮怎么会没有孩子呢？"李亲实问。

李天树说："有了，他把我送上车后就去医院了。现在应该生了吧。你给他打电话问一问。"

"我没这个兴致。"李亲实没有打电话的意思。

李天树说："你们哥们是怎么回事？有什么大不了的仇恨？你不打我打，怎么说也是李家的后人。"

李天树拨通了李亲亮的手机问生了没有。李亲亮说生了。李天树问是男孩还是女孩。李亲亮说是男孩。李天树问准备起个什么名字？

李亲亮说叫李幸福。李天树问怎么会叫这个名字呢？李亲亮说希望他能生活的幸福开心。

李天树连声说好。

李亲亮说我还在医院呢，不跟你多说了。李天树说你忙吧，回头抽空再聊。李亲亮挂断了电话。

李天树兴奋地对老伴说亲亮有儿子了，李家又多了一口人。他的老伴说看把你高兴的。李天树说李家又多了一个后人，我能不高兴吗。

李亲实说亲亮有病，又有了孩子，日子可怎么过呢？李天树说亲亮是名人，有些收入，生活上还不错。李亲实问他是靠拍摄照片挣钱吗？

李天树说不完全是，好像还有别的收入。李亲实说现在钱太难挣了。李天树说钱在什么时候都难挣。

李亲实说你说得对，要么就没有穷人了。李天树说你现在有钱了，应该照顾你爸了。你爸把你养大不容易，他老了，需要你照顾。李亲实说这件事我有安排。

李天树说如果你的经济条件允许，也帮一帮亲亮，他生病好几年了，听说还准备去美国治病呢。你只有这么一个弟弟，不能眼看着他有病不管吧？李亲实说亲亮是名人，用不着我帮。李天树反驳地说你这是说的什么话，名人就不生病了？名人生活中就不需要钱了吗？

李亲实跟李亲亮联系是因为听冯志辉说李亲亮在北京生活的不错，又有一定名气，想从李亲亮那借些钱。在他得知李亲亮生病了，借钱的事没希望了，就不想联系了。他也没想照顾李天震，说有安排是在推辞。

李天树说你爸和你弟弟是你最近的亲人，你在监狱服刑时他们帮助过你，没少为你操心，那也是你最困难的时候……李亲实不想听下去，不耐烦地说，我知道了。李天树本来还想说下去，看李亲实生气的样子，把话咽了回去。

别说李亲实不想帮助李亲亮了，就算他想帮也有难处。虽然他是公司总经理，可董事长是杨岩笑，花钱得经过杨岩笑同意。更何况公司刚运转，需要用钱的地方很多。公司不但在银行有贷款，还有外借的钱。他这么缺钱，在经济上怎么可能去帮助李亲亮呢。

门开了，杨岩笑走进来。

李亲实给杨岩笑和李天树相互做了介绍。杨岩笑对李亲实说我陪二大爷先回家吧，你晚上早点回去。李亲实说也好。

李天树和老伴上了杨岩笑的车。

杨岩笑为了说话方便，没有让司机开车，而是自己开。她想从李天树这儿了解李亲实过去的生活经历。

李天树得知杨岩笑和李亲实在一起生活这么多年了，又生了孩子，认为感情是稳定的，没必要故意隐瞒什么了。他把李亲实如何离家出走的事情，从头到尾一五一十地告诉了杨岩笑。

杨岩笑生气地说："李亲实从没说过他是哪的人。我问他，他一会说是山东的，一会说是河南的，从没说是黑龙江的。我根本没想到他会是鹤岗松江县人。

松江离哈尔滨这么近，他都不敢回去，证明他做了亏心事。"

"你没看过亲实的身份证吗？"李天树不相信杨岩笑不知道李亲实是哪里人。

杨岩笑说："他有一真一假两个身份证，给别人看是真的，给我看是假的。再说我也没往这方面想，根本没想到他会拿假身份证骗我。"

"亲实在松江主要是欠了人家的钱，别的事情没有。"李天树感觉自己话说多了，不应该把李亲实过去的事情如实的告诉杨岩笑。

杨岩笑说："他不应该拿假身份证骗我呀。"

"这件事亲实做的不对。"李天树说。

杨岩笑说："李亲实太狂傲了。他就会讨好我爸妈。"

"亲实脾气不好，你别跟他计较。两口子过日子，哪家都有矛盾，如果都计较，日子还能过了吗？"李天树劝说着。

杨岩笑说："开公司全部是我的钱，没有李亲实的。我为他花了一百多万呢。我让他待在这儿，他有口饭吃。我不让他呆，他就没有饭吃。"

"你们已经有了孩子，为了孩子就好好过吧。千万别分心。"李天树没想到杨岩笑对李亲实有这么大怨气。

杨岩笑说："李亲实没有实话，又那么高傲，真让人受不了。"

"他不好，你别同他一样的。如果你和他顶着来，谁也不让谁，你们的日子还能过了吗？"李天树说。

杨岩笑说："我也是这么想的。不然早就不和他过了。"

"你们开了这么大的公司，多气派，也算是有钱人了，这么好的日子，就别胡思乱想了，还是好好过吧。"李天树说。

杨岩笑的第一位丈夫病故了，给她留下了几百万财产。她用这笔钱开始经商，在经商中认识了李亲实。李亲实当时是在郑州一家公司当业务员。李亲实能说会道，又会洞察女人的心思，让杨岩笑产生了好感。李亲实来到哈尔滨后，两个人就同居了，一起开了公司。他们有了孩子。孩子非常聪明。杨岩笑为了孩子才一而再，再而三的歉疚李亲实。如果没有孩子，她或许早就和李亲实分手了。

她顺路去幼儿园接了孩子。孩子上车看见李天树有些胆怯。她让孩子叫爷爷。孩子轻声的叫了。

孩童的声音是那么甜，又是那么纯真，甜的能让人忘掉所有的不快与烦恼，纯真的能穿透污浊世界。

李天树看到孩子很高兴，问杨岩笑说这孩子见过他亲爷爷吗？杨岩笑说没有。李天树说哈尔滨离松江这么近，开车回去方便，你们应该带孩子回松江认一认亲。

杨岩笑说："从前我是想认亲的。可亲实不跟家人联系，我又不知道在哪里。现在知道在哪了，又不想回去了。"

"总得让孩子认识他亲爷爷吧，孩子的亲爷爷年龄大了，身体又不好，如果哪一天去世了，你们后悔都来不及。"李天树说。

杨岩笑说："你说的有道理。可亲实跟家人关系不好，认不认识都一个样了。他父亲来哈尔滨亲实也没让我见，直接就送走了。"

"那是亲实做的主吗？"李天树问。

杨岩笑说："当然是他了。您可别以为是我出的主意。当时我还真想让老爷子在哈尔滨住些日子呢。因为我想了解亲实过去的事。"

"亲实怎么会这么牲口呢。"李天树生气了。

杨岩笑问："二大爷，我公爹的房子是谁卖的？"

"亲实卖的。"李天树说。

杨岩笑问："他用卖房子的钱干什么了？"

"亲实是养猪了，还是买卡车了，我记不清楚了，反正钱是让亲实花了。"李天树感叹地说。

杨岩笑说："亲实心太狠，脾气太毒性了，还经常说谎话。"

"你别跟他一样的。"李天树劝说着。

杨岩笑问："李童在哪呢？"

"亲实跟你说过李童了？"李天树担心自己说错话，有点谨慎，没有直接回答。

杨岩笑说："他说过李童，也想找李童。在这件事上我同意。大人离婚，孩子没有错，也是无辜的。"

"你说这话，就知道你是开明人。李童一直跟着她妈生活，跟我们联系的少，我有好多年没见李童了，听说在哈尔滨上大学呢。"李天树说。

第三十五章
情在何处

QING ZAI HE CHU

1

李天震在敬老院集体健康检查中被查出患有高血压、脂肪肝、呼吸障碍等疾病。医生告诫他减少饮食，多运动，控制体重。他见到饭就想吃，吃饱后就不愿意动。他心想已经活到这个年龄了，活一天算一天，多吃一口是一口，讲究那么多干什么。可他想好好活下去，不愿面对死亡，产生了思想负担。

他时常会想起李亲亮，也想李亲实了，有时做梦还能梦见他们。他在梦中看见李亲实和李亲亮兄弟两个不打架了，矛盾化解了，相处融洽。他还梦见李天树回到松江了，可李天树没有回来。他看见和李天树一起去太湖疗养的人陆续回来了，猜测李天树快回来了。李天树走时说要去北京亲亮那，还去哈尔滨亲实那，可能回来要晚几天。他期待李天树能带来李亲亮和李亲实的消息。

李天树是在那个夕阳西下的傍晚来到敬老院的。当时李天震正一个人坐在敬老院门前的台阶上晒太阳。此时阳光不充足，带着迷人色彩。李天树坐在李天震身边，笑着说："你咋又胖了，可别继续胖了，胖了没好处。"

"医生也这么说。"李天震说。

李天树说："你不听我的，还不听医生的吗？"

"医生说的简单，可做起来太难了。"李天震说。

李天树说："少吃，多活动，多简单的事，有什么可难的。"

"少吃肚子难受。"李天震说。

李天树说："我比你岁数大，也没像你这么胖。"

"胖跟年龄没关系。"李天震憨笑着。

李天树说："亲亮有孩子了，你知道吗？"

"我去时他媳妇怀孕了，现在生了吗？"李天震说。

李天树说："生了，是个男孩。叫李幸福。"

李天震看着李天树没说话，神情有点呆滞。

李天树说："我去亲实家了。"

"他让你去了？"李天震问。

李天树说："让了。亲实的媳妇人不错，通情达理，能说会道，就是亲实脾气不好。他们有矛盾。"

李天震又沉默了。

李天树说："你想不想跟亲亮通电话？"

"没啥说的，打什么电话。"李天震嘴笨，不想多说什么。他知道两个儿子都对他有意见。

李天树说："你又多了个孙子，还是通一下电话吧。"

"我和他说啥呢？"李天震呆呆的，似乎有点为难。

李天树从衣服兜里掏出手机，拨通了李亲亮的手机，然后把手机递给李天震。李天震一句话也说不出来。李天树在旁边直着急，把手机拿在手中，大声说："亲亮，你爸太胖了，说话费劲。"

"你让他少吃点，多走一走，别让他胖了，胖了会影响血液循环的。"李亲亮叮嘱说。

李天树说："我说他，他不听。"

"那就随他便吧，这么个年龄了，就别难为他了。"李亲亮改变了态度。

李天树说："我去亲实家了，他过得不错，就是跟媳妇有矛盾。"

"他跟谁没矛盾呢？"李亲亮说。

李天树说："开公司的钱是他媳妇的，不是亲实的。"

"我想他也没那么多钱。"李亲亮说。

李天树说："亲实的媳妇不知道他在松江欠下那么多债务。"

"他这不是欺骗人家吗？"李亲亮说。

李天树说："亲实有一张假身份证。"

"他媳妇那么有本事，怎么会嫁给他呢？"李亲亮问。

李天树说："钱是前夫留给儿子的，亲实用来做生意了。"

"孩子多大了？"李亲亮问。

李天树说："那女的大儿子今年就结婚了。孩子不错。亲实和这个女的生的小儿子已经3岁了，挺聪明的。"

"他们见你亲吗？"李亲亮问。

李天树说："那女的懂事，比亲实强。她对亲实意见大着呢，我嘱咐亲实跟她搞好关系，要么日子没法过了。"

"是人就比亲实强。"李亲亮说。

李天树跟李亲亮通过电话，想让李天震跟李亲实也通个电话，又拨通了李亲实的手机。李亲实没有接。李天树拨通了三次，李亲实都没接听。他转过脸看着李天震说："亲实这小子是怎么了？"

"他不想接呗。"李天震说。

2

李亲实让李刚强帮着更换第二代身份证，李刚强去公安局，工作人员说身份证是重要证件，必须本人来更换，不能代办。这就把李亲实难住了。他需要第二代身份证，又不想回松江。他在松江欠下的债务还没还上，回来债主会追着他要钱。可他必须回松江更换第二代身份证。他在回松江前要先做通杨岩笑思想工作，准备好还债的钱。

杨岩笑在跟李天树交谈中了解到李亲实过去的经历，得知李亲实不回松江的原因了。她不想用自己的钱帮助李亲实偿还过去的债务。她担心李亲实挪用公司资金，把钱管得更严了。公司里动用资金要经过她审核后才能支出。在资金使用方面她跟李亲实分歧很大。

李亲实是讲究哥们情意，要面子的人。自从他和松江的亲友联系上后，松江县认识他的人来哈尔滨就会找他。他这里如同是松江人的临时落脚点。他请松江人在饭店吃饭。杨岩笑反对他这么做。杨岩笑认为过去有交情的人，出于礼节可以请吃饭，如果没有什么关联的，只是认识，或一面之交，就不要请了。可李亲实不听劝，只要松江来人找他，就请吃饭。

这天松江县退休多年的交通局长张天明来哈尔滨看病，给李亲实打了电话。李亲实接电话时正和杨岩笑在办公室商量事情呢。他随口答应请张天明吃饭。杨岩笑不同意。杨岩笑认为李亲实离开松江多年了，张天明也已经退休多年了，相互之间不会再有业务交往了，没必要花钱请张天明吃饭。可李亲实碍于面子，坚持要请张天明吃饭。

杨岩笑回到自己的办公室，从抽屉中取出一个账本，账本中记录着近日来李亲实请松江人吃饭的费用。她把账本扔到了李亲实的办公桌上。李亲实扫视了一眼账本没有说话。杨岩笑说："松江县来哈尔滨的人这么多，来人就找你，找你就请吃饭，长期下去，你请得起吗？"

"你说人家这么远来一次哈尔滨，我是他们的老乡，不礼貌请吃顿饭能对吗？"李亲实说。

杨岩笑说："请吃饭不得花钱吗？哪顿饭不得二百三百的。咱们的钱也不是从天上掉下来的，也是辛苦挣来的。你没钱了找他们，他们能给你吗？"

"我也这么想过。可让我拒绝他们真很难为情。"李亲实说。

杨岩笑说："面子重要，还是生存重要？如果你把公司吃倒闭了，咱们怎么办？"

"没那么严重。"李亲实说。

杨岩笑说："咱们是小公司，经不起折腾。"

"请张天明吃过这次饭就不请了。"李亲实说。

杨岩笑说："不用请张天明吃饭了。他退休那么多年了，请他吃饭有什么用？"

"不管怎么说张天明当过局长，这次饭还是应该请的。"李亲实说。

杨岩笑说："他当局长时帮助过你吗？"

李亲实没有回答。

杨岩笑说："也可能从前你找他办过事，他也给你办过事。可他给你办事的时候，你肯定给他好处了。不然他也不会给你办。你和他是利益关系，不算交情。

既然你不欠他的人情，就没有必要请他吃饭。"

"我已经答应请他吃饭了，再推卸掉不好吧？"李亲实说。

杨岩笑说："怎么不好。当官的答应的事多了，都能给办成吗？张天明的饭不请了。"

"这饭得请。"李亲实坚持着。

杨岩笑说："不行。"

"我不用公司里的钱，用我的工资总算可以吧？"李亲实说。

杨岩笑显得无可奈何地说："你这人怎么这么固执呢。"

"我用我的工资请客还不行吗？"李亲实说。

杨岩笑生气地说："最好用你的工资回松江把你欠的债务还上。"

"我欠的债务不用你还，用我那部分钱还。"李亲实的自尊心被刺痛了。

杨岩笑知道李亲实话中指的是股份。可公司刚步入正轨，效益好坏还难说呢，李亲实就指望上了。她说："你哪部分？"

"你说呢？"李亲实说。

杨岩笑沉默了，不想争吵下去。如果争吵下去就没法工作了，也会影响生活。他们毕竟是第二次婚姻，重组家庭，感情基础不太牢固，应该克制情绪。

李亲实解释说："应该花的钱必须花。"

"那你就花吧。"杨岩笑说。

李亲实问："你去不去？"

"我又不认识张天明，我去干什么。"杨岩笑说。

李亲实转身走了。

杨岩笑坐在办公室里正生气呢。杨东林走进来了。杨东林准备开车出去办事，看车被李亲实开走了，过来问李亲实开车干什么去了。杨岩笑把李亲实请张天明吃饭的事说了。杨东林说都退休了，再请吃饭就没意义了。杨岩笑虽然对李亲实有意见，但不想让杨东林知道，如果杨东林对李亲实有意见，就不好相处了，影响家庭关系。她说："我对你李叔说了，今后不让他请了。"

"我李叔为什么会在松江县欠那么多钱呢？"杨东林问。

杨岩笑说："他过去的事，我哪知道。"

"你准备帮他还债吗？"杨东林问。

杨岩笑说："他没对我提起，我还没有想过呢。"

"那是他过去欠的债务，同咱们没有关系，咱们不能帮他还。"杨东林表明了自己的立场。

杨岩笑说："我也没帮他还呀。"

"我总感觉李叔有点靠不住。"杨东林说。

杨岩笑问："为什么？"

"我也说不上来。反正我有这种感觉。"杨东林说。

杨岩笑说："你别瞎猜了。妈心中有数，能分清好坏。你得和你李叔叔好好相处，别制造矛盾。让妈省点心。"

"我知道。"杨东林是个通情达理的年轻人。虽然他对李亲实有看法，但从不表露，尊重李亲实。

杨岩笑突然改变了想法，认为自己应该去看一看李亲实请的这位局长客人。她只有看到了这位客人，才能断定这次饭应该不应该请，才能有话语权，不然怎么说都没力度。她拨通了李亲实的手机说，我去陪这位局长吃饭。

李亲实看杨岩笑转变了态度，心里高兴，看了一眼时间，还来得及，调转车头，回来接杨岩笑了。

杨岩笑上车后说，我穿这套衣服还行吧？不会在局长面前给你丢面子吧？李亲实手握方向盘，目视着前方说，你能去是最大的面子。杨岩笑说我有那么重要吗？李亲实说当然了。

他们来到张天明住的旅馆。这是处在小巷深处的小旅馆。楼房破旧，周围环境也不好。杨岩笑说这位局长也太会过日子了吧，怎么住这么简陋的旅馆呢？李亲实说他退休多年了，住宿费不能报销，花自己钱心疼呗。

杨岩笑没有进旅馆，而是在车前等着。她对张天明没有兴致，只是来确认李亲实这次客应该不应该请。

李亲实走进房间，看着屋中的人愣住了，没等他反应过来，张天明已经认出他了。张天明笑着走上前说，你来得还挺快。李亲实跟张天明握手说，多年没见了，都有点认不出来了。

张天明说我老了，你还年轻。李亲实说岁月不饶人。张天明回忆地说可不吗？转眼你离开松江有七八年了吧？李亲实说九年了。张天明向李亲实介绍说这些年松江变化可大了，你回去可能都找不到哪儿是哪儿了。

李亲实说有时间我回去看一看。张天明说你是应该回去一趟了，不管走多远，地位有多高，都不能忘了故乡。李亲实说所以只要松江来人找我办事，我尽可能给办。

张天明说这么想就对了。李亲实说咱们吃饭去，边吃边聊。张天明和老伴跟着李亲实往外走。

杨岩笑看李亲实他们从旅馆里走出来，迎了过去。李亲实给杨岩笑和张天明做了介绍。杨岩笑看到张天明就认为这次饭请的没有意义。她认为张天明不但不像个局长，反而还不如普通市民呢。她对张天明的态度有点漫不经心。

张天明对杨岩笑要比对李亲实客气的多。他听说李亲实找的这个女人挺有本事的。他对待李亲实还有点像当局长时的架子，不断地提起那些陈旧往事。李亲实虽然不愿意听，但也不好说什么。杨岩笑虽然没心情听，但还是陪他们来到了饭店。

李亲实原本想找一家好一点的饭店，看张天明这个样子，又是这么个心态，改变了主意，在附近随便找了一家小饭店。

张天明虽然人老了，但思维还清晰，还保留着当局长时的心态。他对李亲实还有着居高临下的态度。他觉得饭店不好，有被怠慢的感受，讨要人情似地说，当年你开车出事时，我可没少费心思。

李亲实听着不舒服，没有说话。

杨岩笑问出什么事了？张天明说亲实把人轧死了。杨岩笑说这种事不是属于交警管吗？张天明说当时我在交警队当队长，那件事是我处理的。杨岩笑看了一眼李亲实。

李亲实皱了皱眉说过去的事咱不提了，喝酒。

张天明接着说处理那件事真不容易，死者家属要求多……我是尽力帮你了。

李亲实点点头。

张天明吃了口菜，思索地说你走这么多年没消息，许多人说你死了，可我不相信。

李亲实不愿意听张天明说这些事，想打断张天明的话。可打断了，张天明还接着提起来。张天明的话如同针一样不停地刺痛着李亲实的心。李亲实感觉张天明真的老了，说话不知主次，什么话应该说，什么话不应该说也不知道。他没必要继续和张天明交往了。他认为来见张天明还不如不见了，更主要的是不应该让杨岩笑见到张天明。他不想让杨岩笑了解自己过去的生活。那些往事是他的耻辱，也是伤痛。

杨岩笑接到公司打来的电话，对李亲实说公司里有事，得马上回去，借机想离开。李亲实把车钥匙递给杨岩笑。杨岩笑对张天明说，对不起，公司里有事急着处理，不陪你们了。张天明说你去忙吧，亲实在这行。杨岩笑开车走了。

李亲实虽然对张天明有意见，心想饭已经吃了，等吃过饭离开比较好。张天明没看出来李亲实的心思，依然若无其事继续说着那些让李亲实不开心的往事。李亲实认为和张天明这么聊下去确实没有意义，起身结了账，让张天明慢慢吃，自己走了。

杨岩笑见到李亲实生气地说，像张天明这种人你也请他吃饭？李亲实不但感觉这顿饭吃的不值得，还觉得憋气，没有说话。杨岩笑说以后松江来人不要请他们吃饭了，花这种冤枉钱没有意义。

李亲实顺从地说不请了。杨岩笑问你开车轧死人是怎么回事？李亲实说都是过去多少年的事情了，还提什么呢？

3

为了开拓公司业务，李亲实去大兴安岭出差了。他刚走就来了几个人到公司找他。杨岩笑一个也不认识，疑惑地问他们找李亲实有什么事。他们说是从松江来找李亲实要钱的。杨岩笑知道李亲实欠债的事，但不清楚李亲实欠了他们多少钱，要等李亲实回来解决。债主们问李亲实什么时间回来。杨岩笑说两天左右吧。债主们让杨岩笑给安排住的地方。杨岩笑认为这是无理要求，不想给安排住处。债主们看杨岩笑不给安排住处，就不离开公司。杨岩笑怕影响生意，找了一家便宜旅馆，让债主们住下。

债主中有当年卖菜给李亲实的，也有卖饲料给李亲实的，还有借钱给李亲实的。李亲实虽然欠他们每个人钱不算多，可他们生活原本就不富裕，还是非常看重这些钱的。债主们在李亲实离开松江县这些年里，四处打听李亲实的消息，一直没有着落，心想这钱如同扔到了水中，没了指望。让债主们没有想到的是李亲实在年初的时候竟然有了消息，如同掉进水中的人看到救生衣似的有了指望。债主们得知李亲实在哈尔滨当了老板，心想李亲实现在有钱了，应该能把钱还给他们，盼望着李亲实回松江还钱。债主们等了这么久，李亲实也没回松江，更没有打电话解释还钱的事。债主们虽然得到李亲实的消息时间不算长，但寻找李亲实的时间却是太漫长了。这些年来债主们为了找李亲实，牵肠挂肚，不能安心。债主们生怕李亲实再消失了，结伴来省城要债务。

李亲实从大兴安岭回到省城后，看见杨岩笑不高兴，不明白原因，问是什么事情影响了心情。杨岩笑说松江又来人找你了。李亲实说来就来呗，反正我也不请他们吃饭了。

杨岩笑说这次你不请都不行。李亲实说我想请就请，我不想请哪个人还敢强迫我吗？杨岩笑说你的债主来找你了。

李亲实说你别和我开这种玩笑。杨岩笑说我没开玩笑，你的债主已经来好几天了，你去见一见他们吧。李亲实问他们在哪儿？

杨岩笑说在旅馆呢，我付的住宿费。她把旅馆的地址告诉给李亲实了。

李亲实没想到会出现这种节外生枝事情。如果说张天明让他丢尽了脸面的话，那么这些债主找他要钱就是把他毁容了。他知道躲不过去了，转身去旅馆找债主了。

债主们已经把省城玩了个遍，就等李亲实回来，拿到钱后回松江了。如果李亲实再不回来，债主们也准备回松江了。债主们家中有事情，不能在省城停留过长时间。李亲实来到旅馆时，债主们脸上带着笑容，十分客气地说："听说你在省城发展得不错，当大老板了，我们一起来看望你。"

"从松江来省城找我的人可是不少。我这里都快成为松江人在省城的办事处了。"李亲实说。

债主们奉承地说:"咱们松江在省城当老板的太少了,来这儿能不找你吗。"

"你们不来省城找我,我回到松江也会找你们的。"李亲实虽然心里生气,但表面上还是热情的。他欠了人家的钱,就得和颜悦色相待。

债主们认为李亲实现在有钱了,肯定能还钱,故作轻松地说:"我们不是来找你要钱的,你是讲义气的人,钱你肯定会还的。我们主要是想看一看你。这么多年没见了,真是想你了。"

"咱们吃饭去,我请你们好好喝点酒。"李亲实说。

债主们高高兴兴的跟着李亲实去了饭店。

李亲实和债主们勾肩搭背,边走边聊,显得格外亲近。李亲实说你们尽管放心好了,过些日子我回松江时,把钱给你们带回去。我开这么大的公司,不差你们这点钱,就算公司倒闭了,也还得上。

债主们听李亲实这么说傻眼了。债主们怎么也没想到李亲实会这么说。刚才债主们把话已经说出去了,不急着要钱,这次来省城也不是为了要钱的,话已出口,不好反悔,只能听李亲实说下去。

李亲实说我爸不是还在松江吗,我能不回去吗,过些时候我回去看望他时,把钱给你们带回去。债主们说你爸已经七十多岁了,年龄大了,你是应该回去照顾照顾。李亲实说肯定是要回去的,只是最近公司里事情多,太忙了,忙过这阵子就回去。

酒菜上来了,债主们得知这次拿不到钱了,有点失意,一个劲的喝酒。李亲实想借酒表明自己的诚意,一杯接一杯的陪着喝下去。债主们全被李亲实喝醉了。李亲实把债主们送回旅馆后,乘坐出租车回家了。

杨岩笑看李亲实喝成这个样子,生气地问:"你又请他们喝酒了?"

"喝了。"李亲实带着几分醉意。

杨岩笑问:"你把出差剩下的钱花了?"

"从我工资上算好了。这是我的私事,跟公司无关。你放一百二十个心吧,我不会占公司便宜的。"李亲实说着大话。

杨岩笑问:"你不过日子了?"

"日子还得过。酒还得喝。"李亲实说。

杨岩笑问："你欠人家的钱打算怎么办？"

"我不会牵连你的，也不会让你还。放心吧，我有办法解决。"李亲实不但底气十足，还有些狂傲。

杨岩笑怀疑地问："你有什么办法？"

"如果明天他们去公司找我，你就说亲亮病情突然加重，我去北京看亲亮了，别的不用多说。"李亲实嘱咐着。

杨岩笑知道李亲实是避开了。她不帮助李亲实偿还债务，李亲实是还不上的，只能躲开了。第二天早晨她刚来到公司时，那几个债主已经在公司门口等着了。

债主们昨天晚上喝多了，醒来后商议了一下，决定第二天回松江。债主们在离开省城时还想找李亲实一趟，表面是告辞，实际上是看李亲实能不能把钱还给他们。如果李亲实不还钱，只能等李亲实回松江再要了。不过债主们也有了底，毕竟知道李亲实在哪里了，总比没有消息好。债主们怀着一丝希望来找李亲实。

杨岩笑说昨晚亲亮病情突然加重，住院抢救，亲实乘飞机去北京看李亲亮了。债主们虽然怀疑，但也相信。虽然债主们知道李亲亮跟李亲实兄弟俩关系不好，水火不容，但总归还是亲兄弟，血脉相连。李亲亮生病很久了，李亲实去看望是情理之中的事情。债主们看了看时间，又看了看李亲实宽敞气派的办公室，带着几分失望，匆匆去了长途客车站。

4

杨岩笑在办公室正处理事情，从外面走进来一男一女两个年轻人。她以为是来公司应聘工作的呢，热情的让他们先坐下，稍等一会儿。两个年轻人没有坐，也不想等下去，女青年说是来找李亲实的。杨岩笑说有什么事，我可以转达。女青年说想见到李亲实。杨岩笑看女青年这么坚持，怀疑李亲实有什么事隐瞒着她，没有再说什么，拨通了李亲实的手机。

李亲实想不起来女青年是谁，找他有什么事，必须出面解决，不然会引起杨岩笑误解的。他匆匆忙忙来到公司，看见女青年吃了一惊，一时无语了。

女青年看见李亲实还没说话呢，眼泪已经流出来了，似乎无法面对，不愿意看李亲实，把脸侧了过去，抽泣着。

男青年上前扶着女青年，做着安慰的样子。

李亲实说："你哭什么呢？"

"你不认识我了吗？"女青年转过脸看着李亲实说。

李亲实说："李童，我怎么会不认识你呢？我承认对不起你，可这些年我生活的也不容易。"

李童不想听李亲实解释，质问地说："你能告诉我谁生活的容易吗？"

李亲实感觉李童是在审问他，而他又无法回答。

李童说："你在外面无论好坏，最少应该有个消息吧？可是你一走了之，如同在人间蒸发了似的，好像一切都同你没关系了……你的心就这么狠吗？"

"不是我心狠，我是没办法！"李亲实说。

李童说："哈尔滨离松江这么近，你都不回去，也不给个消息……你可以把过去的生活抛到脑后，忘得一干二净，可生活还在继续！"

"我也牵挂你，也想找你。"李亲实说。

李童冷冷地说："这是真心话吗？你骗谁呢？我爷爷七十多岁了，你作为儿子尽孝心了吗？我叔叔生病多年了，你作为兄长关心过他吗？我是你的女儿，你作为父亲，又为我做过什么呢？你不是个好兄长，也不是个好儿子，更不是个好父亲。"

"李童，你坐下慢慢说。你爸确实跟我说起过你，也想帮助你。我们也在找你，只是还没和你联系上，你就来了。"杨岩笑得知站在面前的女孩是李童，心软了，涌起了做母亲的情感。

蒋超然拉了一下李童，意思是让她态度好一点，不要那么激烈和强硬。

李亲实问："你住在哪里？"

"我住在哪并不重要，重要的是你还有没有亲情，还有没有人性，还有没有良知。如果你没有良知，没有人性，没有亲情，别的都无从谈起。"李童话语犀利，如同尖刀刺痛着李亲实的心。

蒋超然说："李叔，李童在气头上，话有点重，你不要往心里去。"

"李童，我承认对不起你。"李亲实认错地说。

李童指责地说："你对不起的人多了，何止是我一个。"

"我欠你的我会尽量补偿。"李亲实承诺着。

李童质问地说："你想怎么补偿？你是能补偿我童年失去的快乐？还是能补偿我少年时失去的幸福？还是能补偿我缺少的父爱？"

李亲实无言以对。

李童说："你什么也补偿不了。生活中失去了就会永远失去，不可能寻找回来的。如果不是超然，还有他父母一而再，再而三的劝我来见你，这辈子我都不想看见你。"

"我是对不起你，可你有必要这么恨我吗？"李亲实说。

李童说："我和超然已经订婚了。这次来也算是告诉你一声。"

"我能为你们做些什么？"李亲实问。

李童说："什么都不用你做。这些年没有你，我也长大了。"

李亲实没想到李童的言语会这么尖刻，每一句话都如同尖刀剜在心上。他的心在隐隐作痛。

蒋超然小声对李童说你态度好一点。李童拉了一下蒋超然的胳膊说咱们走。蒋超然看了一眼李亲实没说话。

杨岩笑挽留地说你们吃过饭再走吧。李童说饭就不吃了，可我想拜托你一件事，不知是否可以？杨岩笑说，你说吧，我尽力做。

李童说你能不能让李亲实别那么自私，让他有点亲情，有点人性，有点良知，我们的话他都不听，也许你的话他会听。因为你是他生活中最后一根救命稻草。

李亲实无法忍受李童对他的指责，终于暴怒了，大声说："李童，你太过分了。你滚，你给我滚出去！"

李童转身愤然走了。

蒋超然急忙跟着李童离开了。他快步追上李童，一边走一边责备地说："你怎么能这么跟你爸说话呢？来之前你不是答应不发脾气吗？怎么见到你爸就变了呢？"

"我生气。"李童说。

蒋超然说："如果知道你会这样，就不让你来了。"

"我看见他就想发火。"李童说的是真实感受。她见到李亲实多年来的委屈迅速涌上心头，想发泄。

蒋超然说："你爸知道自己错了，应该给他留个改过机会。"

"他依然是那么自私和虚伪。我感觉他是不可能改变了。"李童断言地说。

5

李亲实有找李童的想法，可并不急切。他知道欠李童的太多，找到了就应该做些补偿，不然是说不过去的。虽然公司有几百万元资产，他是公司总经理，但公司资产目前还没有他的，全部是杨岩笑和杨东林的。他想动用这些钱，必须经杨岩笑同意才行。杨岩笑不会同意给李童钱。他想等公司运转好了，自己有了钱再给李童。李童不知道他的想法。

杨岩笑对李亲实说你女儿的脾气和你一样倔强。李亲实看了一眼杨岩笑没说话。杨岩笑说我理解李童的心情。

李亲实承认地说我确实对不起李童。

杨岩笑说李童说的有道理，你应该跟亲亮联系一下，毕竟你们是亲兄弟，天各一方，自己过自己的日子，没必要把关系搞得这么僵硬。

李亲实说我们俩从小关系就不好，没法沟通，如同死对头。

杨岩笑说小时候是小时候，你们都到这个年龄了，还有什么解不开的疙瘩呢？你应该主动去个电话联系一下。亲亮生病了，需要关心。你的漠不关心只能增加你们之间的误解。

李亲实思索了一会儿，拨通了李亲亮的手机。

李亲亮正准备去美国治病呢，已经办理完了出国签证，叮嘱李亲实抽时间回松江看望父亲。松江是李亲实伤心的地方，不愿意提回松江的事情。李亲亮感觉到了李亲实还在回避现实问题，不想说下去了，挂断了电话。

6

李天树正在吃早饭呢，接到了松江县敬老院工作人员打来的电话，工作人员说李天震去世了。李天树放下筷子，想给李亲亮打电话。他的老伴说你先到敬老院了解一下情况，再给亲亮打电话。他去了敬老院。

敬老院离李天树住的楼房有一里多路。他想找车，附近没有车，急步朝敬老院走去。

敬老院工作人员对李天树说早晨和李天震同屋的人起床后，发现李天震没起床，走到床边一看，李天震已经停止了呼吸。工作人员猜测说李天震可能是在夜里睡死过去的。

李天树知道在敬老院睡死过去的老人先后有好几个，不算新鲜事情，在情理之中。他走到李天震的床前看了看，拨通了李亲实的手机。李亲实没有接。他又拨通了李亲亮的手机。李亲亮说立刻回来。李天树说我给亲实打电话，他没接，你给亲实打个电话，你们两个最好一起回来。

李亲亮拨打李亲实的手机，李亲实没有接听。他拨通了李亲实办公室的电话，李亲实说公司里有点事情急着处理，处理完才能回松江。李亲亮急忙订了飞往佳木斯的机票，马不停蹄的赶回了松江。

李天震的尸体已经被送到松江县医院太平间存放了。

李亲亮给李亲实打电话商量怎么处理李天震的后事，李亲实说公司的事情还没处理完呢，暂时回不了松江，让李亲亮自己看情况处理。李亲亮知道李亲实是在拖延时间，能不能回松江还不知道呢。在亲友帮助下李亲亮一切从简料理完了李天震的后事。

有不少人问李亲亮为什么李亲实没回来，李亲亮说不清楚。他知道李亲实在松江欠的债务太多，不想面对债主。债主们在等李亲实回松江还钱呢。

李亲亮在灵园买了一块墓地，安葬了李天震。

他在回北京那天早晨，想再去一趟墓地，向父亲做个告别。父亲去世了，他在松江无了牵挂，以后回来的次数会更少了。青年摄影爱好者张晓雷开着中华牌轿车陪同他来到灵园。张晓雷拿着照相机在车前等他。

　　李亲亮在李天震的墓碑前站了很久，回想着这个家庭的变故，还有那么多生活往事。李亲实从后面走来了。李亲亮不想跟李亲实说话。因为他和李亲实已经无话可说了。

　　李亲实在李亲亮转身离开时，突然问："爸没有留下存款吗？"

　　李亲亮停下来，回过头用陌生的眼神看着李亲实，然后慢慢地从衣服兜中掏出一叠钱，递给李亲实。李亲实伸手去接钱，手还没接到钱时，李亲亮故意松开手，一股风吹来，钱被吹跑了，在空中飘舞着，随风而去。李亲实慌忙跑步去捡钱。李亲亮转身大步流星的扬长而去。

　　张晓雷看见李亲实追赶钱的场景，霎时萌生了灵感，利落的举起照相机，迅速摁下了快门，抓拍了李亲实捡钱的照片。他选出一张最有艺术感觉的照片，定名为《情在何处》，投给了全国发行较大的法理报社。

<h2 style="text-align:center">7</h2>

　　这天李亲亮的朋友贾宝平开着商务车送他们全家人去首都机场。他们乘飞机去美国给他治病。

　　李亲亮抱着儿子李幸福看着车窗外，回想着夜里做的梦。他梦见了李亲实二十年前当兵被人顶替的事情，还梦见了李亲实被关在拘留所里的场景。他想当年如果李亲实参军去了部队，现在会是怎么样呢？……王文静坐在旁边玩着手机，浏览着微信，还有网上的新闻及各种信息。王中来和张红英坐在后面的座位上说着出国后的事情。

　　王文静在手机网络上突然看到了《情在何处》的新闻照片。她把手机递给李亲亮问，这是你哥吧？

　　李亲亮接过手机一看，正是李亲实在父亲墓碑前捡钱的样子。虽然他读不懂李亲实的情感世界，可作为摄影家却了解作品的含义。他拨通了张晓雷的电话，想了解一下《情在何处》拍摄的出发点。

　　张晓雷还没等李亲亮把话说下去呢，就抢过话题说，亲实回到哈尔滨后，在一次商业纠纷中把人打伤了，已经被公安局拘捕了。

李亲亮听到这个消息很平静，显得无动于衷。

<h2 style="text-align:center">8</h2>

李亲实被押进拘留所时，无意中看见一个身影很眼熟，好像是马连长，又觉得不可能，以为看错了。那个人朝他走来。这个人正是二十多年前去松江县领新兵的马连长。李亲实没想到会在拘留所门前遇见马连长。

马连长多年前就升职为营长了。他妻子是哈尔滨人。他从部队转业后到哈尔滨公安系统工作了。他是这个拘留所的所长。他穿着警服，头发白了，面相也老了。他刚见到李亲实时没认出他来，看见拘捕名单上的名字想起来了，心想也许是同姓同名的人呢。他走过来，认出是李亲实了。他没想到李亲实这个当年一心想参军的青年，能做违法的事，看着李亲实问：你怎么会在哈尔滨呢？

李亲实没有回答，把头转向一边……

马连长默默站了一会儿，转身缓步离开了。

李亲实面对铁门铁窗铁的锁链，渴望外面的世界。他不清楚还会有哪位亲友能来狱中探望他。

后记

朋友多了路好走

这部《情在何处》长篇小说出版是我的心愿。这部小说是在我出版长篇小说《爱的旅程》后，当年写成初稿的。转眼多年过去了，尘封已久，题目换了好几个，最终定下这个书名。

这部书在出版前已经在青海、云南、湖南、山西、甘肃、浙江、新疆、陕西、湖北、江苏、山东等不同省份的20多家杂志，作为中短篇小说系列刊发了。这部书是以青海《雪莲》、新疆《帕米尔》、甘肃《梁南》等杂志刊发的中篇小说为书名的。我非常感谢刊发我作品的杂志及编辑朋友们，如果没有你们的支持，我不会有勇气和信心把这么多字数的长篇小说出版。

小说在写到27万字时，我想定稿了。当时我把打印稿寄给了人民文学出版社的著名编辑脚印老师，此前没跟她联系过，她又编辑出版过《尘埃落定》等那么多名作，心里很忐忑。让我没想到的是脚印老师把小说通篇全读了，还提出了很多修改意见。她在回寄时用了两个信封，大信封是稿，稿中放着小信封，小信封里放着写的信。这种高尚的职业道德足能证明她是负责编辑，也是名编辑与普通编辑的差距。脚印老师的职业修养让我无法忘记，如果没有她的建议，可能不会有现在这部作品的完整性、宏观性。感谢脚印老师的指点。

这部书在出版时，字数多成为了出书的阻力之一，又因为电子版权，我与出版社争执不下，换了几家。我坚持拥有电子版权，电子版权必须归我，出版方只有书的发行权和宣传权。不过书出的还算顺利。这是跟朋友们支持分不开的。

当我给中国作家协会副主席张炜先生打电话说写推荐语时，他正在工地上忙着，他在繁忙中说好的。当我给《四川文学》主编牛放先生打电话说写推荐语时，他说老朋友了，你在我们杂志发过作品……当我给著名作家张雅文大姐留言，她在哈尔滨监狱采访呢，很快回了电话，写了序言。当我把想法跟百忙之中的许晨老师说了，他很快写来了序言。当我跟阿朝阳先生说了出书的想法，他立刻给出版社的朋友打电话……当我跟王立辉先生说了，他支持地说你出吧……也谢谢这部书的责编，她一直跟我保持着联系，让陌生变得熟悉……这些朋友的支持深深感动着我。

人在社会上立足是相互支持的。支持你的人多了，困难就变小了，坎坷会变成坦途，在行进的路途上就畅达了，在生活中遇到事也就顺心顺意了。

俗语说：朋友多了路好走。在我出版这部书时得到了验证。

谢谢朋友们的支持。

祝安好。

吴新财

2017 年 4 月 16 日写于青岛